귀향과 이산

귀향과 이산

초판인쇄 2021년 3월 20일 **초판발행** 2021년 3월 30일
지은이 김재용·이해영 외 **펴낸이** 박성모 **펴낸곳** 소명출판 **출판등록** 제13-522호
주소 06643 서울시 서초구 서초중앙로6길 15, 2층
전화 02-585-7840 **팩스** 02-585-7848 **전자우편** somyungbooks@daum.net **홈페이지** www.somyong.co.kr

값 30,000원 ⓒ 김재용·이해영 외, 2021
ISBN 979-11-5905-560-7 93810

대한민국 교육부와 한국학중앙연구원(한국학진흥사업단)을 통해 해외한국학중핵대학육성사업의 지원을 받아 수행된
연구임(AKS-2014-OLU-2250004)

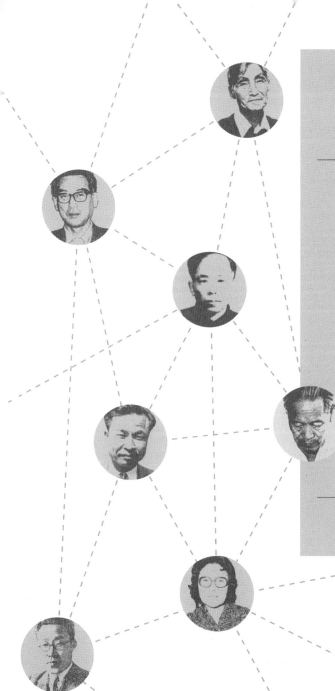

중국해양대학교
해외한국학중핵대학사업단

중국해양대학교
한국연구소 총서 13

귀향과 이산

김재용 · 이해영 엮음

책머리에

　1870년 보불전쟁 이후 유럽과 미국 자본주의가 팽창하는 것을 그대로 배운 제국 일본이 조선을 식민지로 만든 이후 한국문학의 큰 특징은 이산문학이었다. 신채호, 조명희, 염상섭, 강경애, 김사량 등이 중국과 소련으로 이주하여 작품을 창작했으며 염상섭, 김사량은 해방 후 귀국하였지만 신채호와 조명희는 이역의 차가운 감옥에서 억울하게 생을 마감했다. 근대 이후 일본과 중국에서 좀체 찾아보기 힘든 이 문학적 현상을 빼고는 한국문학을 이야기하기 어려울 정도이다. 조선인 이산문학장이 가장 먼저 형성되었던 연해주 지역에서 조명희를 비롯한 이주문학인들은『노력자의 고향』이나『노력자의 조국』의 문예지와『선봉』신문의 문예란을 토대로 이산문단을 만들어 해외 한인문학 중에서는 가장 뚜렷한 족적을 남겼다.

　하지만 1937년 강제 이주 이후 중앙아시아로 다시 떠밀려가면서 순식간에 조선인 문단이 무너져 폐허가 되었다. 일부의 살아남은 작가들이 소련군과 더불어 삼팔선 이북 땅에 들어왔지만 극히 제한된 사람들에게 허용된 것이고 이마저도 조소관계의 불안정성 때문에 돌아가기도 하여 극심한 혼란을 겪을 수밖에 없었다. 이런 점에 비추어 볼 때 중국 지역의 조선인 이산문학장은 훨씬 주체적이었다. 연해주에 비해서는 늦었지만 간도 지역의 조선인 문학인들은『북향』을 만들어 이산 문단을 형성하였다.『만선일보』의 문예란이 확장되고 강경애와 염상섭 등 국내의 중견 작가들이 들어오면서 재중 조선인 문단은 전성기를 맞이하게 된다. '내선일체'의 조선보다는 '오족협화'의 만주국이 그래도 나았기 때문이다. 이런 현상은 비단 만주 지역에 그치지 않고 관내로까지 확장되었다. 또한 이들은 강제로 이주당하지 않았기 때문에 해방 후에 어느 정도 주체적인 선택을 할 수 있었다. 일부의 작가들은 삼팔선 이남으로 귀향하고, 일부는 삼팔선 이북으로 귀향하였다. 또 일부의 작가들은 만주에 남아 재중 한인문단의 축이 되었다. 그런 점에서 해방 후 중국 지역의 한인 이산문학의 행방은 매우 흥미로운 대목이다. 한인 이산문학은 비단 러시아나 중국에 그치지 않고 일본에서도 큰 자국을 남겼다. 김석범과 김시종은 지금까지도 문제적이다.

이 책은 바로 이 점에 초점을 맞추어 엮은 것이다. 중국 해양대학에서 마지막으로 했던 공동발표회의 결과물이기도 하다. 그동안 해양대학을 근거지로 한국과 중국의 한국문학 연구자들이 모여 발표와 토론을 하였고 여러 책을 엮었다. 이 책의 필자는 물론이고 그동안 참여한 모든 이들에게 진심으로 감사드린다. 이 노력들은 향후 새로운 차원으로 나아갈 것이다.

2021년 3월 편자

차례

서장_

만주국과 남북의 문학

박팔양과 염상섭을 중심으로

김재용

1. 남북문학의 한 원천으로서의 만주국

해방을 맞이한 재앞에 두고 깊은 고민에 빠졌다. 식민지에서 해방된 고국이 통일독립을 빠르게 성취했다면 주저하지 않고 고국행을 택하였을 것이다. 하지만 통일독립이 요원한 고국의 상황을 고려할 때 재만 조선인 작가들의 내면은 복잡할 수밖에 없었다. 염상섭을 비롯하여 안수길, 박영준, 손소희 등의 작가들은 3·8선 이남을 선택하였다. 박팔양을 위시하여 김조규, 백석, 황건, 현경준 등의 작가들은 3·8선 이북으로 갔다. 통일독립 국가의 설립이 유예되는 상황에서 3·8선 이남과 이북의 고국으로 돌아오지 않고 만주지역에 계속 머문 작가들도 있었다. 김창걸 등의 작가들이 그러하였다. 그동안 남쪽에서 가장 많이 연구된 이들은 역시 첫 부류에 속하는 이들일 수밖에 없었다. 3·8선 이남을 선택한 염상섭과 안수길 등의 작가들에 대한 연구의 양이 결코 적다고 말할 수 없을 것이다. 상대적으로 소홀하게 다루어진 것이 바로 3·8선 이북을 선택한 박팔양 등의 작가들에 대한 것이다. 이들 작가에 대해서는 북은 물론이고 남에서도 거의 연구가 없는 것이 현실이다.

재만조선인 작가 중에서 북을 선택한 작가들에 대한 연구가 없었던 데에는 크게 두 가지 이유가 있다. 가장 큰 요인은 여전히 남한사회에 존재하는 분단적 시각이다. 해방 후 북에 대한 인식이 제대로 없었기 때문에 재만 조선인 작가들 중에서 북에서 활동을 계속한 작가들에 대한 연구도 당연히 없었다. 박팔양과 백석의 경우만 하더라도 일제 강점기 문학적 성취에 대해서 평가가 어느 정도 되고 있지만, 북에서의 활동과 문학적 궤적에 대해서는 전무하다시피하다. 백석의 경우, 그 많은 관심에도 불구하고, 여전히 해방 후 북에서 행한 활동에 대해서는 침묵하거나 혹은 과소평가하여 다루지 않는 것이 일반적이다. 그런 점을 고려할 때 재만 조선인 작가들 중에서 북으로 가서 활동한 이들에 대한 연구가 적은 것에 남한 연구자들의 냉전적 반국半國 시각이 큰 역할을 했다고 보아도 큰 무리가 없을 것이다. 하지만 여기에는 이러한 요인만 작용하는 것은 아니다. 재만 조선인문학에 대한 빈약한 인식도 한몫을 하였다. 국내외 연구 성과를 고려할 때 재만 조선인문학은 더 이상 한국 근대문학 연구에서 사각지대에 있지 않다는 것은 분명하다. 하지만 여전히 협량하다. 이런 두 가지 요인이 복합적으로 작용하여 현재 한국 근대문학 연구에서 북을 선택한 재만 조선인 작가들에 대한 연구가 현저하게 부족하다. 이를 타개하게 위해서는 박팔양을 위시한 이들 작가에 대한 연구가 매우 시급하다.

이 글에서는 북쪽을 선택한 박팔양을 우선으로 하고 이를 바탕으로 남쪽을 선택한 염상섭을 비교함으로써 만주국의 조선인문학이 해방 후에 남북에서 각각 어떤 양상으로 나아갔는지를 고찰하려고 한다. '내선일체' 이후 만주국으로 가고 해방 후 이북을 선택한 박팔양의 궤적을 먼저 살펴보게 되면 염상섭의 선택도 한층 분명하게 드러날 수 있기 때문에 이 방법을 선택하였다. 현재 남북 및 한반도의 문학을 구성하는 원천 중의 하나인 재만 조선인문학을 한국 근대문학사에 온전하게 편입시키는 과정의 일환이다.

2. 박팔양과 구미 근대의 내파內破

재만조선인 시인 중에서 앞자리를 차지한 이는 단연 박팔양이다. 재만 조선인 시집 『만주시인집』(1942)의 머리말을 박팔양이 쓴 것은 이를 잘 보여주는 대목이라 할 수 있다. 재만 조선인 소설집 『싹트는 대지』의 머리말을 염상섭이 쓴 것과 짝이라 할 수 있다. 그만큼 박팔양은 당시 재만 조선인문학계 특히 시단에서는 핵심적인 인물이라 할 수 있다. 그럴 수밖에 없는 것은 박팔양은 1920년대 초반부터 시작 활동을 하였을 뿐만 아니라 만주국으로 이주한 1940년에 시집 『려수시초』를 발간할 정도로 한국 근대시사에서 독보적인 위치를 차지하는 인물이기 때문이다. 『려수시초』가 발간되었을 때 이 시집에 대한 서평[1]을 백석이 쓰면서 자신의 시단 선배로서의 존경심을 표나게 내세웠던 것을 고려할 때 그의

---

1   백석, 「슬픔과 진실」, 『만선일보』, 1940.5.9~10.

시사적 위치는 당시 후배 문인들에게서도 널리 받아들여지고 있었음을 알 수 있다. 그럼에도 불구하고 한국 근대문학 연구가 박팔양의 시사적 위치를 제대로 드러낼 수 있는 언어를 찾지 못하고 있는 것은 참으로 안타까운 일이다.

박팔양이 제대로 된 평가를 받지 못한 것에 일차적인 이유는 역시 남쪽 작가가 아닌 북쪽 작가라는 점이다. 박팔양은 고향이 3·8선 이남인 수원임에도 불구히고 해방 후 북쪽을 택하였다. 고향이 평안도였기에 자연스럽게 북쪽으로 선택하였던 백석이나 김조규와는 달리 의식적으로 북을 택하였던 인물이다. 그렇기 때문에 박팔양은 분단 이후 남쪽에서 철저하게 침묵당하였다. 또한 박팔양은 1967년 주체사상이 확립된 이후 북에서 활동을 하지 않았기에 북에서도 제대로 된 평가를 받지 못하였다. 물론 최근에 다시 조명되고 있지만 한동안 북에서도 박팔양은 기피 인물이었다. 남과 북에서 자유롭게 언급할 수 없는 상황이었기에 박팔양은 결국 뒷전에 놓이게 되었다. 이러한 상황을 더욱 가중시킨 것은 일제 말의 만주국에서의 활동에 대한 평가 문제이다. 『만선일보』사직 후의 협화회 활동에 대한 왜곡된 이해는 박팔양의 문학 전반을 설명하는 것을 더욱 어렵게 만들었다.

1) 신경新京 시절의 박팔양과 『만주시인집』(1942)

박팔양은 '내선일체'의 도래와 그 폭압성을 가장 가까이에서 체감하였던 인물이다. 근무하던 조선중앙일보사가 손기정 선수 일장기 말소 보도 사건으로 1936년 9월 이후 정간되었기에 이 사태를 직접 겪었다. 기자로서 만주국을 비롯한 동아시아 정세를 파악하고 있었기에 '내선일체' 대신에 오족협화의 만주국을 선택하고 이를 활용하는 것이 낫다는 판단하였다. 1937년 만주국으로 이주한 박팔양은 『만선일보』에 근무하면서 편집일을 하였기에 많은 글을 남기지는 못하였다. 하지만 염상섭과 달리 박팔양은 재만 시절 내내 자기 내면을 드러내는 글을 적게나마 남겼기에 이 시기 박팔양을 살피는 것이 전적으로 불가능한 것만은 아니다. 만주국 시절 그의 글에서 가장 흥미로운 것은 역시 『만주시인집』에 실은 두 편의 시이다. 그중에서 「사랑함」이란 시는 특히 주목을 끈다. 시의 성취와는 별개로 당시 박팔양의 지향을 잘 드러내주는 시이기 때문이다. 1942년 작임을 분명하게 밝히고 있는 이 시의 다음 대목은 결코 쉽게 넘길 수 없는 대목이다.

> 나의 일본-조선과 만주를 사랑하며
> 동양과 서양과 나의 세계를 사랑하며

동양과 서양 모두를 사랑한다는 것은 오늘날 우리에게는 너무나 상투적인 구절이지만 당시로서는 매우 정치적인 의미를 갖는다고 할 수 있다. 이 시가 발표된 1942년에는 제국 일본이 태평양전쟁을 일으키면서 동양을 특화시킬 때이다. 아시아의 맹주인 일본은 서양 제국주의와 맞서 싸워야 한다고 선전하였다. 서양의 악마에 맞서 동양을 지켜야 한다는 이야기는 한때 박팔양이 근무하던 『만선일보』에서도 예외가 아니었다. 태평양전쟁이 일어난 직후에 만주국의 조선인 작가들이 『만선일보』에 서양을 성토하고 동양을 옹호하는 글을 연이어 발표할 정도였다. 그런데 박팔양은 동양과 서양을 대등하게 놓고 모두 사랑한다고 표현하고 있다.

이 시기에 쓴 산문 「밤 신경新京의 인상」[2]에서도 이러한 지향은 잘 드러난다. 신경의 대표적 근대 건물인 강덕회관과 미나카이 앞을 지나면서 서양의 메트로폴리탄 도시인 모스코바, 파리, 로마 등의 도시와 신경을 나란히 놓으면서 신경 도시를 강조한 대목에서 동양과 서양의 대립은 넘어선 코스모포 폴리탄으로서의 면모를 잘 보여주고 있다. 제국 일본에 맞서는 이러한 지향은 비단 여기에 그치지 않는다. '만주국' 대신에 '만주'라는 표현을 사용하고, '내지-조선' 대신에 '일본-조선'이란 표현을 사용하였다. 이처럼 박팔양은 제국 일본의 이데올로기에 포섭되지 않으려고 노력하였음을 알 수 있다. 이런 것을 고려할 때 그가 만주국의 『만선일보』에 건너가 근무한 것이 '내선일체'를 피해 '오족협화'를 활용한 것임을 확연하게 알 수 있다.

그런데 이 시기 박팔양을 이해함에 있어 지나쳐서는 안 될 대목이 동양과 서양을 함께 사랑하면서 동시에 자신을 사랑한다는 대목이다. 제국 일본의 헛된 이데올로기에 포섭되지 않겠다는 그의 의지가 가닿는 곳은 자신이 현재 살고 있는 만주이며, 또한 자신의 고국인 조선이다. 하지만 궁극적으로 도달하는 곳은 자기 자신이다. 자신으로부터 출발하여 동심원으로 확대되는 이러한 박팔양의 상상력은 이 시기에 와서 비롯된 것은 아니고 한때 자신이 몸담기도 했던 카프가 거의 힘을 상실하고 있던 1934년 무렵의 태도에 맞닿아 있다. 1940년 발간한 시집 『려수시초』에 근작 시편 중 하나로 소개된 「길손」을 읽으면 1942년 신경에서의 박팔양의 태도가 한국 근대사상사에 대한 깊은 성찰에서 나온 것으로 결코 우연의

---

2   신형철 편, 『만주조선문예선』, 조선문예사, 1941, 96쪽.

산물이 아님을 짐작할 수 있다.

　　길손—그는 한 코스모폴리탄

　　아무도 그의 고국을 아는 이 없다.

　　대공(大空)을 나르는 '새'의 자유로운 마음

　　그의 발길은 아무데나 거칠 것이 없다.

　　길손—그는 한 니힐리스트

　　그의 슬픈 옷자락이 바람에 나부낀다.

　　쓰디쓴 과거여, 탐탐할 것 없는 현재여,

　　그는 장래할 '꿈'마저 물 위에 떠보낸다.

　　길손—그는 한 낙천주의자,

　　더 잃은 것은 없고 얻을 것만이 있는 그다.

　　고향과 명예와 안락은,

　　그가 버림으로써 다시 얻는 재산이리라.

　　길손—그대는 쓰디쓴 입맛을 다신다.

　　길손—그대는 슬픈 대공의 자유로운 '새'다.[3]

　　코스모폴리탄, 니힐리스트 그리고 낙천주의자로서의 자유로움을 지
키고 살고자 했던 박팔양의 지향이 가장 잘 드러난 이 시는 박팔양의 시

3　박팔양, 『려수시초』, 1940, 박문서관.

중에서도 가장 돋보이는 것이면서 동시에 한국 근대시의 깊이가 만만치 않음을 잘 보여주는 것이라고 할 수 있다. 1차 세계대전 이후 전 지구적 차원에서 드러난 구미 근대의 파산과 이를 넘어서고자 한 때 몸담았던 사회주의에 대한 성찰을 동시에 담고 있는 이 시는 만주국 시절은 물론이고 그 이전과 이후 모든 그의 삶을 통해 관통되고 있던 것이 아닌가 생각한다. 만주국에서 발표된 「사랑함」이란 시를 읽으면서 이 시를 떠올리는 것은 결코 우연이 아니라고 할 수 있다. 이 점은 해방 후 북에서 활동하던 시기에도 그 정도의 차이에도 불구하고 지속되었다고 할 수 있다.

2) 『눈보라만리』(1961)와 만주 재현의 곤혹

해방 이후 박팔양은 고향인 수원 대신에 낯선 3·8선 이북을 선택하였다. 만주에서 귀환한 박팔양이 왜 수원의 고향으로 귀향하지 않고 평안도를 선택하였는가 하는 점은 규명하기 어려운 것이기는 하지만, 전혀 짐작이 가지 않는 것은 아니다. 박팔양은 카프에서 활동하였을 정도로 한때 사회주의에 경도되었던 인물이다. 1차 세계대전 이후 구미의 근대가 파산하기 시작하면서 새로운 미래를 찾아가려고 노력하던 이들이 선택한 것 중 하나가 사회주의였다. 독일을 비롯한 유럽에서 사회주의 혁명이 어려워지는 것을 목격한 레닌이 유럽국가에 타격을 주기 위하여 유럽 식민지였던 나라들의 민족해방을 부추기자, 아시아 식민지 출신의 지식인들이 급격하게 사회주의로 기울었던 당시의 풍조를 따라 박팔양도 사회주의운동에 참여하였다. 그런데 그 사회주의 내부의 위기가 확충되면서 다소 거리를 두기 시작하였던 박팔양이었기에 예의 「길손」과 같은 시를 얻기도 하였다. '내선일체'를 피해 만주국에서 '오족협화'를 활용하여 난세를 헤쳐 나왔던 박팔양은 미국과 소련이 버티고 있는 조국을 보면서 깊은 고민을 하였을 것이다. 결국 미국이 배후에 있는 남보다는 소련이 뒤에 있는 북을 선택하였다. 해방 직후 소련군이 발간하던 신문 『조선신문』에 발표된 시 「평양을 노래함」을 읽게 되면 당시 박팔양이 왜 고향인 수원과 활동거점이었던 서울 대신에 평양을 선택했는가를 어느 정도 짐작할 수 있다.

평양이여!
오늘 나는 새로운 감격으로써
그대의 이름을 부른다.
역사와 전설의 옛 도읍이었던 그대가
오늘은 일어나는 새로운 조선의
해방을 노래하는 민주주의 새로운 우리 조국의
뛰노는 심장이 되었다.
민족의 생명의 심장부![4]

인용문은 전체 시의 앞부분으로 당시 박팔양이 왜 서울 대신에 평양을 선택하였는가를 짐작케 하는 대목이다. 이 작품이 이후 8·15해방 1주년을 기념하는 시집 『거류』[5]에 다시 실린 것을 미루어 볼 때 당시 북의 문학인들이 박팔양의 이러한 선택을 얼마나 고평했는가를 짐작할 수 있다. 이 시집에 북쪽 출신이 아닌 이로서는 남에서 활동하다 막 올라온 박

---

4   『조선신문』, 1946.4.18.
5   8·15해방일주년기념중앙준비위원회 편, 『거류』, 북조선예술총연맹, 1946.

세영과 신경新京에서 신의주를 거쳐 평양에 정착한 박팔양 두 사람이다. 서울에 실망하여 월북한 박세영이 평양을 표나게 강조하지 않는 것과 대조적으로 박팔양은 평양을 내세우고 있어 흥미롭다. 박팔양이 평양을 새로운 민주주의의 심장으로 이야기한 것은 아마도 이 시기 소련의 후원하에 행해진 토지개혁 때문이 아닌가 한다. 당시 토지개혁은 둘러싸고 북한 내부에서는 두 가지의 견해가 팽팽했다. 소련 후원하의 북한 지도부는 통일 이전에라도 북한 내부에서 먼저 토지개혁을 하고 그 다음에 이를 남쪽까지 확장해야 한다고 민주기지론을 주장한 반면, 이를 반대하는 쪽에서는 남북이 통일될 때까지는 미루어야 한다고 하였다. 결국 민주기지론이 득세하여 토지개혁이 시행되었다. 박팔양은 바로 이 민주기지론에 동의하였기에 평양에 남기로 하고 이런 시를 썼던 것으로 보인다. 이는 민주기지론이 통일독립국가 수립에 방해가 된다고 보았던 염상섭과 퍽 대조된다. 따라서 박팔양은 귀향보다는 정치적 지향을 우선하였기에 평양을 선택하였다.

귀향 대신에 정치적 지향을 우선하였던 그였지만 실제로 북한의 현실에서 그의 삶은 그렇게 순탄치 않았다. 코스모폴리탄으로서, 니힐리스트로서의 삶을 지향했던 박팔양이기에 북한의 사회주의 현실에 쉽게 적응하기 어려웠던 것이다. 낙천주의자였던 그였지만 이를 극복하는 것이 쉽지 않았다. 한국전쟁 이후 여러 어려움을 겪지만 가장 심각했던 것은 역시 만주를 재현하는 문제를 둘러싼 갈등과 긴장이었다. 1961년 박팔양은 장편 서사시 『눈보라만리』를 단행본 시집으로 발행한다. 자신이 10년 가까이 머물렀던 만주를 배경으로 한 것이기에 더욱 문제적일 수밖에 없었다. 1959년 이후 북한의 당 선전선동부는 만주에서의 항일빨치산운동 특히 그중에서도 김일성 주석을 중심으로 한 항일운동을 작품화할 것을 주문하였다. 물론 문학에만 국한된 것이 아니고 전 문화계 전반에 걸친 것이기는 하지만 문학이 핵심이었다. 1950년대 중반을 전후하여 당내에서의 다양한 논의가 봇물처럼 터져 나오고 그 배후에 소련과 중국이 있었기 때문에 당 중앙에서는 위기를 강한 위기를 느꼈고 이를 선전선동으로 해결하려고 하였으며 그 중심에 문학을 배치하였다. 당 선전선동부의 이러한 방침에 대해 문학가들은 심한 괴리를 느낄 수밖에 없었다. 문학을 당 정책의 단순한 수단으로 여기는 태도도 그러하였지만, 김일성 주석을 중심으로 한 만주항일 빨치산을 재현하라고 하기에 더욱 그러하였다. 당시 분위기로서는 이러한 주문을 제대로 시행하지 않으면 부르조아 잔재를 지닌 자 혹은 종파분자로 몰릴 정도로 험악하였기에 작가들은 심각한 위기의식을 가질 수밖에 없었다. 내키지는 않지만 그렇다고 무시해서는 안전할 수 없기 때문이었다. 당시 이러한 갈등의 대표적인 예가 한설야이다. 당 선전선동부의 이러한 시책에 대해 정면으로 맞선 이가 당시 문학예술계의 대표자였던 한설야였다. 한설야는 당이 선전선동부를 통하여 문학을 하나의 선전수단으로 여기고 또한 항일빨치산운동을 재현하라고 하는 주문에 응할 수가 없었기에 다양한 방법으로 맞섰다. 하지만 한설야는 결국 숙청당하고 만다. 한설야 다음으로 중책을 맡고 있었던 박팔양 역시 속으로는 한설야와 마찬가지로 이러한 요구에 응할 수가 없었다. 일제 강점기 조선 내에서, 그리고 일제 말 만주국에서 자신의 뜻을 굽히지 않고 살아왔던 박팔양이었기에 이러한 외부의 요구에 일방적으로 당하는 일은 피하고 싶었을 것이다. 하지만 상황이 워낙 어렵기 때문에 어쩔 수 없이 이를 받아들이는 척을 해야만 했다. 그런데 난감한 것은 자신이 오랫동안 머물던 만주를 배경으로 하는 작품을 창작해야한다는 것이다. 비록 신경新京이라는 대도시에서 살았기는 하지만 나름대로 일제 말 만주와 만주국을 잘 안다고 생각하는 그였기에 김일성을 중심으로 한 항일빨치산운동을 재현하는 것은 내키기 않는 일이었을 것이다. 한설야도 자신이 만주에 대해서는 그 누구보다도 잘 안다고 자부하였던 터이기에 더욱 이러한 외부의 요구를 받아들이는 것이 어려웠던 것처럼, 박팔양 역시 그러하였을 것이다. 그렇다고 이를 무시할 수 없었기에 박팔양이 선택한 묘책은 만주항일 빨치산을 다루되 개인숭배를 피해가는 방법이었다. 서사시의 소재로 삼은 것은 김일성이 주도한 보천보가 아닌 최현을 중심으로 한 무산전투였다. 또한 그가 모델로 삼은 이는 최현과 같은 남자 빨치산이 아니라 여자 빨치산 김명화였다. 『조선대백과사전』에 의하면 김명화(1903~1987)는 함경북도 길주군 상하리의 가난한 농민의 가정에서 출생하였고 농사일을 하던 중 연길로 이주하여 남편을 도와 항일운동을 한 사람이다. 1930년 10월에는 중국 연길현 봉림동에서 부녀회에 가입하여 호제회 등에서 사업하였으며 1932년 1월부터는 연길현 봉림동 부녀회 지부책임자가 되었다. 1934년 4월 조선인민혁명군에 입대하여 작식대원과 재봉책임자로 활동하였던[6] 인물이다. 박팔양은 당 역사연구실에 있는 김명화의 구술자료를 근거로 이 서사시를 창작하였다. 김일성 주석 대신에 최현을, 김정숙 대신에 김명화를 선택하였기에 개인숭배의 문제는 피해 나갈 수 있었지만, 만주를 재현하는 것 자체의 협소함에서 빚어지는 문제점들은 극복하기 어려웠던 것이기에 이

---

6   『조선대백과사전 4권』, 백과사전출판사, 1996, 162쪽.

서사시는 제대로 될 수 없었다. 특히 이 점은 이 서사시의 끝 대목에서 더욱 두드러지게 드러났다. 이 서사시를 쓰는 현재의 열린 공간과 항일운동이란 완결된 과거를 연결시켜야 이 서사시가 나름의 체계를 갖출 터인데 이것을 할 수 없었기에 서사시가 순조롭게 마무리될 수 없었다. 박팔양은 이 시의 끝 대목에서 황급하게 마무리 짓고 말았다.

당시 이러한 형편에 대해서는 시인 자신이 너무나 잘 알았던 것으로 보인다. 그렇기에 시집 서문에 이러한 고충을 우회적으로 적고 있다. 이 시기 박팔양의 내면을 보여주는 귀한 자료이기에 전문을 인용한다.

나는 오래전부터 우리의 경애하는 수령 김일성 원수께서 직접 조직 지도하신 항일무장투쟁을 주제로 한 서사시를 써 보고 싶었다. 그러나 나의 이러한 욕망과 소원은 쉽사리 이루어질 수 없었다. 왜냐하면 이 주제가 나뿐 아니라 모든 사람들을 무한히 감동시키며 또 크나큰 감격에 휩싸이게 하는 훌륭한 주제임에도 불구하고 무장투쟁의 생활 체험이 없고 또 그를 깊이 연구하지 못한 나로서는 대단히 어렵고 힘든 주제였기 때문이다. 나는 해방 직후인 1946~1947년에 걸쳐서 김일성 원수의 항일무장투쟁을 개괄적으로 노래한 「민족의 영예」라는 장시를 써서 당시 북조선 문학예술총동맹 기관 잡지 『문학예술』에 발표한 일이 있으나 그것은 서사시라기보다 한 편의 송가이었고 그나마 잘 되지도 못한 것이었다. 그 후 15년의 세월이 흘렀건만 나의 숙망은 이루어지지 못하였다. 이러다가는 나의 소원이 이루어질 날이 그 언제이겠는가 하고 스스로 얼굴을 붉힐 때가 실로 한두 번이 아니었다. 나는 금년에 영광스러운 우리 당 제4차 대회를 앞두고 다시 한번 생각하게 되었다. 비록 생활 체험이 없고 또 연구가 부족하더라도 우리

당과 우리나라 혁명 전통에 대한 나 자신의 흠모와 감격과 찬양의 노래야 없을 수 있겠는가? 연구 부족이라고 언제까지 주저만 하고 있겠는가? 재질과 능력이 없으면 정성과 노력으로라도 주제를 더 깊이 연구하면서 써야 하지 않겠는가? 이리하여 작년부터 쓰기 시작한 서사시를 계속 집필 탈고한 것이 이 「눈보라만리」이다. 이는 우리 당과 수령에 드리는 나의 송가이다. 그러나 불충분하고 빈약하게 된 것을 부끄러워할 뿐이다. 「눈보라만리」의 자료는 우리 당 역사 연구소의 「혁명전통연구자료」를 참고하였다. 끝으로 이 서사시 주인공으로 원형으로 되시는 분과 기타 여러 동지들의 적지 아니한 방조에 뜨거운 감사를 드리며 한편으로 독자 여러분의 기탄없는 비판과 시정을 충심으로 바라는 바이다. 1961년 7월 15일[7]

박팔양의 회고처럼, 해방 직후에는 김일성의 항일투쟁을 작품화하였다. 해방 1주년 기념시집인 『거류』에 실린 작품 「반일유격 20년 전 ─ 동북 반일유격전송가의 서곡」은 박팔양이 언급한 송시의 서곡인 것으로 보인다. 이 무렵 그가 이런 시를 쓴 것은 외부의 강요가 아니라 안에서 우러나오는 자발성에 기초한 것이었다. 신경新京에서 오랫동안 머물렀던 박팔양이 만주에서 진행된 이 반일유격투쟁을 모를 리가 없었을 것이기 때문에 해방된 땅에서 이런 시를 쓸 수 있었던 것이다. 그런데 1959년 이후 김일성의 항일 유격투쟁을 신비화하는 것을 보면서 박팔양은 더 이상 여기에 동조할 수 없었던 것이다. 그런데 이를 강요하기 때문에 우회적으로 시를 쓴 것으로 보인다. 잘 모른다고 반복적으로 말하는 것은 이 서사시는 자신

---

7   박팔양, 『눈보라만리』, 조선작가동맹출판사, 1961, 5~6쪽.

의 내면에서 우러나오는 것이 아니고 외부에서 삽입된 것에 지나지 않는 다는 불만을 이야기하는 것으로 볼 수 있다. 실감이 동반되지 않는 이 일을 어쩔 수 없이 하기에 결국 자료관에 보존되어 있는 구술을 토대로 하게 되었음을 밝히는 것으로 자신의 곤혹스러움을 전하는 것이다.

이러한 박팔양이었기에 1967년부터 시작된 유일사상체계에 입각한 수령 형상화는 도저히 받아들일 수 없었을 것이다. 이후 그가 북의 문단에 서 사라진 것은 결코 우연하거나 급작스러운 것이 아니고 예비된 것이다.

3. 염상섭과 구미 근대의 외파外破

1936년 9월 이후 조선총독부의 '내선일체'가 시작되었을 때 매일신 보에 근무하던 염상섭은 이것이 갖는 의미를 예민하게 파악한 것 같다. 당시 작가들 중에서 '내선일체'가 시작되고 있으며 이것이 향후 갖는 의 미에 대해 제대로 파악하는 것이 쉽지 않은 마당에 염상섭이 날카롭게 감지한 것은 언론인으로서의 오랜 감각 때문이었을 것이다. 같은 언론 인이었던 박팔양이 '내선일체'를 감지하고 만주국으로 이동한 것이 자 신이 근무하던 『조선중앙일보』가 정간되는 것을 목격하면서 비롯된 것 과는 결이 다소 다르기는 하지만, 『매일신보』에 있었기 때문에 어느 정 도 사태를 파악할 수 있었던 것으로 보인다. 염상섭 역시 '내선일체'보다 는 '오족협화'가 상대적으로 낫다는 판단을 하고 만주국으로 이주한 것 으로 보인다.

시문학계에서 박팔양이 이주한 것이 결코 적지 않은 의미를 갖는 것처럼, 소설문학계에서 염상섭의 만주국 이주 역시 큰 의미를 가졌다. 물론 당시에는 이들의 이주가 갖는 의미를 알아차리는 이들이 많지 않았지만 시간이 흐르고 '내선일체'가 폭압적으로 전개되면서 이들의 이주는 빛을 발휘하기 시작하였다. 백석을 비롯한 작가들이 만주로 이주하거나, 한설야, 이기영 등 많은 작가들이 만주국을 배경으로 한 작품을 창작하는 것들이 이를 잘 말해주었다. 만주국에서의 염상섭의 의미가 돋보였던 것은 『싹트는 대지』의 서문을 쓰는 일이었다. 박팔양이 재만 조선인 시인들의 시집에 서문을 쓰는 것과 염상섭이 재만 조선인 소설가들의 소설집에 서문을 기고한 것은 당시 만주국 조선인 문학장에서 동일한 의미를 갖는 일이었다.

함께 만주국을 선택하였던 염상섭이 박팔양과 다소 다른 진로를 선택한 것은 『만선일보』를 그만두고 안동安東으로 이주한 일이다. 염상섭은 관동군 보도부가 『만선일보』를 장악하기 시작하던 시점인 1939년 말 무렵 『만선일보』를 그만둔다. 중일전쟁 이후 일본의 군부는 사상전과 선전전의 중요성을 깨닫기 시작하였다. 중일전쟁의 현장에 특파원 등의 형식으로 파견된 후 귀국 후 매체에 쓴 작가의 글들이 국민을 전쟁에 동원시키는 큰 역할을 하는 것을 보면서 선전전의 중요성은 한층 강화되었다. 히노 아시헤이의 『보리와 병정』은 그 대표적인 예이다. 군보도반원으로 취재한 것을 일본의 매체에 발표하였다가 엄청난 호응을 받았던 이 작품은 이후 단행본으로 발행되어 제국 일본 내에서 공전의 인기를 끌었다. (이 작품은 식민지 조선은 물론이고 당시 만주국에서도 중국어로 번역되어 1939년 3월 만주국통신사출판부 이름으로 단행본으로 나왔다.) 관동군 보도부가 제국 내에서 이루어지는 이러한 선전전의 양상을 목격하면서 본격적으로 매체에 관여하면서 간섭을 강화하자 염상섭과 박팔양은 신문사를 떠났다. 그런데 박팔양은 『만선일보』를 그만두고 난 다음에도 그대로 신경新京에 남아 있었지만, 염상섭은 신경을 떠나 안동安東으로 이주하게 된다. 코스모폴리탄의 감성으로 구미 근대를 내파하면서 난세를 뚫고 나가려고 하였던 박팔양과 달리, 구미 근대를 외파하려고 하면서 민족적 자율성을 지키려고 하였던 염상섭은 고국 조선과 맞닿아 있는 안동을 택하였다.

1) 안동安東 시절의 염상섭과 『싹트는 대지』(1941)

신경이 아닌 안동을 새로운 주거지로 삼은 염상섭은 여전히 소설을 쓰지 않았다. 그가 서문을 쓴 『싹트는 대지』에도 그의 작품은 없다. 물론 염상섭은 만주국 말기인 무렵에 『만선일보』에 장편소설 『개동』을 발표하였지만 오늘날 볼 수가 없어서 안동 시절의 염상섭의 내면을 이해하기는 여전히 어렵다. 박팔양이 『만주시인집』에 발표한 두 편의 시를 통해서 만선일보사 이후 신경에서 일하던 시절의 내면을 다소간 접근할 수 있었던 것과는 사정이 다르다. 하지만 『싹트는 대지』와 「북원」의 서문이 울림이 큰 글이기 때문에 조금은 짐작할 수 있다.

염상섭이 안동에 머물기로 결정한 데에는 개인적인 여러 요인도 있었겠지만 가장 중요한 것은 역시 지정학적 요인이라 할 수 있다. '내선일체'의 조선을 떠나 '오족협화'의 만주국을 선택한 것은 자신의 조선인 정체성을 내놓고 이야기할 수 있는 환경 때문이었다. 식민지 조선에서는 조선인이라고 말할 수 없지만, '오족협화'를 내세운 형식상 독립국 만주국에서는 자신이 조선인이라는 것을 말할 수 있기 때문이었다. 하지만 관동군이 온갖 일에 개입하고 심지어는 보도부를 통하여 관여하는 상황에서는 더 이상 버티기 어려웠다. 그런 정황 속에서 선택한 곳이 바로 안동이다. 관동군이 득실거렸던 만주국 수도 신경과 달리 안동은 주변이기 때문에 덜 시달릴 수 있기 때문이다. 또한 안동은 신의주와 접해 있기 때문에 고국과의 인접성이 강한 곳이어서 자신이 추구하던 조선이란 국가의 공동체를 상상하기에 유리한 여건이 마련된 곳이어서 더욱 그러하다.

　　그 어느 작품에서나 만주의 흙내 안 남이 없고 조선문학의 어느 구석에서도 엿볼 수 없는 대륙문학 개척자의 문학의 특징과 신선미 신생면을 발견할 수 있는 것은 전 조선문학을 위하여 큰 수확이 아니면 아닐 것이요 작가와 편자의 자랑이라 할 것이다. 그러나 비록 흙에서 나오고 흙내가 배였다 할지라도 본질적으로 진정한 흙의 문학에까지 발전되어야 하겠고 또 이 작품들의 취재의 범위가 전기개척민 생활의 특수한 유형적 사실에 국한된 감이 있는 점으로 보아 이것이 신만주의 협화정신을 체득한 국민문학에까지 전개되어야 할 것을 그 섬부한 장래에 크게 기대하며 또 기대에 어김없을 것을 믿는 바이다.[8]

만주국의 '오족협화'에 발을 딛고 살면서 조선민족의 공동체를 상상하기에 유리하다고 판단한 안동에서 쓴 염상섭의 『싹트는 대지』의 서문은 그런 점에서 매우 흥미롭다. 전 조선문학을 위하여 큰 수확이라고 한 대목은 만주국에서의 글쓰기가 분명히 조선민족의 공동체를 구성하는 일부분이라는 것을 강조한 것이며, 신만주의 협화정신을 체득한 국민문

8　　신형철 편, 『싹트는 대지』, 만선일보사, 1941, 3쪽.

학에까지 전개되어야 할 것이라고 한 것은 '오족협화'의 만주국문학장에서 조선문학이 차지하는 역할이 명백하게 존재함을 강조한 것이다. 신의주 옆에 있는 안동에서 거주하였던 염상섭의 내면이 잘 드러난 대목이라 할 수 있다.

이러한 염상섭에게 참기 어려운 일이 벌어졌다. 당시 일본에서 출판된 『만주국각민족창작선집』1(1942)이 출판되었는데 정작 그 안에 조선인 작품은 하나도 없었다. 가와바다 야스나리를 비롯한 일본의 작가들과 야마다 세이지부로와 같은 재만일본인 작가들과 합작하여 만든 만주국문학선집에 일본작가는 물론이고 중국 러시아 심지어 몽고의 작가들도 수록되었다. 그런데 조선인 작가의 작품은 한 편도 싣지 않았다. 당시 일본 지식인들은 조선인들을 일본인으로 간주하였기에 이러한 일이 발생한 것이다. 그런데 '내선일체'를 피해 '오족협화' 만주국에서 조선인의 정체성을 위해 온갖 일을 하던 염상섭으로서는 이러한 일본문학가들의 태도를 받아들이기 어려웠다. 일본의 작가들뿐만 아니라 만주국의 일본인 문학가들마저도 조선인 문학의 독자성을 부정하는 이 지적 풍토를 강하게 비판한 것이 바로 이 서문의 중요성이다. 이 책이 나온 이후 쓰여진 안수길의 창작집 『북향』의 서문에서는 이 점에 대해 강하게 비판한다.

연전에 만선일보간으로 출판된 재만 조선인 작품집 『싹트는 대지』로 말할지라도 필시 예문운동선에 날아나 그중 수삼 편쯤은 일만문으로 번역 소개될 줄로 기대하였던 바인데 우금 그러한 소식을 듣지 못함은 유감이거니와, 조선문 작품이라고 예문운동에 참가할 방도가 없는 것이 아님은 번설할 것도 없는 것이다.[9]

『싹트는 대지』가 출간되었음에도 불구하고 가와바타 야스나리를 비롯한 일본작가들이 편한 『만주국 각 민족 창작집』에 조선 작품이 한 편도 들어 있지 않은 것을 비판한 것임에 틀림없다. 이런 점들을 볼 때 안동에서의 염상섭은 당대의 동아시아 질서 내에서 조선인의 공동체를 상상하고 있었음을 알 수 있다. 염상섭은 이 조선인 공동체를 통과하지 않는 그 어떤 상상력에 대해서 거리를 두었음을 알 수 있다. 이 역시 1920년대 이후의 그의 오랜 사유 속에서 나온 것이라고 할 수 있다.

2) 『채석장의 소년』과 통일독립의 상상력

해방 후 염상섭은 고향인 서울로 돌아왔다. 너무나 당연한 선택인 것으로 보인다. 하지만 자세히 들여다보면 이것은 결코 자연스러운 회귀가 아니라 지극히 정치적 선택임을 알 수 있다. 해방 직후 바로 서울로 직행했다면 이러한 선택은 자연스러운 귀향일 수 있다. 하지만 염상섭이 서울에 도착한 것은 1946년 중반 무렵이고 해방 직후에는 평안북도 신의주 근처에 머물렀다. 이 점은 그가 3·8선 이남과 이북으로 갈라진 조국의 현실에서 어느 쪽을 선택할 것인가의 정치적 물음을 했음을 증좌하는 일이다. 박팔양이 고향인 수원이나 활동지였던 서울을 택하지 않고 신의주에 머물면서 언론 일을 재개했던 것을 상기하면, 염상섭 역시 초기에는 남쪽을 바로 선택한 것이 아니고 북쪽에 머물 생각도 했음을 말해주는 것이다. 그런 점에서 그가 서울로 돌아온 것은 고향이기 때문에 바로 온 것이 아니라 남북 사이에서 고민하다가 남쪽을 택한 것으로

---

9   안수길, 『북원』, 예문당, 1944, 3쪽.

보는 것이 타당할 것이다. 해방 후 바로 서울로 돌아오지 않고 왜 평안도 지역에 그렇게 오랜 시간을 머물렀는가 하는 점은 염상섭의 해방 후 행적에 있어 매우 중요한 문제라고 할 수 있다. 염상섭은 안동에서 머물렀기 때문에 평안북도 지역이 그렇게 낯선 곳만은 아니었을 것이다. 그렇기에 평안북도 지역에 머물면서 해방된 조국이 나아가는 바를 살피면서 자신의 행로를 결정하였을 것이다. 1920년대부터 구미 근대의 외부에서 이를 강하게 비판하였던[10] 염상섭이었기에 미소의 영향하에 있는 한반도를 찬찬히 주시했을 것이다. 그렇기 때문에 서둘러서 서울로 갈 필요가 없었던 것이 아닌가 생각한다. '내선일체'의 화를 피하여 만주국으로 가서 '오족협화'를 무기로 조선의 정체성을 강조하였던 염상섭이었기에 친일 세력의 처리와 향방도 중요한 관심거리였을 것이다.

그러면 어떤 일이 벌어졌기에 염상섭은 평안도를 떠나 서울로 가기로 결심했던가? 필자의 추측으로는 민주기기론의 영향이 아닌가 한다. 모스크바 삼상회의 이후 북한 정권은 내부적으로 민주기지론을 정하고 이를 바탕으로 일련의 개혁을 해나간다. 그 대표적인 것이 1946년 3월의 토지개혁이다. 남북의 통일독립국가를 상정하였다면 할 수 없는 것이 바로 이 토지개혁이다. 그런데 북한은 이를 밀어붙이게 되는데 이것은 한반도 문제의 해결을 민주기지론에서 구하였기 때문에 가능한 일이었다. 박팔양은 코스모폴리탄적인 경향이 강하기 때문에 소련의 후원 하에 있는 북의 정권이 민주기지론을 내세웠을 때 이를 어렵지 않게 받아들일 수 있지만, 민족적 공동체에 강한 열망을 갖고 있던 염상섭은 이를

---

10   염상섭은 이러한 점에 대해서는 필자의 글 「구미 근대 비판으로서의 표본실의 청개구리」(『지구적 세계문학』 12, 글누림, 218)를 참고.

받아들이기 어려웠을 것이 분명하다.

서울에 안착하야 창작 활동을 재개한 염상섭이 자신이 거주하였던 만주국을 배경으로 작품을 쓰는 것은 너무나 당연한 일처럼 보이기도 한다. 하지만 해방 직후 염상섭의 소설에서 만주국을 배경으로 한 작품은 한두 편의 단편을 빼고 나면 없다. 당대의 현실만을 소설적 배경으로 삼았던 염상섭의 지독한 산문성을 고려하더라도 이는 이례적인 일이다. 해방 전후의 만주국을 배경으로 조선인들의 삶을 다룬 작품을 창작했음 직한 염상섭이 그렇게 하지 않은 것은 분명 쉽게 납득하기 어려운 일이다. 그런 점에서 최근 발굴된 소년소설 『채석장의 소년』은 염상섭의 만주 관련성으로 하여 매우 흥미로운 작품이다. 민주기지론에 동의하지 않아서 서울을 선택한 염상섭이기는 하지만 남북의 대립이 오래 가지 않을 것이라고 보았을 것이다. 물론 미국과 소련의 강한 영향권으로 남북이 휩쓸리는 것을 보면서 남북의 대치가 쉽게 풀리지 않을 것으로 예상하며 서울을 선택한 염상섭이지만 통일독립국가의 건설이 결코 먼 미래의 것은 아니라고 보았을 것이다. 하지만 남북이 각각 국가를 수립하는 분단이 가시권에 들었을 때 이를 막고자 온갖 노력을 다하였다. 남북 연석회의를 지지하는 지식인들의 서명을 주도하여 남북 분단을 막고자 노력하였을 뿐 아니라 장편소설 『효풍』을 통하여 통일독립의 당위성을 보여주기도 하였다. 이 과정에서 미군정에 붙잡혀가는 고초도 겪지만 분단으로 인해 그 모든 노력들이 수포로 돌아갔을 때 염상섭이 내면에서 받는 좌절은 이루 말할 수 없었을 것이다. 염상섭은 분단국가 수립 이후에도 최악의 전쟁 상태는 막으면서 중장기적으로 통일독립국가를 세우는 일에 매진하였다. 바로 이러한 노력의 하나가 『채석장의 소년』이다.

세계적 차원에서 냉전이 격화되어 가는 와중에 한반도에서는 전쟁이 일어날 수 있다는 가능성을 예견하였던 염상섭은 남한의 극단적인 냉전적 친미반공 이데올로기하에서 이 작품을 썼다. 그런데 흥미로운 것은 이 작품에서 만주국에서 이주한 가정이 중요한 구성을 차지한다는 점이다. 만주에서 귀환한 완식이 일가가 서울에서 오랫동안 살아온 규상이 일가의 도움을 받아 안착하는 것은 매우 의미심장하다. 완식이는 만주에 이주하였다가 아버지를 잃고 난 다음 초등학교에서 일본어로 학생들을 가르쳤던 어머니 덕분에 간신히 생활을 영위하였다. 해방 후에 완식이 어머니는 고향은 창피해서 가지 못하겠다고 하여 아는 사람이라고는 아무도 없는 서울에서 살게 된다. 한국어도 잘 모르는 어머니가 겨우 글을 터득하면서 살아가야 하는 마당에 화재를 입어서 아무것도 가진 것이 없게 되어 채석장 밑의 동굴을 집으로 삼고 돌 캐는 일을 도우면서 간신히 생계를 이어나가다가 서울에서 터를 잡고 잘 살고 있는 규상이를 만나게 된다. 규상이의 우정과 환대 덕분에 고향도 아닌 낯선 곳인 서울에 안착을 하게 되는 것이다. 나라를 잃은 후 만주로 떠난 이들이 나라가 독립한 이후에 귀국하여 새로운 민족적 공동체를 만들어가는 것의 중요성을 강조한 것이다. 민족적 공동체의 중요성을 늘 강조하였던 염상섭의 지향에서 나올 수 있는 것이다. 해외에서 귀국한 이들이 귀환하여 새 터전을 마련하는 마당에 남북이 갈려 산다는 것은 매우 부자연스럽다는 것을 우회적으로 강조하는 효과도 생각하였던 것으로 보인다. 만주 이주민의 귀환과 정착을 통하여 통일독립의 미래를 상상하게 만든 것이라고 할 수 있다.

4. 끝나지 않은 만주국

만주국은 1945년으로 끝났지만 만주국의 기억과 재현은 미완결이다. 남북으로 이어진 만주국의 문학적 유산은 제대로 해명되지 못한 채 여전히 우리 앞에 열려 있다. 남을 선택한 이들은 극심한 반공의 냉전 이데올로기하에서 만주국을 온전하게 재현하지도 못하였고 북을 선택한 이들 역시 남과는 다른 맥락에서 냉전의 억압 속에서 만주국의 재현을 자유롭게 할 수 없었다. 남북의 이 굴절이 바로 잡히려면 상당한 노력이 필요하다. 한국 근대문학사와 한국 근대사상사를 위해서도 이는 더 이상 미룰 수 없는 과제이다. 내면적으로 귀향에 실패한 박팔양과 염상섭은 그 시금석이다. 이는 귀향하지 못하고 한반도 바깥에 이산한 작가들의 정당한 조명을 위해서도 꼭 필요한 일이다.

이러한 작업은 한국 근대문학사의 새로운 쓰기에 기여할 것이다. 현재 남북의 문학사를 통합적으로 서술하는 시각이 확보되어 있지 않기 때문에 남북의 문학을 함께 읽어내는 일은 그렇게 쉬운 일이 아니다. 이를 형이상학적으로 접근하지 않고 개별적 주제로 접근하게 될 경우 의외로 그러한 시각은 확보될 수 있다. 만주국을 뿌리로 하여 해방 후의 만주국 출신들이 어떻게 남북으로 이어졌는가 또 남북의 작가들이 만주국을 어떻게 재현했는가를 고찰할 때 남북의 문학을 함께 읽어내는 작업이 가능하다. 이런 식으로 접근할 때 남북의 문학사를 통합적으로 서술하는 것이 그렇게 먼 일만은 아니고 불가능한 기획만은 아닌 것이다.

박영준의 만주 체험과 귀환소설

김종욱

1. '강서적화사건'과 박영준의 두 번째 만주행

1938년 여름 서울에 머물던 박영준은 만주로 이주한다. 1934년 간도 용정에 있는 동흥학교에서 일 년 동안 교편을 잡다가 조선으로 돌아간 지 삼 년 만에 가족들과 함께 다시 만주로 간 것이다. 그동안 많은 일들이 있었다. 1935년 여름 서울로 돌아간 지 얼마 지나지 않아 박영준은 강서 경찰서 고등계원에게 체포된 적이 있었다. 연희전문 재학 중이던 1931 년 고향인 평안남도 강서군 신정면 사달학교에서 1년간 근무한 적이 있었는데, 그 무렵에 강서군에서 브나로드운동을 펼쳤던 동향의 후배 방관혁과 함께 체포된 것이다. 언론에 의해서 '강서(농어촌)적화 사건'[1]으

---

1   여기에 대해서는 김종욱, 「강서 적색농민운동과 박영준」(『구보학보』 22-1, 구보학회, 2019)에서 자세하게 다루고 있다.

로 불린 이 사건이 일단락될 때까지 박영준은 강서경찰서에 반년 가까이 구금되었다가 풀려난다. 그러나 아버지가 3·1운동에 참가하여 평양감옥에서 옥사한 데 이어 자신마저 사상 사건에 연루되자 생계마저 쉽지 않을 만큼 경제적인 어려움을 겪게 된다. 그 와중에 "어렵게 취직한 상업 미술잡지를 내던 '상미사'가 도산하여 실직하게 된다. 게다가 친구의 배반(부인의 결혼지참금을 꾸어 달아남)으로 국내에서 삶의 터전을 잃게 되"[2]었다. 결국 박영준은 생계를 위해 다시 만주로 떠나기로 결심한 것이다.

　박영준이 찾아간 곳은 길림성의 반석磐石이었다. 그리고 교하蛟河(액목額穆으로 불리다가 1939년 10월 개칭)로 옮겨 생활하다가 해방이 맞이하여 서울로 돌아왔다. 해방이 되기까지 7년, 여기에 용정에서의 1년을 더한다면 무려 8년 동안 만주국에서 머무른 셈이다. 뿐만 아니라 만주국 조선인문학의 성과를 집대성한 『싹트는 대지』에 작품을 수록하기도 하고, 『만선일보』에 장편소설을 연재하는 등 꽤 명망 있는 작가로 활동하기도 했다. 그래서 안수길 등 몇몇 사람을 제외한다면 만주에서 이루어진 문학 활동을 언급할 때 반드시 언급해야 하는 작가라고 할 것이다.

　그동안 표언복·전인초·한홍화 등의 연구를 통해 박영준의 만주생활에 대한 다양한 자료들이 축적되어 왔다. 박영준과 특별한 인연을 간직한 전인초는 반석현에 있던 반석중학교(일본 패망 후에 반석조선족중학교로, 최근에는 항일투쟁을 벌였던 이홍광을 기려 홍광중학교로 이름이 바뀌었다)에서 1945년 8월까지 교사생활을 했다고 언급[3]했으나, 표언복은 협화회 교하가분회에 활동한 사실을 밝히고 있다.[4] 그리고 한홍화는 「쌍영」 연재 예고와

2　전인초, 「만우 박영준의 재만 시절 소설 시탐」, 『인문과학』 97, 연세대학교, 2013, 6쪽.
3　위의 글, 9쪽, 각주 10.

『싹트는 대지』에 수록된 작가 소개 등을 통하여 협화회 반석현본부와 협화회 교하가분회에 근무하였다는 점을 확인한 바 있다.[5] 박영준이 자전소설 「전사시대」에서 H회에 취직했다고 말한 점으로 미루어 만주로 건너간 직후에는 협화회 반석현본부에서 근무한 것으로 보인다. 다만, 협화회 교하가분회로 옮긴 뒤에도 산하조직이었던 흥농합작사 소속이었던 것처럼 협화회 반석현본부에 근무하면서도 여러 가지 사정으로 반석중학교 교사를 표면에 내세웠던 것이 아닌가 한다.

이처럼 만주에서의 행적이 속속 밝혀지면서 1930년대 후반 만주에서의 문학 활동에 대한 평가 역시 바뀌게 되었다. 일제 강점기라는 특수 상황을 통해 박영준의 만주에서의 문학 활동을 이해하려는 경향에서 출발하였지만, 「밀림의 여인」에 대한 연구가 진척되면서 점차 부정적인 평가로 전환되었던 것이다. 표언복·서영인·전인초 등의 연구가 전자에 해당한다면, 이상경·한홍화 등의 연구가 이에 해당할 것이다.

그런데 기존의 연구들이 기대고 있는 『만우 박영준 전집』(동연, 2002~2006)은 '전집'이라는 이름에 걸맞지 않게 많은 작품들이 빠져 있어 작가의 온전한 면모를 이해하는 데 부족함이 있다. 박영준이 생전에 발간되었던 작품집을 중심으로 전집을 구성한 결과일 것이다. 예컨대 만주에서 귀국한 직후인 1945년 말에 발간[6]한 첫 번째 작품집 『목화 씨 뿌릴

---

4 표언복, 「역사적 폭력과 식민지 지식인의 주체 분열―박영준 소설의 '만주' 인식 방법」, 『어문학』 104, 한국어문학회, 2009, 186쪽.

5 한홍화, 「박영준 해방 전후의 만주서사와 그 의미」, 『한민족문화연구』 50, 한민족문화학회, 2015, 51~52쪽, 각주 26 참조.

6 만주에서 돌아온 박영준은 이무영과 함께 신세대사에서 근무했는데, 이 회사의 모회사는 서울타임스사(후에 서울 데일리뉴스로 바꾸었다)였다. 박영준의 첫 번째 단편집 『목화씨 뿌릴 때』는 여기에서 출간되었는데, 앞표지에는 신세대사로, 판권란에는 서울

때』에 만주 시절에 발표된 작품들을 거의 대부분 제외하고 있으며, 해방 공간에서도『문학』등을 비롯하여 조선문학가동맹과 관련된 잡지에 발표한 작품들을 남한 단독정부 수립 이후에 발간한『회심기』(을유문화사, 1949)나『풍설』(문성당, 1951) 등에 수록하지 않고 있다. 이에 이 글에서는 해방 직후에 여러 소설들과 수필들을 바탕으로 박영준의 만주 체험을 재구성하고 이를 바탕으로 만주에서의 행적에 대한 작가의 태도를 살펴보고자 한다.

2. 정신적 불모 상태에서의 만주 체류 - 〈무화지〉

박영준이 만주를 향해 두 번째 길을 떠날 때 왜 '반석'을 선택했는지에 대해서는 알려져 있지 않다. 보통 사람이 다른 곳으로 이주할 때 조그마한 연고라도 찾는 것이 인지상정이라고 한다면, 일 년여 동안 머문 적이 있었던 용정을 찾아가는 것이 자연스럽다. 하지만 박영준은 마치 소설「중독자」의 주인공처럼 일부러 자신을 알아보는 사람이 없는 반석으로 향한다.[7] 더구나 반석은 만주국 건국 이후에 오랫동안 반만주국 항일운동 세력이 활동하던 '위험한 땅'이기도 했다. 예컨대 1932년 9월에는 송국영宋國榮을 비롯한 항일연합군이 반석현성磐石縣城을 포위하여 많은 희생자가

타임스사로 표기된 이유이다.

7　박영준은 이때의 심경에 대해서 "나는 사람이 살지 않는 어떤 고도로 가고 싶은 마음이었다"라고 말한 적이 있다. 박영준,「자전적 문학론」, 이덕화 외편,『황소걸음 - 스승 만우 박영준을 기리며』, 동연, 2008, 430~431쪽.

생기기도 했다. 그래서 반석현에서는 오랫동안 군정이 실시되고 집단부락 체제가 유지[8]되다가 루거우차오盧溝橋 사건을 계기로 일본제국주의가 본격적으로 중국 대륙을 침략하면서 비로소 치안이 확보될 수 있었다.

이제 막 '위험한 땅'에서 벗어난 반석으로 향하는 박영준의 속내는 알 수 없지만, 아마도 강서적화 사건과 연관이 있지 않을까 싶다. 그가 취직을 못해 고생하면서도 1938년 여름이 되어서야 반석으로 떠났던 것[9]은 치안유지법 위반으로 재판에 회부된 4명이 3월 1일에 확정 판결을 받았기 때문이다. 재판 결과 한 사람은 징역 1년 6개월을 선고받았고, 나머지 세 사람은 각각 징역 1년을 선고받았다. 박영준은 재판이 마무리되기까지 경찰의 감시를 받으며 국내에 머물 수밖에 없었던 것이다. 그 사이에 강서적화 사건으로 함께 투옥되었다가 풀려난 방관혁은 북경에 있는 중국 협화의학원으로 유학을 빙자해 망명길에 올랐다. 강서적화 사건에 연루되었던 인물 중에서 몇 사람은 옥고를 치르고 있고 한 사람은 중국으로 망명을 떠난 뒤였으니 혼자서 취직을 위해 만주로 가는 박영준의 심경이 편치 않았으리라는 것은 충분히 짐작이 가는 일이다. 이러한 심경은 '모럴'에 대한 회의와 갈등으로 드러나기도 한다.

전전하면서도 생활 같은 생활을 한번도 못하면서도 다만 나만이 가진 정열로 말미암아 살고 있었다. 먹을 것이 없어 처자를 자기 집에 보내두고도

---

8   『盛京時報』, 1944.5.4, 박성순, 「梵亭 張炯의 滿洲에서의 獨立運動」, 『한국근현대사연구』 79, 한국근현대사학회, 2016, 122쪽에서 재인용.
9   1938년에 발표한 수필 「꿈속의 고향」을 보면 1938년 봄이 지난 후에 만주로 간 것을 알 수 있다.

생활에 대한 걱정을 아니했다. 내 모럴을 파악하기 위하여 선배들의 작품을 읽기에 여념이 없었다. 그러나 아직까지 내가 바라는 내 모럴을 발견 못했고 따라서 내 작품의 가치는 옛날 것보다도 떨어지는 듯하다. (…중략…) 내 모럴을 파악하겠다는 노력을 그대로 가지고 있다. 시대적인 것보다 옛날로부터 지금까지의 공통된 무엇을 발견하고 거기에 따르는 내 마음자리를 잡겠다는 욕망, 이것이 내가 죽을 때까지의 수업과제이다.[10]

만주에 머무는 동안 박영준은 『만선일보』에 장편소설을 연재할 정도로 꽤 명망 있는 작가로 인정받고 있음에도 불구하고 그리 많은 작품을 발표하지 않는다. 뿐만 아니라 이 무렵에 쓴 소설 중에서 만주를 배경으로 한 작품도 찾아보기 어렵다. 「중독자」(『신인단편집』, 1938), 「무화지」(『문장』, 1941.2), 「밀림의 여인」(『만선일보』, 1941.9) 등에 불과하다. 심지어 『만선일보』에 연재한 장편소설 『쌍영』조차 만주와는 무관하다. 그래서 반석에서의 경험과 내면 풍경을 엿볼 수 있는 작품은 「무화지」가 거의 유일하다.

「무화지」는 등장인물의 입을 빌어 "참, 이곳은 우리 동포가 잊지 못할 곳입니다. 가장 먼저 땅을 개간하고 들어온 데가 이곳일 뿐 아니라 반만항일군에게 가장 큰 희생을 본 데도 이곳입니다. 그래두 조선 사람이 많기로는 간도 다음 갈 것입니다"[11]라고 말한 점으로 미루어 볼 때, 반석을 무대로 한 작품이라고 할 수 있다.[12] 이 작품에서 서술자는 신경(장춘)에서 파

---

10 박영준, 「고독─나의 소설수업」, 『문장』 2-6, 1940.7, 235쪽.
11 박영준, 「무화지」, 『문장』 3, 1941.2, 203쪽.
12 서영인, 「박영준 문학과 만주─박영준 문학세계의 연속성 탐구를 위한 시론」, 『한국근대문학연구』 24, 한국근대문학회, 2011, 69쪽.

견 온 만주국 참사관을 대접하는 자리에 모인 지방 유지들의 모습을 그리면서 시니컬한 어조로 "지방 유지들이란 이는 물론 이 지방에서는 내노라고 하나 길림쯤만 가도 이름을 알고 찾아주는 이가 별반 없는 그야말로 숨은 지사"[13]라고 표현한다. 그리고 등장인물들의 추태에 대해서도 "만주에까지 같이 오지 않았느냐 하는 뜻에서인지는 모르나 술상만 마주 앉으면 체면도 계급도 전혀 없어지고 서로 부르는 말이 '군'으로 되어버리는 이곳 풍속"[14]이라고 표현함으로써 등장인물과의 거리감을 드러낸다.

이러한 서술 태도는 주인공 재춘을 형상화하는 과정에서 더욱 극명하게 나타난다. 그는 만주에 들어올 때는 먹을 게 없어 빌빌댈 지경이었지만, 조강지처를 버리고 얻어들인 후처가 알뜰하게 살림을 한 덕분에 지방 유지로 대우받게 된다. 그럼에도 불구하고 재춘은 아내에게 고마워하지 않을 뿐더러 아내를 죽음으로 몰고난 뒤에도 조그마한 죄책감조차 갖지 않는다. 오히려 "조강지처만을 데리고 사는 사람이 몇이나 있는가. 만주에 와서 마음대로 못 살면 어데서 이런 생활을 한담"[15]이라고 하면서 합리화할 뿐이다.

이처럼 서술자는 만주에서의 삶을 자신의 욕망만을 좇는 부도덕하고 타락한 모습으로 그려낸다. 등장인물들이 만주를 찾아온 까닭은 지금까지와는 다른 모습으로 살아보겠다는 욕망이었지만, 그 욕망은 삶의 진정성을 회복하려는 모습이라기보다는 멋대로 살아가겠다는 파락호의 모습에 지나지 않았다. 문제는 서술자가 등장인물에 비판적인 거리를

---

13 위의 글, 203쪽.
14 위의 글, 204쪽.
15 위의 글, 210쪽.

취하는 듯 보이지만, 정작 작가 자신의 실제 행적과 중첩시켰을 때 서술자 역시 등장인물과 크게 다를 바 없다는 점이다. 서술자는 진공 상태에서 등장인물들의 윤리성을 '객관적'으로 평가하는 존재가 아니라, 그 역시 작가 자신의 선택에 따라 윤리적으로 평가받아야 하는 존재이기 때문이다. 그런 점에서 볼 때 '무화지'라는 표제는 등장인물들의 삶을 요약하는 제목이기도 하지만, 서술자 혹은 작가 박영준의 삶을 암시하는 제목이기도 하다.

『싹트는 대지』(만선일보출판부, 1941)에 수록되기도 했던 단편 「밀림의 여인」은 작가 박영준의 윤리적인 파탄을 보여주는 작품에 다름 아니다. 일인칭 서술자 '나'는 십여 년 동안 산 속 생활을 하다가 토벌군에 의해 총상을 입고 포로가 된 김순이라는 인물을 설득하여 만주국의 건전한 국민으로 재탄생시키기 위해 노력한다. 협화회의 주된 임무 중 하나가 만주국 건국의 정당성을 일반 민중에게 선전하고 교화하는 역할이었으니, 반만항일운동을 펼치는 '비국민'을 '국민'으로 순치시키는 것은 협화회 회원으로서 당연히 수행해야 할 임무였을 것이다. 그래서 반석지역에서 반만항일투쟁이 기치를 높이 들던 시기에는 협화회 회원들이 공산주의자에 의해서 처단되는 사건이 발생하기도 했다. 협화회는 만주국 건국의 정당성을 둘러싸고 벌어지는 이념의 전장에서 최전선에 서 있던 단체였던 것이다. 요컨대 강서적화 사건의 관련자로 고초를 겪었던 박영준은 「무화지」에 흔적처럼 남아 있던 자의식마저 버리고 적극적으로 '공산비적'을 설득하여 제국주의에 순응시키는 협화회의 역할을 적극적으로 선전하고 있는 셈이다.[16]

3. 죄의식에서 벗어나는 방법-「탈출기」

1945년 일제가 패망하던 무렵 박영준은 길림성 교하현 흥농합작사에서 근무하고 있었다. 박영준은 흥농합작사에 대하여 "현재 우리나라의 농협과 같은 것"이어서 "농자금을 대부하는 일 외에 농사 지도를 하고 있"었으며 전쟁 말기에 "한국 사람들을 전쟁 수행에 협조하는 일반적 일에 지도적 역할"[17]을 수행했다고 언급한다. 그렇지만 협화회 산하조직이었던 만큼 흥농합작사의 임무는 일본의 침략전쟁과 깊숙이 연관되어 있었다. 일본이 패전을 선언하던 날에도 박영준은 한국 청년들을 이끌고 깊은 산속에 들어가 머루나무 잎으로 주석산을 만드는 일을 수행하고 있었기 때문에 패전 소식조차 삼일 후에야 알 정도였다. 따라서 패전 소식을 들으면서 "해방의 기쁨보다도 우선 불안에 떨지 않을 수 없"[18]었던 것은 당연한 일이었다. 결국 박영준은 1945년 9월 교하를 떠나 서울로 향한다. 만주에서 지낸 지 7년 만의 일이다.

그런데 교하를 떠나는 기차에 오를 때 박영준은 혼자였다. 왜냐하면 만삭의 아내가 두 아이를 함께 귀환길에 오르는 것을 반대했기 때문에

---

16 서영인은 「밀림의 여인」을 분석하면서 "「밀림의 여인」은 당시 일본제국의 귀화정책에 호응하여 창작된 것이기는 하지만, 세부적 내용은 정책이 지시하는 최소한의 것만을 다룬 것으로 보아야 하지 않을까 한다. 『만선일보』의 작품에 대한 검열과 압박이 한층 강해진 것이 1941년 초의 일이었고, 이 작품이 『만선일보』에 발표된 때가 1941년 7월이었다는 점도 함께 고려한다면 박영준의 만주에 대한 태도는 적극적 협력이라기보다는 무관심 내지는 의도적 거리두기였다고 보아야 할 것이다"라고 말한 적이 있지만 동의하기 어렵다. 위의 글, 74쪽.
17 박영준, 「밀림을 밝힌 자유의 햇살-만주 길림성에서 맞은 8·15」, 『세대』 97, 1971.8, 196쪽.
18 위의 글, 197쪽.

가족을 두고 떠날 수밖에 없었던 것이다.

> 아버지 기억하시겠지요? 1945년 해방이 되었을 때 아버지는 "나라가 해
> 방되었다"며 그리도 기뻐하시고 빨리 서울에 가야겠다며 서둘러 지린성을
> 떠나실 때, 끝까지 따라가겠다고 기차 정거장 고삐차까지 따라가서 울던 저
> 를 기억하시겠지요? 아버지는 그때 몇 번이나 고삐차를 탔다 내렸다 하시면
> 서 저를 타이르고 또 내려와서 타이르곤 끝내는 함께 울고 헤어졌던 일 말입
> 니다.
> "넌 엄마와 동생들을 돌보아 주어야 한다. 나는 너를 믿고 떠나는데 네가
> 굳센 모습을 보여주어야지."
> 제 나이 열한 살이었습니다. 그 후, 우리 식구는 늘 아버지를 그리워하며
> 따라다녔던 것 같습니다.[19]

박영준은 교하에서 길림을 거쳐 봉천과 안동으로 이어지는 안봉선 대
신에 길림과 회령을 왕래하던 길회선吉會線을 타고 용정까지 온 다음 도
보로 두만강을 건너 회령으로 들어섰다. "두만강까지 이르는 동안 한번
서기만 하면 떠날 줄 모르는 기차가 마음을 애태워주기는 했지만, 조국
에의 첫걸음은 그리 힘들지가 않았다. 내가 살던 교하에서 용정을 거쳐
독립운동의 근거지였다고 말할 수 있는 명동촌을 지나 회령까지 이르는
동안 기차를 타고 자동차를 타고 또는 걷고 하여 사오일이 걸리었다."[20]
박영준은 자신의 귀환 과정을 해방 이후 처음 발표한 「피난기」(『예술』,

---

19 박승렬, 「편히 쉬시옵소서」, 이덕화 외편, 앞의 책, 320쪽.
20 박영준, 「두 국경과 두 사선」, 『문학』, 1950.5, 154쪽.

1945.12)에 담았다. 소설이라는 형식으로 발표한 것이어서 작가 개인의 삶과 등치시킬 수는 없겠지만, 그래도 다른 회고들과 비교해보면 귀환 과정이 오롯이 담겨 있음을 알 수 있다. 이 작품은 여러 모로 허준의 「잔등」을 떠올리게 한다. 「잔등」의 여정이 장춘에서 시작되었던 것과 달리 「피난기」의 여정은 교하에서 시작되기는 했지만, 두 소설의 주인공들은 용정부터 같은 길을 걸어 (아마 삼합진 근처를 건너) 회령으로 들어섰을 것이다. 그리고 나남, 청진, 주을을 거쳐 서울로 향한다. 「잔등」에서 주인공들이 만달린이 달린 청복을 입고 "안봉선을 택하지 않고 이렇게 먼 길을 돌아오"던 것이 안전 때문이었던 것과 마찬가지로 「피난기」에서도 "헌 만주옷에다 시골 사람으로 보이기에 알맞은 시꺼먼 보따릴 짊어지고 만주를 떠"[21]났던 것이다.

그렇다면 소설의 주인공 민수는, 혹은 작가 박영준은 왜 가족들을 이역에 두고 혼자 떠날 수밖에 없었을까? 소련군 진주와 함께 가중된 혼란을 이유로 삼는다면, 그는 가족들을 위험 속에 방치한 채 홀로 도망친 셈이 된다. 그렇지는 않을 것이다. 이때의 절박한 선택을 이해하기 위해서는 박영준이 남긴 회고록을 함께 살펴볼 필요가 있다.

그래서 9월 20일경 우리들 젊은 사람 대여섯 명이 다같이 단신으로 그곳을 떠났다. 이국에 남겨논 가족들 걱정이 어떠할 것인가? 그러나 조국과 더불어 호흡을 같이 하고 싶은 욕망이 주어진 현실을 운명이라 생각케 했다.

---

21 박영준, 「피난기」, 『예술』, 1945.12, 17쪽.

나는 현금 백 원을 가지고 떠났다. 도중 소련 군인들의 약탈이 있을 것이라는 겁도 겁이었지만, **가족들의 생활을 걱정하지 않을 수 없었기 때문이었다.** 옷도 허술한 것으로 갈아입었다. 화물열차에 시달려야 할 형편에 좋은 옷을 입을 수도 없었지만 서울만 가면 옷 같은 것이 문제랴 하는 생각이었다.

서울에 도착만 하면 대한민국의 한 지도자로 나를 맞이해 줄 것이라는 꿈 때문이기도 했다. 그래서 갈아입을 옷 한 벌 가지지 않고 빈 몸으로 떠났다. 일행 모두가 그랬다. 니는 그래도 만년필 한 자루만은 잊지 않았다. 앞으로의 내 생활을 창조해 줄 오직 하나의 만년필.(강조는 인용자)[22]

여기에서 박영준은 서둘러 귀국길에 오른 이유로 "조국과 더불어 호흡을 같이 하고 싶은 욕망"이나 "대한민국의 한 지도자로 나를 맞이해 줄 것이라는 꿈"을 들면서 '백 원'을 지니고 떠났다고 이야기한다. 도중에 소련 군인을 만나게 되면 **빼앗길** 것이 두렵기도 했지만 "가족들의 생활을 걱정하지 않을 수 없"어서 현금을 지녔다는 것이다. 하지만 남겨진 가족들의 생활이 걱정스러웠다면 현금을 놔두었어야 마땅하다는 점에서 이 진술은 당혹스럽기만 하다. 더구나 박영준은 1950년에 같은 장면을 회고하면서 "하루빨리 서울이 보고 싶었다. 그래서 기차가 없으면 걸어서라도 가야겠다는 생각에 허름한 중국옷을 입고 주머니의 여비는 최소한도로 하여 떠났다"[23]고 말한 적이 있다. 귀환한 지 얼마 지나지 않은 시점에는 최소한의 여비만 지닌 채 돌아왔다고 말하다가, 오히려 세월

---

22 박영준, 「밀림을 밝힌 자유의 햇살―만주 길림성에서 맞은 8·15」, 『세대』 97, 1971.8, 200쪽.
23 박영준, 「두 국경과 두 사선」, 『문학』, 1950.5, 154쪽.

이 지난 뒤에 돈 백 원을 지니고 떠났다고 말하니 정확한 사정을 알 길 없다.

이와 관련하여 정현기는 스승을 회고하는 자리에서 다음과 같이 적은 적이 있다.

8·15광복 직후 두만강 물에 만주 때를 씻고 단독으로 귀국한 선생이 가지고 온 삼백 원 돈으로, 뒤에 처진 가족들은 집이라도 한 채 사기를 바랐고 또 그럴 수 있는 금액의 돈이었다. 그런데 천신만고 끝에 뒤미처 귀국하여 장충동 난민 수용소에 자식들을 남겨놓고 정숙용 여사가 찾아간 회사 (그때 선생은 이무영 선생이 주관하던 『신세대』에 근무하고 있었다)에서 애길 듣고 보니 선생은 돈을 한푼도 없이 날려 버렸고, 친척이 사는 적산가옥의 방 한 칸을 빌려 살고 있었다.[24]

박영준은 만주로 건너간 이유를 직장이 없어서 먹고 살기 힘들었기 때문이라고 여러 차례 말했다. 그런데 만주생활 칠 년 만에 서울에 집 한 채를 살만큼 돈을 모은 것이다. 교하에 아내와 자식들이 머물고 있는 집이 있으니 만주생활에서 모은 돈의 규모는 작지 않았다. 박영준이 가족을 두고 귀국해야 했던 이유는 바로 돈이었다. 그 돈이 없으면 다시 칠년 전의 가난으로 되돌아가야 했으므로 '가족들의 생활을 걱정해서' 혼자서 교하를 빠져나와야 했던 것이다.

하지만, 귀국할 때 지니고 왔다는 돈의 행방은 묘연하다. "돈을 한푼

---

24 정현기, 「만우 박영준 문학과 사랑」, 이덕화 외편, 앞의 책, 215쪽.

도 없이 날려 버"린 것에 대한 언급은 박영준의 회고 어디에서도 발견할 수 없다. 어렵사리 지니고 온 돈을 방탕하게 탕진해 버렸는지, 아니면 브로커들에게 속아 사기를 당했는지, 아니면 귀국길에 빼앗겼는지에 대해서 아무 말이 없다. 가족들을 험지에 두고도 지켜야 했을 만큼 소중했던 것을 정작 잃어버린 다음에 아무렇지도 않는 듯 무심하게 지나가는 것은 무슨 까닭일까? 이 지점에 주목하는 것은 박영준의 윤리의식이 놓여 있다고 생각하기 때문이다.

「피난기」에서 주인공 민수는 서울로 귀환하는 도중에 성진에서 치안대 사람들에게 조사를 받게 되는데 조사 도중에 치안대원은 민수의 손바닥을 가리키며 "일본놈 밑에서 잘 살았겠구먼……"[25] 하고 비웃는다. 치안대원의 비웃음은 "쇳소리처럼" 민수를 괴롭힌다. "무엇을 잘 살았으랴마는 그런 말이 가슴을 찌르는 것을 또한 어찌할 수" 없었고, "누구는 그 밑에서 살지 않은 이가 있으련만 그렇다고 해서 민수가 머리를 버젓이 들 주제는 없었다."[26] 이 에피소드가 보여주듯이 박영준은 적어도 만주 생활 칠 년 동안 일본제국주의와 협력하면서 편안한 생활을 해 왔다. 설령 「무화지」에서 그려낸 것처럼 윤리적 타락에 대한 선명한 자의식을 지니고 있다 하더라도 그 선택은 책임을 요구한다. 돈이야말로 그 결정적인 증거이다. 소설 쓰기란 말의 세계여서 얼마든지 자기합리화도 자기반성도 가능하겠지만 돈의 세계에서는 그렇지 않다. 그것을 두고는 '만

---

25 이 경험은 「밀림을 밝힌 자유의 햇살—만주 길림성에서 맞은 8·15」에 자세하게 그려져 있다. 그런데 「피난기」에서 '일본 사람의 앞잡이'였다고 의심을 받았다고 서술된 대목이 '미국의 간첩'이라고 의심을 받았다는 식으로 고쳐져 있다는 점도 고려해야 할 것이다.
26 박영준, 「피난기」, 『예술』, 1945.12, 18쪽.

주의 때'를 씻을 수 없는 것이다. 그러니 만주에서 모은 돈을 없애야 했다. 돈이 사라져야 자신을 옥죄고 있는 죄책감에서도 조금이나마 벗어날 수 있다. 허준의 「잔등」에서는 만주의 때를 벗기기 위해 주을온천에 가는 것만으로 충분했지만, 박영준의 경우에는 두만강을 건너면서 몸에 찌든 만주의 때를 씻는 것만으로는 부족했다. 만주에서 가져온 돈도 함께 없어져야 했다. 만주 칠 년의 죄책감과 함께 없어질 수만 있다면 돈 몇 백 원쯤이야 그리 안타까울 일이 아니었는지도 모를 일이다.

이처럼 돈은 부끄러운 과거를 상징하는 그 무엇이었다. 돈이라는 증거가 남아 있는 한 과거의 죄책감에서 벗어나 미래를 향해 새로운 선택을 하는 것은 불가능하다. 「피난기」의 주인공 민수는 소설의 결말 부분에서 "과거의 생활을 추궁해보고 티 없는 구슬을 고른다면 조선은 어찌될까?"[27] 라고 생각하면서 옛동무를 찾아가 ××공장 자치위원회 조직 활동에 동참한다. 돈의 행방이 묘연해진 것과 함께 친일행위에 대한 진지한 고백이나 반성도 어느 틈엔가 사라진다. 과거에 친일행위를 했던 인물이 서울로 도망쳤다가 같이 일하자는 친구의 말에 고향에 돌아간다는 내용으로 이루어진 「환향」(『우리문학』 2, 1946.3) 역시 「피난기」와 다를 바 없다. 이로써 "너무나 비굴하고 너무나 소극적"이어서 "두 번 다시 생각하고 싶지 않은 만주의 생활"은 박영준의 글쓰기 공간에서 사라진다.

이렇듯 과거에 면죄부를 부여한 박영준은 거침이 없었다. 1945년 12월 「피난기」를 발표한 이후 1950년 6월까지 만 4년 반 동안 40여 편의 단편소설을 발표한다. 몇 편의 콩트가 포함되어 있긴 하지만, 매달 1편 정도의

---

27 위의 글, 19쪽.

소설을 쓴 셈이다. 이 시기 동안 박영준은 만주 경험을 다룬 「과정」(『신문학』, 1946.4), 「아버지와 딸」(『부인』, 1946.10), 「물쌈」(『문학』, 1946.11), 「고향 없는 사람」(『백민』, 1947.3) 등을 발표하는데, 그의 소설 속에서 만주 체험은 민족적 차별과 저항의 서사로 재구성된다. 예컨대 「과정」은 합작사에 근무하는 조선인들의 부당한 대우와 민족 차별을, 「물쌈」은 국가권력과 결탁하여 저수지를 만들고 물을 독차지하는 툰장의 횡포에 저항하는 조선 농민의 삶을, 「고향 없는 사람들」은 풍만저수지가 건설되면서 애써 개간한 땅이 물에 잠기자 새로운 땅을 찾아 떠날 수밖에 없는 이주민들의 애환을 그리고 있지만, 작가 자신의 삶과 관련된 성찰적 글쓰기와는 거리가 멀다. 만주국 붕괴 이전의 조선인 농민들의 이야기를 여전히 "일본인으로부터 차별과 학대, 수모를 견뎌내야 하는 민족 수난의 공간"[28]으로 재현하여 독자들을 민족적 울분으로 이끌어가는 서사 전략을 구사하고 있는 것이다.

4. 뒤늦은 귀환, 섣부른 해결 – 「죽음의 장소」

박영준이 해방 직후에 발표한 작품들은 모두 길림성 교하 인근을 배경으로 한 작품이었다. 「과정」은 흥농합작사가 배경이고, 「물쌈」이나 「고향 없는 사람들」의 경우에는 농민들의 삶을 그려내고 있는 것으로 보아 흥농합작사에서 근무하던 경험을 그린 것으로 보인다. 그런데 박영준은 자신의 만주 체험뿐만 아니라 만주 이주민들의 삶 또한 깊이 있게 천착하지 않는다.

---

28 한홍화, 앞의 글, 54쪽.

흔히 박영준을 농민소설 작가라고 하지만, 정작 그의 창작 활동 중에 농민 문제를 깊이 있게 천착한 것이 등단 직후의 일이 년에 불과했다는 사실을 떠올린다면, 해방 직후 재만 조선인 농민들에 대한 관심이 금세 사그라진 것도 그리 이상할 것은 없다. 그런데 약 이십여 년이 지난 후 박영준은 다시 만주를 배경으로 한 「전사시대」(『현대문학』, 1966.3), 「죽음의 장소」(『현대문학』, 1973.9), 그리고 「밀림의 여인」(개작, 『현대문학』, 1974.6)을 발표한다. 이 작품들은 거의 소설화된 적이 없었던 반석 시절을 다루고 있다는 점에서 흥미롭다. 오랜 세월을 두고 깊이 묻어두었던 반석 시절의 기억을 다시 끄집어 올린 것이다. 세 편의 작품 중에서 「밀림의 여인」 개작본은 몇몇 연구가 진행된 적이 있지만, 「죽음의 장소」는 거의 주목받지 못했다.

「죽음의 장소」는 1932년 9월에 있었던 반석현성 포위 사건과 깊이 관련되어 있다. 이 사건은 1934년 조선총독부에서 편찬하고 보급한 『보통학교 국어독본』 10권(5학년 2학기에 해당) 24단원에 「반석의 공적」이라는 이름으로 수록될 정도로 널리 알려져 있었다.[29] 반석현성이 반만항일군에게 포위되었을 때 조선인 전령 세 명이 죽음을 무릅쓰고 길림성에 이 소식을 알려 위기에서 벗어날 수 있었다는 내용이다. 소설의 주인공 천종구는 바로 B현이 포위되었을 때 목숨을 걸고 지원군을 요청하러 갔던 세 명의 조선인 전령 중 한 명이다. 천종구를 포함한 세 용사의 활약 덕분에 '비적'들이 쫓겨나자 일본인 거류민들은 감사의 뜻을 담아 '삼용사기념비'를 세우고 협화회에서 근무할 수 있도록 주선한다. 그런 천종구였기에 일본의 패전 소식을 듣자 당혹감을 감출 수 없다. 이제 삼용사기념

---

29 박제홍, 「만주사변 이후 교과서에 나타난 일제의 대륙진출에 대한 고찰」, 『일본어교육』 70, 한국일본어교육학회, 2014.

비는 '일본의 앞잡이'라는 사회적 낙인이 된 것이다. "동쪽 언덕에 서있는 삼용사기념비가 눈에 보였다. 가슴이 철렁 내려앉았다. 기념비를 세운다 해도 왜 시가 어디서나 볼 수 있는 저 높은 곳에 세웠을까? 일제 밑에서는 한 번도 느껴보지 못했던 감정이었다. 도리어 그런 곳에 세워준 그들에게 감사했고, 스스로 자랑스럽게 생각해 왔던 것이다."[30]

'일본의 앞잡이'라는 이 낙인은 어딘가 익숙하다. 바로 박영준이 가족들을 두고 혼자 귀국할 때 성진에서 치안대에 잡혀가 들었던 말이기도 하다. 이 낙인을 지우기 위해 일본의 앞잡이로 살면서 모았던 돈을 없애기도 했다. 그렇지만 일본의 앞잡이라는 낙인을 지울 수 있으리라는 믿음은 헛된 것이었거나 안이한 것이었다. 이십여 년의 세월이 흐르는 동안 종군작가로, 대학교수로 살아가면서 만주의 기억에서 벗어난 듯했지만, 여전히 마음 깊숙한 곳에서는 '일본의 앞잡이'라는 말이 쇳소리처럼 쟁쟁했던 것이다. 박영준은 여전히 만주로부터 해방되지 못하고 있었다. 만주로부터 해방되기 위해서는 교하 시절이라든가 흥농합작사 등이 아니라 만주 체험의 본질에 해당하는 반석현과 협화회를 정면으로 문제 삼지 않을 수 없었던 것은 이때문이다.

박영준은 반석 시절 협화회 반석현본부에서 근무했고, 교하 시절에도 협화회 교하가분회에서, 그리고 협화회 산하기관인 흥농합작사에서 근무했으니 그의 두 번째 만주 체류는 온통 협화회와 관련되어 있다. 「죽음의 장소」는 반석현을 의미하는 B현을 배경으로 '협화회 촉탁'으로 근무했던 인물의 내면을 그려나간다. 그런데 소설에 언급된 것을 그대로 인

30 박영준, 「죽음의 장소」, 『현대문학』, 1973.9, 33쪽.

용하자면, "협화회란 일본이 만주에서 융화정책을 실천한 기관이다. 만주의 유일한 정치기구인 동시 일본사상의 선양기구이기도 하다. 그런 기관에 근무했다는 것은 결국 일제에 협력했다는 증거가 된다."[31] 이것은 부인한다고 해서 부인될 수 있는 성질의 것이 아니다. 해방 직후 만주 체험을 다루면서도 교하 시절, 그리고 홍농합작사를 협화회와 무관한 척 전면에 부각시켰던 것은 일종의 위장술이어서 작가의식의 심층에 놓인 민족적 죄의식을 소거할 수는 없었던 것이다.

위장술 혹은 미봉책이 실패한 이상, 이제 일본의 앞잡이였다는 낙인을 지우기 위해서는 새로운 논리를 개발해야만 한다. 천종구가 펼치는 친일의 변을 한 마디로 요약하자면, 일본을 위해서가 아니라 동포를 위해서 일했다는 것이다. "협화회에 근무했다는 것도 민족적으로 부끄러운 일이 아니다. 협화회에서도 조선인을 위해 일해 왔으니까."[32] 민족을 위해 친일을 했다는 이 오래된 논리에 따로 주석을 달 필요는 없을 것이다. 박영준 자신도 이미 자전소설인「전사시대」에서 만주행이 민족의식과 무관한 것임을 스스로 고백한 적이 있다.

유치장을 나온 뒤 삼년 동안 영수는 취직운동을 했지만, 끝내 취직을 못했다. 그때 만주의 친일단체인 H회에서 조선인을 쓴다는 말을 듣고 만주로 왔다. 오직 목숨을 살리기 위해서였다. 특히 불온분자로 블랙리스트에 올라있는 그로서는 어찌할 수 없는 일이다. 할아버지와 아버지를 생각할 여유가 없었다. 그래서 영수는 이름까지 일본식으로 기노시타(木下)라 고쳤고, 직장에서 집으로

---

31 위의 글, 32쪽.
32 위의 글, 32쪽.

돌아오면 유카타(일본 여름옷)나 단젱(일본 겨울옷)을 입고 게다를 신는 생활을 하지 않을 수 없다.[33]

박영준의 할아버지와 아버지는 강서만세운동을 주도했던 인물이었고, 박영준은 그들을 통해서 민족의식을 기를 수 있었다. 그런데 「전사시대」에서 만세운동을 하다 감옥에 갇혀 모진 고문에 시달리다 끝내 죽음을 맞이했던 아버지를 생각할 겨를도 없이 오직 생존을 위해 만주의 친일단체 H회에 가담했다고 고백한 지 얼마 지나지 않아, 「죽음의 장소」에서 협화회에서 민족을 위해 일했으므로 민족적으로 부끄러운 일이 아니다라고 말하는 것은 분명한 자기모순이고 자기기만이다. 만주에 살던 조선인들이 어느 편을 선택하는가는 개인의 몫이었지만, 그 선택에서 중간지대는 존재하지 않았다. 협화회 회원으로 공산비적과의 이념전에서 선봉에 섰던 경험을 「밀림의 여인」으로 소설화한 적이 있는 박영준이 이 사실을 모를 리 만무하다.

그런 사실을 염두에 두고 「죽음의 장소」를 읽다보면 소설의 마지막 대목은 대단히 인상적이다. 소련군이 만주에 진주하고 B현에도 치안대가 조직되면서 친일파들을 인민재판에 붙이기로 했다는 소식을 듣고 천종구는 큰아들과 함께 서울로 도망 오는데, 얼마 지나지 않아 소련군에게 겁탈을 당해 목숨을 끊으려 하는 큰아들의 약혼녀를 데리고 아내 또한 돌아오게 된다. 두 사람은 비밀을 묻어둔 채 서둘러 결혼을 시키지만 며느리는 죄책감에서 벗어나지 못한 채 고통스러워한다. 상대방에게 자

---

33 박영준, 「전사시대」, 『현대문학』 135, 1966.3, 38쪽.

신이 겪은 일을 알리지 않았다는 생각에 "속으로 앓고 있는 복실이와 속으로 앓을 가능성을 가지고 있는 아들을 옆에서 보아야 하는 고통"을 견디던 천종구는 며느리에게 다음과 같은 이야기를 들려준다.

> 만주에서 농사를 짓고 있을 때 산에다 덫을 놓은 일이 있었다. 다음날 가보니 사슴 한 마리가 그 덫에 쳐 있었다. 분명히 쳐 있는데도 새끼에게 젖 먹이고 있음을 보았다. 덫에 치어 있는 한 다리에서는 피가 흐르고 있었다. 얼마나 아팠겠니? 죽을 시간이 눈에 보였을 거다. 그래도 사슴은 새끼에게 젖을 주고 있었다. 그때 나는 덫에 친 사슴은 잡아왔지만 젖을 빨다가 도망가는 새끼사슴을 쫓아가지 못했다.[34]

늘상 그렇듯이 이 이야기는 우의적이다. 만약에 복실이와 천종구의 처지가 같은 차원에서 비교될 수 있다고 한다면, 두 사람은 모두 자신이 겪은 일을 비밀로 만들었다는 점에서 덫에 걸린 존재들이라고 할 수 있다. 작가 자신이 명쾌하게 비유하고 있듯이 덫이라는 것은 한번 발을 들여놓게 되면 절대로 빠져나갈 수 없다. 빠져나가려 하면 할수록 덫은 깊숙이 파고들어 더욱 고통스럽게 만들 것이다. 그렇다고 고통을 느끼지 않기 위해 가만히 있다면 머지않아 죽음이 찾아올 것이다. 복실이나 천종구는 어쩌면 죽기 전까지 그 덫에서 벗어날 수 없을 지도 모른다. 죄책감에서 벗어나려 하면 할수록 오히려 더욱 커질 것이고, 죄책감을 떠안게 되면 삶을 지속해야 할 이유도 없기 때문이다.

---

34 위의 글, 50~51쪽.

천종구가 며느리 복실에게 이 이야기를 한 것은 죄책감을 느끼는 며느리나 그것을 바라보며 괴로워하는 자신이 모두 '덫에 치인 사슴'과 같은 존재라는 것을 말하고자 함일 것이다. 이야기 속에서 사슴은 새끼에게 젖을 먹임으로써 죽음의 슬픔으로부터 벗어난다. 다음 세대를 위해서 모든 고통을 기꺼이 감수하는 사슴의 행위는 본능적인 것이기에 숭고한 것이기도 하다. 그래서 천종구는 복실이에게 '자식을 위해' 죄책감에서 빗어나라고 충고한다. 이와 마찬가지로 천종구 역시 "진심으로 조국과 동포를 위해 일을 하는 것"[35]으로 덫에서 벗어날 수 있다고 믿을 뿐만 아니라, 실제로 기차에 치일 뻔한 늙은 노파를 구해내고 대신 열차에 깔려 죽음을 맞이한다.

그런데, 죄를 고백하지 않았다고 해도 복실이와 천종구는 같은 차원에서 논의하기 어렵다. 복실이의 경우 자신의 의지와 무관한 일이지만, 천종구의 경우에는 자신의 의지로 선택한 일이기 때문이다. 따라서 자식이나 혹은 조국과 동포와 같이 타자를 위한 희생을 통해 죄책감에서 벗어날 수 있다는 대속代贖의 논리 또한 그리 설득력이 있어 보이지 않는다. 일제 치하에서 '동포를 위해' 어쩔 수 없이 친일을 해야 했다는 논리나 해방이 된 후에 '동포를 위해' 자신을 희생함으로써 죄책감에서 벗어날 수 있다는 논리는 모두 반석 사건이 일어났을 때 '동포를 위해' 비적들을 위해 토벌해야 한다는 논리와 크게 다를 바 없다. 오랫동안 자신을 짓눌러 왔던 죄책감에서 벗어나고 싶은 욕망이 빚어낸 것이긴 하겠지만 죄책감에서 벗어날 수 있는 지름길 따위는 없다. 살아 있는 동안 사람은 모름지기

---

35 위의 글, 51쪽.

자신이 선택한 것에 대한 책임을 짊어져야만 하기 때문이다.

5. 만주 혹은 반석의 기억

21세기를 살아가는 우리에게 '반석'이라는 이름은 낯설고 텅빈 공간처럼 느껴지지만, 1930년대 동아시아의 역사에서 그 어떤 곳보다 뜨겁고 치열한 의미들로 채워졌던 장소였다. 그 시절, 상해나 북경에서 활동하던 중국의 '동북작가군'들이나 만주국으로 이주했던 식민지 조선의 여러 작가들의 작품에서 문득 만나게 되는 반석이라는 이름은 하나의 점에 불과한 것처럼 보이지만, 그 점을 역사라는 문맥 속에 놓아두면 우리가 무심코 넘겨버렸던 것들의 의미가 드러나곤 한다. 반석이라는 점으로 모아졌다가 흩어지곤 하는 여러 서사들 속에서 우리는 그 시절을 살았던 개인의 흔적이나 역사의 자취들을 엿볼 수 있게 되는 것이다.

일제 강점기에 활동했던 작가 중에서 박영준은 '반석'과 뗄 수 없는 관계를 지니고 있다고 말할 수 있다. 그가 만주국에서 보냈던 십 년 가까운 세월 중에 반석에서의 시간은 기껏해야 이 년 남짓에 불과하지만, 그의 문학적 생애 가운데에서 가장 힘들고 부끄러웠던 경험을 담고 있기 때문일 것이다. 그래서 엄청난 다작의 작가였던 박영준이었지만 반석을 무대로 한 작품만은 거의 발표하지 않았다. 일제 강점기에 발표되었던 「무화지」 정도만이 반석에서의 내면풍경을 살짝 보여줄 뿐이다. 그만큼 깊이 숨겨두고 없었던 것처럼 외면해버린 시간이었다.

박영준은 1960년대 이후에 「전사시대」와 「죽음의 장소」, 그리고 일제 강점기 때 발표했던 것을 개작하여 「밀림의 여인」을 발표한다. 이 세 편의 소설들은 저마다 독특한 방식으로 반석의 기억을 형상화하고 있다. 부끄러웠던 과거를 고백하는가 하면, 조국과 동포를 내세워 자기합리화를 도모하기도 하며, 개작이라는 이름 아래 과거의 흔적을 덧칠해 은폐시키기도 한다. 세 가지 방식 중에서 어떤 것이 올바른지 판단을 내리는 것은 그 시절을 직접 경험하지 않은 세대로서 쉽지 않은 일이다. 부끄러워서 도러내고 싶었을 기억에 오랫동안 붙들려 있었다면 한번쯤은 은폐를 생각해 볼 수도 있고 합리화를 꾀할 수도 있고, 용기 있는 고백을 통해 용서받고 싶기도 할 것이기 때문이다. 삶은 그 옳고 그름의 경계 위에서 가까스로 유지되는 것이 아닐까. 그리고 박영준을 통해서 현재의 무게에 대해 다시 생각하게 된다.

해방 전후 극작가 김진수의 이력과 만주 인식

이복실

1. 공백의 만주 활동을 소환하며

한국연극사[1]나 희곡사[2]에서 김진수는 주로 데뷔작 〈길〉과 1950년대 희곡작품으로 기억되고 있다. 김진수는 1936년 극예술연구회의 현상 공모에 〈길〉이 당선되면서 본격적으로 극작가의 길을 걷게 되었다. 그는 일생 동안 교육직에 종사하면서도 연극인으로서의 삶을 결코 포기하지 않았다.

김진수는 극작가뿐만 아니라 연극평론가로서도 활약했다. 현재까지 확인한 바에 의하면 총 24편의 희곡과 60여 편의 평론, 그 밖에 1편의 단편소설과 28편의 수필을 남겼다.[3] 그중 일부 작품과 평론, 수필 등은

---

1 유민영, 『한국 근대연극사』, 단국대 출판부, 1996.
2 서연호, 『한국 근대희곡사 연구』, 고려대 민족문화연구소, 1982; 유민영, 『한국 현대희곡사』, 홍성사, 1982.
3 이상 김진수의 작품 수는 한영현의 『김진수 선집』(현대문학, 2012)과 만주 행적에 대

1959년과 1968년에 출간된 『김진수 희곡선집』(성문각)과 『연극희곡 논집』(선명문화사)에 수록되었다.

지금까지 김진수 작품에 대한 연구는 데뷔작 〈길〉[4]과 『김진수 희곡 선집』에 수록된 1950년대의 희곡[5] 분석에 집중되어 있다. 서연호는 〈길〉의 가장 큰 문제점은 작품의 핵심 역할을 하는 등장인물들의 미흡한 성격창조에 있다고 지적했다. 양승국 또한 이를 비판적으로 지적함과 동시에 수탈지의 입장을 통해 식민지 조선사회의 구조적 모순을 폭로한 점이 〈길〉이 지닌 특색이라고 평가했다. 1950년대 작품 역시 대체적으로 〈길〉과 비슷한 맥락에서 평가되고 있다. 즉 50년대라는 전쟁과 전후의 특수한 역사적 배경으로부터 분출된 다양한 시대적 고민이 김진수 작품이 지닌 뚜렷한 특징인 반면 '등장인물의 미흡한 성격 창조나 극적 사건의 부재'(오영미), '사건 전개의 개연성 부족'(심상교) 등이 단점으로 드러난다는 것이다.

요컨대 기존 연구에 따른 김진수 작품의 문제점은 '극작술의 취약성'으로 수렴된다. 이 점이 곧 김진수와 그의 작품이 연극계로부터 큰 관심을 받지 못했던 까닭으로 해석되고 있다.[6] 그럼에도 불구하고 김진수와

한 필자의 조사를 토대로 정리한 것이다. 『김진수 선집』에 정리된 21편의 희곡과 23편의 수필 외에 필자의 조사를 통해 3편의 희곡과 5편의 수필이 추가적으로 발굴되었다.

4　서연호, 앞의 책; 양승국, 「극예술연구회의 연극과 희곡—김진수 〈길〉」, 『한국 현대희곡론』, 연극과인간, 2001; 박명진, 「김진수 희곡의 담론 특성 고찰」, 『어문논집』 25, 중앙어문학회, 1997; 김진기, 「〈길〉 분석」, 『인문과학연구』 6, 서원대 인문과학연구소, 1997.

5　오영미, 「김진수 희곡 연구—1950년대 발표작을 중심으로」, 『한국연극학』 6, 한국연극학회, 1994; 심상교, 「김진수 희곡 연구—50년대를 중심으로」, 『어문논집』 35, 고려대 국어국문학회, 1996.

6　양승국은 김진수의 작품이 〈길〉 외에 별다른 주목을 받지 못한 원인은 '그의 전반적인

그의 작품은 여러 부분에서 주목을 요한다. 이를테면, 1950~1960년대에 집중적으로 남긴 많은 연극론과 희곡 창작의 연관성 및 당대 연극계 동향과의 관련성을 검토해 볼 필요가 있어 보인다. 그것은 해방 후 문화 재건의 과정에서 표출된 한 극작가의 연극적 고민이 자신의 창작과 당대 연극 발전에 미친 영향의 측면에서 새로운 평가를 도출할 수 있을 것이라 판단되기 때문이다. 또한 해방 전후 줄곧 관심을 보였으며, 상대적으로 긍정적인 평가를 받고 있는 아동극[7]과 학생극에 대해서도 면밀히 고찰해볼 필요가 있다. 특히 일제 말기 김진수의 만주 활동은 지금까지 거의 언급된 적 없다는 점에서 더욱 큰 주목을 요한다.

이상의 연구 실정에 비추어 이 글에서는 지금까지 극작가 김진수의 이력에서 공백으로 남아 있는 만주 활동을 비롯하여 해방 후 한국에서의 전반적인 활동 궤적을 고찰하고자 한다. 데뷔작 〈길〉을 연극 공연으로 성사시키며 성공적인 극작가로 거듭날 것 같았던 그가 1938년에 돌연 만주로 건너간 경위에서부터 해방 후 서울로 귀환하여 정착하는 과정을 살펴보려는 것이다. 동시에 해방 전후의 작품을 통해 나타난 김진수의 만주 인식에 주목하고자 한다. 7년 정도의 결코 짧지 않은 만주 경험을 한 김진수에게 만주란 과연 어떠한 공간이었는가 하는 문제는 곧 제국 일본의 또 다른 식민지 만주에서 삶을 영위했던 조선 민족의 역사적 편

작품이 시대적 문제와 윤리적 문제를 자연스럽게 융합하고 있지만 대체적으로 갈등구조가 미약하고 등장인물들의 의식이 치열하지 않다`는 데 있다고 밝혔다.(양승국, 앞의 글, 235쪽) 오영미는 당대 연극계와 김진수의 연극관의 차이, 즉 흥행성에 주목했던 당대의 연극계와 그러한 기대에 부응하지 못했던 김진수의 창작이 그가 소외된 이유라고 했다.(오영미, 앞의 글, 156~157쪽)

7 오영미는 성인 희곡에서 드러난 극작술의 문제점이 아동극에서는 나타나지 않는다며 상대적으로 긍정적인 평가를 내렸다.(오영미, 앞의 글 참고)

린을 재구하고 해방 전후 식민주의에 대한 지식인의 개인의식을 탐구할 수 있다는 점에서 중요하다.

사실, 김진수의 작품 중 만주를 서사적 배경으로 삼은 작품은 상당히 적다. 해방 전의 단편소설 「잔해」(1939)와 해방 직후의 희곡 〈제국 일본의 마지막 날〉(1945)뿐이다. 그 밖에 만주가 특정한 표상공간으로 등장하거나 기억의 일부로 언급되는 작품으로 〈국기게양대〉(1941)와 〈불더미 속에서〉(1951)가 있다. 식민지 시기 만주를 경험했던 동시대 작가들의 만주서사에 비해 극히 적은 편이다. 무엇보다 해방 이후, 동시대 작가들이 만주로부터의 귀환 과정과 자신의 만주 경험을 소설, 자서전, 회고담 등 다양한 방식으로 소환함으로써 민족의 역사를 재현하고 자신의 경력을 고백할 때, 김진수는 '간도 은진중학교 교사'였던 단편적인 이력만을 기억할 뿐 자신의 구체적인 경험에 대해서는 거의 침묵했다. 해방 직후, 만주 시절의 실제 경험을 바탕으로 구성한 〈제국 일본의 마지막 날〉에서조차 만주에 대한 기억(혹은 기록)은 거의 생략되어 있다. 해방 전의 구체적인 삶의 공간(「잔해」)이었던 만주가 해방과 더불어 단절 혹은 잊고 싶은 기억의 공간으로 치환된 것이다. 물론 그 후, 만주에 대한 망각의 욕망은 기억의 욕망(〈불더미 속에서〉)으로 다시 회복된다. 만주와 관련된 김진수의 이러한 인식의 과정에 대해 이 글은 해방 전후의 작품을 교차 분석하는 방법으로 살펴보고자 한다. 아울러 해방 후, 김진수의 작품에서 만주가 망각과 기억의 공간으로 충돌하는 까닭에 관해서는 주로 만주 시절의 연극 활동과 결부하여 논의해보기로 한다.

2. 연극인으로서의 김진수의 삶의 궤적

1909년 평안남도에서 태어난 김진수는 1935년 3월에 릿쿄대학 영문학과를 졸업했다. 일본 유학 당시 김진수는 도쿄 유학생들을 중심으로 이루어진 극단 동경학생예술좌 학예부에서 활동했으며 릿쿄대학 동문이었던 유치진, 홍해성 등과 함께 축지소극장 활동에도 관여했다. 귀국후, 그는 극예술연구회 현상공모 당선작 〈길〉을 통해 극작가로 데뷔했다. 1937년 4월 『조광』에 발표된 〈길〉은 이듬해 5월에 극예술연구회의 후신인 극연좌의 제1회 공연으로 부민관에서 상연되었다. 그런데 같은 해 11월에 김진수는 은진중학교 교사로 취임(1938.11)되어 만주로 건너가게 된다.[8] 데뷔작 당선에 이어 무대 공연까지, 신인작가로서는 큰 행운을 거머쥔 데다 극예술연구회 회원으로서 전도유망하던 시점에서 택한 만주 취직은 상당히 의외였다. 연극에 대한 김진수의 열정과 신념을 고려할 때 이는 더욱 더 의문스러운 선택이었다. 안수길의 회고에 의하면 김진수의 "희곡에 대한 애착과 집념은 신앙에 가까운 것"이었으며 희곡 외의 다른 문학 장르를 부정할 정도로 김진수는 '연극지상주의자'였다.[9] 그가 일생 동안 쓴 희곡과 연극평론만 보더라도 연극에 대한 그의 소신과 열정을 가히 짐작할 수 있다. 따라서 아무리 취직이 급선무였다 하더라도 탄탄대로를 멀리하고 열악한 만주를 택했던 일은 쉽게 납득되지 않는다. 당시 간도 내지 전 만주의 조선어 발표 지면이 제한적인 데다 제대

---

8   이상의 내용은 한영현의 『김진수 선집』에 정리된 작가 연보를 토대로 구성한 것이다.
9   안수길, 「간도 시절의 추억」, 김진수 편, 『연극희곡논집』, 선명문화사, 1968, 340~
      341쪽.

로 조직된 극단 하나 없을 정도로 조선인의 연극환경이 열악했던 사정을 김진수가 모를 리는 없었을 것이다. 어쨌든 당시 김진수가 만주로 건너 가게 된 연유에 대해서는 알려진 바가 없다. 그러나 아래의 회고담으로 부터 그 이유를 조금이나마 유추해볼 수 있을 듯하다.

> 〈길〉은 희곡으로서도 당시 찬반 양론이 있었지만 演劇 〈길〉에서도 많은 문제가 되었
> 었다. (…중략…) 그날도 우린 劇演座 사무실에 모였었다. 화제가 어찌 돌다
> 보니 자연 〈길〉 공연에 미치고 그 성과에 대하여 이러쿵 저러쿵 여러 말이
> 나오게 됐다. 演出者인 李曙鄕은 그 따위 작품을 쓰니 아무리 안간힘을 써도 별수 없
> 었다고 작품을 신랄하게 깎아 내렸다. 이렇게 되니 鎭壽형이 가만 있을 리 없었다. 연출
> 이 유치하니 작품을 버렸다고 응수했다. 이쯤 되니 판국은 험악해지고 인신 공격이 나
> 오고 드디어 육박전이 벌어졌다. 처음엔 이들의 입씨름을 웃으면서 넘겨다 봤
> 다. 그건 의례 심심하면 서로 주거니 받거니 하게 돼 있으니 말이다. 그런
> 데 육박전이 일어나니 이런 일은 처음 있는 일이라 놀라 그들의 싸움을 말
> 리지 않을 수 없었다.[10] (강조는 인용자, 이하 동일)

김진수에 대한 이진순의 회고담인 데, 그에 의하면 〈길〉은 희곡으로 서나 연극으로서나 문제점이 존재했다. 게다가 공연 문제에 대한 책임 을 둘러싸고 시작된 김진수와 연출가 이서향의 '입씨름'은 "그 따위 작 품을 쓰니 아무리 안간힘을 써도 별수 없었다"느니, "연출이 유치하니 작품을 버렸다"느니 하는 등 '인신공격'으로 이어졌으며 종국에는 '육박

---

10 李眞淳, 「劇演座 시절의 鎭壽兄」, 위의 책, 344~345쪽.

전'으로까지 나아갔다. 이 사건을 통해 알 수 있는 것은 김진수가 희곡 〈길〉을 통해 극작가로 데뷔하고 운 좋게 공연 기회까지 얻었지만 한편으로는 신인작가로서 냉혹한 평가를 감내해야 했다는 사실이다. 하지만 냉정한 평가를 넘어선 '인신공격'과 '몸싸움'이 갓 데뷔한 신인작가에게는 큰 충격이자 극복해야 할 시련이었을 것이다. 김진수가 데뷔작 〈길〉이 공연된 후 불과 6개월 뒤에 간도로 넘어간 것은 바로 시련을 안겨준 이 사건이 일정한 계기로 작용한 것이 아닐까 싶다.

만주로 건너간 김진수는 간도의 용정 은진중학교에서 교편을 잡았다. 연극에 대한 의지와 열정이 각별했던 그는 교직업에 종사하는 한편 학생들을 조직하여 연극 공연을 하기도 했다. 그는 『만선일보』에 아동극 〈세발자전거〉(1940)와 번안극 〈생명의 면류관〉(원작 : 야마모토 유조山本有三, 〈生命의 冠〉, 1940)을 발표했다. 그 밖에 번안극 〈암상〉(원작 : 가미이즈미 히데노부上泉秀信, 〈暗箱〉)과 찾아볼 수 없다. 〈세발자전거〉를 제외한 세 편의 작품은 모두 은진중학교 학생들에 의해 공연되었다. 〈생명의 면류관〉은 은진중학교 제1회 공연으로 1940년 2월 용정극장에서 김진수의 연출로 공연되었고 〈암상〉과 〈국기게양대〉는 제2회 공연으로 1941년 12월 3일 용정극장에서 공연되었다. 〈국기게양대〉는 1942년 6월 13~14일 이틀간 용정진흥중학교 강당에서 재공연되기도 했다.[11]

7년 동안 겨우 네 작품만 창작하고 공연했지만 이는 당시 만주의 기타 조선인 극작가와 비교할 때 결코 소극적인 활동은 아니었다. 당시 만주에는 기성작가로 김진수 외에 김영팔과 윤백남이 있었지만 김영팔은 작

---

11 이상 공연 정보는 이복실의 『만주국 조선인 연극』(지식과교양, 2018)에 정리된 '만주국 조선인 연극 단체와 공연 작품' 연보(190쪽)를 참고했음.

품 활동을 하지 않았고 윤백남은 세 작품을 창작·공연한 것으로 확인된다.[12] 이러한 사정을 감안하면 김진수는 빈곤했던 만주의 조선인 연극계에서 비교적 활약한 셈인 것이다.

김진수는 연극 활동 외에도 조선의 잡지 『조광』에 한 편의 단편소설 「잔해」와 「서울」(1940.3), 「간도의 풍물시」, 「꽃과 금붕어」(1940.5), 「심청전구경」(1940.6), 「초하의 간도」(1940.7), 「하기방학전주곡」(1941.7) 등 총 6편의 수필을 발표하면서 조선문단과의 연락을 유지했다. 그는 수필 「서울」, 「꽃과 금붕어」, 「하기방학전주곡」 등을 통해 만주에서의 외로운 심정과 서울에 대한 무한한 사랑과 그리움을 드러냈다. '방학만 하면 서울로 달려간다'[13]는 그의 '서울 사랑'은 애초의 만주 취직이 계획적으로 이루어졌다기보다는 부득이한 사정(이서향과의 '몸싸움 사건')에 의한 선택이었을 것이라는 점을 다시 환기시킨다.

해방 후, 1946년 3월에 김진수는 은진중학교 교사직을 사임하고 서울로 귀환하였다. 서울에 정착한 그는 보다 다양한 활동을 전개했다. 우선, 중앙대학교와 경희대학교를 비롯한 여러 대학교와 중고등학교 교사로서 일생 동안 교육에 종사했다.[14] 김진수가 아동극과 학생극에 꾸준한 관심을 가지며 교훈과 계몽, 즉 교육의 한 수단으로서 아동극과 학생극

---

12 김영팔은 작품을 발표한 적은 없지만 협화회 수도계림분회 문화부 부장이자 연극반 반장으로서 〈김동한〉과 같은 연극에 배우와 연출자로 참여한 바 있다.(김영팔의 만주 행적에 관한 글은 문경연·최혜실의 「일제 말기 김영팔의 만주 활동과 연극 〈김동한〉의 협화적 기획」, 『민족문학사연구』 38, 민족문학사학회, 2008, 참고). 윤백남의 〈국경선〉, 〈건설행진보〉, 〈햇불〉 등 세 작품은 공연 기록은 있으나 발표 기록은 없다. 그 밖에 아마추어 작가들의 작품이 연극으로 공연되기는 했지만 한 작가가 두 작품 이상 창작한 기록은 없다. (이상의 내용은 이복실, 앞의 책, '만주국 조선인 연극 단체와 공연 작품' 연보 참고)
13 〈서울〉, 『조광』, 1940.3, 78쪽.
14 이와 관련된 구체적인 정보는 한영현, 앞의 책(『김진수 선집』)에 정리된 부록 참고.

의 중요성을 강조한 것은 사실 그의 직업정신과 밀접한 연관을 맺는다. 해방 후, 그는 아동극과 학생극을 비롯한 자신의 연극론과 희곡론을 지속적으로 발표했으며 그 이론은 희곡 작품을 통해 실천되었다. 그의 작품 활동은 1950년대에 집중적으로 이루어졌으며 아동극, 학생극, 성인극 등 다양한 장르로 창작되었다. 하지만 그의 작품은 '홍행성 결여'로 인해 당시의 연극계로부터 큰 주목을 받지 못했다고 한다.[15]

해방 후, 그는 또한 '민족정신앙양전국문화인총궐기대회'(1948) 및 '대한문화인협회'(1949) 등과 같은 문화단체에 관여했으며 1962년에는 '한국연극협회' 이사 겸 희곡분과 위원장으로 활동하기도 했다. 뿐만 아니라 한국전쟁 발발 이후, 1952년에 육군종군작가단에 참여하기도 했다.[16] 그 전에 이미 희곡 〈불더미 속에서〉를 통해 반공사상을 강하게 표출한 바 있는데, 종군작가로 참여한 계기 역시 그러한 사상과 무관하지 않다. 이는 그의 「종군유감」에 잘 드러나 있다.[17] '이북에서 해방을 맞이했지만 공산당 정권이 수립될 무렵 이념적으로 소외감을 느꼈으며 결국 3·8선을 뚫고 월남했다'[18]는 김진수의 수필을 참고하면 그의 반공사상

---

15 이는 『연극희곡논집』에 수록된 김진수의 「나와 희곡」과 박진의 「跋」(각주 19 참고)을 통해 확인할 수 있다.

16 한영현, 앞의 책, 부록 참고.

17 김진수는 '총과 칼 앞에도 굴하지 않는 공산주의사상을 작가의 펜을 통해 무찔러야 하며 여기에 종군작가의 사명이 있다'고 강조했다. (김진수, 「종군유감」, 김진수 편, 앞의 책, 287쪽) 종군 경험을 바탕으로 쓴 수기로 「서울·대구·익산—세속 정화 3제」, 「집 짓고, 밭 갈고—전선의 봄」, 「동부전선 풍물묘시」, 「싸우는 고지—전선 스케치」 등이 있다.

18 김진수, 〈서울〉, 『연극희곡논집』, 선명문화사, 1968, 311쪽. 김진수가 월남한 것은 반공사상 때문만이 아니라 서울을 워낙 동경했던 까닭도 있다. 이는 〈서울〉에 잘 나타나 있다. (1940년 『조광』에 발표된 〈서울〉과 『연극희곡논집』에 수록된 〈서울〉은 서로 다른 내용의 수필이다. 하지만 두 편 모두 서울에 대한 동경심을 표현한 글이다).

은 해방 직후의 경험을 통해 이미 형성된 것으로 파악된다.

이처럼 극작가로서, 교육자로서 나아가 문화인으로서 치열한 삶을 산 김진수는 1966년에 위암으로 별세했다. 비록 극작가로서 생전에 각광받지 못했지만 2년 뒤, 유고집으로 출간된 『연극희곡논집』을 통해 동료 작가들(서항석, 안수길, 이헌구, 이진순, 박진 등)로부터 인정받게 된다.

> 그의 怪癖스런 性格그대로 觀衆과 妥協을 하지 않는 自己 혼자만이 世界觀 人生觀 또는 快感에 젖어서 所謂 "메로드라마"라는 것을 蔑視했다. 그의 戱曲作品은 읽을거리로는 훌륭했지만 보이기에는 마땅치 않거나 혹은 童話的이어서 一般成人劇團에서는 上演을 하기를 꺼려했다. 그렇지만 어느 누구도 金鎭壽가 戱曲作家가 아니라거나 文筆家가 아니라고 否認하는 사람은 한사람도 없다. 그의 모든 작품 — 글 — 가운데는 金鎭壽가 아니면 생각할 수도 쓸 수도 없는 차고도 똑바른 觀察과 諷刺와 批判이 있다.[19]

김진수의 작품이 무대에서 공연되기에는 적합하지 않을 수 있으나 작품 자체에는 그만의 세계관이 뚜렷하다는 박진의 평가는 김진수의 연극론과 희곡 창작의 연관성에 대한 논의가 필요하다는 점을 시사한다.

---

19 박진, 「跋」, 『연극희곡논집』, 선명문화사, 1968, 334쪽.

3. 타락과 환멸의 공간으로서의 만주

　김진수의 작품 중에서 만주가 가장 직접적인 서사배경으로 등장하는 작품은 1940년 잡지 『조광』에 발표한 단편소설 「잔해」이다. 조선인들의 꿈과 현실을 만주라는 사회적 공간과 밀착시켜 보여 준 작품은 제목이 암시하는 바와 같이 주인공 봉우와 설이 부부의 '만주 꿈'이 현실을 극복하지 못하고 결국 실패하며 가족마저 흩어지게 된다는 비극적인 이야기다.

　「잔해」는 봉우와 설이 부부가 만주라는 '꿈의 공간'에서 타락해가는 모습을 집중적으로 보여주고 있다. 봉우는 늘 취직을 핑계로 가족을 속이고 협박하여 갈취한 돈으로 채표나 경마에 탕진할 뿐 그 어떠한 취직 활동도 하지 않는다. 그에게는 애초에 구체적인 취직 계획이 없었다. 오직 "만주 땅에서 인간의 노력을 초월한 일확천금의 꿈을 실현시켜 보려고"[20] 채표에 목숨을 거는 일만이 봉우의 유일한 취직 활동이었다. 만주에 거주한지 2년이 넘었지만 '일확천금'은커녕 온 가족이 굶어죽을 지경에 이르게 된다. 뿐만 아니라 봉우의 허황된 꿈은 결국 아내 설이마저 '타락의 늪'으로 빠뜨리고 만다.

　더 이상 개선의 여지가 없어 보이는 남편을 쫓아낸 설이는 혼자의 힘으로 어떻게든 남은 가족과 잘 살 수 있으리라 장담했지만 현실은 만만치 않았다. 원하던 병원과 백화점 취직이 좌절되자 설이는 가족의 생계를 위해 부득이하게 카페여급의 길을 선택하게 된다. 여급이 된 설이는

20　「잔해」, 『조광』, 1940.2, 324쪽.

점차 타락해 가는데, 작품은 이를 외적인 변화와 내적인 변화의 두 가지 측면에서 보여주고 있다. 외적인 변화란 아내이자 엄마였던 가정주부 설이의 카페여급으로서의 행위 변화이다. 처음엔 술과 담배조차 못했지만 시간이 지나면서 설이는 술, 담배는 물론 "손님들의 무릎을 타고 앉아서 술을 따를"[21] 정도로 발전해 나갔다. 설이가 여급으로서 발전된 모습을 보여주는 데 큰 작용을 한 것은 다름 아닌 돈이었다.

> 여급생활을 해서 멧천원식 저금을 해가지고 팔자를 고치는 여자도 있다는데 (…중략…) 그날저녁부터 설이는 목마의 여급이 되었다. (…중략…) 손님을 끼고 술이 취하야 도라가는 다른 여급들은 수입이 오원 십원 그렇게 만었다고들 한다. 술을 먹을줄 몰으고 담배도 피일줄 몰으는 설이는 손님을 만족하게 하지 못했다.
> 설이는 다른 여급들과 같이 자기는 돈을 벌지 못하는 것이 분했다.
> 그 이튿날붙어 설이는 억지로라도 술을 먹었다. 담배도 손님이 피이라고 하면 사양치 않았다. 돈을 벌을녀고 여급이 된 설이는 여급노릇을 해서 돈을 벌었다.[22]

처음에 설이가 카페여급의 길을 선택한 것은 물론 가족의 생계를 위해서였지만 점차 그 목적은 큰 돈을 벌어 팔자를 고치려는 쪽으로 기울게 된다. 때문에 설이는 자신보다 많은 돈을 버는 동료 여급에게 분개할 정도로 묘한 경쟁심을 발동하기까지 한다. 이처럼 돈으로 인한 왜곡된

---

21 위의 글, 328쪽.
22 위의 글, 333쪽.

심리 변화가 설이의 외적 변화를 촉진했던 것이다. 작품은 비록 설이를 여급으로 호명했지만 '몸을 팔아 돈을 벌다', '돈을 가지고 덤비는 사나이의 손아귀에 육체를 찢기우다' 등과 같은 표현을 통해 그녀가 단순한 여급이 아니라 유곽의 매춘부나 다름없음을 암시적으로 보여주었다. 설이의 심리 변화는 매달 자신과 봉우의 채표를 사게 된 까닭을 설명하는 부분을 통해 가장 두드러지게 드러난다.

> 빠-의 여급으로 나오면서 봉우를 통하야 세상 남성을 알게 된 설이는 세상의 남자를 통하야 봉우의 체취를 회상하면서 봉우를 생각하야 채표도 사기 시작했다.
>
> 돈을 못가지고 돈을 잡으려고 하는 봉우의 기질(氣質)을 현대적(現代的)이라고 평가(平價)하게 된 것도 설이가 목마에 나와서 세상의 남자를 깔보기 시작하면서부터다. 한세상 살어가기는 같은 노름인데 애초에 깍쟁이 생각을 가지고 꼼으락 꼼으락 가늘게 살어갈라고 하는 세상의 남자들보다는 하늘이 문허저도 소사날 구멍이야 있겠지 ─ 하고 소와 같이 굵게 살어볼려고 하는 봉우의 기상은 장하다.[23]

채표 때문에 가산을 탕진한 봉우를 쫓아낸 설이가 아이러니하게도 매달 두 장의 채표를 사게 된 이유는 계획적으로 돈을 벌며 깍쟁이처럼 살아가는 남자보다 일확천금하여 멋지게 성공하려는 봉우의 '기질이 더 현대적이고 장하다'고 판단되었기 때문이다. 이처럼 일그러진 심리 변

---

23 위의 글, 334쪽.

화는 설이가 여급생활을 하면서 봉우와 같은 부류의 인간으로 타락했다
는 점을 잘 보여준다.

「잔해」를 통해 그려진 봉우와 설이의 타락상은 실제로 1930년대 후
반, 만주 조선인 도시사회의 극단적인 한 단면이었다.[24] 당시 봉우와 같
이 타락한 삶을 살아가는 사람들은 전반적인 만주사회는 물론 조선인들
의 이미지를 훼손한다는 이유로 조선인사회 내부에서도 종종 "불량한
사람"으로 취급되었다.

> 그들에게는 만주에 정착하여 조선 사람의 건전한 발전을 위하야 노력하겠
> 다는 아무런 생각도 없다. 즉 만주를 일시적인 돈벌이하는 곳으로 알기 때문에 만주
> 에서 실제로 영위되는 민족협화의 생활따라 그 가운데의 한 분자로서의 자각
> 있는 행동을 취하지 않으려 하고 다만 돈만을 추구하기 때문에 민족적 명예도 돌아
> 보지 않을 뿐더러 최초부터 일확천금을 하여 가지고 고향 사람들에 대하여서는 금의환향
> 을 자랑할려고 하는 패이기 때문에 맨손으로 돌아갈 수도 없어, "오미야게" 하
> 나라도 가지고 갈려고 별의별 짓을 감히 하려고 하는 것을 알 수 있습니다.
> 이렇게까지 불량한 사람은 (…중략…) 만주 정착의 조선 사람으로서는 반
> 갑지 못한 사람들이라고 말하지 않을 수 없습니다.[25]

---

24 중일전쟁 이후, 조선인들이 만주의 도시로 몰려들기 시작하면서 도박이나 마약, 밀수,
절도 등과 같은 범죄 현상이 당시 만주 도시 조선인사회의 심각한 문제로 제기되었다.
이와 관련된 글은 김경일 외, 『동아시아의 민족이산과 도시-20세기 전반 만주의 조선
인』, 역사비평사, 2004, 참고.

25 「문제는 생활 태도 如何, 결국 歸鮮할 사람은 반갑지 않은 무리들」, 『만선일보』, 1940.3.
20.

이 글이 말하는 "불량한 사람"이란 '만주를 일시적인 돈벌이 장소' 즉 '일확천금의 땅'으로 간주하며 돈을 위해 '별의별 짓'을 다하는 일부 조선인들이다. 그런 점에서 볼 때 일확천금을 위해 채표와 경마에 희망을 걸며 가산을 탕진하고 유곽까지 드나드는 봉우는 "불량한 사람"의 전형이라 할 수 있다. 처음엔 생계를 위해서였지만 점차 돈을 위해 서슴없이 매춘하고 채표에 희망을 기탁하는 설이 역시 "불량한 사람"에 속한다고 볼 수 있다. 이렇듯 「잔해」는 봉우와 설이 부부를 통해 당시 만주 조선인 사회에 존재했던 "불량한 사람"들의 타락상을 여실히 재현했다.

이 작품이 의미를 지니는 부분은 당시 조선인사회의 실상이었던 타락상을 반영하는 데 그치지 않고 타락의 끝자락에서 만주에 대한 환멸을 느끼고 새 출발을 하는 모습을 보여주었다는 데 있다. 이는 어머니와 아이들을 데리고 고향으로 돌아가려고 결심한 설이를 통해 나타난다.

설이도 어머니를 따라 고향으로 도라가려고 한다. 완전한 패배(敗北)이다. (…중략…)

여급노릇까지 하는 설이다. 악이 바쳤다. (…중략…) 설이도 만주땅이 싫어지기 시작햇다.

아모리 만주에서 뱃장을 부리며 여급노릇을 한 대도 내종에는 비단옷에 쌔인 썩어진 몸둥이나 남었지 돈도 잡을 수 없다. 술이나 취하면 몰라도 뿍쓰에 파묻어서 돈을 가지고 덤비는 사나히의 손아귀에 육체를 찢기울때면 설이는 돈도 귀치 않았다.

려관에서 하로저녁 만났든 봉우의 그림자가 꿈과 같이 떠오른다.

"기다려야지요. 기다리는 것이 자미있지 않어요", 아직도 귓가에서 살아지

지 안는 말소리…… 이제는 만주땅에서는 기다려도 기다릴 끈기가 없어진 설이다.[26]

매춘과 채표로 더 이상 돈을 벌수 없다는 현실을 깨달은 설이는 결국 '완전한 패배'를 인정하고 큰 꿈을 품었던 만주가 더 이상 희망의 땅이 아님을 깨닫게 된다. 채표와 매춘으로 얼룩지고 가족의 해체마저 야기한 만주에서 더 이상 꿈에 대한 믿음을 지탱할 수 없었기 때문이다. '만주에서 아무리 뱃장을 부려보아야 종국에는 썩어진 몸둥이만 남는다'라는 설이의 생각은 곧 작품의 제목 '잔해'를 의미하는 것이다. 즉 설이는 만주를 더 이상 꿈과 희망의 공간이 아니라 '잔해'와 환멸의 공간으로 인식하게 된 것이다. 물론 만주에 대한 설이의 이러한 인식 변화가 사건 전개 없이 심리 묘사를 통해서만 드러나므로 설득력이 떨어지는 것은 사실이다. '극적 사건의 부재'라는 김진수의 극작술의 취약성이 소설 「잔해」에서도 드러난 것이다. 하지만 여급생활에 시달리면서 '돈이 귀찮아졌다'는 설이의 심리 묘사가 말해주 듯이 만주에 대한 인식 변화 자체는 점차적으로 형성된 것이다. 이런 점에서 설이의 만주 인식 변화와 새로운 출발은 일정한 설득력을 획득한다.

결국 가족들은 고향으로 돌아가고 봉우만이 만주에 남게 되지만 외톨이가 된 현실 앞에서 환멸을 느끼기는 봉우도 마찬가지였다. 채표의 꿈을 이루어 당당하게 집으로 돌아가려 했지만 혼자 남게 된 상황에서 설사 그 꿈이 이루어진다 하더라도 그 꿈의 참의미는 획득할 수 없기 때문이다. 작품 말미의 "지금은 모든 것이 잃어버린 꿈이다"[27]라는 봉우의 심정

---

26 「잔해」, 『조광』, 1940.2, 338~339쪽.
27 위의 글, 339쪽.

을 대변한 구절과 설이가 남겨준 돈으로 유곽으로 향하는 봉우의 마지막 모습은 '만주 꿈'의 좌절과 그에 대한 체념 즉 환멸을 상징하는 것이다.

만주에 대한 환멸의식은 「잔해」에 재현된 만주의 사회환경을 통해서도 간접적으로 제시된다. 작품 속에는 등장하지 않지만 봉우가 만주에 '일확천금의 꿈'을 품은 데에는 봉우 개인의 허영심 외에 '만주국'의 '낙토만주' 선전이 일정한 선동 역할을 했다는 사실을 염두에 두어야 한다. '낙토만주'가 '만주국' 및 만주 개척의 슬로건이었다는 점은 더 이상 설명할 필요가 없겠다. 「잔해」는 설이의 취업 실패와 유곽으로 부각된 조선인과 중국인 거리 이미지를 통해 '낙토만주'의 실상을 폭로하고 있다.

남편을 내쫓은 뒤, "만주땅에서는 자격이 변변치 안어도 간호원으로 써준다는 말을 들은 설이는" 병원 간호사로 취직하려 했지만 "젖먹이 어린애가 있다는 리유로" 거절당하고, 백화점 점원은 "보증인이 없다는 리유로" 실패하고 만다.[28] 그 후, 여사무원, 타이피스트, 식모, 여급 등 여러 직업을 머리 속에 그려보던 설이는 결국 여급을 선택하게 된다. 현실적으로 여급의 취직 가능성이 가장 높고 돈도 많이 벌 수 있다는 사실을 취직 과정을 통해 깨달았기 때문이다. 만주에서는 쉽게 취직할 수 있을 것이라는 설이의 환상이 현실과 부딪치면서 깨지고 만 것이다. 설이가 원했던 직업은 실제로 당시 만주 도시의 여성들에게 주어진 것이었지만, 현실적으로 조선인 여성들에게 실현 가능성이 높은 직업은 식모나 여급이었다.[29] 당시 많은 조선인들이 만주를 '낙토'이자 '기회의 땅'으로 동

---

28 위의 글, 332~333쪽.
29 『만선일보』가 취재한 「異國에 싸우는 職場女性 訪問記」(1940.3.4~13, 4면)에 의하면 '만주국' 조선인 여성들의 직업군에는 점원, 찻집 아가씨, 보모, 댄서, 여급, 간호사,

경하며 이주했지만 실질적으로 도시 조선인들의 취업률은 여성이든 남성이든 모두 일본인과 중국인에 비해 낮았다.[30] 소설 속 봉우와 같은 무직자나 실업자가 1930년대 후반 도시 조선인사회의 문제적인 계층—"불량한 사람"으로 지목되었던 사실은 일정한 측면에서 조선인들의 열악한 취직환경을 대변해 주기도 한다.

'낙토만주'가 실은 허상에 불과하다는 사실은 봉우의 눈에 비추어진 중국인과 조선인 거리를 통해 더욱 선명하게 드러난다.

봉우의 양복바지에 흙물을 뿌리며 왼편 골목으로 다라나는 마차는 '이찌지깐' '이찌엔'이면 도야지 고기를 많이 먹어서 그렇다는 뚱뚱보 게집 하나를 마음대로 살수 있는 유곽으로 얼굴 누런 사나이들을 싯고 분주스럽게 다러난다.

얼마 오지 않어서 "평양냉면옥"이라고 조선언문으로 지붕에다 간판을 크게 써부친 집을 끼고 골목을 도라나오기만 하면 '이찌지깐 상엔'이라야 아주까리 동백꽃의 새침덕이 아가씨의 치맛자락을 근드려 볼 수 있는 조선유곽이다. (…중략…) 봉우가 평양냉면옥에 드러가 저녁대신 평양냉면을 한그릇 먹고 나왔을 대에는 벌서 전기불을 받어가지고 긔약없이 찾어올 님을 기다리는 흰옷입은

사무원, 타이피스트 등이 있었다. 그 중, 소설 속 설이가 가장 원했던 간호사 직업은 그야말로 '하늘의 별따기' 수준(신경의 간호사 100명 중 조선인 3명)이었다. 반면 신경의 700명 여급 중, 조선인은 120명으로 상대적으로 취업률이 높았다. 직업별 조선인 여성 취업률에 관한 정확한 통계는 확인되지 않지만 언어나 일정한 지식 수준을 요구하는 점원이나 간호사, 사무원, 타이피스트 등 직업은 일반 조선인 여성으로서는 그 조건을 충족시키기 어려웠을 것이다. 반면 보모나 여급은 특별한 기술을 전제하지 않은 데다, 여급의 경우 이를 취급하던 음식점이나 요리점이 '만주국' 조선인사회의 번창한 직종 중 하나(김경일 외, 앞의 책, 202쪽)였기 때문에 여급의 취업률이 비교적 높았을 것이라는 점은 짐작 가능하다.

30   이와 관련된 글은 위의 책 참고.

아가씨들이 고꾸장을 맵시있게 하고 문마다 얼굴을 내놓기 시작한때다. (…중략…)
봉우는 유곽의 여자가 손짓으로 자기를 부를 때마다 설이의 육체를 회상하
여본다.[31]

　‘한 시간에 1엔이면 뚱뚱한 중국 여성을 마음대로 살 수 있는 중국인
유곽’, 그리고 그곳으로 달리는 ‘사나이들’, 반면 ‘한 시간에 3엔에 겨우
새침댁이 아가씨의 치맛자락을 건드려볼 수 있는 조선인 유곽’, 그리고
예쁘게 단장하고 ‘문마다 얼굴을 내밀며 손짓’하는 ‘흰옷입은 아가씨들’
과 ‘평양냉면옥’이라는 조선어 간판, 이 장면이 곧 봉우의 시선에 포착된
중국인과 조선인의 거리 풍경이다. 여기서 중요한 것은 그러한 풍경 속에
내제된 ‘만주국’의 ‘민족별 위계 성매매제도’이다. 위의 발췌문을 통해
같은 성매매 종사자라 할지라도 조선인 여성의 ‘몸값’이 중국인 여성에
비해 높았다는 점을 알 수 있다. 이는 당시 민족별로 위계화된 ‘만주국’의
성매매제도를 사실적으로 반영한 것이었다.[32] 작품 속 봉우가 중국인 유
곽 여성을 싫어하면서도 ‘한 시간에 1엔’이라는 이유로 중국인 유곽을
드나드는 장면은 곧 여성에 대한 ‘위계 상품화’ 및 ‘민족별 위계 성매매’
의 현실을 풍자적으로 보여준 것이라 할 수 있다. 나아가 ‘성매매업의 민
족별 위계가 곧 만주국의 민족별 위계를 반영한다’[33]는 점에서 이 작품은

31　「잔해」, 『조광』, 1940.2, 327쪽.
32　이동진의 글에 의하면 중국인 성매매업소는 조선인과 일본인 고객도 상대했는데, 이들
　　은 조선인 성매매업소를 이용하는 고객보다도 하층이었다고 한다.(「민족, 지역, 섹슈
　　얼리티 – 만주국의 조선인 ‘성매매종사자’를 중심으로」, 『정신문화연구』 28-3, 2005,
　　41쪽), 즉 중국인 성매매업소를 이용하는 조선인과 일본인은 전반적인 조선인, 일본인
　　고객 중 가장 ‘빈곤한 계층’이었다는 것이다. 이는 역으로 중국인 성매매 종사자의 ‘몸
　　값’이 일본인이나 조선인에 비해 상대적으로 낮았다는 사실을 말해준다.

'만주국'이 고취했던 '민족협화'라는 이념 역시 '낙토만주'와 마찬가지로 허상에 지나지 않는다는 점을 우회적으로 폭로했다고 볼 수 있다.

요컨대, 소설 「잔해」는 봉우와 설이 부부의 불행한 조우와 그들이 직면한 현실을 통해 만주가 더 이상 '일확천금의 땅'-'낙토'가 아닌, 타락과 환멸로 점철된 공간임을 일깨워 주고자 했다. 이는 만주에 막연한 환상을 품고 맹목적으로 고향을 떠나 만주로 이민하려는 식민지 조선인들에게 전달하는 일종의 경고 메시지와도 같은 것이었다. 「잔해」가 만주가 아닌 조선의 잡지에 발표된 사실은 작품이 지닌 그러한 목적을 단적으로 보여준다.

4. 망각과 기억을 욕망하는 공간으로서의 만주

김진수는 해방 직후에 창작한 〈제국 일본의 마지막 날〉에 대해 "八一五紀念行事를 위해서 쓴 것으로 내가 어떤 중학교에 있을 때 卒業班 勤勞奉仕隊를 인솔하고 어떤 日本部隊에 가서 실지로 경험한 바를 現地 報告 形式으로 구성해 본 산 기록의 作品이다. 따라서 여기에 나오는 사람들은 部隊 將校나 軍屬들이나 모두 그 때의 日本部隊의 실제의 사람들이고 성격과 행동까지도 사실 그대로다"[34]라고 『김진수 희곡 선집』의 후기를 통해 밝혔다. 그가 말하는 '어떤 중학교'는 바로 간도의 은진중학교이며 〈제국 일본의 마지막 날〉은 바로 그 시절의 실제 경험을 바탕으로 구성

---

33 위의 글, 41쪽.
34 김진수, 「후기」, 김진수 편, 앞의 책, 313쪽.

한 작품이다.

'1945년 8월 일본이 패망할 무렵'의 '×××일본부대'를 시공간적 배경으로 한 〈제국 일본의 마지막 날〉은 일본부대의 조선인 근로봉사대와 일본인 감독관 간노의 갈등을 핵심 사건으로 전개된다. 간노는 정당한 이유 없이 조선인 봉사대원들에게 폭언과 폭행을 일삼을 뿐만 아니라 때려 숨지게 하는 일까지 서슴지 않는 잔인한 인물이다. 간노의 만행이 거듭될수록 그에 대한 조선인 봉사대원들의 원한이 깊어만 가는 데, 그러던 어느 날, 간노가 이미 완공한 방공호를 더 깊이 파라며 몽둥이를 휘두르자 봉사대원들은 더 이상 참지 못하고 간노에게 뭇매를 안긴다. 그 후, 후환이 두려워진 봉사대원들은 이내 간노에게 사죄하러 찾아가지만, 결국 또다시 격투가 벌어지게 되었고 그 과정에서 간노는 죽게 된다. 그가 죽는 순간 천황의 항복 선언이 라디오를 타고 흘러나오며 조선인 봉사대원들은 극적으로 해방을 맞이하게 된다.

이 작품은 주로 간노의 만행과 조신인 봉사대원들의 고난을 통해 식민주의 및 전쟁의 폭력성을 고발하고자 했다. 그 폭력성은 '후방전쟁'에 동원된 조선인 근로봉사대의 굶주림과 일본 군인들의 착취와 차별(식량 및 생활용품 배급의 문제) 및 조선인들에 대한 일본인 감독관 간노의 육체적 · 언어적 폭력 등 여러 측면을 통해 엿볼 수 있다. 작품은 조선인들이 늘 굶주리며 고된 노동에 시달리는 것과 달리 사과를 배급받아 먹으며 한가하게 웃음꽃을 피우는 일본 군인들의 모습을 대조적으로 보여주거나 조선인들이 일본 군인들로부터 신발과 같은 배급품을 착취당하는 모습을 극적 사건을 통해 보여주는 데, 여기에는 식민주의의 허위성과 폭력성에 대한 작가의 비판적 시선이 은밀하게 깔려 있다.

한편 〈제국 일본의 마지막 날〉은 식민주의 및 전쟁의 폭력성 이면에 존재하는 보편적인 인간애 또한 집중적으로 보여주고자 했다. 이는 주로 세 가지 측면에서 보여주고 있다. 하나는 일본인 여간호사 고오노의 이야기를 통해 일본의 국민들 역시 조선인이나 만주인과 마찬가지로 식민전쟁의 피해자라는 사실을 강조한 대목이다.

창일   일본 내지는 살기 좋다던데 – 당신 같은 사람이 고향을 왜 떠났소?

고오노   일본 내지가 뭣이 살기 좋아. 나도 먹을 것이 없어서 군대로 나왔는데 – 아버지가 군인으로 나가시고 오빠마저 전쟁으로 나가게 되니 집에는 사람이 있어야지. 어머니하구 나하구 여자들만이 어떻게 농사를 지을 수 있었겠어요. 할 수 없이 어머니는 외삼촌 댁으로 가시고 나는 군대로 나왔지. 그놈의 공출만 없었어도 두 입이 먹고 살아갈 수는 있었지만 – 일할 사람도 없는데 공출까지 **빼내구서야** 먹을 것이 남아야지.

창일   일본 내지에서도 그렇게 못살아요?

고오노   먹을 것이 없어서 풀뿌리로 목구멍에 풀칠을 해야 했는데. 나라에서야 전쟁에 이기기까지는 국민은 굶어도 좋다구 군대만 위했지 국민이야 생각이나 했나?

창일   나는 일본 나라에서는 우리 조선 사람이나 만주 사람만 못살게 그리는 줄 알았지

고오노   그야 우리 일본 사람에 비하면 조선 사람이나 만주 사람이야 더 심했겠지. 그렇지만 일본 사람이라구 별 수 있었을라구. 물자가 없는데[35]

이처럼 작품은 징병, 공출 등과 같은 전쟁동원 탓에 어쩔 수 없이 군대로 들어오게 되었다는 고오노의 하소연을 빌어 자국민들의 안위조차 돌보지 않는 제국 일본의 식민주의 및 전쟁의 폭력성을 더욱 적나라하게 폭로함과 동시에 그 폭력성의 피해자인 고오노와 같은 일본인과 조선인, 만주인에 대한 연민의 감정을 드러냈다.

보편적인 인간애의 시선이 포착되는 또 다른 한 대목은 바로 조선인 봉사대원 춘수와 일본인 여군 마쯔모도의 사랑 이야기이다. 이 둘은 춘수의 하모니카 연주를 계기로 사랑하는 사이로 발전하게 되는 데, 마쯔모도가 선물한 셔츠로 인해 춘수는 결국 투옥되고 만다. 다행히 일본이 패전하면서 춘수는 마쯔모도의 도움으로 풀려나지만 그녀는 자신이 일본인이기 때문에 더 이상 춘수와 함께 할 수 없음을 고백한다. 이렇게 둘은 결국 가슴 아픈 이별을 택하게 된다. 보편적인 인간의 사랑이 식민과 전쟁의 벽에 가로막혀 결코 이루어지지 못한 안타까운 사연을 작품은 비교적 담담하게 그려냈다. 그 밖에 작품은 조선인 근로봉사대원들의 편에 서서 간노와 대응하며 고된 노동에 시달리는 조선인들을 동정하는 마쯔시다를 통해 일본인이라고 해서 모두 극악무도한 식민자가 아니라는 점을 간접적으로 말해주고 있다. 이 작품이 의미를 갖는 부분은 곧 이러한 보편적인 인간애를 보여줌으로써 전후 제국 일본의 과오를 모든 일본인들에게 맹목적으로 전가하지 말아야 한다는 메시지를 전달한 점이다.

한편 작품이 응시하고 있는 서사적 공간은 이상에서 살펴본 폭력과 인간애가 공존하는 식민주의 또는 '후방전쟁'의 공간인, 일본부대이다.

---

35 〈제국 일본의 마지막 날〉, 위의 책, 184~185쪽.

만주는 '만주 노무자', '선계鮮系 봉사대원' 등 특정한 대상을 지칭하는 표현을 통해 일본부대가 속한 지리적 공간으로서 암시될 뿐 서사적 내용과는 아무런 내적 연관을 갖지 않는다. '선계'라는 용어가 나타내는 정치적 공간으로서의 '만주국' 역시 이 작품에서는 은폐되어 있다. 작품이 강조하고 있는 것은 오로지 제국 일본 및 그 국민으로서의 일본인과 황국신민으로서의 조선인의 관계이다. 이처럼 김진수는 해방 전에 전경화했던 만주를 해방 직후에는 제국 일본의 거대한 믹후幕後에 은폐된 공간으로 위치시켰다. 이와 같은 공간 배치는 두 가지 측면으로 이해할 수 있다. 하나는 대동아전쟁이 무르익을수록 '괴뢰국가 만주국'이 막후로 점차 사라지고 뒤에서 이를 조종했던 제국 일본이 과감히 무대 앞으로 노출되던 일제 말기의 상황을 상징적으로 보여주는 것이라 할 수 있다. 다른 하나는 해방 직후의 창작 시점을 고려할 때, 만주에 대한 은폐는 곧 만주를 해방과 함께 현재와 단절된 공간으로서 망각하려는 작가의식의 반영이라 할 수 있다.

후자의 측면에서 볼 때, 해방 직후, 김진수가 망각하고자 했던 만주는 1951년, 한국전쟁을 배경으로 한 희곡 〈불더미 속에서〉를 통해 분명한 기억의 한 조각으로 다시 소환된다. 〈불더미 속에서〉는 북한군이 서울을 점령했을 당시에 피난을 가지 못한 병국이네 일가를 중심으로 공산당 휘하의 사상적 억압과 어려운 경제생활을 비판적으로 담은 작품이다. 만주는 주인공 학근이가 교사로 지내던 곳으로서 북한군인이 된 제자와 상봉하는 대목에서 강조되어 나타난다. 북한군의 수색을 피해 아들과 함께 산 속에서 숨어 지내던 학근이가 북한군과 마주치게 되는 데, 그중 한 명이 바로 과거에 그가 교사로 지내던 '만주 용정○○중학을 졸업한 박중식'이라는 제자였던 것이다. 주목되는 것은 '만주 용정○○중학교 교사'라는 학근의 과거 경험이 '만주 간도의 용정은진중학교 교사'였던 작가 김진수의 이력과 일치한다는 점이다. 만주 경험에 대한 김진수의 기억이 학근에게 투영되었다고 볼 수 있는 것이다. 또한 제자와의 상봉을 통해 학근의 만주 경험이 현재에도 지속되고 있으며 '죽을 때까지' 지속될 것이라는 점이 강조된다. 이처럼 해방과 더불어 망각하려던 김진수의 만주 경험이 결코 망각할 수 없는, 강렬한 연속성을 지닌 기억이라는 사실이 학근을 통해 고백되고 있는 것이다. 즉 해방 후, 김진수에게 만주는 망각과 기억이 상충하는 공간으로 인식되고 있는 것이다. 그러나 만주 경험에 대한 구체적인 기억은 생략되어 있다.

김진수의 이러한 고백은 해방 후, 식민주의를 극복하고 국가와 민족을 재건하려는 목적에서 전개되었던 '식민지 기억의 서사화' 작업과 연관된다. 만주가 식민지 기억의 일부로 동시대 많은 작가들의 글을 통해 서사화되던 과정에서 김진수 또한 그 기억을 공유한 작가로서 침묵할 수는 없었을 터이다. 다시 말하면 김진수 역시 망각하고 싶었던 식민지 기억을 회복하고 그로부터 제기되는 문제를 극복함으로써 새 출발을 해야 하는 과제에 직면해 있었던 것이다. 하지만 그 기억은 〈불더미 속에서〉를 통해 용정은진중학교 교사였던 단편적인 이력으로만 강조될 뿐 그 밖의 만주와 관련된 구체적인 서사는 결여되어 있다. 기억과 관련된 김진수의 전반적인 텍스트를 살펴보더라도 만주에 관한 기억은 상대적으로 많이 생략되어 있다. 이를 테면 해방 이후, 김진수는 수필을 통해 동경 유학 시절의 경험과 고향 평양에 대한 기억을 구체적인 에피소드로 재현한 반면 만주와 관련하여서는 여행지나 체류지로서 몇몇 지명을 언급하는 데 그치고 있다.[36] 김진수의 이러한 행보는 일제 말기 만주를 경험했던 동시대 작가들과는 좀 대조된다. 염상섭, 안수길, 김만선, 박영준, 허준 등 많은 작가들이 해방 후 귀환서사나 일제 말기 만주 조선인들의 삶을 통해 만주 경험을 매우 구체적으로 재현한 바 있기 때문이다. 해방 후, 김진수가 만주의 구체적인 기억에 대해 침묵하는 대신 강조하고 있는 것은 앞에서 살펴본 바〈〈제국 일본의 마지막 날〉〉와 같이 식민주의의 폭력성을 통한 일종의 반일감정과 휴머니즘, 그리고 〈불더미 속에서〉를 통해 표출된 반공사상이다. 3·1운동을 배경으로 한 〈이 몸 조국에 바치리〉(1955) 또한 반일사상을 드러낸 작품이다. 이는 해방 후, 식민지 과거를 청산하고 국가와 민족을 재건하려는 사회적 분위기 속에서 자신의 사상적 정체성을 구축하려는 의도로 이해되기도 한다.[37] 그런 점에서 보자면 김진수가 작품 후기를 통해 〈제국 일본의 마지막 날〉과 〈이 몸 조국에 바치리〉가 각각 자신과 가족의 실제 경험을 토대로 구성했다고 밝힌 것은 곧 자신이 지닌 사상적 정체성의 진실성을 대변하기 위한 의도일 수도 있다.

그렇다면 김진수의 기억 속에서 만주 경험이 극도로 억제되고 있는 이유는 과연 무엇일까. 이에 대한 답을 찾기 위해서는 그의 만주 경험을 되돌아볼 필요가 있을 것이다. 현재까지 김진수의 만주 행적에 대해 확

---

36 이는 『연극희곡 논집』에 수록된 수필을 통해 확인할 수 있다.
37 해방기 한국사회에 나타났던 '기억하기 행위가 개인이나 집단의 정체성을 재구축하기 위한 핵심적인 방편이었다'(오영태, 「해방과 기억의 정치학―해방기 기억서사 연구」, 『한국문학연구』 39, 한국문학연구소, 2010, 173쪽)는 점을 고려하면 해방 후, 김진수의 작품에 표출된 반일사상은 곧 자신의 사상적 정체성을 구축하려는 의도로 이해할 수 있다.

인되는 것은 은진중학교 교사라는 점과 『만선일보』를 통해 드러난 연극 활동의 흔적이 전부이다. 그는 교사 활동을 하는 과정에서 학생들을 조직하여 연극 활동을 했는 데 이를 통해 단서를 얻어 보기로 한다. 김진수가 은진중학교 시절에 〈국기게양대〉, 〈생명의 관〉, 〈암상〉 등 세 편의 작품을 연극으로 상연했다는 사실은 이미 언급한 바 있다. 그의 창작극 〈국기게양대〉는 완전한 텍스트가 전해지지 않지만 『만선일보』를 통해 대강의 줄거리를 확인할 수 있다.

국보는 영구, 영식의 두 아들을 가진 착실한 농부였다. 장남 영구는 일밖에 모르는 소같은 일군, 차남 영식은 소학교 공부만은 시켰다. 영식은 동리 부호가의 방탕아 명수와 짝지어 다니면서 허파에 바람이 들기 시작한다. 농사가 싫다고 다니던 공장도 그만두고 동리 처녀 옥분이한데까지 버림받은 영식은 고향이 싫어졌다. 그리하야 명수에게서 돈 백원을 빌리어 가지고 영식은 동리를 떠난다. 영식이 떠난 후 명수는 국보에게 돈 백원을 청구한다. 명수의 위압에 할수없이 국보는 영구의 잔치 비용으로 쓰려던 돈을 명수에게 빼앗긴다.

돈 백원을 빼앗겼기 때문에 며느리를 데려오지 못하는 국보 일가는 애수에 싸인다. 영구는 잔치를 안해준다고 농사일을 하려고도 하지 않고 영식이한테서는 만주 가서 돈을 벌어가져 온다고 하였으나 일년이 지나도 소식이 없다. 한편 영구의 약혼녀 차녀는 다른대로 시집간다는 소문까지 들리고 명수는 영식의 애인 옥분이까지 손아귀에 넣으려다가 동리 청년 장오에게 봉변을 당한다. 이러는 동안 영식에게서는 반가운 편지 두장이 온다. 추수만 끝나면 고향을 찾겠다는 말과 고향을 찾는 때에는 동리에 국기게양대를 세우고 집에는 돈을 천원이나 가지고 가겠노라는 반가운 소식이었다. 영식이가 고향에 돌아오는 날 동리에는 국기게양대가 서고 영구는 차녀와, 영식은 옥분이와 하루에 두쌍의 잔치상이 버러진다.[38]

〈국기게양대〉는 일하기 싫어하며 동네 '방탕아 명수'와 휩쓸려 다니던 가난한 농부의 아들 영식이가 만주에서 개과천선은 물론 돈까지 벌고 금의환향하여 동네에 '국기게양대'를 세운다는 이야기다. 이 작품은 밀매상인들의 비도덕적인 상업성을 비판한 번안극 〈암상〉과 함께 1941년에 '시국 인식 앙양'의 취지로 공연된 바 있다. 특히 〈국기게양대〉는 같은 목적으로 1942년에 재공연되었다. 1941년의 공연에서 〈국기게양대〉는 당시 국어였던 일본어로 상연되었으며 공연 수입금 전부가 국방에 헌납되었다. '시국 인식 앙양'의 목적으로 두 차례 공연되었다는 사실은 당시 이 작품이 국책연극으로 간주되었다는 것을 말해준다. 작품의 줄거리를 볼 때, 국책연극의 성격은 만주와 '국기게양대' 문제를 통해 발현되었을 가능성이 있어 보인다. 우선, '방탕아'였던 영식이가 만주에서 개과천선은 물론 돈까지 벌어 금의환향한다는 내용은 만주를 낙토로 선전함으로써 조선 개척민을 동원하려는 목적을 담은 1940년대 일부 극서사와 매우 유사하다. 대표적으로 박영호의 〈등잔불〉, 김영희의 〈여러 소리〉, 유치진의 〈대추나무〉가 있다. 다음으로 '국기게양대'는 국가의식과 관련된 문제로 '황국신민의식'이 작품에 반영되었을 가능성이 커보인다. 즉 당시 〈국기게양대〉는 '낙토만주'와 '황국신민' 의식의 측면에

---

38 「은진고교 학생극 상연」, 『만선일보』, 1941.12.3, 3면.

서 국책연극의 성격이 발현되었을 것으로 판단된다.

그런데 표면적으로 국책의식이 반영되었다 할지라도 작품의 내적 논리와 극작술 및 공연 특성에 따라 궁극적인 지향점이 달라질 수 있다는 점에 유의해야 한다. 가령 〈등잔불〉이나 〈여러소리〉에 영식과 같은 '방탕아'인 '채표광'과 건달 현철이 만주에서 갑자기 개과천선하여 개척지 만주를 선전하는 대목이 등장하지만 개과천선의 과정이나 개척지 만주에 대한 구체적인 서사가 결여되어 있기 때문에 설득력을 얻지 못한다. 게다가 만주 조선인 관객을 대상으로 공연되었던 〈등잔불〉의 경우, 작품이 강조한 내용과 관객들의 공감을 불러일으키는 부분은 타락과 빈궁으로 전면화된 만주 조선인사회의 현실이지 뜬금없이 편지로만 전해지는 '채표광'의 비현실적인 운명 변화와 추상적인 계몽의식이 아니다. 작품에 부각된 타락상과 대조되는 '채표광'의 급변한 운명과 개척 선전은 실제로 만주의 현실을 경험하고 있는 조선인 관객들에게 오히려 '낙토만주'에 대한 '만주국'의 허위 선전을 환기시키는 반작용을 일으켰을 것으로 짐작된다.[39] 마찬가지로 〈국기게양대〉 역시 이와 비슷한 논리를 내재한 작품일 수 있다는 점을 염두에 두어야 할 것이다. 앞서 발표되었던 「잔해」의 타락자 봉우가 결국 개과천선하지 못한 점, 그리고 만주가 타락과 환멸의 공간으로 표출되었던 점을 고려할 때, 불과 1년 반쯤 뒤에 창작·공연된 〈국기게양대〉 속 영식이의 개과천선과 금의환향 및 왕왕이로부터 연결되는 낙토만주의식이 쉽게 납득되지 않기 때문이다. 〈국

---

39 〈등잔불〉은 만주 조선인사회의 빈궁과 타락을 보여줌과 동시에 이와 대조되는 '만주국'의 이념과 만주 개척을 선전하고자 했다. 작품의 구체적인 내용과 선전 효과에 관해서는 이복실, 앞의 책, 참고.

기게양대〉는 '만주국' 최고의 권력기관인 홍보처의 조직 개혁 내용— 기존에 민생부가 담당했던 예술문화 활동 영역에 대한 통제권까지 망라하게 됨 — 이 적용되기 시작(1941)한 이후, 그리고 1941년 3월 예술문화활동에 대한 지도방침인 「예문지도요강」이 반포된 이후, 즉 만주국의 제반 예술문화 활동에 대한 홍보처의 통제가 상당히 강화되었던 시점에서 창작·공연되었다. 이로부터 줄거리상 「잔해」와 상반되는 〈국기게양대〉 속 민주의식은 곧 1941년 이후의 삼엄한 취체와 검열로부터 비롯되었을 가능성이 커 보인다. 이것이 현재로서는 「잔해」와 〈국기게양대〉에 나타난 김진수의 상반된 만주의식을 이해하는 데 가장 도움이 된다. 좀 더 과감하게 말하자면 〈국기게양대〉는 국책에 대한 김진수 자신의 적극적인 협력보다는 문화권력에 의한 일종의 소극적인 협력, 즉 자의보다는 타의에 의한 작품으로 추정된다.

분명한 것은 〈국기게양대〉가 그 국책성을 표면적으로만 표현했든 아니든, 또한 내적 논리를 적용했든 아니든, 나아가 작가가 국책에 자의적으로 협력했든 타의적으로 협력했든, '시국 인식 앙양'을 목적으로 한 국책연극으로 간주되었다는 것만은 사실이다. 따라서 김진수는 '만주국'의 국책 혹은 식민주의에의 협력 '혐의'에서 스스로 자유롭지 못했을 것이다. 바로 이 지점이 해방 후, 김진수의 만주 기억을 좌우하는 요소로 작용한 것이 아닌가 생각한다. 설사 작품과 공연의 궁극적인 지향점이 국책 선전이 아니었다 하더라도, 혹은 국책 선전이 식민지 시기의 부득이한 생존 논리로 귀결된다 하더라도 '시국 인식'을 목적으로 한 공연에 참여한 경험은 결국 해방 후, 작가의 만주 기억에 갈등을 조성했을 것이다. 이에 따라 해방 후, 만주가 망각과 기억의 충돌 공간으로 발현되었을 것이다. 또한 만주에 대한 구체적인 기억을 생략하는 한편 반일사상이나 반공사상 혹은 휴머니즘을 강조한 것은 곧 작가의 기억 속에서 완전히 해방될 수 없는 과거 식민주의에의 협력 '혐의'를 부정하거나 은폐하려는 이른바 '기억의 정치학'이 전략적으로 작동된 결과로 풀이된다.

5. 김진수에게 만주란

이 글은 해방 전후 김진수의 이력 특히 그동안 밝혀지지 않았던 만주 활동을 처음으로 조명함과 동시에 해방 전후의 작품을 통해 그의 만주 인식을 고찰하였다. 김진수는 1938년에 만주의 용정은진중학교에 취직하여 영어교사로 종사하는 한편 꾸준히 창작 활동과 연극 활동을 전개하다가 해방 후, 1946년에 북한을 거쳐 서울로 귀환했다. 서울에 정착한 김진수는 만주 시절의 이력을 그대로 이어나갔으며 보다 왕성한 연극 활동을 전개한 것으로 확인되었다.

해방 전, 김진수의 만주 인식은 단편소설 「잔해」를 통해 구체적으로 드러난다. 「잔해」 속 만주는 채표, 경마, 매춘으로 도배된, 희망을 기약할 수 없는 공간으로 부각되었다. 즉 만주를 타락과 환멸의 공간으로 인식하고 있는 것이다. 해방 전 수필을 통해 드러난 만주생활의 답답함과 외로움은 곧 그러한 공간 인식과 맞닿아 있는 것이라 할 수 있다. 그리하여 그는 늘 서울을 동경했고 방학만 하면 만주를 벗어나 서울로 향했다.[40] 김진수는 만주에 대한 자신의 인식을 만주에 희망과 환상을 품고 무작정 이민하는 식민지 조선인들에게 전달하고자 했다. 아울러 타락과 환멸로 점철된 만주의 구체적인 현실을 보여줌으로써 '왕도낙토'라는 '만주국'의 허위적인 이념 선전을 우회적으로 폭로하고자 했다.

해방 후, 김진수의 만주 인식은 해방 직후의 작품〈제국 일본의 마지막 날〉과 1951년의〈불더미 속에서〉에 나타난 만주 기억과 재현을 통해 나타났다.〈제국 일본의 마지막 날〉에서 만주는 제국 일본의 막후에 은폐된 공간으로 재현되었는 데, 이는 해방과 더불어 만주를 현재와 단절된 공간으로 나아가 망각의 공간으로 인식하려는 작가의 욕망으로부터 의도된 것으로 파악되었다. 그런데 그가 망각하고자 했던 만주 기억은 해방기 한국사회와 문단 경향에 따라 다시 회복되며 그 기억은 영원히 지속될 것이라는 확신으로 이어졌다. 즉 해방 후, 김진수에게 만주는 망각하고 싶지만 결코 망각할 수 없는, 영원히 기억해야 할 모순적인 공간으로 인식되었음을 알 수 있었다. 또한 이러한 모순은 해방 전 김진수가 '만주국'의 국책 혹은 식민주의에 협력적인 연극 활동을 전개했을 가능성으로부터 비롯되었음을 유추할 수 있었다.

---

40 만주에서의 외로운 생활과 서울에 대한 동경심은 수필「꽃과 금붕어」,「서울」,「하기방학전주곡」 등을 통해 잘 드러난다.

해방 직후 귀환서사에 나타난 여성 귀환자 연구

엄흥섭과 손소희의 소설을 중심으로

등천

1. 두 명의 '순이'

1945년 8월 15일 일본 천황의 항복 방송이 전해지면서 한반도는 갑작스러운 해방을 맞이하게 되었다. 주변국에서 떠돌던 조선 유랑민들은 놀라움과 환희 속에서 해방된 조국을 찾아가는 길에 올랐다. 이와 더불어 귀국·귀향, 그리고 이에 따른 민족 구성원의 삶의 재구성이 해방기 한국소설의 주요 모티프로 부상했다. 특히 '해방의 아들', '자란 소년' 등 남성 주체의 귀환 여정을 다룬 작품들이 두루 창작되었다. 그동안 이에 관한 연구도 활발히 진행되어 왔다. 대부분의 연구는 남성 주체의 정체성 확립에 주목하면서 식민지 디아스포라를 극복하고 국민국가 만들기의 일환으로 그들의 귀환을 평가하고 있다.[1] 그렇다면 남성 귀환자와 함

---

1 정종현, 「해방기소설에 나타난 '귀환'의 민족서사─'지리적' 귀환을 중심으로」, 『비교문학』 40, 한국비교문학회, 2006; 오태영, 「민족적 제의로서의 귀환─해방기 귀환서사

께 돌아온 수많은 여성 귀환자들은 어떤 운명을 맞이했을까? 그녀들의 귀환 여정은 남성 귀환자와 어떻게 구별되었을까? 그녀들의 정체성 확립은 어떤 어려움을 겪었을까?

해방 직후 남성 못지않게 수많은 여성 귀환자들이 돌아왔음에도 불구하고 남성작가가 창작한 귀환서사에서 여성 귀환자는 늘 부재하거나 탈초점화된 인물로 등장한다.[2] 여성인물은 이국땅에서 영원히 유령으로 머무르거나 남성 귀환자의 보조자로 잠깐 등장하고 마는 경우가 대부분이다. 남성작가는 물론 만주에서 돌아온 여성작가도 자신의 귀환 체험을 이야기로 서사화하지 않았다. 남성과 함께 돌아온 여성 귀환자들은 역사에서 망각된 대상이 되었다. 이러한 측면에서 볼 때 해방 직후 엄흥섭과 손소희가 창작한 귀환서사는 눈여겨볼 만한 가치가 있다. 두 작가는 여성 귀환자를 주인공으로 내세워서 그녀들의 귀환 여정을 형상화하려고 시도했기 때문이다. 엄흥섭의 「귀환일기」(『우리문학』, 1946.2), 「발전」(『문학비평』, 1947.6), 그리고 손소희의 「리라기梨羅記」(『신천지』, 1948.4·5), 「속續 리라기」(『신천지』, 1949.5)가 바로 그 대표작이다.

공교롭게도 「귀환일기」와 「발전」, 그리고 「리라기」와 「속 리라기」에 등장하는 여주인공의 본명은 모두 '순이'이다. 당시 한국 여성들이 애용했던 이 이름은 순결하고 순수한 여성성을 두드러지게 드러내는 호칭이

연구」, 『한국문학연구』 32, 동국대 한국문학연구소, 2007; 정재석, 「해방기 귀환서사, 결속의 상상력과 균열의 역학」, 『사이間SAI』 2, 국제한국문학문화학회, 2007; 최정아, 「해방기 귀환소설 연구-'귀환 의례'의 메커니즘과 귀환자의 윤리를 중심으로」, 『우리어문연구』 33, 우리어문학회, 2009.

2 류진희, 「해방기 탈식민 주체의 젠더 전략-여성서사의 창출을 중심으로」, 성균관대 박사논문, 2015, 29~30쪽.

다. 이 이름에 담겨 있는 함의는 가부장제 사회에서의 여성에 대한 바람이자 일종의 구속이기도 했다. 엄흥섭과 손소희는 전형적인 한국 여성 '순이'의 귀환 이야기를 어떻게 재현했을까? 「귀환일기」와 「발전」에서는 정신대挺身隊로 끌려가 술집 작부로 전락한 '순이'가 동포들과 같이 배를 타고 조선으로 귀환하여 서울에 정착하는 과정을 다룬다. 「리라기」와 「속 리라기」에서는 혁명가 남편의 체포로 만주 신징으로 이주한 '순이'가 딸을 데리고 생과부처럼 살다가 해방이 되자 다시 고향으로 돌아가는 과정을 재현한다. 이렇듯 일본으로부터 귀환한 하층민 '순이'와 만주로부터 귀환한 엘리트 '순이'는 상이한 귀환 여정을 거쳐서 서로 다른 결말을 맞이한다.

두 작가의 소설에 나타난 여주인공은 또 다른 공통점을 갖고 있다. 그것은 바로 여주인공이 '순이'라는 본명 외에 모두 제2의 이름을 갖고 있다는 점이다. 두 개의 이름으로 표상된 이중의 신분은 여성이 귀환하는 과정에 수반되는 정체성 문제를 상징적으로 제시하고 있다. 「귀환일기」의 '순이'는 일본의 술집에서 '춘자'라는 예명으로 몸 장사를 한 적이 있다. 「리라기」의 '순이'는 체포되었던 남편이 행방불명된 7년 동안 남편이 지어준 '리라梨羅'라는 애칭을 간직하며 고된 생활을 하게 된다. 달리 말해 「귀환일기」의 여주인공은 일본 식민의 상징인 '춘자'로부터 '순이'로 귀환하기 위해 갖은 고생을 겪는다. 「리라기」의 여주인공은 남편이 지어 준 '리라'로부터 참인간인 '순이'로 회귀하려고 애를 쓴다. 남이 지어준 제2의 이름은 여성 귀환자들이 직면한 이중적 과제를 상징적으로 드러낸다. 즉 '춘자'로 대표되는 식민주의 역사에 대한 청산과 '리라'로 대표되는 가부장제에 대한 극복이다. 이에 따라 '순이'의 귀환은 제2의 이름으로 상징된 정체성을 버리고 본명으로 표상된 정체성을 탐색하는 다단한 과정으로 볼 수 있다. '순이'의 두 가지 귀환서사는 해방공간 문학의 장에서 민족 담론, 여성해방 담론, 개인 담론 등 여러 담론이 혼재하는 실상을 보여준 텍스트이다.

요컨대 해방 직후 남성작가가 구상한 귀환과 여성작가가 염원한 귀환은 선명한 대조를 이룬다. 이러한 차이점을 통해 여성 귀환자를 바라보는 남성작가와 여성작가의 시차를 확인할 수 있다. 따라서 이 글에서는 엄흥섭과 손소희의 여성 귀환자 소설에 주목하여 그동안 제대로 조명받지 못한 여성 귀환자의 귀환 양상을 살펴보고자 한다. 구체적으로 엄흥섭의 「귀환일기」와 그 속편에 해당하는 「발전」, 그리고 이와 대립항을 이루는 손소희의 「리라기」와 「속 리라기」를 상호텍스트로 삼아 엄흥섭과 손소희에 의하여 재현된 여성 귀환의 여정을 대조하면서 논의를 전개하도록 한다.

2. 「귀환일기」와 「발전」 – 훼손된 몸 치유하기

해방 직후 엄흥섭은 「귀환일기」와 「발전」을 잇달아 발표하여 일본에서 한반도로 돌아온 여성의 귀환서사를 색다르게 서사화한다. 「귀환일기」는 '여자 정신대'로 일본에 끌려가 술집 작부로 전락했던 순이가 천신만고 끝에 한반도로 귀환하는 여정을 서사화한 소설이다. 수많은 귀환 대군 가운데 순이를 중심인물로 설정하고 그녀의 귀환 이야기를 그린 것은 동시대에 생산된 남성 귀환서사와 확연히 구분된다. 그동안 엄흥섭의 「귀환일기」는 전형적인 귀환서사 텍스트로서 많이 연구되어 왔다. 그러나 대부분의 연구는 순이가 귀국선에서 '건국둥이'를 출산하는 대목에 주목하여 "순혈주의로 이루어진 국민국가에 대한 상상"을 살펴보는 데 집중했다.[3] 순이의 '임신'과 '출산'은 물론 중요한 설정이지만 그녀와 조선 청년의 대화 역시 미묘한 젠더 정치를 내포하고 있다. 이 절에서는 순이와 조선 청년 사이에서 주고받는 불균형한 대화를 조명하도록 한다.

만삭의 몸으로 시모노세키下關로 걸어가는 도중에 순이는 씩씩한 젊은 사나이를 만나게 된다. 두 사람은 만나자마자 바로 "어디서 본 듯한 기억이라도 있다는 듯이" 서로의 신분을 확인하기 시작한다. 청년은 순이의 정체를 먼저 간파한다.

> "저─ 실례일는지 모르나 '청춘루'에 계시지 않았습니까?"
> 이 순간 순이는 얼굴이 화끈해 올라왔다.
> 청춘루(靑春樓)라는 것은 순이가 어제까지도 몸담아 있던 술집 이름이기 때문이다.
> 그러나 순이는 이미 이 청년이 자기를 알고 있는 이상 구태여 전신을 감출 필요야 없다고 깨달았다.

---

3 김윤진, 「해방기 엄흥섭의 언어의식과 공동체의 구상」, 『민족문학사연구』 60, 민족문학사연구소, 2016; 류진희, 앞의 글, 2015; 배팔수, 「엄흥섭 연구─해방 전후의 귀향의식을 중심으로」, 『한국어문연구』 7, 한국어문연구학회, 1992; 이봉범, 「엄흥섭 소설 연구」, 성균관대 석사논문, 1992; 이승윤, 「엄흥섭 소설의 변모 양상과 해방기 귀환서사 연구─「귀환일기」와 「발전」을 중심으로」, 『현대문학의연구』 68, 한국문학연구학회, 2019; 정종현, 앞의 글.

"어떻게 그렇게 기억력이 좋으세요. 저는 통 몰라뵙겠는데……"

순이는 방그레 웃으며 청년의 얼굴을 바라본다.

"뭐 기억력이 좋을 건 없지만 그때가 언제던가요. 아마 올 초봄인 듯합니다. 그때 내가 조선서 징용되어 들어오다가 잠깐 몇몇 친구하고 이수를 들리고 들어갔던 곳이 바로 그 청춘루였죠! 그때 자주빛 저고리에 오색 치마를 입은 아주머니의 인상이 아직도 내 기억에 사라지지 않고 있습니다……"

청년은 이렇게 말하여 담배 연기를 하늘로 내뿜는다.

순이는 고개를 수그린 채 그때의 기억을 다듬어봤다. 그러나 또렷이 그때의 기억이 나타나지 않았다.

"그때 당신의 예명을 나는 지금도 기억하고 있습니다."

"무엇인데요?"

"정녕 '춘자' 씨였죠?"[4]

청년은 '청춘루'라는 술집에서 순이와의 초면을 회상하면서 "자주빛 저고리에 오색 치마를 입은 아주머니의 인상이 아직도 내 기억에 사라지지 않고 있"다며 순이에게 반가움과 칭찬을 보낸다. 그러나 이처럼 생생한 화면이 순이에게 결코 반가운 일일 리 없다. 술집에서 작부살이를 했던 과거는 순이에게 지대한 치욕이고 지극한 트라우마이다. 귀환 여정에서 순이는 과거의 신분을 은폐하기 위하여 온갖 애를 다 썼으나 청년의 기억이 환기되는 순간 그녀의 노력은 순식간에 물거품이 된다. 상대방의 신분을 확인하자 청년은 '춘자'라는 예명으로 순이를 호명하면서

---

4   엄흥섭, 「귀환일기」, 『엄흥섭 선집』, 현대문학, 2010, 250~251쪽.

그녀의 슬프고 부끄러운 과거를 재삼 환기시킨다. 청년은 "춘자 씨가 여자 정신대로 강제로 잡혀 왔다가 결국 청춘루에까지 떨어졌다는 이야기를 들었습니다만 그 뒤에도 늘 거기 계셨습니까?"라고 물었다. 이어서 청년은 순이에게 집 주소, 결혼 여부, 가족 구성원 등의 신상 정보를 일일이 캐묻는다. 순이는 상대방이 "자기를 알고 있는 이상 구태여 전신을 감출 필요가 없다"고 여기면서 과거의 이야기를 솔직하게 털어 놓는다.

기억은 역사를 공유하고 연대감을 형성하는 수단이다. 청년은 순이의 과거를 생생하게 기억하는 반면 순이는 아무리 기억을 더듬어 보아도 그 청년에 대한 기억이 뚜렷이 나지 않는다. 이렇듯 기억의 결여로 인한 정보의 비대칭은 순이의 호기심을 자극한다. 그래서 순이는 청년에게 "서울에서 어디에 살고 무엇을 했냐"고 묻고 그 답을 기대한다. 이런 질문은 단순한 궁금증이라기보다 순이 자신과 같이 일제하의 비극적인 과거를 공유한 동반자를 찾기 위함이다. 그런데 순이의 이러한 솔직한 태도와 달리 청년은 순이의 질문을 자꾸 피하려고만 한다. 그는 순이의 신상을 낱낱이 캐물으면서 도리어 자신이 희생양으로 전락되었던 과거에 대해서는 은폐하려고 한다. 청년은 순이에게 과거를 공유할 것을 요구하지만 자신의 불운했던 과거를 순이에게 공유할 것을 거부한다. 그러나 순이는 청년의 심정을 제대로 알아차리지 못한 채 청년에게 계속 답을 요구한다. 오랜 망설임 끝에 청년은 비로소 자기의 과거 이야기를 소개하기 시작한다.

"아시고 싶으시다면 가르쳐 드리죠. 허나 놀라지 마십시오. 나는 징용 오기 전 무직자였습니다."

"무직자시라구요? 그럼 아주 댁이 부자이십니까?"

"원 천만에 부자 자식이 징용 옵디까? 그놈들은 부○노무게 놈들을 돈으로 매수해가지고 요리 다지고 저리 다지고 미꾸라지 빠지듯 다 빠져버리고 애매한 가난뱅이 지위 없는 소시민들만이 모조리 그물에 걸려 묶여 오다시 피했습니다. 나도 결국은 애매하게 그물에 걸렸던 것입니다. 일본의 제국주의 전쟁에 노예가 되기 싫어서 나는 다니던 군수품회사를 그만두고 집에서 내가 하고 싶은 공부를 하고 있었습니다만, 하루 새벽 갑자기 녀석들의 습격을 받게 되어 결국 강제로 끌려나오게 되어 그날 당장 경부선을 타고 현해탄을 건너 소위 광산전사란 명칭 밑에서 탄광에 광부가 되었던 것입니다. 사실 말이지 일본이 소위 대동아전쟁을 사 년씩이나 끌려 내려온 것은 우리 조선 사람들의 힘이 아니고는 안 될 말이죠. 그러면서도 이번에 지니깐 놈들은 만만한 우리 때문에…… 우리가 일들을 잘 안 하고 스파이 짓을 했기 때문에 졌다고 갖은 학대와 폭행을 다하지 않습니까? 우리도 이번 탄광에서 큰 싸움이 벌어져 우리 조선 노동자 이십여 명이나 무기를 가진 그놈들한테 살해를 당하고 또 오륙십 명이나 중상을 당하여 방금 약도 못 바르고 그대로 드러누워 앓고 있는 형편입니다."

청년은 이렇게 말하며 의분에 넘치는 듯 이를 악물고 외마디 한숨을 내뿜는다.[5]

인용문에서 잘 보이듯이 청년이 사용한 어투와 화법은 순이와 뚜렷한 대조를 이룬다. 순이가 개인의 신세를 낱낱이 밝힌 반면 청년은 자신의

---

5   위의 책, 254~255쪽.

신세에 대해서가 아니라 '우리 조선' 동포의 집단적 고통을 추상적으로 피력하고 있다. 특히 순이가 "어찌다가 징용을 당하여 가지고 이렇게 고생을 하세요"라며 일상적 어투로 청년을 위로할 때 그는 갑작스럽게 연설조 어투로 "그야 나 혼자만 당한 일이 아니니까 나 혼자만 고생이 아니요. 우리가 너무도 약소민족이었기 때문에 일본민족의 제국주의 전쟁에 노예로 끌려오게 된 거지요"라고 대답한다. 서로 다른 차원에서 이루어진 대화는 어색하기 짝이 없다.

이렇듯 서로 다른 화법은 상이한 발화 효과를 일으킨다. 개인 화법으로 밝혀진 순이의 고통은 아무리 뼈에 사무치더라도 어디까지나 순이 개인의 고통이지 청년의 호기심을 일으키지 못한다. 순이의 기억은 여전히 그녀만의 이야기her story에 불과하고 민족의 역사history로 편입되지 못한다. 반면 청년은 '나'보다 '우리'라는 복수대명사를 차용함으로써 개인의 고생을 일본 제국의 노예로 전락한 '약소민족 조선'의 비극으로 확장시킨다. 청년의 집단 화법은 스스로를 민족의 대변인으로 격상시키는 동시에 일본에서 몸 장사를 했던 춘자와의 거리를 명확하게 구분시킨다.

순이와 청년의 불균형한 대화를 통해 엄흥섭이 바라보는 남성과 여성의 상이한 귀환 양상을 확인할 수 있다. 청년은 집단 화법을 활용함으로써 개인의 이야기를 민족서사로 재편한다. 이런 논리에 따르면 남성 주체의 귀환은 민족의 재건과 동일시될 수 있어서 남성 주체에게 귀환의 정당성은 따로 설명할 필요가 없다. 이와 반대로 여성의 수난은 개인의 이야기에 불과하기 때문에 그녀들의 귀환은 남성 주체에게서 인정을 받아야 비로소 당위성을 획득할 수 있다. 소설에서 암시하듯이 청년은 귀국선에 올라타는 탑승권을 갖고 있지만 순이에게는 탑승권이 없다. 그녀의 탑승 여부를 결정하는 권리는 청년의 손에 쥐어져 있다. 그래서 순이는 청년의 과거 이야기를 재삼 추궁함으로써 수난의 동반자인 청년이 만들어낸 대역사History에 합류하고자 한다. 이러한 과정은 여성 주체가 귀환하는 자격을 획득하는 데에서 맞닥뜨린 첫 번째 시련이라 볼 수 있다.

소설 후반부에서 엄흥섭은 여성이 '대역사'에 진입할 수 있는 또 다른 입장권을 제시한다. 이것은 바로 '건국둥이'를 출산하는 행위이다. 소설 서두에서 순이는 이미 "북통같이 툭 불거져 나온 아랫배를 겨우 한 손으로 쳐받쳐가"는 만삭의 상태였다. 신작로에서 귀환 대군의 뒤를 따라 S역으로 걸어가는 도중에 이미 순이는 "아랫배가 거북하고 힘줄이 당기기 시작하여 두 다리에 힘이 가지 않아 허둥지둥 발걸음이 어지러워져"서 곧 해산할 참이었다. 그럼에도 불구하고 귀국선에 올라타기 전까지 순이의 출산은 계속 지연된다. S역에서 시모노세키까지 가는 도정은 지극히 험하고 힘들었지만 순이는 의외로 별 탈 없이 줄에서 별로 떨어지지 않고 곧잘 따라갔다. 비록 "조선인의 씨알"이라도 "애비 모를 아이"가 일본 땅에서 태어나면 '건국둥이'로 명명하기가 애매하기 때문이다. 조선으로 향하는 귀국선이 육지에서 멀리 떠난 후에야 순이는 비로소 "여러 날 겹친 피곤과 아울러 금방 터질 듯하"여 아이를 해산한다. 귀국선에서 동포들의 도움으로 태어난 '건국둥이'는 조선의 미래를 대변하는 "민족적 알레고리"이다.[6] 동포들이 출생의 희열에 빠진 무렵에 서울 노인은 "그 젊은 청년 좀 보지. 이렇게 될 줄 알구 미리 담요를 기부한 게 아닌가!"라고 하면서 조선 청년의 중요한 역할을 다시 환기시킨다. 조선 청

---

6 류진희, 앞의 글, 43쪽.

년은 비록 귀국선에 탑승하지 않았지만 그의 도움으로 동포들도 무사히 귀국하고 '건국둥이'도 순조롭게 태어난다. 이러한 점에서 보면 청년은 '건국둥이'의 생명을 보존하는 '제2의 아버지'로 부각된다.

「귀환일기」의 속편인 「발전」은 조국으로 돌아온 순이와 친구 영희가 전재동포 수용소와 치료소를 전전하다가 조선 청년의 도움으로 서울에 정착하는 이야기를 다룬 소설이다. 제목에서 명시하듯이 「발전」에서 귀환 이후 순이가 아픈 몸을 치유하고 새로운 국가를 건설하는 일원으로 '발전'하게 되는 과정을 상징적으로 제시하고 있다.

'건국둥이'를 안고 갖은 고생 끝에 조국으로 돌아온 순이를 환영해 주는 사람은 아무도 없다. 순이가 조국에 돌아와서 가장 먼저 부딪힌 문제는 출산으로 인한 건강의 악화이다.[7] 출산 후더침에 시달리는 순이는 전재동포 치료소에서 치료를 받는다. 순이의 병증은 제국에서 겪은 고통의 후유증이요 식민지 과거가 여성의 몸에 새긴 흔적이다. 이러한 측면에서 보면 순이는 건강이 완치되기 전에는 조선의 땅에 완전히 정착되지 못했을 가능성이 높다. 그렇다면 순이는 대체 어떤 방법을 통해 훼손된 몸을 치유했을까? 실은 순이의 '병'을 치유할 수 있는 '약'은 의사에게 있는 것이 아니라 남성 동포에게 있다.

전재동포 치료소에서 순이는 친일파에게 테러를 당해 절명할 위기에 놓인 청년 환자를 만나게 된다. 순이는 아픈 산모임에도 불구하고 청년에게 수혈해 주겠다고 강한 의지를 내세운다. 순이의 '수혈' 행위는 이중적인 함의를 내포하고 있다. 이는 표면적으로는 순이가 수혈을 통해 동

---

7   장명독, 「해방공간과 좌절된 열망—엄흥섭의 해방공간 소설 연구」, 『배달말』 38, 배달말학회, 2006, 371쪽.

포를 구하려고 하는 것처럼 보이지만, 내면적으로는 사실 청년 부상자의 영광스러운 피는 순이의 더러운 피를 정화하고 그녀의 '병'을 치료해 주는 것이다. 제국 일본에서 몸의 완결성을 상실한 '춘자'는 조선 남성의 피와 합일해야 다시 온전한 '순이'로 탈바꿈할 수 있다. 이러한 정화 과정을 통하여 비로소 순이는 건강한 몸을 회복하고 조국에 정착할 수 있는 자격을 획득한다.

하지만 시련은 아직 끝나지 않았다. 치료소에서 신체적 질병이 완치된 후 순이와 친구 영희는 곧바로 생존 문제에 부딪히게 된다. 생존 문제는 귀환 여성의 사상적 문제와 정체성 혼란과도 결부된 사안이다. 소녀 시절부터 일본으로 끌려간 순이와 영희는 "배운 게 술장사 밖에 없"어서 정당한 직업을 구할 길이 없다. 궁지에 몰리자 영희는 술집살이를 다시 하겠다는 방법조차 생각한다.

"언니는 남의 집 식모나 들어가우. 나는 다시 술집으로 나가겠수."
"너 정말 그놈의 지긋지긋한 술집살이가 또 생각나니?"
"누가 생각나서 그러우? 당장 먹고 살아갈 길이 없으니까 그렇지."
"허기야 너나나나 배운 것 없어 회사나 관청 같은덴 명함두 못들일 거구 배운게도 적절이라고 그동안 배운게 술장사엿으니깐…… 그렇지만 해방되엇다는 내땅, 내 고향, 내 나라에 나와서 까지두 너나 내가 술집해서 쓰겠니?"
순이는 제법 철들은 소리로 영희를 타이르며 눈물을 츠르르 흘린다.[8]

---

8   김희민 편, 『해방 3년의 소설문학』, 세계, 1987, 302쪽.

순이와 영희의 대화는 해방 이후 여성 귀환자들이 직면한 생활고와 정신적 불안을 여실히 드러낸다. 생활 능력을 제대로 갖추지 못한 여성 귀환자는 '몸'을 통해 먹고 살아 갈 길을 개척해 나갈 수밖에 없다. 이처럼 냉혹한 현실을 알아챈 순이는 "무엇 때문에 고국에 나왔는지, 누구를 보러 그 지독한 풍랑과 싸우며 현해탄에 건너왔는지" 물으며 귀환의 의의를 의심하게 된다. 이것은 순이 개인이 직면한 문제일 뿐 아니라 해방 직후 외국에서 돌아온 귀환민들이 모두 당면한 역사적 과제이기도 하다. 현실의 벽에 부딪히고 나서야 비로소 순이는 "남을 믿지 말자. 오직 내가 나를 살리기 위해 힘써야 한다"는 깨달음을 얻는데, 여기에 바로 순이가 스스로의 힘으로 살아가는 독립적인 인간으로 거듭나려는 단초가 드러나 있다. 그러나 순이의 각성은 행동으로 옮겨지지는 못한다. 순이가 각성한 후에 "그 이름도 성도 모르는 담요의 임자, 씩씩한 젊은 청년의 환영"이 선뜻 순이의 눈앞에 나타난다. 순이의 정신적 불안을 치료할 수 있는 처방전 역시 조선 청년의 손에 쥐어서 있었다.

엄흥섭은 조선 청년과 순이의 운명적 재회를 설정함으로써 순이가 부딪힌 현실 문제와 정체성 위기를 해결하는 방책을 제시한다. 어느 날 직업소개소에 갔을 때 영희는 "담요의 임자"인 조선 청년을 우연히 만나게 된다. 그때 청년은 이미 귀환민의 일꾼에서 응지사동맹膺懲士同盟의 간부 김용운으로 탈바꿈되어 있었다. 영희의 주선으로 김용운은 순이에게 편지 한 통을 보낸다. 편지에서 김용운은 '춘자'가 아닌 '순이'라는 본명으로 그녀를 호명하면서 일자리를 소개하겠다고 약속한다. 드디어 순이와 은인이 다시 만날 기회가 온다.

담요로 결연結緣한 두 사람은 과연 그 인연을 이어갈 수 있을까? 사실

김용군과 만나기 전에 순이와 영희는 청년과의 재회를 수없이 상상해 보았다.

담요가 눈에 뜨일 때마다, 담요를 덮고 잘 때마다 순이의 머릿속에선 그 수수께끼 같은 청년의 인상이 더욱더 새로워만 졌다.

"담요 임자를 어떻게 해야 만날까?"

가끔 영희도 이렇게 말하며 순이의 눈치를 살피다가는

"언니가 바보지 뭐유. 왜 주소나 성명을 좀 알지 못했수······"

하고 순이를 슬며시 쭈짓으면

"왜 나만 바보냐, 너두 바보지."

순이는 농담섞어 맞장구를 친다.

"허기야 나두 바보였지. 그렇지만 언니가 나서서 묻지 않는데 내가 뭐라구 불쑥 나서서 묻는담. 시살 묻구두 싶었지만 언니헌테 눈총 받을까봐 그만 두었지 뭐야······

영희는 은근히 순이를 또 놀린다.

"에이키, 요 깍정이, 그 사람허구 나허구 무슨 상관이 있어서 내가 널 눈총을 줘!"

순이는 주먹을 쥐고 나서며 영희의 볼따귀를 쥐어질를 듯하다가 그만둔다.

"언니두 참 살정이 들어야만 제일이요. 그 값싼 살정이 드는 것보다는 은근히 잊혀지지 않는 그런 머릿속에 드는 정이 나는 좋아."

영희는 이렇게 자기 연애관을 고백하자

"흥, 너두 인젠 주둥이만 깠구나. 내 이담에 혹시 그일 만나면 널 붙여주마."[9]

귀환 이후 혹한 현실에서 발버둥치던 순이는 늘 그 '수수께끼' 같은 청년을 그리워하며 심지어 잠잘 때도 청년이 건네 줬던 담요를 이불로 덮어쓰며 은인인 청년과의 재회를 고대한다. 이런 행동을 통해 순이가 청년에게 은인 이상의 감정을 품고 있다는 것을 엿볼 수 있다. 이 묘한 감정은 순이와 영희의 대화에서도 여실히 드러나 있다. 순이와 영희는 대화를 주고받으면서 청년과의 과거 이야기를 로맨틱한 기억으로 재구성한다. 특히 영희의 농담 같은 말은 순이의 은밀한 감정을 끄집어내는데, 순이 또한 부끄러움을 타면서도 그 감정을 부인하지 않는다. 영희는 이 기회를 틈타 "값싼 살정이 드는 것보다는 은근히 잊혀지지 않는 머릿속에 드는 정이 좋다"는 '연애관'까지 밝힌다. 여기서 영희는 분명히 청년을 '연애'의 대상으로 간주하고 있다. 다시 말하면 순이와 영희의 대화 속에서 청년은 동포가 아니라 남성적인 매력을 가진 욕망의 대상으로 그려진다. 순이의 마음속에서 귀환 도중에 청년이 베풀어 주었던 동포애는 은근히 이성 간의 연모로 변해가고 있다. 그러나 오래 연모하던 은인과의 재회는 그녀의 로맨틱한 상상과 사뭇 다르다.

순이와 김용운이 재회할 때 양자의 상이한 태도는 특히 눈여겨볼 필요가 있다. 순이는 "부랴부랴 세수"를 하고 "거울 아래서 여러 날 만에 처음으로 화장"을 하며 흥분된 마음을 품고 은인을 만나러 간다. 그러나 친절하고 다정했던 「귀환일기」의 청년은 「발전」에서 근엄한 간부로 변신했다. 그는 "별반 흥분된 기색도 없이 또 별반 반가운 기색도 없이 다만 태연한 동정으로 순이와 영희를 똑바로 보"고 있다. 또한 아무 인사말

---

9   위의 책, 302쪽.

도 없이 만나자마자 바로 "일본서 겪던 따위의 학대와 모욕을 당할 만한 직업을 가져서는 안 됩니다"라고 단호한 경계와 훈육의 태도를 취한다. 이어 "내가 소개해 드리고자 하는 직업은 두 분의 학식 정도가 실례이지만 소학교는 졸업하셨을 줄 아니까 거기에 마땅할 듯해서……"라며 냉담하게 순이에게 직업을 소개한다. 또한 이튿날 순이가 담요를 갖고 김용운을 찾아갔을 때 그는 이미 지방으로 떠났다. 결국 순이는 은인에게 담요를 돌려주지도 못하고 감사의 말조차 전해주지 못했다. 「반전」에서 엄흥섭은 끝내 순이에게 사적 감정을 토로할 수 있는 기회를 부여하지 않는다.

이러한 어색한 재회를 통해 엄흥섭은 새 국가를 건설하는 데 있어 여성이 직면할 이중적 과제를 제시한다. 여성은 한편으로는 국가의 건설이라는 거대한 목표를 달성하기 전에 사적인 감정을 정리해야 하며, 다른 한편으로는 사상 개조를 통해 반듯한 국민이 되어야 한다. 즉 여성에게 가장 시급한 과제는 사적인 감정을 해소하고 조국에 대한 공적인 감정을 양성하는 것이다. 그래서 순이는 조선부녀동맹에 가담하고 거기서 한글을 공부하고 세상이 어떻게 돌아가는지를 깨닫게 되며, "우리 조선이 완전한 독립국가가 되어 온 세상에 한 번 뽐내고 싶"은 포부와 소원을 품게 된다. 이러한 행동이야말로 김용운의 은혜에 보답할 수 있는 올바른 방법이기 때문이다. 이상의 두 가지 과정을 거쳐 순이와 김용운은 하나같이 탈성화된 인물이 된다. 이에 따라 귀환 남성 김용운과 귀환 여성 순이 사이의 '동포애'는 '동무애'로 전환된다.[10]

---

10 엄흥섭과 손소희가 창작한 귀환서사는 젠더적 시각과 정치적 이념이 공동으로 작용한 결과라고 할 수 있다.

요컨대 「귀환일기」와 「발전」은 강제로 일본으로 끌려갔다가 술집 작부로 전락한 춘자가 '건국둥이'의 어미로 귀환하며, 조국에서 훼손된 몸을 치유하고 부녀동맹의 일원으로 '발전'한 과정을 서사화했다. 엄흥섭은 여성 귀환자 순이를 민족 알레고리로 내세우면서 그녀의 귀환 여정을 통하여 식민·해방·건국 등 일련의 역사적 과제에 대한 구상을 펼친다. 이러한 문학적 상상력은 엄흥섭의 정치적 이념, 즉 좌익 계열 지식인의 민족담론과 밀접한 관계를 맺고 있다. 순이의 '귀환'과 '발전' 여정과 마찬가지로, 한반도 역시 일본 제국이 남겨둔 상처를 극복하고 새로운 민족국가로 발전해 나가야 한다. 건국 작업을 완수하려면 남녀를 불문하고 모두 사적인 감정을 제거하고 사상적 개조를 거쳐야 한다. 이것이 바로 좌익계열 남성작가 엄흥섭이 구상한 여성 귀환의 길이다. 엄흥섭이 제시한 탈성화된 여성관과 당대 우익 지식인들이 제시한 '현모양처' 담론은 해방 이후 남성지식인들이 조선 여성을 훈육하고 개조하는 두 가지 길이다. 이념적 측면에서 보면 두 가지 길은 서로 다른 목적지를 지향하지만 젠더적 시각에서 보면 양쪽 길은 모두 남성을 중심에 두고 구축한 젠더 정치이다. 이런 젠더 정치에 입각한 귀환서사에서 남성은 국가건설 작업의 주역을 맡고 여성은 남성 주체를 보조하는 파트너로 규정하는 경우가 대부분이다. 이에 따라 여성 주체의 귀환은 이념화·단일화되는 동시에 여성이 겪은 다사다단한 과정이 은폐되고 귀환 이후 재출발의 새로운 가능성도 차단된다.

그렇다면 여성들의 다단한 귀환이 여성작가의 시선에서는 어떻게 재현되었을까? 귀환을 몸소 체험했던 여성작가 손소희는 남성 주체가 제시한 두 가지 길에 대하여 반성을 제기하고 여성이 귀환하고 재출발하는 제3의 길을 탐색해본다. 다음으로 해방 직후 손소희가 창작한 여성귀환 서사를 분석하면서 그녀가 탐색하고자 한 새로운 길을 살펴보겠다.

3. 손소희의 「리라기」와 「속 리라기」 – 잃어버린 이름 되찾기

해방 이후 손소희는 다소 늦게 「리라기」(1948.4·5)와 「속 리라기」(1949.5)를 발표하여 '순이·리라'라는 여성 주인공을 내세워 혁명가의 아내이자 엘리트 여성의 남다른 귀환 이야기를 형상화했다. 손소희의 귀환서사는 민족 감정의 극대화 혹은 역사의식의 이념화가 엿보이지는 않는다는 점에서 남성작가들의 귀환서사와 확연히 구별되는 시차를 보인다.[11]

손소희는 가장의 부재나 남편의 무능력으로 인해 가장의 역할을 떠맡아야 하는 여성인물들의 삶에 주목한다.[12] 「리라기」와 「속 리라기」 역시 이러한 부류에 속하는 작품이다. 「리라기」는 리라가 기차를 타고 만주로 떠나는 장면으로 시작하며, 「속 리라기」는 고향에 돌아온 순이가 H읍으로 향하는 차를 기다리는 장면으로 끝을 마무리한다. 공간의 이동과 시간의 흐름에 따라 리라·순이의 자아 인식이 변하고 이에 따라 그녀의 삶의 지향점도 달라진다. 정착으로 마친 당대의 귀환서사와 달리 손소희는 '출발-귀환-새 출발'이라는 구조를 통하여 여성 귀환의 새로운 지향점을 제시한다. 다음으로 순이·리라가 겪는 '고달픈 여인의 여로'를 살펴보자.

---

11 류진희, 앞의 글, 40쪽.
12 김희림, 「손소희 소설의 여성의식과 서술 전략 연구」, 고려대 석사논문, 2013, 21쪽.

「리라기」는 만주로 떠나는 기차에서 순이가 '리라'라는 이름을 얻게 된 과거를 회상하는 장면으로 시작한다. 어느 날 남편 이영李英이 순이에게 구두 한 켤레와 함께 「헌명사獻名辭」한 편을 선물로 보냈다.

헌명사(獻名辭)

샘물이 고여 흘러나린 곳
호수가치 잔잔해
내 마음 비겨 호수라 하노니
나는 호수 리라의 호수
배꽃벌 리라의 호수
새롭고 날근 마음 물이라 갈아도 보리
힌 배꽃은 순이 그대의 모습
이 조그마한 신발은 이영이 만든
그대의 가누(獨木舟)

어제 능금나무꽃 피운 바람은
오늘 배나무꽃도 피우렷마는
시절을 몰라라 우리 집 배꽃은
배꽃벌 리라 순이는 리라
이름마저 퇴하는 마음이야 가렴으냐.

—1941년 4월 8일 이영[13]

이영은 아름다운 헌명사를 통하여 아내에게 '리라梨羅'라는 애칭을 지어 준다. 이름을 지어 주는 행위, 즉 명명命名이라는 행위는 소유물의 정체성을 규정하고 명명자의 소유권을 표명하는 과정이다. 겉으로 보면 '헌명'하는 행위는 남편이 아내에게 사랑과 진심을 고백하는 로맨틱한 이벤트이다. 기실 이영은 구두 한 켤레와 헌명사 한 편을 통해 남편과 아내의 소유관계와 위계질서를 규정한다. 이영은 자신을 '호수'로, 리라를 '흰 배꽃'으로, 순이에게 보낸 신발을 '가누獨木舟'로 비유한다. 이 세 가지 이미지를 통하여 이영이 바라는 이상적인 가족의 비전을 짐작할 수 있다. 이는 바로 호수를 중심으로 배꽃과 가누가 조화로운 세계를 이루듯이 남편을 중심으로 구축된 화목한 가정이다. 또한 '리라'라는 애칭을 통해 이영이 바라는 이상적인 여성상을 엿볼 수 있다. 즉 배꽃처럼 순결하고 연약하며 남의 보호 아래 아름다움을 뽐내는 여성이다. 그러나 순이는 남편이 지어 준 이름을 좋아하지 않는다. '가누'가 멀리 떠나더라도 호수에서 벗어나지는 못하듯이 '리라'라는 이름을 받아들이는 순간 순이도 남편과 분리되지 못하는 부속물이 되고 만다. 또 호수에 홀로 떠 있는 '가누'는 여성의 외로운 일생을 연상할 수 있는 상서롭지 않은 함의를 내포하고 있다. 만약 이튿날 남편이 체포되지 않는다면 순이는 '리라'라는 이름을 거부하겠다고 스스로 밝힌다. 그러나 남편의 갑작스러운 체포로 순이가 스스로 명명하는 과정이 중단된다. 남편이 감옥에 들어간 후 순이는 '리라'라는 애칭을 남편이 '바칠 수 있는 오직 하나의 성의'로 간직하고 6년이란 세월을 기다림 속에서 보낸다. 남편이 부재하는 상황

---

13 손소희, 「리라기」, 이병순·구명숙·김진희·엄미옥 편, 『해방기 여성 단편소설』 1, 역락, 2011, 242~243쪽.

에서 '리라'라는 호칭은 남편과의 관계를 증명할 수 있는 유일한 증거요 순이가 살아갈 수 있는 유일한 버팀목이 된다. 6년이란 긴긴 세월을 거쳐 순이는 '리라'라는 이름은 순이의 언행과 사상을 엄격하게 규율하는 기제로 작동한다.

순이에게 있어서 남편 이영은 현존하는 부재자이다. '자기를 모르는 사람들만이 사는' 만주로 이주한 리라는 '오랫동안 초롱에 갇혔던 새'와 같이 '호젓한 고적'과 '모험적 자족'을 획득한다. 그러나 벽에 걸려 있는 이영의 사진은 리라의 모든 행동, 심지어 리라의 내면을 '감시'하고 있다. 순이는 일기책을 통해 지극한 자아 검열을 수행한다. 그 검열 기준은 바로 남편이 정해 준 윤리관이요 옛날부터 전해온 여성관이다.

「귀환일기」와 「발전」에서 생활고에 시달리는 여성 귀환자와 달리 엘리트 여성으로서 순이·리라의 만주 이주와 조국 귀환은 경제적 어려움을 거의 겪지 않는다. 리라가 떠나고 귀환하는 여정에서 부딪히는 가장 큰 어려움은 자기 자신과의 싸움이다. 즉 남편에 대한 사랑과 임무, 그리고 K선생으로 인한 마음의 혼들림이다. 만주에서 K선생의 적극적인 구애를 받고 나서 순이·리라는 '리라'라는 가면에 금이 생기게 된다. '리라'의 밑바탕에 가려진 '순이'라는 또 다른 자아가 싹트기 시작하는 것이다.

하숙에 돌아온 리라는 자기란 대체 무엇이며 자기에게 있어 괴로움이란 대체 무엇인가를 생각해 보았다. 남편이 길 떠났다는 것으로 시작된 여인의 거리에는 언제든지 밝음을 등져야 할 것인가 단순히 떠나간 남편 때문에 자기의 생활이 어둡고 괴로운 것이 아니라 거기엔 생사의 기약이 가장 큰 문제였다. 산송장이라는 격으로 무엇으로 산 보람을 찾아야 할지 감수성이 강한 그로서는 항상 삶에 대한 짙은 회의가 어른거리었다. 거리에는 이영에 대한 애정 문제도 가로 놓여 있었다. 사랑이라는 것에는 아무런 변화도 없이 언제까지고 절대적인 수가 있을 것인가.

(…중략…) 부부 사이에는 사랑보다 의무감이 더 중요한 자리를 차지하고 있지 않은가. 사랑이 절대적이 아니기 때문에 사랑의 절대치가 규정될는지도 모르지만, 기다림에 있어 생존을 전제로 하였을 때에는 슬픔보다 보다 큰 희망이 있으니 생존이 애매한 경우에는 자기의 생애는 빛 잃은 세계의 편력이 아닐 것인가.

기다려야 한다는 감정의 강요가 또한 감정의 내면 생활가는 별개로 시일이 오래되면 단순히 한 관념에 얽매여 의무를 다하는 것이나 아닐까.[14]

K선생과 만나고 나서 마음이 흔들릴 때마다 리라는 일기를 쓰면서 자신에게 지극한 반성을 요구한다. 리라가 일기를 쓰는 행위는 '당위적인 나'와 '현실적인 나' 사이의 불연속성에서 비롯한다. 이는 '모성'과 '애욕' 사이의 갈등이라 할 수 있다.[15] '리라'로 호명된 '당위적인 나'는 아내와 어미로서의 임무를 완수하는 반면 '순이'로 호명된 '현실적인 나'는 한 독신 여성으로서의 본능과 애욕을 실감하며 체험하고 있다. 이처럼 남편이 부재한 7년 동안 순이·리라는 이중의 정체성 가운데 헤매면서 해방을 맞이하게 된다.

전술했듯이 엄흥섭에 의하여 형상화된 '순이'는 언제나 민족의 알레고리이다. 제국 일본의 강요로 술집 작부로 전락된 춘자, 건국둥이를 출

---

14 위의 책, 256~257쪽.
15 김희림, 앞의 글, 32쪽.

산하는 조국의 어머니, 부녀자동맹에 가입한 예비 여국민 등 여주인공의 변모는 해방 이후의 현실을 은유적으로 반영하고 있다. 이러한 민족 담론과 합일된 여성 이미지와 달리, 손소희의 「속 리라기」에서 '순이'는 식민, 해방, 건국 등 거대 담론과 거리를 두고 개인의 세계에서 살고 있는 여성이다. 손소희는 독특한 감각으로 민족서사와 불일치하는 개개인의 이야기를 창작했다.[16] 그러나 남성의 폭력적인 개입으로 인해 리라와 니나는 민족과 국가, 정치와 풍속 등 거대 담론의 소용돌이에 휩쓸리게 된다. 이영의 위선과 거짓이 가득 찬 귀환 연설과 K선생의 뜬금없는 청혼이 바로 그 대표적인 사건이다.

우선 이영의 귀환 연설을 살펴보자. 리라는 오랜 고생 끝에 해방을 맞이하면서도 그다지 흥분하지 않는다. 해방 전후 리라가 일기에 적어 둔 내용은 길거리에서 만장일치로 부르던 '만세' 소리가 아니라 K선생의 고백 연서로 인한 마음의 동요이다. 리라에게는 조국으로의 귀환을 기대하는 것보다 남편 이영에게 귀소歸巢하려는 소원이 더 간절하다. 그러나 해방된 지 한참이 지나도 이영은 계속 돌아오지 않는다. 오랜 고대 끝에 마침내 이영이 금의환향하지만 또 다른 여성 '니나'도 함께 나타난다. 돌아온 이영은 리라를 포용하기는커녕 아내를 이용하여 정치쇼를 계획한다. 리라와 남편의 재회는 집이 아니라 사령부 파티라는 공적 공간에서 이루어진다. 이영은 사령부 파티에서 귀환 연설을 하면서 아내를 소개한다.

---

16 서승희, 「손소희와 해방—해방기 여성 귀환자의 소설 쓰기와 민족 담론」, 『구보학보』 19, 구보학회, 2018, 171쪽.

"이곳에는 일찍이 저의 사랑하던 아내가 남아 있어 여러분의 보호 하에 나를 기다려 주었습니다. 한편으로 감사를 드리며 앞으로 미력이나마 조국을 위해 받치려고 하오니 여러분은 많이 편달을 애끼지 말어 주십시오."

말을 마치고 동시에,

"자, 리라."

이렇게 부르면서 가벼운 걸음으로 리라 있는 곳으로 걸어왔다. 리라는 그에게 끌려 인사를 끝내고 이미 준비되어진 자리에 앉았다.(…중략…) 둘러앉은 사람들은 박수를 치며 열광했다.[17]

여기서 이영은 아내를 '순이'라는 본명으로 부르지 않고 '리라'라는 애칭으로 호명한다. '순이'는 그저 평범한 여인이지만 '리라'는 독립투사 이영의 영광스러운 역사를 환기시킬 수 있는 산증인이다. 어찌 보면 이영이 탈옥한 후 행방불명되었던 7년의 세월은 애매모호한 정치 공백기로 간주될 수 있다. 이국에서 민족투쟁을 한다는 것은 일반 대중에게 매우 낯선 경험이기 때문이다. 그래서 이영은 비록 내가 부재했지만 나의 아내 리라가 "남아 있어 여러분의 보호하에 나를 기다려 주었습니다"라고 말하면서 고향 사람과의 연대감을 회복한다. 사실 이영이 부재하는 동안 리라는 주변 사람에게서 도움보다 고통을 더 많이 받았다. 그러나 정치가에게 중요한 것은 '진실'이 아니라 말로 만든 '사실'이다. 이영은 아내 '리라'라는 생존자를 통해 7년의 공백기를 민족을 위한 투쟁하는 역사로 소환한다. 이를 통해 그는 아내를 사랑하는 애처가와 조국을

---

17 손소희, 앞의 책, 409쪽.

사랑하는 정치가의 이미지를 동시에 부여하게 된다. 이러한 정교한 계획은 청중에게서 아낌없는 박수와 갈채를 끌어낸다. 결국 리라와의 눈물겨운 재회를 통해 이영은 '전 시민이 쳐다보는 위대한' 애처가이자 혁명가가 되고, 리라는 남편이 인심을 구슬리는 도구로 타자화된다. '리라'라는 존재를 활용한 이영의 쇼는 성공적일 수밖에 없다.

그렇다면 리라에게 유난히 관심과 배려를 베풀어준 K선생은 어땠을까? 해방 이후 이영의 뒤늦은 귀환으로 인해 리라는 니나라는 존재를 알게 된다. 리라를 도와주기 위하여 K선생은 니나를 찾아가서 그녀를 설득하려고 한다. 그러나 K선생은 해결책은 매우 돌발적이다. 그는 처음 만난 니나에게 결혼 청구를 강요한다. 이러한 뜬금없는 요구를 듣고 니나는 단연히 거절한다. 거절당하고 나서 K선생은 민족 담론을 꺼내서 니나를 설득하기 시작한다.

> 칠 년을 두고 겪은 풍랑 속에서 고죄로 짜인 슬픈 여자의 기록을 이 이상 연장시키어 길게 씌인다는 것은 인간의 비극을 무제한으로 연장시키는 거와 마찬가질 것이요. 당신도 역시 해방군의 일원이 아니오? 대의를 위해 살아온 과거를 가진 당신이 그 적은 자기를 버릴 수 없다는 것은 공연한 감정의 고집이 아니면 사랑의 뿌리에 병균이 들끄러서 만성이 되었는지도 모르지.[18]

리라와 같이 있을 때 K는 진보적인 사상을 가진 자상한 남자로 등장한다. 그러나 니나 앞에서의 K선생은 이영과 다름없이 가부장제도를 고수

---

18 위의 책, 421쪽.

한 사람으로 변신된다. K의 기세등등한 발화에서 볼 수 있듯이 그는 니나를 '인간의 비극을 무제한으로 연장시키는' 죄수로 지목하는 동시에 자신을 이런 비극을 막아주는 구세자로 자처한다. K의 발화에서 '민족 대의'는 남성들이 자기를 합리화하고 여성을 타자화하는 지적 담론으로 작용한다. '대의'가 필요 없을 때 리라에게 자유연애를 요구하고 '대의'가 필요할 때 제3자 니나를 비판한다. K는 혁명가 일가의 행복을 위한 '대의'를 내세워서 니나러 히여금 "감정의 고집"과 "적은 자기"를 포기하도록 한다. 하지만 K는 니나를 탓할 권력도 자격도 없다. 니나는 리라의 존재를 전혀 모르는 상황에서 이영과 사귀게 된 것이다. 반면 K는 리라가 남편이 있다는 사실을 분명히 알고 있으면서도 적극적으로 고백한다. 니나보다 K야말로 '적은 자아를 버릴 수 없'는 사람이 아닌가? 이영은 니나의 연모를 받아들이기 때문에 니나는 K의 힐문과 질타를 받은 제3자가 된다. 역설적으로도 리라가 K선생의 구애를 거절하기 때문에 K의 도덕적 순결성을 보장해준다.

이영의 정치쇼와 K선생의 청혼쇼는 비록 형식은 다르지만 최종목표와 본질은 다르지 않다. 두 남자는 하나같이 여성이라는 타자를 통하여 자신의 욕망을 만족시키고 행동을 합리화한다. 이영은 '가족'과 '민족'의 명분으로 리라를 이용함으로써 자신의 정치 생명을 다시 살리고자 한다. K선생은 '사랑'의 미명으로 리라에게 자아각성을 요구하고 '민족 대의'의 명의로 니나로 하여금 사적인 감정을 포기할 것을 요구한다. 다시 말해 귀환 여부와 상관없이 가부장제도의 논리 속에서 여성은 언제나 '희생양'이라는 정체성에서 벗어날 수 없다. 요컨대 손소희는 이영의 정치쇼와 K선생의 청혼쇼를 통하여 가부장제의 폭력성을 은밀하게 드러내고 이에 대한 비판을 제기한다.

　엄흥섭의 여성귀환 서사에서 순이는 남성이 전해준 모든 도움과 제의
提議를 기꺼이 받아들인다. 즉 여성이 남성 주체의 훈육을 받은 대상으로
등장한다. 이와 달리, 손소희의 소설에서 순이는 남성에 대하여 강한 비
판의식을 갖고 있다. 남편의 위선을 간파한 순이는 집에서 나와 고등학
교 동무 경옥을 찾으러 간다. 손소희는 순이와 경옥의 대화를 통하여 가
부장제도에 대한 비판을 피력한다.

> 경옥　결국 여자란 할 수 없는 거야. 그래서 택하는 다른 길은 언제나
> 　　　더 험하기 매련이니까.
> 리라　실제루 따지면 그럴런지두 몰라. 하지만 그러한 여자의 약점 때
> 　　　문에 받아 온 고난만으로도 지겨워 견딜 수 없는데 더 이상 그의
> 　　　마음과 방종까지두 내가 아른 체해야 되니.
> 경옥　그만하면 너두 이영 씨 같은 숙제의 인물을 남편으로 섬기게 마
> 　　　런이야.
> 리라　섬기기니 내가 뭐 종이냐, 기금 따루 사는다. 이 이상 더 옛 도의에 리용
> 　　　당하구 그 제물이 되기는 정녕 싫어.[19]

　대화에서 볼 수 있듯이 경옥은 현모양처 담론을 내면화하고 철저히
수행한 여성이다. 경옥의 입장에서 보면 남편에게 배신당하더라도 아내
와 어머니로서의 직분을 충실히 이행해야 한다. 집이라는 공간을 떠나

19　위의 책, 426~427쪽.

바깥세상을 향하는 길은 '언제나 험한 길'이기 때문이다. 그러나 순이는 '현모양처'라는 미덕은 가부장제도에 이용당한 '제물'을 미화하는 속임수에 불과하다는 사실을 간파한다. 그렇기 때문에 순이는 '리라'라는 애칭을 떨쳐버리고 '순이'로 표상된 여성 본연의 정체성을 회복하기로 한다. 그녀는 남편과 딸을 등 뒤에 남기고 집을 떠나는 길을 선택한다. 즉 조선의 수많은 '리라'들을 '순이'로 각성시키기 위하여 여학원에 가서 여성 계몽운동에 몰두하게 된다.

여러분 지금까지의 우리들의 할머니와 어머니는 실로 좁고 험하고 거친 인생의 길을 걸었습니다. 그들은 여자이기 때문에 한낱 집안이란 울에 가친 사색과 행동과 자기를 잃은 죄수에 불과했습니다. 그러나 오늘 이 자리에서 저를 맞어 주시는 여러분은 춥고 덥다는 것을 느낄 줄 아는 감성의 소유자로 싫고 좋은 것과 미운 것과 아름다운 것을 분별 선택할 수 있는 자신의 의사를 표명해도 무방한 자유로운 단계에서 있습니다. 이러한 우리 여인들의 성장은 곧 조선이란 국가의 성장이 되며 다시 지구우에 생존하는 모오든 억눌린 자들의 성장일 것입니다. 저는 임의 한 세기의 세분의 하나를 뒤 떨어진 여자이올시다. 여러분은 나를 선생이라 생각지 마시고 그저 한 연구의 벗으로 사괴며 나를 뛰여 넘어 주십시오.[20]

순이의 연설에는 여성의 입장에서 당대 여성들이 직면한 문제를 해결할 수 있는 가능성이 보인다. '리라'가 "집안이란 울에 가친 사색과 행동

---

20 위의 책, 106쪽.

과 자기를 잃은" 할머니와 어머니 세대 여성의 대명사라면 '순이'는 "감성의 소유자"로서 "자신의 의사를 표명할" 수 있는 자주적인 인간이다. '리라'가 조선 여성의 과거형이라면 '순이'는 조선 여성의 미래형이라할 수 있다. 남편이 지어준 애칭을 떨쳐 버리고 집을 나간다는 선택은 남을 위한 삶으로부터 자기 자신을 위한 삶으로 이행하는 자아 각성의 과정이다. 리라의 귀착점은 남편을 둘러싼 '호수'이지만 순이의 목표는 한없이 넓은 '바다'이다. 순이는 사나운 파도에도 불구하고 머나먼 바다로표상된 자유세계로 떠나기로 한다. 소설은 열린 결말을 통해 귀환 이후새롭게 출발하는 희망을 당대 여성 독자에게 제시한다.

요컨대 엄흥섭의 여성귀환 서사에서 여성인물은 남성의 도움, 구원과훈계를 받은 대상으로 재현된다. 이와 반대로 손소희의 「속 리라기」에서 순이는 남성의 도움을 거부하고 남성의 훈계를 반발하는 독립적인 주체로 나타난다. 또한 이영이 위독할 때 순이는 남편을 구해주는 구원자로 부각된다. 회복 후 이영은 아내의 손을 붙잡고 "제발 나를 혼자 두고가지 말어 주오" 하면서 아내를 거듭 만류했다. 그럼에도 불구하고 순이는 "신체가 허약하시니 마음도 약하시오? 당신의 마음이 무조건으로 나를 받어드리지 못한 날이 있었음 같이 나두 무조건으로 당신을 받을 수없는 날이 었답니다"라고 남편의 간곡한 청을 거절한다.[21] 이처럼 이영과 순이의 대화는 전통적인 부부관계를 전도시키고 평등한 양성관계를요구하는 가능성을 보인다. 물론 서사적인 측면에서 보면 이영의 갑작스러운 위독危篤이 개연성이 부족하지만 이런 부자연스러운 설정에도 불

---

[21] 「속리라기」에서 순이와 이영의 대화는 「인형의 집」에서 노라와 남편의 대화와 많은 유사점을 보인다. 이에 대한 연구는 향후의 관제로 남기기로 한다.

구하고, 남성작가들과는 차별성을 가진 귀환과 가출의 서사를 구축하려는 손소희의 시도 자체는 긍정적으로 평가할 만하다.

4. 두 가지 길

앞서 살펴본 바와 같이 해방 직후 엄흥섭과 손소희는 여성 귀환자에 주목하여 그녀들을 둘러싼 다단한 귀환 여정을 재현한다. 여성의 귀환은 훼손된 몸을 치유하고 잃어버린 이름을 되찾는 성장 과정이기도 하다. 엄흥섭과 손소희에 의하여 형상화된 두 명의 순이는 귀환 여로의 지향점도 다르다. 「귀환일기」와 「발전」에서 여자정신대의 일원이었던 '춘자'는 동포 청년의 도움에 힘입어 조선부녀자동맹의 맹원으로 거듭난다. 엄흥섭의 귀환서사에서 순이의 귀착점은 여국민을 육성하는 기관인 부녀자동맹이다. 동맹에 가담하는 것은 민족담론에 합류한다는 것을 의미한다. 「리라기」와 「속 리라기」에서 리라는 만주와 고국을 넘나들며 K선생의 구애와 남편의 배신을 두루 겪는다. 결국 순이의 종착점은 이영이 제시한 가족주의도 아니고 K선생이 제시한 사랑의 환상幻像도 아니다. 그녀는 여학생으로 구성된 여성공동체인 M여학교로 떠난다.

이처럼 엄흥섭과 손소희는 '순이'의 귀환서사를 통하여 여성 귀환자에게 두 가지 길을 제시한다. 전자는 남성 주체와 통일되어 가는 과정을 통해 새 국가를 건설하는 구성원으로 수렴되는 길이고, 후자는 남성 주체와 결별하고 인간으로서의 정체성을 확립하고, 더 나아가 여성공동체를 구축하는 길이다.

엄흥섭과 손소희의 소설에 나타난 두 명의 순이는 모두 '부정'과 '긍정'의 과정을 거쳐 여성 주체화의 길을 탐색한다. 엄흥섭은 여성 귀환자를 새 민족국가의 일원으로 포섭하기 위하여 '순혈주의'를 변형시키고 비현실적인 해피엔딩으로 귀환 여정의 끝을 마무리한다. 이런 점에서 보면 엄흥섭은 이야기의 진실성을 양도함으로써 이념적 진실성을 획득하고자 한 것이다. 손소희에 의하여 형상화된 순이는 '호수'인 남편을 떠나고 더 넓은 '바다'로 향해 새로 출발한다. 그녀는 남성이 정해준 카테고리에서 정체성 문제를 해결하는 방식을 거부한다. 순이는 남편이 지어준 애칭을 버리고 감수성과 자유의지를 가진 독자적인 인간의 입장에서 스스로를 명명하려고 한다. 이와 마찬가지로 여성작가 손소희 역시 민족주의·가족주의 등 당대 담론과 거리를 두면서 여성 주체화의 새로운 길을 개척하고자 한 것이다.

손소희의 만주서사와 그 의미*
해방기소설을 중심으로

임추락

1. 손소희 소설과 만주

1939년에 만주에 건너가 『만선일보』 학예부 기자로 재직했던 손소희는 해방을 만주국 신경에서 맞게 되었다. 1945년 11월 30일 신경에서 마지막 피난민 열차에 올라타 고향인 함경북도 경성으로 가는 대신 서울로 귀환한 그는 1946년 『백민』에 「맥貘에의 결별訣別」이라는 소설을 발표하면서 문단에 등장했다.[1] 그 후 근 40년의 문필생활 동안 7권의 창작집과 11편의 장편소설, 100여 편의 단편소설, 2권의 수필집 그리고 『한국문단 인간사』라는 1권의 산문집을 남겼으며 말년에는 시를 쓰는 등

---

* 이 글은 BK21 플러스 고려대 한국어문학 미래인재육성사업단의 지원으로 작성되었음.
1 손소희는 1942년 시인 김조규가 펴낸 『재만조선시인집』에 유치환, 김달진, 함형수 등 당대 저명한 시인들과 함께 시 「밤車」, 「어둠 속에서」, 「失題」를 싣기도 했으나 본격적인 문필 활동이 1946년 10월 단편소설 「맥(貘)에의 결별(訣別)」을 필명 손소희로 『백민』에 발표하면서 시작되었다.

다양한 장르에서 방대한 양의 문학작품을 창작하였다.[2]

이렇게 일제 강점기와 해방, 6·25전쟁, 전후의 역사적 격동기를 거쳐 이루어진 손소희의 작품세계는 다양한 모습을 보이면서도, 새로운 변모를 가져올 때마다 만주라는 공간이 등장한다.[3] 손소희가 문단에서 주목받을 수 있게 한 「리라기」를 비롯하여, 그가 직접 대표작으로 꼽은 장편 『남풍』과 단편 「갈가마귀 그 소리」 그리고 그의 완숙기 작품이라 할 수 있는 『그 캄캄한 밤을』 모두 그러하다. 또한 다른 몇몇 작품에서도 만주는 직접적으로 무대가 되지 않더라도, 등장인물의 신분이나 경력을 설명하는 데 간접적으로 언급된다.

무슨 기념할 만한 날짜같은 것을 무던히도 잘 잊어버리곤 하는 나지만, 가다가는 전연 잊혀지지 않는 날들이 더러 있다.

그 잊혀지지 않는 날들 가운데 나의 시월 삼십일이 있다. 바로 그 시월 삼십일은 평소에는 끔찍이도 무섭게 생각했던 호지(胡地)에 내가 기자로서의 (滿鮮日報) 첫 발을 들여놓은 날인 것이다. 봄에 한낱 길손으로서 퍼뜩 역전만을 구경한 적이 있는 신경은 그날 따라 날씨가 몹시 맑고 추웠다.[4]

손소희가 스스로 수필에서 회상한 바와 같이 잊지 못하는 날들 가운데 『만선일보』의 기자로서 만주에 첫발을 내딛게 된 날인 10월 30일을

---

2   정영자, 「孫素熙 小說 硏究-속죄의식과 죽음을 통한 여성적 삶을 중심으로」, 『수련어문논집』 16, 수련어문학회, 1989, 2~3쪽; 김해옥, 「손소희론-현실과 낭만적 환상 사이에서의 길찾기」, 『현대문학의연구』 8, 한국문학연구학회, 1997, 77쪽 참조.

3   김양수, 「大陸의 情念과 現實直視-孫素熙文學論」, 『월간문학』, 1985, 176쪽.

4   손소희, 「異域에서」, 『내 영혼의 巡禮』, 백만사, 1977, 56쪽.

정확이 기억하고 있을 만큼, 만주라는 공간이 손소희의 개인적 삶에서나 문학적 삶에서나 중요한 위치를 차지하고 있다는 것을 짐작할 수 있다. 이런 의미에서 만주 경험이 없었다면 과연 손소희 문학이 성립될 수 있었을까 하는 의문이 들며, 만주가 없는 그의 작품 규모는 내용으로나 폭으로나 깊이로나 훨씬 축소됐을 것이 분명하다.[5]

그러나 실제로는 1939년 여름에 만주에서 집에 돌아가 다시 동경으로 갈 생각이었던 손소희는 우연히 『만선일보』에서 기자 채용의 광고를 보게 되었고, 기자가 된다는 것이 동경에 가서 공부를 계속하는 것과 다를 바 없다는 속셈으로 신문사를 택하는 것이었다. 하지만 기자생활을 하다가 1년 2개월 만에 사표를 내고, 그 후 소개를 받아 만주국의 대륙과학원大陸科學院의 도서실에서 일하게 되었다. 거기서 한 달을 지내고 1941년 신정新正에 귀가했다가 척추염에 걸려 3년 동안 투병생활을 한 뒤, 종전 무렵 짐을 찾으러 다시 신경으로 건너갔다가 그곳에서 해방을 맞게 되었다.[6] 바꾸어 말하면 손소희가 만주에서 머문 시간이 기껏해야 3년 정도밖에 안 되었음에도 불구하고, 만주공간이 그의 문학에서 큰 비중을 차지한다는 것은 흥미롭다.

손소희 소설과 만주라는 공간의 관련성은 비교적 일찍부터 학자들의 관심을 불러일으켰지만,[7] 현재까지는 주로 중·후기의 작품들, 특히 장편소설 『남풍』이 거론 대상이 되어왔을 뿐,[8] 초기 작품에 대해서는 매우 소

5   김양수, 앞의 글, 176~177쪽.
6   손소희, 「滿鮮日報와 轉落의 詩集事件」, 『言論秘話50篇-元老記者들의 直筆手記』, 1978.2
     참조.
7   김양수, 「大陸의 情念과 現實直視-孫素熙文學論」, 『월간문학』, 1985.1.
8   이인복, 「죽음을 解明하는 발돋움-孫素熙論」, 『文學과 救援의 問題』, 숙명여대 출판부,

략하게 다루어지면서도 주로 여성 혹은 귀환의 시각으로 접근하고 있다.[9]

이 글은 기존 연구 성과를 보완하는 작업으로, 지금까지 손소희 소설에서 크게 주목받지 못했던 해방기 만주서사에 주목하고자 한다. 손소희의 해방기 만주서사에는 「도피(1946)」, 「리라기」(1948), 「한계」(1949)가 해당된다. 공교롭게도 이 3편의 소설 속에서 모두 지식인들이 주인공으로 등장한다. 따라서 이 글에서 「도피」, 「리라기」, 「한계」 3편의 해방기 만주서사를 중심으로 주인공들이 현실에 대한 대응 양상을 분석함으로써, 만주의 공간표상을 착안하여 만주서사의 의미를 규명하고자 한다.

1982; 이유식, 「성격·환경·역사의 3중 비극-손소희의 『남풍』」, 『광장』 121, 1983; 전혜자, 「고구려기질과 로만적 정념의 하모니-손소희 장편소설 『南風』 연구」, 전혜자·서정자·변정화 외, 『한국현대소설연구』, 국학자료원, 1998; 전혜자, 「『남풍』의 서사적 특성 연구-손소희의 장편소설 연구」, 『아시아문화연구』 4, 가천대 아시아문화연구소, 2000; 문홍술, 「나르시스적 사랑에 의한 비극적 현실의 정화-손소희론」, 『문학과환경』 7-1, 문학과환경학회, 2008; 서정자, 「손소희 소설과 역사적 상상력-『남풍』(1963), 『그 캄캄한 밤을』(1974), 『그 우기의 해와 달』(1981) 세 편의 장편을 중심으로」, 『우리 문학 속 타자의 복원과 젠더』, 푸른사상, 2012; 김정숙, 「손소희 소설에 나타난 '이동'의 의미」, 『비평문학』 50, 한국비평문학회, 2013; 서세림, 「사랑과 정치의 길항관계-손소희의 『南風』 연구」, 『인문과학논총』 35, 순천향대 인문과학연구소, 2016; 안수민, 「기만과 자멸(自蔑), 식민지민 디아스포라의 재현-기억-손소희의 『남풍』(1963)을 중심으로」, 『현대문학의연구』 62, 한국문학연구학회, 2017.

9 김해옥, 「손소희론-현실과 낭만적 환상 사이에서의 길찾기」, 『현대문학의연구』 8, 한국문학연구학회, 1997; 조미숙, 「손소희 초기소설 연구」, 『한국문예비평연구』 26, 창조문학사, 2008; 김익균, 「해방기 사회의 타자와 동아시아의 얼굴-해방기소설에 표상된 상해에서 온 이주자」, 『한국학연구』 38, 인하대 한국학연구소, 2011; 이민영, 「발화하는 여성들과 국민 되기의 서사-지하련의 「도정」과 손소희의 「도피」를 중심으로」, 『한국근대문학연구』 33, 한국근대문학회, 2016; 서승희, 「손소희와 해방-해방기 여성 귀환서사의 소설 쓰기와 민족담론」, 『구보학보』 19, 구보학회, 2018.

2. 현실의 도피처 - 「도피」

만주에서 서울로 귀환한 손소희는 송지영의 주선으로 당시 『신세대』 잡지를 경영하던 이무영의 동화통신사에 입사하고, 거기서 「맥에의 결별」이라는 글을 통해 문단에 등장했다. 「도피」는 데뷔작 「맥에의 결별」에 이어 1946년 10월에 『신문학』에 발표한 단편소설이었다. 작품에서 일본인이 경영하고 일계, 만계, 선계 직원들이 모인 만척 회사 분사^{分社}에서 근무하는 철이라는 남성지식인을 중심으로 해방 전후 재만 조선인의 삶의 현실을 그려냈다.

> 하루 일 원 몇 십 전에 팔려 다니는 조선인 노동자들. 그들의 그 때묻은 옷과 핏기 없는 얼굴 표정, 그 기력이 없음을 이용해서 그들의 노동력을 짜내어 살쪄 가는 사람들의 충복이 자기였다. 그들은 후대하려는 의도와는 별개로 임금은 깎지 않을 수 없는 자기였다. 될 수만 있다면 다수 노동자를 헐한 임금으로 사용하는 것이 자기의 직분이고 그게 또한 수완이었다. 그 수완이 자기의 노무 주임으로서의 역량을 보이는 것도 되었다. 같은 동족의 피와 땀 값을 헐하게 살 수 있는 기술이 자기의 자리를 튼튼하게 하는 것을 생각할 때 살아간다는 것이 더욱 큰 부채라고 하지 않을 수 없었다. 그러나 그렇게라도 하여야만 회의와 순준에서 주춤거리는 자기의 생활이 나마 지탱할 수 있다는 것이 필연적인 공식과도 같았다.[10]

---

10 손소희, 「도피」, 구명숙·이병순·김진희·엄미옥 편, 『해방기 여성 단편소설』 1, 역락, 2011, 172~173쪽. 이하 글명과 쪽수만 표기.

분사로 옮긴 철은 노무주임으로서 조선인 노동자들의 임금을 될 수 있는 대로 깎는 것이 직분이었고, 그것이 그의 역량을 평가할 수 있는 수완이었다. 동족의 피와 땀 값을 헐하게 살 수 있는 기술이 오히려 자기의 자리를 튼튼하게 하는 역설은 철로 하여금 그가 살아간다는 것에 매우 죄책감을 느끼지만, "이러한 자리일망정 허턱대고 내놓지 못하는 것은 자기만 아닌 가족들의 생활 문제"가 달려 있기에 일을 할 수밖에 없었다. 여기서 철이 일본인 사용자와 조선인 노동자 사이에 낀 중간 관리자로서의 내적 고뇌를 보여주었다.[11] 하지만 이러한 철의 내적 고뇌는 단순한 죄책감에서 비롯된 것이 아니었다.

그가 이곳 분사로 전근되기 전 신경 있을 때다. 선계 문제 좌담회라 하여 출석했던 그날의 광경이 눈에 떠올랐다. 마치 의붓자식의 방탕성을 교정이나 할 듯이 직업소개소 소장, 수도경찰청 고등과장, 모모 백화점 인사과장 등이 모여서 조선 사람을 평하야 책임감이 없다는 둥 패기가 없다는 둥 진실성이 적다는 둥 그래서 취직난도 심하고 꽁무니가 가벼워서 한자리에 오래 머물러 있지 않기 때문에 새로 다시 앉으면 언제든지 아랫자리를 차지하는 것을 깨닫지 못하고 항상 불평이 앞선다는 등의 허물만을 털어 놓았다. 그중에서도 직업소개소 소장이라는 자가 가장 엄숙한 표정을 지으며 자기가 식모 셋을 알선했는데 결과로 보아서는 성적이 매우 좋더라고, 선계도 다 그렇게 꽁무니가 가볍다고 규정지을 수는 없다고 좋은 예를 든다는 것이 식모이었다. 무엇이 잘났다고 민족을 능멸하고 그리면서도 고양이

---

11 서승희, 앞의 글, 160쪽.

가 잡아먹기 전 쥐 어르듯이 부려먹기 위해서는 등을 어루만져 가면서 자기를 또한 노무 주임을 봉해서 산림지대인 통화로 보낸 것이 아닌가.[12]

철은 분사로 전근 오기 전 신경에 있을 때, 선계문제좌담회에 참석한 적이 있었다. 한 자리에 모인 직업소개소 소장, 수도경찰청 고등과장, 모모 백화점 인사과장 등은 "의붓자식의 방탕성을 교정이나 할 듯이 조선 사람을 책임감이 없다는 둥 패기가 없다는 둥 진실성이 적다는 둥 항상 불평이 앞선다"[13]고 비판하였다.

목숨만은 확실히 자기 것이었으나 그것조차 걸핏하면 어떻게 날아갈지 모르는 위험한 서적처럼 간직하기 힘든 때도 다. 큰 부정업과 큰 야미는 자기들이 다 하면서 네로 왕이 자기의 죄상을 기독교인에게 밀듯이 전부 조선인에게 밀어버린다. 아편 환약 제조공장도 봉천에는 일본인 경영하는 것이 아는 사람이면 다 아는 정도로 큰 것이 있고, 야미로 쏟아져 나오는 물건도 거개가 자기들 손을 거쳐서 나오는 것이언만 그 부스러기를 얻어서 팔고 사는 말단 부정업자가 조선인의 대표가 되고 성격이 되고 그 죄를 뒤집어써야 한다.[14]

뿐만 아니라 아편 제조공장 등 큰 부정업을 경영하는 사람이 일본인이었고, 야미(뒷거래)로 쏟아져 나온 것도 그들의 손을 거쳐서 나온 것이지만, 그 죄상을 부스러기를 얻어서 밀수하는 말단 부정업자인 조선인

---

12 손소희, 「도피」, 173쪽.
13 손소희, 「도피」, 173쪽.
14 손소희, 「도피」, 174쪽.

에게 밀어버렸다. 그 결과에 조선인이 그 죄를 뒤집어써야 하며, 부정업자라는 딱지를 붙였다. 선계에 대한 이러한 민족적 능멸이 또한 철이 노무주임으로 임용되고 산림지대인 통화에 있는 분사로 보내오게 되었다. "통화에서는 농민을 징용하면 또한 증산의 본의가 아니라 하여 부정업자와 거리의 부랑배를 모아서 송근유화 주석산 제조공장으로 보내는 일거양득의 비방을 내어가지고 구체적인 실시는 조선 사람인 철[15]에게 하라는 것이었다. 이로 인해 철은 자기 자신이 조종당하는 "한낱 허울 좋은 사람이란 도구와 같이 생각되었다."[16] 하지만 그는 한 가족을 부양하는 가장으로서 생존을 위해 일본인들에게 편승해야 할 수밖에 없었다. 일본인들의 부당한 처우에 대해 인지하고 있음에도 불구하고 그는 이러한 현실에 직접적으로 저항하기보다는 생활의 문제 속으로 도피한다.[17] 따라서 「도피」에서 나타난 만주 표상은 현실의 도피처라고 할 수 있다.

이러한 철의 현실 도피적 대응방식은 같은 회사에서 일하고 있는 영자와의 만남을 통해 반성하기 시작했다. 그는 "헛된 공상"과 자기연민에서 벗어나라는 영자의 지적에서 자각되어, 자신이 더 이상 조선인으로서의 삶에서 도피할 수 없음을 인식하게 되었다. 하지만 철과 영자의 만남에서 『좁은 문』이라는 책이 여러 번 언급되었다는 것을 우선 주목할 필요가 있다. 『좁은 문』은 프랑스 작가 앙드레 지드가 1909년에 발표한 중편소설이었다. 지드의 가장 대표적인 자전적 소설 중의 하나로, 주인공 제롬이 어린 시절부터 매년 여름이면 함께 지내던 정숙하고 신앙심이

---

15 손소희, 「도피」, 173쪽.
16 손소희, 「도피」, 174쪽.
17 이민영, 앞의 글, 275쪽.

깊은 외사촌누나 아리사와의 이루어지지 못했던 청순한 사랑을 회상하는 것이다.[18]

"난 읽은 지 오래되었으니까 잘 모르겠어. 어쨌든 아리사의 태도는 현실에의 도피지-. 그래두 아리사의 도피는 도피가 아니라 오히려 더 큰 현실 속에 구금되었다고 생각되는 것이 기억에 남아 있어."
"웨요?"
"미운 것은 보기 싫고 미워질 것이 겁나고 아름다운 생각만으로 짜든 정서의 세계가 현실이란 뚜렷한 실증으로 변해지는 것을 두려서 카도릭의 승녀의 미사 속에 숨기는 했으나 기억을 추억할 수 있는 한 아리사는 그 괴롬에서 버서날 수 있다면 그것은 역시 도피가 아니라 감정이란 더욱 뚜렷한 현실 속에 구금된 것이 아닐까? 그래서 도피가 아니라는 거지-."[19]

영자가 이 책에 대한 독후감이 뭐냐고 물어봤을 때, 철이 위와 같이 대답했다. 아리사는 제롬과의 사랑이 변해질 것을 두려서 가톨릭 승녀의 미사 속에 숨기고 현실을 도피한다. 하지만 추억할 수 있는 한 아리사는 제롬에 대한 그리움을 이기지 못하고 괴로워하며 죽는다. 다시 말하자면 아리사는 도피할수록 감정에 더 깊이 빠져들고, 결국 현실 속에 구금되었다는 것이었다. 실제로 철의 직전의 도피행위가 이와 같은 논리에 놓여졌음에도 불구하고, 그 후 영자에 의해 각성하고 저항하는 노

---

18 조병준, 「앙드레 지드의 『좁은 문』에 나타난 알리사의 죽음 재평가」, 『프랑스어문교육』 63, 한국프랑스어문교육학회, 2018, 454쪽.
19 손소희, 「도피」, 179쪽.

력도 아이러니컬하게도 이 논리와 같이 한다.

어느 날 본사에서 기별이 왔다. 군에서 인제는 송근유도 주석산도 필요치 않으니 중지하고 곳 내려오라는 기별이었다. 그는 그런 기별을 받고는 간다고 좋와라고 날뛰는 대원을 타이르며 조선 사람의 하든 일이 유종의 미가 없다는 말을 안 듣겠다고 이를 악물고 하루 일을 더하여 공장을 채견 채견 알뜰히 정리하였다. 그리하여 팔월 십오일이 지난 이틀 뒤 부랑자와 부정업자로 조직된 근로 대원을 인솔하고 대오 정연이 산마루턱에 이르렀을 때 행인의 입으로부터 일본이 십오일 정오에 항복했다는 말과 통화 시민은 지금 피난처로부터 돌아오고 있는 이야기를 들었다.[20]

"조선 사람이기 때문에 이렇다는 말"을 듣지 않기 위해 철은 산중에 들어가서 징용 노동자의 선두에 서서 그들과 같이 일을 했다. 패전의 상황을 짐작한 일본인들의 철수 명령에도 불구하고, 그는 "조선 사람의 하는 일이 유종의 미가 없다는 말을 안 듣겠다고" 산에 남아 일을 마무리하였다. 하지만 "부랑자와 부정업자로 조직된 근로 대원"을 데리고 산마루턱에 이르러서야 행인의 입으로부터 일본이 십오일 정오에 항복했다는 말을 들었다. 책임감 없는 조선인이라는 평가에서 벗어나기 위해서 철은 조선인 노동자들과 함께 일본인 회사를 위해 일하다가 이틀이나 늦게 해방을 맞이한다. 일제의 식민담론을 벗어나기 위한 철의 노력은 오히려 더욱 충실히 그들을 위해 하루를 바치며, 대일협력의 연쇄 고리에 빠

---

20 손소희, 「도피」, 189~190쪽.

지게 된 것이다.

독립된 조선인의 정체성이 가장 강력하게 요청되었던 해방의 순간, 철은 여전히 일본의 신민으로 살아가다[21]는 것은 아니러니 아닐 수 없다. 손소희는 주먹을 힘 있게 쥐어 시가로 빨리 걸어가는 철의 모습으로 「도피」의 끝을 맺었다. 철이라는 남성지식인의 도피적 행위를 비판함으로써 일본의 신민으로부터 조선인으로서의 자기를 되찾고 회귀하는 것이 해방 직후 지식인뿐만 아니라 모든 조선인들이 직면해야 할 과제라는 것을 설파했다.

3. 탈출과 구속의 역설적 공간-「리라기」

손소희가 1948년 4월에 『신천지』에 발표한 단편소설 「리라기」에서 남편의 부재로 인해 가정에 종속된 여성의 억압적인 삶을 핍진하게 묘사하였다. 「리라기」는 제목이 명시하듯 '리라'라는 한 여성의 삶을 기록한 작품이다.

이영이 잡혀 가서 삼년도 지난 어느 날 그는 옥중에서 연기처럼 사라져 버렸다는 소식과 함께 그 여파는 리라에게까지 미치었다. 온갖 수단으로 방조한 흔적을 찾으려는 리라에 대한 경찰의 무서운 추궁은 마침내 늑막염을 선물로 안겨 한 달 만에 내놓아 주었다.

---

21   이민영, 앞의 글, 285쪽.

그 뒤로는 병마와 싸웠고 적자생존인 세태와 싸우는 동안 그는 환경을 바꾸는 묘방을 생각해 내지 않을 수 없었다. 어언 세월은 또 삼년을 흘렀다. 그동안 경찰의 끊임없는 감시와 친정살이 륙년 동안의 눈칫밥이 치가 떨리도록 싫증이 났다. 그래서 만주에 있는 동무의 소개로 M여학원 교사로 가게 되기까지 진전된 심경은 실로 큰 비약이었다. 거기에선 이영의 소식을 알 수 있을 것 같은 일념도 들었다.[22]

잡혀간 리라의 혁명가 남편인 이영이 어느 날 옥중에서 사라져버리고, 그 여파는 리라에게까지 미쳤다. 경찰의 무서운 추궁과 끊임없는 감시, 병마와의 싸움, 육 년 동안의 친정살이 눈칫밥 등 이런 환경을 탈출하기 위해, 리라는 만주에 있는 동무의 소개로 M여학원 교사로 가게 되었다. 만주에 건너온 리라는 "오랫동안 초롱에 가쳤던 새가 초롱을 버서나서 자유로운 나라의 이름 모를 꽃나무에 앉은 듯이 자기를 모르는 사람들만이 사는 곳에서 호젓한 고적을 열락할 수 있다는 것은 리라에겐 모험적인 자족이기도 했다."[23]

이런 측면으로 보아 만주는 리라에게 조선에서 직면한 현실 상황을 탈출할 수 있게 하는 희망의 공간이었다. 하지만 만주에 도착한 리라는 스스로를 억압하기 시작한다.

그는 상머리에 돌아와 앉아서 일기책을 폈다. 그첫페―지에 이렇게 썼다.

22 손소희, 「리라기」, 구명숙·이병순·김진희·엄미옥 편, 앞의 책, 244쪽. 이하 글명과 쪽수만 표기.
23 손소희, 「리라기」, 244쪽.

〈좌우명〉

• 지인을 만들지 말 것

• 남자 동료와 일이대식의 차를 마시지 말 것

• 골뱅이 세계에서 살 것

• 여인 동무를 경원할 것

위 인용문이 리라가 집을 떠나 만주에 도착하자마자 일기장에 쓴 좌우명이었다. 골뱅이 세계에서 사는 것처럼 남자 동료와 여인 동무를 모두 경원하고 지인을 만들지 말라는 내용이었다. 이를 통해 만주에 건너온 리라는 철저히 고립되고 구속된 삶을 영위하기로 결심한다는 것을 짐작할 수 있다. 이로 인해 리라의 만주생활은 억압적이고 구속적일 수밖에 없다.

만일 그러한 단순한 감정이외의 느낌이라면 그러한 자기와는 싸워야만 하는것이 또 하나의 자기의 무거운 의무였다. 여인의 길이란 실로 좁고 거친 길임을 또 한번 새삼스럽게 느끼면서 리라는,

'신이 아니고 사람이다. 동시에 리라는 여인이 아니고 어머니요 십자가를 진 남의 안해이다. 이영의 사랑하는 안해이다.'[24]

만주에서 리라는 K선생의 구애 때문에 마음이 동요되지만, 딸인 미사만을 삶의 낙으로 삼고, 홀로 가정 안에 속박된 채 바깥세상과 단절된 삶

---

24 손소희, 「리라기」, 249쪽.

을 다짐한다. '리라는 여인이 아니고 어머니요 십자가를 진 남의 안해이다.' 그러므로 리라는 스스로를 질책하며 가정의 울타리 안으로 자신을 더욱 깊숙이 가두어버린다. 이영을 기다리며 보내는 세월은 리라에게 더 이상 여인의 삶이 아니며, 한 남자의 아내이자 딸의 어머니로서 감정적 동요를 허락하지 않는 삶이었다.[25] 이런 의미에서 보면, 만주는 리라에게 조선의 현실적 정황을 탈출할 수 있는 공간이면서도, 스스로를 구속하는 공간이기도 한다. 즉 탈출과 구속의 역설적 공간이다.

4. 기회주의적 처신과 삶의 공간-「한계」

1949년 3월에 『신여원』 제1호에서 발표한 단편소설 「한계」는 신문기자, 의사, 행정관리로 구성된 재만조선 지식인 일행이 포격을 피하기 위해 신경에서 고유수로 피난 가는 길, 그리고 해방을 맞아 신경으로 다시 돌아가는 길 위에서[26] 벌어진 일들을 형상화한 작품이었다. 표제인 '한계'는 "분절된 우정의 한계"[27]를 가리킨 것으로, 소설의 첫머리부터 암시하고 있다.

---

25 김희림, 「손소희 소설의 여성의식과 서술 전략 연구」, 고려대 석사논문, 2013, 24쪽.
26 「한계」는 손소희가 이후 『신천지』에 발표한 「길 위에서 I」(1949.11)과 내용상으로 거의 유사하다. 인물들의 심리를 좀 더 구체적으로 묘사하였고, 결말을 약간 보완했을 뿐이다. 제목에 'I'이라고 명기한 것으로 보아 「한계」를 장편으로 확대하려던 계획이었던 것 같으나 이후 연재된 바가 없어 미완으로 그쳤다. 구명숙·이병순·김진희·엄미옥 편, 앞의 책, 300쪽 참조.
27 손소희, 「한계」, 위의 책, 308쪽. 이하 글명과 쪽수만 표기.

누구보다도 먼저 팔을 걷고 자기네 짐을 실어줄 줄 알았던 구 의사가 이러쿵저러쿵 튀기기만 하면서 짐에 손을 대기는커녕 딴청만 늘어놓는 것이 아닌가. "이상한데" 하고 이렇게 속으로 생각하는 은희는 인호가 와 줬으면, 아마 인호가 없어서 그러는 게지, 쯤으로 해석하고 있었다.

이 거동을 보고 섰던 옆집 주인이 어깨에 마대를 올려놓더니 짐을 둘러메었다. 그들은 트럭 위에서 짐을 받고, 은희는 작은 트렁크들을 나르면서도 구 의사를 힐끔힐끔 눈여겨보았다.

그는 손이 놀면 양복바지 줄에 앉인 먼지도 털고 양손을 마주 털기도 하고 또 뒷짐을 집고 서 보기도 한다. 직업이 의사라는 것과 키는 적고 몸집이 뚱뚱하다는 이유로 그는 언제나 세비로만 입고 있었다.

"응, 참 세비로 때문에 그런 게로군."[28]

고유수로 향해 피난의 길을 떠나기 전, 화자인 은희는 누구보다도 자기네 짐을 실어줄 남편의 동무인 구 의사가 아예 짐에 손대지도 않았다. 처음에 남편이 없어서 그럴 줄을 알았는데 결국 양복을 더럽히기 싫기 때문이었다. 뿐만 아니라 다시 신경으로 돌아가는 여정에서 은희는 식량을 사 나머지 백 원을 핸드백 속에 넣어버렸기 때문에 마차비를 치를 돈이 없어서, 선대해 주면 신경 가서 주겠다고 해도, 구 의사는 돈이 있으면서도 없다고 하였다. 이처럼 자존을 위한 구 의사의 이기심을 뚜렷이 보여줬다.

그리고 구 의사는 처세술이 매우 능한 사람으로서 일본이 득세할 때

---

28 손소희, 「한계」, 301쪽.

에는 일본인의 등세를 이용했고, 해방 직전 중국이 더 득세할 때에는 시류에 영합해 중국인들에게 호의를 표시하여 이중적 태도를 보인다.

고장은 여분으로 다이야를 가지고 떠나지 않은 운전수를 책해 봤댔자 소용없는 노릇이다. 그리하여 서로 의논한 결과 인호는 신문사의 사원이기에 보도반이라는 완장, 이 과장은 방역반, 구 의사는 의료보국이란 완장을 각각 주름살을 펴서 똑바로 왼팔에 걸고 부근 주재소로 다이야 교섭을 떠났다.
(…중략…)
다이야 교섭을 떠난 일행은 한 시간 반쯤 되어 두께 십미리도 못 되는 고무 다이야를 메고 참외를 먹으면서 돌아왔다.
"그만해두 주재소 부근에서 빵구 난 것이 천만 다행이지."
"완장 덕분인 걸. 그놈덜 어수룩해서 좋긴 해."
"권세에 아첨하기 잘하구 하지만 저이들 신세나 우리들 신세나 아장피장이지 별 수 없지."
얻어 가지고 와서도 고맙다는 말은커녕 일본인 등세를 이용하고 또 이용당한 만인들의 약점을 동정하듯 비웃으면서 쪼개진 다이야를 빼려 했으나 기계가 없어서 다이야를 빼는 도리가 없었다.[29]

고유수로 떠나는 도중에 타이어가 터지는 위기도 있었다. 인호, 이 고장 그리고 구 의사는 각각 보도반, 방역반, 의료보국 등의 완장을 차고 중국인들의 주재소에 가서 타이어를 얻어 왔다. 하지만 일본인의 등세

---

29 손소희, 「한계」, 301쪽.

를 이용해 만인들의 도움을 받았음에도 불구하고 고맙다는 말은커녕 만인들을 능멸하였다. 하지만 중국인을 무시하면서도 해방 직전에 중국군의 입성을 대비하기 위해, 구 의사는 "축 장주석 만세, 축 타도 일본 제국주의 만세, 축 장개석 장군 입성 만세, 축 장주석 군 승전 만세" 등의 문구를 수십 장씩 썼다.

꿈 이상의 꿈 같았다. 어느 틈에 태극기가 만들어진 것도 기적이었다. 있으랴 학교에 해방 기념식에 합세하지 못한 마을 사람들은 다시 어느 모퉁이 집 석마루를 중심으로 꾸역꾸역 모여들기 시작했다. 그리고는 구 의사를 추켜세우고 식을 거행하는 것이다.

어느새 어떻게 알았는지 모두 저절로 애국가를 일 수 불렀다. 학교에서는 프린트까지 하여 돌리어서 은희도 병일에게 그것을 얻어줬고 불렀다.

만세도 끝난 다음 구 의사는 석마루 위에서 사진기계를 가져오게 하여 정작 사진을 찍으려니 필름이 없어 그만 자기의 훌륭한 주도(主導)의 자기 입장과 그 □매를 쳐다보는 군중을 박지 못한 것을 크게 유감스럽게 생각하면서 석마루 위에서 내렸다.

마침내 해방의 소식이 도래했다. 학교에서 해방 기념식에 합세하지 못한 마을 사람들이 다시 모여서 식을 거행하였다. 식을 주도하는 구 의사는 '조국 해방'의 기쁨을 강조하기 보다는, 군중을 이끄는 자기를 부각한 기념사진을 찍지 못한 것을 애석하게 생각한다.

이처럼 「한계」에서 부각한 구 의사는 자존을 위하여 용의주도한 방략을 쓴 기회주의적 지식인이었다. 그들은 생존을 위하여 변화하는 시류에 따라 어느 것이 나에게 조금이라도 더 이익이 되는가에 따라 처신한다. 따라서 「한계」에서의 만주는 기회주의적 처신과 삶의 공간이라고 할 수 있다.

5. 손소희의 만주서사가 갖는 의미

이상에서 「도피」, 「리라기」, 「한계」를 중심으로 손소희의 해방기 만주서사에서 나타난 만주표상을 살펴보았다. 손소희의 개인적 삶에서나 문학적 삶에서나 중요한 위치를 차지하고 있는 만주 공간은 이 3편의 소설에서 현실의 도피처, 탈출과 구속의 역설적 공간, 기회주의적 처신과 삶의 공간 등 다양한 표상으로 나타난다.

그러나 주목할 만한 것은 이 세 편의 소설에서 공교롭게도 해방의 순간을 놓치거나 해방에 대한 감각은 그다지 흥분되지 않다는 점이다. 「도피」에서 주인공인 철은 이틀이나 늦게 해방을 맞이했고, 「리라기」에서 해방을 맞이해도 남편이 돌아오지 않기 때문에 스스로 '미사의 엄마로 또한 이영의 아내로' 삶을 규정한 리라는 혼자만 해방하지 않았다고 생각했으며, 「한계」에서 구 의사는 해방의 기쁨보다 군중을 이끄는 자기를 부각한 기념사진을 찍지 못한 것을 애석하게 생각했다. 즉 이 소설들에서 해방은 커다란 의미를 갖지 못한 것임은 분명하다. 또한 이역만리에 외로이 누운 일본인의 시체를 보고, 손소희는 모든 미움을 초월해서 측은하다[30]고 하기도 한다. 그렇기 때문에 손소희의 해방기소설은 남성작가들의 서사와 달리, 해방에 대한 희열과 민족감정의 극대화 혹은 역

사의식의 이념화가 엿보이지 않는다.[31]

시차를 보인 연유는 손소희가 해방 직후에야 비로소 문단에 등단하기 때문이다. 식민지 문단에서 활동한 이력이 없어서 자기고백과 변명, 사죄를 불필요로 한 손소희는 해방기 만주서사에서 그의 현실 인식이 그대로 반영될 수 있는 것이다.

30 손소희, 「한계」, 315쪽.
31 류진희, 「해방기 탈식민 주체의 젠더 전략—여성서사의 창출을 중심으로」, 성균관대 박사논문, 2015, 40쪽 참조.

2부

북한으로의 귀향

———

김북원金北原의 문학사적 복원과 해방기 활동 연구
김진희

'청년들의 운명', '동방'(들)의 장소성
김조규의 만주국~해방기 북한시편 재론
최현식

김북원金北原의 문학사적 복원과 해방기 활동 연구

김진희

1. 남북한문학사와 김북원 문학의 성과와 가치

남한의 근대문학 연구에서 김북원金北原이 소개된 것은 일찍이 『재만조선시인집』에 소개[1]된 이후, 최근 함북 청진의 동인지 『맥』 연구[2]와 만주 초현실주의 및 『만선일보』의 『시현실동인집』 연구[3] 등에 의해서이다. 김북원은 1930년대 후반 한반도 북부와 만주를 이어준 동인지 『맥』의 실제적인 리더였고, 『시현실동인집』의 주요 동인이었다. 그러나 김북원에 관한 작가 연구는 남한 시문학사와 연구사에서는 거의 찾아볼 수 없다.[4] 북

---

1   오양호, 『한국문학과 간도』, 문예출판사, 1988.
2   윤길수, 「시동인지 『맥』에 대한 소고」, 『맥』 11, 선우미디어, 2014; 나민애, 「『맥』지와 함북 경성의 모더니즘—경성 모더니즘의 이후와 이외」, 『한국시학연구』 41, 한국시학회, 2014.
3   이성혁, 「1940년대 초반 식민지 만주의 한국 초현실주의 시 연구」, 『우리문학연구』 34, 경인문화사, 2011; 김진희, 「『만선일보』에 실린 「시현실동인집」과 동인 활동의 문학사적 의의」, 『한국문학연구』 65, 한국문학연구학회, 2018.

한문학사에서는 해방기 진보적 시문학을 선도한 시인으로 소개되고 있지만[5] 엄밀하게는 한국전쟁 시기 이후 활동이 중요하게 평가되고 있다.[6] 특히 북한문학사에서 해방기에 중요하게 언급하는 김조규, 이정구, 이찬, 박세영, 백인준, 이원우, 양명문, 김우철, 민병균 등은 해방 전 같은 동인 활동을 했던 시인들이기도 한데, 이들의 개인시집 출간과 공동시집 편찬[7]에 김북원의 이름은 자주 등장하지 않는다. 북한문학사의 연구를 반영하는 남한의 북한 시문학사 연구에서도 역시 김북원의 문학은 한국전쟁기 이후의 성과에 집중되어 있다.[8]

실제로 해방 전후 김북원은 일제 강점기 1930년대 초부터 『별나라』, 『신소년』, 『신인문학』, 『시인춘추』, 『학등』, 『맥』, 『만선일보』, 『재만조선인시집』 등에 작품을 실었고, 『맥』과 『시현실동인』 활동을 했다. 그리고 해방기 북한에서는 '북조선 문학예술총동맹'의 중앙위원에 임명된 이후, 1980년대까지 북한문단의 중요한 위치에 있으면서 다수의 시집을 출간했다. 이와 같은 김북원의 문학세계와 활동에 대한 전체적인 연구는 남북한 모두에서 이루어지지 않았다. 특히 해방 전 활동과 해방기의 활동은 제대로 정리·평가되지 못한 상황이다.

1946년 3월 25일 '북조선예술총연맹'이 결성되면서 김북원은 함경

---

4   해방 전 김북원에 대한 평가는 그와 친했던 이해문 시인이 『시인춘추』 2집(1938.1) 「중견시인론」에서 중견급 신진파로 이름을 소개한 것이 전부이다.
5   류만, 『현대조선시문학연구―해방 후편』, 사회과학출판사, 1988, 11쪽.
6   해방기에 출간된 김조규, 이찬, 이정구, 박세영, 이원우, 김우철, 민병균 등의 시작 활동에 비해 김북원의 작품 수가 많지 않다. 현재 남한에서 찾아볼 수 있는 해방기 북한에서 출간된 개인시집, 잡지, 공동시집 등에서도 상대적으로 김북원의 작품 수는 적었다.
7   민병균, 「북조선 시단의 회고와 전망」, 『문학예술』, 1948.4.
8   오성호, 『북한시의 사적 전개』, 경진, 2011; 김재용, 『분단구조와 북한문학』, 소명출판, 2000; 우대식, 『해방기 북한 시문학론』, 푸른사상, 2005.

북도 시 위원장으로 지명되었고, 이후 10월 13~14일 전체 대회에서 중앙위원으로 선출되었다. 이기영, 한설야는 물론 시 부문에 있어 박팔양, 김우철, 김조규, 이찬 등이 참여한 북한의 공식적인 예술단체의 출발에 이름을 올린 김북원의 문학적 역량과 무게에 대한 평가가 있었을 것으로 짐작된다. 그리고 이 평가는 이 조직의 다른 임원들과 마찬가지로 해방 전 김북원의 문학 활동과 분명 연관이 있을 것이라 생각한다.

최근 북한의 문학 연구에서 김북원은 '해방 전부터 시들을 창작하였으나 시인의 재능은 자기 조국이 없고 또 이끌어줄 령도자가 없었던 탓에 빛을 보지 못하였다. 시인은 해방 후 어버이 수령님의 품속에 안겨서야 자기 삶도 창작의 보람도 마음껏 누릴 수 있었다'라고 평가된다. 즉 김북원 활동의 성과를 한국전쟁기 이후로 한정하는 한편 주요 작품으로 「우리의 최고사령관」(1951), 서정 서사시 「낙동강」(1950) 등에 주목하고 있다는 점에서 '조국 해방 전쟁 시기에 창작한 작품'에 주목하는 기존의 문학사 평가와 크게 다르지 않다.[9]

김북원에 대한 연구가 제대로 이루어지지 않았기 때문에 생애에 대한 정보 역시 명확하지 않다. 김북원의 생애 및 활동에 대해 남북한 문학계에서 정리된 사실은 다음과 같다.[10]

김북원은 함경북도 홍원의 빈농 집안에서 출생했다. 1920년대 말부터 시작 활동을 개시했고 소설도 창작한 것으로 알려졌다. 1935년 12월 『삼천리』에

9   김철룡, 「조국 해방전쟁과 시인 김북원」『조선문학』 768, 2011.10.
10   이명재, 『북한문학사전』, 국학자료원, 1995; 신형기 · 오성호 · 이선미 편, 『한국문학선집 1900~2000 북한문학』, 문학과지성사, 2007, 1579쪽.

유진오의 추천으로 「유랑민」이 추천되어 등단했고, 『재만조선시인집』(1943)에 작품을 실었다. 해방 후 함경북도 인민위원회 문화과장으로 일하면서 다수의 시를 발표했다. 이후 작가동맹 시분과 위원장, 함경남도 작가동맹 지부장(1953)을 역임했고 한국전쟁기에는 종군시인으로 활동했다. 이때 「낙동강」, 「남해가 보인다」 등의 시를 발표했다. 전후에는 작가동맹 시분과 위원장, 작가동맹 함경남도 지부장, 문예총 강원도 위원회 위원장 등을 역임했다. 1963년부터 1980년대 초반까지 왕성한 활동을 했다. 주요 시집으로 『조국』(1946),[11] 『대지의 서정』, 『당의 기치 높이』(1956) 등이 있다.

이상의 내용이 기존의 문학사적 소개로, 언급한 바와 같이 남북한 문학사에서 김북원에 대한 소개 및 평가는 해방 전 문학성과를 봉인한 채, 한국전쟁 이후의 성과에 집중되어 왔다. 이는 해당 작가의 자료를 남한과 북한이 비교 논의하지 않았기 때문이다. 이에 이 글에서는 김북원의 해방 전 문단 활동이 비교적 일찍부터 시작되었음을 필명을 찾아 밝히고 창작의 영역이나 경향 역시 다양했음을 자료 보완을 통해 논의함으로써 김북원에 관한 최초의 작가 연구를 시도하고자 한다. 이 논의를 통해 식민지 시기와 해방기 이후 김북원의 문학 활동의 연속성을 확보하고,[12] 남북한 문학사에서 김북원에 관한 전체적인 평가가 가능하도록 하려 한다.

---

11 현재 남한문학사(신형기·오성호·이선미 편, 앞의 책)에서는 김북원의 시집으로 『조국』(1946)이 제시되어 있다. 그러나 당대에 쓰인 평문이나 북한문학사에서는 언급이 없는 점, 그리고 같은 해 공동시집 『조국』이 김북원이 함북예술연맹 시위원장이었던 함북예술동맹에서 편찬, 출간된 점을 고려하면, 공동시집 『조국』을 김북원 개인의 시집으로 오인한 것이라 생각한다.
12 이 글에서는 김북원의 문학적 성과를 해방 이전 자료와 해방기(1945~한국전쟁 이전)으로 한정하여 다루고자 한다.

2. 식민지 시기 김북원의 문학세계

─아동문학에서 전위문학까지

1) 농민조합운동과 아동문학

북한은 1953년 10월에 조선작가동맹 회의를 개최하여 문학조직을 재정비하는데, 이때 시분과의 위원장은 민병균이고, 김북원은 위원으로 참여하고 있다. 그런데 눈에 띠는 것은 아동문학 분과위원회의 위원장이 김북원이라는 사실이었다. 이에 대한 논의의 실마리를 1957년 잡지 『아동문학』 창간 10주년을 기념하는 강효순의 글에서 찾을 수 있었다.

> 건실한 조선 아동문학의 발전을 위하여서는 이러한 경향들과 투쟁하며 사회주의 사실주의에 튼튼히 입각한 '카프' 아동문학을 계승 발전시키며 선진 소련 아동문학을 대담히 섭취하는 길만이 유일한 길이었다. 우리 당의 올바른 문예정책을 높이 받고 잡지 『아동문학』은 이 과업을 수행함에 있어서 적지 않은 역할을 놀았다. 이 투쟁에서 카프 작가 박세영을 비롯한 이원우, 김우철의 영향은 지대한바 있었으며, 해방 직후에는 아동문학에 직접 집필하지 못하였으나 송영, 김북원 제동지들도 카프 아동문학을 계승 발전시킴에 크게 기여하였다.[13]

위의 글에서 강효순은 김북원이 해방기에 아동문학을 집필하지는 않았으나 카프 아동문학을 발전시키는 데 주요한 역할을 했음을 분명히 하

---

13 강효순, 「'아동문학' 창간 열 돌을 맞으며」, 『문학신문』, 1957.5.2.

고 있다. 송영은 1946년에 '북조선문학예술총동맹'에서는 아동문학분과의 위원이었고, 1953년 '작가동맹'에서는 아동문학 위원에서 빠지고 희곡위원으로 선출되었다. 강효순의 언급은 김북원과 송영의 해방 전 활동을 염두에 둔 평가라는 점에서 해방 전 아동문학가로서 김북원의 활동을 조사할 필요가 있다.

일제 강점기 아동문학가로서 김북원은 남한문학사에서 전혀 언급되지 않았다. 이는 그가 1930년대 초반 사용한 '北原樵人'이라는 필명과 작품을 대조해보지 않았기 때문이라고 생각한다. 이에 이 글에서는 처음으로 '북원초인'이 김북원이 『별나라』와 『신소년』에서 사용한 필명이었음을 밝힌다. 이는 김북원이 『별나라』와 『신소년』에 북원초인으로 발표한 소년소설 「마즈막 날」, 「눈오는 밤」 등과 동시 및 동요인 「하나님」, 「눈바람 부는 속에」 등이 북한문학사에서 김북원의 대표적인 아동문학으로 소개·평가되고 있기 때문이다.[14] 뿐만 아니라 김북원이 그 당시 농업학교에 재직하면서 학생들을 가르쳤다는 사실은 『별나라』가 아동 독자는 물론 농촌교육을 담당한 청년들이나 문사들의 문학의 장이 되었다는 사실과 맞물리고, 작품의 소재, 주제와 연관되면서 '북원초인'이 김북원이라는 사실에 설득력을 더한다.[15]

필자가 확인한 바, 김북원이 '北原樵人'이라는 필명으로[16] 작품을 게

---

14 「마즈막 날」(1932.4), 「눈오는 밤」(1933.3), 「겨울밤」(1933.12), 「눈바람 부는 속에」(1934.2) 등이 류희정 편찬, 『현대조선문학선집―1930년대 아동문학작품집 1·2』(문학예술출판사, 2005)에 중요한 작품으로 편찬되어 있다.

15 최근 김북원의 시세계를 평가한 북한의 문헌에 의하면 '김북원은 사립학교를 졸업한 후부터 농촌에서 일하면서 계몽 활동에 적극적이었고, 사립학교 교원으로 학생들을 가르쳤고, 농촌무산아동들의 생활을 반영한 작품을 창작했다'고 소개된다. 김철룡, 「농촌현실을 민감하게 반영한 김북원의 시」, 『조선문학』 763, 2011.5.

재한 최초의 작품은 『별나라』에 1932년 2월에 게재한 동요 〈야학교 노래〉이고, 같은 해 4월에 역시 『별나라』에 발표한 아동소설 「마즈막 날」이 주목할 만한 작품이다. 이 소설은 보통학교 입학 시 재산증명서를 내야 하기 때문에 가난한 학생들이 학교에 갈 수 없게 되자, 그들을 위해 학교를 만들었던 농민조합청년들과 일제 당국에 의한 체포 및 학교 폐쇄, 그리고 어린 학생들의 저항운동을 담고 있다. 작품의 후반부는 일제 검열기관에 의해 투쟁 장면이 삭제당하여 발표되었다. 이 작품보다 더 투쟁적인 작품이 「눈오는 밤」(1933)이다.

해마다 가을은 가슴 터지는 계절이다. 더군다나 이해는 흉년까지 겹치었다. 그런데도 지주는 그대로 소작료를 바치라했다. 그렇다고 건덕지가 없는 것을 갚을 수는 없었다. 그리하여 그들은 최후의 수단을 쓴 것이다. 그러나 오막살이마저 빼앗기는 수는 없었다. 드디어 ××(쟁의)는 일어났었다. (이하 삭제)

16　김철룡은 김북원의 본명을 김치식(金治植)이라고 밝히고 있는데(위의 글) 아직 남한 연구에서는 이에 대한 논의가 이루어지지 않았다. 최근에 아동문학가들의 필명을 조사 연구한 류덕제는 북원초인과 김치식의 관계가 밝혀지길 기대했다.(류덕제, 「일제 강점기 아동문학가의 필명 고찰」, 『아동청소년문학연구』 19, 한국아동청소년문학학회, 2016) 이들의 관계가 쉽게 밝혀지지 못한 이유는 김북원을 아동문학가에 한정했고, 북한문학의 자료를 폭넓게 참조하지 않았기 때문으로 생각한다. 이에 이 글에서는 두 가지 논거를 들어 이 견해에 타당성을 더하고자 한다. 첫째, 『별나라』, 1935년 2월호 목차에는 '북원초인'이라고 하고, 실제 글에서는 김치식으로 적고 있다. 둘째, 『시인춘추』 창간호에서도 역시 김북원과 김치식을 목차와 원문에서 함께 사용하고 있다. 이런 자료적 상황을 정리하면 '북원초인-김치식-김북원'이 동일인임을 추론할 수 있다. 이런 맥락에서 보면 1920년대 후반 김치식이라는 필명으로 발표한 「이 쌔는 새벽」(『조선일보』, 1928.4.20), 「어머님!」(『조선일보』, 1929.11.26) 등의 작품이 김북원의 작품이라고 할 수 있을 것이다. 이에 대해서는 이후 보다 보완된 논의를 진행하고자 한다.

그 후-아저씨들이 가신 뒤에는 꼭 석달을 꼼짝 못하였다. (…중략…) 그러나 바우의 마음은 흔들리지 않았다. 그것은 '방심이 아니라 항상 주의할 것'이란 말이 생각났던 것이다. -음 아저씨들은 이 눈내리는 겨울을 그곳에서-바우는 아저씨들의 말이 생각나자 이 눈내리는 밤에 그 속의 아저씨들이 떠올랐다. 바우의 마음은 슬퍼졌다. 그러다가 바우는 '아니다' 하고 정신을 차리였다. 그것은 자기가 선 립장을 깨달은 데서였다. 바우는 또 한번 둘러보고는 솔포기 뒤에 가 앉았다. 그리고 눈내리는 어둠의 세계에 눈알을 굴리며 자기들의 이밤을 아저씨들에게 자랑하고 싶었다. 함박눈 내리는 겨울의 한 밤은 점점 깊어져 갔다.[17]

이 소설은 농민조합의 투사들이 체포되어간 뒤 투쟁을 이어나가는 아동들의 변화상을 담고 있다.[18] 즉 무산 아동들과 착취자들의 계급적 대립관계를 설정하고 착취자들의 가혹한 억압과 착취에 시달리는 아동들이 착취에 반대하여 조직적으로 나설 것을 깨달아가는 과정과 투쟁을 강조하고 있다.[19] 김북원은 시 「눈바람 부는 속에」[20]서도 소설과 같은 주제로 아동들의 각오를 드러내고 있는데, 「눈오는 밤」과 유사한 상황에 놓인 아동들은 세찬 눈바람과 볼을 때리는 눈보라 속에서 싸우는 아저씨들을 생각하면서 "눈바람은 그냥 모-지게 붑니다 / 우리들의 언뺨을 사정업시 싸립니다. / 그러나 제아모리 야료를 부리면 뭘하누 / 우리들의 마

---

17 북원초인, 「눈오는 밤」, 『신소년』, 1933.3.
18 사회과학원 문학연구소, 『조선문학통사-현대문학편』, 인동, 1988, 163쪽
19 오정애, 「1930년대 진보적 아동소설, 아동극, 동화에 대하여」, 류희정 편찬, 『현대조선문학선집 39-1930년대 아동문학작품집』. 문학예술출판사, 2005.
20 북원초인, 「눈바람 부는 속에」, 『별나라』, 1934.2.

음은 싸굽습니다"라고 노래하면서 시련과 투쟁의 실패에서 굳게 나가려
는 각오를 분명하게 보여준다.

위의 작품들에서 읽을 수 있듯이 김북원의 아동소설과 시에서 일제와
의 투쟁을 선도하는 주요한 조직으로서 농민조합에 주목할 수 있다. 조선
시대 이후 지주에 대한 종속이 약했고, 중앙의 간섭에 저항했던 전통은,
함경도 농민들로 하여금 1920년대 말~1930년대 초의 급진시위에 참여
할 수 있는 능력과 의지를 가능케 했다. 1930년대 말 조선 북부의 신흥
공업 기지였던 함경도는 1937년에서 1945년 전까지 북한에서 급진조직
이 가장 활발한 지역이었다. 이런 상황 속에서 함경도의 급진 세력은
1930년대 적색농민조합이라고 불렸던 사회주의 좌파와 연대했다. 대부
분의 적색농민조합은 식민당국에 대한 시위를 이끌었고, 농민의 불만을
대변했는데, 특히 교육받은 젊은 농민들이 적색 농민조합에서 주도적 역
할을 했다. 적색농민조합의 지도자들과 그 제도적 기반은 해방 이후 되살
아났는데, 특히 소련이나 평양의 지도자들이 이 지역에 대한 통제권을
행사하기 전까지 함경남도에서는 조합지도자였던 사람들이 토지개혁을
이끌었다. 예를 들어 북조선 농민동맹을 통해 적색농민조합 지도자들과
그들이 만든 개혁안은 북한의 1946년 토지개혁정책에 등장하였다.[21]

김북원 역시 함경도의 농민조합 소속으로 농촌 교육운동에 참여했던
것으로 보인다. 그 자신의 기억에 의하면 1931년부터 적어도 몇 년간 '문
맹의 심연에서 헤어날 길 막힌 우리의 농촌아동을 위해' 농교에서 선생
노릇을 했던 것을 알 수 있다.[22] 그리고 이때 『별나라』와 『신소년』에 아동

---

21 찰스 암스트롱, 김연철·이정우 역, 『북조선의 탄생』, 서해문집, 2006, 36~45쪽.
22 김북원, 「그 밤의 추억-그 밤은 눈 나리든 밤」, 『조선중앙일보』, 1936.3.26. 김북원은

을 위한 작품을 발표했다는 점에서 그의 경험이 소설에 반영되어 있는 것으로 이해할 수 있다. 특히 『별나라』가 1931년 6월에서 1932년에서 1933년 사이에 구독자가 267명에서 11,000명으로 늘어났는데, 함경도 지역의 독자가 압도적으로 늘었다는 사실은 함경도 지역의 농민조합 운동과 농촌교육 운동이 글쓰기와 밀접한 연관이 있는 것으로 보인다.[23] 작품에서 드러난 김북원의 문제의식은 1936년 이광수의 『흙』이 출간되자 '문학의 독자성 속에 캄푸라지 되었던 민족의식, 그것을 새삼스레 거론할 일이 있으랴만은 매번 '조선 사람은…' 식의 답보가 가소로울 뿐이다, 『흙』을 통하여 보여진 춘원의 의도는 결국 한 개의 개량주의적 농촌진흥 운동일 뿐'[24]이라는 비판으로 강하게 드러나기도 했다.

식민지 시기 김북원이 아동소설과 시를 통해 보여준 문제의식은 당대 일제의 정치적 억압을 비판하고, 농촌사회의 피폐함을 반영함은 물론 아동을 주인공으로 하는 무산 계급의 깨달음과 변화, 투쟁을 보여준다는 측면에서 카프 계급문학의 면모를 충분히 보여주었고 이런 점에서 해방기 이후 아동문학가로서 김북원의 위상도 가능했다고 생각한다.

2) 시인·소설가로의 등단과 창작방법의 고민

1934년까지 북원초인이라는 필명으로 아동소설, 동요, 동시 등을 썼

이 글에서 자신이 KS농교의 선생이었다고 하는데, 이때 KS는 함경북도의 경성농업학교를 말하는 것으로 보인다.

23 예를 들어 1932년 1월 기준, 경기가 2133명이었는데, **함남 1469, 함북 1133,** 평남 611, 평북 661, 황해 495 등이었다. 박태일, 「나라 잃은 시기 아동잡지로 본 경남, 부산 지역 아동문학」, 『한국문학논총』 37, 한국문학회, 2004.8.

24 김북원, 「日評―소설 『흙』에 나타난 춘원의 의식」, 『조선중앙일보』, 1936.2.21.

던 김북원은 1935년 1월 『신인문학』에 김북원이라는 이름으로 시 작품 「海松」을 게재한 이후 꾸준히 『신인문학』에 작품을 발표한다.[25] 「해송」은 바다의 기개를 시적 자아에 투사한 소박한 작품이다. 1935년에서 1936년에 걸쳐 『신인문학』과 『학등』 등에 발표한 작품들은 「해송」과 비슷하게 자연을 포함한 외부세계를 통하여 자신의 감성을 노래하고 있는 작품들이 다수이지만, 한편으론 현실을 바라보는 시적 자아의 진술을 통해 김북원의 현실 인식 및 내면의식을 읽을 수 있다.

오오-生活이여!

그대는

高原의 荒蕪地였든가?

幸福의 봄동산이였든가?

暗黑이 갈리는 黎明이였든가?

그렇찮으면 싸움의 修羅場이였든가?

나의노래는 그대가 있음으로하야 싹트고

나의노래는 그림자같이 그대를 따르나니

그대는 나의 노래의 보금자리었고

그대는 나의 노래의 生命이여라

—「生活」 부분[26]

---

25 『신인문학』은 노자영이 신인 발굴을 목적으로 창간한 잡지로 알려져 있다. 김북원 역시 개방적인 잡지의 컨셉에 의하여 시를 게재할 수 있었던 것으로 보인다.

26 김북원, 「生活」, 『신인문학』, 1935.3.

위의 작품에서 김북원은 시 쓰기의 출발점으로 '생활'을 이야기한다. 시의 주제요, 소재가 되는 생활은 시인을 괴롭히고 시달리게 하는 더럽고 썩고 굳은 가난한 방처럼(「방」, 『신인문학』, 1935.4) 황무지와 수라장이기도 하고, 한편으론 새로운 보금자리와 생명이 시작되는 여명이고 봄 동산이기도 하다. 김북원은 생활-삶이야말로 시인이 다룰 중요한 대상임을 강조하고 있는데, 실제적으로 현실의 문제를 작품으로 어떻게 형상화 것인가가 김북원의 중요한 고민이었던 것으로 보인다. 왜냐하면 생활 혹은 현실에 대한 냉철한 비판이나 파악보다는 "難關에 꿈을잃고 海線같이 지"(「來日」, 『신인문학』, 1936.3)친 자아의 모습이나 "허수아비가 아닌이상 / 허수아비가 아닌이상 없을리 있나. / 희망이. 코-쓰인들. / 허지만…………. / 아아- 노 코-쓰의 서글픔"을 겪는 자아를 통해 현실에 대한 문제의식이 감상적으로 드러나기 때문이다.(「無題吟」, 『시인춘추』 1938.1) 그러나 시인의 슬픔과 분노만으로 현실의 전체가 드러날 수 없다는 사실을 김북원은 깨닫고 있었고 이는 창작방법론과 작가의 세계관의 문제로 심화된다.

현실! 그속에 살면서 나는 현실을 몰은 것이다. 자기딴은 이것이야말로 하고 쓰되 그것은 산리알이 아니고엇 이것이야말로하고 描寫하되 그것은 산 人間아니고 로뽀트여고 이것이야말로 그들의 呼吸이라고 노라하나 그 것은근르의 呼吸이 아니엇다. 눈- 현실을 똑바로 보는 눈-그리고 정당하게 파악하고 포착하는 눈! 기술-현실을 바로 옮기는 기술-생생하게 형상화하는 기술! 아아-그립다 바른 눈! 올흔 기술이……[27]

현실의 眞貌란 그것 - 현실의 정당한 파악을 거처서만 가능한 것일진댄 소위 현실의 정당한 파악이란 바른 세계관을 전제한 것이겠다. 많아서 옳은 정열의 용광로를 통하여 형상됨이 아닌 예술품은 한 개의 소박한 사실에 불과하다 함은 이미 우리의 상식에도 낡은 것이 아닌가.[28]

김북원은 위의 글을 쓸 즈음에 '올바른 세계관과 창작 방법'에 대해 지속적인 고민을 하면서 선배 문인에게도 이를 요청하고 있다.[29] 이는 1935년 전후 카프의 해산과 기교주의 논쟁 등 문단에서 이루어지던 창작 방법론에 대한 문제의식을 깔고 있다. 그에게 창작방법론이란 현실을 바로 보는 눈과 기술, 즉 방법론의 문제인데, 이는 현실 가운데 뿌리를 박고 있으면서도 동시에 현실에 대하여 날카롭게 대립하는 문학정신을 바탕으로 하지만, 당대 현실에서 작가가 올바른 세계관을 갖는 것이 어렵다는 측면에서 작가 주체성에 대한 강조, 즉 세계관의 주체로서 작가의 책임과 실천의 중요성을 일깨운다.[30] 이런 의미에서 작가가 현실을 어떻게 파악하는가. 현실 문제의 핵심을 무엇으로 보는가가 중요하게 인식된다.

유유히 흐르는 豆滿江

언덕에 푸르른 柳堤

깍아질린 絶壁

---

27 김북원, 「생활 예술 고행」, 『조선중앙일보』, 1935.12.12.
28 김북원, 「계절의 우울」, 『조선중앙일보』, 1936.4.25.
29 김북원, 「日評 - 후배로서 선배에게」, 『조선중앙일보』, 1936.3.15.
30 임화, 「주체의 재건과 문학의 세계」, 『동아일보』, 1937.11.11~16.

머리우엔 끓는 六月의 太陽

깜아득한 絶壁밑에 자리한무리

한손은 노미쇠는 잡고

또한손은 마치를 잡고

땅―듸………

땅―듸………

따리고 돌리고 돌리고 따리고

오오 곳곳에서 울리는 일터의 交響樂이여!

저들의 손아귀엔 산도 평지가되고

바다도 뭍이되나니

文明의 주초는 저들의손으로 놓여지는것을―

―그만침 저들은 존귀한 存在다.

―그러나 그만침 저들은 값싼存在다.

―「일터의 片描」 전문[31]

위의 작품은 노동의 신성한 의미와 가치, 그럼에도 착취당하는 노동
자들의 존재성을 강조한 시이다.[32] 1연에서는 노동의 공간이자 시의 배

---

31 김북원, 「일터의 片描」, 『신인문학』, 1935.8.
32 김북원의 친형이 당시 토목현장의 경리 책임자였다고 한다. 그래서 김북원은 책도 많이
    살 수 있었고, 주위 사람들을 도와줄 수 있었다고 한다. 김경린, 「현대성의 경험과 모더
    니즘」, 『증언으로서의 문학사』, 깊은샘, 2003.

154 2부 | 북한으로의 귀향

경으로 깎아지를 절벽 아래서 위험과 더위와 싸우며 일을 하는 노동자들의 모습이 나타난다. 시인은 그들의 노동이 문명의 주초를 놓는 실천적이고 에너지틱한 것임을 강조하고자 노동의 현장에서 울리는 수고로운 망치 소리에서 교향악을 듣는다. 문명을 개척하고 여는 숭고한 노동자들, 이에 대해 시인은 '저들은 존귀한 존재'라고 이야기한다. 그러나 바로 다음 행에서 '그만침 저들은 값싼 존재'라는 모순된 진술이 이어진다. 이는 노동자가 제대로 대우받지 못하는 현실에 대한 강한 비판이다. 이런 인식을 통해 자본주의에 대한 비판의식을 읽을 수 있다. 자본주의에 대한 김북원의 문제의식은 꽁트「완구」에서도 드러난다.[33] 그는 어린 아이들이 장난감을 두고 싸우는 것을 보면서 "수요는 둘인데 공급은 하나. 공급의 부족―즉 분배의 불공평에서 생긴 파탄! 그것은 분배의 공평에서만 해결될 것은 물론이다"라는 깨달음으로 글을 끝맺는데, 자본주의의 분배구조와 불평등에 대한 인식 역시 비치고 있다.

한편 그는 시에서 문제 삼던 '값싼 노동자'에 대한 문제의식을 당대 현실 속에서 노동자로 전락한 농민의 삶을 그린 소설 「유랑민」을 통해 확장한다.

푸로로그

유사이래 미증유의 대범람을 정한 락동강―그 연안에 항한 생명 재산의 일필 난기한 피해, 이로 말미아마 생활수단을 송두리채 잃어버린 연안일대의 주민들… 이에 당한 당국의 구제로 인하야, 혹은 만주로 집단부락에로

---

[33] 「완구」(『신인문학』, 1935.3)는 소설로 알려져 있으나, 꽁트임을 밝힌다.

농장에로 북조선에 노동시장에로 북행열차는 그들을 싣고 움직이게 되었던 것이니 그들의 일부인 창수의, 일가와 그리고 많은 창수네 일가가 북조선의 노동시장에 몸을 던지기는 지금으로부터 이년전의 일이었다. (…중략…) 어디로 가는 것이랴! 정처는 없다. 다못 장수의 머리 속에는 입과 입으로 건너온 회령 어디의 비행기공장의 버리터와 탄광의 이야기가 어슴푸레히 기억에 남아있을 뿐이다.[34]

위의 소설은 홍수로 인한 강의 범람으로 강물에 병든 아버지와 갓난아기를 흘려보낸 창수 일가가 주인공이다. 이들은 고향인 낙동강을 떠나 북쪽 국경지역 도로 건설 노동자로 일을 왔지만 열악한 노동환경과 임금으로는 배고픔과 가난을 도저히 견딜 수가 없어 다시 일터를 찾아 떠나는 이야기이다. 김북원은 시 「일터의 편묘」에서 진술한 값싼 노동자의 현실을 이 소설에서 핍진하게 그리고 있다. 자작농이었던 창수가 홍수로 가족과 재산, 집까지 모두 잃을 수밖에 없었던 상황, 국경 부근 일터에서 착취자로 등장하는 일본인과 중간 매개자인 서기 등 당대 노동자들의 현실을 개연성 있게 보여준다. 이 소설을 추천한 유진오는 이 소설이 '문체는 간결하지만 객관적 묘사보다 작자의 흥분이 앞섰다'고 평가했는데, 평범했던 농민 창수가 유랑하는 노동자로, 즉 점점 더 문제적인 상황으로 빠져드는 주인공의 절박함이 드러날 필요가 있다는 측면에서는 유진오의 평가를 생각해볼 필요가 있다.

소설 「유랑민」은 「일터의 편묘」의 소설 버전 같은 느낌을 준다. 「일터

---

34 김북원, 「유랑민」, 『삼천리』, 1935.12.

의 편묘」가 1935년 8월에 발표되었고, 「유랑민」이 같은 해 12월에 추천이 되었으니 김북원은 동일한 소재를 시와 소설로 각기 쓴 것으로 보인다. 이는 앞에서 다루었던 「눈오는 밤」의 소설적 상황을 시 「눈바람 속에」에서 읽을 수 있는 것과 유사한 특성이다. 김북원은 '나는 어제도 소설을 써보았고 시를 생각하여 보았고 오늘도 나는 그것을 구상하여 보았고 써보았다'고 고백한다.[35] 등단 초부터 동시와 아동소설을 오가면서 창작했던 김북원은 한동안 시를 쓰다가 소설가로 등단했지만 이후 다시 소설 창작을 하지 않았다. 그가 소설을 썼던 이유는 리얼한 현실에 대한 비판과 메시지를 드러내려는 욕망 때문이었던 것으로 생각한다.

3) 포에지poésie로서 초현실주의와 만주모더니즘

- 동인지 『貘』과 『詩現實同人』 활동

김북원은 1936년 3월 『신인문학』에 이해문 시인에게 주는 시 「내일」을 발표한 후 1년 넘게 시를 발표하지 않았다. 그리고 1937년 6월 『시인춘추詩人春秋』 창간호에 「대륙의 소야곡」, 2호에 「무제음」을 실었다. "傳統은 - / 노스탈챠 - 우리의 보배터냐? / 鄕愁는 - / 노스탈챠 - 우리의 꿈은 宿命. // 오오 거리의 빠 - 여 그 문을 닫으라 / 異國의 기집애야! 가락(胡弓)을 놓아라, / 大陸은 차거웁다 / 달빛도 흐리고……"라고 노래하는 「대륙의 소야곡」의 공간적 배경이 만주로 보이는데, 이즈음 국경 쪽에서 만주 쪽 문인들과도 소통하면서 『맥』을 준비하고 있었던 것으로 생각한다.[36]

---

35 김북원, 「생활·예술·고행」, 『조선중앙일보』, 1935.12.12.
36 『맥』은 1938년 6월에 창간되었는데, 1930년대 후반 한반도의 북부지역과 도문 등의

김북원을 집안의 할아버지뻘 되는 친척이라고 밝힌 김경린은 시를 쓰고 싶어서 당시 『맥』의 리더였던 김북원에게 자신의 작품을 보여주었다. 김북원은 김경린에게 시를 쓰려면 모더니즘 공부를 해야 하며, 이를 위해서는 서울에 가서 반드시 일본의 『시와 시론』을 구해서 보라고 일러주었다고 한다.[37] 1930년대 중반 이후 함경도는 물론 북방지역의 문인 및 동인들은 『시와 시론』을 포함한 일본의 시잡지를 현대시의 교과서처럼 공부했다. 그들은 『시와 시론』을 통해 미래파, 다다이즘, 쉬르 리얼리즘, 포르멀리즘, 신즉물주의는 물론 러시아 포멀리즘까지 만날 수 있었다.[38] 김경린에게 『시와 시론』을 구해서 보라고 할 즈음 김북원은 『시와 시론』에서 소개한 동인 중에서 하루야마 유키오의 포르말리즘에 큰 관심을 가진 것으로 보인다. 하루야마 유키오는 쉬르리얼리즘을 표방했지만 방법론적으로 포르말리즘에 더욱 가까웠고,[39] 김북원이나 『맥』 동인들 역시 포르말리즘에 관심을 가졌다.[40]

　　김기림 씨가 슈르레알리스틱 한 것을, 모더니즘이 이메지의 탄생을, 이상씨가 폴말리즘을 좀씩 건다리었다해서 이로써 슈르레아리즘의 모더니즘

국경지역, 그리고 만주의 문학을 이어준 중요한 잡지이다. 총 5권 발행에 참여했던 시인들만 49명이고, 작품 수는 166편에 이르렀다. 김진희, 앞의 글.

37　김경린, 앞의 글.

38　이활, 「해방공간 북한문단비사 2-황두권편」, 『문학마을』, 2001.6; 윤범모, 『백년을 그리다-102살 현역화가 김병기의 문화예술 비사』, 한겨레, 2018, 99~103쪽.

39　仁木勝治, 「昭和初期におけるわが国へのガートルド·スタイソ紹介について, -特に春山行夫と『詩と詩論』を中心に」, 立正大学人文科学研究所年報. 別冊(通号 6), 1987.

40　일본의 『시와 시론』 그리고 쉬르리얼리즘을 수용했더라도 이러한 특성은 1930년대 초반 경성문단, 특히 김기림의 수용과는 차이를 보인다. 김기림은 하루야마의 포르말리즘이 의미를 사상시키므로 문제적인 것으로 비판했다. 김진희, 「김기림의 초현실주의론과 모더니즘 연구 I」, 『한국문학연구』 52, 동국대한국문학연구소, 2016.

의 포르마리즘의 내지 폴말한 것의 종언이요 답습으로 보는 괴상한 색안을 가진 논자가 種種잇다. 어디에서 기인한 非他인지 몰으겟스나 이런 의견들은 아모런 개척도 진보도 가져오지 못한다. 따따이스트도 나와야겟다. 슈르 아리스트도 나와야겟다. 포르말이스트도 나와야겟다. 라고 하는 것은 단순히 安逸한 개방주의가 아니다. (…중략…) 적어도 이만한 전제와 에스프리의 발양을 꽤하여 나가는데에 동인지는 동인지로서 그 존재 의의와 가치를 갖는 것은 아닐가하며 『맥』은 자신의 모순을 지양하기 위하여 막연한 슈르레아리즘의 경지에서 개제로써 淨化를 매니페스트 한다.[41]

『맥』 동인지는 현재 1939년 11월에 출간한 것이 마지막 6집으로 남아 있다.[42] 그런데 위의 글에서 『맥』의 실질적인 리더인 김북원은 개제改題를 통해 새로운 에스프리를 드높이겠다는 각오를 공식화한다. 즉 동인지라고 하면, 확고한 예술의 방향과 의식이 있어야 하는데, 조선의 대부분의 동인지가 그렇지 못했다는 문제의식이었다. 그렇다면『맥』 동인지는 무엇으로 이름을 바꾼 것일까. 필자는 이것이『시현실동인집』이라고 생각한다. 왜냐하면『만선일보』에 '시현실동인' 중 한 사람인 이수형이 1940년 3월 13일 「백란白卵의 수선화水仙花」를 발표하면서 부제를 '전위 예술론 가설의 설정의 의의를 위하여'라고 붙였다. 즉 전위-아방가르드 로서의 초현실주의 시를 공식적으로 발표했다. 이에 한 달 후 4월 16일 김북원은 '이수형 형의 답시答詩'라고 밝히면서 「태동胎動」을 발표한다.

---

41 김북원, 「새 에스프리의 發揚-『맥』 改題의 변」, 『조선일보』, 1940.4.12.
42 김경린의 기억에 의하면 국내에서 출판이 어려워 원고를 일본으로 들고 가서 인쇄 하려 다 일경에 발각되어 실패했다고 한다. 김경린, 앞의 글.

이 날짜는 『맥』의 이름을 바꾸겠다고 발표한 위의 글 게재 4일 후다. 위의 글에서 김북원은 김기림의 슈르리얼리즘, 이상의 포르말리즘을 언급하면서 그것들이 끝난 것이 아니라 계승되어야 함을 밝혔다. 『맥』이 이제 새로운 제목과 슈르리얼리즘의 정체성을 갖고 새로운 에스프리로 이어질 것이라고 선언한 것이다.

위의 글 이후 바로 김북원은 당시 포르말리즘의 대표자라고 할 수 있는 거투르드 스타인Gertrude Stein(1874~1946)에 관한 글을 발표함으로써 새로운 시학, 포에지로서 포르말리즘을 분명히 한다.[43] 그는 포에지를 결한 형태, 형식이란 없다고 전제하면서, 이전 시단의 형식 편중과 형식주의를 비판한다. 그리고 작시 태도의 변화를 요구하면서 방법론으로서 포르말리즘을 강조한다. 특히 김북원은 이 글에서 스타인이 순수하고 명료한 언어를 자동적으로 사용함으로써 대상을 바라보는 방법을 변화시킴으로써 독창성을 보여준다는 것, 그리고 이를 위해 동사 사용, 반복, 규칙적 조성을 하는 조직적 바바리즘Barbarism을 보여주는데, 이는 원시적 삶을 추구하는 낭만주의의 바바리즘과는 다르다고 강조한다.

그러나 한편 김기림은 기교주의 논쟁을 진행하면서 직접 '의미의 연계와 동일을 전연 무시한 스타일의 곡예에 그친 거투르드 스타인 류의 시'를 이미 비판했다. 의미를 제거한 순수와 명징의 과정은 시의 상실 과정이다. 시에는 높은 시대정신이 연소되어 있어야 한다고 주장했다.[44] 또한 하루야마 유키오에 대해서도 '시 안에 삶의 현실이 들어 있지 않은

---

43 김북원, 「시간감각과 예술-거트루드 스타인 단편 1~2」, 『조선일보』, 1940.4.27 · 5.1.
44 김기림, 「시에 있어서 기술주의 반성과 발전」, 『조선일보』, 1935.2.11~14.

작품이 민중으로부터 작품을 고립시킨다'고 비판했다.[45] 이런 측면에서 1940년 쉬르리얼리즘의 창작방법론으로서 포르말리즘을 강조하는 김북원의 태도는 한국 시문학사에서 초현실주의의 또 다른 수용의 방식을 보여준다.

김북원의 스타인에 관한 글은, 1931년 9월『詩と詩論』에 번역 게재된 로라 라이딩Laura Riding의 평론 「새로운 야만주의와 거투르드 스타인The new barbarism and Gertrude Stein」에 대한 일종의 요약 및 서평문과 같다.[46] 이 글에서 로라 라이딩은 스타인의 바바리즘이 단순, 소박, 야만적인 특성이 있는데, 이러한 통상적인 성격이야 말로 새로운 시대의 독창성이라고 설명하고 있다. 이때 스타인을 수식하는 바바리즘이라는 용어는 라이딩의 평가가 아니라 T. S 엘리엇Eliot의 스타인에 대한 비판으로 사용한 용어였다. 엘리엇은 스타인의 「해설로서의 작문Composition as Explanation」에 대해 발전적이지도, 놀랍지도 않은 작품으로 만약 이것이 문학의 미래 혹은 그와 비슷한 것이라면, 미래는 야만인들의 시대이고, 이는 우리가 흥미를 가져서는 안 될 미래라고 하면서 스타인의 독창성을 '야만인'으로 상정하고, 문학사에 대한 위협으로 간주하였다. 이에 대해 라이딩은 스타인이 사용하는 일상적 언어 사용은 의도적인 것이라 반박하였고, 야만을 오히려 전통 안에서 억압받지 않는 단계인 '새로운 지성적인 야만'으로 정의하면서, 당대 문명의 문학 형식을 무력하게 만드는 것을 야만의 특징으로 상정한다. 전통적인 문학 형식을 답습하고 기존 비평으로 이해될 수 있는 문학은 과거 세대의 산물이기에, 작가의 독창성을 요구하는 라이딩에게

---

45 김기림, 「청중없는 음악회」, 『문예월간』, 1932.1.
46 木下上太郎 譯, 「スタインのバーバリズム」, 『詩と詩論』第13冊, 1931.9.

스타인의 원초적이고 추상적인 언어는 이전 역사를 경험하지 않은 야만의 긍정적인 사례로 작동했다.[47] 김북원 역시 부르조아적 전통과 독창성, 근대와 문명의 견고성을 상징하는 문학의 관습을 넘어서려는 스타인의 지적인 바바리즘에 동의한다. 그는 초현실을 만들어내는 포르말리즘에서 언어와 상상을 억압하는 정치적 현실에 대응하는 새로운 창작 방법론을 발견했고, 이를 적극적으로 수용하고자 한 것으로 이해할 수 있다.[48] 이는 1930년대 후반에서 1940년대 초반 만주에서 시도되었던 문학과 미술의 경향이기도 했다.[49]

> 마치가 鐵片을 뚜들긴다.
>
> (鎔鑛爐가 입을 버렸다)
>
> 쇠가 쇠가 交響樂을……
>
> (毒蛇의 혀 ㅅ 발이 날름거린다)
>
> 마치가 불꽃을 문다 속삭인다 創造한다
>
> —얼골 얼골에 검은 땀이 흐른다.
>
> —「철공소」전문[50]

47　박민지, 「거투르드 스타인의 민주주의 시학―『부드러운 단추들』을 중심으로」, 외대 석사논문, 2017, 80쪽. 스타인의 작시법이 갖는 이런 특성은 위계를 거부하고, 사물들의 동시성을 강조한다는 측면에서 민주적 시학으로 논의되기도 한다.

48　Hisao Takemura, "Gertrude Stein and Her 'Composition'", 『人文研究』 6-8, 1955, pp.618~634.

49　예를 들어 만주 초현실주의 모임인 '만주 아방가르드 예술가 클럽'의 예술가들은 일본 정부가 요구하는 건국적 사업에 동의하지 않고, 암시와 은유, 우회적 표현 등을 통해 일본 국책의 방향을 냉소적으로 형상화했다. 김진희, 앞의 글.

50　김북원, 「철공소」, 『맥』 4, 1938.12.

김북원은 『맥』의 창간 전후로 시에 포르말리즘을 수용하기 시작한다. 『맥』에 처음 발표한 「철공소」는 앞에서 언급했던 「일터의 편모」와 비교해 보면 노동의 현장이 다르게 진술되고 있음이 느껴진다. '두드린다', '날름거린다', '창조한다', '흐른다'라는 모든 상황들의 동시성을 보여주고, 이들을 한 장면으로 제시한다. 그리고 마지막 행에서 '얼골 얼골에 맺힌 땀'으로 모든 상황이 클로즈업된다. 이 작품은 이후 작품들에 비해 시적 상황에 대한 이해가 비교적 용이하다. 그러나 슈르리얼리즘을 계승하고, 포르말리즘을 새로운 창작방법론으로 수용하자는 주장을 펼치는, 1940년 작품[51]부터는 의미 파악이 힘들고 난해한 시편들이 등장한다. 특히 『만선일보』에 '시현실동인'으로 발표했던 작품들은 포르말리즘의 형태와 시네 포엠의 장면 제시 기법이 함께 사용되면서 의미의 불연속성이 강조되고 있다.[52]

山岳 山岳 山岳

여기는 바-바리즘의 一丁目

조이스會關 유리사즈쏘어를 녹크하면

S孃의 第一號室

　구두가잇섯다

S孃의 第二號室 上衣가잇섯다

S孃의 第三號室 回轉椅子가잇섯다

---

[51] 1940년 3월 『초원』에 발표한 「海峽」은 『만선일보』에 발표했던 쉬르리얼리즘의 시와 같은 특성을 보여준다.

[52] 김진희, 앞의 글.

S孃의 第四號室 쌔드가잇섯다

S孃의 第五號室 體溫이잇섯다

그는水仙花가 조앗다

그는水仙花의 花瓣이 조앗다

그는水仙花의 花粉이 조앗다

그는水仙花를 발콩에 노앗다

— 「비들기날으다」 부분[53]

「비들기날으다」에서는 앞에서 언급한 거투르드 스타인의 시세계와 특성을 소재와 구성에 사용하고 있다. '바바리즘', 'S孃' 등은 스타인과 바바리즘의 논의에서 가져온 것으로 보인다. 특히 제임스 조이스의 '율리시즈'(유리사즈)가 등장하고 있는데, 『시와 시론』 13호의 특집이 'T. S 엘리엇의 시론', '스타인과 바바리즘', '제임스 조이스의 "the narrative of Ulysses"를 번역한 『ユリシイズ』の 研究'' 등이 실렸던 점을 고려할 때[54] 이 작품은 김북원이 『시와 시론』의 특집을 읽은 흔적을 분명히 보여준다. 위의 작품은 각 장면의 연결이 몽타주 형식으로 연결되어 있지만, 반복에 의해 이야기의 흐름은 무화된다. 마치 영화에서 주인공이 다른 공간으로 이동하듯이 시인의 시선 역시 시적 자아를 따라가면서 S 양과 미소년을 그리고 있다. '있었다'로 끝맺는 한 행, 한 행은 정지된 장면을 만들어내고 있다. 장면의 연결에서 서사적 상황을 유추하는 것은 쉽지 않지만, 시적 자아는 조이스의 율리시즈의 도어를 열고 들어가는

---

53 김북원, 「비들기날으다」, 『시현실동인집』 5, 『만선일보』, 1940.8.28.

54 安藤一郎 譯, 『ユリシイズ』の研究」, 『詩と詩論』 13, 1931.9.

상상을 함으로써, '山岳-야만주의'가 횡행하는 만주-국가의 현실로부터 무의식이라는 새로운 공간을 구축한다. 김북원에게 제국주의와 군국주의는 야만의 정치이며, 화포와 군함과 군인들이 평화를 기념하는 아이러니한 공간이기도 하다.[55]

김북원을 포함하여 '시현실동인'은 만주 신경이 아니라 함북 청진, 성진, 도문 등에서 활동하면서 『만선일보』를 통해 작품을 발표했다. 당시 『만선일보』는 한반도 내는 물론 만주 각지에 흩어져 있는 작가들의 상호 연락의 거점이자 작품 발표의 매체가 되었는데,[56] 김북원 역시 '시현실 동인' 활동을 하면서 『만선일보』를 거점으로 초현실주의와 포르말리즘을 기저로 하는 만주 모더니즘을 실험적으로 보여준다. 미요시 히로쓰미는 만주 아방가르드 예술에서 '만주시의 지성'을 높게 평가했다. 이는 시인들이 시와 현실과의 관계를 시적 방법의 영역 속에서 탐구했기 때문이라고 설명한다. 비합리적인 것이 합리적인 것으로 대치代置되는 현실을 그려내는 순간 그것은 현실과 대치對峙하는 정치성을 갖게 된다.[57] 이런 특성 때문에 1940년대 초반 만주는 물론 일본과 조선에서도 아방가르드와 모더니즘 예술가는 정치범으로 퇴각할 수밖에 없었다. 김북원과 '시현실동인' 역시 동인의 이름에 시와 현실을 나란히 놓고, 현실에 대한 관심을 분명히 밝히고 있다.[58] 만주 모더니즘의 공간에서 김북원 역시

---

55 김북원, 「椅子」, 『만선일보』, 1940.8.24.
56 김재용, 「동아시아적 맥락에서 본 '만주국' 조선인 문학」, 『문명의 충격과 근대 동아시아의 전환』, 경진, 2012.
57 小泉京美, 「まなざしの地政学―大連のシュルレアリスムと満洲アヴァンガルド芸術家クラブ」, 『アジア遊学』, 勉誠出版, 2013.8.
58 일본의 초현실주의 잡지 『시와 시론』의 동인 중 일부는 『시와 시론』에서 탈퇴하여 현실에 대한 중요성을 강조하고자 『시·현실』을 창간했다. (1930.6) 히라노 겐, 고재석·김

실험적이고, 전위적인 시 형식을 통해 정치적 색채를 분명히 드러내고
자 했음을 이해할 수 있다.

이후 김북원은 1940년 11월 『조광』에 「비약의 전말」이라는 시를 실었
고, 1942년 1월 21일에 『만선일보』에 「젊은 개척사여」를 발표했다. 이
작품은 "지낸날은 한바탕 어수선한 白日夢 / 새로운 傳統이뿌리내리는"
"大陸의理想이 竹筍처럼 자란다 / 東亞의 오리지날이 뿌리든씨여든 / 薰
風萬里 하늘이 드노프면 / 우리는 歡喜의 이삭을 거두리라"라는 내용으
로 일본이 추구한 대동아공영의 이상을 함축한다는 점에서 친일시로 분
류[59] 되었다. 이후 1943년 김조규가 편찬한 『재만조선시인집』에 실린 다
섯 작품 중 「간호부看護婦」에서 김북원은 포말리즘적 시 쓰기를 하지만,
이외에서는 실험성을 추구하지 않는다. 「봄을 기다린다」에서는 "바라다
보아야 끝없는 地平이 끝없는 地平이"이 펼쳐진 만주 벌판에서 "우중충한
지붕이 / 五色旗 揭揚臺 아레 마을이 / 봄을 기다"리는 현실을 배경으로
"내사 수염과 靑春을 바꾸었고 / 안해는 세 아이의 어머니가 되었다"는
소회와 함께 "아스런 옛이약이"를 떠올리는 감상과 향수가 나타나는데,
우중충한 지붕과 오색기는 만주의 불우한 삶을 분명히 보여준다.

환기 역, 『일본 쇼와문학사』, 동국대 출판부, 2001, 89쪽.
59 이 작품은 1941년 12월에 이름없이 발표되었던 시인데, 1월 12일에 김북원의 이름으
로 발표되었다고 한다. 최삼룡 편, 『재만조선인 친일문학작품집』, 보고사, 2008.

3. 해방기 김북원의 문학세계
─ 민중 삶의 현장과 창작방법론의 탐구

1) '민중적 포름'과 주제의 탐구

해방 직후 북한에서는 '평양예술문화협회'(1945.9)가 만들어졌고, 이
단체와 맞서 평남지구 프롤레타리아예술동맹은 지역을 기반으로 평북
에서는 안용만·이원우·김우철, 함북에서는 김북원·천청송, 함남에서
는 한설야·한식·이북명·이찬, 강원도에서는 이기영·최인준, 그리고
황해도에서는 안함광 등이 참여하는 조직 역시 출발했다. 이듬해인
1946년 3월 25일 두 단체는 '북조선예술총연맹'으로 확대되었고 그해
10월 13일과 14일 양일간에 걸친 전체대회에서 '북조선문학예술총동
맹'으로 명칭이 바뀌었다.

> 민중예술은 그 내용에 잇서 민중의 문제를 捕捉하고 그 발달과 승리에
> 조력함이 있어야 하겠고 민중예술은 그 형식에 있어 최대의 표현력으로 민
> 중에게 강한 영향을 줄 가능성을 보증할 수 있어야 할 것이다. 이를 다시
> 抄證 하면 一, 민중예술은 민중의 이해 위에 설 것, 二, 민중예술은 선동적
> 일 것, 三. 민중예술은 집단적일 것, ◦민중예술은 민중생활의 동적인 독특
> 한 내용에 잇서 독특한 포름을 갖고 잇스며 가져야 할 것이다.[60]

김북원은 함경북도 시 위원장으로 임명된 직후 '북조선예맹함북도집

---

60 김북원, 「민중예술의 포름에 대하야」, 『중앙신문』, 1946.4.21.

행위원'이라는 직함으로 「민중예술의 포름에 대하야」라는 제목의 글을 발표한다. '북조선의 예술 동향'이라는 특집으로 꾸민 지면에는 북조선 예맹위원장 이기영의 「토지개혁과 예술가의 임무」와 이찬의 시가 함께 게재되었다. 예술의 주체로서 민중을 내세우면서, 민중의 생활과 복리, 이해와 권리를 위한 민중예술 이론을 주장한다는 측면에서 이 글은 분명 '북조선예술총동맹'의 강령[61]을 반영하고자 했음을 알 수 있다.

1946년 5월 김일성은 작가들을 향해 "오늘 당신들은 정치, 문화전선에 있어서 중요한 임무를 가지고 있습니다. 오늘 조선에 있어서 당신들에게는 당신들의 입을 통하여 당신들의 붓대를 거쳐서 반동 세력을 배격할 책임이 있으며 민주주의적 발전을 위하여 새 사회를 건설하여 나아갈 책임이 있는 것입니다"[62]라면서 민주 조선 건설을 위해 투쟁하고 노력하라고 지시했다. 김북원의 해방기 문학 역시 이러한 예술의 기본 방향에 맞추어, 변화하는 현실의 요구에 맞는 작품들을 창작했다. 김일성에 대한 찬양을 기본 골자로 하면서, 농촌에 들어가 토지개혁을 맞이하는 인민과 함께 새로운 현실을 노래했고,(「六月十四日 - 金日成 委員長의 歷史的 報告의 날」, 「추석달」, 「이른봄」) 빨치산전투에 참여하여 군인들의 영웅적 면모를 드높였고(「해방구의 가을 - 오대산 시첩에서」, 「령마루에서 부르는 노래」) 노동현장의 변화(「기계」, 「용광로」, 「휴양가는 길」), 소련과 친선(「막시모프 그

---

61 ① 인민의 민주주의에 입각한 민족예술문화의 수립 ② 조선예술운동의 전국적 통일조직 촉성 ③ 일제적, 봉건적, 민족 반역적, 파쇼적, 모든 반민주주의적 반동 예술의 세력과 관념의 소탕. 안함광, 「민주건설 시기의 조선문학」, 조선작가동맹출판사 편, 『해방 후 10년간의 조선문학』, 조선작가동맹출판사, 1955, 86쪽.
62 김일성, 「문화와 예술은 인민에 봉사해야 한다」(1946.5.24), 이선영·김재용·김병민 편, 『현대문학비평자료집』(1945~1950), 태학사, 1993, 24~25쪽.

대 떠나시는가」, 「그대의 손길은」) 등 북한의 중요한 이슈들을 시화했다.

2) 민주사회 건설을 위한 노래

(1) 민중적 삶의 현장으로서 농촌

북한에서는 1946년 3월 5일 토지개혁 법령이 제정되어 빈농들은 드디어 봉건적 관계로부터 벗어날 수 있었고 이에 시인들 역시 법령 개혁에 따른 인민들의 행복, 김일성에 대한 감사와 숭앙의 마음을 표현하였다. 특히 1946년 11월 3일 '북조선예술총동맹'에서 결정한, 전국각지의 주요 공장과 농어촌에 작가 파견안에 따라[63] 김북원은 한동안 농촌에 머물렀던 것으로 보인다.

농민들은 모 내다 멈추고 걷은 팔소매 그대로

써레질하던 발 흙묻은 발 싳을새도 없이

늙으니 젊은이 집보던 할머니도

왼 마을이 쓰러나와

마을의 한복판에 새로 선

구락부 채양아래 봉당마당에

라디오 앞에 몰여서

귀 기우리어 듣는다

들을사록

---

63 류만, 앞의 책, 8쪽.

또 들을사록

귀에 익은 음성

믿어운 말씀이시다

장군은 농민들의 살림살이 샅샅이 걱정하세서

우리 살림 이렇게 느러만 간다

제땅을 제가 가는 시름 없은 오늘엔

소작사리도 머슴사리도 옛 이야기라고

아무럼 남조선에도 토지개혁을

실시하는 정부가 서야 한다

그러자면 우리 김장군을 모셔야 한다고

이 봄에 소를 맨 박첨지

새집 지은 최봉구

재봉틀 산 언연이

결의도 높게 환영 토론이 불 같다

—「六月十四日 — 金日成委員長의 歷史的報告의 날」 부분[64]

위의 작품은 1947년 6월 14일 북조선 민전 산하 각 정당, 사회단체 열성자 대회에서 김일성의 「민주주의 조선 임시정부 수립과 관련하여 각 정당, 사회단체들은 무엇을 요구할 것인가」라는 연설을 듣는 농민들의 반응을 시로 나타낸 것이다. 시의 소재는 김일성의 연설이지만 주목해보면 농민들의 일상적인 모습이 자연스럽고 사실적으로 그려져 있다.

---

64 김북원, 「六月十四日 — 金日成」委員長의 歷史的報告의 날」, 시인 20인 시집, 『前哨』, 문화전선사, 1947.

'모내다 멈추고 걷운 팔소매', '흙묻은 발', '라디오 앞에 모여서' 등이 일하는 농민들의 일상 모습을 잘 재현하고 있다면 '이봄에 소를 맨 박첨지', '새집 지은 박봉구', '재봉틀 산 언연이' 등은 소박한 여유 속에서 '기름끼 흐르는 농촌'의 평화를 보여준다. 이 작품은 『전초前哨』라고 하는 20인 공동시집에 실린 작품이다. "약속되여진 미래에로 인민의 생활을 보담 아름답게 이끌고 나가기 위하야 현실의 토양을 힘있게 밟고 서ㅍ서 앞날에로의 격렬한 熱情과 건설적 의식을 노래" 한다는 시집의 「서문」에서 밝힌 컨셉과 같이 김북원의 시는 농촌생활을 통해 '생활의 시인', '인민의 시인' 으로서 '시대적 초소에 서고 있는 전초의 시인'의 역할을 충분히 보여준다.

추석을 소재로 삼고 있는 「추석秋夕달」[65] 역시 "풍성한 햇곡식 거둬드리어 / 조상의 산소에 다녀오고 / 고을마다 / 마을마다" 벌어지는 잔치를 즐기면서 남조선의 항쟁 뉴스와 왜정 때의 기억을 떠올리며 "진정 해방이 좋구 좋다"는 할머니들의 목소리를 생생하게 복원하면서 해방의 진정성과 '장군이 베푸시는 간곡한 시책'에 감사한다. 이처럼 해방기 농촌을 배경으로 하는 작품들은 주로 토지개혁 속에 행복해지고 보람을 느끼는 농민들의 생활이 구체적으로 재현되고 있음은 물론 궁극적으로 김일성에 대한 감사와 찬양의 의식 역시 드러난다.

한편 작가들이 파견되었던 기관인 민주전선은 역사적으로 수탈과 착취의 대상이었던 농민들에게, "인민의 집합장 / 지난해 봄에도 거기서 계획을 내놓았고 / 早期播種을 토의하"(「이른봄」)[66]는 소통의 공간으로

---

65 김북원, 「秋夕달」, 『문학예술』 창간호, 1948.4.
66 북조선문학동맹 시분과전문위원회, 종합시집 『조국의 깃발』, 1948.6.

드러난다. 농부들은 그 조직을 통해 관개사업과 파종 등 농사의 실제적인 부분에 도움받는 한편 피착취자가 아니라 스스로가 주체라는 인식 역시 가능해진다. 이런 변화 속에서 농부들은 "누렇게 익어 고개숙일 벼이삭을 생각한다 / 양곡이 풍족할 북조선을 그려본다." 김북원은 북한문학사에서 농촌생활을 핍진하고도 자연스럽게 재현하는 시인으로 평가받고 있다.[67] 이는 해방 전 농민조합운동이나 글쓰기를 통해 농촌 삶의 현장성을 잘 이해했고 표현할 수 있었기 때문이라고 생각한다.

(2) 창작방법론과 영웅적 인물의 등장

동포를 위하여는

밤을 모르고

인민을 위하여는

주검을 무릅쓰고

싸우는 우리 유격대

싸워서 싸워서 이산을 해방한

이것은 우리 유격대 량식이다

역도들 돌아 간뒤

해방구에 밤이 왔네

부락마다 모여앉아

---

67 김철룡, 앞의 글.

반대투쟁 결의하네

우리가 지은 곡식

한톨도 안주리라

오가는 토론 불같은데

해방구에

해방구에

가을밤이 깊어가네

— 「해방구의 가을 — 오대산 시첩에서」 부분[68]

지금 우리의 가슴 흔들어

폭풍처럼 울려 오는 것

거듭한 승리에

최후의 승리 불러 울려오는 것

그것은 조국의 목소리

쟁쟁한 인민의 목소리……….

그 소리 군호로

그 소리 진군 나팔로

전호에 울려 우리를 부르나니

영삼아

---

68 김북원, 「해방구의 가을 — 오대산 시첩에서」, 『농민』, 1949.10.

너는 보느냐

날아오는 원쑤들의 류탄을

원쑤의 류탄이 아무리 날아와도

우리의 가슴에 불붙는

정열이야 가시지 못하리라

— 「嶺마루에서 부르는 노래」 부분[69]

　1948년 제주4·3 사건과 여순 사건을 거치며 남한의 빨치산들은 지리산·태백산 및 오대산에 집결되었다. 이에 북한은 1948년 11월 오대산 부근으로 빨치산전투를 위해 군대를 보냈고, 남한 부대와 전투를 벌였다. 이런 정치적 상황 속에서 1949년 전후 빨치산 문학이 등장하기 시작했다. 이 시기 김북원은 빨치산전투의 군인으로 전선에 파견되었던 것으로 보인다. 두 작품 역시 이런 역사적 상황을 배경으로 하면서, 「해방구의 가을」에서는 북한군을 지지하는 부락민들이 원수인 남한군들에게 절대 공출을 내지 않겠다는 다짐이 드러나 있고 「영 마루에서 부르는 노래」는 함께 전쟁터에 나와 있는 전우 영삼이를 부르면서 통일에의 의지를 북돋고 있다. 이때 시인은 전쟁터에 있는 군인들의 사기를 고무시키기 위해 그들을 보다 강건하고, 숭고한 존재로 그린다. 그들은 동포를 위하여, 인민을 위하여 죽음을 무릅쓰는 용감한 군인들이고, 원수의 총탄 앞에서도 열정을 가진 의연한 청년들이다. 이들이 자신을 헌신할 수 있는 이유는 이 과업이 인민과 조국을 위한 숭고한 일이기 때문이다. 이

69　김북원, 「嶺마루에서 부르는 노래」, 『청년생활』, 1949.12.

처럼 열악한 조건을 극복하고 조국을 위해 열정과 이에 대한 찬양은 이 시기 북한시의 주조음이었다.[70] 뿐만 아니라 1947년 1월 1일 김일성이 "문학예술인들은 민주개혁의 성과를 정확하게 반영하여 앞으로 추진시키는 사상적, 정치적, 예술적으로 고상한 작품을 생산"해야 한다고 밝힘으로써 1947년 이후 북한문단의 창작방법론으로서 '고상한 리얼리즘'이 제기된다. 고상한 리얼리즘은 영웅적이고 긍정적인 인물을 주인공으로 설정하고 이를 형상화함으로써 일반 독자들이 이를 하나의 모범으로 따라 배우는 것을 이상으로 하는 창작 방법론이다.[71] 이는 새로운 사회 건설에 필요한 새로운 인물 유형으로 "생기발랄한 민족적 품성을 지닌 조선 사람의 형상"[72]을 창조하는 일이기도 했다. 따라서 영웅적이지 않고 평범한 인물이거나 부정적 인물은 작품에서 다루기 어려워진다. 이는 시에서 그려지는 현실과도 맞물리는 것으로 이해할 수 있다. 즉 시인들은 식민지 시기와는 달라진, 그리고 실제적인 비전을 가진 현실을 그린다는 측면에서 주인공 역시 고민하고, 비탄에 잠긴 주인공이기보다는 적극적으로 비전을 체화하고, 선도하려는 인물에 집중할 수밖에 없었던 것으로 보인다.

이처럼 해방기 북한의 예술 창작의 환경과 작품의 관련성을, 김북원 시에 나타난 주인공 설정 및 묘사의 차이를 통해 알 수 있다. 김북원이 1946년 공동시집 『조국』에 실은 「기계機械」와 3년 후, 1949년에 발표한

---

70 오성호, 앞의 책, 15쪽.
71 김재용, 앞의 책, 48쪽.
72 안막, 「민족문학과 민족예술의 고상한 수준을 위하여」(『문화전선』, 1947.8), 이선영·김재용·김병민 편, 앞의 책, 243쪽.

「용광로」는 노동현장과 노동자의 재현의 차이를 흥미롭게 보여준다.

윙윙……
너의 가뿐숨결을 받어쉬이며
나의손꾸락은 마듸마듸 두틀어졌다
나의얼골은 푸리헌 작업복위에
멀끔하게 약혜갔다
(…중략…)
너는 보았으리라 보아서 알었으리라
자본주의적 착산
자본주의적 착취의 합리화가휩ㅂ싸는
노동자의 몸둥이를
야위고 매마르고 시들은 몸둥이다

—「機械」부분[73]

그는 열풍로의 풍압을 재인다.
그는 돌아가는 치차에
기름을 드리운다.
그는 붕…기중기의 핸들을 잡었다.
그는 달달달…윈찌를 감고 푼다.
그는 이마에 구슬땀을 흘리며

---

[73] 김북원, 「機械」, 함북예술연맹, 해방 1주년 기념 시집 『조국』, 1946.

出鐵口의 지렛댈 잡았다.

그는 함-머를 둘러 따리어

쇠ㅅ물을 흘린다.

용광로!

용광로는 一二〇〇도로 달아오른다.

용광로!

인민의 이름으로 일어선 용광로

조국창건의

근로자의 의욕은 불길로

확확 달아오르는 용광로

—「용광로」 부분[74]

우선 「용광로」는 조국 창건과 발전을 위해, 즉 김일성이 제시한 2개년 인민경제 계획을 살리기 위한 노동계급의 충성과 전체 노동자의 열정에의 요구가 깔려 있는 작품이다. 용해공들의 헌신적이고 투쟁적인 노동은 '김일성 수상'이 만들어준 광택나는 사택촌과 옥상정원의 행복과 함께 제시된다. 시에서 노동자는 일상의 삶과 노동현장의 주체로 등장하여 '우리 손으로 인민정권, 조국을 만들어 내리라'라고 외친다. 이런 분위기가 창작방법론이 결정되기 전인, 1946년 발표한 「기계」에서는 상당히 다르게 등장한다. 김북원은 '통일과 건설'의 진군을 적극적으로 노

---

74 김북원, 「용광로」, 『새조선』 2-1, 1949.

래하고 있지만, 시에서 많은 부분은 일제적 착취에 시달리던 노동자의 고통스러웠던 삶과 비인간적인 노동현장을 진술하고 있다. 이런 의미에서 1947년 이후, 창작의 방향이 정해지고, 그 주제와 방법에 맞추어 쓴 작품과 해방 전 작가 개인이 가졌던 세계관과 문제의식 속에서 나온 작품과의 차이를 분명하게 보여준다.

4. 해방 전의 문학사적 성과와 해방기 활동의 의미

김북원은 남북한 문학사 모두에서 해방 이전의 활동에 대해 연구가 이루어지지 않았다. 이에 이 글에서는 남북한 문학사와 자료를 서로 참조함으로써 김북원의 문학적 성과와 생애 등에 대한 새로운 논의와 보완을 진행하는 한편, 김북원에 관한 최초의 본격 연구를 진행했다. 그간 남한의 아동문학사에서 『별나라』와 『신소년』 등에 아동소설 및 동시의 작가로 알려진 필명 '북원초인'은 당시 농업학교에 재직하면서 아동문학 작가 활동을 했던 김북원임을 북한문학사 자료와 김북원의 산문을 참조하여 확인할 수 있었다. 그리고 소설로 알려진 「완구」는 실제 텍스트를 확인하여 꽁트임을 밝혔고, 『삼천리』에 추천된 「유랑민」이라는 소설을 통해 김북원이 당대 노동자로 전락하는 농민의 삶을 핍진하게 그림으로써 이후 북한문단에서 농촌작가라는 평가의 단초를 읽을 수 있었다. 『신인문학』과 『시인춘추』 등의 시를 통해 김북원은 내면의식을 드러내는 서정시를 창작했으며, 1930년대 후반 초현실주의 『맥』과 1940년대 『시현실동인』으로 초현실주의 및 모더니즘의 이론적, 지역적 확장을 선도한 작가라는 평가 역시 가능해졌다. 또한 해방기 시에 나타나는 북한의 정치적 이슈들을 담은 창작은 김북원이 다른 시인에 비하여 작품 수가 많진 않지만, 북한문단의 기본 노선을 따르고 있음을 충분히 보여준다.

　해방기의 시단을 정리하면서 민병균은[75] 북한문단에 1945년 이후 2년간 새로 등장한 시인으로 강승한, 김광섭, 김귀련, 김명선, 김북원, 김상오, 김순석, 김우철, 김조규, 김춘희, 이경희, 이원우, 이정구, 이찬, 이호남, 마우룡, 민병균, 백인준, 박세영, 박석정, 서순구, 신동철, 안용만, 양명문, 윤시철, 원종관, 조기천, 조명환, 한희천, 황민, 한식, 홍순철 등을 거론했다. 이들은 거의 1930년대 중반 이후 초현실주의, 신심리주의 등 폭넓게 모더니즘의 경향을 가진, 함북 청진의 『맥』(1938), 원산의 『초원』(1940) 평양의 『단층』(1937), 압록강 연안 중강진의 『시건설』(1936), 간도의 『북향』(1936), 그리고 만주 신경의 『만선일보』나 『재만조선시인집』 등을 통해 국경지방과 만주지역에서 지속적으로 창작 활동을 했던 시인들이다.

　해방 이전 함북 경성이나 평양 등의 자유롭고, 진보적인 분위기 속에서 많은 시집과 동인집이 나왔다. 해방 이후에도 1947년 창작 방법론이 결정되기 전까지는 이런 분위기 속에서 원산에서 『응향』 서북지역에서 『관서시인집』 함흥에서 『문장독본』 신의주에서 『예원써클』같은 일련의 출판물이 나올 수 있었다. 해방기에 나온 이 시집들이 모두 모더니즘적 성격을 가졌다고 할 수는 없지만 기본적인 토대는 해방 전의, 폭넓은 모더니즘에의 영향이라고 할 수 있다. 그런데 알려졌다시피 타락적, 퇴

75　민병균, 「북조선시단의 회고와 전망」, 『문학예술』, 1948.4.

폐적인 이유로 비판받은『응향』,『관서시인집』의 필화 사건 이후 문학에서 부르조아 반동사상, 자연주의, 예술지상주의, 형식주의 등은 일소의 대상이 되었다.[76]

1940년대 초반, 일본에 의해 추상적이고, 그로테스크하다는 이유로, 그리고 일본어 국민시의 아름다움을 드러낼 수 없다는 이유로 금지되고 탄압받았던 전위적 초현실주의, 폭넓게 모더니즘은[77] 다시 북한에서 부르조아적이며, 퇴폐적, 비관적이며, 반민중적인 언어를 사용한다는 이유로 사상되었다. 김북원은 1946년 3월 13일 남한의 조선문필가협회에도 이름을 올렸고 1947년 9월에는 남한에서 윤곤강, 박노춘, 함기원, 이해문, 조지훈 등과『시인군詩人群』잡지를 창간한다는 기사에 등장했다.[78] 남북한의 정치적, 예술적 변화를 겪으면서 1943년까지 초현실주의 시의 창작방법론을 시도했던 김북원은 해방기 자신의 문학에 대한 입장 및 사유를 정리할 시간이 필요했었을 것으로 생각된다. 때문에 해방기 그의 창작은 다른 시인들에 비해 상대적으로 저조했던 것은 아니었을까 생각한다. 1950년대 이후 김북원은 북한문학의 창작방법론을 적극적으로 지지하면서 전쟁시가, 인민가요, 농촌시 등에서 중요한 성과를 내면서 북한문학사에서 중요한 위상을 갖게 되었다.

---

76 류만, 앞의 책, 9쪽.
77 김진희, 앞의 글.
78 1947년 9월 2일 자『독립신보』에 잡지『詩人群』창간 소식 기사가 실렸는데, 내용은 아래와 같다. "시내 성북동 180-8, 시인군사에서 그동안 준비 중이던 시잡지『시인군』은 9월 초순에 발간되리라는데 창간호 집필진은 다음과 같다 한다. 윤곤강, 박노춘, 김북원, 함기원, 이해문, 조지훈 수외인"

『만선일보』에 수록된 『시현실동인집』의 시들은 다음과 같다.

1940년 8월 23일 이수형·신동철 합작, 「生活의 市街」, 『시현실동인집』1

　　　8월 24일 김북원, 「椅子」, 『시현실동인집』2

　　　8월 25일 강욱, 「樂譜를 가젓다」, 『시현실동인집』3

　　　8월 27일 이수형, 「娼婦의 命令的 海洋圖」, 『시현실동인집』4

　　　8월 28일 김북원, 「비들기날으다」, 『시현실동인집』5

　　　8월 29일 신동철, 「능금과 飛行機」, 『시현실동인집』完

　　그런데 '시현실동인'의 주요 동인이었던 이수형과 김북원이 3월과 4월
에 각 「白卵의 水仙花」와 「胎動」을 『만선일보』에 발표하면서 초현실주의
창작의 가능성을 서로 묻고 대답했다는 측면에서 『시현실동인집』의 전사
(前史)로서 함께 확인할 필요가 있어 게재한다.

───────────

* 『시현실동인집』은 일찍이 오양호 교수가 『만선일보』 소재 문예란의 시 작품을 발췌하
면서 소개했다.(편집부, 「만선일보 문예란시 발췌 부분」, 『인문학연구』 3, 1996) 이후
만주문학과 특히 '시현실동인' 연구에서 주요한 텍스트로 활용되어 왔다. 그런데 최근
본 연구자가 '시현실동인'과 관련한 연구를 진행하면서 시의 제목, 시어 등 텍스트상의
오류를 발견하였다. 이에 원전 확인 작업을 시작하여 오독 및 탈락된 부분들을 보완하고
시의 연이나 행의 형태를 원문대로 바로잡았다. 텍스트가 갖는 초현실주의적 특성, 그
리고 뭉개진 시어가 한자라는 사실은 텍스트의 문맥 이해와 확정을 더 어렵게 만들기도
했다. 특히 마지막까지 고민했던 김북원과 강욱 작품 해당 부분에는 설명을 붙여 과정을
밝혔다.

1940년 3월 13일 이수형, 「白卵의 水仙花」

　　4월 16일 김북원, 「胎動」

　　한편 참고로 『시현실동인집』의 게재가 끝나자 克彦이라는 평자가 8월
31일부터 9월 5일까지 '초현실의 시세계', '과도기의 혼란', '치열한 시정
신의 연소'라는 제목으로 「詩現實同人集 評」을 5회에 걸쳐 연재했다. 그리
고 평론이 진행되는 동안에 9월 3~5일 3회에 걸쳐 '筆者는 "詩現實" 同人'
이라고 밝힌 황민의 '散文詩' 「禁域의 手帖」이 게재되었다.

이수형, 「白卵의 水仙花」, 『만선일보』, 1940.3.13

大理石의 球根은 黃昏의 祈禱보담도 神秘로운 思索이 엇다

白露紙의 物理性을 가진 ウシロナ 空洞의 投影이크고크는 刹那! 森林은 식

커머케 식커먼 生理를 가젓고

空間과 生理의 속으로바시로

季節은 溪流처럼 흘은다

森林은 氷河의 密室을宿命하고

1940년 2월19일도

1940년 2월20일에로鬱悶하고

明朗하엿으나 明朗하엿으나

終時 눈 감을수 업섯다

SIX FINGER의憧憬의出發은

米明의地球 보담도 嚴肅한 知性이엇다

水仙花의白盆은 背後도眼前도

무거웁게 무거운 奇異한 岩石이엇다

岩石과 空洞을우우로 속으로

近代는 뉴-스의필님처럼急轉步한다

필님 속水仙花는 センチメンタル이고 主知的이다

裸體의 眼室에는 눈물도 업고 距離도 업섯다

鬱悶의 空洞에서 球根은 數업는

NYMPPO MANIA의 래뷰-를보왓다

倉庫의 陋態한 鏡面속에서 美少年은『모더니트』의 流行歌를 그리고 써거

째진 자랑써리를 アクビ로 歷史化하엿다

쌜근 肉體의 秘密의 倉庫를 漏失하여버리는 날 記念日???

物體는 黃昏의 노래가들리고 들리는 氷河속에서 琉璃알가티 漂白하리리

近代의 化粧室에서는

高周波 NH 선의X 菌滅殺作用에

憧憬하는 石膏처럼 힌-ㄴ『토이렛트』『페-파-』에는 數만혼 男女의 屍體

가 塵芥車의 汚物처럼 짓밟펴 싸여 잇섯다

化石의 白卵은 近代의市場에서

純白한 處女의肉體보담도 純白한SIX FINGER를空港으로 空港으로 噴水

처럼發散하는 것이다

噴水!너의 肉體는 假說이다

假說 假說 假說……

一九四〇. 二月十九日

於圖們平一軒

(金長原兄宗錫澄兄쎄)

前衛藝術論假說의設定의意義에對하야

김북원, 「胎動」, 『만선일보』, 1940.4.16

標本室의 露台에는 아츰으로 저녁으로춤이잇섯다

리듬 大理石 大理石 리듬……으로 찬室內는 뷔-종을배앗는다.

大理石의生理를안은인듸안

大理石의 生理로하야 不眠症기픈 인듸안.

인듸안의 노래 인듸안의 노래는 距離를……….

距離가 잇섯다.

距離가 업섯다.

距離가 잇섯다.

距離의 生理.

生理의 距離가 잇다 !

博士는 그라스管을 視準點에 노앗다.

視準點에 아츰이잇섯다.

視準點에 저녁이잇섯다.

博士는 睡眠을 演釋하야

午睡가.

第九심포니가.

포장처럼 미럿다.

眞空의 第三號室.

瀑布가 잇섯다.

크레오파트라의 投身이잇섯다.

크레오파트라의 流身이잇섯다.

크레오파트라의 椿事가잇섯다.

(李琇馨兄의 答詩)

이수형·신동철 합작, 「生活의 市街」, 『시현실동인집』 1, 1940.8.23

밤의 피부 속에는 夜光虫의 神話가 피어난다

밤의 피부속에서 銀河가 發狂한다

發狂하는 銀河엔 白裝甲의 아츰의 呼吸이 亂舞한다

時間업는 時計는 모-든 현상의 生殖術을 구경한다

　그럼으로

白裝甲의 이마에는 毒나븨 가 안자

　永遠한 午前을 遊戲한다

遊戲의 遊戲는

　花粉의 倫理도 아닌

　白晝의 太陽도 아닌

　시커먼 새하얀 그것도 아닌

眞空의 液體엿으나 液體도 아니엿다

　자- 그러면 出發하자

許可된 現實의 眞空의 內臟에서

시커먼 그리고 새하얀 그것도아닌

　聖母마리아의 微笑의 市場으로 가자

　聖母마리아의 市場엔

白裝甲의 秩序가 市街에서 퍼덕일쑨이엿다

　　　　　一九四〇 八 二〇 於圖們

김북원, 「椅子」, 『시현실동인집』 2, 1940.8.24

하이얀 百合이라 일느자

나비처럼 날은다

안즈면 그대요 나인

굼실거리는 푸른 바다

메랑코리의 보쌈이는

火砲 처럼 날여라

摘發되는 포-즈.

諸君의몬타 쥬는

필님처럼 컷트된다

이날밤은 平和記念日 처럼

이날밤은 平和記念日 처럼

쏭그런 하늘이

親한 帽子처럼 머리 우에 잇다

放送되는 多角形音響은

牧歌처럼

牧歌처럼 로켈하다고

다리들은 쮜노냐

가령 風有五常風*히야 마스트우에

머-ㄴ 出帆의 汽笛이울고

무도회의 포장도 조용이내리면
諸君은 구름다리로 걸어
露臺로 나아가다

거긔엔 활달 한 空間이
거긔엔 가(邊)모를 帽子가
모자 꼿으로 푸른 眺望이
少女처럼 반겨 잇다

　　　　　　一九四〇, 八, 一〇 於淸津

---

* "風有五常風"에서 마지막 '風'을 '嵐'으로도 생각해 보았으나 '風'으로 확정했다.

강욱, 「樂譜를 가젓다」, 『시현실동인집』 3, 1940.8.25

코스모스 가치 神祕한 心臟이 燒盡한다*

噴火된 峰과峰은

흘러간 山脈 처럼 힌장미를 썻다

山脈을 싸라 氣流가 汎濫한다

피리밋트 가튼 少年의 沈澱된 머리가붉으다

나븨는 해바래기의 習性을 가젓다

　어둠이 흐른다

　帆船이 흐른다

　飛沫된 波濤속에

　소년의택시-트가 젓는다

오솔길이 茂盛한 丘陵우

　過卷되는 물결

기슬과기슬連結된 어느鐵橋 우

少年은 樂譜를 쥐고 잇다

포푸라 가지에 가벼웁게 바다가 넘친다

天井이문어지는 듯 宇宙가넘친다

---

* "心臟이 燒盡한다"는 최근까지 "心臟이 煥姦한다"로 잘못 읽혀져 왔다. 확인하는 과정에서 '盡'의 '爐', '滅' 등의 가능성, 그리고 '燃燒'의 앞뒤가 바뀌어 인쇄되었을 가능성까지 생각했다. 그러나 우선 뒤의 한자가 燃으로 보이지 않아서 제외시켰고, 시 전체의 문맥과 인쇄의 뭉개짐 상태를 고려하여 최종 '燒盡'으로 확정하였다. (단국대 동양학연구소, 『漢韓大辭典』, 단국대 출판부, 2005, 1276~1284 참고)

머구리 처럼 무겁게 짜란는 體臭

一九四〇, 七, 二十日깃

이수형, 「娼婦의 命令的 海洋圖」, 『시현실동인집』 4, 1940.8.27

一萬系列의 齒科術時代는 밤의 海洋에서 섬의 하-모니카를분다

一萬系列의 化粧術時代는 空港의 層階에서 쌜근 추-립푸의 저녁을심포니

한다 記念日 記念日의 츄-립푸는 送葬曲에 핀 紙花엿다

明日의 손꾸락을 算術하는 츈-립푸는머-ㄴ푸디스코 압페

써오르는 써오르는비누방울의 夜會服 記念日記念日의 幸福을約束한 肉體

의女人이 雙頭의 假面을장식하는 날 七色의 슈미-즈가 孔雀의 미소를 씨워

나의 海洋의 蜃氣樓를따러왓다

記念日 記念日의 너의장식에

너의그洋초와 갓튼 蒼白한 얼골에너의그바다와가튼 神話를 들여주는 눈

동자에

나의 椅子는 溺流되엿다

나의 椅子는 溺流되엿다

그러나 娼婦은 울고만잇엇다

肉體의 女人은 장식의 歷史가슬펫다

假面의 女史는 살아잇는것이 슬펫다 雙頭의 怪物은 왜울엇을까?

明日을 쏘장식하여야 할 運命을

明日도 그 다음날도 그다음날도 살아야할것을

女人아 假面아 深夜의 어린애야

現實에 規約된 誠實보담도 阿片보담도술보담도밤의祕密보담도 이健康術

을 사랑한다

　　　　　　　　一九四〇 春作 곳

김북원, 「비들기날으다」, 『시현실동인집』5, 1940.8.28

山岳 山岳 山岳

여기는 바-바리즘의 一丁目

조이스會館 유리사즈쏘어를 녹크하면

S孃의 第一號室

　　　　　구두가잇섯다

S孃의 第二號室 上衣가잇섯다

S孃의 第三號室 回轉椅子가잇섯다

S孃의 第四號室 쌔드가잇섯다

S孃의 第五號室 體溫이잇섯다

그는水仙花가 조앗다

그는水仙花의 花辯이 조앗다

그는水仙花의 花粉이 조앗다

그는水仙花를 발콩에 노앗다

발콩에 푸른 眺朕이 잇섯다

발콩에 아츰이

발콩에 美少年이잇섯다

S孃은 美少年이 조앗다

美少年은 S孃이실타

S孃은 美少年이 戀戀哀切타

美少年은 S孃의肉體가실타

美少年이 발콩에잇지 안엇다

美少年이 발콩을써나든날

S孃은 花盆을 거더찻다

水仙花의 形骸가 바수어젓다

발구락이 紅海를 흘렷다

이윽고 S孃은 美少年을 歸納하다.

신동철, 「능금과 飛行機」, 『시현실동인집』 完, 1940.8.29

1 11時의 高級豫感들은 능금의文明을 위하야 오늘아침 비행장에서 重大
  한禮式을 擧行하다

2 發散하는비행기 비행기의웃음속에니夫人 은리봉을심는다

3 비행기의 優生學

4 아카시아 욱어진蒼空으로 손수건처럼나붓기는宇宙가온다
  오리옹座의看板이바뀐다
  팬키냄새나는藝術家들은 바람이는 軌道에서 두썹이처럼도망친다

5 肉體우우로 달리는 템포에서 아담의原罪가 소-다水를 마시는순간

6 추-립프의海峽에서 병든 新聞들이 열심히도 젊어지려고한다

7 줄다름치는食慾
  썩꾸러지는空間

8 푸른입김속에 여러아침들이몰려든다
  푸른口腔속에 여러비행기들이 몰려든다

9 다이나마이트製太陽은 文明의進化를위하야 爆發 폭발 폭발한다

10 비행기의 에푸롱에 피로한 능금으로해서 거리의 少女들은 輕快하게
   미처난다

11 證明-그것은 새로운健康法이다

12* 證明-그것은 새로운生殖法이다

13 證明-그것은 새로운 十字架다

---

* 신문 지면에는 21로 표기되어 있으나, 인쇄상의 오류이므로 12로 바로잡는다.

'청년들의 운명', '동방'(들)의 장소성

김조규의 만주국~해방기 북한시편 재론

최현식

1. '청년들의 운명'[1]을 좌우한 곳, '만주'와 '평양'의 '동방'

김조규(1914~1991)는 말 그대로 북선北鮮의 시인이다. 그의 생애와 문학의 지리지가 북조선과 만주 일대를 크게 벗어나지 않는 까닭이다. 평남 덕천 출생으로 평양 숭실중학과 숭실전문을 마쳤으며, 함북 성진에서 첫 교편을 잡은 뒤 연변 인근 조양천농업학교에서 재직하다 만주국 수부 신경에서 『만선일보』 편집기자로 일했다. 해방 전후 향리를 거쳐 평양으로 돌아왔으며, 1950년대 중후반 김일성 유일사상의 기원점이

---

1 김조규, 「밤과 여인과 나」, 연변대학 조선언어문학연구소 편, 『김조규시전집』, 흑룡강 조선민족출판사, 2002, 110쪽. 이 작품에는 김조규가 부기한 창작일자 "1941.2. 용정에서"가 달려 있으나, 발표지는 미상이다. 이후 시편 인용 시 창작집이나 작품선집(選集)을 따로 밝히지 않을 경우 『김조규시전집』에서 가져온 것임을 미리 알려둔다. 한편 해방 이전 시편을 모은 시집으로는 숭실어문학회 편, 『김조규시집』, 숭실대 출판부, 1996(2000)이 있다.

되는 '반종파투쟁'에 연루된 끝에 차례로 함경도 흥남지구 및 혜산진으로 하방되어 시 창작 등을 하다가 혜산시에서 삶을 마감했다.

이 과정에는 평양 숭실전문에서의 영문학 수학, 1930년대 후반 『단층斷層』과 『맥貘』에서의 동인 활동, 만주 발행의 『재만조선시인집』, 『만주시인집』, 『만선일보』, 식민지 조선 발행의 『조광』, 『매일신보』 등에 작품 발표, 해방 후 평양에서 '평양예술문화협회' 조직 및 '조선문학예술총동맹' 가입, 『조선신문』, 『소베트신문』 편집기자와 『문학예술』, 『조선문학』 주필 역임, 김일성종합대학 문과대학 교수 역임, 그 사이 시집 『동방』(1947), 『이 사람들 속에서』(1951), 『김조규시선집』(1960), 동시집 『바닷가에 아이들이 모여든다』(1960) 등의 발표로 요약되는 문학 행위가 빼곡히 놓여 있다. 한국과 연변 간행의 시(전)집에서 어렵잖게 마주할 수 있는 김조규의 삶과 문학을 다시 적어본 까닭이 없지 않다. 대표적인 이유 두 가지 정도만 들어보기로 한다.

첫째, 일제의 일개 지방으로 전락한 식민지 북선과 만주에서의 떠돎이 갖는 정치·경제·문화·이념의 다채롭되 쓸쓸한 스펙트럼을 일거에 파악할 수 있다. 그는 특히 만주 일대 '조선문학'을 대표하는 두 권의 작품 선집 및 『만선일보』의 주요 필자로 활약했다. 이 지점, 조선 '향토'와 '이주민'에의 정서적 연민과 환대가 농밀해지는 장소이기도 하지만, 만주국 관련 체제 협력의 혐의가 '주어진 사실'로 확증되는 '참된 장소' 상실의 유곡幽谷이기도 하다.

그렇다면 이런 '장소 상실' 혹은 '무장소성'은 왜 일어났는가.[2] 일본제

---

2 '참된 장소'와 '장소 상실'의 자세한 뜻에 대해서는 에드워드 렐프, 김덕현 외역, 『장소와 장소상실』, 논형, 2005의 5장 「장소감과 참된 장소 만들기」 및 6장 「장소의 상실-무

국주의의 사상적·이념적 토대로서 근대 천황제는 '만주국'을 건설할 때, 그곳에 살았거나 살고 있는 개개인의 실존과 그들의 순순한 신념체계를 존중하는 '참된 장소'에의 동참을 전혀 고려하지 않았다. 그렇기는커녕 '팔굉일우'에 근거한 '대륙문화'의 건설이라는 타율적인 이념 공간, 곧 '복지만리' '오족협화' 등으로 대변되는 가짜 유토피아를 기만적으로 선전하고 폭력적으로 편입시키는 방식을 취했다. 이런 점에서 그곳 향토민과 이주자들에게 충분히 동의되지 않는 채 건설된 만주국은 그 소외적·허위적 특질 때문에 진정성과 필연성을 허락하지 않는 '장소 상실', 곧 '무장소성'의 경험을 일상적인 현실로 배포할 수밖에 없었다.

둘째, 김조규는 특히 재민在滿 시절 자기 또래 문인들에 비해 꽤나 많은 분량의 시편을 발표하는 한편 미발표작으로 보유했던 경력의 소유자이다. 이 가운데 몇몇 텍스트들은 해방 이후 북한문단에서 간행된 개인 혹은 집단의 시집에 다시 실려 혁명문예의 구성과 실천에 일조하게 된다. 하지만 이 과정에서 쉽게 지나칠 수 없는 문제점이 발생한다. 북한에서 작성된 김조규 시편들에 대해서 흔히 지적되는 약점, 곧 시대의 기류와 권력의 향배에 발 맞추어 텍스트의 수정 혹은 개작[3]이 공공연하고도 지속적으로 이뤄졌다는 사실이 그것이다. 이처럼 잘 기획된 개작 사업은 형식미의 새로운 조형을 넘어서 시의 내용 속 사상과 이념의 개변이나 조작에 깊이 연루될 경우, 시인과 텍스트의 신뢰성이나 진실성에 부정

장소성(placelessness)」 참조.

3　누구보다 먼저 김조규의 북한 시편을 주목했던 일본 연구자 오무라 마스오 교수는 이런 글쓰기의 습성, 아니 창작 전략을 두고 "김조규는 개작마(改作魔)라고 할 수 있을 정도로 개작을 자주 한다"라고 일갈했다. 오무라 마스오, 「북한에서의 김조규의 발자취와 그 작품 소개」, 『윤동주와 한국문학』, 소명출판, 2001, 374쪽.

적 영향을 끼칠 수밖에 없게 된다는 점에서 매우 문제적이다.

만약 시를 정서와 감각의 발현이라는 서정적 특질 이외에도, 시인과 시적 화자의 친연성에 기댄 '자아-서사'의 구성과 고백에의 관여라는 서사적 관점으로도 이해할 수 있다면 어떤 사태가 발생할까. 그것이 사실이든 허구든 서사narrative는 보통 특정 목표에 맞춰 인간의 삶의 방향을 지시하거나 바꾸는 특성을 지니는 것으로 간주된다. 그렇기 때문에 화자(서술자)는 이야기하는 현재의 시점에서 과거 중 특정의 사건을 선택해 기억하고 이를 미래의 기획으로 재조직하는 과정을 필연적으로 거치기 마련이다.[4]

그런데 이런 서사적 행위가 자신의 경험을 흘러가고 흘러온 시간에 따라 유의미한 에피소드나 사건으로 구성하기 위한 실존적 행위가 아니라면 어떨까. 그보다는 위험한 현실에 던져진 자아를 허구적 역사와 삶의 이야기 속에 밀어 넣음으로써 주체를 보호하고 구원하려는 기만적인 문화정치적·이념적 행위라면 어떨까. 이럴 경우, 김조규의 지속적인 시편 개작과 이념적 간섭은 그 자신이 겪은 청년 시절의 어떤 운명을, 또 어렵사리 쌓아온 시인으로서의 자존을 '만들어진 권위'로 허상화하거나 '조작된 삶과 기호'로 오염시키는 핵심 요인이 될 수 있다는 점에서 매우 문제적이며 위험스런 선택일 수 있다.

가령 이런 경우는 어떤가. 김조규의 만주 신경新京 시편 「귀족貴族」(1944)과 해방기 평양 시편 「동방서사東方序詞」(1946)에는 공히 '동방東方'이라는 말이 등장한다. 한쪽은 일제-천황의 '동방'을, 또 한쪽은 평양 모란봉-김

---

4 최종렬, 『복학왕의 사회학』, 오월의봄, 2018, 432~433쪽.

일성의 '동방'을 지시하는 용어이다. 그런 까닭에 '일본적인 것'과 '북조선적인 것', 식민과 탈식민의 '장소성'으로 서로 상반되는 아이러니한 운명을 면치 못한다. 이 점, 시인의 시기별 · 장소별 '동방'이 김조규라는 실존의 정체성을 결정짓는 자아-서사의 기호인 동시에, 천황(일제)과 김일성(북조선)에 대한 일방적 귀속과 협력을 뜻하는 체제 선택과 복속의 사상적 · 이념적 기호로 떠오르는 한편 분열되고 있음을 암시한다. 김조규에게 위험과 기회를 동시에 제공했던 지리적 · 이념적 기호로서 '동방'에 대한 해석과 평가가 매우 중요해지는 까닭이 여기 있다.

물론 이 글은 김조규 시의 '참된 장소'로부터의 미끄러짐이나 '권력 지향'의 자아와 세계 왜곡이 불러오는 약점의 추출에 최후의 목표점을 설정하지 않는다. 그렇다고 특히 미발표작의 해석과 평가에서 종종 벌어지는 '잘 짜인 저항'에 대한 어떤 의도적 고평들을 공정한 균형과 객관적 시좌 아래서 재조정하는 작업을 또 다른 과녁으로 세울 의향도 달리 없다. 오히려 식민지에서 해방기에 이르는 그 어렵고 고독한 시대에 시인 김조규가 느꼈던 혹심한 내면의 고통과 균열, 그리고 그것을 초극하기 위한 미적 실험과 영혼의 고백을 아프게 연민하는 동시에 차갑게 돌아보는 비평적 통찰을 지향한다. 이 과정에서 김조규의 시적 생애와 이념 선택에 복잡하게 얽혀 있는 어떤 공과功過들이 자연스럽게 드러나기를 희망한다.[5]

---

5 해방 전 김조규 시에 대한 유익한 선행연구로는 권영진, 「김조규의 시 세계-해방 이전의 작품을 중심으로」, 숭실어문학회 편, 『김조규시집』, 숭실대 출판부, 1996; 이성혁, 「일제 강점기 김조규 시의 '향토'와 '혼종성' 연구」, 『한민족문화연구』 39, 한민족문화학회, 2012; 신주철, 「김조규의 이중적 시 쓰기의 양상과 의미-만주 이주 후~해방 전 작품을 중심으로」, 『우리문학연구』 32, 우리문학회, 2011 참고.

이 때문에 필자는 김조규의 디아스포라로서의 혼합적 정체성이나 경계인적 자질, 조선과 일본과 만주 어디서고 호명되었으나 결국 어디에도 귀속되지 못했던 '사이성'과 '이중성'이라는 내면과 신체의 질곡 등만을 따로 떼어내어 응시하지 않는다.[6] 이 모든 것을 거친, 복합적이어서 더욱 균열적이며 주어진 표지가 여럿이라 하나의 길을 더욱 강요받았던 실존의 어떤 이데올로기적·미학적 선택과 지향에 더욱 유념하고자 한다.

2. 만주국 시대, 조선 청년의 두 가지 경로

1) 식민지 초현실주의, 우울한 내면의 초극

1931년 10월, 김조규의 시력詩歷이 열리는 시점이다. 초기시의 경향은 1930년대 시사 전반을 관통하는 고향 상실감에 따른 슬픔과 그리움의 반복적 구조화로 정리된다. "폐허에 비친 가을 석양", "좀 먹는 시대의 폐물", "밤마다 흩어진 마음 안고" 등의 구절을 보면, 실향의식과 귀향 욕망의 교차적·이중적 행보가 잘 느껴진다. 하지만 김조규 시편에 대한 본격적인 비평적 관심과 대중적 호응은 1930년대 후반 동인지『단층』, 『맥』에 참여할 때 비로소 유의미해진다. 동인지 활동은 김조규의 삶과 시의 공간을 평양→ 청진·경성→ 연변 일대로 이동·확장시켰다. 또한 식민지 현실이 초래한 인텔리의 시대적 고뇌와 내면적 불안을 새로

---

6   이런 관점과 입장에 서서 조은주는 재만주 조선시인들의 '디아스포라 정체성'을 탐구했다. 조은주, 『디아스포라 정체성과 탈식민주의 시학—만주를 유랑하는 시』, 국학자료원, 2014, 33쪽 참조.

운 실험과 형식의 주조를 통해 더욱 낯설게 드러내는 미학적 계기를 제공했다.

『단층』(1937.4~1940.6, 통권 4호)과 『맥』(1938.6~1939.11, 통권 6호)[7]은 식민 수부 경성京城이 아닌 북선北鮮의 평양과 청진·경성鏡城 일대를 활동의 주무대로 삼았다. 그럼으로써 주변부 특유의 중앙문단에 대한 이념적·미학적 거부와 단절, 새로운 미학과 정서의 냉열冷熱한 개척에서 득의만만한 선편을 쥐었다. 이를테면 선배세대가 발행하던 경성발發 『삼사문학』의 초현실주의를 이으면서도, 그들이 미처 개척하지 못한 영역, 즉 "절연의 논리를 도시사회의 균열상을 분열적으로 드러내어 폭로"[8]하고 비판하는 전향적·이념적 초현실주의로 약진했다. 그 출발점에 『맥』[9]의 창간 욕구가 충실히 반영된 "퇴폐적 본능, 무의식적인 단순한 인상印象, 주정主情의 전달, 혹은 영감, 감상적 고백의 형태화시形態化詩에 반역"할 것, "시에 있어서 새로운 감성적 영역을 개척 확장키 위하여 의식적으로 주지적 활동에 의하여 비판정신을 파악"[10]할 것이라는 또 다른 시잡지의 주장이 놓여 있다.

---

7   『맥』의 발간 경위와 통권 확인, 미적 특성과 이념적 지향 전반에 걸친 연구로는 나민애, 「『맥』지와 함북 경성(鏡城)의 모더니즘-경성(京城) 모더니즘의 이후와 이외」, 『한국시학연구』 41, 한국시학회, 2014가 자세하다. 이를테면 연구자는 황민, 김남인, 박남수, 김조규 등의 참여자를 "'친-기림'이자 '반-지용'인 모더니즘의 신예들"로 명명했다.

8   이성혁, 「1940년대 초반 식민지 만주의 한국 초현실주의 시 연구」, 『우리문학연구』 34, 우리문학회, 2011, 355쪽.

9   『맥』의 시사적 의미를 간명하게 정리한다면, 첫째, 1930년대 후반 시문학의 발전과 경향을 초현실주의의 면면을 통해 보여준다는 점, 둘째, "함경북도 초현실주의와 만주 아방가르드"라는 제목이 시사하듯이, 한반도 북부지역과 만주 일대의 문학을 긴밀하게 이어준 잡지라는 사실을 먼저 들어야 한다. 더욱 자세한 내용은 김진희, 「『만선일보』에 실린 「시현실동인집」과 동인 활동의 문학사적 의의」, 『현대문학의연구』 65, 한국문학연구학회, 2018, 131~136쪽.

10 홍성호, 「동인잡지의 현재와 장래」, 『시학』, 1939.3, 36쪽.

그날 밤 고양이의 울음을 밤새 강안(江岸)에서 듣고 돌아왔을 때 내 생을 저주하며 피를 물고 걸렸든 서천(西天)의 반쪽달. 검은 반점(斑點)과 야수, 그리고 허이연 기억의 구도. 얼마나 권태스러운 시간들 새에 끼워서 나의 감성은 꿈을 살해하였든가. 안해의 정조(貞操)를 무역하였고, 수녀의 침실에 난입하였고 오오 이렇게 실내에 독사와 같이 웅크리고 앉어 담배만을 피우는 나는 영악한 동물이다. 묘(猫)도 아닌 나의 사고가 시간의 배열을 응시함은 진실로 추악한 습성이다. 그러기에 나는 사랑한다. 공동변소의 벽화.

— 「묘(猫)」 부분[11]

"마을의 슬픈 전설과 옛 노래를 읊조리는 / 늙을 줄 모르는 시인"(「바다의 추억」)은 『단층』과 『맥』 이전 김조규가 노래하고 꿈꾸던 자아상像 가운데 하나다. 하지만 슬퍼 퇴락한 세계를 배회하는 모든 것들의 행렬이 "밤의 데드마스크를 쓴 심야의 물상들"로 사물화되는 현실 속에서 생명충동에 대한 회감回感은 이제는 더 이상 불가능한 시의 희망이자 미래에 지나지 않는다. 시인은 그것을 무엇과도 바꿀 수 없는 자아의 꿈, 아내의 정조, 수녀의 순결을 파괴하는 "영악한 동물"인 나의 "추악한 습성"에 비기는 한편, 검은 고양이黑猫의 흑암黑暗 속 불길한 '눈알'로 악마화하고 있는 것이다.

비 오면 흙탕물이 흐르고 마차가 감탕 속에 빠지고 몰핀 중독의 황안(黃顔)이 발호(跋扈)하고 어두운 골목에선 살육이 으젓하고 하수구의 구데기

---

11 「묘(猫)」, 『단층(斷層)』 3, 1938.3.

가 침구에 기어들고 백마의 생식기가 부식하는 육체와 더불어 흐른 욕망에 노출하는 밤 밤. 동화(童話)를 잃어버린 세대의 썩어지는 심실(心室) 속에 침전하는 독소는 칠묵(漆墨)이다. 오호 야광에 흩어지는 악덕의 화화(華花) 꾸우냥과 더불어 밤을 먹으며 나는 미칠 듯이 좋아한다. 흑안경(黑眼鏡)에 칼 웃음치는 모오닝 입은 신사. 점잖은 악마의 두상(頭像).

—「야수(野獸) 제2절」부분[12]

이 시에 담긴 마약과 살육, 악덕과 부패의 면면은 근대 도회 '파리'의 끔찍한 모더니티를 존재의 악마성과 죄악성, 외설적 육체성과 퇴폐적 내면성에 비추었던 보들레르의 작업을 단번에 떠올리게 한다. "점잖은 악마"의 본성은 "부패하는 육체와 악취와 매음부의 유방이 비상하는 나의 의욕"[13]과 등가관계를 형성한다. 이 점, 자아의 분열과 소외를 해결의 여지없는 죽음 충동의 무기력한 노예들로 인지케 하는 원동력이다.

그런데 문제는 그 노예적 본질과 위상이 온갖 퇴폐와 타락의 주인공인 '나'에 그치지 않는다는 사실이다. 그래서 인용시의 "꾸우냥"이 중요한데, 그녀는 만주 출신의 '매춘부'로, 이용악의 『전라도 가시내』에 그려진 조선 작부와 비극적 운명을 공유한다. 화자에 따르면, 그녀는 "몰핀 중독"의 아버지에 의해 매음굴 유곽에 팔려진 최하층 여성으로, 현재 "혈관 속에 흐르는 독소와 임균淋菌과 붉어진 네 콧잔등의 종기腫氣"(「야수 제2절」)를 앓고 있다.

그녀의 질병을 앓아 내 것으로 하고 싶다는 '나'의 간절한 욕망은 그녀

---

12 「야수(野獸) 제2절」, 『맥(貘)』 3, 맥(貘)사, 1938.12.
13 김조규, 「야수일절(野獸一節)」, 『맥(貘)』 2, 맥(貘)사, 1938.9.

에 대한 관심이 '병약한 주체'에의 연민과 연대에만 있지 않음을 강력히 암시한다. 그보다는 당대 동아시아 여성사 및 식민지 현실에 대한 폭로 가 지시하듯이, 하위 주체 대상의 사회적 억압에 대한 예민한 감각과 성 찰의식의 객관적 발현으로 읽힌다. 더 나아간다면, 질병의 폭로가 수행 하는 "일종의 상징, 내부에서 진행되고 있는 어떤 일의 재현 방식, 이드 가 극화하는 드라마"[14]에 대한 미학적 입체화를 환기시킨다.

그렇다면 「야수」 두 편에서 재현되는 "어떤 일"이나 "드라마"는 무엇 인가. 매음녀 '꾸우냥'의 존재는 '잇'[15]의 유흥문화, 곧 하위계급의 여성 들을 성적 향락과 소비의 대상으로 '무역'하고 그 육체와 영혼을 훼손하 기 위해 '난입'하는 식민주의 및 팔루스男根의 폭력성과 억압성을 확증한 다. 이 거친 통치술의 최종심급에 식민지 여성 '요보'(일본인이 조선인을 얕 잡아 부르는 말)와 '꾸우냥'들에 대한 병영상의 성적 노예화, 그러니까 천 황에 충성하는 병사용 위안물과 소모품으로서의 위안부들이 놓여 있음 은 주지의 사실이다.

이와 같은 위기 상황에 처한 식민지 여성과 지식인들은 현실 그 자체 로 묘사되는 대신 어려운 한자의 남용, 무의식적 환상과 초현실적 배경 의 설정 속에서 더욱 퇴폐적이며 파멸적인 모습으로 음영된다.[16] 그 결

---

14 수전 손택, 이재원 역, 『은유로써의 질병』, 이후, 2002, 69쪽.
15 IT는 '성적 매력이 풍부하고 요염함'을 뜻하는 은어로, 미국영화 〈It〉(1927)의 상영을 계기로 일본의 유흥문화에서 유행한 말이다. 식민 수부 경성 유흥가의 새새틈틈을 일본 관광객 중심으로 안내하는 『新版大京城案內(신판대경성안내)』(1936)에도 '잇(イ ッ と)의 경성'이라는 광고가 게재되었다.
16 나민애는 선행연구자들이 "소재의 과격성과 작품 표현의 난해성"을 특질 삼아 김조규 의 「야수」를 초현실주의적 작품으로 간주하지만, "매우 강렬하고 병적인 이미지들을 동원하여 인간 본성의 '야수'적 부분을 표현"했기 때문에 표현주의적 작품에 가깝다고 판정한다. 나민애, 앞의 글, 238쪽.

과 발생하는 부정성의 극대화는 무엇보다 총체적 소외 상황에 던져진 실존의 허약성, 바꿔 말해 식민지 지식인의 무기력한 좌절과 미래 없음에 따른 불안감과 허무의식을 더욱 부추긴다.[17] 그러나 다행스럽게도 시적 화자는 인물들의 부정적 정황이 사회적 억압과 소외의 결과로 주어진 것임을 정확하게 파악하고 있다. 「야수」두 편을 "아무 저항 없이 모든 자극과 충동에 순종하는 과잉 수동성"[18]을 반성하고 초극하려는 미학적 모험의 일환으로 해석할 수 있는 긍정적 여지가 이 지점에서 발생한다.

이런 적극적인 해석은 앞서 말한 『맥』 동인들의 '주지적 활동에 의한 비판정신'의 강화와 실천을 염두에 둘 때 공감대가 더욱 확장된다. 「야수」속에 그려진 황폐한 현실과 이상적 미래의 부재, 마약과 섹스에 대한 탐닉, 질병과 부패의 일상화 같은 부정성은 그 사실성이 강력하게 표면화될수록 더욱 강력한 감시와 처벌, 억압과 금지의 대상으로 떠오르게 된다. 왜냐하면 1937년 중일전쟁을 기점으로 일제는 영토 전역에 '국민정신총동원령'을 발효시켜, 황국정신의 현양, 비상시 국민생활 혁신, 전시 경제정책 협력, 근로 보국과 생업 보국, 전선前線에 대한 총후銃後의 후원 등을 생활원리로 강제했기 때문이다.

이러한 총력전의 현실에서 『단층』과 『맥』 동인들의 시적 모험, 곧 불안한 실존의 좌절과 우울, 파탄난 인간상이나 깨어진 시간상 등을 극단적으로 제시함으로써 식민 현실과 전쟁 상황을 회피하거나 뛰어넘으려

---

17 한 연구자는 『단층』 활동기의 김조규가 이상과 이념을 함께 상실한 지식인의 피폐한 내면풍경에 집착하는 한편 전망 상실에 따른 자폐증적인 자기혐오와 가학적인 섹슈얼리티에 대한 탐닉에 빠져든다고 평가했다. 김정훈, 「『단층』시 연구」, 『국제어문』 42, 국제어문학회, 2008, 357쪽.
18 한병철, 김태환 역, 『피로사회』, 문학과지성사, 2012, 48쪽.

는 불온한 욕망과 일탈적 행위는 일제의 주도면밀한 검열과 통제의 대상으로 훨씬 또렷하게 떠올랐다. 가령 한 연구자는 김조규와 『맥』의 동인으로 활동하던 황민, 신동철, 이수형 등이 만주에서 '시현실 동인'을 조직, '현실에 대한 정치성'을 상징적으로 표현하기 위해 실험적 텍스트의 조직화와 질서화에 앞장섰던 까닭을 다음의 현상에서 찾았다. 당대 만주국의 지역적·예술적 분위기가 일본 본토나 식민지 조선에서 좀처럼 만나기 어려운 반항감과 공허감으로 채색되고 있었다는 사실이 그것이다.[19] 이 점, 김조규의 초현실주의 혹은 표현주의에 가까운 시적 활동이 좌절된 내면과 타락한 현실의 무분별한 분출이 아니라, 자신도 포함된 "잃어버린 세대의 썩어지는 심실心室"을 다시 충동하고 압박하기 위한 기호적·심리적 참전의 일환이었다는 사실에 어느 정도 동의케 한다.

2) '체제 협력'의 참-거짓, 혹은 '탈식민'의 욕망과 기망

김조규는 1938년 연길 근처 조양천朝陽川으로 건너가 그곳 농업학교에 근무하다 1943년 가을 만주국 수도 신경新京으로 이주, 해방의 을해년 3월까지 『만선일보』에서 일한 것으로 기록된다. 당시 그에게 배운 조양천농업학교 학생들에 따르면, 시인은 민족사상의 계몽과 민족어문학의 교육에 비교적 투철했던 교사로 기억되고 있다.[20]

이 지점은 그의 삶과 문학을 살펴볼 때 다음 두 가지 사실에서 중요하다. 첫째, 일제의 감시망으로 촘촘한 향토 조선을 떠나 '오족협화', '복지

19　김진희, 앞의 글, 141~144쪽.
20　김홍규, 「형님의 시집과 작품원고를 받아 안고」 및 설인, 「김조규 선생님과 〈춘향전〉」, 연변대학 조선언어문학연구소 편, 앞의 책, 478~479·491~492쪽.

만리'의 선전 펄럭이는 근대천황제 아래의 만주국에서 일용할 양식을 구해야만 했던 식민지 지식인의 노고와 수난을 환기시킨다. 둘째, '시현실 동인'을 결성하여 초현실주의 미학을 더욱 밀고나간 『맥』의 동무들과 달리, 백석, 이용악, 유치환 등에 가까운 비교적 평이한 언어와 감각의 생활시편으로 운지법을 옮아간 까닭을 얼마간 추측하게 한다. 아무려나 조선인 대상의 학교 교육과 교사로서의 윤리 감각이 '체제 협력'으로의 서슴없는 전환을 계속 지연시키는 한편 조만간의 귀향을 꿈꾸며 고통스런 이역만리의 생활을 이어가는 조선인들에 대한 연민과 관심을 고조시켰던 것이다.

> 벌판우에는
>
> 갈잎도 없다
>
> 고량(高粱)도 없다 아무도 없다.
>
> 종루 넘어도 한울이 문어져
>
> 황혼은 싸늘하단다.
>
> 바람이 외롭단다.
>
> 머얼리 정거장에선 기적이 울었는데 나는 어데로 가야 하노!
>
> —「연길역 가는 길」 부분[21]

"빈궁의 한 배 속에서 나온 형제들이냐 행복이란 손에 한 번 쥐어 못본 얼굴들"(「대두천역大肚川驛에서」)[22]에 대한 연민과 애정의 토로는 만주(국)

---

21 「연길역 가는 길」(『조광』 63, 1941.1), 김조규 편, 『재만조선시인집』, 예문당, 1942, 43~44쪽 재수록.

유이민 시의 전형적인 정서 가운데 하나이다. 인용 시편에 표현된 이국생활의 정처 없음과 고독감에 비하면 미래의 전망을 훨씬 밝게 드러낸 경우지만, 유치환은 만주생활의 궁핍한 현장을 "검정 호복胡服"과 "핫바지 저고리", "당꼬바지" 차림의 "부모도 고향도 모르는" 창씨개명한 조선 농부들로 표상한바 있다. 그러면서 그들의 귀향 가능성을 "우리 나라 우리 겨레를 / 반드시 다시 찾을 날이 있을 것"[23]이라는 해방의지에 담아냈다.[24] 하지만 유치환 시의 어떤 낭만성과 안이함은 김조규의 또 다른 기차 시편 「삼등대합실三等待合室」[25]의 "인생은 뭇자욱 어지러운 / 삼등대합실 / 행복보다도 불행으로 가득찬 / 삼등대합실"[26]이라는 구절에 의해 즉각 부정될 수밖에 없다.

실제로 1942년 만주국 개국과 함께 식민지 조선에도 몰아닥친 '개척이민'의 제도적 · 정책적 붐은 만주 전역을 '기회의 땅'으로 부각시켰으며, 식민지 '요보'들이 '히까리'(빛)니 '노조미'(희망)니 하는 특급열차의 삼등칸에 매달려 만주국 최북단까지 진출하는 진풍경을 낳았다. 하지만

22　『김조규시전집』 편찬자에 따르면 이 시편도 김조규 스스로가 남긴 필사본에는 『만선일보』 발표작으로 적혀 있지만 해당 지면에서 확인되지 않는다고 한다.

23　유치환, 「나는 믿어 좋으랴」, 『생명(生命)의 서(書)』, 행문사, 1947, 110~112쪽.

24　나는 언젠가의 유치환론에서 농장 관리인 신분으로 작성한, 『생명의 서』 수록분 만주시편은 해방기 새로운 국민국가 만들기의 과정에서 의도적인 변형이나 개작을 겪은 것일 수 있다는 의심을 제출한 바 있다. 최현식, 「만주의 서정, 해방의 감각─유치환의 '만주시편' 선택과 배치의 문화정치학」, 『민족문학사연구』 57, 민족문학사학회, 2015, 276~277 · 290~297쪽 참조.

25　1941년 조양천에서 작성된 시편으로 알려진다. 김일성종합대학출판사에서 간행한 『현대문학선』에 수록된 텍스트라고 『김조규시전집』에 간기(刊記)되어 있다.

26　이주열은 김조규 시에 등장하는 철도 공간과 시어의 매개성에 대한 특질을 첫째, "식민지의 암울함"이 주로 표백(表白)되고 있으며, 둘째, "동적인 대합실과 정적인 대합실의 공간 형태 오브제들"이 교차하고 있는 것으로 정리한 바 있다. 이주열, 「김조규 시의 철도 공간과 시어의 매개성」, 『국어문학』 60, 국어문학회, 2015, 326쪽.

조선인이 마주친 현실인즉슨 "북행열차는 끝닿는 줄 알았는데 / 아, 어제도 오늘도 / 또 내일도 / 북행열차는 더 큰 불행과 슬픔을 싣고 / 어덴가 자꾸 떠나고 있"(「북행열차」, 1941)는 가난과 소외와 추방의 일상적인 편재와 구조화였다.[27] 심각한 취업난을 견디지 못해 부랑자로 전락하거나, 도망만이 자유인 중대한 사건으로 이웃을 등지거나, 심지어 아내를 팔고 어디론가 사라지는 조선인들의 대량 출현은 '복지만리' 만주(국)가 한순간이라도 눈길을 돌리거나 잠시나미의 긴장도 늦출 수 없었던 끔찍한 '생존의 바다'였음[28]을 여지없이 증명한다.

깊은 호수와 같은 눈동자가 애잔한 나를 지키며 침묵함은 슬퍼서 아니요 외로워서도 아니요 그저 괴로움을 나누고 싶어서란다 그러지 못할진대 고요히 자는 얼굴만이라도 지키고 싶어서란다 사랑이 그 욕이 크고 깊을수록 여윈 나는 슬프다

(오오 머언 시외로(市外路)에 인적이 끊어지기 전

빨리 당신은 귀로(歸路)에 올으세요

기인 복도(複道)에 '슬립퍼─' 소리 조심이 돌아간 후도

아예 나는 외로워 않을 터이나……황혼, 황혼)

─「병기(病記)의 일절(一節)」 부분[29]

27 또 다른 기차 시편 「한 교차역에서」(1941.10)도 "대합실은 고달픈 삶에 / 현기증이 나다 / 너도 나도 모두 / 지칠 대로 지친 얼굴들……"이 모여드는 장소로 퇴락화되고 있다.

28 재만조선인이 처했던 극한의 현실은 한석정, 『만주 모던─60년대 한국 개발체제의 기원』, 문학과지성사, 2016, 107~149쪽에 자세하다. 예시한 사례들은 그중에서 몇 가지 가려 뽑은 항목들이다.

29 「병기(病記)의 일절(一節)」, 『만선일보』, 1942.2.19.

김조규는 조선과 만주에서의 '청년들의 운명'을 "하늘 나는 수리개"와 "사막에서도 높이 솟은 태양의 비라밋트"[30]에 의탁했다. 모든 억압과 구속에서 벗어난 자유와 생명에의 의지를 열렬히 염원하는 잘 구상된 비유로 보인다. 그러나 어떤 피치 못할 질환이나 사고로 입원했겠지만, 병원이나 질병 관련 심상은 청년의 꿈이 여러모로 장애와 곤란에 부딪혔음을 넌지시 암시한다. 질병의 폭력성과 소모성은 손택이 말했던 유사한 상황, 그러니까 "결핵은 삶을 도둑질해 가는 교활하고 무자비한 그 무엇"[31]이라는 말에 명백하다. 김조규는 이런 정황을 "기억을 씹으며 연명하는 육체"(「병기病記」)로 표현함으로써 그 심각성과 위험성을 깊이 숙고했다. 요컨대 '병든 육체'는 무엇보다 '수리개'와 '비라밋트'의 이상에서 추락하거나 그 희망을 상실한 위급한 사태의 표징이었던 것이다.

김조규는 이 폐색된 상황을 기차의 불행에 방불하게 표현하고 있다. 「병기의 일절」에 보이는 슬픔과 고독은 이를테면 "행복은 문 어구에도 없고 / 불행만 꽉 차 숨이 막히는"(「북행열차」) (이민)열차의 참담한 그것에 비견될 만하다. 왜 안 그렇겠는가. 청년들의 꿈을 만주 곳곳으로 펼쳐줄 기술문명과 대중 집합의 기차는 드넓은 벌판과 몇몇 큰 도시, 그리고 '공업 일본, 농업 만주'의 구호를 실현하는 일제 이주민 중심의 개척촌을 통과해가면서 그저 땅 한 뙈기만을 바라는 조선 이주민의 간절한 희원이 "고달픈 삶에 현기증"을 더하는 것에 불과하다는 사실을 아주 차갑게 영사映寫했으니 말이다. 아니나 다를까 각종 연구에 따르면, 조선 이주민은 어딘가에서 농사를 짓게 되었다 하더라도 "적빈, 아편, 비적과 비적토벌

---

30 김조규, 「병기(病記)」, 『조광』, 1941.10.
31 수전 손택, 이재원 역, 앞의 책, 16쪽.

대의 습격, 중국인 지주의 착취"[32] 등에 매일매일 시달리다 날이 갈수록 '더 나은 삶'으로부터 더욱 멀어지는 극빈의 상황으로 추락하는 경우가 허다 했다고 한다. 이것이 김조규 자신의 경험이기도 했음은 아래의 시에서 뚜렷하게 확인된다.

풀 한 포기 돋지 못한 분묘(墳墓)의 언덕엔
뼈만 남은 고목(枯木) 한 그루
깊은 가난 속에 파묻힌 초가 지붕들
창문은 우묵우묵 안으로만 파고들었다

(…중략…)

오늘도 또 한 사람의 '통비분자'
묶이어 성문 밖을 나오는데
'왕도낙토(王道樂土)' 찢어진 포스타가
바람에 상장(喪章)처럼 펄럭이고 있었다

　　　　　　　—「찌저진 포스타가 바람에 날리는 풍경」 부분(1941.8)

　　만주국 정부와 공권력이 이주민 또는 개척민이 집단생활을 영위하는 "유랑의 정착촌 / 쫓겨 온 이민 부락"을 지배하고 통제했던 방법은 크게 두 가지로 나뉜다.
　　첫째, 이상향 만주를 뜻하는 '왕도낙토' '복지만리' '오족공영' 따위의

32　한석정, 앞의 책, 134쪽.

구호·문자·이미지를 끊임없이 살포하는 선전·선동 전략이다. '미디어 이벤트'의 반복적 조직과 수행을 통해 왕도王道의 광명이 대지를 비춘다거나 일본군은 정의의 총포銃砲라는 식으로 지배정책을 낭만화·숭고화하는 방법[33]이 이에 해당된다.

둘째, 이런 유화정책과 반대로 다음과 같은 예방과 공포의 전략도 꾸준히 집행되었다. 일제는 이를테면 내선內鮮의 농촌 개척자들로 하여금 "카인도 낯을 붉힐 / 배리背理의 법전法典", 곧 "형제를 미워하라 / 이웃을 경계하라"(「찌저진 포스타가 바람에 날리는 풍경」)는 의심과 경계의 시선을 생활화하도록 강제했다. 그럼으로써 제국의 안위와 신민의 생명을 위협하는 '비적'('마적')에 대한 협력자, 즉 반동의 "통비분자"를 색출하는 내부 감시와 고발의 효율성을 드높여 갔던 것이다. 이런 상호 감시 행위는 만주국의 공적 안보 전략과 긴밀히 연관되어 있어, 한 개인의 힘으로 거절하거나 부인할 수 없는 타자 억압과 배제의 권력으로 훌륭하게 작동했다. 과연 만주국 홍보기관은 "인심의 안정, 치안의 회복과 유지, 공산·항일사상의 일소 등을 목적하는 선무공작"[34]을 일상적으로 행했다. 나아가 만주국 무장병력을 대표하는 관동군은 체포된 비적들의 목을 잘라 사람들 잘 보이는 마을 앞 네거리에 효수梟首함으로써 반만항일反滿抗日의 저항 세력에 대한 불안과 공포를 더욱 가중시켰다.

「찌저진 포스타가 바람에 날리는 풍경」은 연변 인근 '노토구老土溝' 이민부락에서 실행된 유화와 공포 양면의 정책을 실사하는 장면으로 모자

33　貴志俊彦, 『滿洲國のビジュアル·メディアーポスタ·絵はがき·切手』, 吉川弘文館, 2010, p.63.
34　위의 책, p.90.

람 없다. 저렇듯 선명한 장면 묘사는 두 정책 모두가 김조규의 경험과 기억 속에 또렷하게 각인되어 있음을 뜻할 것이다. 물론 그는 '통비분자'의 적발과 찢어진 '왕도낙토' 포스터를 병치함으로써 자신의 내면과 시선이 '반만항일'을 향해 있음을 비밀리에 드러낸다.

그러나 안타깝게도 우리는 이 지점에서 다음의 문제를 떠올려야만 한다. 「찌저진 포스타가 바람에 날리는 풍경」은 시인의 사후까지 미발표 육필원고로 남겨졌다는 것, 하지만 뒤늦게 그의 모교인 남한 숭실대학교에서 간행한 『김조규시집』(1996)에 수습되었다는 것, 그리고 마침내 중국 연변대학교 간행의 『김조규시전집』(2002)에 편재되었다는 사실 말이다. 이 시는 만주국의 철저한 선무공작이나 각종 검열과 통제 장치 때문에 발표되지 못했을 가능성이 크다. '왕도낙토' 포스터가 찢어져 바람에 날리는 까닭을 '통비분자'에 의한 고의적 훼손에서 찾을 수 있다면, 그것은 곧 천황에 대한 불경이자 만주국에 대한 부정이다. 이 불온하고 위험한 장면을 시에 담음으로써 김조규는 그 나름의 저항의식을 표현했다고 보면 어떨까.

눈보라 기승치는 이런 밤이면 의례 밀림에선 총소리가 울리고 우등불이 타올랐으니 매 맞아 죽은 아버지와 굶어 죽은 어머니와 불타 죽은 동생의 원한이 그 불길 속에 황황 타고 있음을 말없는 천년 원시림인들 어찌 모르랴? 거목(巨木)들은 어깨를 비비며 불길을 일으키고 말라 시들은 낙엽은 그 몸을 불에 던지고 나무가지들은 하늘 높이 불꽃을 내뿜는 그 소리를 전선주 너는 통신하며 밤새 윙윙거리는 게 아니냐?

—「전선주(電線柱)」 부분(1942.12)[35]

하지만 「전선주」를 나란히 놓으면 김조규의 시적 저항은 어딘가 의심스런 면면이 생겨난다. "밀림의 총소리"와 불타오르는 "우등불"이 무엇인가를 짐작하기란 그리 어렵지 않다. 민족주의 계열의 독립군을 먼저 떠올려도 좋겠다. 그러나 김조규의 여러 이력이나 당대 만주 상황을 생각하면, 두 시각적·청각적 이미지는 동북항일연군 소속으로 항일혁명투쟁을 줄기차게 전개했으나 관동군에 의해, 또 각종 신문과 선전지와 잡지 등의 인쇄매체에 의해 극악무도한 '비적'으로 규탄·폄훼되며 무자비한 토벌의 대상으로 간주되었던 김일성부대의 전투 장면으로 이해하는 편이 훨씬 타당할 듯싶다.

한데 「전선주」가 창작된 시점은 김일성부대가 1939년 10월부터 1941년 3월까지 약 7만 5천여 명의 관동군토벌대의 공격을 받아 거의 궤멸적인 수준의 타격을 받고 소련 영내로 피신한 시기와 대체로 겹친다. 이를 감안하면 시인을 포함한 조선 농민들과 김일성부대의 은밀한 연락과 소통을 상징하는 '전선주'의 울음소리는 너무 뒤늦은 상상이거나 오래전 떠돌던 풍문으로 해석될 수 있는 여지가 얼마든지 가능해진다.

주지하다시피, 북한 정권은 한국전쟁 후의 '반종파투쟁'을 거치면서 김일성 유일사상을 지속적으로 발전시켜 나간다. 그 첫 작업이 식민지 시대의 항일무장투쟁을 조선 유일의 '혁명전통'으로 가치화·구조화하는 것이었다. 이 사업의 첫 번째 성과로 카프 출신의 월북작가 송영이 작성한 오체르크 『백두산은 어데서나 보인다』(평양, 민주청년사, 1956)[36]

---

35 이어지는 연(聯)에 "총을 멘 그의 아들딸이 잃어버린 고향 땅의 한줌 흙을 가슴 깊이 소중히 간직하고 조상네 옛 기억을 찾아 선혈(鮮血)로 흰 눈을 물들이며 백두산 밀림 속을 걸어가고 있으니"라는 구절이 나온다.

가 흔히 지목된다. 송영은 혁명전통과 항일문예의 역사적 토대와 실질적 성과를 다지기 위해 김일성부대의 무장투쟁 공간과 전적지를 몸소 답사하는 한편 그들과 마주쳤던 중국인, 조선족과의 인터뷰를 통해 김일성의 탁월한 혁명정신과 영도력을 되돌릴 수 없는 역사적 진실로 밀어 올렸다.

실제로 비교해 보건대, 송영이 탐사한 항일혁명투쟁의 전적은 「전선주」의 기록과 크게 어긋나지 않는다. 또한 김조규가 북한작가의 주요 발표지 『조선신문』, 『문학예술』, 『조선문학』 등의 직무에 매진하며 사회주의 시편을 열성적으로 창작한 끝에 드디어 『김조규시선집』(1960)을 발간하기에 이르는 시기는 공교롭게도 송영의 항일유적 답사 및 그에 대한 오체르크의 집필·발간 시기와 거의 겹친다. 「찌저진 포스타가 바람에 날리는 풍경」과 「전선주」가 가장 빛나는 시기는, 두 편이 미발표작임을 감안하면, 바로 이 무렵일 수밖에 없음이 또렷하게 드러나는 지점이다. 항일혁명문예 창출에 기여하는 잘 쓰인 시편의 존재성 및 그 기반으로서 김일성부대의 탁월한 혁명 사업과 전투를 사실로 입증하는 글쓰기의 확실성, 이 둘은 만주 시절 김조규발[36] 숨겨진 항일문예의 자발적 봉납을 유인하고 구성하는 필요충분조건이었던 것이다.

그러나 문제는 예의 『김조규시선집』을 펼치는 순간, 항일혁명문예의 종자로 뿌려진 '반종파투쟁'을 전후하여 숨겨진 두 편의 시가 발표되었을지도 모른다는 필자의 추측은 오류이거나 증명할 길 없는 예단으로 미

---

36 더욱 자세한 내용은 유임하, 「항일무장투쟁의 혁명전통화와 항일문예의 탄생」, 남북문학예술연구회 편, 『전후 북한 문학예술의 미적 토대와 문화적 재편』, 역락, 2018, 283~294쪽 참조.

끄러질 수밖에 없다. 왜냐하면 『김조규시선집』에는 1938년 입만入滿 이
전의 시편 80여 편 가운데 "누이야 고향 가며는"이라는 장제목 아래 단
4편만[37]을 실었을 뿐, 그 내용과 성격을 막론하고 그 자신의 '만주시대'
시편 전부를 누락시켰기 때문이다. 물론 김조규의 이러한 취사선택은
매우 의식적이며 계획적인 사회주의 혁명의식의 발현이자 문학적 실천
의 일종이었다. 왜 그런가. 첫째, 1930년대 중반 이후 작성했던 초현실
주의 경향의 시편들도 자신의 시적 정체성과 시적 생애를 드러내는 미학
적 행위에 해당하는 시선집의 구성과 편집에서 제외했기 때문이다. 둘
째, 수록 시 4편은 특히 고향 상실과 미래의 귀향 욕망으로 울울하다. 하
지만 상실-폐허시대에 대한 회귀-충만시대의 궁극적 승리는 아래 시편
들의 강조한 부분을 읽어보는 것만으로도 충분하다.

①
험한 바람 거친 비가 산천을 휩쓸 때에는
가난한 무리가 삶의 뿌리를
깨뜨러진 역사 우에 박으려 하고
사나운 짐승의 부르짖음 같은 우뢰 소리가 나는 곳에서 헐벗은 무리의
잠든 생명이 싸움의 터전으로 행진하려니

---

37 수록된 4편은 「검은 구름이 모일 때」(『동광』, 1931.10), 「이별-떠나는 송, 박에게」
   (『조선중앙일보』, 1934.4.5), 「삼춘읍혈(三春泣血)」(『조선시단』 8, 1934.9), 「누이
   야 故鄕 가며는」(『조선일보』, 1933.10.12)이다. 4편은 『김조규시선집』에 실리면서 어
   려운 한자말을 쉬운 우리말로 교체하거나 연과 행을 구분하는 등 비교적 최소한의 수정
   ·보완을 가했다. 그만큼 북한 혁명문학에서 수용될 여지가 충분하다고 시인은 판단했
   던 듯하다.

전우여 새나라 건설하려 가두로 뛰어 나오라

　　　　　　　　　—「검은 구름이 모일 때」 부분(강조는 인용자 이하 동일)

②
출발의 기적(奇蹟)이 가슴에 긁어 든다.
여윈 얼굴 위에 빗물이 흘러내린다.
그러면 동무야 잘 가라
물길 천리 뭍길(陸路) 천리,
북쪽은 너를 맞는 동무들로 가득하리라
거리에선 어깨걸고, 노래하며 나가리라.

　　　　　　　　　　—「離別－宋·朴을 보내며」 부분

　　식민지 현실의 극복과 민중의 해방을 노래한다는 점에서, 또 다수의
하위계급이 동의할 만한 계급의식과 공감대 강한 투쟁의식을 설파한다
는 점에서 카프계열 '단편서사시'의 영향이 짙게 느껴진다. 하지만 창작
시기를 괄호 친다면, 「검은 구름이 모일 때」와 「이별」은 전후 북한문학
이 요청하던 사회주의 리얼리즘 시학에 거의 근접한 내용과 형식을 확보
하고 있다. 1950년대 중반 전후 복구의 시대 북한의 혁명 시학은 무엇보
다 "시들에서의 사상성의 희박, 계급의식의 미약, 진실성의 부족, 현실
인식의 안일성과 목가적 노래와 보라색으로 덮어놓은 생활의 묘사 등
등"[38]을 타파하고 폐기해야 할 부정적 항목으로 지목했다. 이를 감안하

38　김우철, 「작품 비평에서의 비속화를 반대하며」, 『조선문학』, 1956.12, 140~149쪽.

면, "싸움의 터전", "새나라 건설", "출발의 기적", "북쪽" 등은 김일성 주도하의 전후 복구와 새로운 사회주의 조국 건설에 대한 의지를 시공간을 초월하여 환기하기에 매우 적합한 상징적·혁명적 시어로 다가서거나 읽힐 가능성이 충분하다.

이 점, 어쩌면 김조규가 굳이 만주 시절의 저항시편을 1960년대를 전후한 시기에 내놓지 않아도 된다고 판단했을 핵심적 요소일 수 있다. 앞서 말했듯이 『김조규시선집』에 실린 1930년대 초중반의 시 4편은 식민 현실에 대한 객관적 인식과 표현 및 일제에 맞선 조선인의 저항과 투쟁 의지를 담고 있으며, 또한 실제로 확인 가능한 신문과 잡지에 수록되었다는 확실성을 지녔다. 이에 반해 1938년 이후의 만주 시편은 잠시 후 살펴볼 '체제 협력'의 혐의를 지닌 텍스트를 제외하고는 공개적으로 발표된 적이 없다. 이 때문에 분량에서 다수를 점하는 애수감과 상실감 짙은 김조규의 만주발發 생활시편을 두고 그 실재성을 증명하기 어렵다는 뜻에서 '가상의 기호물'로 부를 수밖에 없는 까닭이 생겨나는 것이다.

이런 상황에서 김조규에게 가장 유리할 법한 대책은 만주생활과 그것을 반영한 시편의 존재를 아예 은폐하는 전략이었을지도 모른다. 한 연구에 따르면, 북한은 해방 후 친일 잔재를 청산할 때 복장·언어·서적·가요 따위에 스며 있는 물질적·문화적 잔재뿐만 아니라, 개개인들이 식민통치 기간에 체득한 생활습성과 의식관념의 척결까지 모색했다고 한다.[39] 이와 같은 친일 잔재 청산은 김일성의 항일 유격투쟁과 혁명문예의 기치가 본격적으로 올려지는 1950년대 중반 이후 다시 한번 강조되

---

39 김재웅, 「해방 후 북한의 친일파와 일제유산 척결」, 『한국근현대사연구』 66, 한국근현대사학회, 2013, 218~219쪽.

었을 가능성이 크다. 중국 연변대학의 최일 교수가 언급한 다음과 같은 침묵의 정황, 곧 "북한의 어느 시인도 이력에 친일경력을 밝힌 적이 없고 심지어는 만주국 시기의 행적에 대한 언급도 일절 생략하고 있다"[40]라는 언급의 시공간적 범위가 『김조규시선집』 간행 시기로까지 연장될 수 있다면 결코 이런 사정과 무관치 않을 것이다.

만약 이렇듯 불안하고 초조한 상황을 하나의 사실로 추인할 수 있다면, 또 짐작컨대 김조규는 다음과 같은 과제를 긴급한 문예사업으로 설정했을 법하다. 김일성 유일사상의 기초를 닦고 널리 전파하는 제일 도구로서의 항일혁명문예를 더욱 튼튼히 하는 한편, 만주국 시절의 체제협력 행위를 어떻게든 은폐하거나 벗어날 수 있는 양가적·이중적 글(시)쓰기를 진행하는 작업이 그것이다.[41] 이 과업의 달성 없이는 문학적 삶의 성취는 물론이고 혁명의 거리에서 새나라 건설에 앞장 서는 혁명투쟁의 완성도, 그에 대한 만천하의 자랑과 명예도 없이 궁벽한 어딘가로 쫓겨나거나 사라지는 숙청만이 남아 있기 때문이었다. 아니나 다를까 김조규는 서론의 생애사 기술에서 밝힌 것처럼 한국전쟁을 전후하여 『문학예술』과 『조선문학』의 책임주필을 역임하면서 당에서 요구하는 혁명과 이념 우선의 사회주의 문예시스템에 대한 구축과 변화의 사업에

---

40 최일, 「북한시인들의 일제 시기 친일 행적」, 이상숙 외, 『북한시학의 형성과 사회주의 문학』, 소명출판, 2013, 616쪽.

41 1950년대 초·중반 김조규는 『문학예술』과 『조선문학』의 주필로 일하면서 해당 잡지를 '부르주아미학사상 잔재와의 투쟁'과 '반종파 이론 투쟁' 같은 당의 혁명문예 노선을 실천하는 선전지적 성향의 기관지로 충실히 변모시켜 갔다. 더욱 자세한 내용은 김성수, 「전쟁기 문예미디어 『문학예술(1948.4~1953.9)의 문화정치학」, 남북문학예술연구회 편, 『전쟁과 북한 문학예술의 행방』, 역락, 2018, 39~49쪽 참조. 당 문예의 지침과 실천에 대한 충실한 이행의 면모 역시 「찌저진 포스타가 바람에 날리는 풍경」과 「전선주」상의 자아 보위의 욕구와 아주 무관치만은 않을 것이다.

앞장섰다. 하지만 1950년대 중반 '반종파 투쟁' 및 '제2차 작가대회' 과정에서 벌어진 숙청 작업에 휘말려 1956년에는 홍남지구로, 평양에 복귀한 지 얼마 안 되는 1960년에는 함북 혜산으로 쫓겨가는 불우한 운명을 피하지 못하게 된다.

이런 불우한 삶에 대한 예감과 공포야말로 김일성부대와의 최대 접점을 형성하는 「찌저진 포스타가 바람에 날리는 풍경」과 「전선주」의 존재가 더욱 긴요했을 진정한 이유였을지도 모른다. 아무려나 이 시편들은 북한이 설정했던 '친일파'의 기준 가운데 하나였던 "일제의 침략전쟁을 "동양민족해방의 성전"이라 치켜세우며 자발적으로 물질적 · 정신적 지원을 실천한 자들"⁴²이라는 항목에 맞서 '체제 협력' 관련 시인의 오류나 소극성을 호소할 수 있는 유력한 알리바이로 작동할 때야 비로소 자기소임을 다하게 될 것이었다. '체제 협력' 시편은 소수에 불과했지만, 김일성 항일혁명 투쟁을 또렷이 기억하며 조선 하위계급의 고통과 궁핍을 사실적으로 묘사한 저항과 생활시편이 훨씬 많았다는 것, 이것만큼 시인이 작성한 친일시편의 강제성과 비자발성을 호소할 수 있는 객관적 근거와 조건이 따로 존재할 리 없었기 때문이다.

필자는 이 순간에도 식민 현실의 폭력성과 허구성을 조선과 만주 모두에서 심각하게 경험했던 시인의 편에 기꺼이 설 수 있기를 바라마지

---

42 북한 사법국장 최용달의 「선거규정은 어떻게 친일분자를 규정하는가」(『로동신문』, 1946.10.3)에서는 ① 일제의 조선 침략정책에 "두뇌" 역할을 수행한 자들, ② 일제 식민지 통치기구의 중요 책임자들, ③ 조선 독립운동의 기도와 심지어 그 구상까지 탄압하고 밀고한 "주구배들", ④ 일제의 침략전쟁을 "동양민족해방의 성전"이라 치켜세우며 자발적으로 물질적 · 정신적 지원을 실천한자들이라는 네 가지 조건 중 하나 이상에 해당되는 자를 '친일파'로 규정하고 있다. 이에 대한 인용과 더욱 자세한 내용은 김재웅, 앞의 글, 194쪽 참조.

않는다. 두 시편이 사후事後에 만들어진 예비재나 어떤 불행한 사태를 피하기 위해 고안된 예방재로 비축된 기호물이 아니기를 바란다. 오히려 당시에는 결코 발설할 수 없었던 만주생활의 진실과 고통을 은밀하게 폭로하는 한편 저항의 감각으로 넘어서고자 했던 역설적인 희망의 언어였기를 희원할 따름이다.

이렇게 해방 이후 북한에 밀어닥칠 미래의 복잡다단한 사태가 뇌리에 자꾸만 떠오르기 때문일까. 두 편의 잠재적인 항일 텍스트를 염두에 두면서 김조규가 작성한 『재만조선시인집』의 「서언」을 천천히 읽어나가다 보면 여러모로 당혹스러운 감정에 휩싸이게 된다. 무엇보다 그곳에서 "신휴神然와 계획과 경륜 그리고 생활 이 속에 도의道義의 나라 만주국의 건설" 10주년을 맞아, 조선 시인들도 "대동아신질서문화건설에 참여"하겠다는 적극적인 동참의식, 바꿔 말해 식민주의적 자발성이 도드라지기 때문이다.

이 기적과 자랑 속에 뮤-즈도 자랐다. 불행한 산성(産聲)을 울린 유랑의 야숙(野宿)으로부터 거룩한 건설 우에 현란한 화환을 걸기까지 이십년. 츤도라의 괴로운 여정 속에서도 우리 뮤-즈는 역사적인 자기의 위상과 방향에 예민하기에 태만치 않았다. 이곳 대륙의 웅도(雄圖)에서 일대 낭만을 창작하며 호흡하는 거룩한 정열과 새로운 의욕—사화집(詞華集)의 요구도 바로 여기에 있으며 우리는 이 미성(微誠)으로나마 빛난 건국 십주년을 경축함과 아울러 대동아신질서문화건설에 참여하련다.[43]

---

43 김조규, 「편자 서(序)」, 김조규 편, 『재만조선시인집』, 예문당, 1942, 9~10쪽.

물론 우리는 이런 자발성의 이면에 당대 만주국에서 시행된 '예문지
도'나 검열 장치가 암암리에 작동하고 있음을 충분히 고려해야 한다. 가
령 모든 문학예술은, 첫째, 건국정신을 기조로 할 것, 둘째, 국민 각층 각
민족에 적합하고 친하기 쉬운 것으로 할 것, 셋째, 국가의 건설을 행하기
위한 정신적 생산 및 생산물로 할 것[44]이라는 원칙과 규율을 지켜야 했
다. 또한 이에 맞춰 시국과 국책에 역행하는 비건설적인 것, 나라의 암흑
면을 묘사하는 것, 퇴폐적 사상이나 문란한 남녀관계를 주제로 하는 것,
매춘부나 카페여급 등을 소재로 하여 환락가 방면 특유의 세상인정世上人
情을 과장하여 묘사하는 것[45] 등이 검열과 통제, 금지와 처벌의 대상으로
적시되었다.

이런 상황 아래서 김조규, 김달진, 김북원, 이수형, 손소희, 유치환, 함
형수 등의 재만조선 시인이 목표했던 글쓰기는 "대륙의 웅도雄圖에서 일
대 낭만을 창작하며 호흡하는 거룩한 정열과 새로운 의욕"을 표현하는
것이었다. 이 꿈의 시편들은 당연히도 만주국 "정부정책의 진眞"과 "건국
정신의 선善", '천황 정신'에 충실한 "예문의 미美"라는 삼각 구도의 철저
한 지도와 통제 아래 수행되어야 했다는 점[46]에서 비극성과 부자유를 면
치 못했다. 실제로 인용문의 "사화집詞華集의 요구"는 그런 억압과 통제를
대표하는 상황 가운데 하나였다. 하나의 실례로, 일계日系와 만계滿系 중

---

44 「文化政策の大本「藝文指導要綱」發表さる」, 『宣撫月報』, 1941.3. 여기서는 전경선, 「전
시체제하 만주국의 선전정책」, 부산대 대학원, 2012, 118~119쪽 재인용.
45 「최근의 금지사항-검열에 대하여」, 『만주일일신문』, 1941.2.21. 여기서는 오카다 히데
키(岡田英樹), 최정옥 역, 『문학에서 본 '만주국'의 위상』, 역락, 2008의 '부록' 341쪽에서
재인용.
46 오카다 히데키, 위의 책, 48쪽.

심의 '예문연맹'은 1942년 "건국 10주년 경축사화집慶祝詞華集의 편찬"[47]을 요구받았다. 김조규「서문」에 보이는 "사화집詞華集의 요구", "건국 십주년을 경축함"이라는 문구, 비슷한 출간 시기, 같은 이름의 출판사는 『재만조선시인집』이 선계鮮系가 주도한 '경축사화집' 간행의 일환이었음을 매우 투명하게 드러낸다.

이에 대한 지식인-시인 나름의 고민과 분노 때문이었을까, 아니면 어쩔 수 없다는 체념과 그에 따른 소극적 동조 때문이었을까. 김조규는 『재만조선시인집』에 식민주의에 대한 소극적 협력과 수동적 비협력[48]을 동시에 드러내는 시편들을 조심스럽게 나누어 실었다. 전자로 「호궁胡弓」, 「밤의 윤리」, 「남풍南風」을, 후자로 「연길역 가는 길」, 「장열葬列」[49]을 들 수 있다. 후자의 두 작품은 일제와 중국 사이에 낀 '이등국민' 혹은 '협력자'로 멸시되고 배척되던 재만 조선인의 서글픈 자화상[50]으로 간주될 수 있다는 점에서 만주국 정책에 대한 '비협력'을 넘어서 '수동적 저항'의 기미도 얼마간 느껴진다. 하지만 전자 세 편과 「남방소식」에는 '대동아공

---

47 이 사화집은 『재만조선시인집』(藝文堂, 1942.10)보다 8개월 늦은 1943년 6월 예문사 (藝文社)에서 발행되었다. 자세한 내용은 위의 책, 57쪽.

48 김재용, 「중일전쟁 이후 재일본 및 재만주 조선인 문학의 분화와 식민주의 협력」, 김재용 외, 『재일본 및 재만주 친일문학의 논리』, 역락, 2004, 56쪽.

49 김조규는 만주인들의 장례 행렬을 보며 조선과 구별되는 어떤 역사적·문화적 차이를 엿보게 되며, 그들을 불쌍히 여기지만 또 그들에게 멸시받는 "나의 (양가적 – 인용자) 위치를 슬퍼하고 있"다.

50 가령 "죽음의 정적에 묻힌 듯한 / 분묘의 지붕 밑"에 어느 여인과 나란히 앉아 서로 침묵한 채 "살아 있다 / 살아야 한다! / 마치로 심장을 내려치듯 / 그 밤의 생명을 지켜주고 있"는 "영원한 시간 / 오직 하나 벽시계의 초침"을 바라보는 서글픈 감정을 노래한 「그 밤의 생명을」(『맥貘』, 1942.12) 보라. 한데 시인은 1940년 이후 발행 실적을 확인할 수 없는 『맥』을 수록 잡지로 적어 두었다. 이 작품의 창작 시기와 출처를 아무 의심도 없이 확고하게 신뢰하기가 여간 어렵지 않은 이유이다.

영'의 구호 아래 대륙문화의 창출과 아시아의 해방을 목표했던 '대동아전쟁'의 순간과 조각 들이 곳곳에 박혀 있다. 이 문제를 어떻게 보고 어떻게 해석할 것인가.

> 호궁(胡弓) 어두운 들창(窓)을 그리는 기억보다도
>
> 저녁이면 등불을 받드는 풍속을 배워야 한다.
>
> ―어머니의 자랑노래란다
>
> ―잃어버린 남방에의 향수란다
>
> 밤새 늦길려느뇨? 호궁(胡弓)
>
> (저기 산으로 가거라 바다로 황하(黃河)로 나려라)
>
> 어두운 늬의 들창(窓)과 함께 영 슬프다.
>
> ―「호궁(胡弓)」 부분[51]

"술을 불고 돌아오는 밤은 / 노상 히틀러의 시간도 가지련다"라는 대목이 선명한 「밤의 윤리」[52]를 빼놓고는, 「호궁」, 「남풍」, 「남방소식」[53] 모두에 "남방의 향수", "오늘도 남해에서는", "남방손님", "남쪽 소식" 같은 '남양南洋' 이미지가 곳곳에 박혀 있다. 이것들이 '영미귀축英美鬼畜'과 맞서 싸우는 태평양 일대의 '대동아전쟁'을 뜻함은, 비록 추상적이고 관념적인 면모가 적잖으나, "앵글로 색손의 태양", "피의 호선弧線 바다의

---

51 「호궁(胡弓)」, 『재만조선시인집』. 「호궁」은 제일협화구락부문화부 발행의 『만주시인집』, 1942에도 수록되었다.
52 『만선일보』, 1942.2.19 선(先) 발표.
53 『매일신보』, 1942.3.19 선(先) 발표. 『김조규시전집』은 『每日新聞』으로 잘못 적었다.

기하학"(「남풍」), "누계累計 천년 흘러온 태평양의 경륜 / 태양을 더부린 우주의 여행"(「남방소식」) 등의 시구에서 어렵잖게 확인된다.

만주국의 선계鮮系 시인이라면 응당 '대륙문화 건설'의 호방함과 기운 참을 먼저 노래해야 할 법하다. 그 과정에서 '예문연맹'의 지도에 응하는 것이라면 만주국 건국정신과 국책에의 호응이 저절로 드러날 것이다. 이와 반대로 '비협력'을 비밀리에 목적했다면, 만주국 소재 조선 이주민의 참담과 불행, 허위와 일탈에 관한 면면이 슬며시 그러나 효과적으로 조형되었을 것이기 때문이다.

그러나 그의 「남방소식」이 실렸던 『매일신보』는, 어떤 면에서는 만주 '대륙문화 건설'에 대한 선전·선동을 능가할 정도로, 제국의 '남양南洋' 진출 및 '영미귀축'과의 싸움을 전하는 일에 지나치게 부지런했다. 게다가 자신이 쓴 시의 발표지로, 또 근무처로 삼게 되는 『만선일보』가 매체의 관례와 성격상 일본과 조선 발행의 여러 신문을 열심히 체크하지 않았을 리 없다. 이 과정은 '대륙문화'에 대비되는 '남양문화'에 대한 지식과 정보, '비적' 토벌대 관동군에 대비되는 남양 일본군의 전적을 자세히 확인하는 시간 자체였을 것이다. 지금 당장 확인해보면, 「남방소식」이 실린 날 (1942.3.19)의 『매일신보』 1면은 "아我 해공군, 호주 혼도島를 초初공습 적기 25대 격추파擊墜破", "적 연합군 완전 궤멸" "남방의 건설 공작 급속한 현실을 기대" 등의 기사와 함께 '뉴부리텐도島'로 상륙하기 위해 욱일기를 달고 돌진하는 함정과 병사를 엄숙하게 묘사한 전쟁화를 게재하고 있다.

사실대로 말해, "범람하는 남풍 속에 가슴을 벗고 / 심호흡을 하자"는 정도에 그치고 있는 김조규의 '남방 시편'들은, 가미가제 특공대로 필리핀 레이테만에서 전사한 조선 청년 '마쓰이 히데오松井秀男' 오장伍長, 곧

개성 출신의 '인재웅印在雄' 병사를 애도하며 예찬했던 이광수와 서정주의 시편[54]에 미치지 못하는 소극적·수동적 협력의 시편 정도로 읽힌다. 어떤 점에서는 승전고 일색의 초기 남양 해전을 대상으로 한 김조규의 소극적 동조同調의 시편과 일제의 패전을 얼마 앞둔 시점에서 조선 청년의 피와 죽음을 공공연히 요구했던 춘원과 미당의 적극적인 협력 시편을 한 자리에 두고 비교하는 것 자체가 어불성설일지도 모른다. 하지만 이런 우리의 조심성은, 또 김조규에 대한 안쓰러움은 「귀족」의 출현과 함께 어쩔 수 없이 회의의 대상으로 다가선다.

데모그라시의 소동을 거부한다
신의 모독을 저들 '근대'의 군상으로부터 탈환한다
'자유'의 천민들의 도량(跳梁)을 항거한다.

말게 개인 창공이였고
청징(淸澄)을 자랑하는 천제(天帝)의 후예이다
그러므로 지금 동방은 손을 들었노니
"고귀(高貴)의 파괴를 물리쳐라"
"동방을 옹호한다, 반달족의 난입(闌入)을 부정한다"

—「귀족」 부분[55]

---

54 李光秀, 「敵艦隊 찾았노라」, 『新時代』, 1944.12; 徐廷柱, 「松井伍長頌歌」, 『毎日申報』, 1944.12.9.
55 「귀족」, 『조광』, 1944.4.

이 시를 살펴보기에 앞서, 같은 시점에 「남호南湖에서(1)」과 「남호南湖에서(2)」[56]가 함께 창작되었다는 사실을 각별히 기억해두기로 하자. 그에 따르면, 만주는 "'출입금지' / 군용비행장 철조망 말뚝이 / 가슴 깊이 내려박힌 대지"이며, "성실하고 의로운 모든 것은 / 멸시와 조롱을 받는 / 야만의 세월"로 가득 찬 "도살장"의 공간이다. 이와 같은 부정적 수사와 묘사는 '예문연맹'에서 금지한 "시국과 국책에 역행하는 비건설적인 것, 나라의 암흑면을 묘사하는 것"에 숨기거나 피할 방법 없이 해당되는 사항이다. 비록 소극적이라 해도 '비협력'의 심지가 또렷이 발현되는 시편이라는 끄덕거림은 그래서 가능해진다.

하지만 그가 「남호에서」 두 편을 작성하여 서랍에 숨긴 시기, 그의 향토 식민지 조선의 『조광』에는 대동아('동방')를 적극 옹호하고 '영미귀축'의 반달리즘vandalism을 맹렬히 비판하는 체제 협력 시편이 대중에게 활짝 공개되었다. 서구발發 "데모그라시의 소동"을 거부하고 "지금 동방의 손을" 든다[57]는 것은 명백하게 파시즘의 동양적 첨단으로서 일제 군국주의에 대한 찬미와 야합으로 돌아서겠다는 선언이나 마찬가지이다. 그러니 어쩌랴. 1945년 3월 시인이 어떤 사정으로 말미암아 조선의 고향 덕천 일대로 귀환하여 남몰래 은거했다손 쳐도, 식민지 시절 김조규의 공식적인 시적 이력은 「귀족」으로 마감되었음을, 또 그에 따라 저항

---

56 "1944.4. 新京 郊外에서"라는 간기가 예증하듯이, 두 편의 시는 만주국 신경 소재의 남호(南湖)를 대상으로 한 것이다.

57 이 표현과 "동방을 옹호한다, 반달족의 난입(闌入)을 부정한다"라는 구절은 최용달이 제시한 친일파의 조건 가운데 하나인 "일제의 침략전쟁을 "동양민족해방의 성전"이라 치켜세우며 자발적으로 물질적·정신적 지원을 실천한자들"이라는 항목에 연루될 가능성이 비교적 농후하다.

의 기미가 짙던 「찌저진 포스타가 바람에 날리는 풍경」과 「전선주」에 스스로 반하는 만주국의 충실한 시인-신민으로 전락하게 되었음을. 이런 의도치 않은(?) 불행한 과거와 시적 경험은 앞서 언뜻 논의한대로 해방 후 북한에서 노동당의 혁명이념과 김일성 유일체제의 굳건한 기반 다지기 및 정치적·미학적 옹립을 위해 그 자신의 시를 수정·변개·삭제하는 또 다른 '괴로운 사업'의 기원이 되고 말았다. 이곳에 「밤의 윤리」, 「남풍」, 「남방소식」, 「귀족」 등속을 머지않은 미래에 스스로를 위험에 밀어 넣거나 붕괴시키는 '협위의 사건'으로 재해석할 수 있는 소지가 뼈 아프게 가로놓여 있는 것이다.

3) 만주국의 '밤의 윤리' 혹은 소외된 풍속의 비극

만주 시절 김조규의 시편에서 눈여겨볼 점 가운데 하나는 만주국 오족五族 남성의 성적 취향과 소비 욕구를 만족시키는 하위계급 여성들[58]에 대한 관심이 적잖다는 사실이다. 유곽 매음부니 카페여급이니가 그녀들인데, 해당 여성들은 만주국 성립과 함께 일본 내지와 조선, 그리고 중국에서 '홍수'처럼 밀려들었다고 한다. 만주 진출의 제일 요인은, "국경을 초월하고, 인종을 도외시하며, '일신一身'을 집어던지지 않고서는 하루치 양식조차 구하기 어려웠다"는 신문 보도[59]에서 보듯이, 아무리 노력해도

---

58 『만선일보』, 1942년 2월 14일 자에 발표된 「수신(獸神)」도 비슷한 부류의 시편으로 보이지만, "계집은 물론 여인이 아닙니다", "개와 가치 즐길 줄만 아는 것입니다"라는 대목이 암시하듯이 애완견이나 애완묘를 대상으로 한 것으로 읽혀 따로 언급하지 않는다.

59 『滿洲日報』, 1932.3.4. 여기서는 林葉子, 「『滿洲日報』にみる〈踊る女〉─滿洲國建國とモダンガール─」, 生田美智子 編, 『女たちの滿洲─多民族空間を生きて』, 大阪大學出版會, 2015, p.144에서 재인용.

결코 피하거나 넘어설 수 없는 '가난'의 문제였다.

> 술상 건너 깨어지는 유리잔과 정력의 낭비와 난폭한 욕설, 순간에서 영
> 원한 쾌락을 찾는 환락의 일대광란 속에서 시드는 너의 청춘을 구원할 생
> 각도 없이 웃음과 애교로 생존을 구걸하고 있으니 슬프다 유리창은 어둡고
> 밤은 깊어가고 거리에는 궂은 비 주룩주룩 서럽게 내리는데 "누나가 보고
> 싶어 누나가 보고 싶어" 네 어린 동생의 영양실조의 눈동자가 창문에 매달
> 려 들여다보는데도 너는 등을 돌려대고 내게 술잔을 권하고 있으니
> 아아 버림받은 인생은 내가 아니라 '하나꼬' 너였고나, '미스 조선' 너였고나.
>
> ─「카페─'미스 조선'에서」 부분(1940.10)

만주로 건너온 젊디젊은 조선 여성의 "버림받은 인생"을 대변하는 기
호는 "미스 조선"과 "하나꼬"라는 두 개의 익명이다. "어린 동생의 영양
실조"를 바라보건대, 그녀는 집안의 평화와 안녕을 위해, 아니 식구들의
배고픔을 잠깐이나마 면케 하려고 낯선 이역으로 싼값에 팔려온 불쌍한
존재임에 틀림없다. 그런 점에서 폭력과 환락이 난무하는 남성들의 유
흥장 "카페 '미스 조선'"에 팔려온 조선 누이들은 개인적 취향의 향락과
퇴폐에 빠져든 섹슈얼리티의 부산품적 존재들이기 전에, 호구지책을 위
한 자본 취득에 종사하는 노동과 희생의 무산계급적 존재들이었다. 하
지만 그녀들은 자존심을 위해서일까 아니면 일본인으로 보여 상품 가치
를 높이기 위함일까 수많은 '하나꼬'[60]로 변성變姓한 채 하루하루의 "생존

---

60 일본 여성에게도 만주는 기회와 황금의 땅으로 각인된 탓에, 예기(藝妓)와 창기(娼妓)
    를 거느린 유곽 주인을 필두로 매일 수십명의 "일본 낭자군"이 입만(入滿)했다고 전한

을 구걸하고 있"는 모습이다. 이는 그녀들이 '성명=정체성' 은폐의 서글픈 족속들로 멈춰서 있음을 분명하게 지시하는 장면으로 손색없다. 왜 그렇지 않겠는가. 카프발 계급의식의 영향과 수용이 분명했던 김조규의 시의식과 생활 경험에도 불구하고, '조선의 하나꼬'들은 시편들 속에서조차 개인적·민족적 해방과 자유를 향한 각성과 실천의 존재들로 상상되거나 호명되지 못한 채 연민과 슬픔의 대상으로 동일화·타자화되는 양가적 존재로 부유하고 있으니 말이다.

이상의 정황과 사정들은, '조선 하나꼬'들의 '팔려온 모티프'가 "주변부의 소외된 계층을 상징하면서 동시에 민족의 메타포이기도 하다는 점"을, 따라서 그녀들이 "민족과 소수자가 중첩되어 있는 특별한 은유"[61]체임을 분명히 한다. 재차 강조거니와, '체제 협력자'나 적당한 농토의 소유자가 아니라면, 만주에서의 조선인은 극빈의 소작농과 유곽의 매음녀를 필두로 "하인, 막노동꾼, 가게 점원, 장사꾼, 마약상, 포주 등"[62] 질 낮은 별별 직업에 주로 종사한 것으로 알려진다. 아마도 "카페-'미스 조선'"에서 벌어지는 '일대광란의 환락'과 "난폭한 욕설"의 싸움질은, '조선 여급'의 우월적 객체인 '일본 여급'을 떠올린다면, 조선 남성들의 것이기 십상이다. 물론 그 '환락'과 '욕설'의 소란 가운데 일부는 악에 바치거나 자포자기한 '조선 하나꼬'들의 섧고 설운 단말마적 비명으로 인지

다. 하지만 그녀들 대개는 생활고를 이기지 못한 채 "급기야 외투, 시계를 팔고 기생(예기와 창기-인용자), 여급, 점원으로 전락"했다 한다. 그녀들을 선정적인 어투로 지칭하는 말들이 "에로(틱) 만주 행진곡" "홍군의 에로 진군" 따위였다고 한다. 한석정, 앞의 책, 81~82쪽.

61 조은주, 앞의 책, 225쪽.
62 한석정, 앞의 책, 107~108쪽.

하여 크게 그릇될 것 없을 것이다.

이처럼 하위 주체에 대한 연민과 슬픔, 역사현실에 대한 균형 감각이 비교적 뚜렷한 김조규의 따스하고도 냉철한 시선은 다음과 같은 성취를 거두고 있다는 점에서 그 의미와 가치가 상당하다. 첫째, 비록 '조선 하나꼬'들에게 제 목소리를 돌려주지는 못했지만, 특히 조선(과 일본)남성들이 가한 그녀들의 고통과 가난을 핍진하게 관찰하고 묘사하는 작업에 어느 정도 성공하고 있다. 둘째, 그럼으로써 친밀한 향토와 가족에게서 동시에 쫓겨난 소외된 타자들, 바꿔 말해 조선과 만주에서 공히 손가락질 당하는 슬픈 운명에 처한 누이들을 향한 매우 따스한 '연민'과 '환대'의 베풂으로 성큼 나아가기에 이른다.

이때의 '연민'과 '환대'는 내면 속 감정의 발현으로만 읽혀서는 안 된다. '조선 하나꼬들'이 살아가는 모순투성이의 사회 안에서 '빼앗길 수 없는 자리/장소'를 마련해주고 그녀들 자신을 보호할 수 있는 '울타리'를 둘러주겠다는 공동체적 실천[63]을 내포하는 탈식민의 의지와 욕망으로 해석하는 편이 훨씬 생산적이며 효과적인 독법일 듯싶다.

벗은 벗 나름으로 나라 없는 청년의 슬픔을 가슴 속에 묻어두고 담배만 피우며 침묵하고 있었고 나는 나대로 추방당한 신세라 잔을 앞에 놓고 창문 밖 비에 젖는 행길을 허적(虛寂)하고 있었다.

'알라라드', 이 도시에 내리는 알라라드의 산비냐? 심장에 떨어지는 망

---

63 김현경은 사회의 하위 주체들에게 '빼앗길 수 없는 자리 / 장소'를 마련해주고 그들 자신을 보호할 수 있는 '울타리'를 둘러주는 공동체적 역할을 '환대'라고 정의한다. 김현경, 『사람, 장소, 환대』, 문학과지성사, 2015, 202~204쪽 참조.

국의 서름이냐? 우산 하나도 못 가진 우리는 이제 저녁거리로 나서 뼈에

젖도록 찬비를 맞으리라

　다점(茶店) 알라라드의 가을비…… 가을비……

—「다점(茶店) 〈알라라드〉 2장」 부분(1942.9)

　익명의 '미스 조선'으로, 가짜 이름 '하나꼬'로 불리는 식민지 여성에 대한 애처로운 연민과 나지막한 호명을 '환대'라고 부른 까닭이 없지 않다. 그녀에 대한 호칭에서의 익명성과 허구성은, 더군다나 거기 담긴 약점과 한계는 식민지 여성이라는 가장 낮은 실존적·현실적 조건에 의해 운명 지어진 것이다. 이로 말미암아 '조선 하나꼬'는 "자신을 위한 자리가 없다는 느낌, 자신이 그 장소를 더럽히는 존재라는 느낌, 언제 '더럽다'는 비난감을 들을지 모른다는 불안감"을 모두 포괄하는 "장소 상실"[64]의 감각을 필연적으로 경험하게 된다.

　'조선 하나꼬'의 부정적 상황은 만주국 수부 신경新京에 자리한 "다점茶店 〈알라라드〉"에서 일하는 외국 여성 "'슬라브'의 파랑새"에게도 동일하게 적용되는 성질의 것이다. '슬라브'라고 했으니 '다점' 근무 여성은 러시아혁명 이후 사회주의 적군赤軍의 억압과 통제를 피해 만주 일대로 피난했던 백계 러시아 여인들로 보아 무방할 듯싶다. 그녀들은 만주의 하얼빈, 신경, 대련 등은 물론이고, 식민지 조선의 청진과 성진 일대에서도 생활한 것으로 전해진다. 그녀들의 생활을 나지막한 목소리로 노래하는 「다점茶店 〈알라라드〉 2장」에는 「카페-'미스 조선'에서」에 벌써

64　위의 책, 290쪽.

생생한 주체와 타자 간의 대화와 소통, 아니 다시 말해 동병상련의 감정에 의탁한 애수와 우울, 연민과 위로의 감정이 복합적으로 흐르고 있다.

이런 복잡다단한 감정의 근본적 원인은, "나라 없는 청년의 슬픔", "망국의 서름", "추방당한 신세" 등이 환기하듯이, 자신들의 역사와 생활, 그리고 정체성과 미래의식의 터전으로 서 있던 민족·국가의 몰락이나 상실과 깊이 연관된다. 1920~1930년대 하얼빈과 신경 등 만주 도시 기행에 나섰던 조선 지식인 상당수는 '슬라브 여인'들을 "카바레(딴스홀)와 춤, 술, 음악, 그리고 마약과 매춘 등"[65]에 종사하며 타락과 방탕의 삶을 유지하는 부정적인 존재[66]들로 비난하거나 경원시하곤 했다. 그런데 어쩌랴, '슬라브 파랑새'의 부정성은 "카페 미스 조선"에 던져진 '하나꼬'라는 그들의 누이들이자 딸들의 것이기도 했으니 말이다. 이곳에서 "로인露人 딴스홀─두 곳에서 그 여인들의 각선미脚線美, 에로미味로 이국정취를 만끽하고 인력거로 달리여 숙소에 돌아"[67]왔다는 조선 지식인의 타락한 관음증과 성적 방종을 엿보게 된다. 나아가 이들의 퇴폐적 행동에 대해 근친상간의 폭력성과 비윤리성을 전제한 자아와 동족 파괴의 아연실색할 성애적 행위로 판정할 수 있는 근거도 생겨난다.

김조규는 '조선 하나꼬'와 '슬라브의 파랑새' 같은 여성적 상실자 /

---

65 노상래, 「'이경원'의 사망년도와 이효석의 만주 기행문에 대한 연구」, 『한민족어문학』 82, 한민족어문학회, 2018, 274쪽.

66 이에 대해서는 허경진·최삼룡 편, 『만주 기행문』(보고사, 2010)에 수록된 신기석, 「유만잡기」, 최영환, 「합이빈의 밤」, 홍종인, 「애수의 하르빈」, 홍양명, 「합시동만간도별견기」 등 참조. 이들을 포함한 북국유자, 최영수, 엄시우, 이효석 등이 기록한 '하얼빈'에 대한 인상과 느낌의 특질에 대해서는 노상래, 위의 글 및 강혜종, 「20세기 '국제도시'의 기억」(『중국학논총』 34, 한국중국문화학회, 2011) 참조.

67 방건두, 「북만주유기(7)」(『조선일보』, 1935.5.24), 허경진·최삼룡 편, 『만주 기행문』, 보고사, 2010, 306~307쪽에서 재인용.

추방자들의 공통 비극과 공동 운명에 예민하게 반응하고 따스하고 감쌀 줄 알았다는 점에서 '각성된 의식'의 소유자로 불러 괜찮을 법하다. 이로 말미암아 시인은 '환대'와 '연대'의 실마리를 스스로 풀어나갈 기회를 찾아낼 수 있었던 것이다. 요컨대 그는 만주국에서 소외된 그녀들과 마찬가지로 "버림받은 인생"이자 "추방당한 신세"라고 자신의 처지를 드러냄으로써, 하지만 그럴지라도 그녀들보다는 나은 삶을 살고 있다는 자책감과 죄의식을 더욱 내면화함으로써 그녀들에게 겨우 손을 내밀 수 있게 된 것이다. 이것은 가장 낮고 집 없는 그녀들을 '시'라는 정서와 기호로나마 다시 불러내는 행위이자, 또 좁디좁은 자신의 내면에 더욱 웅크린 상태의 그녀들에게 빼앗길 수 없는 자리를 만들고 그것을 보호하는 울타리를 쳐주는 행위라는 점에서 '환대'의 실천에 해당한다. 그럼으로써 시인과 그녀들은 "나라 없는 청년의 슬픔"이라는 공동 운명을 함께 나누고, 그 한계를 이겨나갈 기회와 힘을 단 한순간만이라도 거머쥐게 되는 것이다.

이로써 김조규가 만주국 '예문동맹'의 요구사항인 "매춘부나 카페여급 등을 소재로 하여 환락가 방면 특유의 세상인정世上人情을 과장하여 묘사하"지 말 것이라는 집필 조건을 아슬아슬하게 넘어서는 이유가 더욱 분명해진 셈인가. 그래서 이렇게 짐작해보는 것이다. '남방의 상상력'을 훨씬 초과하는 '체제 협력' 시편인 「귀족」이 제국의 패전이 더욱 가까워진 1944년 4월에 창작되었다는 것은 무엇을 뜻할까. 그것은 아마도 김조규가 침략적·팽창적 총력전을 앞세운 일제 군국주의의 각종 승전보와 세계적 진출을 눈앞의 현실로 목도하게 되면서 만주국과 식민지 조선 모두에서 가장 낮거나 슬픈 자들끼리의 '연대'와 '환대'의 가능성이 완전히 사라졌다고 좌절한 결과 생겨난 패배주의적인 영혼의 산물이 아닐까라고 말이다.

3. 평양시대, 집단의 윤리 혹은 혁명의 그늘

1) 새로운 '동방' 호명의 전후 – '식민제국'에서 '혁명국가'로

해방 전후를 관통하는 김조규 시의 핵심어 하나를 꼽으라면, '동방'을 일부러라도 맨 앞에 세워야 한다. 이를테면 ① 해방 전의 "동방을 옹호한다"(「귀족」, 1944.4), ② 해방 당시의 "동방을 경축하는 겨레의 축전"(「민족의 축전」, 1945.8), ③ 해방 1년 뒤의 "잠겼던 동방의 문을 열어 제친후"(「5월의 노래」, 1946.5) 등에 선명한 '동방'의 호기로운 선언과 도도한 흐름을 보라. 이 '동방'의 기호들에는, ① 일제 천황의 팔굉일우八紘一宇 예찬, ② 폭력적이며 허구적인 일제의 폭압적 식민통치에서 해방된 민족의 기쁨, ③ "노동자의 힘"이 가져올 "크고 굳은 민족의 경륜"에 대한 기대감 같은 해방되고 자유로운 동방의 심상지리로 울울하다. 물론 천황의 '동방'과 조선의 '동방'은 김조규의 시간적 경험과 내면적 성찰을 통과하면서 조만간 동일성의 기표에서 차이성의 기의로 갈라져 서로 대척점의 위치에 놓일 예정이었다.

아무려나 '동방' 셋은 자기시대에 걸맞은 시간적·정치적 의미를 포괄한다는 점에서 상징적·징후적 사건으로 떠오를 여지가 다분했다. 예컨대 천황의 '동방'과 북한의 '동방'은 식민제국 대 혁명조국으로 대립되는 반면, 북한의 '동방'은 온 '겨레'(②)와 '노동자'(③)로 혁명의 주체가 세분화되는 상황이다. 이를 감안하면, '동방'은 서로 다른 맥락에 놓인 채 제국주의와 민족주의, 식민과 탈식민, 민족과 계급이라는 모순과 갈등의 국면을 엇갈려 통과하는 형국을 맞이하게 된 것이다. 만약 누군가가 겨우 1~2년을 사이에 두고 동일한 기호를 상반된 의미로 전용한다면, 그를 상대하는 누구든 심리적 도착倒錯과 내면적 분열의 단초를 읽어내려 할 것이다.

물론 김조규발發 '동방'의 분열적 전유와 대체는 민족 해방과 계급 혁명이라는 가장 엄중한 정치적·이념적 사건의 도래와 폭발 가운데 발행한 사건이라는 점에서 대중들의 참작과 이해의 여지가 충분한 조건을 갖추고는 있다 하겠다. 하지만 1947년 9월 근무처인 조선신문사에서 첫 시집 『詩集 東方』을 발간하면서 첫 시로 「東方序詞」를, 게다가 이 시의 부제副題로 김일성을 찬양하는 것임에 틀림없는 "역사의 성산聖山 모란봉을 노래함"을 내걸었다면 그 의미와 가치의 진폭은 어떻게 될까. 이 순간 '동방'은 일제와 천황, 조선 민족과 노동자를 넘어, 아니 이것들에 부여된 모든 영광과 권력을 휘감은 이른바 '만고절세의 영웅'인 김일성 유일로의 기호이자 가치로 돌변한다. '동방'의 정치성과 이념성이 더욱 새롭고 치밀하게 인지되고 해석돼야 하는 이유가 발생하는 지점이다.

이를 위해서라면 한때 영국 식민지로 비참했던 아일랜드 민족주의가 발명·구축한 저항-해방의 서사를 참조해보면 여러모로 도움이 될 법하다. 제국주의든 식민지든 자국의 정체성과 국가의식의 형성 및 확장을 위해서는 자기 나름의 독자적 민족성과 문학적 전통을 재구성할 필요가 있다. 물론 그 방법은 서로 다를 수밖에 없다. 제국주의는 자기 역사와 문화의 우월성을 자랑하는 한편 그들 특유의 '제국의 시선과 문화의 기억'[68]을 식민지에 선택적·차별적으로 투사한다. 그럼으로써 식민지의 역사와 삶이 제국의 의도와 욕망에 적합하게 파괴·침묵·말소되도록 유인한다. 이런 연유로 식민지의 '잃어진 향토'를 대체하는 새로운 땅과 내일은 식민 본국의 그것을 철저히 모방하고 학습할 때야 비로소 건설되기 시작하는 딜레마에 빠져들 수밖에 없게 된다.

그렇다면 식민지가 제국주의에 맞서 민족·국가의 정체성을 지키거나 해방 후 신생의 민족·국가를 다시 건설하려면 어떻게 해야 할까. 소극적이게는 은폐·상실된 역사와 삶을 원형대로 재현·복원하는 것이다. 적극적이게는 제국이 타국에 맞서 그랬듯이 호소력과 설득력이 출중한 일련의 훌륭하고 독창적인 민족의 서정-서사를 새로이 발견·발명·구성하여, 그것에 독자적인 민족성과 유구한 전통성을 세세 틈틈 새겨 넣는 것이다.[69]

이상의 식민지발跋 해방-저항의 서사를 양가적 면면을 투영해면, 해방 전후 김조규의 시어 '동방'에서 발생하는 분열과 전도, 모방과 역전의 기호론이 더욱 분명해진다. 이곳 '동방'의 귀결점은 『김조규시선집』 1장 「동방에서」에 수록된 해방기 시편의 개작에도 직간접적으로 관여한다는 점에서 지속적으로 환기될 필요가 있다.

먼저 천황의 '동방'은 "고귀한 민족의 고전古典"이라는 비유에서 보듯

---

68 이 말은 '문명화된 유럽'(일본을 포함하는 식민 제국 — 인용자)과 '미개한 아프리카와 동양'이라는 이분법적 논리와 오리엔탈리즘을 전제로 한다. 이제원, 『제국의 시선, 문화의 기억』, 서강대 출판부, 2017, 10쪽.

69 이상의 내용은 셰이머스 딘, 「서론」, 테리 이글턴 외, 김준환 역, 『민족주의, 식민주의, 문학』, 인간사랑, 2011, 22~24쪽. 보편성을 강조하기 위해 아일랜드와 영국이라는 국명은 따로 취하지 않았다.

이 일제의 찬란한 과거 문화에 대한 명예와 앞으로의 동양 해방에 대한 열망을 함께 각인한 세계에 해당한다. '황국신민'으로 호명됐지만 실상은 '이등국민'에 불과했던 조선인은 그 결락과 부실을 메꾸기 위해서라도 '조선적인 것' 모두가 존중하고 순응해야 하는 이상적 모델이자 가치론적 기호로 '동방'을 수용해야 한다는 주장이 성립되는 근거라 하겠다.

다음으로 8월 해방의 '동방'은 일제의 폭력적 압제와 통치로부터 해방되어 "줄기쳐 나리는 생명의 빛 속에"(「민족의 축전」) 감싸인 지금·여기의 '조국'과 '민족'의 터전을 지시한다. 되찾은 국토의 역사적·문화적 가치에 대한 기억과 예찬의 의욕이 두드러지는 이유다. 따라서 이곳 '동방'은 특정 이념성과 정치성의 확립을 위한 '어떤 혁명적이고 권위 있는 힘'의 회복에 대한 간절한 열망에까지는 채 미치지 못한 감격의 시어 정도로 읽힌다.

마지막으로 「동방서사」의 '동방'은 이 텍스트를 개작한 「모란봉」(『김조규시선집』)과 달리 김일성의 위엄과 투쟁을 상당히 암유적으로 표현하고 있다. 하지만 "만리창공의 흰 구름을 정복하고 솟아오른 너, / 대하大河와 더부러 역사를 창조하며 구가謳歌하던 너"(「동방서사」)라는 구절은 '동방서사'의 주인공이 북한판 사회주의혁명의 전형적이며 모범적인 영웅 김일성이라는 사실, 또 이로 말미암아 '너=김일성'은 필요에 따라 언제, 어디서나, 어떻게든 새로 구성되고 창조 가능한 절대적 존재라는 것을 투명하게 보여준다.[70]

이상의 세 과정은 일제가 발명한 '동방'의 기준과 의미가 어떻게 그들

---

70 이상의 세 단락은 셰이머스 딘의 앞의 견해를 참조하여 '동방'에 관련된 저항-해방
서사의 면모들을 재구성해 본 것이다.

의 식민통치에서 해방된 (북)조선의 유구한 전통을 회복하고 찬란한 미래를 창조하는 혁명적 가치와 방법으로 탈환되고 전유되는가를 유감없이 보여준다. 요컨대 '동방'의 민족화·혁명화는 일제가 '동방(동양)'이라는 근대의 신조어에 '일본적인 것'의 "특정한 가치와 행위 규준을 반복적으로 주입함으로써 자동적으로 과거와의 연속성"[71]은 물론 미래로의 지속성을 더불어 확보해가던 방법을 북조선과 김일성 자신의 것으로 꾸준히 또 계획적으로 전도·역전시킴으로써 가능해진 것이다.

이 점, 김조규의 '만주'에서 '평양'으로의 이동과 복귀를 '동방'이라는 '일제'와 '천황'의 발명된 가치(전통과 미래)를 인민과 혁명의 국가 '민주조선' 및 '영도자=김장군'의 그것으로 재주권화·재가치화하는 그들 나름의 '참된 장소'[72]로의 이동과 점유 행위로 명명할 수 있는 까닭이다. 이를 증빙하기라도 하듯이, 『시집 동방』은 해방 후 영도자의 지도 아래 인민들의 '동방'이 새로 입안되고 건설되는 면면을 다룬 '제1부 역사의 재건' 및 '민주조선'의 평화적 건설에 힘입어 생명성과 충만성을 만끽하는 인민의 일상을 그린 '제2부 대지의 서정'으로 구성되어 있다. 가치로 성화聖化된 '동방'이라는 '참된 장소'의 상실과 재건과 완성이라는, 민족주의와 사회주의에 함께 기초한 문화정치학적 상상력 및 이념적 서사가 매우 잘 짜인 모양새인 셈이다.

---

71 에릭 홉스봄 외, 박지향 외역, 「서장—전통들을 발명해내기」, 『만들어진 전통』, 휴마니스트, 2004, 20쪽.

72 '참된 장소'란 "인간답다는 것은 의미 있는 장소로 가득한 세상에서 산다는 것이다. 인간답다는 말은 곧 자신의 장소를 가지고 있으며 잘 알고 있다는 뜻이다"(김덕현 외역, 『장소와 장소상실』, 논형, 2005, 25쪽)라는 명제를 충족하는 어떤 충만한 곳을 의미한다.

2) '동방', 인민의 '민주조선' 혹은 영도자의 '역사의 성산聖山'

평양 일대에서 나고 자라 만주로 떠났다가 다시 그곳으로 돌아온 김조규에 의해 '동방'으로 명명되고 호명되는 북한의 해방 후 문단 상황은 어떻게 전개되었을까. 또 앞서거니 뒤서거니 북한문단을 구성한 1946년 그곳 창설의 '북조선문학예술총동맹'과 1948년 전후 월북한 '조선문학가동맹'의 문학가들은 서로를 때로는 견제하고 때로는 격려하며 완미한 '혁명조국'의 건설을 위해 어떤 문학적 지표와 목적을 내세웠을까. 이를 위해 "동토東土의 가난한 시인들"인 그들이 "머리 숙이어 삼가 지성을 고"(「쓰딸린에의 헌사」)여 추구했고 호명했던 '민주조선'의 구성품과 가치론을 『시집 동방』에서 찾아 나열해보면 어떨까.

인용 따옴표 없이 적어보노라면, 당신, 민족, 조국창건, 민주조선, 인민의 소리, 인민위원회, 생활의 흐름, 붉은 기빨, 노동자의 힘, 집단의 윤리, 모란봉, 보통강, 김장군, 우리의 영도자, 붉은 별, 붉은 의병, 인민의 수령, 쓰딸린, 레닌, 위대한 역사 등이 두드러진다. 사회주의 건설과 그것 관련의 이념어, 인민들의 표상과 그 계몽어, 그리고 양자를 이끄는 지도자들의 면면이 먼저 눈에 들어온 까닭이 없지 않다.

이 시어들은 세계와 자연과 자아의 통합을 목적하는 서정시에서 일반적이지 않은 혁명 이념과 실천의 가치론적 언술, 그러니까 사회주의적 당파성, 인민성, 계급성을 표상하고 주장하는 일종의 정치적·이념적 기호라 할 만하다. 이것들의 집중적·반복적 출현과 끊임없는 선전·선동은 해방기 북한문학의 성립 및 재편과 밀접하게 연관되어 있다. 요컨대 '동방'의 출현과 구조화는 김조규 개인의 창안을 넘어 사회주의 하의 '민주조선'을 건설하고 성취하려는 집단적 계급의식과 그것을 예술화하려

는 정치미학의 산물인 것이다.[73]

이런 해석대로 북한문단에서는 평양의 '북문예총'에 월북한 서울의 '문맹'이 흡수·통합되는 1947~1948년 무렵 그 내용과 형식에 여러 변화가 수반된다. 당시 제출된 새로 건설될 사회주의 문학의 성격과 이념을 간단하게나마 제시해본다. 첫째, 노동자 계급의 이념에 기초한 민족문학론의 정립과 실천이다. 이를 통해 노동자 계급을 위시한 인민들 전체가 반제·반봉건의 과업 아래서 진보적 민주주의 국가, 김조규의 표현을 빌린다면, 사회주의혁명 이념에 투철한 '민주조선'을 수립코자 했던 것이다. 둘째, 사회주의적 제도로의 변혁에 걸맞은 인민의식의 개조를 목표했던 '건국사상총동원운동'과 '사상교양운동'에 맞춰 제창된 '고상한 리얼리즘'의 추구 및 '긍정적 주인공'의 창조운동이다.

이와 같은 사회주의 문학에의 기치는, 하나, 소련을 선두로 한 제반 사회주의국가 및 전 세계 인민들과 연대하는 프롤레타리아 국제주의 사상의 실천, 둘, 부르주아 잔재에 대한 청산투쟁과 사회주의 조국 건설에 모범적으로 기여하는 공산주의자의 전형에 대한 창조를 핵심적 가치로 밀어 올리게 된다.[74] 그 결과 사회주의의 위대한 지도자 레닌과 스탈린의 찬양, 민족 해방과 사회주의의 평화적 건설에 대한 소련의 원조에 대한 감사 및 조·소 친선의 강조, 더욱 결정적으로는 항일투쟁의 영웅이자 '민주조선' 건설의 탁월한 영도자로서 김일성의 영웅화와 절대화가 해

---

73 이를 위한 문화정치학적 토대를 들어본다면, '북문예총'에서 주장한 진보적 민주주의에 의한 민족문화의 수립, 반봉건 반민족적 예술 세력과 관념의 소탕, 민족문화유산의 비판적 계승 등을 들어 무방할 것이다.
74 이상의 두 단락은 김재용, 「8·15 직후의 민족문학론」, 『북한 문학의 역사적 이해』, 문학과지성사, 1994, 35~89쪽을 토대로 정리한 것이다.

방기 북한문학의 주류적 내용과 경향을 형성하게 된다.[75]

이상의 해방기 북한문학의 정치적·이념적 자질과 혁명 조국에의 강렬한 욕망을 토대로 김조규의 『시집 동방』[76]에서 기록·재현되는 '동방'의 수립 과정 및 그것을 총괄하는 '위대한 영도자'의 출현 서사를 추적해 보기로 하자. 이와 같은 구도가 가능한 까닭은 우선 『시집 동방』이 1945 ~1947년 8월 사이 북한의 혁명적 격변을 다룬 시편들을 주로 싣고 있다는 것, 다음으로 당시 김조규도 '조선문학예술총동맹'에 가입(1946.2)한 상태이자 소련 군정軍政에서 주관하는 『조선신문』의 편집기자로도 일하고 있었다는 것 때문이다.

『시집 동방』을 읽어본 독자라면 이미 눈치 챘겠지만, 남한에서도 함께 기념하고 경축하는 3·1, 5·1(노동절), 8·15를 압도할 만큼 자주 등장하는 날짜가 있으니 11·3이 바로 그날이다. 김조규의 시편들에서 11월 3일에 대한 자랑과 긍지의 감격이 물씬 풍기는 까닭은 무엇일까.[77] 이 날은 1946년 초반부터 진행된 토지개혁, 노동 법령, 남녀평등권 법령,

---

75 해방기 북한문학의 소련과 김일성에 대한 관심과 표현에 대해서는 오성호, 「건국의 열기와 신인간의 요구」, 『북한 시의 사적 전개 과정』, 경진, 2010, 14~23쪽 참조. 김일 성에 대한 문인들의 본격적인 관심은 토지개혁(1946.3) 이후의 일이었는데 이때부터 김일성을 '위대한 이 나라의 태양'으로 우상화하는 거창한 수사가 등장하기 시작했으며, 뒤이어 김일성의 항일 혁명투쟁을 알리고 찬양하는 문예물들도 문단 전면에 부각되기 시작한다. 실제로 김조규의 '보통강'을 의인화한 「생활의 흐름」에도 "조선의 새 태양은 장백산넘어 비치었느니라"라는 구절이 등장하는데, '보통강'이라는 장소성의 의미상 "조선의 새 태양"이 김일성을 상징하는 것임은 비교적 분명해 보인다.

76 『詩集 東方』(조선신문사, 1947.9.1 발행)은 연변대학에서 간행한 『김조규시전집』 수록분을 사용한다. 시집의 한자는 필요에 따라 한글로 바꾸거나 병용하는 것을 원칙으로 하지만, 원본과 개작본을 비교하는 (2)절에서는 한자를 밝혀 적는다.

77 11월 3일이나 인민위원회가 문면에 직접 등장하는 시로는 「11월 3일」, 「인민의 뜻」, 「승리의 날」, 「제야음(除夜吟)」, 「산의 맹세」 등이 확인된다.

중요산업 국유화 법령 등의 공포, 이러한 개혁 법안들을 계속 입안하고 실행할 북조선노동당의 창건, 그 뒤를 이어 1947년 2월 북조선 최고 주권기관으로 우뚝 서게 될 '인민위원회'의 맹원을 선출하는 선거일이었다.[78] 이런 까닭이 있어 김조규는 '북조선인민위원회'를 "정의와 투쟁"으로 세우고 "창조와 희망의 앞길을 밝히는"(「인민의 뜻」) 위대한 조직으로 가치화·낭만화했던 것은 아닐까.

이를 토대로 11월 3일은 마침내 "민주 북조선의 거구巨軀가 움직인 날 / 동방의 오랜 이야기가 / 새로운 빛을 타고 재생한 날"로 자연스럽게, 아니 의식적으로 미래화·전통화(역사화)된다. 하지만 더욱 중요한 것은 시인이 '인민위원회' 맹원을 뽑고 또 그 맹원 자신이기도 할 인민들, 곧 혁명 주체를 "선거표 벗쩍 든 손과 주먹 / 땅 파던 들겅이 주먹 / 쇠 깍던 시뻘언 손 / 핏대서린 하이얀 손"(「승리의 날」)으로 입체화했다는 사실이다.

오오 그 손이 한번

북조선 산하를 어루만질 때

천년 오욕의 봉건은 깨어져

대지는 풀리워 제 임자를 찾았고

---

78 인민위원회 선거가 진행되는 투표장을 촬영한 사진들을 보면 태극기 아래 혹은 태극기가 둘레에 잔뜩 걸려 있는 벽면에 김일성 초상화가 부착되어 있는 경우가 많다. 이 상황은 현재의 인공기가 1948년 7월에야 비로소 남북 공용의 태극기를 대체하는 북한 국기로 공식 제정되었기 때문에 가능했던 것이었다. 이 때문에 1947년 9월 간행된 김조규의 『시집 동방』에도 '태극기'가 두 차례 등장한다. 1946년 1월 쓰인 "언덕 우 농민동맹 지붕에선 / 태극기가 펄럭인다"(「마을의 오후」)와 1947년 1월 쓰인 "산ㅅ줄기 타고 들려온 해방의 노래 / 멧사람들은 배쪼박에 태극기 그려 / 재 우에 꽂았고"가 그것이다. 물론 가장 자주, 그리고 빛나게 등장하고 칭송되는 깃발은 사회주의혁명과 인민국가로의 진군을 표상하는 '붉은 기'이다.

여인은 떳떳이 빛을 안고 나왔노니
보라! 건설의 검은 연기
푹푹 쏟는 공장의 굴뚝
11월 3일
인민은 굳은 성새(城塞)로 너를 둘렀다

백성의 뜻으로 이루웠기
그것은 가장 바른 것이고
인민의 정성으로 세워졌기
그것은 가장 힘있는 것이다

— 「인민의 뜻─인민위원회에 올리는 시」 부분

저 인민들은 "천년 오욕의 봉건"에 시달리다 드디어 "떳떳이 빛을 안고 나"와 "민주 북조선"의 새로운 주인으로 우뚝 선 혁명 일꾼이라는 점에서 계급적·민족적 저항과 해방의 진정한 주체들이다. 이때의 역사적 저항과 해방은 단순히 '민주조선'의 미래성에만 의존하여 가치화되지는 않는다. 오히려 인민의 "굳은 성새", 바꿔 말해 오욕된 과거와 단절하는 '혁명조국'의 당위성과 필연성을 보장하기 위해 '역사적으로 기념할 만한 과거'에 기꺼이 준거하는 과정에서 더욱 가치화된다. 실제로 김조규는 백성(인민)의 위대한 과거와 지금·여기 '인민위원회'의 연속성을 새로 발견하고 통합하기 위해 계승하여 마땅한 진보적 전통과 가치를 예전의 유사한 상황에서 찾아내거나 강제적인 반복을 통해 제 나름의 서사를 구성하는 방식을 취하고 있다.[79]

김조규는 '민주조선'과 '인민위원회'가 계승, 수렴할 진보적 전통과 가치를 특히 3·1운동과 8·15해방에서 찾았다. 먼저 3·1운동은 인민들, 곧 "어진 백성들과 의로운 마음들"이 "조국의 권리와 의무를 찾"아, 오늘날의 "새나라 창업을 약속"(「3월이여 새 승리를 맹세하노라」)하는 혁명 조국의 미래적 실천 행위로 호명된다. 다음으로 8·15해방은, "대지가 농민에게 돌아왔고 / 공장 굴뚝에서 / 창조의 검은 연기가 가득 쏟아진다"에서 보듯이, 근대 이후 반제·반봉건 투쟁이 결과한 위대한 사건이자 '민주조선'이라는 "민족영원의 희망"을 약속하는 "새로운 결의"(「8월 15일」)의 날로 가치화된다. 이와 같은 '기념할 만한 과거'의 전통화와 현재화는 민족적·계급적 저항과 해방에의 의지나 경험을 '인민위원회'가 계승·보전해야 할 최상의 가치와 정신으로 한껏 끌어올린다. 또한 "백성의 뜻" "인민의 정성"이 명시하듯이, '민주조선'에 대한 인민들의 "최상의 소속감·규율성·애향심(애국심―인용자)"[80]을 널리 전파하고 독려하는 원동력으로 작용한다.[81]

그런데 이후 상론하겠지만, 두 역사적 사건은 "우거진 장백의 밀림을 지나" "붉은 의병은 자유를 실어오다"(「민족의 축전」)에 보이듯이, 그 발단과 종결의 심층부에 "쏘베트의 의로운 손ㅅ길 드리워 / 피로 싸우던 우리네 전위前衛", 곧 "김장군"을 암암리에 배치하고 있다. 8·15해방의

79　이상과 같은 '진보적 운동들'의 '만들어진 전통'에 대한 창안 및 구조화에 대해서는 에릭 홉스봄 외, 박지향 외역, 앞의 글, 21쪽을 참조했다.
80　에릭 홉스봄 외, 박지향 외역, 「5장 식민지 아프리카에서 전통의 발명」, 앞의 책, 409쪽.
81　긍정적 인민상(像)에 대비되는 부정적 인물상(像)으로는 "이욕으로 조국을 매매하는 자" "직장과 기관에서 여봐라 국록(國祿)을 기만하는 자" "상매(商買)의 모리배" "양심을 무역하는 자"(「조국창건의 돌기둥 세울려면」) 등이 예시되고 있다.

위대성과 감격이 김일성을 상징하는 것으로 읽어 무방한 "너"(「동방서사」)와 "당신"(「당신이 부르시기에」)이 '조국'과 '겨레'로 거리낌 없이 등치되고, 네 개의 가치론적 (대)명사가 인민의 함성에 휩싸이게 되는 까닭이 말미암는 지점이다. 아니나 다를까 김조규는 제반 혁명적 조치가 집행되고 인민위원회 선거가 열린 1946년을 '착취'와 '학대'와 '불의'가 모두 사라지고 오로지 "창조와 희망과 정의"로 진군하는 '너'로 의인화하여 그 가치를 높이 산다. 나아가 "겨레의 희망과 맹세와 빛"에 대한 인민들의 동참을 "조국창건의 거룩한 망치 / 김장군의 부름에 드높이 들었노니"(「제야음除夜吟」)로 묘사하여 김일성의 영도성을 '민주조선' 창업의 근원적 동력이자 방법으로 역사화·미래화한다.

'기억의 정치'와 '정체성의 정치'를 통해 서로 상이한 이해관계와 동기를 가진 집단들을 하나로 통합, 초월적인 민족적 혹은 국가적 소속감을 갖게 하려는 행위. 제국주의든 식민지든 근대 국민국가의 형성 및 유지에 깊이 관여하는 '전통의 창조'와 '상상의 공동체'를 가로지르는 원리이자 문법이다.[82] 북한에서 '민주조선'의 현재적 필요성과 당위성을 확증하기 위해 동원된 내부적 기억과 정체성의 핵심 사건은 앞서 본대로 단연 3·1운동과 8·15해방이었다. 하지만 두 역사적 사건은 반봉건, 곧 계급해방보다는 반제, 곧 민족해방에 방점이 찍혔던 유의미한 과거였던지라, 사회주의혁명에 중심을 둔 집단적 기억과 이념적 정체성의 전통을 더욱 보충하고 강화할 필요가 있었다. 그런 점에서 해방 직후 '조쏘문화협회'(1945.11)가 수립되고, 이들의 활동을 널리 알리기 위한 인쇄매체, 그

---

82   박지향, 「역자 서문」, 에릭 홉스봄 외, 박지향 외역, 앞의 책, 10~11쪽.

러니까 김조규가 편집기자로 일했던 『조선신문』이 더불어 발간되었다는 사실은 매우 중요하다. '민주조선' 건설을 위한 외부의 혁명적 기억과 정체성 충족의 수원지 역할을 소련이 맡게 되었음을 뜻하기 때문이다.

사회주의 조국으로서 소련의 역할은 크게 두 가지로 나뉠 수 있다. 첫째, 한효의 어떤 평론이나 백석의 수다한 러시아문학에 보이듯이, 선진 소비에트 문학의 제 성과에 대한 섭취 및 러시아 고전문학의 민주주의적 · 인도주의적 전통에 대한 맹렬한 흡수로 대표되는 문학적 전통의 수용[83]과 조선화의 가능성에 대한 제고였다. 둘째, 김조규의 경우가 그러한데, 사회주의혁명의 기원성과 지도성을 더욱 강조하기 위한 조 · 소 친선의 추구이다. 이를테면 시인은 소련의 의미와 가치를 다음과 같은 연대와 해방의 실천에서 찾고 있다. 혁명 조국에서 불타오른 "역사의 거센 불ㅅ기둥"이 "동서東西에 타올라 우주를 밝히"며 파시즘의 총본산 '백림伯林'(베를린—인용자)과 '일본'을 패망시키고 "드디어 이 나라 동방의 하늘에 비"쳤다는 사실이 그것이다.

이때의 "거센 불ㅅ기둥"은 위대한 영도자 레닌이 지도한바 "2억 인민"이 "노예와 유형과 오예汚穢의 세월 속에서" 횃불을 받들고 일어나 "투쟁과 창조의 앞길"(「레닌 송가」)로 나아가는 혁명의 실천이었음은 물론이다. 시인은 이것으로 충분하지 않았던지 당시 소련의 지도자였던 스탈린의 뛰어난 인간적 품성과 혁명투쟁의 자질에 대한 예찬에도 심혈을 기울였다. 이를테면 "가난한 백성에겐 어머니처럼 부드러운 / 윤리의 창조자 쓰딸린! / 불의의 침공엔 추상처럼 날카로운 / 정의의 실천자 쓰딸

---

83 한효, 「새로운 시문학의 발전」, 안함광 외, 『문학의 전진』, 문화전선사, 1950, 66~67쪽. 여기서는 오성호, 앞의 글, 16쪽 참조.

린!"(「쓰딸린에의 헌사」)이라는 구절이 그렇다.[84]

이와 같은 소련 지도자들에 대한 찬양은 무엇보다 혁명의 소비에트가 새로운 인민국가 '민주조선'의 건국과 그 미래의 가능성에 대해서 매우 유미미한 모델로 작동 중이라는 것을 의미할 것이다.[85] 하지만 정녕 중요한 것은 '레닌'과 '스탈린'이라는 기호가 지속적으로 호명되고 숭고화되는 진정한 까닭이겠다. 김조규의 시편에 따른다면, 레닌과 스탈린은 누구도 초월할 수 없는 탁월한 실력과 품성의 개인이기에 앞서, 예시의 수사가 입증하듯이 "특정한 '공동체' 그리고 (혹은) 그 공동체를 대표하고 표현하며 상징하는 제도",[86] 다시 말해 집단적 기억과 정체성의 공적 표본이자 특수한 상징인 것이다.[87]

만약 '민주조선'에서라면 이들의 혁명의식과 당파성, 사명감과 지도성, 인간적 품성과 공적 삶의 능력을 누가 이어받거나 담당할 것인가. 그

---

84 『시집 동방』에 실린 또 다른 조·소 친선의 노래로는 "이 나라의 골ㅅ작과 넓은 들판 / 거리와 골목 / 흰 유리창 속속드리 / 해방의 선물을 가득 싣고" 온 소비에트군('붉은 군대') 창건 28주년을 기념하는 「축배」가 있다.

85 이와 대비되는 조·중 친선은 1949년 국공내전에서 모택동 정권이 승리하기 전까지 본격화되지 않았으나, 중공군의 한국전쟁 참전과 더불어 소련에 맞먹는 비중으로 강화되기 시작했다. 이를테면 1950년 7월 발행된 총 18곡 수록의 『인민가요』에 〈쓰딸린대원수의 노래〉와 〈조쏘친선의 노래〉가 실렸다. 1956년 출간된 『해방 후 조선음악』(총 38곡)에는 소련 관련 노래 없이 〈중국 인민 지원군 찬가〉, 〈북경에서 온 전우〉 두 곡만이 수록되었다. 한편 김조규도 이런 흐름에 발 맞춰 「승리의 역사 ─ 모 주석 탄생 60주년에의 헌시」를 종합시집 『전우의 노래』(조선작가동맹출판사, 1953)에 실었다.

86 에릭 홉스봄 외, 박지향 외역, 「서장 ─ 전통을 발명해내기」, 앞의 책, 33쪽.

87 유임하는 '소련'이라는 참조점이 해방기 북한문학에서 다음과 같은 부정적 경향을 초래한 것으로 평가한다. "사회주의적 사실주의를 표방하는 흐름은 당대 소련에서 횡행한 즈다노비즘을 전유하며 교조적인 당 문학의 정체성을 구비하게 했다."(유임하, 「북한 초기 문학과 '소련'이라는 참조점」, 남북문학예술연구회 편, 『해방기 북한문학 예술의 형성과 전개』, 역락, 2012, 72쪽) 김조규의 레닌과 스탈린에 대한 맹목적 찬양은 그들의 전능함과 오류성은 물론이고 그것을 김일성의 천품(天稟)으로도 각인·선전하는 미학적 장치로 기능한다는 점에서 교조적이며 도구적인 성격을 면치 못한다.

답은 "잃어버린 오욕의 시간", 곧 "특권의 검은 손"을 함부로 휘두르던 전근대의 봉건체제와 일제의 식민지배로부터 자신의 무장투쟁과 소련의 적극적 협조로 "나라와 땅과 / 조상과 말과 / 전통과 글 / 이름"을 되찾고, '민주조선'의 "어린 연륜"에 또 하나의 "홍광虹光"(「인민의 뜻―인민위원회에 올리는 시」)을 비추기 시작한 김일성으로 향할 수밖에 없다. 하여 문명의 신기술과 자연에 기댄 '민주조선'의 출발과 확립 과정을 잠시라두 엿본다면, 김일성이 레닌과 스탈린의 오른쪽에 서야만 하는 까닭이 비교적 분명하게 해명될 수 있을지도 모른다.

> 기차야
> 네 장하다
> 네가 붉은 군인과 해방을 실어왔고
> 네가 우리 빨치산과 건설을 실어왔고
> 그리고 오랜 신화를 깨트리며
> 마을의 새 이야기를 실어왔다
>
>
> (…중략…)
>
>
> 칙칙칙 들들들
> 기차는 달린다
> 새 소식 새 이야기 가득 싣고
> 오오 우리 기차는 조국의 기름진 땅을 줄다름 친다
>
> ―「기차」 부분[88]

해방과 혁명을 싣고 북선으로 달려오는 기차는 궁핍과 고통, 상실과 이별로 가득 찼던 만주행 열차[89]와 여러모로 대비된다. 북행열차는 만주국 군경의 치밀한 감시와 처벌을 조선인과 함께 태워 그들을 '복지만리'의 잘 만들어진(?) 희망마저 배반하는 극빈의 농토와 유랑의 도시로 실어 날랐다. 해방이 되어 북선北鮮 곳곳으로 달리는 귀환의 남행열차는 몸 눕힐 가옥과 땅 정도나 바라는 조선인 이외에도 혁명의 '민주조선'을 건설할 원동력이자 주체로서 (김일성의) "우리 빨치산", 곧 항일유격대와 (스탈린의) "붉은 군인", 곧 해방군을 함께 싣고 달려왔다.

북행-남행열차의 상반된 심상은 만주국 "정권(체제-인용자)의 근대성과 진보성",[90] 바꿔 말해 천황의 파시즘적 '팔굉일우'와 소비에트와 연대한 김일성 정권의 사회주의로 우뚝 선 "위대한 역사"를 명징하게 대립시킨다. 이 지점, 일제 파시즘 및 자본주의 미군정하의 남한과, 소비에트와 굳게 연대한 '민주 북조선'을 마주세울 때 선과 진보가 어느 쪽이고 악과 퇴행이 어느 쪽인지를 지시하고 선전하기에 아주 효과적인 정치적 · 이념적 공간이라 할 만하다. 여기에 하루의 평안과 휴식이 완벽하게 보장

---

88 『김조규 시선집』에서 이 부분은 "네가 붉은 군인을 실어 왔고 / 네가 항일 빨치산을 실어 왔고 / 그리고 오랜 신화를 깨뜨리며 / 토지개혁의 새 이야기를 들려주었다"로 수정되었다. 해방기 북한문학에서 특히 강조된 '고상한 리얼리즘', 그 연장으로서 전후 복구기 '사회주의 리얼리즘'에 따라 사건과 목표의 구체화가 수행된 것으로 판단케 하는 지점이다.

89 인용 부분의 위 연(聯)에 만주행 여로의 참담함을 그렸던 「연길역 가는 길」(1941)을 환기하는 내용이 적혀 있다. "지난 날 나의 여행은 / 피곤하고 외롭고 슬프기만 하여 / 창가에 턱을 고이고 / 움직이는 창밖 풍경을 허적(虛寂)하며 / 담배만 담배만 피웠는데……"가 그것이다.

90 크리스티안 월마, 배현 역, 『철도는 어떻게 세계를 바꿔놓았나—철도의 세계사』, 다시봄, 2019, 420쪽.

되는 자연적 공간 또는 쉼터마저 충분하다면 '민주조선'의 현대성과 진보성은 의심할 바 없는 "건설과 투쟁과 승리"(「봄은 꽃수레를 타고」)를 보장하는 힘과 원리로 더욱 고양될 수밖에 없을 것이다.

> 오늘은 일요일.
> 신록 피어오르는 오월의 오후
> 내 어엿한 이 나라 백성되어
> 창공을 우러러 함뿍 심호흡(深呼吸)해보노니
> 희망이여 오오 줄기치는 생명이여
> 가슴 가슴속으로
> 샘이 솟는다 노래가 흐른다
>
>
> (…중략…)
>
>
> 민주 새조선은 우리의 나라
> 오월은 푸르고 싱싱한 젊은이의 계절
> 서름은 헌 모자처럼 강물에 띠워보내고
> 우리 청춘을 성장(盛裝)하고
> 나라와 하늘과 백성과 땅과
> 그리고 우리의 생활을 오월처럼 꾸미어보자
>
> ── 「풀밭에 누워」 부분

『시집 동방』 "제2부 대지의 서정"에 실린 편편의 정서와 분위기를 대표하는 시편이다. 서정시 고유의 세계와 자연과 인간의 통합을 유려한 리듬에 담아 소박하게 노래하고 있는데, 과연 당대 "민주 새 조선"의 시 공간은 '봄'의 일상과 '꽃'의 생활로 난만하다. 이와 같은 자연과 시와 정치의 통합 혹은 상호작용을 어떻게 읽을 것인가. "대지의 서정"은 "민주 새조선"에 연계되는 순간, 인용 하단부에서 보듯이, 혁명조국의 건설을 그 연유로 하여 '정치적 주제'에 더욱 힘을 주고 보다 넓은 틀에서 그 담론들을 조망하며 그럼으로써 그 의의와 매력을 훨씬 강화할 수 있게끔 한다.[91]

그렇다면 "나라와 하늘과 백성과 땅과 / 그리고 우리의 생활"을 "민주 새조선"의 "오월"로 통합하는 (문화)정치학적 미학은 어디서 특별나게 발명, 구축되고 있을까. '삼림'을 "자연과 인위의 거상巨像"으로 예찬하는 「삼림」이 단연 우뚝하다. 온갖 나무들로 울울하며 높은 하늘(가지)과 깊은 땅(뿌리)을 동시에 사는 '삼림'은 총총히 푸른 "부동의 절개"와 서로 뭉치고 얽히는 "집단의 미학", 다시 말해 "뭉치고 겨르고 곧게 뻗는 / 집단의 윤리와 힘"(「삼림」)의 소유자이자 발현자이다. 만약 '삼림'의 실체나 상징을 짚어보라 한다면, 『시집 동방』의 첫 머리에서 '모란봉'과 함께 출현하는 "말없는 천년 원시림"(「전선주」), 곧 "장백"(「동방서사」) 또는 "우거진 장백의 밀림"(「민족의 축전」)을 떠올릴 수밖에 없다. '장백', 또 그곳의 핵심지대로서 '백두산 밀영'은 김일성부대의 승전보가 종종 울리던 항일혁명투쟁의 성지聖地였으며, 현재는 "천만년 튼튼한 새나라("민주 북조선"—인용자) 세우겠다 몟사람들의 맹세"가 "산人처럼 높고 큰 것"(「산의

91 C. M. 바우라, 김남일 역, 『시와 정치』, 전예원, 1983, 153쪽.

맹세」)으로 울려 퍼지는 혁명조국 건설의 '참된 장소'이기 때문이다.

이제 너와 나를 다시 얽매일 자가 누구일소냐

네 역사의 흐름을 다시 막아낼 자가 어데 있을소냐

반동의 무리들이 마지막 패륜(悖倫)을 범한다 한들

너와 나

눌리웠던 정열이

분류(奔流)로 뻗어 오를 때

그것은 푸시시 꺼질 사성(沙城)의 윤리인 것을……

그러기 보통강(普通江)

보라! 장군(將軍) 김일성(金日成)이 가난뱅이 네 허리언덕에서

손 높이든 도의(道義)의 꼭괭이를—

지심(地心)이 울리도록 나려박히는 성초(聖鍬)의 소리

파통키자 번지어라

쌓아 올리자 오오 민주조선(民主朝鮮)의 방파제

—「생활의 흐름」 부분[92]

---

92 시 말미에 "(보통강 개수 운하 건설장에서) 1946년 6월"이 부기되어 있다. 한편『김조
규시선집』의「생활의 흐름」에는, 인용부 앞에 "어찌 보람 없을 것인가? / 이 나라의 참
된 아들 딸 / 장백산 넘나들며 항일의 불ㅅ길 올리웠고 / 쏘베트의 손길 뻗어 / 원쑤는
쫓겨 나 / 민주 조국 창건의 새 생활 열리였도다"가 새로 추가되었다. '항일의 불길'에서
는 1956년 이후 본격화되는 '항일혁명투쟁'의 발굴과 가치화의 흐름을, '쏘베트의 손
길'에서는 '맑스-레닌주의적 프롤레타리아 국제주의'에 대한 실천의 경향을 읽을 수
있다.

"장백의 밀림"은 엄격히 말해 김일성이라는 단일 주체를 넘어 그와 함께 목숨을 걸고 투쟁한 항일혁명유격대라는 집단 주체의 '참된 장소'로 고쳐 불러야 옳을지도 모른다. 그렇다면 김일성(또는 그 가계)이라는 특정 주체에 의해 역사화·현재화되는 가운데 사회적·집단적 관심에 의해 혁명의 공간으로 새롭게 부상하던 역동적 장소는 따로 없었을까. 웬걸 "국가적 장소로서의 영토만이 아니라, 집단 주체의 마음이 개입"[93]된 정치적 장소이자, '집단 주체'로서 인민들의 정체성에 전통을 부여하고 미래를 기획케 하는 역사적·사회적 장소 두 곳이 뚜렷하게 부감되고 있으니 혁명의 수도 평양의 '모란봉'(「동방서사」)과 '보통강'(「생활의 흐름」)이 그곳이다.

'모란봉'은 다음 장에서 읽을 예정이다. 의인화된 '보통강'의 양가적 장소성, 그러니까 사인화되는 한편 집단화되는 모순적인 공간 점유와 분할의 의미를 먼저 묻는 이유이다. 「생활의 흐름」은 1946년 '보통강 개수 운하'를 건설할 때 불린 행사시의 일종이다. 주된 내용은 하나, "봉건의 철쇄"에서 해방되어 "노동하는 사람들의 벗"으로 거듭나게 된 '보통강'의 역사와 현재, 둘, 가난과 굴종과 치욕의 풍경만을 가졌던 '보통강'이 "민주조선의 방파제"로 굳게 서게 된 결정적 소이연으로서 "장군김일성"의 "도의道義",[94] 셋, 영도자를 따라 "어깨와 어깨를 겨른 강력한 의욕

---

93 이 부분의 장소와 공간에 대한 설명과 직접 인용은 서영채, 「6장 장소의 정치」, 『풍경이 온다』, 나무나무, 2019, 321~322·318쪽.

94 이 밖에도 "조국창건의 거룩한 망치 / 김장군의 부름에 드높이 들었노니"(「제야음(除夜吟)」), "산ㅅ사람들은 널쪼박에 김장군 그려 / 위원회 앞에 걸었다"(「산의 맹세」), "토담 우에는『우리의 영도자 김일성장군만세』 / 허언 포스터-가 유달리 깨끗하였다"(「풍경화 (1)」)가 보인다. 특히 「풍경화 (1)」의 구도는 만주 시편의 일절 "'왕도낙토(王道樂土)' 찢어진 포스타가 / 바람에 상장(喪章)처럼 펄럭이고 있었다"(「찢어진 포스타

의 동원"에 나선 인민의 단결과 노동에 대한 힘찬 묘사와 벅찬 찬양으로 정리된다.

'보통강' 개수 사업이 봉건 세력과 일제에 의해 빼앗겼던 그곳을 다시 찾아 충만한 자연과 복된 "생활의 흐름"이 어우러지는 "줄기치는 인민의 운하"로, 나아가 사회주의 혁명의 "진리와 승리의 대해大海로 / 곧게 나리는 위대한 역사의 흐름"으로 귀결된다면, 그곳 개척의 집단성과 변혁성은 더욱 예찬되어 마땅하다. 하지만 자은 홍수에도 그 피해가 막심해 '재난의 강' '눈물의 강'으로 불리던 그곳의 개수 사업에 김일성이 첫 "꼭괭이"를 들어 보통강이 "민주조선의 방파제"로 거듭나고 그리하여 보통강에 "민주 조선의 새 태양"이 빛나게 되었다는 서사의 흐름과 구성은 어딘지 작위적이며 정략적이다.

그렇다면 '잘 만들어진 영웅' 김일성이라는 의심의 단초는 어디서 무엇 때문에 생겨날까. 그 까닭은 단연 문학의 정치화에 의해 기획되고 탄생한 민족적 · 이념적 · 정치적 영웅의 숭고화와 대중화가 지나치게 도식적인 방법으로 추구되고 있다는 사실에서 찾아진다. 김일성 우상화가 본격화되는 시대는 1950년대 중반 전후 복구기 이후라는 점에서 인민이 우러르는 "새 태양"의 창안과 구성은 김일성 유일체제의 개입이나 조작과는 크게 관련되지 않는다. 그보다는 정치적 지도자, 곧 영도자로서 김일성의 권위와 능력을 또렷하게 확보함으로써 그를 "조국창건", 곧 "민주조선"의 건설 주체이자 탁월한 향도로 확보하며, 그럼으로써 사회주의 변혁의 정당성과 인민 동원의 합법성을 획득하려는 정치적 · 이념

가 바람에 날리는 풍경」, 1941)의 역상(逆像)에 가까워 더욱 인상적이다.

적 책략에 더욱 가깝다.

과연 북한문단은 소련군과 더불어 평양에 문득 나타난 김일성의 권력화와 대중화, 이를 통한 "민주조선" 건설의 원동력과 지렛대를 확보하기 위해 1946년 8월경 벌써 김일성 관련 시와 소설과 산문과 희곡을 막론한 작품집『김일성 장군 찬양 특집—우리는 태양』을 발간하여 인민대중 및 지식분자들에게 널리 배포한다.[95] 이 책에는 현재도 북한에서 애창되는 이찬 작사, 김원균 작곡의 〈김일성 장군의 노래〉[96]가 실려 있어 무엇보다 주목된다. 이찬에 의해 비할 데 없는 '고상한 인물'로 표상되는 김일성의 영웅화·신성화는 시인 자신의 친일 경력 은폐와 삭제, 이후 '혁명시인'이라는 최상의 계관桂冠 확보에 결정적 기여를 한 것으로 평가된다. 한편 조기천의『백두산』도 김일성의 영웅적 삶과 항일혁명투쟁을 풍요롭게 노래한 서사시로 이름 높다. 소련 연해주에서 출생하여 중앙아시아에서 교원으로 근무하다 북한으로 귀국한 특이한 이력의 그는 평양에 소련군출판사를 차리고 1945년 9월부터 조선어 신문을 발행한다.

---

95 『우리는 태양』에 대한 더욱 자세한 소개와 해설은 오창은,「해방기 북조선 시문학과 미학의 정치성」, 남북문학예술연구회 편,『해방기 북한문학예술의 형성과 전개』, 역락, 2012, 118~119쪽. 한편 이 책에는 박세영의 시「해볕에서 살리라—김일성 장군에 드리는 송가」, 한설야의 소설「혈로」, 김사량의 희곡「뇌성」도 실렸다. 오창은에 따르면, 이찬과 박세영은 김일성을 "모습은 젊지만, 나라 일에는 누구보다 밝은" 존재로 그려냈다. 그는 이를 당시 북한에 떠돌던 '가짜 김일성설', '젊은 김일성에 대한 우려', '미래에 대한 불안' 등을 잠재우기 위한 전략적·미학적 선택으로 해석한다.

96 이 노래의 원본은 이찬 작사, 평양음악동맹 작곡의「김장군의 노래」(『문화전선』창간호, 1946.7)로 알려진다.「김일성 장군의 노래」(『우리의 태양』, 북조선예술총련맹, 1946.8)로의 개작과 북한사회에서의 유통 및 가치화 경향에 대해서는 김응교,『이찬과 한국 근대문학』, 소명출판, 2007의 4부「북한 혁명시인, 리찬 1945~1974」및 남원진,「개작과 발견—리찬의「김일성 장군의 노래」」, 남북문학예술연구회 편,『해방기 북한문학예술의 형성과 전개』, 참조.

이 신문은 김조규가 근무하게 될 『조선신문』의 토대[97]가 되었는바, 레닌과 스탈린 예찬의 노래가 『시집 동방』에 두드러진 까닭도 이와 무관치 않을 것이다.

만주, 특히 "우거진 장백의 밀림"에서의 영웅적인 항일유격전, 사회주의 조국이자 조선 해방 최대의 조력자로서 소련과의 친밀한 연대, 인민에 대한 탁월한 영도 및 "민주조선"의 완미한 건설자. 김조규의 시편에 등장하는 김일성의 모습들이다. 시인은 그러나 '김일성'을 곳곳에서 호명하되 그의 삶과 투쟁을 직접 형상화하는 방식을 택하지 않았다. 그 대신 '삼림'이니 '보통강'이니 하는 자연에의 비유, "생활의 흐름"으로 표상된 당파성과 인민성에의 헌신 및 재현으로 간접화하는 전략을 취했다. 이로 말미암아 "붉은 군인과 해방" "우리 빨치산과 건설"(「기차」)로 대변되는 항일혁명투쟁과 조·소의 혁명적 연대는 더욱 진보적이며 윤리적인 사건으로 의미화된다. 또한 그 가운데서 피어나는 "민주조선", 곧 "조국창건의 돌기둥"을 설계하고 건축하는 영도자의 "의과 힘과 정열과 의욕"(「조국창건의 돌기둥 세울려면」)은 더욱 객관화·보편화되는 것이다.

이 지점들은 김조규가 천황 소유의 '동방'을 김일성 지도의 '동방'으로 탈식민화 또는 재전유하는 방법과 이념을 투명하게 드러내고 전시하는 일종의 영사막이자 거울이라고 할 만하다. 이런 상황은 시인이 '민주

---

97 김조규, 이찬, 조기천의 시편이 함께 묶인 공동시집이 1946년 8월 15일 평양에서 발간되었으니 『8·15해방1주년기념 시집 거류(巨流)』(편찬자 한설야)가 그것이다. 김조규는 「동방서사」 「생활의 흐름」을 실었다. 그밖에도 이정구, 민병균, 발팔양, 박세영, 안함광, 안막, 안용만, 조기천, 한식 등의 시가 보인다. 안막은 「김일성유격전사―장편시의 서문」을, 박팔양은 「반일유격 20년전(戰)」을 발표하고 있어, 해방 직후부터 김일성 항일유격투쟁에 대한 영웅화가 수행되고 있음을 짐작케 한다.

조선'의 '동방'에 잠재된 매우 역동적이며 변혁적인 국면들에 강렬하게 호소함으로써 일제의 침략적·억압적인 '동방'을 예상보다 빨리 삭제·해체하는 미학적 응전에 상당히 성공하고 있음을 뜻한다.

하지만 모든 사건과 행위를 영사하고 되비추는 두 미학적 장치가 초점화하는 주인공은 김일성 하나이며, 그런 만큼 그 형상과 가치가 과장되거나 왜곡될 수밖에 없다는 사실에 '동방'의 또 다른 문제점과 한계점이 존재한다는 점 역시 간과해서는 안 된다. 누군가의 지적처럼, 김일성 형상의 과장과 지나친 신성화는, 첫째, 일제 식민지배에 의한 국민국가 건설과 체험의 불가능성, 둘째, 이를 만회하기 위한 유의미한 전통과 역사의 기억과 현재화, 셋째, 새 나라의 건설과 창조에 없어서는 안 될 인민들의 힘과 노력을 한데 모을 수 있는 강력한 지도자의 필요성 때문에 선택의 여지가 없는 일이었을지도 모른다.[98]

물론 하나의 거대한 시대정신으로 떠오를 김일성과 같은 정치적·혁명적 영웅의 출현은 김조규 자신을 포함한 인민 대중의 영도자를 향한 (무)의식적 추앙("조국창건의 거룩한 망치 / 김장군의 부름에 드높이 들었노니", 「제야음」)과 자발적 복종("우리의 지도자 김일성장군 만세", 「풍경화(1)」)을 힘껏 견인함으로써 '민주조선'의 현재와 미래를 더욱 밝게 빛내인다. 혁명사업의 거의 유일무이한 지도자로서 김일성만을 앞세우고 그 선도자와 후원자로서 또 다른 절대권력 레닌과 스탈린을 배치하는 태도는 그러나 결과적으로 다음과 같은 부정적 흐름을 불러들이고야 만다. "국가가 어떻게 신민(인민—인용자)들이나 성원들의 복종과 충성과 협력을 확보하

---

98 오성호, 앞의 책, 22쪽 참조. 조기천의 『백두산』에 대한 검토 끝에 내려진 결론이지만, 해방기 당시 조형된 모든 문학가의 김일성 형상에는 대체로 공통되는 성질로 여겨진다.

고 유지할 것인가, 혹은 어떻게 해야만 그들의 눈에 정당하게 비칠 것인가라는 유례없는 문제들"[99]을 제기한다는 사실이 그것이다. 김조규에게 이 문제는 특히 1960년 출간되는 『김조규시선집』에서 『시집 동방』을 새로이 수정·보완하는 과정에서 매우 분명하고도 다면적으로 제기되고 노출된다. 여기서의 고개 갸웃해지는 '해방'과 '진보'를 접하게 될 때야 해방기 '만들어진 김일성'의 문제점과 그 영도자를 거의 맹목적으로 뒤따랐던 사회주의 시인 김조규의 어떤 무력함이나 무책임함이 새삼 눈에 들어오게 될지도 모른다.

3) 김일성 유일체제로의 진군과 기획된 시적 복무의 명암

김조규가 1931~1959년 시력 20여년의 작품들에서 대표작을 가려 엮은 『김조규 시선집』(조선작가동맹출판사)을 펴낸 때는 1960년 2월이었다.[100] 동인지 『단층』과 『맥』, 만주 시편을 일괄 제외한 1935년 이전의 텍스트 4편, 『시집 동방』 소재 6편, 한국전쟁 종군시첩 『이 사람들 속에서』(조선작가동맹출판사, 1951) 소재 11편에 더해 전후복구기의 신작 "○생활의 이야기" 시편을 다수 실었다. 1930년대~해방기 시편들이 불채택이든 개작이든 가장 많은 손때를 입고 있음이 다시금 확인된다. 한국전쟁 시기와 전후복구기는 김일성 영도의 영웅주의 아래 인민들의 자발적

---

99 에릭 홉스봄 외, 박지향 외역, 「6장 대량 생산되는 전통들-유럽, 1870~1914」, 앞의 책, 498쪽.
100 같은 해 3월 『시집 동방』 이후 발표된 것으로 보이는 동시 경향의 「바닷가에 아이들이 모여 든다」(1948.6)를 표제작으로 하여 『바다'가에 아이들이 모여 든다』(아동도서출판사)를 발간한다. 이것으로 김조규의 공식적인 시집 출판은 종언을 고하게 되는데, 평양에서 혜산진으로의 하방, 곧 축출이 가장 큰 까닭이었을 것으로 짐작된다.

헌신과 기꺼운 희생을 통한 남한 해방의 '국토완정'과 '사회주의 낙원'의 건설이라는 뚜렷한 공동 목표가 존재했으며, 김조규의 '민주조선'을 향한 문학적 복무도 이 지점에 집중되었다.

『김조규시선집』은 왜 이런 구성을 취했으며, 또 북한정권 수립(1948.9.9) 이전 시편들에 대한 의도적인 배제와 몇몇 대표작의 개작에 유별나게 집착했던 것일까. 그 까닭은 전후 북한의 정치적·문학적 상황 및 거기 연관된 김조규 개인의 위치와 깊이 연관될 성싶다. 북한은 한국전쟁을 침략군 미제와 이승만 정권에 대한 승리로 선전했지만, 그것이 목표했던 '국토완정'은 어느 모로 보나 좌절과 실패로 귀결된 상황이었다. 해방전쟁 실패를 책임지고 네 거리의 군중들 앞에 처벌의 대상으로 던져질 희생양의 지목은 그래서 더욱 절실해질 수밖에 없었다. 이 문제는 보다 완전한 전후 복구의 달성과 사회주의 낙원의 건설의 장으로 총동원될 인민들의 통제와 지도, 나아가 혁명조국 건설에 몸 바치는 영도자에 대한 절대적 신뢰의 사상성 강화를 위해서라도 결코 가벼이 지나칠 수 없는 중차대한 과제였다.

소수 권력(자)의 전쟁책임론과 인민 전체의 혁명조국 대망론이라는 상반된 두 과제의 긴급한 해결, 이 작업에 결정적 기여를 한 의외의, 아니 '잘 기획된' 사건은 1956년에서 1961년까지 냉혹하게 진행된 '반종파투쟁'이었다. 이 사건의 와중에 남로당계, 연안파, 소련파의 권력자들은 반당·반혁명의 혐의로 무자비하게 숙청되었으며, 김일성의 우상화 및 일당 독재체제의 구축 작업은 더욱 가속도를 붙이게 되었던 것이다. 이 과정에 대응하기 위해 제시된 당문학黨文學의 원리와 방법이 ① 도식주의와 기록주의 비판 및 사회주의 리얼리즘의 강화, ② 부르주아 미학 잔재의 척결 및 혁명적 낭만주의와 공민적 열정의 확충을 통한 당성과 사상성 확립, ③ 인민에 대한 사회주의적 애국주의 및 프롤레타리아 국제주의의 강력한 교양과 감화였다.[101] 그 결과 문학가들에게는 사회주의 건설로 매진하는 고상한 인물(영웅)을 창조하는 한편 그 표본으로서 김일성의 영도領導아래 결집하는 인민 대중의 헌신적인 모습을 사회주의 리얼리즘에 의거하여 그려내는 작업이 핵심 과제로 떠올랐다.

이 점, 김일성을 해방기 "승리의 새 기원을 이 나라 역사에 들고"(「승리의 날」) 온 새로운 권력자로 추앙하는 정도에 머묾 수 없게 하는 결정적 요인이었다. '반종파투쟁'의 완결과 '사회주의 낙원'에 대한 시급한 요청은 이 문제들을 해결할 당 중심의 단결투쟁과 탁월한 영도자의 옹립을 최우선의 과제로 밀어 올렸다. 이곳에 김일성 영도아래 "'빨치산 정신'으로 전일화된 '유격대 국가'"[102] 내부에서 '민주조선'의 전통과 역사, 미래적 전망을 조직하고 추구해야 된다는 집단적 요구가 사방에서 터져 나온 결정적인 까닭이 놓여 있다. 이를 위한 문학적 복무의 시초가 송영의 오체르크『백두산은 어데서나 보인다』(1956)로 대표되는 항일유격투쟁의 발굴과 김일성의 신화화, 이를 중심에 둔 항일혁명문학의 전통화 및 현재화였다고 말할 수 있겠다.

이 과정에서 김조규는 어떤 위치에서 무슨 역할을 했는가. 이에 대해서는 본문 2절 2항에서『김조규시전집』의 구성과 내용을 소개하며 여며 둔 말을 다시 떠올리는 것으로 대신한다. 한국전쟁을 전후하여『문학예

---

101 임옥규, 「전후 북한문학의 담론과 미적 토대」, 남북문학예술연구회 편,『전후 북한 문학 예술의 미적 토대와 문화적 재편』, 역락, 2018, 65~77쪽.

102 일본 역사학자 와다 하루키 (和田春樹)의 말이다. 이 말과 송영의 글에 대한 논의는 유임하, 「항일혁명투쟁의 혁명 전통화와 항일 문예의 탄생」, 위의 책, 295~299쪽 참조.

술』과 『조선문학』의 책임주필을 역임했다는 것, 그 과정에서 당문학이 요구하는 사회주의 문예시스템의 구축과 배치에 앞장섰다는 것이 그것이다. 이때 제기되어 숱한 문학 논쟁으로 비화되었으며, 마침내 공식적인 사회주의적 당문학의 기율과 지침으로 하달된 예의 세 가지 항목(①~③)은 결국 김일성의 우상화를 통해 수령의 유일체제를 열렬히 전파하고 계몽하는 독단과 폭정의 길을 열어갔다. 아니나 다를까 『시집 동방』에 처음 실렸다 '반종파투쟁' 와중에 개작, 재발표된 『김조규시전집』 수록 6편의 텍스트[103]는 그 '오도된 진군'에 하릴없이 휩쓸려버린, 아니 어쩌면 의식적으로 편승했던 것일지도 모를 시인의 새로운 '동방'을 향한 체제 협력의 전후 사정을 거의 숨김없이 드러낸다.

㉮

밤은 실로

얼마나 기인 것이었습니까

백성의 受難은

얼마나 크고 깊은 것이었습니까

지튼 暗黑 속에 묻히워

虐待와 抑壓의 채찍 겨레 우에 나릴 때

닫門 안門 굳이 닫은 後房에 홀로

등잔에 불을 도꾸고

---

103 같은 제목을 취한 텍스트는 「당신이 부르시기에」, 「생활의 흐름」, 「기차」, 「배움의 밤」, 새 제목을 취한 텍스트는 「모란봉」(원제 「동방서사」), 「쇠콜령 고개」(원제 철령(鐵嶺)」) 이다.

남 모을래 새벽을 기다리던 祈願

마음 弱하오나

그것은 조국—당신을 지킨 지성이었습니다.

　　　　　　　　　　　　　—「당신이 부르시기에」(『시집 동방』)

㉮

서른여섯 해의 잠들 수 없던 밤,

그 밤들은

얼마나 깊고 어두운 것이였습니까.

(…중략…)

그 마음 받아들여

삼천만 겨레의 가슴

원쑤와의 싸움에서 더욱 뜨거워졌고

그 빛 받들어 앞날을 내다보며

힘겨운 투쟁에서도 굴하지 않았으니

조국, 그것과 더불어

김 일성 장군!

그 이름은 우리들 가슴마다에서

타오르는 횃불이였습니다.

　　　　　　　　　　　　　—「당신이 부르시기에」(『김조규시선집』)

애초에 '당신'은 '조국'이었다. 일제 식민지배에서 어렵사리 해방되었으나 역사적으로 기념할만한 전통과 미래로 전승할만한 가치가 두서없이

산재된 상황에서 '조국'은 민족의식의 회복과 새로운 국민의식의 성장에 크게 기여하는 가치론적 기호로서 그 쓰임새가 드높았다. 이런 연유로 『시집 동방』에서 '민주조선'이나 '인민위원회'는 당대의 혁명 현실을 또렷이 재현하는 집단적 주체로 등장하는 반면, '김일성'은 그것들의 정치성, 이념성, 진보성을 널리 알리는 사상적·공간적 매개체로 등장하는 것이다.

그러나 한국전쟁으로 폐허화된 현실과 그것을 딛고 세워질 사회주의 낙원에 대한 전 인민의 열망은 '김일성'의 위상과 가치에 새로운 변화를 불러왔다. 한 국가의 지도자로서 김일성의 입장에서 보자면, 희생과 헌신을 마다않는 인민의 총동원, 그것의 기반이 되는 공동체적 결속력과 유대감의 확장이 필요했다. 더불어 특정 종파를 위한 권력 장악과 체제 보위에 골몰하는 반당·반혁명 분자들에 대한 통제와 숙청도 반드시 관철되어야 했다. 이 과제를 가장 효과적으로 실현할 수 있는 방법은 '김일성' 스스로가 당과 국가의 대표자를 넘어 아예 그것들 자체로 거듭나는 '유일체제'로 올라서는 것이었다. 이 과제는 당연히도 김일성만이 유일하게 '국가의 권력'과 '지배의 위엄'[104]을 소유하고 실현하는 전지적이며 오류 없는 통치자로 신성화될 때 실현될 것이었다. "조국, 그것과 더불어 / 김 일성 장군! / 그 이름은 우리들 가슴마다에서 / 타오르는 횃불이였"다는 김조규의 선언은 적어도 미학적 제도와 현실 속에서는 '김일성'이

---

104 '국가의 권력'을 형상화하고 '지배의 위엄'을 선포하는 각종 제도와 행사는 식민지에서 제국 황제를 탁월한 지도자로 적극 수용함은 물론 높이 숭배하게 하는 원동력으로 작동했다.(에릭 홉스봄 외, 박지향 외역, 「5장 식민지 아프리카에서 전통의 발명」, 앞의 책, 439쪽) 김일성 유일체제도 '반종파투쟁'을 통해 영도자의 유일성과 절대성을 북한 전역에 선포하고 전 인민에게 수용케 함으로써 만고불변의 권력으로 올라서게 된다.

이미 '유일체제'[105] 자체로 확고히 자리 잡았음을 분명히 한다.

㉯

그러나 牧丹峯

너 珠甲의 山아

五千年 줄기흐른

이 나라의 歷史가 中斷될 때

너는 업누르는 검은 雲表에 鎭坐하여

愁然이 瞑目한채 입술 깨물지 않았더냐?

이끼 오른 城돌이 조약돌처럼 侮蔑에 짓밟힐 때

오오 너는 古都 長安을 굽어

偉大한 悲哀에 黙하지 않았더냐

— 「東方序詞」(『시집 동방』)

㉯′

흰 안개를 깔고 앉아 하늘 우에 우뚝 솟은 너,

대동강과 더불어 조국의 번영을 노래하던 너,

그러나 모란봉,

너 력사의 산아

왜적의 무리 조국의 력사를 더럽힐 때,

---

105 「배움의 밤」 속 "나는 지금 연필을 들어 / 공책 우에『조선독립』/ 위대한 우리 글을
쓰고 있다"(『시집 동방』)는 "나는 연필을 들어 공책 우에 / 〈조선 완전 독립!〉/ 위대한
우리나라 글을 쓰며 / 주권의 고마움 벅차 올라 / 벽에 걸린 김 장군님 초상 / 다시 한
번 우러러본다"(『김조규시선집』)로 개작된다.

너는 억누르는 검은 구름을 뚫고

슬픔을 참아 가며 입술 깨물지 않았더냐

근로하는 인민들이 놈들에게 짓밟힐 때

너는 평양성 강남벌을 굽어

불굴의 기상 보이며 힘을 기르지 않았더냐

—「모란봉」(『김조규시선집』)

「동방서사」에서 '모란봉'은 부제를 구성하는 한 단어였다는 점에서 '참된 장소'의 존재감을 민족과 국가 상징의 '동방'에 넘겨줄 수밖에 없었다. 물론 「모란봉」에 지시되듯이, "모란봉" '너'는 '동방'의 장소성을 대표하는 향토이자 "근로하는 인민들"의 지도자로서 '김일성'임을 암암리에 환기한다. 하지만 본제 '동방'과 부제 '모란봉'의 대비는 "웅혼한 민주조선의 앞에 서서 / 너 모란봉牧丹峯 세기에 진좌鎭坐한 조선아"(「동방서사」)가 명시하듯이, 북조선의 밝은 미래에 대한 희망과 자신감, 이를 위한 전 인민들의 단결과 애국심을 이른바 '자연 생장과 만개의 은유'[106]로 표현하기 위해 문화정치학적인 수사법임을 먼저 부인할 길 없다.

그렇지만 「동방서사」에서 「모란봉」으로의 개작을 거치면서 '모란봉'

---

106 에릭 홉스봄 외, 박지향 외역, 「6장 대량 생산되는 전통들—유럽, 1870~1914」, 앞의 책, 533쪽. 이 표현은 서구의 노동절 기념 방법의 변화, 곧 대개의 국가는 적기(赤旗)를 내걸었으나 몇몇 국가들은 꽃을 장식함으로써 또 그 영향으로 노동절 찬양시에 꽃을 등장시킴으로써 "노동절의 기조, 즉 재생·생장·희망·기쁨의 순간"을 드러내고 만끽하는 새로운 전통이 만들어졌다고 한다. 김조규의 '모란봉'과 '보통강'도 이런 '자연 생장의 은유'로 간주하여 무방하다. 하지만 북한 역사에서 자연 생장과 만개의 궁극적 연유와 최종 가치는 '반종파투쟁' 등을 거치며 '인민'에서 '유일체제 김일성'으로 급격히 이월되었다.

은 그 자체로 저항과 해방의 역사성 및 "조국 번영"의 현재성을 발현하는 본원적 세계로 거듭났다. 그럼으로써 '김일성'이라는 '유일체제'로 귀환하는 전통과 도래하는 전망을 동시에 갖춘 신화적 장소로 부상하기에 이른다. 그 결과 '모란봉'은, 첫째, 사회주의 낙원의 필연성을 드러내는 자연적·물질적 매개체로, 둘째, "근로하는 인민들"의 저항과 해방의식, 또 "조국번영"을 위한 국가적 통합과 소속감을 심어주고 상징하는 가치론적 세계로, 셋째, 1960년대 이후 주체사상의 발현과 지배 속에서 김일성 가계의 반제·반봉건투쟁[107] 자체를 스스로 전시하고 상징하는 잘 만들어진 전통과 미래 자체로 북한 현실에 들어앉게 된다.

그러나 「모란봉」으로의 개제, 역사적 사실들의 보충을 통한 김일성의 우상화, 이를 위한 김일성 가계의 정체성과 역사성에 대한 날조는 김조규의 '장소' 상실과 왜곡에 결정적인 역할을 하게 된다는 점에서 시인 자신에게는 문제적이다 못해 퇴행적인 행위였던 것으로 판단된다. 오랜 연원과 전통의 민족적인 '동방'은 '모란봉'으로 축소되고 특정 인물에 의해 독점됨으로써 전 인민이 마음껏 공유하고 진심으로 동의하는 새 혁명조국의 원리나 지향점으로 기능할 가능성이 차단되어버렸다.

과연 그의 작품을 총망라한 『김조규시전집』을 한 장씩 짚어보자니, 김조규는 김일성 우상화와 수령 '유일체제'로의 전환이 시작되는 1950년대 중반 이래 어떤 작품에도 '동방'을 등장시키지 않는다. 그 대신 김

---

107 김일성 가계의 반제·반봉건투쟁은 현재 항일유격투쟁, 3·1운동, 동학농민투쟁, 신미양요 전투에까지 공식화되어 있으며, 그 뿌리를 임진왜란으로까지 끌어올리려 했으나 성공하지 못한 것으로 알려진다. 「모란봉」으로의 개제 및 시편 곳곳의 싸움 장면은 김일성 가계의 반제·반봉건투쟁을 기록한 서사 장치로 보인다. 하지만 김일성 가계발(發) 투쟁의 전통은 치밀하게 기획된 날조된 역사에 불과한 것으로 알려진다.

일성, 위대한 수령님, 공산주의, 조국, 친애하는 지도자, 김정일[108] 등을 사회주의 북한의 가치체계를 혁신하고 보존하며, 또한 인민들의 행위규범을 교육하고 갱신하는 공적이며 혁명적인 가치어로 시대현실과 정치체제에 부합하게 골라 배치하는 데 골몰할 따름이다.

재차 말하건대, 해방기 '동방'은 적어도 노동계급의 진보성과 인민들의 총단결로 혁명조국 '민주조선'의 희망을 가능성을 통합하는 장소의 진정성을 힘껏 견지했다. 하지만 전후 복구기(반종파투쟁) 이후 그것을 대체한 '모란봉'은 오로지 김일성의 영원불멸을 찬양하고 기원하는 "붉은 별 타고 온 해방의 노래"(「모란봉」)와 붉은 깃발과 주체문예의 선봉적 자연과 비유체로 획일화·권력화되고 말았다. 이 점, 김조규를 포함한 북한 문학예술 속 '모란봉'을 인민들의 건강한 "생활의 흐름"을 지워버린, 또 김일성 유일체제의 시선과 통치의 기억을 각인하고 교육하는 파시즘적 '공공의 경관'[109]으로 부를 수 있는 핵심적인 이유겠다.

---

108 레닌과 스탈린의 위대성과 업적을 기리는 노래도 전후 복구기 이후에는 급속히 자취를 감추게 된다. 1956년 벌어진 소련의 스탈린 격하운동의 영향이 상당히 작용한 결과일 것이다. 하지만 당시에 강조되던 조·소 프롤레타리아 국제주의 때문인지 소비에트 병사나 문화인들의 북한 친선 활동은 종종 감격과 예찬의 소재로 등장하기도 한다. 이를테면 창작 시기상으로는 『시집 동방』에 실려야 했으나, 『김조규시선집』의 "○동방에서"에 뒤늦게 수록된 「전별의 노래」(1948.12)와 소련의 제2우주 로켓이 달에 도착한 것을 기념하는 「달을 노래하라」(1959.9) 등이 그것이다. 하지만 1960년대 김일성 '유일체제'의 등장과 전면화 시기에 이르면, 적어도 김조규 시편에서는 소련과 중국에 대한 우의와 연대를 노래하는 시편이 전혀 등장하지 않게 된다.

109 에드워드 랠프는 현대의 경관이 현실세계의 심오함, 그러니까 문자가 없던 시대의 전승 문화 경관들이 가졌던 상징성, 다시 말해 신성한 의미와 우주론이 반영된 형태를 대개 상실한 상태라고 파악한다. 대신 어떤 대중적·상업적·이념적 목적을 위해 "때때로 의도적이면서도 정밀하게 짜여진 지배적 관념이나 이른바 "신화(myths)"를 나타내는 기호라는 특징"을 지닌다고 주장한다. 그 결과 '장소의 정체성'은 "날조된 결과이거나, 세계적이고 무장소적인 프로세스가 지역적으로 결합된 결과"의 성격을 띠게 된다고 본다.(이상의 인용과 설명은 에드워드 렐프, 김덕현 외역, 앞의 책, 277~282쪽)

4. 문학적 신념과 정치적 선택의 균열이 다다른 자리

김조규는 "나의 시의 결함을 보충하기 위하여 우선 영광스러운 우리 당의 붉은 문예전사로서 공산주의자답게 일하며 살며 당과 수령에게 무한히 충실함으로써만 이룩되리라 다짐하는 바입니다"라고 『김조규시선집』의 '머리말'에 적었다. 이 다짐에는 이즈음의 '천리마시대'에 그 단초를 보이기 시작해 1960년대 후반이면 당문학의 제일 원리로 군림하게 되는 주체문예 이론의 이념과 방법이 고스란히 담겨 있다. "붉은 문예전사"의 "당과 수령"에 대한 무한한 충성은 1994년 7월 김일성의 사망으로 후계자 김정일의 전면 등장이 가시화되기 직전인 1990년 12월 김조규 자신이 심장병으로 사망하는 순간까지 끊이지 않았다.

이를테면 1989년 1월 27일 『문학신문』에 실린 「먼 바다 우에서」의 일절 "충성의 붉은 꽃 빙산 우에 피우며 / 멀어질수록 더 가까워지는 / 공산주의 조국의 꽃피는 포구로 / 우리는 달린다"라는 구절을 보라. 시인은 그러면서 당대 남한 현실을 "파쑈가 광란하는 저 풍경", 곧 "'민주'의 너울 쓴 사기한의 정치강령을 / 성서처럼 받아들"(「창문-서울에 있는 옛 시우의 시첩에서」, 1989.9)여 "저주로운 부조리의 생리"(「명동 찻집에서」, 1989.9)가 판을 치는 모순의 땅으로 비판하고 있다. 이상의 장면들은 시인이 해방기 이래 한 개인의 정서와 심미의 표현을 떨궈버린 채 혁명조국의 건설과

이 의견에 따른다면, '모란봉'은 김일성 유일체제의 잘 만들어진(곧 조작된) 신화성과 위대성을 전시·교육하며, 그것의 절대성과 숭고성을 각인하고 전달한다는 점에서 더 이상 실제적 자연도 진정한 장소도 아닌 공상된 기호이자 허구적인 경관이 아닐 수 없다.

사회주의 낙원으로의 진군을 외치고 기록하겠다는 문학적 신념과 정치적 선택에 한결같았음[110]을 증명하는 붉은 기호이자 목소리처럼 인지되기에 충분하다.

하지만 '동방'에서 '모란봉'으로 선택과 개작이 암시하듯이, 김조규의 미학적 충성과 예술적 복무는 '민주조선'과 '인민'에서 '반종파투쟁'을 거치며 김일성 1인 독재의 '당과 수령'으로 자의 반 타의 반 방향을 틀었다. 그런 가운데 1970년대 중반 "조선의 선율" "조선의 마음 / 조선의 느낌 / 조선의 의지"(「노래에 깃든 서정」)로 숭고화된 김정일에 대한 충성 서약[111]에 가 닿았으며, 그 흐름과 경향을 삶의 마감 전까지 계속 유지했다. 예컨대 시인은 "영원한 사랑"의 지도자 김정일이 "붓 한 자루밖에 손에 쥔 것이 없는 / 내 인생 80의 험난한 길을 / 믿음과 사랑으로 이끌어 주며 / 젊음을 되찾아 준 은혜로운 손길"을 내밀어 주었다고 감격적으로 회고한다. 이어 "불의 발견으로부터 억만년 세월 / 누구도 풀지 못한 인류의 념원 풀어주며 / 세기의 하늘 우에 높이 솟아 / 가야 할 천만리를 비쳐주는 / 향도의 별, 김정일 동지!"(「온포의 서정」, 1989. 4)[112]로 신격화한다. 이로써 김조규 시에서도 다른 작가들의 문학예술에서와 마찬가지로 김일성

---

110 이를테면 인용 구절은 김조규가 혁명 조국에서 마지막까지 신뢰되고 달성되기 바랐던 사회주의 인간형이자 그들의 인간적 품성에 해당될 것이다. "어느 시인 노래했던가 / 로동은 노래이고 기쁨이라고 / 기쁨만이 아니고 그것은 / 영예이며 행복, 신성한 의무 / 시련을 맞받아 웃으며 달라붙는 / 청춘의 자랑"(「첫 개통 렬차에 앉아」, 1988.9).

111 「노래에 깃든 서정」은 1974년 1월 발행된 『향도의 해발 우러러』에 실렸다. 시집 제목과 당대 북한 현실을 살펴보건대, 1974년 당 정치위원으로 선출됨으로써 사실상 김일성의 공식 후계자가 된 김정일의 앞날을 축하하고 기원하기 위한 노래로 짐작된다.

112 부제로 "당중앙에서는 작가 예술인들을 위하여 주을 온포휴양소에 특별휴양을 조직하였다"가 붙어 있다. 주체문학의 창조에 진력하는 문인들에 대한 당의 배려와 보호에 감격한 내용을 담은 시임이 자연스레 드러나는 지점이다.

은 태양, 김정일은 별이라는 우주적 구도의 혈통과 권력의 가계도가 완결되어 등장한 장면인 것이다. 그러니 이들을 향한 심상 지리가 '동방'에 멈출 수 없는 것이며, '모란봉'을 넘어서는 또 다른 신화적, 아니 우상화된 장소가 매우 의식적인 형태와 성격으로 등장할 수밖에 없다. "만경봉에 솟아오른 / 주체의 위대한 태양"이라는 비유에 등장하는 '만경봉'이 바로 그곳이다. "진부하고 락후한 모든 것이여, 사라지라 / 청신하고 대담한 정신에 / 생명이여 약동하라"(「주체의 해발 우주에 찬연하다」 중 "머리시 : 태양의 송가")[113]에서 보듯이, 이 지점에서 세계의 모든 가치와 의미가 발현되고 수렴되는 김일성 가계를 위한, 김일성 가계에 의한, 김일성 가계만의 기이하게 조작된 '신화의 경관'이 완결된다.

김조규 시의 이런 면모와 성격은 그의 시들이 정치의 예술화를 기필코 회피하며 오히려 그것을 맹렬히 성찰, 비판하는 문학적 정의로 신중한 행보를 옮겨가지 않았음을 넌지시 암시한다. 대신 김일성 유일체제의 지속과 유지를 위해 그 자신의 개성적 내면과 정서, 다른 말로 "노래에 깃든 서정"을 김일성 유일체제의 "권력과 영향력을 위한 전능한 도구"[114]로 무력하게든 의식적으로든 별다른 저항 없이 내주었음을 뜻한다.[115] 이 지점, 일제 말 만주의 '동방'에서 해방기 평양의 '동방'으로, 다

---

113 『량강신문』, 1977년 4월. 이 시는 "머리시─태양의 송가"에 이어 차례로 "물이 온다 조선의 물이", "사랑의 길 천만리", "백두산의 쌍무지개"로 이어지는 장시이다. "백두산의 쌍무지개"는 김일성과 김정일을 뜻하니, 북한 권력체제가 김일성에서 김정일로 완전히 승계되었음을 정당화하는 동시에 만방에 선포하는 축하의 장시로 이해된다.

114 에릭 홉스봄 외, 박지향 외역, 「6장 대량 생산되는 전통들─유럽, 1870~1914」, 앞의 책, 528쪽.

115 이런 뜻에서 『만주시인집』(1942)에 김조규 시를 편(編)했으며, 해방 후 『8·15해방1주년기념 시집 거류(巨流)』(1946)에도 김조규의 「동방서사」 등과 함께 「평양을 노래함」과 「반일유격 이십년전(戰)─동북반일유격전투 송가(頌歌)의 서곡」을 게재한 박

시 그것의 '모란봉'으로, 마침내는 '만경봉'으로라는 거듭된 장소 이동
과, 거기 부과된 특정체제에 대한 협력이라는 의미의 변전과 생성이 흘
러간 김조규발發 '만들어진 전통' 최후의 암수지대暗水池帶였던 것이다.

팔양의 이후 선택은 상당히 흥미롭다. 김조규는 『김조규시선집』(1960)을 간행하며
김일성 유일체제의 건설로 급격히 선회한다. 이와 달리 박팔양은 해방기에 김일성유격
전을 예찬했던 것과 달리 김일성 주도의 '보천보전투'에서 함께 싸운 최현 부대에서
작식대원과 재봉책임자로 복무했던 여성대원 김명화를 재현한 장편 서사시 『눈보라
만리』(1961)를 창작, 발표한다. 김재용의 날카로운 지적처럼, 박팔양이 해방기의 김일
성 형상화 경험을 피해, 당시 김일성 중심의 만주항일 빨치산을 재현하라는 당의 지침을
벗어나 일개 유격대원 김명화를 주인공으로 삼은 것은 "만주항일 빨치산을 다루되 (김
일성에 대한—인용자) 개인숭배를 피해가"기 위함이었다고 판단된다.(김재용, 「귀향
과 이산—만주국과 남북의 문학—박팔양과 염상섭을 중심으로」, 중국해양대 해외한국
학 중핵대학사업단 2단계 제5회 국제학술회의 『동아시아 한국학 지식의 생산, 수용
및 해석』(자료집), 2019) 김일성 영도하의 항일혁명투쟁에 대한 묘사를 수행하지 않는
사실과 연관된 것인지는 알 수 없으나, 다음 해 『인민을 노래한다』(1962)를 발간하는
등 창작 활동에 주력하던 박팔양은 1966년 반당종파분자로 숙청되어 문단에서 갑자기
사라진다. 하지만 그는 김정일 시대에 이르러 『눈보라 만리』에 대한 창작 기여를 인정받
아 다시 복권된다.

3부
중국 동부지역의 잔류

중국 조선족의 문화창조

1949년 이후 조선족문학에 나타난 지역환경 표현에 관한 연구

제롬 드 위트

1. 만주국문학의 국가 상상하기

고진 가라타니Kojin Karatani는 그의 중요한 연구『일본문학의 기원』에서 20세기 초 일본문학의 환경 묘사가 지역 및 국가 간의 상상의 연계를 형성하기 위한 목적으로 사용되었으며, 따라서 일본의 근대 민족국가 및 국가 정체성을 창조하는 원동력이 되었다는 것을 관찰하였다.[1] 베네딕트 앤더슨Benedict Anderson에 따르면, 근대 민족국가는 "상상의 정치 공동체이며, 본질적으로 제한적이고 주권적"이라고 상상하고 있다.[2] 그 의미는 이러한 상상의 과정에서 개인은 권리와 의무, 인종, 종교, 민족 또는 계급의 제한을 받지 않는 더 큰 국가의 시민으로 상상된다는 것이다. 국가의 사상

---

1   Karatani, Kojin, and de Bary, Brett(trans.), *Origins of Modern Japanese Literature*, Duke University Press, 1993.
2   Anderson, Benedict, *Imagined Communities : reflections on the origin and spread of nationalism*, Verso, 1991, pp.6~7.

은 사회가 제공하는 자원을 모두가 동등하게 누릴 수 있고, 모든 사람이 국가 주권에 정치적으로 참여할 수 있는 공간을 약속한다. 이런 상상 속의 공동체를 만드는 방법은 20세기 전반 동아시아의 지식인들이 사용한 청사진이었다.[3]

그리하여 안수길(1911~1977)의 1944년 소설 『북향보』에서 주인공이 만주국에서 살고 있는 조선 농민의 목표라고 선언하는 것을 듣는 것은 그리 이상한 일이 아니다. "넓고 거칠어 쓸모없는 땅에 옥답을 만들고 거기에 볍씨를 심어 요즈음말로 하면 농지 조선농산물 증산에 땀을 흘린 값으로 이곳에서 먹고 살자"는 것은 만주국에서 살고 있는 조선 농민의 목표라고 얘기한다.[4]

여기서 우리는 조선 농민들이 그들 자신의 조선인 공동체를 위해 열심히 일하는 모습을 볼 수 있다. 그러나 다음 문장에서 이러한 노력은 민족국가라는 더 큰 틀 안에서 이 일이 어떻게 들어맞는지에 대한 이미지를 떠올리기 위해 직접 이식된다.

"선계가 만주국에서 나라에 이바지하는 일은 오직 수전 개관과 수전 경작에 의한 식량 기여에 잇다 해도 과언이 아니"며 "선계가 떳떳이 국민으로서 대접을 받고 그 존재를 주장할 수 있는 점은 이 농민들의 수고

---

3 초기 중국 근대문학에서 중국 민족국가의 개념에 대한 논의는 Lydia Liu, "Narratives of Modern Selfhood : First-Person Fiction in May Fourth Literature", *Politics, Ideology, and Literary Discourse in Modern China*, Duke University Press, 1993 참조.
한국 근대문학의 출현을 위한 이 과정의 중요성을 논의한 대표적인 논문은 Michael, Shin "Interior Landscapes : Yi Kwangsu's The Heartless and the Origins of Modern Literature," *Colonial Modernity in Korea*, Harvard University, 2001 참조.
4 허경진 · 허휘훈 · 채미화 편집, 『중국 조선민족 문학대계 10−안수길』, 보고사, 2006.

때문이라 생각해도 무방"하다는 내용이 그것이다.[5]

　　이 농부의 노고는 조선 농부들이 동등한 대우를 받고 만주국의 참여 정
치체제에 관여할 수 있도록 하겠다는 약속을 굳히는 동시에, 상상 속의 만
주국에 직접적인 이익을 가져다 주는 노력을 통하여 변화시킴으로써 의미
를 부여한다. 조선작가들에 의해 창조된 담론은 그들의 노동력이 어떻게
조선인들이 사회에서 차지하는 지위로 변환되고 그들이 국가의 지울 수 없
는 부분이라는 것을 증명하는 의미에서, 정치적 주체성을 얻기 위한 방법
으로서 지역환경을 활용하는 목적을 제공한다. 따라서 그들은 조선 농민들
의 손에 달려 있는 지역환경의 변혁을 성공적인 상상의 만주국 정체성을
창조하는 유일한 진정한 수단으로 보고 있다.

　　이들은 이런 식으로 상상된 민족공동체의 정당성을 보면서 근대 민족
국가 창조가 대도시에서만 일어났다는 생각에 반대했다. 만주국 당국은
종종 장춘, 길림 등의 도시를 만주국 평등주의를 닮은 유토피아 도시로
선전했다. 이와 반대되는 생각을 불러 일으키기 위해, 안수길은 북향보
에서 도시가 "부유한 반유토피아적 공간"이라고 주장하며, 따라서 국가
의 유일한 생산지인 농촌에 직접적으로 반대한다고 주장한다.[6] 이 나라
의 진정한 정신과 대조되는 이러한 반도시주의는 또한 상차이Xiang Cai에
의해 발견되었는데, 그는 초기 근대 중국문헌에서 '국가'는 도시사회 계

5　위의 책.
6　김미란, 「낙토 만주의 농촌 유토피아와 공간 재현 구조」, 『상허학보』 33, 상허학회,
　　2011, 115쪽.

약의 이성적인 측면으로만 구성되어 있지 않으며, 또한 친족이나 민족 공동체 사이의 상호 작용과 의존성을 알려주고 싶었다.

우리는 국가가 자본주의 시장관계의 확대와 그에 따른 민족 공동체의 파괴의 산물이라고 말할 수 있는데, 그 결과 사람들은 그러한 상호의존 유형의 상실된 상호성을 회복하기 위해 상상력을 사용할 수밖에 없었다.[7] 그의 견해로는 자본주의를 바탕으로 한 근대적 세계체제의 구축 과정이 농촌마을 공동체의 이상을 파괴시켰다고 본다. 조선작가 김창걸(1911~1991)은 『만주일보』(1940.2.16)에 실린 재만조선문학과 작가의 정열에서 썼듯이 자본주의 체제에 의한 파괴와 도시와 농촌 사이의 격차 확대가 그 당시 문화 텍스트에서 벌어지고 있음을 발견했다. "재만조선계 유일의 지도지이며 문화건설의 온상인 만선일보의 학예면에 러브씬이 나타나면 침을 삼키나 도시빈민층이나 농민의 생활 또는 인간생활의 암흑면이 나올 때에는 뿌리쳐버리는 것은 상례이거니와 도시상인들은 경제면에만 관심을 갖고 농촌에서는 이 신문의 존재조차도 모르는 실정에 (김창걸은) 실망을 금치 못하고 있다."[8]

김창걸은 도시생활 대신 농촌과 만주국의 소외된 사람들의 삶과 경험을 묘사하기 위해 더 많은 노력을 기울이는 작가들이 그러한 분열을 좌절

---

7   Cai, Xiang, Karl, Rebecca, and Zhong, Xueping(trans.), *Revolution and Its Narratives : China's Socialist Literary and Cultural Imaginaries, 1949~1966*, Duke University Press, 2016, p.30.
8   김창걸, 「재만조선문학과 작가의 정열」, 『만선일보』, 1940.2.16~17.

시키는 해법과 상호이해가 일어날 수 있는 것으로 보고 있다. 그리하여 모두에게 사회적, 정치적 평등의 유토피아적 꿈이 달성 가능한 목표가 될 수 있다고 본다.

이런 식으로 보면 만주국에서의 조선작가들의 노력은 도시와 농촌, 그리고 지역과 국가가 상호의존적이고 모든 시민들을 위한 정치적 주관성의 창조와 맞닿아 상호보상을 하는 새로운 상상의 창조로 볼 수 있다.

2. 조선족문학의 지역환경과 민족국가의 '발견'

1945년 8월 일제가 멸망한 후, 앞서 언급한 안수길 등 만주국에서 활약하고 있는 많은 조선작가들은 한반도로 이주하기로 결정했다. 이 지역에 남아 식민지 시기 이후까지 글을 이어간 작가들은 김창걸과 리욱뿐이었다. 이 공백을 메운 것은 최재, 배극, 정길운, 최정연 등 조선의용군 소속이었던 젊은 작가들이 곧 충원한 것이다. 몇 년 후, 그들은 남북한에서 활동했지만 한국전쟁이 발발하기 전에 중국으로 이주하기로 결정한 김학철과 함께 했다. 1947년 이후에는 고등학교를 갓 졸업한 신진 작가들도 여럿 참여하게 되는데, 그중 소설가 리근전, 주선우, 김순기 등이 있다.

중화인민공화국 수립 후 처음 출판된 이야기는 조선 농민들의 삶을 찬양하는 패턴을 따랐는데, 이번에는 일본 제국의 이름으로가 아니라 새로 건립된 사회주의 중국 국가를 위한 것이다. 그러므로 이러한 1949년 이후의 이야기에서 지역적 환경을 활용하는 것은 다시 한번 작가들이 지역환경을 주장하려는 노력에 중요한 역할을 할 것이다. 그리하여 이러한 지역환경에서의 그들의 노력은 민족국가의 복지에 기여할 것이다. 이는 중국 내전 기간 (1946~1949)에 보여왔던 것과는 다른 변화로, 조선족 작가들의 임무는 김일성부터 스탈린, 그 뒤를 이어 마오쩌둥에 이르기까지 범아시아 사회주의혁명의 더 큰 틀 안에서 정체성과 활동을 묶어야 했다.[9] 이제 이야기와 등장인물들은 중국 공산당과 특히 지도자 마오쩌둥에 대한 충성심 하나만을 보여줄 것이다.

김창걸 작가는 새로 수립된 중화인민공화국에서 「새로운 마을」(1950)이라는 단편소설을 최초로 출판한 작가였다. 조선족문학자들에게는 이 이야기가 중국 공산국가 건국된 후 처음 출간된 것이기 때문에 관심이 높을 뿐만 아니라, 조선족문학자인 최일에 따르면, 이 이야기는 "연변 조선인들의 경험은 그들을 자신의 땅의 소유자로 묘사하고 연변에 있는 이 땅을 자신의 손으로 개발함으로써 한반도에서 분리된 조선족의 정체성을 창조하는 데 도움을 주었다"고 하였다. 이런 양상은 김창걸의 이야기의 첫 구절에서 분명해진다.

"어기여차라!"
한동무가 선소리를 먹이면
"내 땅에서 내 힘으로"
다른 동무가 성수남게 받는다.
"내가 가꿔 내가 먹는"

9　리광일은 1948년 만주에 거주하는 조선인 지식인들이 이러한 태도를 취하고 있음을 보여 주었다. 리광일, 『해방 후 조선족 소설문학 연구』, 경인문화사, 2003, 218~200쪽.

또 다음 동무가 인차 받아넘긴다.[10]

김창걸의 이야기에서 우리는 그의 설득력 있는 맥락을 통해 이 지역이 이미 어떻게 점차적으로 토착지에 대한 비유로 변모해 왔는지를 알 수 있다. 이것은 가라타니가 (새로운) 국가 건설을 위해 필요하다고 믿는 것에 따른 것이다. 그는 사회적 계약의 표현은 충분하지 않으며, 대신에 어떤 종류의 공통된 감정을 형성하기 위해 "상상을 이용하여 잃어버린 상호원조와 상호관계를 회복해야 한다"고 말한다.[11] 근대 민족국가에서 이 표현은 종종 환경의 발견과 찬사를 통해 나타난다. 국가 담론에서 도출된 표현으로, 따라서 지역환경은 토착지의 비유로 변모했고, 지역환경을 서술하는 것은 공동체의 공통된 감정을 형성하는 데 도움이 되었다. 조선족 작가들이 쓴 문학을 비롯하여 이 시기부터 중국문학에서 소위 환경의 발견은 하류의 관점의 출현에 의존했다. 즉, 내레이터는 하위 (노동) 사람들의 시각에 의존하여 지역환경을 재발견했다. 이것은 렴호렬의 「소골령」(1950)의 첫 시작에서 뚜렷이 보인다.

소골령이라고 하면 멀리서는 몰라도 화룡현 일대에서는 거의 다 알고 있다. 화룡에서 숭선구로 가자면 이 소골령을 넘어야 하며 한번 넘어본 사람이면 "령두 무슨 놈의 령인지 사람의 속을 다 태우고 만다"고 의례히 말할

10 김창걸, 「새로운 마을」, 『중국 조선족문학 대계 15 - 단편소설선』, 연변인민출판사, 2012, 30쪽. 이하 글명과 쪽수만 표기.

11 Karatani, Kojin, and de Bary, Brett(trans.), *Origins of Modern Japanese Literature*, Duke University Press, 1993

것이다. 금방 넘어온 사람은 흐르는 땀을 씻으며 검어아득하게 솟은 소골령을 다시 한번 흘겨 보지 않을수 없다.

그러나 이렇게 높으고 늘찬령도 해마다 겨울이 오면 한번씩은 정복당하고야 말며 정복자들은 아무렇지도 않게 넘어다니고 있으니 그것은 소골령을 넘어서 운반하는 이 땅의 주인－농민들의 애국심의 결정적인 공량수레와 발구떼들이다.[12]

여기서 우리는 농부들에 의해 "발견되" 자연환경이 예속되고 변형되어야 하는 것임을 알 수 있다.[13] 마셜 버먼Marshall Berman은 이러한 자연계의 예속과 변혁을 근대성의 특징으로 파악한다.[14] 한족작가들도 현지 지형을 국가혁명을 위한 담론으로 바꾸기 위해 분주히 움직이고 있었기 때문에, 이런 비유를 사용하는 것은 조선족 이야기뿐만이 아니다. 상차이는 1949년부터 1966년까지의 중국문학에 대한 연구를 통해 "국가 담론의 영역에서는 지역환경이 종종 토착지로 바뀌는 경우가 많고, 계급 담론의 영역에서는 이 환경이 사람들을 가리키는데, 민간 윤리적 질서에서는 환경이 어떤 종류의 농촌 이상을 내포하지 않는 경우가 많다. 중국혁명의 과정에서 이 세 가지 서술이 효과적으로 하나로 통일되어 어떤 상상의 비전의 기초를 형성하였다"고 주장해 왔다.[15]

---

12 렴호렬, 「소골령」, 『중국 조선족문학 대계 15 - 단편소설선』, 연변인민 출판사, 2012, 24쪽.
13 이것은 이 시기 이러한 경향을 보여주는 많은 조선족 작품들 중 하나이다. 앞서 언급한 김창걸의 「새로운 마을」(1950)을 비롯하여 리근전의 「박창권할어버지」(1955), 김철의 「아버지의 비밀」(1957) 등이 하위 주체에 의해 자연환경이 "발견되고 변형되는" 예들이다.
14 Berman, Marshall, *All That Is Solid Melts into Air*, Penguin, 1988, p.1.
15 Cai, Xiang, *Revolution and Its Narratives*, Duke University Press, 2016, p.41.

비록 같은 방식으로 조선족 이야기에서 현지 환경이 기능했음에도 불구하고, 그들의 한족 이야기와 비교하면 큰 차이가 있다. 예컨대 우리는 식민지 시기의 유산이 묘사된 지역환경 위에 끊임없이 맴도는 스펙트럼이었다는 것을 이야기에서 볼 수 있다. 일제 통치 아래 만주국의 일부라는 식민지 경험은 그들의 지역공동체를 자본주의 세계체제로 급속하게 형성하게 했다. 일본인들에 의한 강제적인 토지 몰수(종종 조선인의 도움으로)는 민족 공동체 간의 적대감, 그리고 조선인 자신들 간의 마찰과 반목으로 이어졌다. 중화인민공화국이 건국된 후에도 이 문제는 여전히 민감하고 해결되지 않은 이슈로 남아 있어서 다루어져야 했다. 문학은 연변의 조선족 작가들이 이 상황을 다루고 개선하기 위해 사용하는 형식이었다.

식민체제의 갑작스런 붕괴는 또한 식민지 지배자들이 비슷한 정책과 담론을 사용하여 국가의 이익을 위해 그 지역 사람들에게 노동하도록 권유했기 때문에 지역 및 국가 지도자들의 새로운 노력과 정책이 진정 "새로운" 것인지에 대한 모호함으로 이어졌다. 따라서 이러한 모호성은 1955년까지 조선족으로 지정될 중국 시민으로의 정체성 형성 과정을 방해할 수 있는 중요한 장애물이 되었다. 주목한 바와 같이, 지역환경의 서술은 공동체의 공통된 감정을 형성하는 데 사용될 수 있으며, 만주국 붕괴 이후 조선족 작가들이 지역사회 내에 남아 있던 반감과 모호함을 없애기 위해 사용한 것이 바로 이러한 측면이다. 이것은 과거 일본인들의 착취에 대한 등장인물들의 토론 방식으로 김창걸의 「새로운 마을」에서 볼 수 있다.

그리고 더우기 과거의 창곡이란 인민을 구제하는것이 아니라 인민을 더욱 빚구렁에 빠지도록 지독한 변리가 붙은것으로서 우리들을 더욱 심하게 착취받게 했다는것을 말해주었다.

따라서 오늘의 부업이야말로 신민주주의사회가 아니고서는 있을수 없다는것, 과거 왜놈들의 소위 '부업장려'와는 근본적으로 다르다는 것을 알기 쉽게 똑똑히 례를 들면서 이야기했다.[16]

여기서 우리는 마을 사람들이 마을의 '새로움'을 의미하는 점에서 마을의 지역 지도자와 갈등을 빚고 있음을 알 수 있다. 그들은 그에게 '창곡'이나 '부업'과 같은 관행처럼 식민지 시기에 사용되었던 용어가 예전과 같지 않은지 의문을 제기한다. 비록 이 이야기는 주인공이 "쉽게 이해할 수 있고 분명한 방법으로" 마을 사람들을 설득하는데 성공했다는 것을 말해주지만, 독자들은 그 설명이 실제로 어떤 모습일지 어리둥절해하고 있고 식민지 시기와 새로운 중국의 상황의 차이점에 대해서는 더이상 분명해지지 않는다.

탈식민지화 노력은 단어와 표현이 계급의 차이를 나타낼 수 있는 언어로까지 확대된다. 예를 들어, 「새로운 마을」에서는 주인공이 말할 때 조선어 고유의 계급(또는 계층적) 분열을 근절하려는 노력이 있다.

우리 '옳소―' 하는 말을 좀 삼가하게우, 말이란 툭 하기 다르구 탁 하기 다르다구 '옳소―' 하구 말끝을 길게 쭉 뽑는게 저 청산맞은 지주놈들이 우릴 비웃노라고 늘 쓰는 그 말 같이 아니꼽게 들리거던![17]

---

16 김창걸, 「새로운 마을」, 36쪽.
17 김창걸, 「새로운 마을」, 31쪽.

전문용어와 언어에서 지역환경의 발견과 식민지 시기의 요소를 제거하는 것은 조선족들의 정치적 주체성을 만드는데 서술적 역할을 한다. 그들은 노동과 지역사회를 위한 노력을 통해 그들이 얼마나 국가의 일부분인지 증명해 주기를 바란다. 이는 김철의 이야기인 「아버지의 비밀」(1957)에서 예시된 것으로, 이야기의 마지막 부분에서 마을 사람들이 한결같이 "우리는 새로운 중국의 미래의 주인이다"라고 노래하고 그들 자신이 지역환경을 변화시키고 근대화하기 위한 그들의 노력을 통해 휘두른 (정치적) 힘에 활력을 느낀다.[18] 그러나 궁극적으로 농촌 협동조합이 해결해야 할 문제 중 하나는 소규모 농민경제의 여건에서 대규모의 근대화된 농촌 생산으로 어떻게 옮겨갈 것인가 하는 것이었다. 이것은 국책 사업의 전부였고 새로운 국가에 정당성을 부여한 것이었다. 그러나 조선족에게 그런 약속도 일본 식민지 개척자에 의해 이루어졌고, 중국 정부가 휘두르려 했던 수사학적 힘을 상하게했다. 우리는 근대화의 약속에 대한 비판을 보고, 농부들에게 더 나은 삶과 더 높은 생활수준이 「새로운 마을」에도 나타나는 것을 볼 수 있다.

"조장동무, 우린 언제 뜨락또르루 밭을 갈고 거둬들이고 마당질까지 할 수 있을가? 우리 이 세대에 될수 있을가?"
"이거 원, 몇 천 년전부터 쓰던 도리깰 가지구 강힘으로만 하자니 맥만 빠지구, 에이 참"
동무들은 감격한 나머지 부러운듯이 돌려물으며 말했다.

---

18 김철, 「아버지의 비밀」, 『아리랑』, 1957.1, 27쪽.

"오늘 곧 될것도 아니지만 그렇게 먼것두 아니구, 거저 우리에게 달렸지!"[19]

　부국을 약속한다는 민족주의적인 미사여구와 모든 국민의 안녕에 대한 비판은 그러한 사람들을 개인주의적이고 이기주의적인 낙인 찍음으로써 좌절되었다. 이 이야기들은 그러한 개인주의가 새로운 민족국가에서 생겨날 곳이 없고, 따라서 집단노동을 매우 중요한 근대적 의의, 미래에 관계되는 의의, 또는 미래주의의 급진적인 목표에 의해 인도되는 상상으로 격상시킨다는 것을 보여주고 싶어한다. 이 이야기는 집단노동의 생산 방식이 유토피아의 형태를 나타내도록 했다. 비록 이 이야기의 묘사가 지역에만 집중되더라도, 그들은 국가나 국가를 가장 크고 유일한 정치적 사회적 집단이 되도록 하는 기능을 한다. 이러한 유형의 서술에서 개인은 모순적인 방식으로 정치적 주체성만을 달성하는 특정한 종류의 정치적 주체로서, 개인의 선택의지를 포기하고 대신에 집단으로 하여금 자신의 운명을 결정하도록 해야 한다고 결정되어 왔다. 따라서 지역적 환경과 민족국가의 이익을 위해 이 지역을 변형시키는 데 필요한 집단적 노동력의 발견은 동시에 개인이 자신의 주관성이 속박될 위험에 직면했다는 것을 의미하기도 한다.

19　김창걸, 「새로운 마을」, 33쪽.

3. 내부 적들의 묘사

집단노동이라는 관념에 내재되어 있는 것은 개인의 풍요와 집단의 풍요 간의 강한 갈등을 중심으로 일정한 이념적 개입을 감추고 있는 것이다. 이것은 「소골령」의 주인공 남수가 자신과 가족을 위해 이기적으로 일해 왔다는 것을 서서히 인정하는 것에서 다른 사람을 돕기를 열망하는 사람으로 변하는 것을 볼 수 있다. 대부분의 이야기를 채워주고, 서술적 긴장을 조성하는 것은 집단 노동체제의 일부가 되고 싶지 않은 사람들의 지역적 환경에 있는 이기주의적 요소들이다. 그러므로 우리는 희견의 「새 집」(1951)에서 지주들이 비난받는 것을 본다. 김창걸의 「마을의 승리」(1951)에서 부유한 소작농들과 나쁜 요소들은 새로운 마을 등에서 부자가 되기를 꿈꾸는 중산층 소작농들을 말한다. 이러한 적대자들은 빈틈없고 능력이 있을 뿐만 아니라 이기적이고 냉정하며 구두쇠 등으로 묘사된다. 그들의 행동은 상호원조와 뒷받침으로 나타나야 할 농촌의 이상적인 문화적 상징체제에 대한 모욕으로 묘사된다. 「새로운 마을」에서 조 영감의 캐릭터는 예를 들면 다음과 같다.

속이 꼬장꼬장하고 변통성이 없고 제것만 저것이라고 욕심을 피운다고 하여 '꼬장떡'이란 별명으로 불리우는 조령감

이야기 속의 이러한 종류의 적대적 요소들은 그 당시 중국의 다른 문학들과 많은 유사점을 공유하고 있다. 예를 들어, 류칭Liu Qing의 「건축가」(1959)에서 우리는 시골 마을의 계급 구분이 재발할 가능성에 대한

불안을 느낀다. 이 불안에 대한 이야기에서 우리는 중산층 농민들이 부농이 되는 경향을 나타내는 일종의 상징이 되는 것을 볼 수 있다. 김창걸의 이야기 「마을의 승리」에는 이런 불안이 다음과 같이 묘사되어 있다.

"조장동무 요새는 반혁명 진압이 가장 큰일이라는데 여기야 어디 반혁명자가 있겠수?"

형쥬이는 한참만에 거진 저쪽 밭머리에 미쳐서 입을 남실거렸다

"그렇다구 아주 마음 놓을수야 있겠수? 아직 우리눈에 잘 보이지 않을 뿐이지 없다구 장담할 수야 없지!"[20]

그러나 이런 식의 서술에서 묘사되는 계급의 적은 필연적으로 국가의 적이 된다. 이 때문에 비교적 일반적인 이야기 모델은 이런 종류의 적들이 농민을 탄압하거나 반공산주의자가 된 역사를 가지고 있으며, 물론 내전 중에는 일본인과 자연스럽게 협력했다는 것이다. 이것은 또한 멍웨Meng Yue가 이 시기부터 다른 중국문학에서도 다음과 같이 관찰하였다. "그 줄거리는 특정한 민속생활 세계, 윤리적 질서, 도덕적 논리를 중심으로 짜여져 있다. 이 서술적 구조 안에서, 적대자는 계급적 적을 나타내기 위해서만 존재하는 것이 아니라, 그는 또한 민간의 윤리적 질서의 적으로서도 존재한다." 이러한 침입의 서술적 구조는 근대 중국소설에서 흔한 현상이 되었다. 원징Yuan Jing과 콩쥬Kong Jue의 「신자녀영웅전Xin ernü yingxiong zhuan」(1949)과 같이 항일전쟁을 배경으로 한 작품에서 유래

---

20 김창걸, 「마을의 승리」, 『연변문예』, 1951.4, 28쪽.

되었다.

　뒷이야기를 살펴보면 잔인하지만 아이러니컬한 운명의 꼬임 속에서 중국의 조선족에게 정당한 장소를 마련해 주고 그들의 정치기관 달성을 이끌어내려는 이야기들이 동시에 조선족의 정치인들과 예술가들을 향한 비난의 온상이 될 만한 이야기를 만들어 낼 것이라는 것을 알 수 있다. 그것은 1956년부터 반우파주의운동을 시작해 점차 더 많은 내부 적들이 계속해서 '발견'되고 있었기 때문에 결국 문화대혁명에 의해 야기된 사회적 참사를 초래했다.

　1949년 이후의 조선족문학은 지역환경의 서술이 어떻게 조선 농민들의 노력을 국가 차원에서 보다 넓은 범위에 배치하는 데 기여했는지를 보여준다. 이 이야기를 통해 조선족들은 새로운 중국에서 정치적 주체성과 선택의지를 주장할 수 있게 해준다. 이는 당시 한족작가들이 집필한 문헌에서 볼 수 있는 동일한 프로젝트의 연장선상으로 볼 수 있다. 그러나 조선족 이야기가 다른 것은 식민지 시기가 묘사되고 있는 환경에 반복적으로 다시 나타나는 방식이다. 저자들은 전에 해왔던 것과 명확히 구별하기 위해서는 이전에 만주국 시기에 보여졌던 개념과 수사법이 이제는 더 이상 관련성이 없거나, 아니면 다르게 보아야 한다는 점을 분명히 해야 할 필요성을 느끼고 있다. 이와 유사한 환경 묘사가 식민지 시대에도 이미 특징적이었고, 조선족 작가들이 식민국가를 뒷받침하기 위해 사용했다는 점도 이 목표의 더 큰 어려움이다. 그럼에도 불구하고 이 이야기들은 두 시기의 차이점에 대해 설득력 있는 주장을 펼치려 하지만 결국 독자들에게 그러한 질문에 대한 만족스러운 답을 주지 못한다.

우리는 조선족 공동체 내에 그들이 이전에 가졌던 것과 같은 특권적 지위를 요구하는 사람들이 여전히 존재한다는 사실에 의해 이 목가적인 환경이 여전히 일본 식민지 지배자에 의해 '오염'되었다는 것을 알 수 있다. 집단화가 미래의 근대중국을 존재하게 할 것이라는 생각에 동의하지 않는 사람들은 개인주의적이고 이기주의적인 것으로 낙인찍히고, 나아가서는 계급의 적으로 낙인찍힌다. 처음부터 조선족 이야기는 '올바른' 이념을 지지하는 사람들과 순응하기를 원하지 않는 사람들 (그리고 식민지 시대에도 횡포를 부린 것으로 묘사되는)에 공동체를 분열시키는 상상 속의 내적을 설정했다. 이 이야기는 1956년부터 더욱 치열하게 이어질 것에 대한 근거를 마련했다. 즉, 동료를 희생시키면서 그들 자신을 위한 더 많은 정치적 자본을 축적하기 위해 올바른 이념을 따를 것이라고 주장하는 조선족 작가들 간의 내분이었다.

이민移民에서 이산離散으로의 여정*

김창걸의 해방 후 작품을 중심으로

천 춘 화

1. 용정의 중국 조선족 작가 김창걸

중국 조선족문학사에서 김창걸(1911~1991)은 정판룡,[1] 권철[2]을 대표로 하는 조선족 학자들에 의해 중국 조선족문학사의 선구자이자 개척자로 평가받는 인물이다. 재만 조선인문학과 중국 조선족문학의 양쪽 모두에 걸쳐 있으면서 중국 조선족문학사의 연속성을 가능하게 하는 중요한 작가이기 때문이다.

김창걸의 이력을 살펴보노라면 두 가지 점에서 여타의 재만작가들과

---

* 이 논문은 인하대 한국학연구소에서 발행하는 『한국학연구』54(2019)에 발표한 글을 전재한 것임을 밝혀둔다.

1 "김창걸 선생은 비단 암흑기 조선문학사의 맥을 이어준 저명한 조선족의 사실주의 작가일 뿐만 아니라 중국의 특색을 가진 진정한 의미에서의 중국 조선족 현대문학의 개척자이며 선구자이다." 정판룡, 「우리 문학의 선구자이며 개척자인 김창걸 선생」, 연변대 조선문학연구소 편, 『김창걸·최명익·박계주 외』, 보고사, 315쪽.

2 권철, 「해제-김창걸과 그의 소설문학」, 위의 책, 30쪽.

는 다른 점이 발견된다. 하나는 6살이라는 어린 나이에 부모님을 따라 만주(용정 장재촌)로 이주하였다는 사실이고 다른 하나는 그가 용정에서 학창 시절을 보냈다는 점이다. 안수길이나 현경준, 윤동주는 조선에서 중학교 과정을 마치고 일본을 유학한 경험을 가지고 있지만 김창걸은 오로지 용정에서만 학창 시절을 보냈다. 그리고 용정에서의 체험이 궁극적으로 김창걸의 사상적 지평에 절대적인 영향을 미치게 된다.

김창걸이 학창 시절을 보낸 1918~1928년의 용정은 식민지 전 시기를 통틀어 가장 활기차고 가장 진보적이었던 중요한 시기였다. 1920~1921년 무렵에 집중적으로 개교한 은진중학교, 대성중학교, 영신중학교, 동흥중학교는 용정으로 하여금 명실상부한 전문 교육체계를 구축하게 하였고, 북간도지역 한인사회의 문화교육의 중심지로 거듭나게 하였다. 이 시기 용정에는 남북 만주, 연해주, 조선으로부터 학생들이 몰려들어 학생 수가 당시 용정 조선인 인구의 38.8%를 차지하였고, 중학교들은 마르크스-레닌주의를 비롯한 새로운 사상을 접수하고 전파하는 온상이었다.[3] 김창걸이 '고려공산청년회'를 거쳐 '조선공산당재건위원회'

---

3 1920년 2월 4일 기독교에서 은진중학교를, 1921년 7월 11일 대성 유교 공교회에서 대성중학교를, 1921년 9월 14일 예수교 장로교 중앙교회에서 영신중학교를, 1921년 10월 1일 천도교에서 동흥중학교를 설립하였다. 은진중학교는 1913년 캐나다 장로파 교회 선교사들이 용정에 와서 전개했던 선교 활동과 직접적으로 관련되는 결과물이었고 교명은 '하느님의 은혜로 진리를 배운다'는 뜻으로 '恩眞'이라고 하였다. 대성중학교는 공교회에서 전통적인 유학사상을 교육이념으로 하고 『사서오경』, 『명신보감』 등을 교육의 기본 내용으로 삼고 있었다. 영신중학교는 광동서숙(廣東書塾)이 발전하여 창설된 영신학교를 토대로 예수교 장로교중앙교회에서 설립한 학교로서 일본인 학교에 맞서 한인 청소년들에게 항일민족사상을 고취하기 위한 목적으로 설립된 학교였다. 동흥중학교 역시 마찬가지로 북간도지역 대표적인 독립운동단체였던 대한간도국회의 사법부장을 역임했던 천도교인 최익룡(崔翊龍)에 의해 창설된 학교인 만큼 천도교회의 적극적인 지지를 받았다.(김태국, 「1920년대 용정의 사회 문화환경과 중학교 설립운동」, 『숭실사

에 관여하게 되는 것은 우연이 아니며, 이러한 이력으로 하여 그는 일제의 검거를 피해 방랑의 길에 나서지 않으면 안 되었다.[4]

김창걸이 방랑을 마치고 용정의 집으로 돌아온 것은 1934년 3월이었고 이때부터 그는 문학에 뜻을 두고 창작에 몰두하기 시작하였다. 김창걸이라는 작가의 존재를 알린 작품은 재만 조선인작품집 『싹트는 대지』(신영철 편, 만선일보출판부, 1941)에 수록된 단편소설 「암야暗夜」[5]이며[6] 김창걸

학』 25, 숭실사학회, 2010, 197~198쪽)

[4] 1928년 1월 김창걸은 '동만청년총동맹'에 가입하고 3월에 '적색혁명자후원회'에 입회하며 6월에는 지신구 '고려공산청년회'에 입회하여 혁명선전활동에 나선다. 하지만 일제가 조작한 '제3차 간도 공산당 사건'의 탄압을 피해 잠시 용정을 떠나 있게 되며 9월에 가정환경으로 하여 대성중학교를 중퇴한다. 1929년 봄에 집으로 돌아오는데 이것이 첫 번째의 방랑으로서 6개월여의 비교적 짧은 기간이다. 1931년 2월 김창걸은 동지의 소개로 '고려공산청년회'를 탈퇴하고 '조선공산당재건위원회'에 가입한다. 재건위에서는 김창걸에게 일본 유학을 지원할 계획을 세웠고 김창걸은 유학 절차를 밟기 위해 조선에 있는 연락망을 찾아 떠난다. 하지만 연락망들이 파괴되어 그의 일본 유학은 좌절되고 1934년 3월 용정의 집으로 돌아오기 전까지 조선, 연해주 등지를 방랑한다. 권철, 「김창걸연보」, 권철·김정옥 편, 『(20세기 중국조선족) 문학사료전집 3 - 김창걸 문학편』, 중국조선민족문화예술출판사, 2003를 참조함.

[5] 장병희에 의하면 김창걸의 단편소설 「암야」는 1939년 5월 『만선일보』 신춘문예현상모집에서 2등으로 당선된 작품이다.(장병희, 「일제 암흑기의 재만문학연구-김창걸 단편소설을 중심으로」, 『어문학논총』 11, 국민대 어문학연구소, 1992, 88쪽) 하지만 현재 『만선일보』의 유실로 1939년 5월분을 확인할 길이 없으며 다만 『싹트는 대지』에 수록된 「암야」의 '작가 소개'에 보면 "이 작품은 1939년 5월에 『만선일보』에 발표되었다."고 기록되어 있다.(신영철 편, 『싹트는 대지』, 만선일보출판부, 1941, 2쪽) 또한 김창걸은 단편소설집을 간행하는 '작가의 말'에서 "1939년도에 당시의 M일보의 신춘문예 입선"(김창걸, 「작품집을 내면서」, 『김창걸단편소설선집(해방전편)』, 중국요녕민족출판사, 1982)되면서 작품 활동을 시작하였다고 적고 있다. 이상의 기록들을 종합해 볼 때 「암야」가 김창걸의 등단작이었을 가능성이 높다.

[6] 김창걸 연보에 따르면 그의 처녀작은 「무빈골전설」(1936)이며 이 작품은 당시 야학교의 교재로 채택되었다고 기록되어 있다. 하지만 이 작품은 미발표작이며 이어 「수난의 한 토막」(1937), 「스트라이크」(1938), 「두번째 고향」(1938), 「그들이 가는 길」(1938) 등을 비롯한 다수의 미발표작이 존재함을 연보에서 확인 가능하다. 그가 처음으로 지면에 발표한 글은 1938년 3월 『만선일보』에 발표한 수필 「봄을 등진 사람들」이라고 알려져 있지만 아직 확인하지는 못하였다.

에 대한 관심과 연구가 촉발된 것은 중국에서 『김창걸 단편소설선집(해방
전편)』(중국요녕인민출판사, 1982)[7]이 출판되면서부터였다.

처음으로 김창걸에 대한 자세한 논의를 펼친 연구자는 채훈이다.[8] 그는
『일제 강점기 재만한국문학 연구』에서 김창걸의 「절필사」를 비롯하여
당시 『김창걸 단편소설선집(해방전편)』에 수록되던 「소표」, 「두 번째
고향」, 「강교장」 등 일련의 텍스트들을 재수록하였다. 이어 장병희,[9] 최경
호[10] 등에 의해 '재만조선인 작가로서의 김창걸'이 주목되었고, 표언복,[11]
김종회[12] 등에 의해 '중국 조선족 작가로서의 김창걸'이 강조되었다. 이상
의 연구에서 알 수 있듯이 초기의 연구들은 김창걸 문학에 대한 소개로부
터 시작하였고, 그에 대한 정위가 '재만 조선인문학'의 범주에서 '중국
조선족문학'의 범주로 이행해 가고 있음을 확인할 수 있다. 이러한 초기의
연구들은 모두 그의 해방 전 작품들에 집중되어 있다.

---

7 『김창걸단편소설선집(해방전편)』은 김창걸의 제자인 권철과 박화의 노력에 의해 탄생
   되었다. 이 작품집에는 「무빈골전설」(1936), 「수난의 한토막」(1937), 「두번째 고향」
   (1938), 「스트라이크」(1938), 「그들이 가는 길」(1938), 「지새는 밤(원제 「암야」)」
   (1939.5), 「락제」(1939), 「부흥회」(1939), 「세정」(1940), 「범의 굴」(1941), 「밀수」
   (1941), 「강교장」(1942), 「개아들」(1943), 「붓을 꺾으며(원제 「절필사」)」(1943)를
   비롯한 총 14편의 글이 수록되었다. 원래는 「피의 교재」(1940)란 작품도 포함되어
   있었는데 이 작품에 사용된 "비적"이란 표현 때문에 수록이 허락되지 않았다. 왜냐하면
   해방 전에는 공산당의 항일부대를 "비적"이라 불렀기 때문에 작품이 함께 수록될 경우의
   혹시 모를 "말썽"을 미연에 방지하기 위함이었다고 한다. 「피의 교재」는 훗날 『천
   지』(1986.8)에 게재되었다.
8 채훈, 『日帝强占期 在滿韓國文學硏究』, 깊은샘, 1990.
9 장병희, 앞의 글.
10 최경호, 「재만작가 김창걸론」, 『어문학』 54, 한국어문학회, 1993.
11 표언복, 「중국 조선족작가 김창걸 문학 일별」, 『목원어문학』 16, 목원대 국어교육과,
   1998.
12 김종회, 「중국 조선족문학과 김창걸의 소설」, 『한국의 민속과 문화』 7, 경희대 민속학
   연구소, 2003.

하지만 해방 후 간행된 『김창걸 단편소설선집(해방전편)』[13]에 수록된
작품들은 발표 당시의 원 텍스트를 그대로 수록한 것이 아니라 텍스트가
모두 유실되고 없는 상황에서 작가가 기억을 더듬어 재구성·재창작한
작품들이다. 말하자면 기존의 연구들은 1980년대 기억에 의해 재구성한
1980년대의 작가의식이 가미되어 재창작된 작품을 1940년대의 해방 전
작품으로 간주한 셈이다.[14] 이런 문제점을 인식하고 김창걸의 문학을 좀
더 정확하게 평가하고자 한 연구가 이해영,[15] 표언복[16]의 연구이다. 김창
걸의 광복 후 작품에 대한 언급으로는 최일[17]의 연구가 유일하다.

1943년 절필을 선언한 김창걸은 중화인민공화국이 건국되고 나서야
창작을 재개한다. 처음 내놓은 작품이 바로 1950년 1월 『동북조선인민
보』[18] 신춘문예에 입선된 「새로운 마을」이다. 이어 그는 단편소설 「마을

---

13 『김창걸단편소설선집(해방전편)』에 수록된 14편의 작품 중 「암야」와 「락제」를 제외한
    12편은 모두 해방 전 미발표작이었고 자서전적 스토리를 토대로 하는 작품들이라고
    작가에 의해 밝혀진 바 있다. 자전적 소설들이었기 때문에 40여년이 지난 시점에서도
    작가가 작품의 스토리를 회억하여 재창작할 수 있었던 것이다. 따라서 「암야」와 「락제」,
    그리고 후에 발굴된 작품 「청공」을 제외한 기타의 작품에 근거하여 김창걸의 해방 전
    문학을 논하는 것은 적절하지 않다고 판단하여 이 글에서는 해방 전 작품에 대해서는
    가급적 언급하지 않았다.
14 이에 대해서는 김호웅의 문제 제기가 있었다. 김호웅, 「김창걸과 그의 문학세계—원전
    으로 볼 수 있는 해방 전 김창걸의 소설을 중심으로」, 김병민 외, 『한국문학의 비교문학
    적 조명』, 국학자료원, 2001.
15 이해영, 「김창걸의 해방전 소설 연구」, 『한중인문학연구』 29, 한중인문학회, 2010.
16 표언복, 「해방을 전후한 창작환경의 차이가 작품에 미친 영향—김창걸의 「낙제」와 박
    영준의 「밀림의 여인」을 중심으로」, 『어문학』 69, 한국어문학회, 2000.
17 최일, 「김창걸 해방 후 소설에서 보이는 '국민(nation) 상상'」, 『만주연구』 19, 만주학회,
    2015.
18 1945년 8월 15일 광복과 함께 중국대륙에서 최초로 발행된 한글신문은 1945년 9월
    18일 연길(延吉)에서 창간된 『한민일보(韓民日報)』이다. 그러나 『한민일보』는 동년
    11월 4일 폐간되었고, 11월 5일부터 연변인민민주대동맹(延邊人民主大同盟) 기관지
    로 『연변일보(延邊日報)』가 발간되었다. 『연변일보』는 1946년 5월 다시 『길동일보(吉

의 사람들」(『문화』 3-2, 1951.5), 「마을의 승리」(『연변문예』 창간호, 1951),
「행복을 아는 사람들」(『연변문예』, 1954.5)을 내놓았으며 단막희곡 「아버
지와 아들」을 『신농촌』(1951.2)에 발표하기도 한다.[19] 하지만 정풍운동整
風運動 중에 지방민족주의혐의분자[20]로 비판받고 문화대혁명을 겪으면서
다시 절필하게 되고 그 후로도 활발한 작품 활동을 보여주지는 못했다.
하지만 김창걸은 해방 전 만주에서 성장했고 만주에서 교육받은 만주의
문인이면서 중화인민공화국의 건국과 함께 다시 신중국의 조선족으로
편입하여 뿌리를 내린 중국 조선족 작가라는 특별한 이력을 가지고 있
다. 이 글은 이와 같은 그의 이력에 주안점을 두고 지금까지 주목받지 못
한 김창걸의 해방 후 작품을 집중 분석함으로써 광복 후 만주지역 조선
인들이 어떻게 새로운 정체성을 확립하면서 중국 소수민족의 하나인 조

東日報)』로 개제 발간되다가 『인민일보』와 합병, 『인민일보』 한글판으로 발행되었다.
1947년 3월 1일에 『인민일보』가 『길림일보(吉林日報)』로 개제되고, 1948년 3월에
『길림일보』가 교하현(蛟河縣)으로 이전하면서 『길림일보』 한글판으로 독립되어 나와
1948년 4월 1일 『연변일보』란 제호로 창간되었다. 1년 후인 1949년 4월 1일 남만지구의
『단결일보(團結日報)』, 북만지구의 『민주일보(民主日報)』와 통폐합되어 『동북조선인
민보(東北朝鮮人民報)』가 탄생하였다. 『동북조선인민보』는 全동북지구의 조선인을 대
상으로 하여 발간되었으며 1954년 12월 31일까지 발행되었고, 1955년 1월 1일부터는
다시 『연변일보』로 개제되었다. 즉 『동북조선일보』는 1949년 4월 1일~1954년 12월
31일에 연변에서 발행되었던 신문이다.(오태호, 「해제―『연변일보』의 반세기」, 『연변
일보』 1, 1~2쪽)

19 이 외에 주목되는 텍스트로는 「일기의 운명」(『연변문예』, 1982), 「청도해수욕장」(『연
변문예』, 1956.10), 「창작수난시대」(『아리랑』, 1957.12) 등이 있다.

20 문제가 되었던 글은 1957년 7월 『아리랑』에 발표한 「연변의 창작에서 제기되는 민족어
규범화 문제」이다. 이 글에서 김창걸은 조선어에 미친 중국어의 영향을 세 가지로 정리
요약한다. 현행 중국어의 발음 그대로를 조선어처럼 사용하는 경우, 조선어 문장 구성
이나 정서에 맞지 않는 중국어 표현을 그대로 사용하는 경우, 조선 민족의 풍속 습관과
감정에 맞지 않는 중국어 표현을 직역해서 쓰는 경우 등이다. 조선어의 규범화를 위해
발표한 글이었는데 결국에는 이 글이 지방민족주의혐의분자로 몰리게 되는 결정적인
근거가 된다. 그리고 문화대혁명 때에는 '잡귀신', '반동 작가'로 비판받는다.

선족으로 거듭나고 있는지를 그의 문학 작품을 통해 살펴볼 것이다.

2. 「새로운 마을」과 신新중국 작가로서의 새 출발

김창걸은 교하에서 해방을 맞이한다. 해방 후 곧 '당 조직'을 찾아 안도현 명월구로 옮겨가지만 당의 연락망을 찾는 데에는 실패하고 결국 1946년 2월 부모님이 계시는 용정으로 돌아온다. 그 후 길료군정대학 생산대, 평안구 동성용 정미소, 용정시 동명상 합작사, 용정시 인민학원 조선어문 교원 등을 거쳐 1949년 4월 동북조선인민대학(연변대학의 전신)의 조선언어문학과의 교사로 취직한다. 김창걸이 이렇게 생계를 위해 동분서주하면서 시간을 보내고 있을 때 중국 조선족문단은 서서히 기틀을 잡아가고 있었다.

광복 후 중국 조선족문단은 두 부류의 문인들로 구성되었다. 한 부류는 동북항일련군의 간부들과 조선의용군 선전대 출신의 간부들이다. 이들은 광복과 함께 동북으로 진주했고 조선족문단의 형성에 중요한 역할을 담당한다. 그 대표적인 인물이 최채, 배극, 정길운 등이다. 그 다음 부류가 교사 출신의 문인들이다. 이를테면 김창걸과 같은 작가들인 것이다. 이 두 부류의 사람들이 주축이 되어 광복 후 문예단체를 결성하고 문단을 이끌어갔다.[21] 하지만 모택동을 중심으로 한 사회주의 문예이론이 절대적인 주도권을 차지하는 상황에서 김창걸을 비롯한 교사 문인들은

---

21 이광일, 『해방 후 조선족소설문학 연구』, 경인문화사, 2003, 61~62쪽.

이민(移民)에서 이산(離散)으로의 여정 | 299

주류가 될 수 없었고 핵심은 여전히 혁명가 문인들이었다.

앞서도 언급했듯이 김창걸은 광복 후 유일하게 만주에 남았던 문인이다. 강경애는 줄곧 만주에서 창작 활동을 했지만 정작『만선일보』와 같은 지면에는 글을 발표한 적이 없으며 해방 전에 작고하였다. 그리고 재만 조선인문학을 대표하던 염상섭이나 안수길, 현경준 등 문인들은 광복을 전후하여 각자 만주를 떠났다. 반면『만선일보』를 통해 등단한 김창걸은 그대로 만주에 남았고 연변대학의 교수가 되었지만 문인으로서의 입지는 결코 확고하다고 할 수 없었다. 내세울 혁명 이력이 없었던 김창걸은 작가로서 인정받기 위해 다시 검증받아야 했다. 그의 1950년『동북조선인민보』신춘문예 응모는 자의든 타의든 이러한 사실을 말해준다.

新春文藝作品募集

一九五0의 영광은 안전에 전개되었다. 금년이야말로 승리를 완성해야 하며 그를 공고히 해야 할 것이고 적극 생산을 발전시킴에 온힘을 다하여야 할 것이다. 이 마당에서 싸우는 각지 여러동무들! 붓끝을 가다듬어 모주석의 문화 전사로서 씩씩한 작품을 左記에 따라 많이 낳기를 바람과 아울러 지난여름에 전개한 懸賞論文은 알맞은 것을 찾지 못하여 選없이 마감을 지었으나 이번 기회에 있어서 마땅히 분발이 있어야 할 것이며 동시에 이번 入選 동무에게는 本社로서 정성껏 사의를 표하겠습니다.

一 . 作品別

△一般部

1. 小說(短掌篇) / 2. 戲曲(單幕物) / 3. 詩 / 4. 隨筆 / 5. 論文(文藝에關한 것)

△兒童部

1. 小年少女小說(短掌篇) / 2.童話(三千百字前後) / 3.童劇(單幕物) / 4. 童詩, 童謠

二. 應募期日

一九五O年二月十日本社必着

三. 評審委員名單

崔采, 裵在華(延邊地委) / 林民鎬(延邊大學) / 梁貞鳳(延邊專署) / 崔剛(延邊教育出版社) / 金泰熙(延邊文工團) / 李旭成, 金東久, 白南杓, 蔡澤龍(東北朝鮮人民報社)

註 : 應募동무들은 住所, 姓名을 明記하여 皮封에 '新春文藝'라고 朱書하여 本社副刊科로 보내실 것이며 入選結果는 本志 三月初旬에 發表함.

一九五O年 元旦

東北朝鮮人民報社[22](강조는 인용자 ,이하 동일)

1943년 절필을 선언한 김창걸이 광복 후 다시 창작을 시작한 것은 상기 신춘문예에 응모한 「새로운 마을」을 통해서이다. 이 작품은 일등 없는 二等[23]으로 당선되어 같은 해 4월 7일~21일 5회[24]에 걸쳐 추소秋素라는

---

22 「新春文藝作品募集」, 『동북조선인민보』, 1950.1.1, 4면.
23 「新春文藝當選者發表」
   △ 一般部 : 小說 二等 「새로운 마을」 秋素; 戲曲 佳作 「편지 한 장」 朱水; 歌詞 三等 「밭갈이 노래」 金松竹; 「새봄」 金仁俊
   △ 兒童部 : 童話 佳作 「새집」 朱龍; 童詩 三等 「봄 소식」 金惠英; 童謠 三等 「우리 집 황소」 成君昌
   當選作品에 대하여 각기 해당한 상금과 紀念手冊을 佳作에 있어서는 紀念手冊과 게재된 작품에 대하여는 所定의 원고료를 각각 보내드리며 그밖에 發表는 本紙 또는 本社出版의 文化誌에함.(『동북조선인민보』, 1950.4.7, 2면)

필명으로 연재되었다. 조선족문학사에서는 건국 후 조선족문단의 첫 단편소설로 알려져 있다.[25]

위의 인용문에서 강조한 바와 같이, 신춘문예 공모의 핵심은 "생산에 온힘을 다할 것"이라는 주문이다. 이에 응하여 40일 동안 총 366편이 응모되었고 대부분이 "인민대중의 새나라 건설을 위한 억센 투쟁의 모습을 묘사"[26]하였으며 "이번 二等당선소설인 秋素동무의 「새로운 마을」 등은 그러한 적극적인 인물을 그리기에 작자는 노력하였다"[27]고 평가하였다.

소제목 없이 1~5로 구성되어 있는 이 작품은 주인공 갑식의 활약을 통해 성공적으로 이루어지고 있는 '가마니 짜기'의 부업생산과 '동학冬學'을 통한 동네 어른들의 문맹퇴치운동이 펼쳐지고 있다. 이 마을에서 부업을 하지 않으면 안 되었던 상황은 한재 때문이다. 한재로 인한 양식난을 해결하기 위해 상부에서는 '부업생산'의 의무를 하달하였고 갑식이 그 책임자였다. 부업을 해야 하는 상황에 대해 마을 사람들이 납득하지 못하자 갑식은 새 나라 새 주인으로서의 의식으로 설득한다. 나라 없는 백성이 없고 백성 없는 나라가 없듯이 오늘날 새 중국의 백성인 우리는 바로 이 새 중국을 이루어낸 주인공들이라는 것을 강조하고, 새 나라의 인민이라면 주인된 입장에서 나라의 어려움을 알아주어야지 팔짱만 끼고 앉아서 나라의 지원을 기다릴 수 없다는 것을 설명한다. 또한 오늘

---

24 「새로운 마을」은 총 5회에 걸쳐 연재되었으며 구체적인 연재일은 다음과 같다. 신춘문예 二等當小說 「새로운 마을(一)」, 1950.4.7, 2면; (二), 1950.4.10, 2면; (三), 1950.4.13, 2면; (四), 1950.4.15, 2면; (五), 1950.4.21, 2면.

25 오상순 외 3인, 『중국조선족문학사』, 북경 : 민족출판사, 2007, 211쪽.

26 「新春文藝운동을 끝마치면서－副刊科」, 『동북조선인민보』, 1950.5.10, 2면.

27 위의 글.

날의 부업이라는 것은 옛날의 창곡과는 달라서, 옛날에는 창곡을 받으면 그것이 그대로 빚이 되었지만 오늘의 이 부업은 각자의 능력에 따라, 생산량에 따라 수익이 달라진다는 점을 강조한다. 이리하여 결정된 부업이 '가마니 짜기'이다.

가마니 짜기가 어느 정도 자리를 잡아가자 갑식은 '동학冬學'을 다시 시도한다. '동학'이란 겨울 농한기에 글을 모르는 마을의 어른들을 대상으로 문맹퇴치운동을 벌이는 것을 말한다. 글을 배운다는 점에 대해서는 모두 흔쾌히 동의하였지만 야학에 나가느라 가마니를 짜지 못하는 데에서 발생하는 손해를 계산하니 글을 배우러 가는 것이 그렇게 즐거운 일만은 아니었다. 몸이 아프다거나 집에 일이 있다거나 등을 핑계로 슬슬 수업에 빠지는 사람들이 늘기 시작하였다. 이는 부업을 왜 해야 하는지를 설득하는 것과는 또 다른 문제였다. 부업은 이윤이 발생하는 일이지만 글 배우기는 그 시간에 발생하는 이윤을 포기하면서 시간과 노력을 투자해야 하는 일이었다. 게다가 이런 늦깎이 공부의 이유와 필요에 대해 어른들은 공감하지 못했다. 하지만 문맹퇴치는 상급의 지시였고 그 궁극적인 목표는 나이 든 사람들도 사회를 제대로 인식하고 봉건사상을 뿌리 채 뽑아버려야 한다는 취지에서였다.

이런 난국을 헤쳐 나가는 방법은 바로 "군중 속으로 들어가자!"이다. 갑식은 낮이면 야학에 결석한 어른들의 집에 가서 자기 일처럼 가마니 짜는 일을 도와드린다. 가마니 짜기를 도와줄 뿐만 아니라 가마니를 짜면서 글도 함께 가르쳤다. 그러자 사람들은 미안한 마음에 하나둘 다시 야학으로 나오기 시작하였지만 그래도 결석하는 사람은 항상 있었다. 하여 최후의 카드로 내놓은 것이 바로 신문을 읽지 못하는 집에는 "글

모르는 집"이라고 문패를 달기로 한 것이다. 갑식의 진심과 사람의 체면
이라는 문제가 동시에 작용하면서 결국 마을의 어른들은 갑식의 동원에
따라 열심히 야학에 나와 공부를 한다. 그리고 그것은 새 시대에 대한 감
격과 고마움으로 표현되었다.

"참 좋은 세상이야, 그전 세월에는 논밭을 팔아서라두 공부를 못시켜 야단이
었지……지금 월급을 태워 주면서(인민 장학금을 준다는 말) 공부 시키다
니……"
하고 대학에서 공부하는 둘째아들의 자랑과 이 사회에 대한 고마움을 진정으로
느끼는 것이다.
"거 六十점 받는다는데……돈 주며 공글 읽이다니……"
아버지 역시 마찬가지 생각이다. 을식이는 대학에서 인민 장학금의 혜택
을 입는 우수한 학생이다.
"그러기에 우리 같은 가난한 농민이나 로동자를 위한 정부라고 하지 않아요? 그
고마운 생각을 해서라두 정부에서 시키는대루 농사두 잘 짓구 부업두 잘하
구 동학두 잘해야 되잖겠서요?"
"네 말이 맞다. 나라에서 땅까지 거저 주고 농사 지으라는데 왜 말 안 듣
겠니? 이 가마니는 땅 거저 준 값으루 거저 바치래두 말 없겠는데 돈까지
택택이 주니……여보 노데기, 글 읽는 것두 나라 신세 갚은 거라우, 자, 그
만쉬구 어서 또 한잎 짜 보게우"
아버지와 어머니는 다시 일손을 쥐였다.[28]

---

28 김창걸, 「새로운 마을」, 권철·김정옥 편, 앞의 책, 360쪽. 이하 김창걸의 작품은 동일한
    작품집에서 인용하였으며 작품명과 쪽수만 표기한다.

"인민 장학금"을 받으면서 공부하는 을식의 사연은 새 나라가 "가난한 농민이나 로동자를 위한 정부"라는 것을 웅변하고 있으며 거기에는 새 나라 새 정부에 대한 가슴 뿌듯이 차오르는 고마움이 자리하고 있다. 하여 부업을 열심히 하고 동학에 적극적이어야 하는 것은 당연한 것이며 그것은 새 나라의 은혜에 대한 보답이었다. 흥성거리고 밝은 분위기의 마을을 돌아보면서 갑식은 행복에 겨워 외친다. "우리의 세상이! 새로운 농촌이! 행복된 살림이!" 그리고 이것은 "증산-부업-학습-행복"이 일체될 때에만이 달성되는 것이었다.

신중국 작가로서의 첫 작품인 만큼 이 작품은 새 나라에 대한 찬양과 고마움으로 일관되고 있으며 공들여 쓴 작가의 노력이 돋보이는 작품이다. 품앗이라는 호조합작 방법을 차용한 증산의 과정과 '동학'을 통한 문맹퇴치는 새 나라의 국민들이 하나의 새로운 공동체를 형성하여 가는 과정을 성공적으로 구현해 내고 있다. 다만 적극적인 협력의 지나친 강조와 서사적 갈등의 부재는 이 작품이 지니는 한계일 수밖에 없으며 이는 신춘문예의 창작 요구에 충실히 응한 결과라고도 할 수 있다. 그럼에도 일 등 없는 이 등일 수밖에 없었던 이유는 아마도 전형적 인물 형상의 부각에는 성공적이라 할 수 있지만 소재적인 차원에서는 독특함이나 신선함 등 새로움을 부각시키지 못했던 데 있는 것이 아니었을까 추측해 본다.[29] 「새로운 마을」은 새 나라 건설 시기에 한마음 한뜻이 되어 증산

---

29 『동북조선인민보』, 1950년 2월 3일 자 제2면에는 汪淸縣百草溝牧丹池村俱樂部, 「冬學」(희곡); 「汪淸縣百草溝牧丹池村의 冬學은 이렇게 자랐다」 등 보도가 게재된다. 동학을 비롯한 농촌에서의 가마니 짜기 부업은 신문에서 자주 보도되는 기사 중의 하나였고 특히 동학은 성공적인 사례가 적극적으로 소개되고 있었다.

에 열심인 새로운 공동체의 성공적인 사례를 신춘문예 요구에 맞추어 공들여 재현한 작품이다.

광복과 중화인민공화국의 건국을 거치면서 중국 동북지역 특히 연변 지역 조선인들의 상황은 상당히 복잡했고 그러한 사회적 배경을 토대로 하고 있는 이 시기 문학은 더욱 다양한 양상으로 드러났다. 비슷한 시기에 창작된 작품임에도 불구하고 한국전쟁 발발 후에 발표된 「마을의 사람들」과 「마을의 승리」는 전혀 다른 문제를 다루고 있어 주목된다.

3. 반혁명분자 색출과 한국전쟁에 대한 인식

1951년에 김창걸은 총 3편의 작품을 내놓는다. 「새로운 마을」에 이어 또 다른 작품으로 「마을의 사람들」(『문화』 3-2, 1951.5)과 「마을의 승리」(『연변문예』, 1951)가 있다. '마을 시리즈'라고 할 수 있는 이 작품들은 정부 시책이나 지침에 대한 문학의 무조건적인 접수와 반영을 그대로 보여주고 있는 표본이라고 할 수 있다.

「마을의 사람들」은 강소옥이라는 여성을 주인공으로 등장시키고 있다. 그의 남편 영일은 동북 해방전쟁에 참전하여 남경전투에까지 참가하였고 한국전쟁에서는 대전전투에서 공을 세운 인물이다. 강소옥과 같은 참전군인 가족들은 마을의 보호대상이었고 그 집의 일은 마을 사람들이 공동으로 나서서 도와주는 것이 관례였다. 하지만 성격이 강한 강소옥은 그런 도움을 당연한 것으로 받아들이지 않았고 오히려 솔선수범으로 나선다. 이를테면 산에 가서 나무하는 일에 앞장서는 것 등이다. 사실이 작품은 새 중국 건국 후 여성 노동인력 동원과 증산이라는 슬로건에 맞춰 쓰인 작품이다.

앞서 살펴보았듯이 건국 초기 최대의 목표는 증산이다. 이는 1951년 신춘문예 공모에서 더욱 확연하게 드러난다.[30] 각계각층의 모든 인민들이 각자의 위치에서 어떻게 새 나라 건설에 이바지하고 있는지를 글로 보여줄 것을 주문한 것이 곧 1951년의 신춘문예였다. 환언하자면 그것은 1951년의 창작 방향을 제시한 셈이 되는 것이다. 이런 맥락에서 보면 「마을의 사람들」은 한국전쟁에 동원된 군속가족을 마을 사람들이 어떻게 돌보고 있으며 그 군속가족의 한 구성원인 강소옥은 전장에 나간 남편을 생각하여 어떻게 증산을 위해 최선을 다하고 있는가를 보여준 작품이다.

하지만 작품의 이러한 강조점과는 달리 작품 속에서 유독 관심을 끄는 부분이 있다. 마을 사람들은 나무하러 산에 갔다가 노루를 만난다. 나무를 하던 사람이 "노루다…" 하고 소리를 지르는 바람에 노루는 놀라서 도망을 치고 그 질주하는 노루를 보면서 사람들은 "서울서 리승만이도

---

30 本報 新春文藝作品 募集――一九五一年의 새해는 박도했다. 각지 독자들은 새해를 축하하는 많은 투고를 우리는 환영한다. 각 공장, 광산, 철도, 어업장, 농촌 기관 학교 합작사상점등에서 공작하고 학습하는 동무들은 공작터에서 조국건설을 위하여 어떻게 노력하였으며 어떠한 수확과 체험을 하였으며 항미원조 보가위국의 위대한 운동가운데서 어떠한 공헌을 하였으며 또한 새해를 맞이하여 어떤 감상과 희망 또는 계획을 가지는지를 現地報告(通信文) 또는 詩歌, 隨筆의 문체형식으로써 경험과 체험에 근거하여 써보내면 된다. 동무들의 공작특집과 직업의 특집을 표현하는 것이 가장 좋다. 구체적인 면을 많이 묘사하고 진실한 생활과 감정을 반영시키는데 내용이 텅빈 리론을 피해주기바란다. 募集해온 작품에 대하여는 기념품을 증정하며 발표되는 작품에는 원고료를 드린다. 기한은 一九五一年 一月 二十五日까지이며 피봉에다 『新春文藝』라고 朱書하여 本報 副刊組로 투고하기를 바란다.(原稿는 返送치 않음)―本報 副刊組(『동북조선인민보』, 1950.12.23, 2면)

저렇게 똘기웠겠지"³¹ 라고 하면서 한바탕 떠들썩한다. 정신없이 도망가
는 노루를 보면서 남한군의 퇴각을 그렇게 놓치는 것이다. 그런데 이와
같은 '리승만'으로 대표되는 남한에 대한 사람들의 인식은 다음 작품인
「마을의 승리」에서도 반복된다.

「마을의 승리」는 반혁명분자 색출 과정에서 마을 사람들이 단합하여
생각지도 못했던 간첩을 색출하는 데 성공하는 과정을 서술하고 있는 작
품이다. 주인공으로 등장하는 인수는 해방 전 같은 동리 사람인 권 영감
의 소작농(지팡살이)으로 근 20여 년간이나 살아온 인물이다. 그러다 해
방이 되면서 겨우 소작농 생활을 청산했고 반면에 지주였던 권 영감네는
재산을 정리당하고 관리대상이 되었다. 그런데 이 동리에서 반혁명분자
를 색출하라는 상부의 지시가 떨어진다. 인수에게 있어서 동리 사람들
은 십 년 가까운 세월을 봐온 사람들인지라, 그는 이 동네에는 반혁명분
자는 절대 없을 것이라고 확신한다. 그런데 마을에서는 실제로 반혁명
분자를 색출해 내게 된다.

지부서기를 만나고 집으로 돌아가던 인수는 권 영감의 집 근처에서
이상한 "검은 그림자"를 발견하게 되고 그것을 추적한 결과 권 영감을
포함한 세 명의 반혁명분자를 색출하게 된다. 그 "검은 그림자"는 권 영
감의 먼 조카가 되는 권이라는 사나이였다. 해방 전 권은 ××분주소 소
장으로 있었고 모두들 그를 "권경위나리"라고 불렀다. 하지만 해방이 되
면서 서울로 도망을 갔고 국방군에 들어 명천까지 왔다가 인민군과 지원
군에게 쫓겨 갈 때에 한 달 후에는 다시 동북으로 쳐들어온다는 연대장

---

31 김창걸, 「마을의 사람들」, 366쪽.

의 말을 듣고 복수하러 돌아왔던 것이다. 권은 권 영감을 통해 돈으로 형준을 매수했고 형준 역시 돈에 팔려 후방에서 파괴공작을 하기로 약속한 상태였다. 그들이 마당에 묻어둔 것은 미국제 권총 한 자루와 남한 국방군에서 발급한 특별공작원증 석 장이었다. 그중 한 장에는 "신형준"이라고 이름이 적혀 있었다.

반혁명분자의 색출은 특히 한국전쟁 발발 초기에 범국가적으로 실시된 것이었고 국민에 대한 사상적 통제의 한 방식이기도 하였다.[32] 적극적으로 선전해야 할 대상이었기 때문에 소설적 소재로 활용된 것은 오히려 자연스러운 일이다. 그런데 이 작품이 주목되는 이유는 이 작품들을 통해 중국 동북지역 조선인들의 한국전쟁에 대한 입장을 가늠 할 수 있기 때문이다. 이들에게 있어서 한국전쟁은 도대체 무엇이었을까? 또한 그들은 어떤 입장으로 한국전쟁에 참전하였던 것인가?

국공내전의 승리와 그에 뒤이은 한국전쟁의 발발은 중국 동북지역의 조선인들에게는 그들과 직접적으로 연관되는 문제였고 조선인들은 두 전쟁 모두에서 상당히 중요한 역할을 수행하였다. 소련군이 동북항일연군과 합세하여 일본 관동군을 몰아내면서 동북지역은 일본의 세력권으로부터 벗어났지만 중국 측은 중·소조약에 따라 동북지역에 공개적으로 공산당군을 진출시킬 수 없었다.[33] 이런 상황에서 중국공산당은 조선

---

32 1950년 10월부터 중국공산당 중앙은 반혁명분자의 검거 활동을 전국적으로 선전하였고 1951년 6월부터 반혁명분자의 색출운동이 전국적으로 본격화 되었다. 미국의 지원으로 침투해 있던 국민당 계열의 소위 '특무(간첩)'와 토비는 물론 지주, 부농, 그리고 봉건적 미신결사 등이 대상이었다.(박정수, 『『동북조선인민보』를 통해서 본 연변조선족과 6·25전쟁』, 『한국사학보』 37, 고려사학회, 2009, 359쪽)
33 박정수, 「연변조선인의 국공양당 인식과 대응―1945~1949」, 『史叢』 73, 고려대 역사연구소, 2011, 178~179쪽.

의용군을 동북지역으로 파견하였고 조선의용군 간부들의 활약으로 동북 특히 연변지역 조선인들을 친공산당 세력으로 끌어들이는 데 성공한다. 그리고 이어 시행된 토지개혁은 조선인사회의 안정화에 결정적인 역할을 하게 된다. 또한 중국공산당은 '告 中·韓民衆書'[34]를 통해 동북지역의 조선인의 중국국민으로서의 자격을 허락하였고 이로써 조선인들은 처음으로 공식적인 중국의 구성원이 되었다. 하지만 이어지는 한국전쟁의 발발은 또 한 차례 조선인사회 내부의 혼란을 야기하지만 그러한 혼란도 잠깐일 뿐 동북지역의 조선인들은 적극적으로 한국전쟁에 참전한다.

조선인들의 한국전쟁 참전은 두 시기로 나뉜다. 하나는 전쟁 발발 전 북한으로 입국하여 조선인민군에 편입한 조선인들이고, 다른 하나는 전쟁 발발 후인 1950년 10월 중국인민지원군에 편입하여 참전한 조선인들이다. 통계에 따르면 1950년 6월 25일 3·8선을 넘어 남진한 인민군 보병대 21개 연대 가운데 47%인 10개 연대가 조선인 부대였고 한국전쟁 발발 전 입북한 조선인은 5만 5천~6만 정도이다.[35] 뿐만 아니라 전쟁 중에도 수많은 조선인들이 중국군에 참전하였는데 이러한 과정에서 공산당 출신의 조선인 간부들의 선전 역할이 상당히 중요했음이 확인된다.[36]

조선인들의 참전 열기는 김창걸의 단막희곡 「아버지와 아들」(『신농

---

34 1945년 11월 7일 중공연변인민위원회는 소련 사회주의 10월혁명 28주년 기념일에 '고중·한민중서(告 中·韓民衆書)'를 발표하여 조선인들도 중화민족의 일원임을 표명하였다.(위의 글, 181~182쪽)

35 염인호, 「해방 직후 延邊 조선인사회의 변동과 6·25전쟁-군중대회·운동 분석을 통하여」, 『한국근현대사연구』 20, 한국근현대사학회, 2002, 292~293쪽.

36 이해영, 「중국 조선족의 선택과 조선인 간부들의 역할-조선족의 장편소설과 조선인 간부들의 회고록과의 대비를 통하여」, 『한국현대문학연구』 45, 한국현대문학회, 2015.

촌』, 1951.1)에서도 확인된다. 실제로도 이시기 조선인들의 참전 의지는 확고했고 적극적이었다. 그들의 이와 같은 입장은 미국의 침략을 물리치고 북한을 구하는 것은 곧 조국을 해방시키는 것이며 나아가 동북의 삶터를 보존하면서 나라를 구한다는 '항미원조抗美援朝, 보가위국保家爲國'으로 함축되었다. 무엇보다 분명한 것은 이 시기 조선인들에게 있어서 북한은 또 다른 조국이었다는 점이다. 그들에게 있어서 북한의 승리는 곧 중국의 승리였고, 그것은 곧 사회주의혁명의 성공이었다. 따라서 혁명의 승리에 걸림돌이 되는 이승만은 미국과 함께 묶이는 적대적인 존재였고 그것은 곧 사회주의 이념의 반대편에 있는 적대 분자라는 부정적인 인식의 대변이었다. 그 과정에서 한국전쟁은 동족상잔이라는 엄연한 사실은 은폐되고 이데올로기 싸움이라는 부분만 크게 확대되었다. 즉 하나의 한민족韓民族이라는 인식에 앞서 그것보다도 우세하는 것은 이데올로기적인 입장이었고 그 이데올로기 입장은 조국에 대한 인식과 긴밀하게 연관되어 있었다.[37] 이러한 입장은 한국전쟁이 종전되고 중국의 본격적인 사회주의 건설이 시작되자 다시 새롭게 정비되어야 했다.

---

37 이 시기 동북지역 조선인들의 조국관은 다소 모호한 부분이 있다. 중국의 한국전쟁 참전은 '항미원조 보가위국(抗美援朝, 保家爲國)'이라는 구호 아래 진행되었지만 실제로 한국전쟁 지원군으로 파견된 대다수의 사람들은 본문에서 기술했던 바와 같이 해방 전 중국 경내에서 항일전쟁에 참여했던 조선인 부대였다. 중국의 이와 같은 처사가 당시 국제적으로 논란이 되자 중국 정부는 공식적으로 입장을 발표하기를, 조선인들은 조국의 해방 전쟁에 투입된 것이라고 했다. 즉 동북지역 조선인들에게 있어서 북쪽도 조국이고 중국도 조국이었던 것이다.

4. 우상을 통한 새로운 정체성의 확립

1954년 5월호 『연변문예』에 발표된 「행복을 아는 사람들」은 앞서의 농촌을 배경으로 하는 작품들과는 달리 학생들의 졸업 배치 문제를 다루고 있다. 앞의 작품들이 마을이라는 공간을 배경으로 사회주의 집단주의를 토대로 전개되는 일련의 성공적인 호조 합작의 성과를 펼쳐 보인 것이라면 이 작품은 최상훈이라는 한 개인의 내적인 불만과 모순이 어떻게 소거되면서 국가의 배치에 진심으로 수긍하게 되는지를 인물의 심리 변화를 통해 보여주고 있다.

졸업을 앞둔 학생들에게 주어진 선택은 세 가지였다. 고등학교 교원으로 발령을 신청하거나 그렇지 않으면 모교의 연구원이나 조교의 신분으로 학교에 남는 것이다. 주인공 최상훈은 성적도 우수하고 학교생활에도 적극적이어서 자신은 반드시 연구원으로 남을 것이라는 것을 확신한다. 하지만 지망 작성 시에는 제1지망에 고등학교 교원, 제2지망에 연구원, 제3지망에 조교를 써넣었다. 그의 머릿속은 환했다. 누가 고등학교 교원으로 가고 누가 학교에 남을지. 하지만 예상은 빗나갔고 그는 스스로 작성한 제1지망대로 고등학교 교원으로 발령이 난다. 반면에 그가 자격미달이라고 생각했던 박일환이 연구원으로 남는다. 최상훈은 시기와 질투 그리고 형언할 수 없는 실망감으로 그 이유를 알아보고자 강 선생님을 직접 찾아가지만 결국 돌아온 것은 통일 배치에는 오류가 있을 수 없다는 대답이다. 마지막으로 강 선생은 최상훈에게 "이번 북경을 참관하는 가운데서 조국의 위대성과 자기의 위치를 똑똑히 인식합시다. 그래서 자기의 불순한 사상과 싸워 이기도록 합시다"라고 설득한다. 이 모든 원망과 억울한 감정은 결국 "불순한 사상"에서 기인한다는 것이다. 하지만 상훈은 여전히 납득할 수 없었고 위로하러 찾아온 박일환을 향하여 자격도 없는 것이 연구생으로 남았다고 면전에 대놓고 퍼붓는다. 하지만 전세는 이미 뒤집혔고 그것을 다시 되돌릴 가능성은 전혀 보이지 않았다. 이런 안타까움과 불만, 원망 등 복잡한 심정을 정리하지 못한 채 상훈은 졸업여행 길에 오른다. 북경으로 향하는 내내 최상훈의 기분은 좋아지지 않았고 그저 고민스러울 뿐이었다.

기차는 3일을 달려 북경에 도착했고 기차가 역에 들어서면서부터 상훈은 경건하고 엄숙해 지는 자신을 발견하는 한편 "아! 모주석이 계시는 북경!"이라고 생각하자 가슴이 뛰기 시작한다. 뿐만 아니라 정부에서는 이 "변강의 학생들"을 직접 마중하고 극진히 대접했으며 북경의 고궁, 이화원, 관공서 등을 견학시켰다. 그 과정에서 상훈은 깊은 감동을 받게 되고 다시 강 선생님의 일장 연설을 들으면서 고민은 더욱 깊어진다. 그는 강 선생을 통해 "졸업병"에 대해 듣는다. 과거에는 졸업을 하여도 갈데가 없었다는 것, 일자리가 없었다기보다는 들어가기 쉬운 곳은 모두 "왜놈들의 충복"이 되는 길이었기 때문에 진정 마음에 맞는 직업을 구하기가 어려웠다는 것이다. 강 선생의 일장 연설을 듣고 일환은 인민의 일꾼이 될 것을 맹세한다. 하지만 일환의 이런 맹세가 상훈에게 울림이 있을 리 없다.

고민에 잠겨 있던 상훈이 마음속 고민을 해결하게 되는 계기는 모주석과의 "대면"을 통해서이다. 마침 곧 국경일이어서 휴가 연장을 신청한 것이 결재가 떨어졌고 상훈 일행은 며칠 더 북경에 묵으면서 천안문 광장의 국경일 행사에 참석할 기회를 가진다. 그리고 천안문 광장에서, 먼

거리에서 모택동과의 "대면"을 계기로 상훈의 고민은 단번에 해결된다.

이 순간! 상훈이는 바로 한메트 거리에서 친히 그이를 뵌다고 느껴졌다. 그이의 얼굴은 바로 태양이 되어 자기의 얼굴을 비춰준다고 느껴졌다.

－그이는 바로 이 순간에 나를 보고 손을 흔들고 계시다.

－그이는 바로 '상훈아 부디 일 잘해라' 하고 부르고 계시다.

－그이는 바로 '네 통일배치에 무슨 불만이 있어야 쓰겠는가? 너는 이 시대에 난 행복을 알아야 하느니라' 하고 타이르고 계시다.

상훈이는 깨달았다. 五十 만이 아니라 바로 五억 인민이 한태양 모주석을 받들고 나아간다. 한마음 한뜻으로 일체의 장애를 박차고 나아간다. 인류의 가장 아름다운 리상을 향하여 씩씩하게 팔을 걷고 나아간다. 자기도 이 五 억 인민 대렬 속의 한 사람이다.

상훈이는 가슴 한복판에서 '쿵' 하는 소리를 틀임없이 들었다. 그것은 이때까지 해결 될락말락 하면서도 어느 정점에서 맺혀졌던 불만이 사태처럼 무너져 내려앉는 소리였다.

상훈이는 너무나 벅찬 감격에 눈물이 핑 돌았다. 그리고 방울져 떨어졌다.[38]

상훈은 모택동과 "대면"하면서 그동안의 불만이 눈 녹듯 사라지는 경험을 한다. 그는 자신이 오억 민중의 일원임을 의식하게 되고 오억의 민중과 한 몸이 되어 "태양 모주석"을 받들고 나아가야 함을 인지한다. 오억 민중이 한마음 한뜻으로 일체의 장애를 박차고 나아가야 하는 현실에

---

38 김창걸, 「행복을 아는 사람들」, 401~402쪽.

서 '나'의 작은 고민은 인민 대열의 행진에 방해되는 것이었다. 개인으로서의 상훈은 그런 스스로의 작은 고민을 내려놓고 이 인민 대열과 하나가 되어야 했다. 즉 개인보다는 단체가 강조되고 있고 전체의 이익 앞에서 개인의 불만은 있을 수 없었다. 이러한 논리에 대한 동의는 "태양 모주석"의 '나'에 대한 믿음을 전제로 한다.

한 개인의 불만이 모택동이라는 우상의 존재로 하여 눈 녹듯 사라진다는 설정은 그렇게 설득력을 지니지 못한다. 어쩌면 이 글은 국가 원수에 대한 찬양일변도의 작품으로 매도될 수도 있다. 하지만 이것이 전부는 아니다. 작가는 스쳐지나듯이 상훈과 일환의 출신에 대해 언급한다. 상훈은 중농 가정 출신이고 해방되던 다음 해 중학교를 졸업하고 소학교 교원으로 있다가 대학에 들어온 인물이다. 반면에 일환은 '영예군인' 출신이다. 비록 상훈과 동등한 학력으로 대학에 들어왔으나 공부가 어려워 초반에 추가 시험까지 봐가며 겨우 따라오던 친구였다. 하지만 본인의 꾸준한 노력으로 졸업 시에는 그렇게 나쁘지 않은 성적을 얻어냈다. 결과적으로 상훈이 학교에 연구원으로 남을 수 없었던 결정적인 원인은 그의 출신 성분 때문이었다. 중농 출신의 상훈이 '영예군인' 출신인 일환의 상대가 될 리가 없었던 것이다. 소설 속에서 상훈은 그런 자신의 출신 성분의 한계를 의식하지는 못한다. 그가 스스로의 불만을 해소하는 것은 결국 모택동이라는 우상을 통해서였다. 모택동과의 '만남'은 모든 사람들의 내적인 갈등을 해소하고 국가 건설의 임무라는 공동의 의무를 의식하게 하는 하나의 의식과도 같은 것이었다.

5. 이민移民에서 이산離散으로의 여정

조직의 배치에 불만을 가지고 있던 인물이 북경을 참관하고 천안문광장 먼발치에서 모택동을 회견하고는 정신이 번쩍 들어 '그래, 내가 학교의 졸업 배치에 응하는 것은 모택동주석이 주신 조국 건설이라는 위대한 임무를 수행하는 것이야'라고 생각하면서 모든 불만과 모순이 일순간에 해소된다는 설정은 누가 보아도 설득력이 떨어지는 부분이다. 이와 같은 내면의 변화가 '모택동'이라는 매개를 통해 이루어지고 있는 부분 또한 의도적인 설정인 것이다. 하지만 1957년에 오면 이러한 자각은 더 이상 '모택동'과 같은 매개를 필요로 하지 않는다.

1957년에 발표된 수필 「청도 해수욕장」은 진정에서 우러나는 국민으로서의 소속감을 확인시켜주는 글이다. 여름을 맞아 청도 해수욕장을 방문한 작가는 해수욕장이라는 그 공간에서 스스로가 중화인민공화국의 확실한 한 구성원이 되었음을 실감하고 그것에 감격한다.

청도 해수욕장은 인민의 락원이다. 어제날의 피곤을 풀고 래일날 더 잘 일하고 공부하기 위하여 휴양하는 그런 락원이다. 옷을 갈아입기 위해서만 씌워지는 그 건물들은 먼데서 온 손님에게 세주는 것도 있지만, 많이는 어떤 학교, 공장, 기관에서 전용으로 하고 있다.

시내에 있는 학생, 로동자, 사무원, 교원, 국가 일군들은 말할 것도 없고, 전국 각지에서 모여 온다. '북경교육 공작자의 집'이란 깃발이 나붓기고 있는가하면, 상해, 동북 기타 각 대학의 빠찌, 각 공장, 철도의 빠지를 단 사람들로 꽉 들어차고 있다. 일부의 대학교사와 고급 간부 가운데는 안해와 어린 아이들까지 데리고 휴양 온 사람도 적잖이 있다.

나는 바다가 없는 변경 연변에서 륙로로 수로로 한쪽 4천리되는 청도까지 와서 해수욕장에서 이들과 어깨를 걷고 있다.

여기서 지난 날의 피로는 풀리고, 체중은 불어 가고, 젊은 정렬로 돌아가고, ……그래서 바다가 싱그러운 공기를 한껏 들이마시며 멀리 수평선을 웃으며 바라본다.

해방 전이라면 몽상조차 할 수 없는 이 현실! 이제 앞으로 더 아름다운 현실이 주르고 있지 않는가!

오늘에 생(生)을 누리게 된 행복을 느끼고 자랑한다. 더 행복스러운 현실을 창조하는 수억 인민의 행렬에서 함께 나가는 것이 행복스럽다.

청도 해수욕장은 정말 잊을 수 없는 인민의 락원이다.[39]

인민들을 위해 제공된 청도 해수욕장의 정경이 잘 그려지고 있다. 해수욕장은 학교, 공장, 철도 등 기관에 임직하고 있는 교사와 간부, 노동자, 직원들이 공동으로 활용하는 공간이었고 이 공간에서 작가는 청도 해수욕장이 이제는 진정한 중국의 땅덩어리가 되었음을, 그리고 그 자신도 진정한 중국 인민의 당당한 한 구성원이 되었음을 인지한다. 이런 자각은 그에게 "생의 행복"을 가슴 듬뿍 느끼게 해주는 전율을 가져다주며 진정한 행복감에 젖어들게 한다. "더 행복스러운 현실을 창조하는 수억 인민의 행렬에서 함께 나가는 것이 행복스럽다"라는 고백에서 알 수 있듯이 작가의 이런 행복감은 내면에서 우러나오는 것이었으며 이 행복

---

39 김창걸, 「청도 해수욕장」, 471쪽.

감의 근저에는 당당한 중국인민의 한 구성원이 되어 그들과 똑같은 혜택을 누리고 있다는 소속감에서 오는 것이었다.

청도 해수욕장에서의 자각은 앞선 작품들에서 보이는 인식과는 다른 차원에서의 자신에 대한 자리매김이다. 기존의 작품들은 국가 건설 시기의 각 시기별 슬로건에 맞추어 창작된 작품으로서 새 나라 건설이라는 하나의 목표 아래 개인의 욕망과 불만은 제거된 채 공동체의 이익을 대변하는 집단의 한 구성원으로 살아가야 하는 삶의 방식을 보여준 것이라 할 수 있다. 그 삶의 방식 속에 개인은 존재하지 않았다. '새 마을'을 건설해야 했고 '새 마을'이라는 공동체 속에서 불순분자를 색출해야 했고 이러한 '새 마을'들이 합쳐서 "태양 모주석" 아래 인민의 대열에 합류해야 했다. 하지만 「청도 해수욕장」에 오면 그 대열 속의 개인인 '나'를 발견하게 된다. 그리고 '나'는 그 대열 속에 존재함으로써 행복감을 느낀다.

해방 후 중국 조선족문단에서 주류는 혁명가 문인들이었고 교사문인들은 그 주류에 합류할 수 없었다. 김창걸의 경우는 해방 전 이력이 조직의 인정을 받지 못했고 끝내는 공산당원 입당에도 실패한다. 김창걸이 광복 후 만주에 남기를 선택한 것에 대해 조선족문학사에서는 그의 이념적인 성향과 긴밀하게 연관되는 지점이라고 파악하고 있지만 이념적인 부분이 그렇게 절대적이지 않았을 것이라는 생각이 필자의 주장이다. 「새로운 마을」을 비롯한 그의 초기의 작품들에서 확인할 수 있듯이 광복 후 중국 동북지역의 조선인들에게 있어서 조선반도냐 중국 동북이냐의 문제는 절대적으로 자의적인 선택이 우선시될 수 있었던 환경은 아니었다. 어쩌면 그에게는 선택의 여지가 없었을 수도 있고 또 어쩌면 그에게는 애초부터 돌아갈 고향이 존재하지 않았을지도 모른다. 6살이라는 나이는 고향에 대한 기억을 간직하기에는 너무 어리고, 한 인간의 정신세계를 형성하는 가장 중요한 시기가 청소년기라는 점을 감안할 때 김창걸의 고향은 그대로 연변이었을 것이다.

김창걸이라는 작가의 존재와 그의 광복 후 작품들은 광복과 함께 중국 동북지역의 조선인들이 겪었던 혼란과 그 혼란 중에 중국국민으로의 편입 과정을 잘 보여주고 있다. 조선인들에게 있어서 중국 동북은 그들이 조국을 떠나 새롭게 개척한 제2의 고향이었고 그곳에서 그들은 중국 공산당의 호위하에 중국국민으로 거듭났다. 그 과정에 그들은 조선민족이라는 민족적 정체성을 강조할 수 없었고 그에 앞서 중국국민으로서의 자각을 요청받았다. 그리고 그것은 국가 건설에의 참여라는 차원, 새 나라 주인의식의 자각이라는 차원에서 이루어지는 양상을 보였다. 이와 같은 자각은 개인적인 소속감을 절대적으로 확인하는 순간에 비로소 완성되는 모습이다. 작가 김창걸의 작품은 물론 그의 개인적인 이력까지 포함하여 그 존재 자체가 조선민족의 이산의 여정인 것이다. 그리고 그것은 개인과 민족을 포함하여 모든 것이 국가 만들기 서사 속에 수렴되어 가는 한 과정이기도 했다.

재만조선인 문인의 이산과 정착

리욱李旭의 경우

최일

1. 재만 조선인문학의 선택

중국의 '조선족문학' 그리고 그 '전사前史'라고 할 수 있는 '재만 조선인문학'을 논할 때 리욱李旭은 에돌아갈 수 없는 이름 중 하나다. '재만 조선인문학'과 '조선족문학'의 두 시대를 관통하면서 줄곧 뚜렷한 족적과 영향력을 남긴 문인은 소설가 김창걸과 시인 리욱뿐이라고 해도 과언이 아니기 때문이다. 리욱은 1924년 『간도일보間島日報』에서부터 시작하여 『민성보民聲報』, 『만몽일보滿蒙日報』, 『만선일보滿鮮日報』 그리고 반도의 『조선문단朝鮮文壇』, 『조선문학朝鮮文學』 등 간행물에 시를 두루 발표하면서 양적으로 다산 시인 중 한 명이면서 김조규金朝圭와 함께 『재만조선시인집在滿朝鮮詩人集』(間島 : 藝文堂, 1942)을 편집하는 등 줄곧 활발한 활동을 했고 '해방' 후에는 '조선족문학'의 건설을 위하여 시인, 편집자 등으로 다양한 역할을 했다. 또한 리욱은 반도가 아닌 블라디보스토크에서 태어나 만주에서 성장하고 등단한 시인으로 무엇보다 만주에서 활약하던 문인 중 '해방' 후 반도로 귀환하지 않은 극소수 인물이라는 특별한 이력도 가지고 있다. 여러 의미에서 리욱은 '재만 조선인문학'과 '조선족문학'에 걸쳐 뚜렷한 족적은 남긴 문인이다.

이러한 이력 때문에 중국학계에서 리욱은 소설가 김창걸金昌傑과 함께 '조선족문학'의 기틀을 세운 선구자로 평가받고 있다.[1] 한국학계에서는 '재만 조선인문학'을 '한국문학'의 범주에 귀속시키는 시각이 주를 이루고 있기 때문에 리욱 역시 같은 시각으로 다루고 있다. 한국학계에서 보다 일찍 리욱 시에 주목한 조규익은 리욱의 만주 시기 시가의 장르적 특성, 작품적 특질 등을 총체적으로 고찰하면서 그의 시가 "낭만주의적 경향과 사실주의적 경향을 하나로 융합시켜 문예사조상 새로운 패러다임의 가능성을 보여"[2]주었다고 평가했다. 리욱 시의 '해방' 전후의 변화에 주목하여 그 단절과 연속을 밝힌 연구도 있다. 최삼룡[3]은 리욱의 해방 전후의 시를 비교하면서 생명의식으로부터 사회의식 내지 정치의식, 수인囚人으로부터 주인공의식, 민족의식으로부터 계급의식으로 변화한 리욱 시의 의식의 흐름을 밝히고 있다. 황규수[4]는 리욱의 시를 광복 전, 광복 후~중국 건국 전, 중국 건국 후의 세 단계로 나누어 고찰하면서 그의 시

---

1   全國權·雨田, 「李旭民族敍事詩的歷史地位」, 『延邊大學學報(社會科學版)』, 1998년 제2기, 143쪽; 전성호, 『중국 조선족 문학예술사 연구』, 이회문화사, 1997; 석화, 「중국 조선족 시문학의 개척자 리욱의 생애와 시세계」, 『한국문학과예술』 8, 숭실대 한국문학과 예술연구소, 2011, 143쪽 등 논문과 논저를 참조.
2   조규익, 「在滿詩人·詩作品 硏究(II) - 李旭의 詩를 중심으로」, 『인문학연구』 22, 숭실대 인문과학연구소, 1992, 105~128쪽.
3   최삼룡, 「리욱 시의 해방 전후 비교」, 『문학과 술』, 1997년 11·12기, 12~18쪽.
4   황규수, 「리욱(李旭) 시의 문학사적 고찰 - '만주조선인문학'에서 '중국 조선족문학'으로의 이행」, 『한국문학연구』 13, 인하대 한국학연구소, 2004, 135~162쪽.

및 그 성격이 '만주 조선인문학'에서 '중국 조선족문학'에로 변화하고 있음을 밝혔다. 이성천[5]은 해방기와 건국 시기 리욱의 시를 고찰하면서 '심상지리'적인 의미에서 '고향'이라는 이미지 및 '민족'이라는 정체성 이 구성되어가는 과정 및 그 의미를 밝혔다.

이 글에서 주목하고자 하는 부분도 1945년 '8·15' 이후부터 1950년 대 초까지 리욱의 시에 보이는 신분identity의 변화이다. 사회학적인 시각 에서 이 시기는 중국의 '조선인'들이 중화인민공화국의 '조선족', 즉 '민 족ethnic group'에서 '국민nation'으로 신분적 전환을 이루던 시기로 문학사 적으로는 '재만 조선인문학'에서 '조선족문학'으로 전환되던 시기이다. 이 글의 취지는 '조선족문학'의 명명 혹은 기점의 문제를 논하려는 것이 아니다. 또한 명명 혹은 범주화 자체가 무의미할 수도 있기 때문에 이 글 의 목적은 담론환경의 변화에 대한 시인의 대응을 시의 내적 상황에 대 한 고찰을 통해 밝혀보는 것이다.

반도의 문인들이 분단 때문에 '좌' 혹은 '우'의 이데올로기 선택을 할 수밖에 없었다면 '만주'에서 '8·15'를 맞았던 리욱과 같은 '재만조선 인' 문인들은 그에 앞서 (반도로의) 귀환이냐 체류냐의 선택을 한 번 더 해야 했다. 그리고 '좌/우'의 선택은 분단(거의 돌이킬 수 없는 두 개의 '민족 국가' 출현의 전조)이라는 기성된 조건을 마주하고 곧바로 진행된 것에 반 해 리욱은 중화인민공화국이라는 '민족국가'가 확립되기까지 4년 여의 시차를 두고 선택을 할 수 있었다. 급진적이고 단선적인 변화가 아닌 점 진적이고 개연적인 변화라는 의미에서 리욱의 신분 선택 및 형성의 과정

---

5   이성천, 「중국 조선족문학에 나타난 '고향'과 '민족'의 표상—해방기와 건국 시기 리욱 의 시세계를 중심으로」, 『한국언어문화』 46, 한국언어문화학회, 347~371쪽.

은 보다 세밀한 추적이 가능하다.

안수길, 현경준, 황건, 염상섭 등 '재만 조선인문학'의 독자성 혹은 로 컬리티locality를 열렬하게 주장했던 문인[6]들을 포함한 '만주'의 조선인문인 대부분이 '광복'과 함께 줄지어 귀환을 선택했음을 감안하면 리욱의 선택은 다소 이외가 아닐 수 없다. 그 선택의 근거를 지금에는 알 수가 없고 그 또한 문학 내적인 것만은 아니겠지만 시를 통해 시인의 심적인 변화 양상을 알아볼 수는 있을 것이다. 특히 시인이 '만주', '조선', '중국' 등 시인의 입장에 있어서는 상당히 밀접하게 관련이 되는 장소들에 대한 인문적 감각은 그 변화를 추적하는 근거가 될 수 있다.

2. '지역성locality'과 '현실성reality'의 결여

— 1920년대 중반~1940년대 초반

지새는 봄날

고요한 날

보슬보슬 가랑비

나리입니다

입픠고 꽃픠라고

---

6 『만선일보』에서 1940년 1월 12일부터 2월 6일까지 진행된 '滿洲朝鮮文學建設新提議' 라는 제목의 지상토론에 참가한 황건, 현경준 등 문인들은 대체로 '재만 조선인문학'과 '조선문학'과의 단절 및 전자의 독립성을 강조하고 있다. 이밖에 염상섭, 안수길 등도 비슷한 주장을 펼쳤다.

나리입니다

보슬보슬 그비는
마음간지러
우산도 안밧고
가게하지요
님잃고그리는이
울게하지요

─「봄비」

리욱의 시 중 서지가 명확한 첫 발표작[7]인 「봄비」는 『조선문단』 제9호
(1925.6)의 당선시에 뽑혀 발표되었다. '선자選者'가 '선후감選後感'에 쓴 평
가처럼 이 시는 "평평범범平平凡凡"[8]하다. '7(6)·5'조의 음수율로 가벼운
애수를 단조롭게 담아낸 점으로 보아서는 김억, 황석우 류類의 초기 자유
시와 많이 닮아 있다. 리욱의 처녀작으로 불리는 「생명의 예물」, 「눈」(발
표지 미상, 1929), 「님 찾는 마음」(『민성보』, 1930.5.21) 등 등단 5년 사이에
발표한 리욱의 시들은 대체로 직설적인 의식과 정서의 표출, 단순한 이미
지 그리고 생경한 시어로 이루어져 있어 습작기적인 미숙성과 함께 현실
인식 혹은 현실의식의 결여를 보이고 있다.
　　1930년대 중후반에 발표한 「척촉화躑躅花」(발표지 미상, 1935), 「바위」(『만

7　리욱의 처녀작으로 거론되는 「생명의 예물」은 1924년 『간도일보』에 게재되었다고 하
　　지만 해당 일자의 신문이 남아 있지 않아 확인할 수 없다.
8　'選者', 「選後感」, 『朝鮮文壇』 第九號, 1925.6, 107쪽.

몽일보』, 1935), 「금붕어」(발표지 미상, 1938)에 이르러서는 시인의 시대적 인식을 담아낸 듯한 이미지들이 창조됨으로써 습작기적인 미숙함과 무분별한 감상感傷은 극복되었지만 다소 과잉된 정서 표출 때문에 시적 긴장성이 떨어지는 부족함을 보이고 있다.

봄은 파일 고개도 넘어
탐탁한 躑躅꽃이
하염없이 지길래
시드는 꽃송이에
내 진정 한 이야기를 부치오.

꽃보라속에
나비가 놀라오, 나도 늙소,
그래도 내마음 薔薇에는
푸른 꿈이 깃들어 슬프지않소.

오! 傳說의 나라 躑躅아
이제 盛裝을 버린너는
여름철에
百合꽃을 부뤄할테냐?
— 아니오
— 아니오
그렇길래

나는 너의 짧은 청춘을 사랑했다.

나는 너의 타는 情熱을 사랑했다.

— 「躑躅花」[9]

리욱 시 연구에서 많이 거론되고 있는 「척촉화」는 일찍 피었다가 일찍 지고 마는 '척촉화' 즉 철쭉꽃의 이미지를 빌어 청춘의 가치를 찬미하고 있다. 일제가 "'황민화운동'을 벌리던 시기에 발표한 길항의 의지를 읊조린 시작"[10]이라는 평가의 합리성 여부를 떠나 강렬한 정서 표출에 비해 단순한 이미지 사이의 부조화는 부정할 수 없다. 이밖에 "붉은 산호림속에서 / 맘대로 진주를 굴리고 싶어 / 줄곧 창 너머로 / 푸른 남천에 / 희망의 기폭을 날린다"(「금붕어」)나 "바위 / 등가슴으로 풍진을 씹으며 / 루루이 침묵을 지키누나"(「바위」), "浦口가 喇叭처럼 틔여서 / 쏘얀 안개를 먹음고 / 빨간 놀을 吐하오"(「경박호鏡泊湖」) 등 시구는 감각적이라고 평가할 만한 이미지를 창조하고 있지만 그것들이 1차원적으로 노출되어 있음을 볼 수 있다.

'태평양전쟁'의 발발로 일제의 문화 통제와 탄압이 극심해진 1940년대에 들어서면 리욱의 시에도 어쩔 수 없이 시국 찬양의 경향이 보이고 있다. 「여명黎明」(『만선일보』, 1942.5.1), 「백년몽百年夢」(『만선일보』, 1942.5.25) 등이 대표적이다.

---

9 「躑躅花」는 1935년에 발표된 것으로 되어 있지만 실증적인 증거는 아직 없다. 이 글에서는 『在滿朝鮮詩人集』(藝文堂, 1942.10)에 수록된 「躑躅花」를 인용하였다.

10 권철, 「건국전 리욱의 시세계」, 『20세기 중국 조선족문학 사료전집』 제2집 김조규 윤동주 리욱 현대시, 연변인민출판사, 2008, 450쪽.

우리는 太陽의아들

오-로라를 등에지고

미래지를 가삼에안엇다

啓示!

衝動!

創造!

碧血이 싱싱한 남역花壇에

亞細亞의 太古쩍神話가 수미고

薰香이 풍기는 東洋의 構圖에

새世紀의 浪漫이 소용도리친다

오! 東洋의 새봄

오! 東洋의 새아츰

—「黎明」

이 시에는 노골적인 시국 찬양은 보이지 않지만 "太陽의아들", "東洋의 새봄" 등 시구에서 '성전'과 '대동아주의'의 의미를 읽어내는 것은 어려운 일이 아니다.

太陽이 첫우슴을 펴는동산에

十億同胞가 꽃송이에서呼吸한다 —

한샐리다 —

한 씨다

祖國의 傳說은 이씨푸른

江床에 흐르고

兄弟의 碧血은 수만혼靈座에 물드럿다

직히자 疆土를

사랑하자 同胞를

이젠 자장가는 구성지며

聖스러운 百年夢은 이룩햇거니 半島山河도 軍裝한다

東方民族은 鐵環된다

　　　　　　　　　　　　　　　　　　　―「百年夢」

　여기서 "兄弟의 碧血은 수만혼靈座에 물드럿다", "半島山河도 군장한
다", "東方民族은 鐵環된다" 등 시구는 일제의 '태평양전쟁'의 승전을 암
시하는 시구들이다. 적극적인 '친일'이라고 할 만한 행적은 보이지 않고
있는 리욱이기에 이러한 시국 찬양의 시들은 시국에 대한 자신의 판단에
따른 주관적인, 의도적인 창작이었다기보다는 당국의 압력에 의한 수동
적인 행위였다고 보는 게 맞을 것이다. 문인들에 대한 일제의 충성 강요
가 노골적으로 자행되고 자의든 타의든 노골적인 일제 찬양이 난무하던
세월에 시국 찬양의 시 한두 수 남기지 않은 시인이 거의 없었기에 이런
시 몇 수가 리욱의 생애에 큰 흠집이 될 수는 없다.

　다만 여기서 주목되는 것은 역사적·지역적 감각에 있어서 시국 찬양
의 작품과 그 외의 작품 사이의 극명한 차이이다. 바꿔 말하면, 『조선일
보』, 『매일신보』의 기자와 『조광』지의 지사장을 지냈고 시국에 대한 인
식이 일반인보다 훨씬 전면적이었을 리욱이 자기의 절대다수 작품에서
'비현실적'인 혹은 '초현실적'인 감성만 보이고 있다는 것은 대단히 의

문스러운 일이 아닐 수 없다.

　리욱은 '재만 조선인문학'의 역사에 단 두 권만 출간된 시집 중 하나인
『재만조선시인집在滿朝鮮詩人集』(藝文堂, 1942.10)에 위에 인용한 「척촉화」
를 포함한 시 5수를 게재했다.

　　거울속에
　　시드는 青春이 옛하늘을 안어본다.

　　나의 봄이 고개를 넘으니
　　世紀의 化石우에 自畵像이 슬프고나.
　　나의 심장에 간직한 大河는
　　太陽을 안고 구곡을 흐르나니,

　　오늘도 내 心琴의 七絃을 고녀본다,
　　꽃피고 달떠도 한曲調 永遠히 흐르는 인생의 노래 ―

　　　　　　　　　　　　　　　　　　　　　　　　　―「나의 노래」

　　五月은
　　초록물결이 넘치는 한낮 牧場을 꾸몃다.
　　들薔薇도 香氣품은 넓은 둔덕위
　　염소등에 휘파람이 구은다
　　연분홍빛 구름도 뭉기뭉기 피는데
　　종다리 그린 譜表를 쳐다보며

풀잎피리라도 불리라.

이 法悅 —

이 멜로다 —

우리는 豐饒한 자연을 호흡하는 태양의 아들,

五月의 푸른 한울을 風俗하고

五月의 푸른 大地를 習性한다.

—「五月」

　보다시피 위의 시들에는 시간성, 공간성과 같은 '만주'의 '지역성'과 '현실성'은 보이지 않고 거의 생 혹은 생명에 대한 감수성으로 일관되어 있다. 이 시집은 리욱이 직접 편집에 참여한 작품집이기에 위의 작품들은 스스로 선택한 것이라고 할 수 있다. 이러한 '비현실'적인 경향은 또한 이 시집에 수록된 다른 작품들에도 보이고 있다. 그중 '시현실詩現實'의 핵심멤버인 이수형李琇馨, 김북원金北原이나 함형수咸亨洙의 시는 모더니즘으로 분류할 수 있고 김달진金達鎭, 천청송千靑松 등의 시 역시 순수서정시로 분류할 수 있다. '만주국' 건국 10주년을 기념하여 "建國十週年을 慶祝함과 아울러 大東亞新秩序文化建設에 參與하련다"[11]라고 선언한 시집에 시국 찬양의 작품이 거의 없다는 것은 이 집의 편집자인 김조규, 리욱 등의 의도적인 선택이라고 할 수밖에 없다. 비슷한 시기 출간된 다른 한 시집『만주시인집滿洲詩人集』(藝文堂, 1942.9)에도 '시국찬양'의 시가 거의 수록되어 있지 않았다. 다시 말하면 리욱 등은 내키지 않는 '시국찬

11　김조규,「編者序」,「在滿朝鮮詩人集」.

양'을 할 바에는 철저한 '비현실성'으로 시국을 외면하겠다는 무언의 메시지를 전하고 있다고 해석해도 무리는 아니라 하겠다.

3. 지역성의 이중성 - '해방'부터 '건국'까지

한 자리에
두 겨레의 體溫이 사귀여
凍土우에도 和氣돈다.

적은 초롱은
밤倫理의 異端者로서
忠實한 말께 좋은 伴侶!
그러나 말방울 방울소리없어 섭섭하다.
이 밤 또 한 國境 더넘어
도로이카를 달리고 싶은 마음!
馬車夫의 다부산즈 자락에
만만디를 느낀 내 가슴에
밤길 咫尺도 아득히 멀어진다.
털외투의 어수선한 그림자에 찢긴 마음은
채찍이 떨어질때마다
슬픈 고개를 들어 뜻을 모르는 말과 더부러 굳세여지나니

낡은 城廓을 벗어나

바로 별 성긴 蒼空을 쳐다보는 마음!

延吉驛은 멀구나

포푸라 사이 鈴蘭燈도 밝은데

白雪의 曠野에는

푸른 달이 흘러 흘러!

오오, 先驅者의 넋이

저렇듯 아련한가?

驛馬車는

오늘도 밤과 낮으로 걸을줄 몰으는 무지개다리에서

이거리 기쁜消息 보내고 맞으려

휜-히 티인 南컨新作路로 달린다

힘차게 달린다.

— 「驛馬車」(강조는 인용자 이하 동일)

「역마차」는 1947년 출간된 리욱의 시집 『북두성』에 수록된 시이다. 이 시에서 가장 눈에 띄는 것은 "두 겨레", "다부산즈", "만만디", "延吉 驛" 등 지역적 이미지 즉 '지역성locality'의 출현이다. 사실 인문, 지리, 사회적인 고유명사들은 '만주'의 조선인 시에서 '지역성'을 체현하는 데 자주 사용되는 이미지들이다. 예를 들면 유치환의 '조주肇州'(「조주성」), '조원肇源'(「도리만성桃李滿城」), '몽기蒙旗'(「몽기에 와서」) 등 지명과 김달진 의 「용정龍井」, 김조규의 「연길역延吉驛가는 길」 등 시들이다.

위에서 논한 바와 같이 지역적 이미지가 거의 철저하게 부재하는 리욱 시가 오히려 특이한 경우에 해당한다. 에드워드 렐프E·Relph의 말을 빌면 리욱에게 있어 '만주'는 단순한 공간일 뿐이지 '장소의 정체성identity of place'을 가지지 않아 '장소애場所愛'를 유발할 수 있는 장소는 아니었다. 따라서 리욱이 '해방' 이후 출간한 첫 작품집인 『북두성』(1947)에 수록된 시들에서 전격적으로 지역적 이미지들을 내세우기 시작했다는 것은 그가 '만주'에 대한 인식이 전환되고 있음을 의미한다.

이땅 젊은 生命을 기르는
海蘭江과 부얼하통河는
너 모얼山 創世記의 佳緣이고

이곳 각색 살림을 담은
용드레촌과 얀-지강은
너 모얼산 지켜온 적은 花園이다

(…중략…) 오!

그러나 모얼山아!
너는 여태 굴한일없이
우리의 본보기 되었거니

(…중략…)

이제 山에 나려

뭇사람속에서 소리쳐 불러

너 山울림을 듣는다

너 山울림을—.

—「帽兒山」 일부

    1944년 3월이라고 창작 시기를 밝히고 있는 시 「모아산」은 적극적인 정서와 넘치는 격정과 함께 "모아산", "해란강", "부얼하통하", "얀지강" 등은 리욱이 생활하던 만주의 도시 앤지延吉의 대표적인 지역적 이미지인바 이런 이미지들의 등장으로 인하여 「모아산帽兒山」은 리욱의 '해방' 전 시 중 유난히 돋보이는 작품이다. 시적 이미지의 변화를 통하여 '해방'에 즈음하여 리욱의 현실 인식에 상당한 변화가 있었음을 유추해볼 수가 있다. 우선 그 변화는 '해방'을 계기로 그의 시에 뚜렷하게 나타난 시간적, 공간적 단절 혹은 경계를 통해 확인할 수 있다.

七旬 六旬 할아저지 할머니 이야기는

亦是 七旬 六旬 할아버지 할머니적 이야기었다.

아득한 그시절 푸른하늘에 별이 총총하던밤

이야기는 세월처럼 기나긴 이야기는

재밀재밀 하기도 하였지만

무시무시 하기도 하였다.

七十年前 六鎭에 큰흉년이 들어서

샛섬을 건너는적

豆滿江은 죽엄을 싣고 嗚咽하였느니라는

(…중략…)

그처럼 고달프게 고달프게

천번 닳어밭이 만번닳어 논이 된줄

그줄 농군이면 몰으랴마는

제것될줄 꿈엔들 생각했으랴

오늘에야 진정 옛말이지

이것 두고 하는말이 옛말이구나.

―「옛말」

　'해방' 경계로 "육진에 큰흉년이 들어서 / 샛섬을 건너는적"의 일들은
"칠순 육순 할아버지 할머니"의 "옛말"로 되어 시간의 먼 건너편으로 보
내진다. 이러한 시간적 단절과 함께 공간 또한 새롭게 구획된다.

隔江이 千里라하건만

江 건너 門앞 다니듯 넘나들제

刳木舟를 건너면

監視所 巡査눈은

올배미처럼 구을고

칼은 꽁무니에 번쩍이어
머리칼이 서고 몸서리 첫거니

이윽고 稅關에 이르면
稅關吏 이리떼 달려드듯 몰려와
이놈.
저년
욕질 매질 하여도
소인양 꿀꺽 참고
너 悠悠한 물결을 보며 묵하였구나!

그렇게 너 豆滿江은
亡命客을 사귀였고
가난뱅이를 친하였다.

豆滿江 너는
親和의 江
千年前 너의 두 겨드랑이에
낯설은 겨레와 겨레도 정답게 살어
왔고
그리고 거진 한世紀 동안이나
老爺嶺을 동서에 屛風둘러
푸른 소매와 힌소매가 서로 읍하였다.

아! 高麗와 女眞의 恩讎도

너의 물결에 살아졌고

'銘安'의 억누름과 '土門'의 말썽도 너의 물결에 살아졌다.

(…중략…)

歲月은 물결따라 흘러서

八一五歷史의 名節맞어

해외에서 날뛰든 英雄들이

靑山을 달리는 범같이

祖國三千里를 向 하여 의젓하게 凱旋할 때

너 豆滿江은

둥실둥실 춤을 추며

그들을 업어건네였구나!

— 「豆滿江에 묻노라」

"격강이 천리"여서 지나다니는 조선인들이 순사와 세관리税關吏들에게
혹독한 통제를 받아야 했던 두만강이었지만 강 양안에 살던 민족들은 서
로 존중하면서 정답게 살아왔고 '해방'을 맞게 되자 두만강은 중국에서
개선하는 항일투사들을 업어 건네주었다고 읊고 있다. 두만강은 중국과
한반도 두 민족과 지역을 가르는 경계인 것이 분명하지만 단절을 위한
경계가 아니라 봉합을 위한 경계인 것이다. 실제로 일제의 패망으로 중
국의 '조선인'들은 귀환과 정착의 분화를 시작하게 되어 대체로 200만

명가량 되었던 '조선인' 중 반 정도가 귀환을 선택했다. 하지만 '조선전쟁'이 끝날 때까지 중국이 '민족국가'의 확립 과정에 처해 있어 '국적'과 같은 관련 법규가 완비되지 못해 중국과 조선 사이에서 '조선인'은 지리적 유동성과 함께 신분적 유동성도 가지고 있었다.

이 나라 강산아
내 묻노니
만고의 愛國者 누구런고
억년을 잠자던 만경대 대답하라
천수를 흐르는 大同江이 대답하라

'金日成 將軍'
이 나라 民族이 가진 榮譽로운 이름을
동포여
兄弟여
소리 높여서 불러야겠다.

— 「民族이 가진 榮譽로운 이름」 부분

淸明한 하로아침
三千萬겨레
一時에 외처부른
조선민주주의인민공화국

크낙한 主權이 人民에게 있어

人民은 나랐집 주춧돌로

歷史의 바퀴를 굴리나니

언제나 우리 조국은 하나이오

우리 민족은 하나으로

억년眞理로 뭉치고 正義로살리라

오 나는 北方 한 地域에서

조국의 太陽 金日成首相을 삼가 받들었노니

널리 자랑하리라

조국 조선의 헌법을 −

길이 빛내리라

조국 조선의 國旗를 −

—「조선이 일어선 아침」 부분

보라

무지개 드리운 아세아 푸른 언덕에

새 中國이 일어서나니

崑崙山이 솟아

民主의 탑이 서고

揚子江이 흘러

平和의 종이 운다

—「새 中國의 깃발」 부분

상기 세 편의 시는 1949년 출간된 리욱 시집 『북륙北陸의 서정抒情』에 수록되어 있다. 대체로 1948~1949년 사이에 창작된 작품으로 짐작되는데 당시까지 정립되지 않았던 시인의 국민nation 정체성을 보이고 있다. 국민정체성은 '민족국가'의 형성 과정에서 점차적으로 형성되어가는 것으로 탈 경계 민족인 '조선인'들은 '고국故國'과 '거주국居住國'의 사이에서 선택의 과정과 '상상'의 과정을 거쳐 점차적으로 정립시켰다고 할 수 있다. 실제로 '해방' 이후 '조선전쟁' 기간 동안 '조선인' 내부에는 '조국관祖國觀'과 관련된 논의가 있었는데 '이중조국二重祖國'(조선은 '민족조국', 중국은 '현실조국') 혹은 '삼중조국三重祖國'(조선과 중국에 '계급조국' 소련을 더함)과 같은 다양한 논의들이 펼쳐졌었다. 1950년 12월 10일 자 『인민일보』에 실린 「중국동북지역의 조선민족」이란 글에서도 조선을 중국 조선인의 '조국'이라고 칭하면서 '그들은 조국을 보위한 권리가 있다'라고 주장하고 있다.

대내외적인 전쟁과 전후 복구 등 국가 정립의 과정을 겪고 있던 정부 역시 '조선인'들의 국적 문제에 관하여 명확한 정책을 제시하지 않고 있어 '토지개혁' 등 문제에 있어서 '조선인'에 대하여 '국민'으로서의 동등한 대우를 보장하고 「중국인민정치협상회의공동강령中國人民政治協商會議共同綱領」을 통하여 '소수민족'으로서의 법적 지위를 명시하였지만 '국적'과 관련된 공식적인 대책은 내놓지 않고 있었다. 1953년 4월, 중국의 제1차 '전국인민대표대회'와 제1차 전국인구보편조사를 앞둔 시점에 '국적', '선거권'과 '피선거권' 등이 시급히 규명해야 될 범주로 떠올랐다. 이에 중국공산당 동북국東北局에서는 중국공산당중앙위원회에 '조선인'의 국적 문제를 처리할 원칙을 제출하였는데 그 기본적인 내용은 무릇

1949년 10월 이전 동북에 거주했고 가업을 가진 자는 중국 소수민족으로 보아야 하지만 본인이 교민僑民의 신분을 원하면 자의에 맡길 수 있고 그 이후, 특히는 '조선전쟁' 이후 동북에 온 자들은 일률로 '조선교민'으로 본다 등이었다. 중앙에서는 이 원칙에 동의하여 '조선인'의 국적과 관련된 공식적인 정책으로 자리 잡게 되었다.[12]

하지만 법률과 정책은 결과적으로 '국민정체성'의 정립 과정에 외적인 요소로 그것이 개인의 주체적 선택에 영향을 주는 실질적인 효과를 일으킬 수 있는 구체적인 조치들이 있어야 했다. '해방' 이후 동북지역에서 신속하게 추진된 '토지개혁'이 바로 그것이었다.

> 東北 한 地域
>
> 함박꽃인양 피여난곳
>
> 아침이슬을 사뿐사뿐 밟으며
>
> 바둑판같은 논두렁에 나서면
>
> 동뚝에서 물닭이 보안氣流를 타고 나래쳐 일어나는 延集江벌
>
> (…중략…)
>
> 밭가는 자 농민이여
>
> 土地의 새主人이여
>
> 勤勞로 익이고

---

12 沈志華, 「東北朝鮮族居民跨境流動-新中國政府的對策及其結果(1950~1962)」, 『史學月刊』, 2011년 제11기, 69~84쪽.

正義로 다져서

피로써 지키고

살로써 아끼자 (…중략…) 이제

平和한 마을에 피어나는 푸른 煙氣에

누엿누엿 夕陽은 더욱 붉은데

大地어머니의 커다란 가슴팍에

농군들은 시름없이 오붓하게 안기누나

—「夕陽의 農村」 일부

　'조선인'들의 최대 집거지역이었던 연변은 중국 내에서 '항일전쟁'을 끝으로 전쟁을 겪지 않은 극소수 지역이었고 '토지개혁'을 가장 일찍 실행한 지역 중의 하나이기도 했다. 연변의 '토지개혁'은 '해방' 직후 1946년 7월부터 1948년 4월까지 세 단계에 거쳐 완성하였는데 이 과정에 중국공산당은 '조선인'들의 중국 '공민公民'으로서의 자격을 누차 천명하였을 뿐 아니라 '토지개혁'을 실행하는 과정에 '조선인'들의 농경 습성을 감안하여 수전을 더 많이 분배하게 하는 특혜 정책을 실행하였다.[13] 이는 당시 국민당의 통제구역 내의 '조선인'들을 '한교韓僑'로 규정하여 재산 몰수와 강제 축출하는 등의 정책과 확연하게 비교되는 정책이었다.[14]

13　1931년 11월에 있은 중화소비에트 제1차 전국대표대회에서 통화한 '중화소비에트공화국헌법대강(大綱)'에서는 "소비에트정권 영역 내의 노동자, 농민, 홍군사병 및 모든 노고민중(勞苦民衆)과 그들의 家屬들은 男女, 種族(漢, 滿, 蒙, 回, 藏, 苗, 黎, 苗와 중국에 있는 臺灣, 高麗, 安南인 등), 宗敎의 구분이 없이 소비에트법률 앞에서는 일률로 평등하고 모두 소비에트공화국의 公民이다"라고 규정하고 있다. 중국공산당의 이러한 정책기조는 그 후에도 줄곧 유지되었다.

14　이와 관련된 내용은 김춘선의 「광복 후 중국동북지역 한인들의 정착과 귀환」(『한국근

그로 인하여 국민당 통제구역 내의 '조선인'들이 연변으로 이주하는 경우도 많아 연변지역의 '조선인' 인구가 '8·15' 이후에도 크게 줄어들지 않게 된 이유 중의 하나가 되기도 했다. 이렇게 절대다수가 소작농이었던 '조선인'들은 가장 근본적인 생존 기반인 토지를 획득하게 되었는바 '토지개혁'은 '상상'의 기반이 아니라 '생존'의 기반으로 '조선인'의 로컬의식을 확립하는 데 결정적인 역할을 하였다. [15]

4. '국민nation'이라는 기표

가자 가자

쫓기우는 사람처럼 가자

白骨 몰래

아름다운 또 다른 故鄉에 가자.

— 윤동주, 「또 다른 고향」 마지막연

반도에서 중국으로, 다시 중국에서 반도, 일본으로 이중, 삼중의 이산을 겪은 윤동주는 평생 '손들어 표할 하늘'을 갖지 못하고 또 다른 고향

현대사연구』 28, 한국근현대사학회, 2004)을 참조할 수 있다.

15 '8·15' 직전 연변의 '조선인' 인구는 63.5만 명이었고 1949년 10월 1일 중화인민공화국이 성립될 무렵 연변의 '조선인' 인구는 51.9만 명이었다. 제1차 전국인구보편조사에 따르면 1953년 6월 30일 24시를 기준으로 '조선인'의 인구는 1,120,405명으로 그중의 73.6만 명이 길림성에 거주하고, 또 그중의 49만 여 명이 연변에 살고 있었다. '8·15' 이후 반도로 귀환한 '조선인'이 50%를 약간 웃도는 것으로 추산되는데 연변의 '조선인' 귀환률은 28%에 지나지 않아 대단히 낮은 편이다.

을 찾다가 죽어갔다. 그에 비하면 비슷한 경력을 가진 리욱은 흔들림은 있었지만 스스로의 선택을 통해 표류하는 디아스포라의 운명을 끝낼 수 있었다.

> 오 나와 남의 행복을 위하고
> 자자손손의 영화를 위하여
> 아름다운 금빛 년륜으로
> 새 살림에 꽃무늬를 느리네
>
> ─「세기의 기쁜 소식−1950년」부분

시인 리욱의 바람이 최종적으로 이룩되었는지 혹은 그가 자신의 선택 때문에 '행복'했는지 등은 타인이 판단할 수 있는 문제는 아니다. 하나 분명한 것은 리욱은 중화인민공화국이라는 신생 국민국가의 '국민' 신분 즉 '기표'를 획득하였다는 사실이다. 그런 의미에서 리욱은 같은 만주 조선인 출신의 시인 윤동주에 비교된다. 윤동주는 죽는 날까지 "손들어 표할 하늘"을 가지지 못해 결국 '기의'만 있고 '기표'는 가지지 못했다.

지금도 수많은 이슈를 만들어내고 있는 윤동주와 마찬가지로 대륙과 반도의 근대사를 온몸으로 관통하면서 두 시대 지어는 세 시대를 살아온 '경계/탈 경계인' 리욱의 문학적 가치는 '국별國別'문학 혹은 속된 '비교 문학'으로 다 규명할 수 없는 학문적 이슈를 만들어 우리의 심지心智를 활약시켜 주고 있다는 점이 아닐까 싶다.

기억과 재현

1980년대 중국 조선족 혁명서사 연구─윤일산의 『포효하는 목단강』

이해영

1. 1980년대 조선족문단과
윤일산의 『포효하는 목단강』

중국 조선족문학사는 통상 1980년대를 '개혁개방의 시대', '다원화의 시대', '탈이념의 시대'로 서술하고 있으며 1980년대 조선족문학의 주요 경향을 정치적 동란의 시대였던 문화대혁명 시기의 결속을 위한 상처문학과 반성문학의 대두, 개혁개방시대를 맞아 문학과 정치의 일원론에서 벗어나기 위한 탈이념과 일상성의 확대 등으로 서술하고 있다. 이는 당대 중국의 역사 발전 과정에 무리 없이 맞아떨어지고 있으며, 중국 당대 주류문학사의 발전 과정과도 대체로 동궤를 확보하고 있다. 그런데 1980년대의 조선족문학사에는 이러한 문학사의 일반론적인 서술로는 담아내기 어려운 특이한 현상이 나타나는데, 그것은 문학과 정치 일원론의 시대 즉 '과거시대의 유물'로 되어버린 '혁명서사'가 집중적으로 대거

나타난 것이다. 특히 1980년대의 조선족의 혁명서사는 중국 건국 초기였던 1950, 60년대의 혁명서사와는 비길 수 없을 정도로 양적으로 방대하며 제재 역시 이민서사, 국내 혁명시기 서사, 항일서사, 국내 해방전쟁서사 등 조선족 역사 전체를 아우르고 있다. 무려 15편에 이르는 장편소설이라는 수적으로 방대한 혁명서사의 집중적인 출현은 모종의 의미에서는 '개혁개방의 시대'라는 1980년대의 공적인 수사를 무색하게 할 지경이다. 그러나 지금까지의 조선족문학사는 '개혁개방의 시대'라는 공적인 수사에 치우침으로써 그러한 문단의 역류 현상에 대해서는 별로 주목하지 않고 있다. 따라서 1980년대 조선족문단을 압도하는 혁명서사에 대한 연구는 매우 소략하게 이루어졌으며 대체로 문학이라는 정치적 동란의 와중에 형성된 중앙의 눈치 보기의 관성으로 인한 산물 내지 중앙의 개혁개방 시책에 대한 때늦은 이해로 인한 시대 역행의 산물로 인식되었으며 조선족문단의 본격적이고 전면적인 '중국화'의 현상으로 인식되었다.[1] 이와 유사한 맥락에서 '유사 건국서사 다시 쓰기' 내지 '중국공산당의 영도 아래'를 다시 쓰기 한 것으로 인식되기도 하였다.[2]

그러나 이를 단순히 조선족문학의 '중국화' 내지 1950, 60년대에 나타났던 '중국공산당의 영도 아래'를 '다시 쓰기' 한 것으로 보기에는 다분히 무리가 따른다. 위에서 서술했다시피 1980년대 혁명서사는 건국

---

1   이광일, 『해방 후 조선족 소설문학 연구』, 경인문화사, 2003, 123~124쪽 참조. 그러면서도 이광일은 실재했던 조선족의 혁명투쟁사에 대한 문학적 재현이 "중국에 살고 있는 조선족의 자신감과 자부감을 굳히고 특히 기타 민족에 비해 중국에서 생존해 나갈 수 있는 조선족의 자격과 그 가능성을 문학적으로 확인하였다는 점에서는 무시할 수 없는 가치를 지니게 된다"고 의미를 부여하기도 하였다.
2   서령, 「중국 조선족문학의 '중국화' 문제-김학철과 윤일산의 전쟁제재 장편소설을 중심으로」, 『한국학연구』 33, 인하대 한국학연구소, 2014, 177~178쪽 참조.

초기였던 1950, 60년대에 비해 양적으로 방대할 뿐 아니라 중국 경내에서 이루어졌던 조선족의 혁명투쟁사 전체에 걸쳐 이루어지고 있으며 특히 그동안 망각 내지 기피해왔던 청산리전투, 봉오동전투 등 민족주의자들에 의한 독립투쟁도 기억하고 복원하고 있다.[3] 또한 1950, 60년대 혁명서사에서는 드러나지 않았던 조선족의 민족적·역사적 특수성이 그 모습을 드러내고 있다. 그 일례로 리근전의 장편소설 『범바위』의 창작과 개작의 경우를 살펴볼 수 있다. 1962년 출간된 『범바위』의 초판본은 광복 직후, 만주의 조선인[4]이 직면한 선택의 문제를 공산당과 국민당 노선에 대한 양자택일의 선택으로 서사화함으로써 광복 직후 만주의 조선인은 중국 내 타 민족과 별다른 차이를 지니지 않은 채 일반화된 중국 공민의 범주로 수렴된다. 그런데 1986년 리근전 자신에 의해 개작, 출간된 『범바위』 개정판은 광복 직후, 만주의 조선인이 공산당과 국민당 노선 이외에도 한반도로의 귀환이라는 특수한 선택의 문제에 직면했다고

---

3 이광일, 앞의 책, 206~208쪽 참조. 1980년대의 혁명서사가 조선족의 혁명투쟁사 전체에 걸쳐 있는 점에 대해 이광일은 "제재 면에서 이채를 띤다"고 서술하였으며 '중국공산당의 영도하에서'라는 패턴을 깨고 민족적인 시각에서 역사를 재조명하였음을 긍정적으로 바라보았다. 또한 "우리의 작가들이 좌적이고 경직된 사유방식에서 해탈되어 주체적인 안목을 갖고 조선족의 혁명투쟁사를 다시 바라보는 자세가 형성되기 시작했음을 의미한다"고 그 의의를 부여하였다.

4 중국 조선족이 정식으로 중국 내 소수민족으로 인정받은 것은 1952년 중국조선민족자치구 성립 이후부터로 봐야 할 것이다. 그 이전에는 '조선인'으로 불리기도, '조선족'으로 불리기도 하였다. 실제로 광복 직후인 1945년 9월, 중공중앙 동북국은 "동북지역의 조선민족을 중국 경내의 소수민족으로 인정"한다고 공포하기도 하였다.(김춘선, 「재만 한인의 국적 문제 연구」, 이해영 편, 『귀환과 전쟁, 그리고 동아시아인의 삶』, 중국해양대 한국연구소 총서 2, 경진출판사, 2011, 33면) 이 글에서는 대체적으로 1952년을 기준으로 그 이전은 '조선인'으로 그 이후는 '조선족'으로 표기하되 1952년 이전이라 하더라도 소수민족으로서의 이미지가 강하게 작동하는 경우에는 '조선족'으로 '조·한 두 민족'으로 표기하기도 하였다.

서사화함으로써 일반화된 중국 공민의 범주로는 수렴할 수 없는 광복 직후 만주 조선인의 민족적·역사적 특수성을 드러내고 있다.[5] 이는 모종 의미에서는 민족의식의 확장으로도 볼 수 있을 것이다. 특히 1986년에 발표된 윤일산의 『포효하는 목단강』은 중국에 잔류하여 중국 공민이 된 조선족과 한반도로 특히 남쪽으로 귀환한 만주 귀환 동포 모두에게서 망각과 기피, 은폐의 대상이 되어버린 만주국 시기 일제의 '토지 수용령'과, 그로 인해 만주국 시기부터 형성된 중국 동북지역 한족과 조선족의 뿌리 깊은 갈등에 대해 정면으로 서사화한다. 그러나 기존 연구들에서는 이러한 민족의식의 확장 내지 잊혀져버린 민족사의 재기억 혹은 고백에 대한 구체적인 검토를 결여한 채, 그리고 1980년대 혁명서사에 대한 본격적이고 상세한 검토를 결여한 채 조선족문학의 전면적인 '중국화' 등 자의적인 결론에 이르고 있다.

이 글은 바로 이러한 맥락에서 출발하여 윤일산의 『포효하는 목단강』[6]을 중심으로 문력을 사이에 두고, 재호출된 1980년대의 혁명서사가 1950, 60년대와는 어떤 변별성을 갖고 있는지 살펴보고자 한다. 주로 은폐된 기억의 호출, 과거 고백의 방식과 민족의식 확장의 내적 논리 등을 중심으로 이러한 1980년대 혁명서사의 목표가 무엇인지 과연 그것이 조선족문학의 '전면적인 중국화' 내지 '중국 공산당의 영도 아래'를 '다시 쓰기' 한 것인지에 대해 재고해 보고자 한다. 나아가 1980년대에 조선족문단에 왜서 혁명서사가 집중적으로 나타났는지, 왜서 그러한

5   이해영, 『중국 조선족 사회사와 장편소설』, 역락, 2006, 73~93쪽 참조.
6   윤일산, 『포효하는 목단강』, 연변인민출판사, 1986. 이하 인용 시, 글명과 쪽수만 표기한다.

문단의 역류 현상이 나타났는지에 대해 살펴보고자 한다.

2. 1960, 70년대 중조관계와
조선족의 국민적 정체성의 위기

　1950, 60년대에 나타났던 혁명서사의 재호출이면서 이와는 뚜렷이 구별되는 1980년대 혁명서사의 특징을 구명하기 위해서는 우선 이들 사이에 가로놓인 흔히 문혁 혹은 정치적 동란기로 일컬어지는 1960, 70년대의 중국과 북한의 관계, 그 속의 조선족사회를 살펴보아야 한다.

　1960, 70년대에 중국 전역을 휩쓴 문화대혁명의 광기는 중국의 외교 정책에도 심대한 영향을 끼쳤는데 문화대혁명 시기 중국의 외교는 특수하면서도 비정상적인 대외 활동이었다. 중국은 문화대혁명 초기, 중소분쟁과 반제국반수정反帝反修의 색채가 더욱 농후해지면서 미소와 동맹 및 밀접한 국가에게 "미제국주의의 주구, 패거리", "후루시초프의 주구, 패거리" 등으로 노골적으로 비난하였으며 이러한 혁명외교 노선으로 하여 1966년부터 1967년에 중국과 외교관계에 있던 48개국 중 30개국과 외교 분쟁이 발생하였다. 1967년부터 본격적으로 홍위병의 중국외교부 및 외국공관에 대한 공격도 이루어져, 중국이 사회주의 정당에 혁명노선을 전수하려고 하면서, 사회주의권에서도 국제적으로 고립되었다.[7]

　1964년 10월 14일, 흐루시초프의 실각과 함께 들어선 새로운 소련 지

7　박종철, 「문화대혁명 초기 북중관계와 연변 조선족」, 『민족연구』 63, 한국민족연구원, 2015, 108쪽 참조.

도부에 대한 평가에서부터 균열을 보이기 시작한[8] 북중 갈등은 1967년 홍위병의 김일성 공격으로부터 본격화되었으며 이는 당시 중국혁명과 정에서 다른 국가들과 갈등을 빚는 일반적인 패턴이었다.[9] 그러나 북중 갈등은 중국과 동유럽의 다른 나라들과의 갈등에 비해서 중국지도자들에게는 매우 중요한 핵심문제로 떠올랐으며 중국인민들에게는 감정적 차원과 직결되는 체험적 수준의 것이었다. 그것은 전통적으로 중국과 북한은 두만강, 압록강을 사이 두고 국경을 인접하고 있으며 양국의 지도층은 항일전쟁 중, 공동의 항일투쟁과 혁명 경험으로 인해서 동지적 유대감을 갖고 있었고 이러한 우의는 일제 패망 이후 국공내전 시기 동북 전역에서도 이어졌다. 사회주의권 국가로서 북한과 중국과의 동맹관계가 혈맹의 관계[10]로 한층 강화된 결정적 계기는 "항미원조 보가위국"이라는 슬로건으로 진행된 중국의 조선전쟁에의 지원군 파병이었다. 중국의 참전과 지원군 파견으로 북한은 미군의 인천상륙작전에 의한 패퇴의 국면에서 벗어날 수 있었으며 전쟁의 위기에서 벗어날 수 있었다. 중국 역시 조선전쟁에의 지원군 파병으로 막대한 희생과 피의 대가를 치렀는데 그 대표적인 실례로 중국인민지원군 지휘부의 러시아어 통역 및 참모로 참전했던 모택동 주석의 큰 아들 모안영의 희생과 근 17만 명에 달하는 전사자를 포함한 36만 명에 달하는 인력 손실을 들 수 있다.[11] 당시

8　이종석, 『북한-중국관계 1945~2000』, 도서출판 중심, 2001, 237쪽.
9　박종철, 앞의 글, 109~110쪽.
10　이종석, 앞의 책, 193쪽.
11　姚旭, 「抗美援朝的英明決策」, 『黨史研究』, 1980 第5期, 이홍영 역, 「미국에 대항하고 조선을 지원한 현명한 정책」(『중소연구』 8-4, 한양대 중소연구소, 1984 第5期), 위의 책 191~192쪽에서 재인용.

중국은 장기간의 대일전쟁과 내전을 거쳐 새 중국을 건립한지 1년도 채 안된 상황이었기 때문에 경제가 피폐해 있었고 군인들과 인민들 사이에 염전사상이 만연해 있었으며 중국 지도부 역시 참전 여부를 놓고 심각하게 의견 상이를 보이다가 모택동과 주은래 등에 의해 최종 출병론이 확정되었다. 중국 지도부는 "항미원조 보가위국抗美援朝 保家衛國" 즉 "자기의 집을 지키기 위해 '항미원조전쟁'에 용약 참가하여야 하며" "나라 없이 집이 없다"는 전쟁동원의 논리로 전국 각계각층 인민들과 애국공약 등을 맺어가며 인민들을 광범위하게 조선전쟁에 동원하였고 조선전쟁은 사회주의 형제국가 북한을 돕는 것이자 자기의 가정과 나아가 새 중국을 보위하기 위한 것이라는 담론을 만들어나갔다.[12] 그러므로 "항미원조" 즉 조선전쟁은 막바로 중국인민 전체의 전쟁이 되기도 했으며 중국인민들은 조선전쟁에 대한 참전을 "사회주의 형제국가의 지원"이나 혹은 "북·중 간의 특별한 혈맹적 동지관계"로 기억하고 있다. 이처럼 북한과 중국의 관계는 중국인들에게는 중국과 기타 동구권 사회주의국가 간의 관계에 비해 훨씬 실감나는 체험적 수준의 것이었다. 그것은 또한 혁명을 수입하고 지도받고 일방적으로 도움받기만 했던 수직상하 관계로 인지되었던 사회주의 대국 소련과의 관계와도 다른 차원의 것이었다. 그것은 "상호지원" 내지 조선에 큰 도움을 주었다는 측면이 강하게 작동하는 것이었다. 특히 북한과 중국의 관계는 사회주의 대국 소련과의 분쟁 중이라는 당시 중국으로서는 최대의 위기 상황 중에서 매우 중대한 변수로 작용했기 때문에 중국 지도층의 비상한 관심을 끌지 않을 수 없었다. 실

---

12 이해영, 「이태준과 『위대한 새중국』」, 『현대문학의연구』 59, 한국문학연구학회, 2016, 216~127쪽 참조.

제로 북한은 1950년대 말부터 갈등을 보이기 시작한 중소분쟁 초기에는 소련을 비난하고 중국을 적극 지지했으며 거의 매년 김일성을 비롯한 북한 고위층의 중국 방문 및 모택동, 유소기, 주은래 등 중국 최고 지도자들과의 면담이 이루어질 정도로 중국과 그야말로 밀월의 관계를 지속하고 있었다. 중국지도부는 중·소 분쟁이 격화되는 가운데 적극적으로 친중국 노선을 걷고 있던 북한을 배려하여 1962년 10월 12일과 1964년 3월 20일에 각각 체결된 '중·조 국경조약'과 '중·조 변계의정서'에서 북한에 상당히 많은 양보를 하였다. 또한 1964년 북한과의 갈등이 조짐을 보이기 시작할 무렵부터 중국은 주은래 총리가 직접 북한 측을 설득하기 위해 노력할 정도로 북한과 중국 관계에 관심을 기울였다.[13] 그러한 노력에도 불구하고 양국 관계가 결정적으로 파국으로 치달았을 때, 북한에 대한 중국인들의 감정은 말 그대로 배신과 분노였다. 1967년, 홍위병들은 김일성과 북한을 수정주의로 비판하였으며 "조선전쟁에서 중국이 북한을 도운 것을 기억하라고 충고하였다."[14]

중국의 문혁 중, 북중 관계의 악화는 중국 내 조선족에게 직접적이고도 심각한 재난을 가져다 주었다. 연변의 문혁에 대해 기록하고 있는 회고록 내지 자서전들로는 중국조선민족발자취총서 7-『풍랑』[15] 중 「걸출한 정치활동가 주덕해」, 「반우파투쟁과 민족정풍운동」, 「『문화대혁명과』과 조선민족」, 『주덕해의 일생』, 『고향 떠나 50년』, 『조남기전』등이 있는데, 이 기록물들에는 "조선(북한)특무", "조국 배반", "매국역적",

---

13 이종석, 앞의 책, 240~241쪽 참조.
14 박종철, 앞의 글, 109쪽.
15 오태호 외, 『풍랑』, 민족출판사, 1993.

"반혁명 폭란" 등이 유난히 많이 그리고 반복적으로 등장한다. 이러한 기록은 문혁이 끝난 뒤 20년이 지난 1998년의 시점에서 창작된 리혜선의 장편소설 『빨간 그림자』에 다음과 같이 형상화되었다.

> "심양군구에 보내는 급전은 이렇게 합시다."
> 비서가 급급히 받아적었다.
> "지금 연길시의 정세는 매우 긴장하다. 그들은 하북을 불태우고 하남으로 돌진하고 있는데 량식창고를 충격하고 기름창고를 포위했다. **연길시를 피로 물들이고 도문관을 넘어 고향으로 돌아가려고 한다.** 반란을 일으킬 가능성이 확실한데 좌파조직에 무기가 없어 여러번 실패했고 지휘할 능력마저 없다."[16]

위의 인용문은 당시 전국을 뒤흔들었던 소위 연변 조선족의 '조국 배반' 사건에 대한 사실적 묘사이다. "연길시를 피로 물들이고 도문관을 넘어 고향으로 돌아가려고 한다"고 상부에 보고되는 소위 연변 조선족의 '조국 배반' 행위에 대한 보고는 문혁 당시 북중 갈등의 악화 속에서 조선족이 겪고 있는 심각한 국민적 정체성의 위기를 보여주고 있다.

> 밖에서 물통소리가 왈랑절랑 들려왔다. 열린 문으로 한족들이 목을 깃숙거리며 욕을 했다.
> "당신들 조선 사람들이 전 연길시내 수돗물에 다 독약을 탔다는데 왜 그렇게 양심이 없는 짓을 하는거요?"

---

16 리혜선, 『빨간 그림자』, 연변인민출판사, 1998, 202쪽.

"당신들이 나라를 배반하고 고향으로 도망치려고 한다던데 정말이요?"

"당신네 정말 량심이 없소. 중국이 없으면 당신네 어디서 살겠소? 남조선은 자본주의 나라지, 조선두 소문에 수정주의라던데, 당신네 어떻게 이 사회주의나라를 배반한단 말이요? 키워준 개 발뒤축 문다더니!"[17]

문혁 당시, 연변에서 한족과 조선족 사이의 갈등이 극에 달하고 있음을 잘 보여주고 있는 대목이며 중국인들이 북한과 중국과의 관계 속에서 조선족을 바라보고 있고 조선족에 대해 강한 배신감을 느끼고 있음을 보여주고 있다.[18] 같은 시기, 북한 내 화교들 역시 북한 당국으로부터 억울함을 당하고 있었다. 1963년 8월, 조선보통교육성 제17호령 결정에 따라서 중국인 소학교, 중국인 중학교의 교재를 모두 북한 교육성에서 발간한 교재로 동일화했으며, 수업도 조선어로 진행하였다. 1966년 모든 화교학교의 교장을 북한 사람이 맡게 되었다. 배급을 축소하는 등 화교에 대한 열악한 처우로 농민시장과 암시장에 의존하는 삶을 살게 되었다.[19] 1966년부터 1968년까지 길림성의 도문·집안 및 장백지역을 경유하여 귀국한 화교는 모두 6,285명이다.[20] 북한과 중국 관계의 악화 속에서 중국의 조선족과 북한의 화교들은 모두 심각한 국민적 정체성의 위

---

17 위의 글, 204~205쪽.

18 여기서는 문혁 중, 연변의 조선족들이 북중관계의 악화 속에서 겪은 심각한 민족적 수난과 연변지역에서 한족과 조선족 간의 민족 갈등이 극에 달했음을 보여주고 있지만, 이러한 상황은 연변 이외의 중국 전 역에서 벌어진 것이었다. 다만 연변은 조선족의 집거로 그러한 갈등이 보다 집중적으로 체현된 것으로 정도의 차이가 존재할 뿐이다.

19 문화대혁명 시기 북한의 화교에 대한 차별은 다음 연구를 참조할 것. 이승엽, 「북한화교의 형성과 역할에 관한 연구」, 동국대 석사논문, 2012; 표도르 쩨르치즈스키, 「북한화교의 사회적 지위에 관한 연구」, 경남대 석사논문, 2014.

20 박종철, 앞의 글, 113~114쪽.

기를 겪고 있었다.

그러므로 문혁이 종료되었을 때, 조선족에게 가장 절박하게 대두된 문제는 국민적 정체성의 위기를 해소하는 것이었으며 이는 바로 중국 조선족의 과거 정리 작업 즉 중국 경내의 소수민족으로서의 조선족의 역사 만들기 내지 조선족의 중국 역사에의 편입하기와 직결된 것이었다.

이러한 정리 작업, 편입 작업은 새중국의 건국 초기에 이미 한차례 진행되었고 1957년부터 1959년 사이에 중국 전역에서 일어난 '민족정풍' 운동의 와중에 조선족은 건국 후, 처음으로 국민적 정체성의 위기를 맞게 되었다. 그러므로 조선족문학사에 나타난 1950년대의 혁명서사가 새중국 건국 초기, 조선족의 중국의 국민적 자격을 획득하기 위한 작업의 일환이었다면, '민족정풍' 운동 이후 나타난 1960년대 초의 혁명서사는 바로 '민족정풍' 운동의 와중에 겪게 된 조선족의 국민적 정체성의 위기에 대한 문학적 대응이자[21] 조선족과 한족의 민족적 갈등에 대한 봉합이었다. 그러나 이러한 작업의 한계성 내지 취약성, 불완정성은 문혁을 겪으면서 막바로 드러나게 된 것이다. 문혁은 조선족에게 보다 확실한 과거에 대한 정리와 역사에 대한 응시를 요구하였다. 1980년대의 혁명서사는 바로 이러한 문제를 해결해야 했고 이것은 1980년대 혁명서사에 부과된 사명이자 과업이었다.

---

21 이해영, 「60년대 초반 중국 조선족 장편소설에 나타난 민족의식의 내면화」, 『국어국문학』 157, 국어국문학회, 2011, 312쪽.

3. 은폐된 기억 호출하기와 새로운 민족관계의 구축

윤일산[22]의『포효하는 목단강』은 조선족의 과거 정리와 역사 재구축이라는 1980년대 혁명서사의 과업을 가장 뚜렷하게 체현한 소설이다. 소설에는 새 중국 건국 이후 80년대에 이르기까지 조선족의 국민적 정체성의 위기를 불러왔던 민족 문제가 전면에 부각되었으며 동북지역 한족과 조선족 간의 뿌리 깊은 민족적 갈등과 반목이 전편을 관통하고 있다. 그것은 일제 경찰과 그 앞잡이인 조선인 경찰 대 중국인 농민계층, 중국인 지주계층 대 조선인 농민계층, 중국인 농민계층 대 조선인 농민계층 등 다 층차, 다 차원으로 수렴되는 모순과 갈등이었다. 이중, 중국인 농민계층 대 조선인 농민계층의 모순은 가난한 중국인 대 가난한 조선인 간의 모순으로 기존의 조선족 소설 그 어디에서도 볼 수 없었던 놀라운 사실이었다.[23] 특히 이것은 중국인 지주 대 중국인 및 조선인 농민

---

22 지금까지 윤일산에 대한 본격적인 작가론적 연구는 거의 전무하며『포효하는 목단강』에 실린 '저자간력'이 전부이다. 이에 의하면 윤일산은 1943년 길림성 룡정현에서 출생, 1960년 길림성 연길시 2중 중퇴, 1969년부터 흑룡강성 녕안현에서 교편을 잡은 것으로 되어 있으며 1980년대부터 창작에 주력하였다. 윤일산은 14세에 1957년부터 연변지역에서 벌어졌던 '민족정풍' 운동을 목격하였으며 청년기에 초기의 연변 문혁을 목격하였을 것이다. 그러므로『포효하는 목단강』이 비록 광복 직후, 북만지역 즉 흑룡강성 지역을 배경으로 하고 있지만, 작품 창작의 내적 동기 속에는 연변지역 문혁 중, 조선족과 한족의 민족 갈등과 조선족의 정리되지 않은 과거사의 문제에 대한 고민과 경험이 투사되었을 것이다.
23 기존의 조선족 소설과 '만주'를 형상화한 한국소설은 대부분 중국인 지주와 이주 조선인 농민간의 갈등을 다루고 있다. 여기서 조선족소설은 대부분 민족 갈등이 계급 갈등으로 승화하는 구조를, 한국소설은 중국인 지주 대 조선인 전체의 갈등 구조로 즉 조선인의 계층적 분화는 그다지 중요하지 않은 것으로 다루어진다. '만주' 체험을 재현한 대표적 한국소설인 안수길의『북간도』역시 청인 지주와 조선인 농민 간의 모순을 다루고 있으나 이들 조선인 농민들의 계층적 분화는 뚜렷하게 이루어지지 않으며 이들은 '민족'이라는 이름하에 하나의 공동체로 묶인다. 즉 농민계층으로부터 친일자본가로 성장

간의 모순, 중국인 농민과 조선인 농민의 단결과 우애 즉 가난한 조·한 두 민족 인민 간의 우애와 단결이라는 조선족 소설의 공식적인 틀을 일거에 깨뜨리고 가난한 조·한 두 민족 인민 간의 뿌리 깊은 갈등과 반목에 대해 이야기하고 있다. 이러한 가난한 조·한 두 민족인민 간의 뿌리 깊은 갈등의 근저에 놓인 것이 바로 일제의 '토지 수용령'이라고 소설은 고발하고 있다.

소설에는 기존의 조선족소설에서는 볼 수 없었던 일제 식민지 시기 만주국 농촌사회의 민족관계의 핵심적 위치에 놓여 있던 일제의 '토지 수용령'의 현실적 모습이 거침없이 서사화된다. 당시 '만주국'에서는 '토지 수용령'에 의해 이민 용지라는 명목으로 토착의 중국인이나 일부 조선인의 토지를 헐값으로 매수하거나 강제로 빼앗아 일본 개척단과 신규 조선인들에게 분배해서 경작(주로 수전水田)하게 했거나 수전 경작 능력을 지닌 조선인들은 남겨두고 한족들만 내쫓은 뒤 그 마을의 모든 경지를 조선인들이 수전 경작을 하도록 하기도 했다. 만주국의 이민 정책은 실상 식민지적 토지 수탈의 성격을 띠었고[24] 이 과정에서 조선인 농민들은 중국인들로부터 토지를 약탈해 간다는 비난을 듣고 있었다.[25] 토지를 빼앗기고 정든 고향에서 쫓겨난 중국인들은 일방적인 피해자였다. 이에 비해 조선인 중에는 새로 토지를 획득한 부류와 토지를 빼앗기고 정든 고향에서 쫓겨난 부류로 갈렸다. 조선인은 피해자이면서도 가해자

한 장치덕 가문과 독립운동가 자손을 둔 이한복 가문은 여전히 친밀한 우정을 유지한다.

24 윤휘탁, 「'滿洲國' 農村의 社會像 - '複合民族構成體'의 視覺에서 본 植民地 農村의 斷想」, 『韓國民族運動史研究』 27, 한국민족운동사학회, 2001, 212쪽.

25 윤휘탁, 『滿洲國 - 植民地的 想像이 잉태한 '複合民族國家'』, 혜안, 2013, 365쪽.

였던 셈이다. 이러한 일제의 '토지 수용령'과 그로 인한 만주국 농촌사회의 민족관계는 남한과 북한 및 조선족문학 모두에서 철저하게 망각과 기피, 은폐의 대상이 되어왔으며 한국작가 안수길이 만년에 만주 체험을 형상화한 소설 「효수」에 이르러서야 비로소 그 모습을 드러낸다.[26] 『포효하는 목단강』에서는 이 은폐된 기억이 다음과 같이 본격적으로 호출된다.

실로 장쇼윈의 경우를 두고보면 그럴법도 한 일이였다. 동경성경찰서 일본인 서장이 조선인인 사법계주임과 조선인인 동경성역전 헌병대특무 리호따위들과 짜고들어서 조작해낸 발해보 사건의 직접적 희생물이 바로 장쇼윈이였다. 그 사건이란 바로 목단강물을 목단강동안의 벌로 끌어들이는 큰 보도랑-발해보를 서남으로부터 서북으로 빼고 발해보 량켠의 중국 사람들의 밭을 강제로 빼앗아낸 사건을 두고 하는 말이다.

당시 발해보 량켠은 대부분이 저습지인 미개간지였으나 좀 두둑진 곳에는 중국 사람들의 밭도 적지 않았다. 물론 밭은 대부분은 만척회사의것으로서 소작을 준것이였으나 개별적으로는 자작농들의 개인밭도 있었다. 자작농들의 개인 밭 속에는 장쇼윈네의 밭이 2쌍이나 있었다. 경찰서장은 만

---

26 소설에서는 스물여덟 살의 '만주국' 조선문 신문기자였던 '나'가 "이런 땅을 수용령으로 몇 푼 안 받고 남에게 주다니!" 하고 일본인 무장 개척단에게 헐값으로 땅을 빼앗기게 된 조선 농민들을 위해 슬퍼하다가 방천 옆의 백양나무 가지에 걸려 있는 중국인의 머리 즉 '효수'를 보는 순간 그것이 일본인의 땅도 조선인의 땅도 아닌 중국인의 땅임을 깨닫고 반성하는 것으로 은유적으로 나타난다. 「효수」 이전의 작품에서 안수길은 '만주국'을 민족화합의 장('만주국 시기' 작품)으로 환원하거나 혹은 조선인의 저항과 수난의 공간(『북간도』 등 해방 이후의 작품)으로 환원한다. 이에 대해서는 이해영, 「월남작가 안수길의 '만주' 기억과 재현」, 『어문론총』 65, 한국문학언어학회, 2015, 297~327쪽 참조.

척회사와 교섭하여 발해보 량컨의 소작권을 거두어들여 후에 조선에서 건너온 조선 사람들을 주어 논을 풀게 하는 한편 자작농들을 강박하여 발해보 량컨의 밭을 헐값으로 팔게 하였다. 이렇게 되자 중국 사람들은 일떠나 반대하지 않을 수가 없었다. (…중략…)

조선 백성들의 경우도 그닥 썩 좋은 것은 아니였다. 비록 소작지는 얻었다 해도 엄청난 소작료를 물어야 했으니 득을 볼것은 없었다. 그러나 소작권을 떼웠거나 땅을 빼앗긴 중국 사람들은 조선 사람 모두를 원쑤로 치부하지 않을수가 없었다. 그것은 조선 사람들이 없었다면 소작권을 떼우고 땅을 빼앗기지 않았을 테니 말이였다. 장쑈윈도 그중의 한 사람이였다. 그의 가슴속에서 타번지는 원한의 불길은 일본인서장과 사법계주임은 더 말할것없고 모든 조선 사람들에게 향해지고 있었다. (…중략…) 하여 장쑈윈은 살길을 찾아 부득불 고향을 등지면서도 어느때든 되돌아와 서장을 비롯하여 왜놈들과 사법계주임을 비롯한 조선 사람들에 대한 복수를 맹세하였던 것이다.[27]

위의 인용문은 일명 '발해보 사건'으로 명명되기도 하는 목단강 동안 동경성 지역에서의 일제의 '토지 수용령'에 의한 중국농민들의 피해와, 그것이 이 지역 조선인과 중국인들 사이의 뿌리 깊은 민족 갈등과 반목의 원인이 되었음을 일목요연하게 드러내고 있으며 이는 역사서의 기술과 대체로 일치하다. 여기서는 '후에 건너온 조선인' 즉 신규 입식한 조선인들이 일제의 '토지 수용령'에 의해 토지를 획득하는 과정을 비교적 솔직

---

27 『포효하는 목단강』, 28~30쪽.

하게 고백하고 있다. 또한 그것의 결과는 가난한 중국 농민들이 땅을 빼앗기게 된 원인을 조선 사람들 때문이라고 여기게 되었으며 일본인 서장과 사법계 주임과 함께 원래 그들의 소작지였던 땅을 새로 소작하게 된 가난한 조선인 농민들 모두를 원수로 여기게 되었음을 나타내고 있다.

그런데 우리는 여기서 기존의 역사서 내지 문학작품에 드러나지 않았던 다음과 같은 한 장면을 주목할 필요가 있다.

> 중국 사람들이 순순이 밭을 내놓기보다 들고일어나기를 은근히 바랐던 서장은 일이 뜻대로 번져져나가자 사법계주임인 조선인경찰을 앞에 내세웠다.
>
> 사법계주임은 일본인서장이 뒤심으로 되어주는데다가 이 기회에 기름진 땅을 헐값으로 손안에 넣을수가 있게 되는 판이라 팔을 걷어붙이고 나섰다. (…중략…) 사법계주임은 더욱 미쳐날뛰게 되었다. 하여 땅을 팔지 않겠다고 하는 사람들은 불문곡직하고 잡아들여다가 개패듯 해댔다. 자칫하면 목숨을 잃는 판이라 자작농들은 울며 겨자먹기로 땅을 팔지 않을 수가 없었다. 그것도 거저 빼앗기나 다름없는 헐값으로 팔아야만 하였다. 이렇게 빼앗아낸 땅들은 사법계주임이며 리호 따위들의 손아귀에 들어갔고 그래서 그들은 동경성일대에서 한다하는 부자로 되었다.[28]

조선인 백성들의 토지 획득 과정에 일본인 경찰서장과 조선인인 사법계 주임과 리호 등 세력들이 적극 개입하여 중국인들에게 억압과 폭력을 행사했음을 보여주는 장면이다. 여기서 일본인 경찰서장은 '발해보 사

---

28 『포효하는 목단강』, 29쪽.

건'의 전 과정을 획책하고 주도했으나 본인은 전면에 나서지 않고 조선인 경찰들을 앞잡이로 내세워 중국인들에게 폭력을 가한다. 조선인 사법계 주임이나 헌병대의 조선인 특무 리호 등은 "일본인 서장이 뒷심으로 되어주는 데다가 이 기회에 기름진 땅을 헐값으로 손안에 넣을 수가 있"었으므로 이 일에 적극 나서며 이렇게 **빼앗아낸** 땅들은 조선인 사법계 주임이나 리호 등의 손아귀에 들어갔다. '만주국'에서 조선인 중의 일부 세력이 식민 세력의 전면에 나섰던 의사 식민주의자이기도 했던 역사적 현실을 정직하게 고백하고 있다. 그런데 "중국 사람들이 순순히 밭을 내놓기보다 들고일어나기를 은근히 바랐던 서장은 일이 뜻대로 번져져 가자" 라는 대목은 이 모든 갈등의 근원이 일본인 경찰서장이 의도했던 바이며 일제의 민족이간정책에 의한 것임을 보여준다. 이로써 일제의 '토지 수용령'은 기존의 역사서의 서술과는 성격을 달리하게 된다. 즉 기존의 역사서는 일제의 '토지 수용령'이 일제가 자국 혹은 식민지 조선 백성을 '만주국'에 입식시키기 위해 시행한 이민정책의 일환이었다고 기술하고 있다. 그러나 여기서는 '만주국'에서 중국인과 조선인 사이의 민족 갈등을 조장하기 위한 일제의 고의적인 이간책으로 구사되고 있다. 동시에 조선인 백성들이 비록 소작지를 얻었으나 "엄청난 소작료를 물어야 했으니 득을 볼 것은 없었다"라고 조선인 백성들의 가해자이면서도 피해자이기도 한 애매모호한 처지를 변별적으로 드러내고 있으며 이들과 일본인의 앞잡이로 충당되었던 조선인 식민 세력들을 차별화시키고 있다. 이러한 재구성을 통해 일제의 '토지 수용령'이 실은 '만주국'에서 중국인과 조선인 사이의 민족 갈등을 격화시키기 위한 일제의 이간정책이며 또한 조선인 중 일부 친일 세력이 일제의 식민권력에 편승해 중국인들의 토지를 빼앗는데 앞장섰음을 보여주었다. 일제의 '토지 수용령'은 실은 대다수의 조선인 백성들과는 무관하며 친일 조선인 세력들과 조선인 백성들을 구별하여 바라볼 것을 주장하였다. 이로써 가난한 중국인 백성들과 조선인 백성들 간의 뿌리 깊은 민족 갈등과 반목은 실은 일제의 민족이간정책에 의한 것이며 이로 인한 서로 간의 오해에 의한 것임을 보여주었다.

그런데 광복 직후, 일제 식민지 시대에 시작된 이러한 민족 갈등을 더욱 조장하고 부축인 것은 바로 친일 경찰 및 위만군 출신의 중국인 토비들과 친일 어용조직인 협화회 및 산림 경찰대 십장 출신의 소위 조선인 민족주의자들이다. 친일 경찰 출신 중국인 오완린의 조선인에 대한 보복심은 처음에는 사법계 주임이나 이호 등 친일 조선인들에게 땅을 빼앗긴 개인적 원한으로부터 시작되었으나 동경성 치안대 대장까지 되자 "보복심이 악성적으로 팽창되어 전체 조선인에 대하여 복수를 감행하려 하였"다. 따라서 "야욕도 한정없이 자라났는데" 이 기회를 빌어 "모든 조선 사람들을 몽땅 내쫓고 그들이 개간한 토지와 재산마저 죄다 략탈하려는 것"[29]이었다. 오완린이 기초한 "꼬리들은 재산을 몽땅 놔두고 조선으로 물러가라! 중국 사람들이여, 단결하여 일어나라! 국민당 중앙군이 곧 온다!"[30]라는 선동적인 삐라는 광복 직후 동북지역 중국인과 조선인들의 민족 갈등이 일제의 '토지 수용령'에 그 뿌리를 두고 있으며 친일 반동 세력들이 이를 악용하고 있음을 잘 보여준다. 동경성에서 조선인 '민회'를 세우고 회장이 된 협화회 출신 친일 조선인 백호남은 오완린에게

---

29 윤일산, 『포효하는 목단강』, 연변인민출판사, 1986, 63쪽.
30 위의 책, 64쪽.

맞서서 "동경성 내의 모든 조선 사람들에게 중국 사람들이 조선 사람을 몰살시키려 하니 움직일 수 있는 모든 사람은 손에 무기를 들라고 선동" 했으며 "자위대를 총동원하여 조선거민구역과 린접된 한족거민구역을 엄밀히 봉쇄하게 했다."[31] 조선인 '자위대' 대장이 된 박도깨비는 일제 시기 왜놈병참기지의 십장으로 있으면서 중국인들에게 진 혈채가 있었으므로 중국 사람들의 동정에 대해 특히 민감하게 반응했다. 소위 조선인을 보호하고 조선인의 민족주의를 부르짖는 자들이 실은 일제 시기 식민 세력의 앞잡이로 중국인들을 억압하고 핍박하던 자들이었음을 보여주며 그들의 진정한 목표가 조선인 백성들의 생명과 재산에 대한 보호가 아니라 자기 자신에 대한 보호와 일제 시기 중국인들에게 지은 죄로 인한 중국인들의 보복에 대한 방어, 그리고 복잡한 시국에서 한몫 챙기기 위한 것임을 보여준다. 위만군 출신의 토비 마희산 역시 조선인과 중국인 간의 이 역사적 갈등을 악용하여 동북지역의 한족들을 자기 수하에 모으려고 시도한다. "때가 되면 한두 사람이 아니라 온 록도의 조선 사람들을 죄다 목을 매다는것도 서슴지 않을 마희산이였다. 그의 이 도살이 절대다수를 차지하는 한족 사람들을 제 수하에 끌어넣을 수만 있으면 다였다"[32]라는 대목은 광복 직후, 북만지역에서 조선인 마을들에 대한 토비들의 무차별적 습격과 약탈, 살인 등이 무엇을 목표로 하고 있었는지를 잘 보여주고 있다. "공산당 측으로 쏠려가는 한족군중을 멈춰세우거나 돌려세우"기 위해 마희산은 심지어 "조선부대가 한족군중을 도살하게 할 지독한 흉계"를 꾸미는 것도 불사한다.[33] 마희산이 내건 한족을 위

31 위의 책, 64쪽.
32 위의 책, 168쪽.

한다는 민족주의 정책의 허위성과 기만성을 잘 보여주고 있는 대목이다. 일제 시기 헌병대 특무 출신인 친일 조선인 리호 역시 마희산과 마찬가지로 민족 갈등을 악용하여 자기의 이속을 챙기기 위해서는 동족인 조선인에 대한 탄압과 살해를 마다하지 않는다.

초기에 이런 민족 갈등의 근원을 파헤치고 민족 갈등을 조장하는 친일 출신의 토비, 조선인 '민회' 책임자 등의 음모를 까밝히고 민족 갈등을 해결하려고 노력한 측은 목단강시 소련홍군위수사령부의 조선인 출신 부사령원이었다.

"(…상략…) 여러분, 조·한 두 민족인민들의 우의는 유구한 력사를 가지고 있습니다 (…하략…)"

일제가 조선을 강점하고 만주를 강점하였을 때, 조·한 두 민족인민의 우수한 아들딸들은 어깨겯고 심산밀림을 집으로 삼고 발톱까지 무장한 왜놈들과 피어린 투쟁을 전개하였습니다. (…중략…) 이런 우리 두 민족인민이 무엇 때문에 싸워야 한단말입니까? 누구를 위해서, 무엇을 위해서 싸워야 한단말입니까?[34]

조선인 출신의 소련홍군 부사령원의 이 연설은 민족모순과 갈등으로 충만된 일제 시기 '만주'의 역사를 조·한 두 민족 인민이 어깨 겯고 싸운 피어린 투쟁의 역사로 환원한다. 일제에 편승하여 중국인을 억압한 친일 조선인 세력들도 있지만 '만주'에서 일제의 침략에 맞서 항일투쟁에

---

33 위의 책, 466쪽.
34 『포효하는 목단강』, 66쪽.

364 | 3부 | 중국 동부지역의 잔류

적극 참가하여 피 흘려 싸운 조선인 투사들이 많음을 상기시키면서 공동의 항일투쟁의 역사를 공유함으로써 조·한 두 민족은 단결 가능한 공간을 갖고 있음을 보여준다. 동시에 조·한 두 민족 인민의 공동항일의 역사를 송두리째 부정하고 민족 갈등을 조장하는 세력은 바로 "어제날엔 왜놈의 개가 되었다가 오늘날엔 민족주의를 부르짖고나서는자"들, 즉 친일파 세력들임을 폭로하였다. '관내의 로팔로' 즉 팔로군 부대에서 파견되어온 공산당 간부와 팔로군 간부들 역시 토비들과 친일반동 세력들의 민족이간책과 음모를 폭로하고 민족 갈등의 국면을 해결하고자 노력한다. 이들의 적극적인 지도 밑에, 그리고 실제로 가족을 동족의 친일파 리호에게 잃은 조선족 전사 용호는 드디어 민족반목의 음모를 간파하고 각성하며, 마찬가지로 일제와 친일토비 마희산의 농간에 넘어가 조선족을 철천지 원수로 치부하며 토비 무리에 가담하여 그릇된 길을 가고 있는 장쇼원을 구출하기 위해 토비 무리에 인질로 남는 것도 마다하지 않는다. 구출된 장쇼원은 민족반목의 그릇된 인식에서 벗어나 우리 군에 가담하여 적극 싸우며 지난날의 그와 마찬가지로 민족반목의 음모에 기만당한 많은 한족 군중들을 교육하여 각성하도록 한다. 대학생 출신이자 동경성 조선족 부대 교도원인 천세준은 반동 세력들의 민족이간책을 폭로하는데 적극적인 역할을 하고 있는 장쇼원을 구하기 위해 서슴없이 자기의 생명을 바친다. 이러한 노력으로 동북지역에서 일제와 친일 반동 세력들의 기만책에 의해 만들어진 조·한 두 민족 간의 뿌리 깊은 갈등은 해결의 국면을 보이며 새로운 민족관계의 구축이 가능해진다. 장쇼원과 마찬가지로 조선족에 대한 오해와 편견으로 토비가 되었다가 구출된 송위민이 토비 숙청 싸움에서 부상당한 뒤, 장쇼원에게 보낸 편지는 말 그대로 광복 직후, 일제와 친일반동 세력들의 민족이간책에 기만당한 한족들에 의해 애매한 조선족 백성들에게 가해진 엄청난 폭력과 탄압에 대한 반성이며 동북해방전쟁에서 조선족들의 공헌과 기여에 대한 긍정에 다름 아니다. 이러한 반성과 긍정이 조선족에 대한 증오와 분노로 토비가 되었던 한족 전사에 의해서 이루어지고 있다는 것은 극히 의미심장한 것이 아닐 수 없다. 특히 토비 출신이었던 한족전사 송위민에 의해 "지휘부에서는 조선부대가 보복적으로 나오지 않겠는가 근심하였댔습니다. 더구나 그들 중에는 동안현성에 집을 둔 사람들이 적지 않았습니다. 만약 그들이 보복적으로 나온다면 사문동비도들이 바라는대로 조만간에 한조 두 민족 간의 싸움으로 번져져 갈 것이며 민족싸움이 계급싸움을 뒤덮어버려 사태는 수습할 수 없게 될 것이 아니겠습니까? (…중략…) 하지만 우리들은 조선동지들을 너무나도 과소평가하였습니다. 며칠 후에야 동안현성으로 들어온 그들은 가슴을 치며 통곡하였습니다만 한족주민들의 손가락 하나 다치지 않았습니다. 싸움마당에서는 범같이 사나왔던 그들이었지만 또한 그만큼 혁명규률을 철같이 지킬 줄 알았습니다"[35]라고 말해지는 대목은 일제에 의해 조선족에게 역사적으로 들씌워진 민족 갈등의 멍에와 오해 및 편견에서 벗어나고 새로운 민족관계를 구축하고자 하는 조선족의 피타는 노력을 잘 보여준다.

이처럼 소설에서는 기존 문학작품에서는 조·한 두 민족의 우애로만 부각되면서 의도적으로 망각되고 기피되고 터부시되던 가난한 조·한 두 민족 백성들 간의 뿌리 깊은 민족 갈등에 대해 대담하게 고백하며 그

---

35 위의 책, 541쪽.

문제의 핵심인 일제의 '토지 수용령'을 호출한다. 또한 그러한 기억의 재구성을 통해서 일제의 '토지 수용령'의 본질적 핵심이 조·한 두 민족 인민간의 갈등과 반목을 조장하기 위한 것에 있음을 고발하며 중국혁명에서의 조선족의 기여를 통해 새로운 민족관계의 구축을 전망한다. 이러한 은폐된 기억의 호출과 고백 및 재구성을 통해서 미처 정리하지 못한 채 덮어버렸던 조선족의 과거 문제 청산이 철저하게 이루어지며 여기에 이르러서야 비로소 광복 직후 중국에 잔류했던 조선족의 일제 식민시대에 대한 보다 완벽한 탈식민 작업이 진행된다.

4. 동북지역의 역사적 특수성과 조선인의 혁명적 연속성

『포효하는 목단강』에는 역사적으로 형성된 민족 갈등의 문제와 함께 광복 직후, 동북지역의 특수성 즉 정권 부재기의 혼란과 복잡성이 구체적으로 드러난다.

녕안현경 내에 쏘련홍군이 나타난 것은 8월 17일이였다……

당시 녕안현경 내에는 중국공산당조직이 없었다면 국민당조직도 없었다. 사회치안은 극도로 혼란한 형편에 처하였다. 과도기의 림시정부의 건립은 절박한 문제로 나섰다.[36]

---

36 『포효하는 목단강』, 45쪽.

근 14년간이나 일제의 식민치하에서 괴뢰 만주국으로 존재했던 동북에서는 1939년경에 이르면 일본군과 만주국군의 협력으로 '비적' 탄압이 예기의 효과를 거두게 된다. 최후의 무장항일 세력인 동북항일연군東北抗日連軍은 1939년 겨울부터 한만 국경에서 끝까지 추격되었다가 궤멸수준에 이르며[37] 동북항일련군의 지도자 주보중과 후일 북한지도자가될 김일성은 이 추적에서 살아남아 소만국경에서 소련 영토로 넘어갔다. 동북은 광복 당시, 동북으로 진주한 소련홍군에 의해 해방되었으며 관내에 있던 공산당과 국민당의 영향력 모두 미처 미치지 못하는 정권의공백 지대였다. 소련홍군이 내정불간섭의 원칙과 지방 실정에 대한 이해가 부족하여 과도기의 정권 수립을 주도하지 못하고 있는 사이, 지방의 각종 친일반동 세력들과 조선인 친일 민족주의 세력들이 경쟁적으로조직을 건립하였으며 조·한 두 민족의 민족 갈등을 부축이고 있었다. 이에 대응하여 항일련군 5군의 지하교통원이였던 조선인 혁명가 강찬혁은 조선인 민주대동맹을 성립하고 조선인 친일 민족주의 세력들에 맞선다. 일제 말기 일본군과 '만주국'군의 가혹한 탄압과 끈질긴 추적을 피해 소련경내로 넘어갔다가 동북으로 진군하는 소련홍군과 함께 돌아온동북항일련군의 간부들과 중국공산당 동북국에서 파견한 공산당 간부들, 그리고 중공중앙에서 파견한 팔로군 출신의 공산당 간부들은 바로강찬혁이 성립한 조선인 민주대동맹과 조선인 무력인 고려 경찰대에 기반을 두고 동북에서의 공산당의 역량을 확대해 나가고 부대를 확충하며정권 수립을 위해 노력한다.

---

37 한석정, 『만주국 건국의 재해석』, 동아대 출판부, 2009, 80쪽.

①

강진강동지가 녕안현성에 파견되여오는것과 때를 같이하여 동만총성의 소재지인 목단강시에도 원 항일련군 5군1사의 도옥봉을 비롯한 간부들이 왔었다. 간부들이 목단강시에 왔을 때 목단강시에는 이미 목단강시 조선인민주대동맹이라는 조직이 나왔었다. 18세이상 되는 조선족군중들은 거의다가 이 조직에 망라되였는데 자기의 무장조직인 고려경찰대까지 가지고 있었다.

간부동지들은 오자부터 민주대동맹에 발을 붙이고 당조직을 적극적으로 발전시켰는데 민주대동맹의 주요책임자들은 선후하여 중국공산당에 가입하였다. 하여 민주대동맹은 더욱 튼튼한 중국공산당의 외각조직으로 다져졌다.

②

림시성위가 건립되자 먼저 착수한 것은 무장건설과 정권탈취였다 그들은 민주대동맹산하의 고려경찰대를 군구경위련으로 개편하고 확대함과 아울러 목단강군구사령부의 간판을 내걸었다

③

"동지들의 사업정황에 대해서 강진강동지로부터 소개를 자상히 받았습니다. 당조직도 없는 정황하에서 자각적으로 뭉쳐일어났고 지금은 정권기구까지 세우고 인민의 군대까지 조직하였으니 실로 용이하지 않은 일입니다."

위의 인용문들은 광복 직후, 동북지역에 미처 영향력을 미치지 못했던 중국공산당과 팔로군이, 조선인 혁명가들이 조직한 조선인민주대동

맹에 기초하여 동북지역에 발을 붙이고 그 영향력을 확장해 나가는 과정을 진실하게 보여주고 있다. ①은 동북항일련군의 간부들과 중공중앙, 팔로군의 간부들이 동북에 오기 전에, 동북지역에는 이미 조선인 혁명가들이 자발적으로 조직한 조선인민주대동맹이 있었고 여기에는 18세 이상의 조선족 군중들이 모두 참가하고 있었으며 자기의 무장조직까지 갖고 있었음을 보여준다. ②는 중국공산당과 팔로군이 조선인 혁명가들이 조직한 무장조직인 고려경찰대를 기반으로 확군사업을 진행했음을 보여준다. ③은 공산당 조직도 없는 정황 하에서 조선인 혁명가들이 주체적이고 자발적으로 혁명투쟁에 일떠나 공산당의 정권기초를 수립한 것에 대한 중공중앙과 팔로군의 고도로 되는 긍정과 평가이다. 이러한 서술들은 중국공산당 및 팔로군의 절대적 영도와 이에 대한 조선족의 수동적인 수용이라는 즉 "중국공산당의 영도 아래서"라는 기존 역사서와 문학작품의 서술과는 어긋나는 부분이다. 그 대표적인 예로 역시 동북지역 국내 해방전쟁에서 조선인의 공산당 영도의 선택과 수용, 혁명에 대한 공헌과 기여를 다룬 리근전의 장편소설 『범바위』는 1962년의 초판본과 1986년의 수정판 모두 중국공산당의 영도에 대한 서위자촌 농민들의 수용 과정을 일방적인 중국공산당의 지도와 조선족 농민들의 수용의 과정으로 다루고 있다. 물론 『포효하는 목단강』 역시 기존 작품들과 마찬가지로 중국공산당과 조선족의 관계를 어버이와 자식의 관계로, 중국공산당의 모범적 역할과 이에 대한 조선족의 따라 배우기 등으로 묘사하고 있지만 동시에 이들 작품에서는 나타나지 않았던 동북지역 국내 해방전쟁에서 조선인 혁명가들의 공헌과 기여 특히 그들의 주체성과 자발성을 적극 부각하고 있다.

이와 함께 『포효하는 목단강』은 조선족의 혁명성과 대비되는 동북지역 한족 군중들의 낙후성과 관내지역과 동북지역 한족들의 역사적 단절성을 뚜렷이 부각하고 있다.

①

"그렇소, 비극이요! 이곳 사람들은 우리를 잘 모르고 있소. 그런데다 왜놈들이 장기간에 걸쳐 민족리간을 도발한데서 중국 사람들을 위한다는 방패를 내건 마희산의 기편선전에 더욱 쉽사리 넘어갈수 있는것이요. 마희산이 한 개 려나 되는 방대한 병력을 그처럼 손쉽게 긁어모아 진공전을 벌릴수 있다는 자체가 바로 이 점을 실증해 주고 있는것이요…"[38]

②

"너도 중국 사람이거든 '꼬리'들에게서 물러나라!"

"…"

만약 관내에서였다면, 중국 사람들끼리 싸우는 마당이였다면 함화가 반응을 일으켰을 것이였다. 그러나 여기는 관내가 아닌데다가 적측은 마희산의 기편술에 속아넘어가 조선 사람들을 가증한 적으로 알고 있는 사람들이였으니 조교도원의 말이 귀속으로 들어갈 리가 없었다.[39]

광복 당시, 초기에, 동북지역 한족 들 속에서의 공산당 기반의 취약성, 그리고 오랜 일제의 식민통치와 토비들의 반동선전으로 인한 이 지역 대

---

38 『포효하는 목단강』, 214쪽.
39 『포효하는 목단강』, 219쪽.

다수 한족 백성들의 공산당과 공산당 정책에 대한 무지를 보여준다. ②는 관내지역과 동북지역 한족들의 역사적 단절성을 보여준다. 공산당, 팔로군과 조선족 대 국민당, 토비와 동북지역 한족이라는 대결구도를 보여줌으로써 동북지역 해방전쟁에서 공산당과 팔로군이 초기에 상당부분 조선족의 혁명적 적극성과 열의에 의거하였음을 보여준다. 이 역시 조·한 두 민족인민의 우의와 혁명적 적극성이라는 기존 작품의 구도와는 매우 다른 구도를 보여주고 있는 부분이다. 이러한 조선족의 혁명적 적극성과 주체성, 자발성의 원천을 소설은 조선족의 혁명적 연속성, 특수한 위치 및 조선인에 대한 공산당과 국민당 정책의 차이에서 찾고 있다.

우선 소설은 조선족의 혁명적 적극성과 주체성의 근원이 조선인의 혁명적 연속성과 그로 인한 혁명적 필연성에 있다고 보았다.

조선족부대의 확충을 위한 공작은 강찬혁이 맡은 마을 뿐만 아니라 다른 마을들에서도 대단히 순조로왔다. 아니, 전 동북의 조선족마을들에서 모두 이러하였다고 말해야 적절할 것이다. 남부여대하고 동북에 와 자리 잡은 조선족인민대중은 강도 일제의 등살에 못이겨 두만강, 압록강을 넘어섰던 것만큼 많거나 적거나 반일사상은 거의 모두가 품고 있었다. 일찍 그 선각자들은 일제를 타도하고 민족독립을 쟁취하기 위하여 세인을 놀래우는 비장한 사시를 엮어놓았다. 할빈역전에서 침략의 괴수 이또히로부미를 쏘아눕히고 그 배때기를 딛고 서서 "조선독립 만세!"를 피타게 웨친 안중근의사거나 상해홍구공원에서 천황의 생일과 일제의 상해공략을 경축하기 위하여 모임을 가진 왜놈들의 주석단에 보온병폭탄을 던져 일제의 륙군대장 시라가와를 저승으로 보낸 윤봉길과 같은 의사들이 좋은 실례로 되고 있다. 특히 1930년대에 들어서면서부터 조선족인민대중은 중국공산당의 령도밑에 반일혁명투쟁에 궐기하여 앞사람이 쓰러지면 뒤사람이 이어나가는 피어린 투쟁을 전개하였는바 동북항일련군에서 핵심적 역량으로 되었다. 일제의 야수적인 탄압과 력량상의 현저한 차이, 좌경로선의 피해 등으로 하여 그 대부분이 장렬하게 희생되였지만 그들이 심어놓은 혁명의 불씨는 조선족인 민대중과 함께 살아남았었다. 일제가 패망하고 동북의 광활한 대지우에 자유해방의 종소리가 울리자 조선족인민대중의 혁명적 적극성은 전례없는 고조를 이루었다.[40]

위의 인용문은 일제의 침략으로 인한 조선인의 중국 동북으로의 이주, 윤봉길 의사, 안중근 의사 등 반일선각자들에 의해 중국 경내에서 벌어진 대표적인 반일투쟁, 1930년대 중국공산당의 영도하에 동북에서 벌어진 조선인들의 피어린 반일투쟁 등에 대해 역사적으로 회고하고 있다. 일제의 식민수탈에 의한 동북으로의 강제 이주의 역사적 경험과 반일투쟁의 오랜 역사적 전통으로 하여 동북의 조선족은 원천적으로 혁명에 대한 적극성과 열의를 갖고 있음을 보여주었다. 특히, 조선족이 중국공산당의 영도에 의해 수행된 1930년대 동북항일투쟁에 적극 뛰어들었다는 것, 조선족이야말로 중국공산당의 영도하에 가장 마지막까지 일제에 항거하여 피어린 투쟁을 벌였던 동북항일련군의 핵심역량이었다는 것은 동북의 항일투쟁 중에서 중국공산당과 조선족의 혈연적 관계를 잘 보여주며 이러한 관계가 광복 이후, 동북해방전쟁에서 공산당 이념에의 동

---

40 『포효하는 목단강』, 129~130쪽.

조와 선택이라는 조선족의 입장을 확고히 하였으며 조선족으로 하여금 망설임 없이 공산당 편에 서도록 한 것이다.

주목할 것은 광복 직후, 공산당과 팔로군의 영향력이 아직 동북에 미치기 전, 친일반동 세력들의 준동에 대항하여 공산당의 외각조직인 조선인민주대동맹을 세우고 무장대오까지 건설한 강찬혁은 "바로 항일련군 5군의 지하교통원이었"으며 "항일련군 5군이 다른 부대들과 마찬가지로 머나먼 곳으로 떠나가버린 후, 신분을 기이고 이곳에서 소작살이로 나날을 보내면서 혈전의 길에 나선 투사들이 붉은기를 펄펄 날리며 돌아오기를 목마르게 기다렸"[41]다는 것이다. 강찬혁이 있음으로 하여 동북지역 조선족은 막바로 항일련군 5군과 연결되며 혁명적 연속성을 확보하게 된다. 항일련군 5군이란 어떤 부대인가? 항일련군 5군은 중공만주성위 군위서기 주보중이 1935년 친히 건립한 항일대오이며 동북항일련군의 핵심역량이자 최후까지 항전을 견지한 부대이다.[42] 강찬혁의 동생 셋이 항일련군 5군에 있었고 동북항일련군의 총 책임자인 주보중 장군이 광복 직후, 소련경내에서 동북으로 진출함과 동시에 강찬혁을 찾고 있었다는 것[43]은 바로 동북지역에서 조선인 혁명가들의 역할과 위상 및 그들이 동북지역 혁명의 핵심역량이자 중국공산당의 투쟁 기반이라는 것을 암시해 주며 조선족의 혁명적 연속성과 필연성을 잘 보여준다.

다음으로 광복 직후, 동북지역 조선인의 혁명적 적극성과 주체성, 공산당 정책과 이념에의 동조와 선택은 그들 자신의 특수한 처지로부터 생

---

41 윤일산, 앞의 책, 19쪽.
42 劉文新, 『東北抗日聯軍－第5軍』, 黑龍江人民出版社, 2005.
43 윤일산, 앞의 책, 83쪽.

긴 자기보호의식과 그들에 대한 공산당과 국민당 정책의 차이에 의한 필연적인 결과였다.

> 조선족군중들에 대한 공작은 그 진전이 빨랐고 순리로왔다. 그것은 마희산이 추행한 민족적대시로 하여 조선족군중들은 생존을 위해서도 일떠나야 한다는 자위의식을 갖고 있었고 또 실지로 그렇게 했던것이다. 그리고 죄악이 큰 악질분자들은 언녕 외지로, 남조선으로 달아나버린데다가 그 잔여가 조직했던 민회가 강찬혁 등에 의해 무너지자 더는 계급적적들의 조직적인 책동이 없었다. 이러한 특수성들에 강찬혁 등의 정력적인 활동이 합쳐져 군중의 각성은 놀라운 속도로 제고되였다. 하여 조선족 군중들은 동경성내에서뿐만아니라 편벽한 마을들에서까지도 충분히 발동될 수가 있었다.[44]

이처럼 광복의 시점에서 동북지역 조선인 백성들에게 공산당에의 동조와 혁명에의 열의는 이념적 차원이 아니라 생존적 차원의 것이였으며 생존본능과 직결되는 것이였다. 생존본능과 직결된 이들의 혁명성은 또한 광복 직후, 동북지역 조선인 백성들에 대한 공산당과 국민당 정책의 차이에서 연유한 것이기도 하다.

> "어떻게 되어 조선 사람들이 당신들의 원쑤란말입니까? 그들 중에 절대다수는 지난날 당신들과 마찬가지로 헐벗고 굶주리던 사람들입니다. 수천수만으로 헤아리는 조선민족의 우수한 아들딸들은 일제침략자를 쳐부수는

---

44 『포효하는 목단강』, 436~437쪽.

가렬한 싸움에서 장렬하게 희생되였습니다. 당신들이 진짜 원쑤는 조선 사람이나 한족 사람 가운데 있는 한줌도 못되는 민족반역자들입니다. (…중략…) 그자들이 중국 사람들을 위한다는 기발을 내걸고 조선 사람들을 소탕한다고 떠들어대는것은 저들의 천당을 세우기 위해 당신들을 총알받이로 내몰기 위한것입니다."[45]

관내에서 파견되어 나온 팔로군 출신 조교도원이 토비들을 대상으로 진행한 이 교육은 광복의 시점에서 동북지역 조선인 백성들에 대한 중국공산당의 정책을 잘 보여주고 있다. 여기서 중국공산당은 절대다수의 조선인은 가난한 사람들로서 단결 가능한 인민의 범주에 속한다고 함으로써 가난한 조선인 백성들과 일제의 식민권력에 편승했던 소수의 의사식민주의자들을 구별하고 있다. 또한 일제와의 투쟁에서 피 흘려 싸운 조선인들의 영용한 혁명정신과 중국의 항일투쟁에서의 그들의 업적과 공헌에 대해 충분히 긍정하고 있다. 실제로 동북지역의 전략적 중요성 때문에 미국을 비롯한 열강들과 국공내전을 앞둔 중국공산당과 국민당은 모두 동북지역 조선인들의 귀환과 잔류 문제에 각별한 관심을 돌리고 있었다. 미국과 중국공산당은 동북지역 조선인의 현지 잔류를 적극 유도했다. 이에 따라 중공중앙 동북국은 1945년 9월, "화북지역에서 항전을 전개하고 있는 의용군을 제외한 동북지역의 조선민족은 중국 경내의 소수민족으로 인정하여야 하며 漢族과 동등한 권리와 의무를 향유하여야 한다"고 선포하였다.[46] 이에 반해 국민당은 조선인을 '적국민'인 일본

---

45 『포효하는 목단강』, 183쪽.
46 그러나 이에 따른 구체적인 법규가 제정되지 않아 각 지방에서는 크고 작은 민족 문제가

인과 크게 구별하지 않은 채 전부 송환한다는 방침을 세우고 집행했다. 국민당은 기본적으로 조선인을 전부 송환한다는 방침을 세우고 조선인의 처우 문제와 재산 및 산업 처리, 또한 친일 성향의 유무에 따라 구분하여 처리한다고 하였지만, 실제 실행 과정에서 지방당국은 한인과 일본인을 크게 구별하지 않은 채, 적국민敵國民내지 포로에 준하여 처리하였다.[47] 동북지역 조선인에 대한 공산당과 국민당의 이러한 정책적 차이는 광복 직후, 토비들의 무차별한 습격 내지 약탈과 살인에 무방비로 노출된 채 생존의 위협을 느끼고 있던 절대다수 가난한 조선인 백성들의 자기보호의식 및 생존본능과 연결되면서 그들로 하여금 공산당 편에 서도록 하였던 것이다. 그리고 이후, 동북해방전쟁의 와중에 동북에 잔류한 대량의 조선인의 지지를 획득하여 근거지를 공고히 하기 위해 이루어진 중국공산당의 토지개혁정책으로 이한 조선인 백성들의 토지 획득은 그들로 하여금 더욱 확고하게 공산당을 따르게 했던 것이다.

5. 1980년대 중국 조선족 혁명서사의 문학사적 의미

『포효하는 목단강』에는 기존의 문학작품에서는 인민의 범주로 수렴되면서 단결과 우애로만 표상되던 동북지역 가난한 조·한 두 민족 간의

연이어 발생하였다. 김춘선, 「재만 한인의 국적 문제 연구」, 이해영 편, 앞의 책, 33면; 이해영, 「중국 조선족의 선택과 조선족 간부들의 역할」, 『한국현대문학연구』 45, 한국현대문학회, 2015, 295쪽.

47 장석흥, 「해방 후 중국지역 한인의 귀환과 성격」, 이해영 편, 앞의 책, 56~57면; 이해영, 위의 글, 289쪽.

관계가 뿌리 깊은 민족 갈등으로 전면에 드러나며 이러한 민족 갈등의 근원이 일제의 '토지 수용령'에 있다고 보았다. 그런데 소설은 일제의 '토지 수용령'이 단순히 일제가 자국 혹은 식민지 조선 백성을 '만주국'에 입식시키기 위해 시행한 이민정책의 일환이 아니라 '만주국'에서 중국인과 조선인 농민 사이의 민족 갈등을 조장하기 위한 일제의 고의적인 이간책이라고 보았다. 이러한 일제의 민족이간책을 극복하고 새로운 민족관계를 구축할 수 있게 된 것은 동북에서의 조·한 두 민족인민의 공동항일투쟁의 역사적 경험에 대한 공유와 중국공산당 및 팔로군의 올바른 영도, 그리고 동북해방전쟁에서 이러한 역사적 오해와 편견을 불식시키기 위한 조선족의 영용한 투쟁과 기여이다. 이러한 은폐된 기억의 호출과 고백 및 재구성을 통해서 새중국 건립 이후, 지속적으로 조선족의 국민적 정체성의 위기로 대두되어왔던 민족 문제와 모호했던 과거에 대한 확인과 정리가 이루어지며 광복 직후 중국에 잔류했던 조선족의 일제 식민시대에 대한 보다 완벽한 탈식민 작업이 진행된다.

이러한 과거 문제에 대한 청산과 함께 『포효하는 목단강』은 동북지역의 역사적 특수성과 이 지역에서 조선인의 혁명적 주체성과 자발성 및 연속성을 보여주었으며 동북해방전쟁에서 중국공산당과 팔로군이 그 초기에 상당 부분 조선족의 혁명적 적극성과 열의에 의거하여 발을 붙였음을 보여주었다. 동북지역의 역사적 특수성으로 하여 관내지역 한족들과 동북지역 한족들 사이에는 역사적 단절성이 이루어져 있으며 관내지역 출신인 중국 공산당과 팔로군은 동북지역 한족들 속에서 그 기반이 매우 취약한데 그러한 한계를 동북지역 조선족들의 주체적이고 자발적인 투쟁에 의거하여 극복하였다. 이러한 조선족의 혁명적 적극성과 주체성, 자발성의 원천은 항일련군 5군의 핵심역량으로 표상되는 조선족의 혁명적 연속성, 광복의 시점에서 토비들의 발호로 인한 조선족의 민족적 위기라는 특수한 위치 및 동북지역 조선인에 대한 공산당과 국민당 정책의 차이에서 연유하는 것이다. 이는 중국공산당 및 팔로군의 절대적 영도와 이에 대한 조선족의 수동적인 수용이라는 즉 "중국공산당의 영도 아래서"라는 기존 역사서와 문학작품의 서술에서 벗어나는 부분이다.

이처럼 『포효하는 목단강』은 국내 해방전쟁 시기 동북 조선족의 혁명적 기여와 공헌이라는 지극히 유사한 주제를 다루었음에도 기존 작품에서는 은폐 내지 망각의 대상이 되었던 가난한 조·한 두 민족 인민들 간의 갈등과 일제의 '토지 수용령' 등을 전면 호출한다. 또한 관내지역 한족과 동북지역 한족의 단절성이라는 동북지역의 역사적 특수성과 공산당과 팔로군의 일방적 영도하에서가 아니라 그들의 협력자 내지 초기 기반이 되어준 동북 조선족의 혁명적 주체성과 적극성을 재구성함으로써 기존의 "중국공산당 영도 아래서"라는 공식적 수사의 틀을 벗어난다. 그러므로 『포효하는 목단강』을 대표로 한 1980년대 중국 조선족의 혁명서사는 더는 1950, 60년대 조선족의 혁명서사가 지향했던 '중국화'의 전면적인 대두 내지 '유사건국서사 다시 쓰기', '중국공산당의 영도 아래'를 '다시 쓰기' 한 것이 아니다. 그것은 바로 문혁의 와중에 중국 조선족 앞에 전면 재등장한 심각한 국민적 정체성의 위기에 대한 효과적인 문학적 대응이었다. 민족정풍운동과 문혁은 우리에게 광복 직후의 조·한 두 민족 간의 갈등의 문제와 일제의 토지 수용령은 중국국민으로서의 정체성을 확인하기 위해 반드시 짚고 넘어가야 할 문제였음을 보여주었다. 즉 『포효하는 목단강』이 있음으로 하여 중국 조선족은 과거 기억의 맨 밑바닥까지 추적할 수 있었으며 그 곳에서 드디어 정직하게 자기의 민낯을 확인할 수 있었다. 이제 비로소 조선족은 떳떳하게 역사를 마주할 수가 있으며 오래된 역사의 굴레에서 벗어날 수 있었던 것이다. 이런 의미에서 1980년대 중국 조선족의 혁명서사는 바로 은폐된 과거의 기억을 호출하고 재구성함으로써 심각한 위기에 직면한 조선족의 국민적 정체성을 재구하기 위한 것이었다고 볼 수 있을 것이다. 그것은 민족의식의 최대의 확장을 통해 역으로 그 어느 때보다 온전한 그리고 굳건한 국민적 정체성을 재구하는 작업이었다.

조국의 국경에서 조국을 그리다

김학철 및 그의 중국 비판

사 경 (Miya Qiong Xie)

냉전 시기의 중국문학을 다룬 왕샤오위王曉珏의 저서에는 마오毛: 毛澤東 시대의 중국에 지식인 영웅이 부족하다며 예자오옌叶兆言이 유감을 표한 점이 언급되어 있다. 이 저서에 따르면 예자오옌과 동시대를 경험했던 작가들의 롤모델은 스탈린시대의 소련의 문제적 작가 보리스 파스테르나크와 알렉산더 솔제니친 등이었다. 하지만 그들은 중국에 대해 침묵만 지켰을 뿐이다.[1] 그런데 중국어문단 밖에서 그 공백을 채운 작가가 한 명 있다. 1960년대 중반 중국의 조선족 작가 김학철이 『20세기 신화』라는 조선어 장편소설을 창작하였는데, 이 소설은 중국의 반우파운동, 대약진, 인민공사 및 마오저둥에 대한 개인숭배 등을 맹렬하게 비판한 작품이다. 김학철은 1964년에 집필을 시작하여 1965년에 완성한 후 스스로 이 소설을 일본어로 번역하기 시작하였다. 조선어나 일본어 판본 중 적

---

1   Xiaojue Wang, *Modernity with a Cold War Face : Reimagining the Nation in Chinese Literature across the 1949 Divide*, Cambridge : Harvard University Asia Center, 2013, pp.10~12.

어도 하나의 판본이 해외에서 발표되기를 바래서였던 것 같다. 그런데 그가 절반 정도를 번역했을 때 문화대혁명이 시작되었으며 그의 원고는 결국 집으로 쳐들어온 홍위병에게 발각되고 말았다. 이 사건으로 인해 김학철은 7년간 투옥생활을 하였고 그 작품 역시 30년 후인 1996년에야 처음으로 발표되었으며 일본어 번역은 더이상 완성할 수 없게 되었다.[2]

하지만 이 글의 핵심은 김학철을 중국의 솔제니친—지식인 영웅과 순도자로 만드는 데 있는 것이 아니라 이 소설을 통해 국경에서의 글쓰기의 역량과 한계를 논의하려는 데 있다. 이 글은 김학철이 중국의 국경에서 사회주의 중국을 어떻게 상상하고 비판하였으며 그가 처한 국경의 환경이 어떻게 그의 창작을 완성시키고 제약했는지를 고찰하고자 한다. 프랑스 사상가 에드가 모랭Edgar Morin은 국경 공간을 일종의 임계 공간으로 보고 있는데, 이 공간은 닫혀 있기도 하고 열려 있기도 하며 금지를 의미하기도 하고 권한을 부여하기도 하며 이를 통해 사람들로 하여금 "개방할 수 없는 봉쇄 또는 봉쇄할 수 없는 개방이라는 단순한 생각"을 초월하도록 한다.[3] 모랭에 의하면 국경은 하나의 구조적인 존재로 지리적 의미의 국경을 가리키기도 하고 어떠한 시스템의 변두리에 근접한 위치를 가리키기도 한다. 지리적 의미의 국경지역에 있어서 경계는 생기기도 하고 사라지기도 하며 공동체 의식 또한 지속적으로 변동된다. 필자는 이러한 국경의 환경—김학철 개인이 처한 환경이자 조선족 집단

---

2   김학철, 『20세기의 신화』, 창작과비평사, 1996. 이하 본문에서 언급될 경우, 쪽수만 표기한다.

3   Edgar Morin and J. L. Roland Bélanger, *Method : Towards a Study of Humankind* vol.1, New York : Peter Lang, 1992, p.133.

이 처한 환경―이 김학철에게 전복적인 정치적 판단을 할 수 있는 사상 문화적 원천을 제공하였다고 생각한다. 소련, 중국, 북한사회에 대한 김학철의 비교적인 시각은 안팎의 시선으로 중국을 관찰하도록 하였다. 그는 사회주의 진영 내부에 있으면서 국경을 초할 수 있는 시야를 확보하고 있었던 것이다. 그가 지닌 세 가지 언어 능력은 중국의 은막 밖에서 자신의 작품을 발표하는 길을 모색하게 하였다. 하지만 이러한 국경의 조건들은 그가 모든 정치적 실체(소련, 중국, 북한)의 전체성과 복잡성을 깊게 들여다보지 못하도록 제한하기도 하였다. 따라서 결국 그가 바라 것은 하나의 추상적이고 이상적이며 본질적인 사회주의 중국의 허상이었다. 아울러 그는 그것을 중국의 현실을 가늠하는 척도로 삼았다.

최근에 탈식민주의 학자들은 소수민족의 국경을 종종 문학의 다양성과 정치적 저항성의 발원지로 간주한다. 중국의 학자 스수메이史书美는 '중국어 언어계통 문학' 개념에서 중국어로 창작하는 중국 소수민족의 국경지역을 문학작가들이 중국의 '내재적 식민주의'에 도전하는 공간으로 간주하고 있다.[4] 한편 미국과 멕시코 국경지대의 혼혈작가 글로리아 안살두아Gloria Anzaldúa는 그의 저서 『경계지대/국경Borderlands / La Frontera : The New Mestiza』을 통해 미국과 멕시코의 국경지역을 "제3세계와 제1세계의 유혈충돌의 상처"라고 말한 바 있다. 이로부터 그녀는 일종의 "국경 초월의식"을 제기하였는데, 이는 국경지역의 환경이 여러 경계지역 사이를 자유롭게 넘나들게 하는 의식을 갖게 하였으며 이 의식이 곧 그러

---

4 Shu-mei Shih, "Against Diaspora : The Sinophone as Places of Cultural Production", Shu-mei Shih, Chien-hsin Tsai, and Brian Bernards(ed.), *Sinophone Studies : A Critical Reader*, New York : Columbia University Press, 2013, pp.35~36.

한 모든 경계에 대한 비판이라는 것이다.[5] 김학철의 소설은 이러한 학설을 아주 완벽하게 뒷받침해 주는 것처럼 보인다. 왜냐하면 그의 작품은 주변으로부터 중앙집권에 저항하는 사례이며 심지어 국경 초월의식이 적잖게 드러나기 때문이다. 그러나 필자는 김학철의 소설 속 경계가 도전당하고 초월당하는 동시에 강화되고 복제된다고 본다. 또한 서로 다른 경계에 의해 갇힌 공간이 열리고 유입됨과 동시에 층화되고 본질화되는데, 이 모든 것은 작가의 국경에서의 글쓰기 과정에 나타난다고 본다. 이와 같은 비판적인 시각은 작품의 가치를 충분히 증명함과 동시에 그 한계를 밝히고 국경의 작가들이 보편적으로 직면할 수 있는 도전과 어려운 환경에 대해 사유할 수 있게 한다.

1. 다국적 시각의 조우

1950년대 초반, 중국 공산당이 동북에 조선족자치구를 건립하려고 할 때 현지의 지식인들로부터 이른바 '다조국론多祖國論'에 대해 들은 바 있다. 요컨대, 일부 조선족 지식인들이 소련을 무산계급 조국으로, 북한을 민족의 조국으로, 중국을 현실의 조국으로 간주하려고 시도하였던 것이다. 물론 이러한 논조는 중국공산당에 의해 즉시 거부당하였지만 한동안 조선족 지식인들 사이에서 큰 공명을 자아냈으며 이는 사실상 각 나라에 대한 조선족 집단의 인식관계와 그 방식을 드러낸 것이다.[6] 김학

---

5   Gloria Anzaldúa, *Borderlands / La Frontera : The New Mestiza*, San Francisco : Spinster/Aunt Lute, 1987, p.3.

철이 이러한 논조를 명확하게 지지한 적은 없다. 그러나 이와 같은 다조국론의 틀은 『20세기 신화』에 나타난 작가의 다국적인 시각 속의 여러 측면을 분석하는 데 훌륭한 길잡이 역할을 한다.

중국 조선족은 중국과 북한의 국경인 간도지역에 가장 먼저 집중적으로 거주하였다. 1930년대 초반, 조선족이 거주했던 일부 지역에는 중국 동북에서 가장 먼저, 그리고 가장 중요한 공산주의 근거지가 창설되었다. 당시 중국 내의 조선인 공산당은 중국 공산당의 지도를 받음과 동시에 소련의 영향도 받았다. 반면, 근거지 밖의 조선인들은 일본이 건립한 만주국(1932~1945) 정부의 통제하에 놓여 있었다. 전후 1945년부터 조선족자치구가 건립되던 1952년 사이에[7] 중국의 조선인들은 일정한 정도에 따라 중국에 남거나 북한 혹은 한국으로 돌아가는 것을 스스로 선택할 수 있었다. 당시 중국에 남은 조선인들은 대부분 중국 국적을 획득하여 조선족이 되었지만 조선어를 계속 사용함으로써 자신의 민족문화와 생활습관을 유지할 수 있었다.[8]

---

6   '다조국론'은 여러가지 판본이 있는데 어떤 판본에서는 소련을 "제1조국", 북한을 "제2조국", 중국을 "제3조국"으로 간주한다. 50년대 다조국론에 대한 조선족지역의 토론은 다음을 참조. 이해영, 「중국 조선족의 선택과 조선인 간부들의 역할-조선족의 장편소설과 조선인 간부들의 회고록과의 대비를 통하여」, 『한국현대문학연구』 45, 한국현대문학회, 2015, 298쪽; 박종철, 「중국의 민족정풍운동과 조선족의 북한으로의 이주」, 『분단 70년-북한체제의 변화 평가와 전망 북한연구학회 하계학술회의 논문집』, 2015, 130쪽. 영문 논문은 Adam Cathcart, "Nationalism and Ethnic Identity in the Sino-Korean Border Region of Yanbian, 1945~1950", *Korean Studies* 34, 2010, p.34; Hyun Ok Park, *The Capitalist Unconscious : From Korean Unification to Transnational Korea*, New York : Columbia University Press, 2015, pp.154~155 참고

7   1955년에 자치구는 자치주로 개칭되었다.

8   구체적인 내용은 선즈화(沈志华)의 글 「东北朝鲜族居民跨境流动-新中国政府的对策及其结果1950~1962」, 『史学月刊』 11, 河南大學, 2011) 참고.

김학철은 1952년에 와서야 조선족 거주지역에 정착하였다. 따라서 그 전의 역사에 대해서는 조선족들과 공유하지 못하였다. 하지만 그의 경력은 그들과 비슷한 다국성을 드러낸다. 1916년, 북한 원산에서 태어난 김학철은 1929년에 서울에 있는 학교로 진학하였다. 그는 비록 일본의 식민교육을 받았지만 시종일관 반일운동에 적극 참가하였다. 1935년에 중국에 온 김학철은 당시 중국으로 망명하였던 많은 조선인들과 함께 조국의 바깥에서 조국의 독립을 쟁취하기 위해 투쟁하였다. 그는 일부 암살 활동에 참가한 뒤, 황포군관학교에 들어가게 되었다. 중일전쟁이 발발한 후, 중국 군대에 속해 있던 조선의용대에 가입한 김학철은 중국이 일본을 무너뜨려야만 조선이 비로소 해방할 수 있을 것이라 믿었다. 그 과정에서 김학철은 민족주의자로부터 점차 공산주의자로 변모하여 1940년에 중국공산당에 가입하였다. 그런데 1942년의 한 차례 전쟁에서 포로가 된 그는 일본 본토의 감옥으로 이송되었으며 그곳에서 부상이 악화되어 결국 한쪽 다리를 잃고 말았다.[9]

김학철은 1945년에 출옥한 후 한국, 북한 및 북경에 정착하려고 하였다. 그러나 사실이 증명하듯 이 지역들은 그에게 안전하고 창작에 적합한 환경을 제공하지 못하였다. 공산주의자로서 김학철은 고압적인 반공체제하의 한국에서도 생활하기 힘들었고, 한국전쟁 발발 및 내부의 파벌투쟁으로 인한 북한의 위험한 환경 속에서도 살아가기 어려웠다. 북경에서 김학철은 중국의 유명한 여성작가 딩링丁玲의 도움으로 중국어 작품을 적잖게 출판하였지만 조선어와 조선족이 없는 환경 속에서 그는

---

9   김학철, 「나의 길」, 『나의 길』, 연길 : 연변인민출판사,1999, 1~4쪽.

스스로를 "화분 속의 화초"처럼 느끼며 괴로워하였다.[10] 그리하여 그는 조선족자치구가 수립된지 얼마 되지 않아 즉시 그 지역을 방문한 뒤 정착을 결심하였다. 그의 국적이 1983년에 와서야 조선으로부터 중국으로 바뀌었지만 말이다. 그러나 김학철과 중국공산당의 전후의 밀월 시기는 속히 종결되고 만다. 1950년대 중국의 반우파투쟁은 김학철을 포함한 수많은 조선족 지식인들을 노동개조에 투입시켜 언론과 발표의 자유를 제한하였을 뿐만 아니라 심지어 생계조차 위협하였다. 1960년대 초, 전국을 휩쓸었던 대기근은 사회주의 중국에 대한 작가의 환상을 더욱 철저히 무너뜨리게 된다.

이러한 경력은 김학철로 하여금 마오저둥 지도하의 중국 사회주의 건설에 대해 반성하도록 하였으며 이를 토대로 그는 1964년에 『20세기의 신화』를 창작하였다. 소설은 두 부분으로 구성되었다. 첫 번째 부분은 주인공 림우평과 그 친구들의 반우파 노동개조 경력을 집중적으로 다루었고, 두 번째 부분은 노동수용소를 떠난 후의 그들의 생활을 다루었다. 소설에서 서술자는 당시의 사회와 정치적 혼란의 원인을 마오저둥에 대한 개인숭배 탓으로 돌리고 있으며 작품 속 비판 대상은 추상적인 관념에서부터 세속적인 사소한 일에 이르기까지 매우 많다. 그는 지식인들의 언론자유를 박탈한 당시의 현실을 비판함과 동시에 대약진체제하에 생산된, 한 번 닦으면 "예쁘게 털빠지"는 칫솔을 풍자하였다.(100) 뿐만 아니라 작품은 마오의 중국과 나치 독일의 유사성을 여러번 비교하는데, 처음으로 가장 선명하게 든 예가 바로 작품의 제목—알프레트 로젠베

---

10 김호웅·김해양, 『김학철 평전』, 실천문학사, 2007, 246쪽.

르크Alfred Rosenberg의 나치 명작의 제목과 같다— 이다.

마오의 사회주의를 비판할 때 김학철은 주로 소련의 이데올로기를 응용하였다. 그는 스탈린주의를 비판한 후루시쵸프의 「개인숭배 및 그 결과를 논함」(1956)이라는 소련공산당 20대에서 발표한 연설에 크게 동조하며 소설 속에서 여러번 그 연설을 언급하였다. 작품 속 소련공산당 20대 및 그 연설은 주인공 심조광이 정치적으로 각성하는 중요한 계기이다. 뿐만 아니라 마오의 국내 및 국제 정책에 대한 작가의 비판 역시 후루시쵸프의 연설과 기타 문장에서 주장했던 온화한 사회주의 노선과 서로 부합된다. 예컨대, 대약진 기간의 참담한 경제적 상황에 대한 주인공의 슬픈 탄식과 인민들의 생활 이익보다 핵무기 발전을 더욱 중요시하는 마오저둥의 태도에 대한 비판 및 중국-북한-알바니아의 반소연맹에 대한 풍자 등이다. 후루시쵸프의 연설과 함께 소련의 문제적 문학 역시 작가의 참고 대상이다. 예를 들면, 노동수용소의 고단한 생활을 묘사한 뒤 서술자는 "이반 데니소비치도 여기 와 한 주일만 있어 보면 그 전 시베리아의 수용소가 그리워서 회향병에 걸릴 것이다"(104)라며 솔제니친의 소설 「이반 데니소비치의 하루」를 인용하였다. 1962년에 발표된 솔제니친의 이 소설은 정치수용소에서의 이반 데니소비치의 하루 동안의 생활을 다룬 작품이다. 이 소설은 후르시쵸프의 특별 허가하에 발표된, 소련 최초의 문제작 중 하나이다. 1965년의 시점에서 김학철이 이 소설 전문을 읽었다고 할 수는 없다.[11] 그러나 그가 솔제니친의 이 작품을 익히 알고 있으며 이를 자신의 소설과 같은 맥락에서 보고 있음을 알 수 있다.

---

11 위의 책, 301쪽.

한편 김학철의 조선인 신분은 그에게 대한족주의大漢族主義를 비판적으로 바라보는 시각과 함께 마오저둥의 중국과 김일성의 북한을 나란히 관찰하는 비교적 시각을 제공하였다. 소설에서 지식인의 언론자유를 박탈한 중국정권에 대한 서술자의 생각은 대부분 조선족 신분에 대한 인식과 관련된다. 예컨대, 작품에서 당국은 두만강을 마주하고 있는 고향에 대한 그리움을 표현한 조선족 작가를 "'중화인민공화국을 조국이 아니라고 한 거나 마찬가지니까' 극악한 민족주의분자"(33)로 취급한다. 소설의 또 다른 인물은 "막걸리 파는 선술집이 없어서 재미가 적다"고 불만을 토로한 이유로 "'사회주의 중국을 생지옥 남조선만 못한 걸로 추화를 했으니까' 부르조아 우파분자"(33)로 몰려 즉시 비판당한다. 또한 주인공 림일평은 조선족 어문교과서에 조선문학 작품이 단 한 편도 없이 모두 한족 작품의 조선어 번역본으로 구성된 점에 대해 매우 큰 불만을 느낀다.(285) 조선인으로서 김학철은 조선 언어문화를 국가정권과 크게 동일시하지 않는다. 이러한 민족성으로 인해 그는 중국공산당 정책을 특히 예민하게 인식함으로써 조선문화를 말살하고 그 자리에 한족문화를 대체하려는 대한족주의를 즉시 감지할 수 있었다.

뿐만 아니라 북한과의 연락은 김학철이 중국을 비판하는 데 당대적인 참조대상으로 작용하였다. 그의 눈에 비친 마오의 중국과 김의 북한은 서로에게 거울과도 같은 존재로 두 나라 모두 개인숭배와 사회적 빈곤 및 끝없는 정치적 박해의 고통에 시달리고 있다. 특히 중국에 대한 김학철의 비판적인 글쓰기는 1956년에 발생한 북한의 8월 사건의 영향을 받았을 가능성이 높아 보인다. 8월 사건은 주 소련북한대사 리상조가 밀신을 통해 소련 지도자에게 김일성의 개인숭배 현상을 고발하고 그에 대한 탄핵을 요구한 데서 비롯되었다. 이 사건은 결국 김일성이 김학철의 매부(여동생의 남편)를 포함한 대부분의 반대파를 처형한 것으로 종결되었다. 한편 리상조는 1989년까지 소련에서 망명생활을 하였다.[12]

김학철 소설의 첫 번째 부분에서는 "보내지 못한 편지"가 반복적으로 등장한다. 이편지는 주인공 심조광이 "소련에 망명중인 한 친구에게" 쓴 편지이다.(18) 하나의 사건이 일단락되는 지점에서 서술자는 "보내지 못한 편지"의 한 단락을 인용하여 그 사건에 대해 총괄적인 평가를 진행하는 데 이는 작품 속 여러 부분에서 나타난다. 그 부분들을 한 데 묶어서 보면 당대 중국의 여러 측면을 비판하는 내용이 된다. 김학철과 리상조는 실제로 서로 아는 사이이다. 1953년 한국전쟁이 결속된 후, 김학철이 북한으로 돌아가려고 할 때바로 리상조가 그에게 국내의 험악한 정치 형세를 알려주면서 북한으로의 귀환을 말렸다.[13] 필자는 이 작품에 등장하는 "보내지 못한 편지"는 곧 북한의 8월 사건을 암시함과 더불어 그에 대해 경의를 표한 것이라고 본다. 또한 그 사건을 알고 있는 독자들이라면 "소련으로 망명한 친구"를 보면서 리상조와 그의 망명을 떠올리게 될 것이라 생각한다.

김학철과 이 작품에 소련이 이데올로기적인 역량을 부여하고 북한이 역사적인 깊이를 제공하였다면 중국은 이작품에 주로 현실적인 차원을 제공하였다. 다조국론에서 조선족 지식인들은 중국을 "현실의 조국"이라 부른다. 조선어에서 '현실'이라는 단어는 중국어와 마찬가지로 사실

---

12 위의 책, 286쪽.
13 于雷, 『铁拐下的足痕』, 北京 : 作家出版社, 2013, 890~891쪽.

적이라는 의미도 있지만 실제적이라는 의미도 있다. 김학철의 소설에서 '현실의 조국'은 인민들의 기본적인 생활수요를 충족시키고 지식인들에게 자유로운 창작환경을 제공하여야 비로소 의미를 갖게 되는 것이다. 김학철이 중국을 '현실의 조국'으로 상상하는 여러 부분에 대해서는 다음 절을 통해 상세하게 논의하기로 한다.

이로부터 알수 있듯이 국경의 조건—중국의 국경에 있으면서 동시에 다국적 문화 네트워크의 합류 지점에 놓여 있는—이작가에게 중국의 사회주의 '질환'을 비판하는 능력과 시각을 제공하였다. 이비판은 국가별 서로 다른 시각의 단순한 조합이 아니라 층화된 다국적 인식 구조stratified multi-national identification로 나타났다. 작가의 인식 공간에서 다국적적 시각은 모두 특정한 측면에서 특정한 의의와 특정한 감정을 지니고 있다. 이 구조는 국경에 있는 사회계층들의 생존환경에 보편적으로 적용된다. 그들의 신분 인식이 얼마나 혼잡하고 유동성이 강하든 특정한 신분에 대한 인식은 그들에게 있어서 모두 특정한 역사, 감정 및 시간성과 공간성의 연상을 의미한다. 오늘날의 학자들은 종종 유동성을 통해 국경 지식인들의 신분 인식을 거한다. 그러나 오랜 세월 동안 개인과 역사적 경험에 의해 축적된 층화된 인식과 귀속을 진정으로 혼합하고 서로 다른 신분을 진정으로 자유롭게 넘나드는 것은 상상보다 훨씬 어려운 일일 것이다. 다음 절에서는 이러한 층화된 다국적 시각이 중국에 대한 김학철의 상상과 국경에서의 글쓰기에 미친 영향을 구체적으로 논의하고자 한다.

물론 다국적 신분 인식 외에 김학철의 국경 신분에는 그의 다언어 능력도 포함된다. 즉 중국어 외의 다른 언어어 능력이 그로 하여금 이 소설을 쓰도록 하였던 것이다. 김학철의 회고에 의하면 그는 먼저 조선어로 비밀리에 창작한 후 일본어로 번역하였는데, 그 전반적인 과정에서 김학철은 공포감에 휩싸여 있었으며 일단 작품이 발표되기만 하면 처단될 것이라 걱정하였다고 한다.[14] 김학철의 아들인 김해양의 회고에 따르면 김학철은 자신의 작품이 한반도와 일본에서 두 가지 언어로 출판되기를 고려하였다.[15] 반면 중국어를 사용하는 본토의 지식인과 작가들은 선택의 여지가 이처럼 많지 않았다. 사회주의 진영 내부의 반 스탈린 움직임에 대해 그들이 민감하게 의식하지 않은 것은 아니다.[16] 다만 그들이 중국 외부의 공간에서 그 문제점을 끄집어내고 새로운 방향으로 돌파하기 위한 전망이 실로 암담하였을 뿐이었다.

2. 현실조국으로서의 중국

김학철이 중국을 현실조국으로 상상하는 내용을 고찰하는 것은 그의 문학과 이데올로기의 의의를 심층적으로 이해하는 데 도움이 된다. 필

---

14 김학철, 『최후의 분대장-김학철 자서전』, 문학과지성사, 1995, 376~377쪽.
15 작가와의 인터뷰에서 김해양이 언급한 것이다.
16 소련공산당 20대 이후 『인민일보』에서 1956년 4월 5일에 『프롤레타리아독재의 역사 경험』이라는 장편사설을 통해 후르시쵸프 연설의 주요 내용을 소개하였다. 당시 책임편집을 맡았던 우렁시(吳冷西)의 회고에 의하면 마오저둥과 기타 당 지도자들은 독자들이 이 글을 통해 중국의 개인숭배를 연상하지 않게 하도록 특별히 강조하였다고 한다. 그럼에도 불구하고 『중국의 반우파운동 데이터』에 따르면 중국의 적지 않은 지식인들이 마오저둥을 중국 국내의 개인숭배 대상으로 생각하였다.(吳冷西, 『十年论战 : 1956~1966中苏关系回忆录』, 北京 : 中央文献出版社, 1999, 20~33쪽) 宋永毅及其团队, 『中国反右运动数据库』 第二版, 2013.http://ccrd.usc.cuhk.edu.hk/Default.aspx 2017, 12.1 참고.

자는 사회주의 중국에 대한 그의 이러한 상상의 핵심은 국가와 국민을 일종의 호혜관계로 상상하고 정의내리는 데 있다고 본다. 김학철에게 있어서 국민은 국가를 위해 일하고 투쟁할 의무가 있으며 국가의 최대 가치는 국민들에게 생존 가능한 환경을 제공하는 데 있다. 이는 김학철의 독창적인 관점은 아니다. 하지만 김학철의 경우, 이 관점은 그의 다국적인 사유 및 민족 배경과 밀접한 연관을 갖는다. 우선, 그가 중국의 현실을 강조한 이유는 한 국가가 동시에 지니고 있는 기타 측면에 대한 인식때문인데, 김학철의 경우에는 다른 정치체제에 투영된 것이다. 뿐만 아니라 김학철은 조선족 구성원 중 일원-이민의 역사 및 한족과는 다른 민족언어문화를 지닌 집단의 구성원 중 일원이다. 이 신분은 그로 하여금 본질적으로 한족이 주도하는 중국을 발원지가 아닌 안신처로, 또한 모든 신분 인식을 내포하는 전체가 아닌 교환경제의 일부분으로 간주하도록 하였다.

소설에서 가장 주요한 한족 인물은 바로 팽바사기인데, 그는 인성이나 일적인 면에서 약간 바보스러운 인물이다. 작가는 그를 늘 기아에 허덕이는 가련한 인물로 설정하였다. 팽바사기 외에 소설에는 '왕'이라는 또 다른 한족인물이 등장하는데 그는 대체적으로 조선족에 이미 동화된 인물로 표준조선어를 구사하는 지식인이다. 이와 달리 팽바사기는 조선어를 구사하지 못한다. 이 두 인물 외에 작품의 주요 등장인물은 모두 조선족 지식인들이다. 팽바사기가 노동수용소에 들어가게 된 이유는 해방 후에도 개선되지 않은 자신의 생활에 대해 "해방 전에 두 배를 곯았는데 후에도 또 배를 곯게 되니까 까놓구 말이지 전 남들이 좋다 좋다 하는 사회주의사회가 실상 어떻게 좋은지를 잘 모르겠단 말입니다"라며 한 차례의 회의에서 자신의 불만을 토로한 탓이다. 그는 자신의 어려움을 알게 되면 즉시 해결해 줄 것이라 생각하였는데, 해결은커녕 오히려 반혁명의 누명을 뒤집어쓰고 수용소에 들어가게 되었다. 수용소에서 그의 건강은 음식 부족으로 더욱 악화되고 만다.

대약진으로 인하여 공산주의 농장이 글자 그대로 기아의 생지옥이 되어 버린 뒤부터 그는 눈에 보이게 쇠약해가고 또 걸늙어갔다. 얼굴에 주름살이 가는 듯하더니 불과 몇 달 동안에 쭈그러진 박 모양 얼굴에 전판 잔주름이 얽혔다. 이빨이 한두 대 흔드렁거린다고 하더니 불과 몇 달 동안에 위아랫니가 10여 대나 물러났다. 머리는 반백이 되고 눈에서는 무시로 눈물이 흘렀다. 게다가 가는귀까지 먹어서 남의 말도 제대로 못 알아들었다. 등마저 굽었다. 이제 서른대여섯밖에 안 된 사람이 환·진감 다 지난 늙은 이꼴이 되어버렸다. 식사 때는 안정을 못하였다. 시시로 목을 움츠리고 두리번거렸다. 불안스러운 눈초리로 남이 먹는 그릇을 훔쳐보았다. 식사가 끝이 나도 빈 그릇을 놓지 않았다. 아무 까닭도 없이 한동안씩 붙들고 있었다. 누가 혹시 무엇을 흘리지나 않았나 해서 식탁 위를 찬찬히 살펴보았다. 수수밥 한 알갱이라도 눈에 띄는 것만 있으면 얼른 손을 뻗었다. 걸신스레 채다가 입에 넣었다. 경쟁자가 있을까봐 번개같이 손을 썼다.(155~156)

어느날, 수용소에서 검찰인 박이 부주의로 팽의 죽을 쏟게 된다. 과거에 박의 아버지가 팽에게 은혜를 베푼 적이 있기 때문에 팽은 어릴적에 박을 많이 돌보아 주었다. 그러나 박이 자신의 죽을 쏟자 팽은 참지 못하고 박의 어깨를 단숨에 부여잡으며 어떻게 할 것이냐고 따진다. 박은 이를 아랑곳하지 않고 중국어로 "쑹카이(봐)"라고 짧게 말할 뿐이다. 서술자는 이 사건에 대해 "그러게 박가의 팔을 거머잡은 것은 그가 아니라 본능적인 발작을 한 그의 눈깔 먼 식욕이었다"(156)고 말한다. 다행히 이 장면을 목격한 림일평이 자신의 음식을 절망에 빠진 평에게 조금 나누어 주었다.

평의 이러한 이미지는 곧 실패한 현실조국으로서의 중국에 대한 은유이다. 평은 열광적인 사회주의혁명의 피해자이다. 사회주의혁명은 그의 생활 처지를 개선하기는커녕 오히려 더욱 악화시켰다. 그처럼 극단적인 기아가 평을 절에 빠트리고 광인으로 내몰았으며 가장 기본적인 인간의 감정과 도의마저 저버리게 하였다. 작품 속 기타 지식인들과 달리 평의 액운은 어떠한 정치적 이상이나 지식 활동으로부터 비롯된 것이 아니다. 게다가 평은 한족이므로 그의 불행은 민족관계와는 무관하다. 평은 가장 보편적이고 전형적인 중국인 대표로서 단순하지만 유력한 인물로 형상화되었다. 김학철은 사회주의 중국의 최대 실패를 평을 통해 담아냈는데, 이는 바로 나이와 종족을 막론한 국민 모두를 기아에 빠트린 점이다. 김학철은 이 부분의 실패로 말미암아 국가가 고취하는 이데올로기의 우월성과 민족응집력 등이 모두 안착할 수 없다고 보았다. 그의 이러한 관점이 곧 중국을 비판하는 근본적인 출발점이 되었다.

국가에 대한 김학철의 기대는 어느 한 특정적인 민족에게만 적용되는 것이 아니라 모든 국가의 국민들에게 적용된다. 하지만 그렇다 하더라도 사회주의 중국을 현실조국으로서 비판하는 그 이면에는 작가의 민족 배경이 상당히 중요한 요소로 작용하였다고 본다. 다시 말하면 김학철의 비판 이념은 일종의 이민의식과 긴밀하게 연결되어 있으며 이러한 이민의식은 그의 개인 경력과 연관될 뿐만 아니라 조선족 집단에도 보편적으로 존재한다는 것이다. 조선족은 태생적으로 중국인이 아니라 전후의 자주적인 선택으로 중국에 남게 된 민족이다. 그들에게 있어서 중국은 선택한 조국이다. 모든 선택과 마찬가지로 여기에는 현실적인 참작과 보답에 대한 기대가 연관되어 있다. 따라서 김학철은 중국을 현실조국으로서 고찰하고 있으며 그가 근본적으로 요구하는 것은 곧 국가와 국민 간의 교환 및 호혜관계이다. 그의 이러한 국가관 및 그것이 정치당국이 선전하는 국가관과 충돌하는 내용은 소설 속 액자구조를 통해 찾아볼 수 있다.

소설의 첫 부분에서 서술자는 당국에 의해 '독초'로 규정한 모 조선족 작가의 단편소설 전문을 인용하였다. 소설의 제목은 "뿌리 박은 터"인데, 주로 서신체 형식과 한 젊은이의 입을 통해 자신의 가족 이민사 및 현재 그들이 살고 있는 농촌마을을 친구에게 자랑스럽게 소개하는 내용이다. 사실 이 소설은 김학철 본인이 1953년에 발표한 작품인데, 당시 이 소설은 자치구 첫 번째 문학작품집에 수록되었으며 작품집의 제목이 바로 "뿌리박은 터"였다.[17] 그후, 이 소설은 자치구의 중학교 교과서에 수록되었다.[18] 이는 『20세게 신화』의 서술자에 의해 "뿌리 박은 터"가 많은 인기를 얻어 현지 학교의 교과서에 수록되었다고 언급되기도 하였다. 그러나 그가 비판을 받은 후 "각 학교에서 통지를 받고 이 소설이 찍힌 책장들을 교과서에서 모두 뜯어낸 것은 더 말할 것도 없는 일이다."(89) 이에 따라 소설 전문을 『20세기 신화』에 다시 수록하게 되었는데, 이는 당국이 이 작품을 없애버린 것에 대한 작가와 서술자의 이중저항으로 볼

---

17 김학철 외, 『뿌리 박은 터』, 연길 : 연변교육출판사, 1953.
18 김종국, 「『뿌리 박은 터』에 대하여」, 『아리랑』 2, 연변문련주위회, 1958, 61쪽.

수 있으며 소설에 체현한 가치에 대한 작가의 긍정과 수호守護라고 할 수 있다.

작품의 제목 "뿌리 박은 터"는 이민자의 일종의 고향의식을 나타내고 있다. 소설 속 인물들에게 있어서 고향은 그들이나 선조들이 태어난 곳이 아니라 그들이 새롭게 정착한 곳이다. 이 제목은 은유의 기법으로 사람과 땅의 조우를 묘사하고 있으며 외부의 이민자가 새로운 땅에서 새로운 생활을 시작하는 과정을 강조하고 있다. 소설의 결말에서 서술자는 "나는 잘 모르기는 하겠소만 사회주의·공산주의란 각자가 다 자신의 뿌리박은 터를 사랑하고 존중하고 그 터의 무한한 번영을 위해 노력 분투하면 자연히 이루어지는 게 아닐는지"(97)라고 말한다. 이데올로기에 대한 이상 — 사회주의와 공산주의의 실현 — 을 지역의 물질적 번영과 동일시하는 것은 곧 국가의 현실적인 측면에 대한 강조를 체현한 것이다. 이러한 담론 환경 속에서의 서술자의 이민의식 즉 정착의식이 곧 그러한 결론을 도출하게 하였다. 그러나 1953년에 출판된 동명 작품집의 중국어 제목은 "나의 고향을 사랑한다"로 번역되었다.[19] 이민역사에 대한 암시가 사라진 이 번역서에 대신 자리 잡은 것은 바로 보편적인 의미의 고향이었다.

작품의 전반적인 전개 과정에서 국가와 국민의 이러한 교환경제에 대한 암시는 여러 곳에서 나타난다. 소설은 서술자의 조부가 37년 전에 어떻게 조선으로부터 이곳으로 이민하게 되었는지, 그리고 가족 3대가 어떤 노력을 통해 결국 중국에서 행복한 생활을 하게 되었는지를 편지를

19　김학철 외, 『뿌리 박은 터』의 판권장 참고.

통해 회고하였다. 최초의 판본에서 서술자는 다음과 같이 감탄하였다. "칠순이 넘으신 할아버지가 손자를 앞세우고 공원을 찾는 모습은 보기에도 흐뭇하다." 하지만 작가가 선전기관에 소설을 교부할 때 심사자로부터 "이거 안 좋아요. 칠순이 넘었다고 놀러다니기나 하면 어떡해요. 일은 안 하고." "칠순이 넘으신 할아버지가 날마다 논밭에 나가 일을 하는 모습은 보기에도 흐뭇하다. 이렇게 고쳐야 해요"[20]라는 이의를 받게 된다. 김학철은 원고 심사자의 의견을 받아들였지만 마음이 완전히 내키지는 않았다. 이는 소설의 최종본을 통해 알 수 있다.

> 작년 가을 전선에서 돌아오는 길로 곧 나는 우리 할아버지를 그의 반세기에 걸쳐 회비애락을 같이해온 반려인 노동과 갈라놓으려 하였소. 칠순 노인은 우리가 나라의 주인으로 된 이 시대에 와서는 노동에 종사할 게 아니라 언제나 새 옷차림을 하고 손자·손녀 앞세우고 잔칫집이나 공원이나 극장 같은데를 드나드는 게 제격이라고 생각했기 때문이오·안 그렇게생각하오? 하지만 할아버지는 지금도 여전히 노동에 종사하고 계시오. 여든이 되거든 그때 보자는 거요. (96)

위의 인용문은 원고 심사자에 대한 작가의 미묘한 반항을 드러내고 있다. 서술자는 조부가 계속 일해야 한다고 생각하는 것이 아니다. 노동 인민의 국가라면 노인들에게 인생을 즐길 수 있는 환경을 반드시 제공하여야 한다고 여기는 것이다. 이는 반세기 동안 힘들게 노동한 대가로 반

---

20 김학철, 『최후의 분대장 – 김학철 자서전』, 문학과지성사, 1995, 358쪽.

398 | 3부 | 중국 동부지역의 잔류

드시 받아야 하는 혜택이라고 생각하기 때문이다. 서술자는 국가가 국가를 위해 일하는 사람들에게 그에 상응하는 보답을 반드시 해야 한다는 생각을 고집한다. 하지만 원고 심사자는 문학 속 국민이 단순히 국가의 수혜자로 형상화되어서는 안 되며 반드시 국가의 창조자이자 국가의 본질―빛의 속도로 발전하는 사회주의 중국―의 상징적 체현자로 형상화되어야 한다고 주장한다.

작품을 좀 더 깊이 들여다 보면 작가가 구축한 교환·호혜관계 속에서 조선족 집단의 특수한 역사적 경험들을 발견할 수 있다. 소설의 서두에서 주인공은 "조선전선에서 한날에 복원되어 함께 돌아온 연길 교외부락에 사는 한 전우에게서 며칠 전에 나는 편지를 받았다"(93)라며 자신이 편지를 쓰는 이유에 대해 밝히고 있다. '조선전선'이라는 네 글자는 이 구절의 첫 시작 및 소설의 첫머리에 등장한다. 이 네 글자는 신중국에 대한 중국 조선족의 특별한 공헌을 강조하고 있는데, 이는 곧 조선족이 중국인민지원군의 중요한 구성부분으로서 한국전쟁에 참전하여 국가를 위해 투쟁하다 희생되었다는 것이다. 뿐만 아니라 앞에서 인용한 조부에 대한 서술자의 생각 즉 조부가 더이상 일하지 않고 인생을 즐길 것을 바라는 대목은 마침 그가 한국전쟁으로부터 집으로 돌아온 날에 생각한 것이라는 점을 알 수 있다. 환언하자면 조부가 반드시 조국이 제공하는 혜택을 누려야 한다는 논리 이면에 서술자 본인이 방금 전까지 전장에서 나라를 위해 투쟁하였다는 사실이 존재한다는 것이다. 이러한 지점들은 국가와 인민 간의 교환관계를 구축함에 있어서 김학철은 단지 국가와 개인 뿐만 아니라 국가와 전반적인 조선족 집단 간의 관계도 연관시키고 있다는 것을 말해준다.

뿐만 아니라 김학철을 포함한 조선족 집단에 있어서 그들의 이민 배경 역시 교환과 보답 등에 대한 개념을 더욱 구체적이고 선명하게 한다. 주인공 가족의 이민 초기의 험난한 세월을 회고할 때, 작품의 서술자는 자신의 조부가 소를 살 돈이 없어서 자신에게 쟁기를 씌우고 밭을 갈 수밖에 없었던 탓에 "꼬리 없는 소"(94)라는 별명을 얻게 되었다고 말한다. 『20세기의 신화』에 실린 단편소설 「뿌리 박은 터」의 작가는 자치구 문예공작 지도자들로부터 "소박한 농민을 꼬리 없는 소라고 모욕한 반인민적 독초"라며 비판당한다. 그리고 이로부터 작가는 노동수용소에서 "꼬리 없는 소"(89)로 불리게 된다. 원작 「뿌리 박은 터」에서 작가는 이민자들이 새로운 개간지에서 생존을 위해 투쟁하는 상황을 미화한 것이 아니라 사람이 동물의 기능을 대체할 정도로 비천하고 존엄을 상실한 이민자들의 생활투쟁을 극화화한 것이다. 다만, 그들이 새로운 국가에서 행복한 생활을 하게 되는 순간 과거의 모든 고난은 가치를 지니게 된다. 소설은 이민집단의 역사적 경험의 핵심에 "동물처럼 일하는 것"과 "사람답게 생활을 향수하는 것", 이 양자 간의 교환관계가 내포되어 있음을 암시한다. 여기서 후자는 전자로부터 비롯된다. 그러한 의미에서 현실조국이라는 관점을 이민집단 내의 소박한 교환 관념으로 볼 수 있을 것이다. 즉 초반의 고생을 통해 더욱 좋은 생활을 보상받는다는 관념을 한단계 업그레이드한 셈이다. 반면 이 소설을 비판하는 사람들은 이러한 교환조건하에서 인민을 동물로 이미지화하는 것을 받아들이지 못한다. 그들에게 있어서 농민은 신중국의 명목상의 통치계급으로 반드시 국가의 신성한 이미지로 형상화되어야지 그 어떠한 상황에서도 농민의 이미지를 훼손해서는 안 되는 것이었다.

김학철은 액자소설 외에 아이의 유희를 묘사한 대목을 통해 현실조국으로서의 중국, 그리고 교환관계에 대한 인지를 토대로 건립된 중국을 집중적으로 비판하였다. 이 유희에는 마오저둥의 이름을 오역한 부분이 언급된다. 어느날, 림일평은 집안 창문을 통해 젊은 여자가 자신의 아이를 때리는 장면을 보게 된다. 그녀는 아이를 때리면서 이웃집 여자에게 매를 부른 아이의 잘못에 대해 설명한다.

> 맨 처음 동작은 목을 길게 늘이고 손바닥으로 제 목덜미를 탁 치며
> "목"
> 하고 입으로 소리를 내는 것이었다. 그리고 잇달아서 턱을 쳐 들고 손바닥으로
> 제 턱을 탁 올리받치며 "백"
> 한 다음 다시 허리를 구부리고 엉덩이를 뒤로 쑥 내밀고 제 엉덩이를 탁 때리며
> "똥!"
> 하는 것이었다.(190)

이웃집 여자가 이 유희의 의미를 묻자 그중 한 아이가 "우리는 모택동을 말하고 있는 것이다"라고 대답한다.

앞에서 논의한 현실조국관 및 이민의식과 마찬가지로 이 언어유희 역시 일종의 교환관계를 암시하고 있다. 즉 국가의 가장 신성한 정치적 상징인 마오저둥의 이름이 먹는 데서 시작하여 배출하는 것으로 끝나는 인체의 세 가지 생리적 특징으로 번역되었다. 작가는 이처럼 이중적 의미를 지닌 언어를 통해 정치적 우상을 무너뜨리고 있다. 이는 마치 아이들의 가장 동심어린 목소리를 통해 오직 진실한 사람과 먹고 배출하는 것으로

구성된 그들의 진실한 생활만 있을 뿐, 개인숭배 따위는 없다는 것을 선포하는 듯하다. 이는 모든 정치적 자본이 반드시 생산적이고 생식적인 물질적 재료로 번역되어야만 인민들에게 의미를 지니게 된다는 것을 의미한다. 뿐만 아니라 마지막의 "똥"과 그 뒤의 감탄부호는 마치 마오저둥이라는 정치적 상징물을 소화시켜 배출한 뒤, 그것으로 기아에 허덕이는 국민들의 배를 채우고 그것이 다시 국민들에 의해 소화되고 배출되는 것과도 같은 일종의 분출과 보복의 쾌감을 드러내고 있다. 음식 부족과 치명적인 빈곤의 사례가 대량으로 열거되고 있는 이 작품 속에서 독자들은 이처럼 미세한 부분을 통해 잠시나마 권력관계의 전도라는 쾌감을 느끼게 된다. 여기서 국민들은 엘리트를 풍자하고 부정하는 위치에 놓이게 된다.

이 유희에 내포된 중국에 대한 비판 역시 소수민족으로서의 작가의 배경과 그 시각으로부터 비롯되었다. 이 언어유희는 중국어와 조선어의 차이에서 비롯되었으며 그 본질은 신성성을 지닌 중국어 세 글자를 풍자적이고 유희적이며 신성모독적인 조선어로 번역한 데 있다. 환언하자면 서로 다른 언어가 '민족의 틈새'라는 공간을 창조하였으며 그곳으로부터 일종의 비판적인 거리와 언어가 탄생한 것이다. 좀 더 풀이하자면 소설을 통해 구축한 김학철의 시각, 즉 중국을 현실조국으로서 비판하는 시각 역시 문화번역을 토대로 한 유사한 '민족의 틈새' 공간 속에서 획득한 것이다. 예컨대, 엄숙해야 할 정치운동 과정에서 발생한 여러 가지 익살스러운 생활풍경을 묘사할 때(이를테면 대약진운동 과정에서 털빠지는 칫솔을 묘사할 때) 그는 유희를 즐기는 아이들처럼 신성한 정치적 상징물을 일종의 물질적이고 세속적이며 저급한, 하지만만 구체적으로 체감할 수 있는 물건으로 번역하였다. 이런 점에서 이중적인 의미를 지닌 유희 속

단어는 중국을 비판하는 작가의 언어적 은유로 읽힌다. 즉 그는 전체적인 중국을 현실적인 조국으로 번역하였고 '민족의 틈새'의 문화번역 과정에서 그의 비판적 시각을 주입하였다.

중국에 대한 김학철의 상상은 우선적으로 현실조국에 관한 상상이며 다층적인 인식이 그에게 비판력을 부여하였다고 볼 수 있다. 이러한 인식은 선험적인 이데올로기의 우월성과 민족사를 토대로 획득한 국가의 빛나는 베일을 벗겨냄으로써 당시 중국인들의 진실한 생존 상황을 적나라하게 보여주었다. 소수민족으로서의 김학철의 배경은 그의 중국관을 한층 더 통합시켜 비판대상과의 거리(비판적)를 확보하도록 하였다. 당시 마오의 중국을 다루었던 모든 작가들은 국가, 당, 지도자, 사회주의와 공산주의의 정치적 이념 및 전국 각 민족을 하나로 동일시하거나 분할할 수 없는 하나의 통합체로 여기는 관념에서 벗어나기 어려웠다. 그러나 김학철의 문학세계에서 이러한 요소들은 각각 독립적으로 간주되고 있다. 예를 들면 그는 마오저둥과 공산당을 구분하고 있으며 마오저둥을 "태양의 흑점"이나 "맑은 물 밑의 마가 · 성가"(87)로 간주한다. 이러한 시각은 당시 중국을 포함한 각 사회주의국가 사람들에게 강제적으로 부여되었던 국가와 민족주의-사회주의의 전체성 인식과는 다른 것이다. 김학철의 이러한 시각은 그가 마주했던 다양한 환경과 다층적인 인식으로부터 비롯되었다.

아울러 동일한 인식과 상상이라면 김학철이 사회주의 중국의 전체성 속으로 깊이 파고 드는 것을 방해할 것이고 다른 경우라면 오히려 중국 외부에 존재하는 일부 공간을 이상화하고 내재화시켜 그로 하여금 중국에 대해 비현실적인 기대를 갖도록 고무할 것이다. 가장 뚜렷한 점은 당시 그 소련의 발전으로부터 대량의 이론적 자원을 참고하였지만 소련의 현실 상황은 그렇게 이상적이지 않았을 뿐더러 오히려 많은 측면에서 중국과 비슷한 곤경에 직면해 있었다. 후르시쵸프정권이 스탈린의 개인숭배를 성공적으로 비판하였지만 그 이면의 정치체계는 직시하지 못하였다. 농촌경제면에서 후르시쵸프의 개혁은 마찬가지로 주관주의와 급진주의 곤경에 빠져 있었다.[21] 김학철은 한번도 가본적 없는 소련이라는 국가를 관찰함에 있어서 자신의 정치적 이론과 이데올로기를 국가의 전체적인 현실로부터 떼내어 그가 바라본 중국의 '뿌리'에 섭목시키고자 하였다. 이는 바로 국가에 따라 서로 다른 상황에 대한 인식들을 하나로 통합한 논리이다. 김학철은 1998년에 발표한 산문을 통해 『20세기 신화』의 청치적 한계를 인정하였다. 이를테면 "20세기에 능히 사회주의사회를 이룩할 수 있으리라고 굳게 믿어 의심을 하지 않은 것", "1인 독재만 척결을 하면 프롤레타리아 독재로 능히 사회주의 지상낙원을 이룩할 수 있으리라고 확신을 한 것" 등이다.[22] 그의 이러한 맹점은 소련을 우월한 정치적 이데올로기의 기원으로 단순하게 인식하고 마오의 중국의 복합한 현실을 평면적으로 이해하는 것과 관련된다.

---

21 William Taubman, *Khrushchev : The Man and His Era*, New York : W. W. Norton Company, 2003, pp.371~378.
22 김호웅·김해양, 앞의 책, 292쪽.

3. 국경에서의 글쓰기 재론

국경으로부터 출발한 김학철의 사회주의 현실비판이 보여준 것은 단지 다양하고 다층적인 문화 인식 구조만이 아니다. 그의 작품은 '월경 border-crossing'의 잠재력과 한계도 폭로하였다. 동북아의 네 국가에서 생활해본 김학철이 월경작가라는 점은 의심의 여지가 없다. 하지만 그의 사례가 증명하는 바와 같이 하나의 국경을 넘어섰다고 해서 그 국경이 절대 사라지는 것은 아니다. 이 글의 마지막 절에서 김학철의 사례를 통해 "월경"의 세 가지 교차순환의 과정인 혼잡성, 경계 긋기 및 본질화hybridization, demarcation, and essentialization에 대해 논의하기로 한다.

최초에 구획한 경계선을 초월하거나 그것이 희미해지면 곧 혼잡해진다. 이 과정에서 가끔 권력자의 억압받게 되는데, 이는 그 통치가 특정한 사회 혹은 종족 구분을 유지하는 데 의존하기 때문이다. 가장 대표적인 예가 바로 식민체제이다. 따라서 탈식민 연구에서는 혼종문화의 충돌 속에서 탄생한 다국적문학이 왕왕 어떠한 경계 긋기에 저항하여 획득한 억압의 창조성과 비판성의 합력合力을 지닌다고 본다. 예컨대, 앞에서 언급한 글로리아 안살두아는 일종의 국경초월의식 — 일종의 서로 다른 사회와 문화 요소를 급진적으로 통합하는 의식 — 을 통해 각종 지리적 경계와 문화의 장벽을 초월하고자 하였다. 그러나 최근에 일부 미국과 멕시코의 국경문학문화 연구자들, 예컨대 칼 구티에레스 존스Gutiérrez-Jones와 카비타 판자비Kavita Panjabi는 이러한 국경 초월의식이 오히려 경계를 더욱 강화시킨다고 주장한다. 즉 어떠한 이원적인 개념의 양극을 반복적으로 초월하면 — 예를 들면 국경의 양쪽, 성별의 양극 또는 두 가지 종족 — 초월한 그 경계를 더욱 강화시킬 것이라는 것이다.[23] 사회학자 파블로 빌라 Pablo Vila 역시 미국과 멕시코 국경지역에서 생활하는 여러 종족집단에 대한 연구를 통해 문화나 언어의 혼잡 현상이 국경 종족집단의 또 다른 "경계를 공고히 하는 엄격한 분류와 구별을 강화하고, 이것이 아니면 저 것이라는 논리를 강화하는" 노력을 동반하며 이러한 노력은 "혼잡"한 사고방식과는 완전히 반대된다고 밝혔다.[24]

이 절에서는 서로 반대되면서도 상부상조하는 이 두 가지 관계를 토 내로 김학철의 작품을 통해 국경에서의 글씨기에 내포된 삼원관계를 논의하고자 한다. 그 관계는 각각 어떠한 경계를 초월하고 경계선을 그으며 그 경계를 본질화하는 행위이다. 우선, 김학철이 생활하는 곳을 포함한 모든 국경지역에는 일정한 정도의 문화적 혼합 현상이 나타난다. 그러나 혼합이란 서로의 차이를 자연스럽게 봉합하는 개념은 아니다. 오히려 혼합이 초래한 경계의 유동성이 때로는 사람들로 하여금 그 모호한 경계선을 더욱 분명하게 구획하도록 한다. 일반적으로 국경 양쪽의 요소가 혼합되려는 순간이 다시 경계를 구획해야 하는 순간이다. 이러한 현상은 식민통치 과정에 자주 나타나는 현상이다. 왜냐하면 식민지는 반드시 식민자와 피식민자 간의 명확한 위계질서를 통해 유지되어야 하기 때문이다. 이는 비교적 작은 민족집단이 위기를 느낄 때에도 나타난다. 이를테면 중국조선족의 특수한 역사적 시기와 같은 경우이다. 국경 초월, 혼합과 경계 긋기의 반복 순환은 더욱 철저한 본질화 과정을 초래

---

23 Carl Gutiérrez-Jones, "Desiring B/orders," *Diacritics* 25 no.1, 1995, pp.100~101.

24 Pablo Vila, *Crossing Borders, Reinforcing Borders : Social Categories, Metaphors, and Narrative Identities on the US-Mexico Frontier*, Austin : University of Texas Press, 2000, p.9.

하고 동반한다. 이 글은 여기서 '본질화'라는 용어를 통해 국경초월이 동반한 문제를 더욱 강화하는 효과를 표현하고자 한다. 국경을 초월하는 과정에서 사람들은 늘 경계에서 느낀 차이와 그 양쪽의 서로 다른 요소를 본질화하거나 합리화한다. 혼합, 경계 긋기, 본질화의 과정은 각자 고립된 것이 아니라 서로 영향을 주고받는 과정이다. 궁극적으로 이 과정은 국경을 초월할수록 그 경계를 더욱 강화하는 결과를 초래한다.

　이와 같은 삼원관계는 김학철의 국경에서의 글쓰기에 많이 체현되었는데, 조선어와 관련된 세부적인 문제에서 가장 뚜렷하게 나타난다. 조선족자치구에서 이중언어는 매우 보편적인 현상이다. 이로 인해 중국어는 조선족의 일상생활에 어렵지 않게 스며드는데, 이때 그들은 중국어 어휘를 조선어로 발음한다. 이와 같은 언어혼합을 통해 형성된 어휘는 조선족들에게 일상적으로 널리 사용된다. 한국에서 출판한 『20세기 신화』에서 작가는 조선족 특유의 이러한 언어를 자주 사용하였으며 괄호를 통해 조선어 의미로 해석해 놓았다. 예컨대, 작가는 '소개신紹介信'이라는 용어를 통해 그것이 사회주의 중국의 매우 중요한 문건임을 나타냈다.(55) 이는 이중어로 혼합된 조선족의 대표적인 용어로 조선어 '소개장'의 '소개'에 같은 의미를 지닌 중국어 '개소신'의 '신'을 혼합하여 '소개신'이라는 새로운 어휘를 만들어냈다. 한국의 독자들은 이 어휘가 중국으로 이주한 동포들에 의해 새롭게 만들어진 일종의 신조어라는 점을 잘 모르기 때문에 아마도 어색한 느낌이 들 것이다. 이를 의식한 김학철은 괄호를 통해 소개장이라고 덧붙였다. 작가는 이로써 언어혼잡 현상을 인정한 한편 독자와의 사이에 놓인 언어장벽을 무너뜨렸다. 많은 조선족 학자와 마찬가지로 김학철 역시 사용상 문제가 되지 않는 한 그러한 신조어 자체가 문제적이라고 생각하지 않았다.

그러나 1950년대에 들어와 자치구에서 중국어와 조선선어를 공식용어로 지정하자 중국어가 조선족 어휘 속으로 신속히, 대량으로 침투되면서 종종 혼란을 야기하였다. 굳이 조선어에 있는 개념을 억지스럽게 중국어로 표현하기도 하는데 일부는 조선어 어휘와 모순되었다. 이러한 상황 하에서 발생한 혼잡함은 다시 경계 긋기로 전환하게 된다. 1957년에 일부 조선족 지식인들은 '언어순결화'의 구호를 부르짖으며 혼랍스럽게 사용되는 중국어 어휘를 없애고 조선어의 우아함을 되찾을 것을 주장하였다. 공산당은 이 운동을 즉시 비판함과 동시에 그 구호에 지역민족주의라는 모자를 뒤집어 씌우게 된다. 당시의 지역민족주의란 소수민족이 국가와의 분열을 추구하는 경향을 말한다.[25] 김학철은 이 운동에 직접 참여하지 않았음에도 불구하고 불행하게도 비판대상으로 지목되었다. 한 평론은 김학철의 문학번역으로부터 일부 중국어의 조선어 번역법을 골라내었다. 예를 들면 '부녀회'를 '녀맹'으로 번역한 것 등이다. 평론자는 이러한 번역법에 대해 "이는 우리 조국 대가족 속에서 새로운 정치경제 운화환경에서 산생된 많은 새로운 언어를 달가워하지 않거나 언어 사용에서 공동성을 반대하고 분기를 조성하려는 것이 아니고 무엇이겠는가"[26]라고 비판하였다. 이러한 비판은 당시의 언어순결화운동에

25　'언어순결화운동'에 관련된 내용은 오양호, 『연변일보 50년사』, 연변인민출판사, 182~195쪽 참고. 중국의 지역민족주의 비판대상에는 조선족뿐만 아니라 50, 60년대의 많은 소수민족지역이 포함되었다. Colin Mackerra, *China's Minorities : Integration and Modernization in the Twentieth Century*, Hong Kong : Oxford University Press, 1994, pp.145~153 참고.

26　현남국, 「번역문학을 회상하여」, 『연변문학』 10, 1959, 54쪽.

대한 당국의 비판과 똑같은 것이었다. 『20세기 신화』에서 김학철은 언어순결화운동에 대해 미묘하지만 확고한 지지의사를 드러냈다. 노동수용소에 수감된 많은 인물들 가운데 활기존관이라는 별명을 가진 자가 있다. 이는 자치구의 신조어로 중국어 "活期存款"을 직역한 것이다. 소설 속 인물의 이러한 별명은은 한 차례의 학술회의에서 "'당좌예금'을 '활기존관活期存款'이라고 하고 '도매소'를 '비발부批發部'라고 하는 따위의 한어 직역들을 난용하는 것은 타당찮다"라고 한 발언으로부터 얻게 된 것이었다. 그 결과, 그와 그의 지지자들은 모두 "'사회주의 대가정의 언어의 통일을 파괴하려 시도한 것이니까' 반동집단"(33)으로 규정되었다. 작품에서 이 인물은 여러번 등장하며 상부에 제소신청을 제출하여 자신의 언어관을 변호한 결과 더욱 비참한 경지로 몰리게 된다. 김학철은 언어순결화운동 과정에서의 자신의 조우와 소설 속 '활기존관'이라는 인물 형상화에 대해 당시 언어순결화의 필요성 혹은 조선족의 언어와 한족의 언어 경계를 더욱 분명하게 강화할 필요성을 느꼈다고 밝혔다.

이러한 '언어순결화'에는 단지 언어경계를 다시 구획하려는 욕망뿐만 아니라 조선족의 언어적 신분을 본질화하려는 경향도 내포되어 있다. '순결'이라는 어휘 자체가 부분적인 조선족 지식인들의 마음 속 깊은 곳에 존재하는 일종의 순결하고 고유적이며 정통적이고 오염되지 않은 원상태이다. 설사 중국어와 조선어의 혼합을 인정하고 사용한다 하더라도 그들은 마음 속으로 늘 그러한 원상태의 언어가 존재한다고 믿는다. 김학철은 개인적으로 평생 동안 '정통'적인 조선어를 고집하였다. 김학철은 정통적인 서울말을 추앙하였는데 이는 그가 학생 시절에 사용했던 언어이자 최초로 문학을 접할 때 사용하였던 언어이다. 그가 가장 좋아하는 조선문학 작품은 바로 서울방언을 감칠맛나게 사용한 것으로 유명한 홍명희의 「임꺽정」이다. 중국에서 동란의 시대를 경험하는 동안에도 김학철은 여전히 서울말을 유지하고 있었으며 「임꺽정」을 몸에 지니고 다녔다. 반면 그는 중국 조선족이 사용하는 방언이 "전 세계를 무료하게 만든다"[27]며 늘 싫어하였다. 언어순결화운동에 대한 김학철의 지지는 언어에 대한 그의 이러한 집념과 서로 조응된다. 이산작가로서 김학철은 특정한 조선어 방언에 대한 인식과 이산집단의 조선어 사용에 대한 관심을 마음 속에 간직하고 있었다. 조선어는 형식에 따라 계가 있으며 이를 구분하는 기준은 이산자가 고향에서 사용하던 조선어에 어느 정도 접근하고 있는가에 있다. 따라서 김학철은 조선족 지식인에 합류하여 혼잡해져 가는 조선어와 중국어의 경계를 규명하면서 조선족집단의 언어적 신분을 민족집단의 고유성의 표현으로 본질화하기도 하였다.

이것이 곧 이 글이 제기한 소설 안팎의 언어 문제에 나타난 국경에서의 글쓰기의 삼원 과정이다. 물론 언어 문제에는 단지 언어뿐만 아니라 정치와 문화적인 암시가 동반되기도 한다. 한편 언어의 혼잡은 조선족과 같은 이민집단에 장기적으로 존재하는데 특히 어휘가 그러하다. 다른 한편 김학철을 포함한 조선족 지식인의 마음 속에는 명확한 경계가 존재하며 그들은 그 경계 안의 언어혼용만을 허용한다. 언어순결화를 지지하는 대부분의 사람들은 언어학의 시각에서 언어순결화의 합리성을 논증한다. 예컨대 의미의 정확성, 실용성(편리함), 미학성(우아함) 등이다. 그러나 필자는 그것이 정치적 안전을 고려한 주장이라고 생각한

---

27 이해영, 『청년 김학철과 그의 시대』, 영락출판, 2006, 221~224쪽.

다. 세계 각 지역의 언어순결화운동을 고찰한 만프레드 헤닝슨Manfred Henningse은 순결과 배제의 정치적 행위는 늘 "통치문화로부터 위협을 느낀 문화적 자아가 자신의 신분 인식과 정체성을 추구"하는 과정에서 나타난다고 밝혔다.[28] 라라 맥코니Lara Maconi 역시 언어 문제에 대한 티베트 지식인의 토론을 언급할 때 "언어와 관련된 교섭은 절대로 순수하고 객관적인 문제가 아니라 티베트문학과 문화생활 각 방면의 구체적인 사항에 대한 교섭자의 우려를 드러낸 것"이라고 밝혔다.[29] 조선족 지식인들에게 있어서 언어경계의 문제는 일종의 학술토론만을 의미하는 것이 아니다. 이는 그들이 한족의 영향을 어느 정도 받아야 조선족 문화가 위태롭지 않을 것인가를 의미하기도 한다. 중국의 집권자들은 언어와 관련된 소수민족의 선택을 민족분열의 경향이 있는가 없는가를 가늠하는 지표로 삼는다. 근본적으로 말하자면 언어 문제와 관련된 조선족의 선택은 그들의 사회와 문화생활 속에서 언제 경계를 초월하고 구획하며 또 언제 민족과 국가 간의 경계를 본질화하는가의 문제이다.

언어 문제에 표현된 방식은 김학철의 국경에서의 글쓰기에서 다르게 체현되기도 하였다. 그의 정치-문학세계 속에서도 이와 같은 삼원 과정의 방식을 찾아볼 수 있다. 김학철은 스스로 중국으로 넘어 왔고 전후의

---

28 Manfred Henningsen, "The Politics of Purity and Exclusion : Literary and Linguistic Movements of Political Empowerment in America, Africa, the South Pacific, and Europe", Björn H. Jernudd and Michale J. Shapiro(eds.), *The Politics of Language Purism*, Berlin : Mouton de Gruyter, 1989, pp.31~22.
29 Lara Maconi, "One Nation, Two Discourses : Tibetan New Era Literature and the Language Debate", Lauran R. Hartley and Patricia Schiaffini-Vendani(ed.), *Modern Tibetan Literautre and Social Change*, Durham, NC : Duke University Press, 2008, p.173.

중국에서 그는 늘 각자의 이질적인 공간을 포용할 수 있는 이상적인 사회주의 중국을 지향하였다. 이러한 이상적인 중국이라는 공간은 조선족의 언어와 문화를 그대로 수용하고 존중함과 동시에 그들을 완전히 국가의 복지시스템 속으로 수용하는 것이었다. 여기서 이 복지시스템은 그가 상상한 소련처럼 훌륭한 것이었다. 이 공간은 다층적인 그의 신분 인식의 각 층위를 종합한 것으로 부유하고 다양하며 인간적인 사회주의 천국이다. 아울러 이러한 이상적인 시각으로부터 출발하여 중국의 현실을 비판하고 많은 경계를 구획하고 강화하였다. 예컨대, 중국과 소련 간 및 한족과 조선족 간의 경계이다. 당시 중국과 소련은 모두 각자의 곤경에 직면해 있었고 공통적인 체제 문제도 안고 있었지만 김학철은 그중 한쪽에 본질적이고 태생적인 우월성을 부여한 한편, 다른 한쪽은 그의 절대적인 대립면으로 구획하였다. 조선어의 고유성에 대한 그의 고집은 곧 조선 언어문화를 본질화하고 이상적인 원형을 표현하려는 것이었다. 이는 김학철의 다층적인 다국적 신분 인식체계 속에 신분 인식의 매 층위마다 서로 다르지만 본질화된 모종의 국가 공간의 이미지가 존재한다는 것을 말해 준다. 김학철은 현실 속에서, 그리고 상상 속에서 서로 다른 공간을 넘나들면서 그 이미지들의 윤곽을 더욱 뚜렷하게 인식하여 그것을 자신의 문학 속에 각인시켰다.

반면 김학철의 국경초월 행위는 그가 이 이미지들을 본질화하기 전에 이루어진 것이라고 할 수는 없다. 오히려 본질화된, 이상적인 조국과 관련된 이미지들이 김학철로 하여금 매번 지리적 경계를 초월하게 하였다. 환언하자면 김학철의 본질화 경향을 그의 국경 초월의식이 아닌 국경 초월의 동력으로 볼 수 있다는 것이다. 김학철은 한반도의 식민현실과 도저히 타협할 수 없었기 때문에 고향을 떠나 중국에서 항일운동에 참가하였다. 또한 중국공산당의 노선을 굳게 믿었기 때문에 당에 가입하고 전후에 조선족자치구에 남았던 것이다. 1961년, 마오의 중국에 또다시 환멸을 느낀 그는 소련의 이데올로기를 본연의 것으로, 이상적인 것으로 간주하여 북경의 소련대사관에 찾아가 소련으로 정치적 망명을 하려고 한적도 있었다. 김학철은 더욱 좋고 더욱 진실하며 더욱 순결한 것을 영원히 추구하였다. 그는 마음 속의 정신적 경계를 결코 포기할 수 없었기 때문에 한 차례 또 한 차례 지리적 경계를 초월하였던 것이다. 그러나 그 결과는 늘 실망으로 돌아왔다. 이는 이러한 사회가 그들의 이상적인 약속을 실현할 수 없었다기 보다는 무정한 현실이 월경자 마음 속의 이상적 이미지와 영원히 조우할 수 없다고 보는 것이 더 타당하다.

4. 국민문학을 벗어난 국경문학

김학철은 동아시아 지역에서 거대한 영향력을 지닌 조선어 작가이다. 중국에서 그는 절대 타협하지 않는 투쟁정신과 암흑한 사회에 대한 거침없는 비판으로 인해 조선족 노신으로 추앙된다.[30] 하지만 그의 소설 『20세기 신화』는 지금까지도 중국에서 출판할 수 없다. 항일전쟁 및 해방 후의 중국 경험과 관련된 김학철의 자전적 소설은 식민과 탈식민 담론 속에서 생활한 작가들에 의해 창작된 작품과 현저히 다르다. 김윤식이

---

30 이와 비슷한 글은 『노신과 김학철』(김학철연구회, 연변인민출판사)의 제2부 '노신과 김학철'(167~566쪽)에 수록된 글 참고.

말한 바와 같이 김학철 소설의 소박함과 낙천성은 식민시대부터 탈식민
시대까지 이어진 한국 작품 속의 내성적이고 우울한 분위기와 선명한 대
조를 이룬다.[31] 이와 같은 다른 점으로 인해 한국의 많은 독자들은 김학
철을 이산작가의 영웅으로 추대하며 그의 존재를 통해 반도 식민문학의
수치심을 덜고자 하였다.

　다른 한편 김학철 문학은 독특한 특징으로 인해 한국문학사 기술에
자연스럽게 녹아들기 어렵다. 김학철의 작품은 신화와 이질 사이에서
현재 중국과 한국의 주류 평론보다 더욱 세밀하고 미묘한 평가를 받을
가치가 있다.

　이상으로 김학철의 정치소설『20세기의 신화』를 국경 소수민족문학
의 고찰 대상으로 삼아 작품 속 중국에 대한 비판을 핵심적으로 분석하
였다. 이 글은 국경의 시선으로부터 출발하여 김학철과 소련, 북한, 중국
간의 다층적이고 다국적인 신분 인식이 그로 하여금 과연 어떻게 중국
사회주의혁명의 전성 시기에 중국에 대해 창조적인 비판을 진행할 수 있
게 하였는지를 보여주고자 하였다. 그러한 의미에서 김학철의 국경에서
의 글쓰기는 50년대에 조선족 지식인이 제기한 '다조국론'의 신분 인식
구조 및 그 잠재적인 정치적 비판력을 보여준다고 할 수 있다. 이와 동
시에 다국적인 신분 인식은 작가로 하여금 중국현실의 복잡성과 전체성
을 충분히 인식하지 못하게 하였다. 그 비판은 주로 중국을 현실조국으
로 간주하였고, 주요 비판대상은 개인의 생존 조건과 언론자유를 무시
하는 사회주의혁명이었다. 현실조국을 가늠하는 그의 표준은 소련이라

31　김윤식,「항일 빨치산 문학의 기원－김학철론」, 김학철연구회 편,『조선 의용군 최후의
　　분대장 김학철』II, 연변인민출판사, 2007, 143~186쪽.

는 이데올로기 조국에 대한 이상적인 인식을 토대로 삼았다. 이로부터 마오의 중국은 사회주의와 공산주의 노선에서 벗어나 이미 파시즘화되었다는 결론에 도달하였다. 마지막으로 이 글은 김학철의 소설을 대상으로 국경에서의 글쓰기와 관련된 혼잡, 경계 긋기, 본질화의 삼원 과정에 대해 분석하였다.

김학철이 사회주의 중국집권하의 반항자이자 순도자라는 사실은 더이상 의심의 여지가 없다. 그런 점에서 김학철은 예자오신이 불만을 토로했던 전후 중국문학사의 어색한 공백을 채웠다고 할 수 있다. 김학철에 대한 이 글의 고찰은 결코 그의 작품 성취와 의의에 대해 질문을 던지고자 한 것이 아니다. 오히려 냉전세계의 집권담론하에서 국경에 처한 소수민족 작가가 얼마나 멀리 갈 수 있는지, 또한 어떠한 한계와 어려움에 부딪칠 수 밖에 없는지를 보여주고자 하였다.

인양引揚—일본으로의 이동

가해와 피해의식을 중심으로

하타노 세쓰코

1. 대일본제국의 붕괴와 이동의 시작

1945년 8월 일본이 패전함으로서 대일본제국과 그 점령지에서 사람들의 이동이 시작되었다. 해외에 있던 일본인들은 일본을 향하고 일본에 있던 식민지 출신 사람들은 자기 나라를 향하여 제국 각지에서 여러 방향을 향한 이동을 시작하였다. 다음해 2월까지 156만 명의 조선인, 5만 명의 중국인, 3만 명의 대만인이 일본을 떠나 고국으로 돌아갔다.[1] 만주에서는 80만 명의 조선인이 한반도로 귀환하고 130만 명이 잔류·정착했다고 한다.[2] 일본과 중국에서 한반도에 귀환한 조선 사람이 합해서 230만 명 이상이 된다. 반도에서 대륙으로, 대륙과 동남아에서 대만으

---

1 厚生省 編, 『引揚げと援護三十年の歩み』, ぎょうせい, 1978, p.151.
2 田中隆一, 「朝鮮人の満洲移住」, 蘭信三 編, 『日本帝国をめぐる人口移動の国際社会学』, 不二出版, 2008, p.185

로, 남양군도에서 오키나와로, 이 외에도 여러 지역에서 여러 목적지를 향하여 이동이 일어났고 동시에 잔류가 발생하였다.

일본에서는 일본인이 일본을 향하는 이동을 '인양'이라고 부른다.[3] 1945년 8월에 일본인이 거주하고 있던 대동아공영권 지역은 한반도, 대만, 남양군도, 만주, 중국대륙의 점령지, 사할린·쿠릴 열도, 동남아, 필리핀, 인도네시아, 뉴질랜드, 호주 등 광범위에 미쳤고, 그 수는 병사와 민간인을 합해서 660만 명이었다.[4] 그 가운데 93퍼센트에 해당하는 614만 명이 3년 후인 1948년 말까지 일본열도로 돌아갔다.[5] 당시 일본의 인구가 7,100만 명이므로 전체 인구의 1할 가까이가 인양해 왔던 것이다.[6] 인양은 그후에도 단속적으로 계속되었다.[7]

인양의 진행 상황은 막 시작된 냉전체제의 영향을 받게 되었다. 미국에 점령된 한반도 남부와 남양군도 그리고 중국 국민정부에 반환된 대만에서는 인양 작업이 순조롭게 진행되었지만 소련에 점령된 만주와 한반도 북부와 사할린에서는 이동이 금지되었다. 한반도 북부에 있던 사람들은 거기서 겨울을 넘기지 않을 수 없게 되었다. 만주에서 한반도를 거쳐 일본을 향한 사람들도 거기에 막혀서 일부는 중국에 돌아가 호로도葫

3　군인과 군속의 귀향은 '복원'이고 민간인의 귀향은 '인양'이지만 일괄하여 '인양'이라고 부르기도 한다. 이 글에서는 일괄하여 '인양'이라고 한다.

4　『引揚げと援護三十年の歩み』, 20쪽

5　『引揚げと援護三十年の歩み』, 689쪽 표로 계산

6　이와 관련해서 독일 패전후 독일로 귀향한 사람의 수는 1년 5개월로 1,350만 명이 되었다고 한다. 若槻泰雄, 『戦後引揚げの記録』, 時事通信社, 1991, p.359.

7　1949년 국민정부의 패배 때문에 인양작업은 중단되었다. 1953년부터 다시 시작한 후기 집단인양에 대해서는 大澤武司, 「「ヒト」の移動と国家の論理」, 『1945年の歴史認識』, 東京大学出版会, 2009 참조. 일중국교가 회복한 후에는 잔류된 사람들과 고아들의 귀국이 시작된다.

蘆島(일본인들을 인양시키는 배가 떠난 항구도시)를 거쳐 일본으로 향하고, 일부는 3·8선을 걸어서 넘었다. 소련의 포로가 되어 시베리아에서 강제노동을 한 병사들과 소련 국경에 가까운 만주에 있던 만몽개척단 사람들, 그리고 한반도 북부에서 겨울을 넘겼던 사람들 가운데 적지 않은 희생자가 생겨서 일본인의 인양에 대한 기억에 큰 흔적을 남겼다.

이 글에서는 패전 후 일본에서 쓰여진 인양 체험기와 인양을 주제로 한 소설을 연대순으로 보아가면서 거기에 나타난 가해와 피해의식의 변화에 대해서 생각하고자 한다.

2. 체험기에 나타난 '인양'

1950년 전후 일본에서는 인양을 체험한 사람이 쓴 글이 많이 간행되었다. 거기에 생생하게 그려진 동사凍死, 아사餓死, 강간, 집단자살 같은 것이 사람들에게 충격을 주어 인양의 비참함이 세상에 알려지게 되었다.[8] 그리고 '인양'은 '원폭'과 '공습'으로 받은 전쟁피해와 결부되어 냉전체제하에서 근린 관계국 사람들의 검증을 받지 않은 채 피해의식으로 온존되었다.

나리타 류이치成田龍一는 '인양'을 역사학 입장으로 분석한 논문에서 인

---

8   『秘録大東亜戦史』全12巻, 富士書苑, 1953; 森文子『脱出行』1948, 開顕社(1983国書刊行会再刊)등이 그 예다. 개인적인 이야기지만 필자는 어렸을 때 집에 있던 『秘録大東亜戦史』를 읽고 집단자결의 묘사에 충격을 받아서 오랫동안 '인양 공포증'에서 벗어나지 못했다.

양자에게는 식민자로서 현지에 나가는 행위가 먼저 있어야 하는데 인양을 논할 때에는 그 왕환往還의 '환'밖에 다루어지지 않는 경우가 많다고 지적한다.[9] 나리타는 이 논문에서 후지와라 테이藤原てい(1918~2016)의 체험기『흐르는 별은 살아있다流れる星は生きている』를 분석했다.[10] 이 체험기는 1949년에 출판되어 베스트셀러가 되었고, 그 해에 영화화되면서 일본인의 기억 형성에 큰 영향을 주었다. 후지와라는 1943년에 기상대에 근무하는 남편을 따라 신경(장춘)에 갔다. 2년 후에 패전을 맞이하여 남하하는 도중 북한의 선천宣川에서 남편이 소련군에 의해 연행되어 세 아이와 함께 거기서 월동한 뒤 여름에 3·8선을 넘었다. 이 작품에는 가족을 위해서 살아남으려고 하는 어머니의 필사적인 행동이 묘사되어 박진감 있지만, 작가의 시야에는 가족과 주의에 있는 일본 사람들에만 한정되어 자기가 왜 거기에 있는가라는 물음도 집단 밖에서는 무슨 일이 일어나고 있는가라는 의문도 보이지 않는다. 그 후 후지와라는 이 작품을 몇 번이나 개작하고 별도로 인양 회상기를 쓰기도 했지만[11] 그의 의식은 그다지 변화하지 않았다. 그녀가 처음으로 식민자였다는 자각을 문장화한 것은 1986년에 북한을 방문한 뒤였다.[12] 북한의 초청을 받아서 간 이 여행에서 그녀는 현지 사람에게 당시의 경험담을 듣고 또 그 자신도 역사 공부를 했다. 무엇보다도 이 시기가 되면 일본과 근린제국과의 관계가 깊어지면서 일본인이 피해의식만 갖고 있을 수 없게 되었다는 것

9   成田龍一,「「引揚げ」に関する序章」,『思想』955, 2003.11, p.150.
10 藤原てい,『流れる星は生きている』, 日比谷出版社, 1949.
11 藤原てい,『旅路』, 読売新聞社, 1981.
12 그는 "일본의 오랜 압정 시대의 원한도 북조선 사람들 마음 깊이 남아 있을 것이다"라고
    썼다.「北朝鮮紀行-'流れる星'の跡を訪ねて」,『家族』, 読売新聞社, 1987, p.96.

도 또 하나의 이유일 것이다.

후지와라가 북한을 방문한 1986년에 미국에서 출판되어 그 10년 후에 일본과 한국에서 화제가 된 인양 체험기가 있다. 어머니와 언니와 셋이서 나남羅南에서 인양해 온 요코 카와시마(1933~)의 *So Far from the Bamboo Grove*(Harper Collins, 2008)이다. 이 책은 미국에서 청소년 우수도서로 지정되었는데 2006년, 재미한국인 부모가 이것을 읽고 지정을 취소하라는 운동을 일으켰다. 일본이 한국을 식민지화했다는 전제가 쓰여져 있지 않다는 것, 그리고 조선인이 일본 여성을 강간하는 장면이 청소년에게 나쁜 영향을 준다는 것이 그 이유였다. 사건이 화제가 된 후 이 책은 일본어로 번역되어 간행되었다.[13] 그 후기에서 카와시마는 자기가 이 책을 쓴 것은 고통스러운 체험을 세상에 알리고 평화을 기원할 의도에서였다고 했지만 일본의 가해성에 대해서는 언급하지 않았다.

작가의 시점만으로 쓰는 것을 가능하게 만드는 체험기라는 양식은 주관적인 기술이 될 위험이 있다. 일본에서는 전후 방대한 양의 인양 체험기가 쓰여졌다. 특히 80년대 이후에는 '자기 역사'를 책으로 출판하는 것이 유행이 되어 인양 경험이 있는 많은 사람들이 자손을 위해 기록을 남겼다. 그것들은 역사 자료로 후세에 남겠지만 이 위험성에 유의할 필요가 있다.

---

13 『竹林はるか遠く－日本人少女ヨーコの戦争体験記』, ハート出版, 2013.

3. 소설에 나타난 '인양'

체험기도 소설도 창작임에는 변함이 없다. 그러나 '자기'를 등장인물
에 반영시키고 안과 밖에서 객관적으로 그려내는 소설은 체험기와는 달
리 여러 요소를 가지게 마련이다. 실은 후지와라는 체험기를 쓰기 전에
소설을 썼다. 귀국 후 심신의 고통 속에서 그녀는 우선 기억을 더듬어 일
기를 써 나갔지만 그것에 만족하지 못해서 그 다음에 소설을 썼다고 한다.
그러나 그것이 '남의 일'로밖에 보이지 않았기 때문에 세 번째 붓을 잡고
'늘 자기를 중심에 놓고 그 비참한 생활의 기록을 더듬어 갔'는데 그것이
바로 『흐르는 별은 살아 있다』이다.[14] '남의 일'로 보였다는 것은 실감이
깃들지 않는 가짜로 느꼈다는 뜻일 것이다. 후지와라는 이런 시행착오를
한 결과 철저히 '자기를 중심에 놓고' 쓰는 체험기라는 양식을 선택한 것
이다. 아마 이 양식이 그녀의 성격에 맞았을 것이리라. 『흐르는 별은 살아
있다』가 큰 인기를 얻은 덕분에 소설도 『회색의 언덕灰色の丘』이라는 제목
으로 다음 해 간행되었지만 주목받지 못한 채 잊혀졌다.[15] 처음 쓴 소설인
만큼 기교는 서투르지만 이 소설들은 여러가지 가능성을 느끼게 한다.[16]

---

14 「후기」, 『流れる星は生きている』, 日比谷出版社, 1949, pp.316~317.

15 藤原てい, 『灰色の丘』, 宝文社, 1950. 중편 「회색의 언덕」과 「기저귀(襁褓)」, 「38선의
   밤(三十八度線の夜)」, 「옷(着物)」 등 세 편의 단편이 수록되어 있다. 「회색의 언덕」은
   보안대 남자들과의 교제로 상처받고 발광하여 자살하는 일본인 여성, 「기저귀」는 인양
   선 안에서 기저귀를 훔치는 여성, 「38선의 밤」은 보안대를 탈주하는 남자와 함께 38선
   을 넘는 여성, 「옷」은 남편이 아니라 전사한 애인을 위해 기념의 옷을 지키는 여성이
   각각 주인공이다. 서두에 있는 시에 의하면 작자가 38선 북쪽에 있었을 때 본 여성들의
   '슬픈 군상'을 그린 것이지만 「기저귀」만은 작자 자신을 모델로 삼고 있다.

16 「회색의 언덕」에 대해서는 다음 논문이 있다. 成田龍一, 「忘れられた小説『灰色の丘』の
   こと」, 中野敏男他 編著, 『継続する植民地主義』, 青弓社, 2005, pp.213~223; 金艾琳,

그러나 체험기와 마찬가지로 가해의식은 보이지 않는다.

뜻밖에도 소설의 재능을 발휘한 것은 후지와라의 남편이었다. 그는 후일 닛타 지로新田次郎(1912~1980)라는 필명으로 후지와라보다도 유명한 작가가 되었다. 선천에 처자를 남기고 소련군에 의해 연행된 닛타는 연길延吉에서 풀려나와 월동했다. 그가 이 때 목숨을 구할 수 있었던 것은 그가 가진 무선 기술 덕분이었지만 역설적으로 그 기술 때문에 그는 중공군과 국민정부군에 유용留用(기술을 가진 사람을 돌려보내지 않고 잡아두고 일을 시키는 것)될 위험에 시달렸으며 처참한 경험 끝에 호로도葫蘆島에서 인양되었다. 그 경험을 글로 쓰려고 할 때마다 악몽을 꾸었기 때문에 『망향望郷』(1965)이라는 인양소설을 쓰기까지 20년이나 걸렸다고 한다.[17] 그는 원래 기상대에 근무하던 기술자여서 산악을 무대로 한 소설을 많이 썼다. 이미 나오키상을 수상한 중견작가였던 그는 이 소설에서 중공군이나 조선족 사람들과의 교류를 통해 일본이 가해자였던 사실과 함께 인양자들이 소련과 중국과 조선 사람들한테 받은 피해도 냉정한 필치로 그리고 있다.

『망향』이 나온 지 4년 후인 1969년에 아쿠타가와상을 받은 키요오카 타카유키清岡卓行(1922~2006)의 「아카시아의 대련アカシアの大連」은 자기도취가 심한 소설이다. 만철 본사의 토목기사의 아들로 대련에서 태어난 키요오카는 동경대학 불문과에 재학중이던 1945년 봄에 휴학을 하고 대련으로 돌아와 패전을 맞이하였다. 대련에는 7월에 일본 내지에서 막 데

「縦断した者・横断したテクスト－藤原ていの引揚げ叙事・その生産と受容の精神誌」, 権赫泰・車承棋 編, 『'戦後'の誕生－戦後日本と「朝鮮」の境界』, 新泉社, 2017; 末益智広, 「藤原てい『流れる星は生きている』, 『灰色の丘』をめぐる引揚げの記憶」, 千葉大学大学院人文公共学府研究project報告書330, 2018, pp.20~44.

17 　新田次郎, 『望郷』, 新潮文庫, 1977, pp.267.

리고 온 수천 명의 소년공들이 있었고 9월에는 만주의 개척촌에 살던 사람들이 난민이 되어 떼를 지어 밀려들었다. 살아있는 시체 같은 그들의 모습을 본 대련의 일본 시민들은 충격을 받고 그들의 목숨을 구하기 위한 구원 활동을 시작했는데 현지의 일본인 부유층은 자금 원조에 냉담했다고 한다.[18] 키요오카는 야구소년이었던 어린 시절의 추억이 깨질까 두려워 난민구제기금 모집을 위한 야구대회에 가지 않았다고 하니까[19] 이 도시의 현실을 외면하고 있던 것 같다. 팔 것이 많았던 그의 집은 궁핍하지 않았고 인양선이 나갔을 때 친척의 유용을 핑계로 대련에 남은 것도 아직 팔 만한 것이 집에 있었기 때문이었다고 한다. 그는 거기서 만난 일본 여성과 결혼해서 1948년 '인양선으로의 이상한 신혼여행'을 하면서 귀국했다. 그 아내가 죽은 후 그녀를 추모하여 쓴 「아카시아의 대련」은 대련에 대한 노스탤지어로 넘쳐 있다. 프랑스문학을 전공했다는 점, 시인이었다는 점, 자산가의 아들이었다는 점 등, 키요오카는 대만에서 인양된 뒤에도 대만에 대한 향수를 계속 글로 쓴 니시카와 미쓰루西川滿(1908~1999)와 공통점이 많다. 그의 소설은 문학적이지만 대련에 대한 찬미는 어디까지나 식민자가 만든 예술적인 도시에 대한 찬미이지 같은 공간에 있었던 현지 사람들에게는 다르게 보였을지도 모른다는 점에 대한 상상력이 결여되어 있다. 이 소설이 아쿠타가와상을 수상할 수 있었던 것은 일본인의 의식에서 제국의 식민자였다는 자각이 마비되어 있던 고도성장기인 1960년대였기 때문이리라. 중국과의 국교가 회복되고, 거기에 남겨진 사람들과 고아들의 존재가 알려지며 '인양'의 비참함이 일본인의 뇌리에

---

18 石堂清倫, 『大連の日本人引揚の記録』, 青木書店, 1997, pp.23~25・63~70.
19 清岡卓行, 『アカシアの大連』, 講談社文芸文庫, 1988, p.155.

다시 부상한 70년대 이후였다면 이 소설의 수상은 어려웠을 것이다.

식민자의 가해의식을 가장 먼저 그리고 선명하게 드러낸 문학자는 봉천(심양)에서 인양된 아베 고보安部公房(1924~1993)이다. 그의 부친은 봉천에 있던 만주의과대학의 연구자였다. 중학을 졸업한 뒤 동경에 간 아베는 1943년 동경대학 의학부에 진학한 무렵 창작을 시작한다. 1944년 말 가족을 걱정해서 봉천에 돌아갔는데 패전의 혼란 속에서 부친을 발진티푸스로 잃고 1946년 가을에 호로도에서 인양되었다. 1948년 그는 만주를 무대로 한「끝없는 서장終わりなき序章」으로 등단하여 1951년에 아쿠타가와상을 수상한다. 그리고 1954년에 발표한「변형의 기억変形の記録」에서 정면으로 전쟁 가해의 문제를 다루었다.[20] 이 소설의 주인공인 병사는 장교들과의 관계에서는 피해자이지만 집단학살된 만주의 농민들 앞에서는 가해자의 일원으로 책임을 지게 된다. 아베는 자기들이 중국의 '침략이민'이자 '식민지의 지배민족'[21]이었다는 명백한 가해의식을 가지고 있었다. 그 무렵 쓴 수필에 그는 이렇게 썼다.

나의 아버지는 개인적으로는 평화로운 시민이었다. 그러나 일본인 전체는 무장한 **침략**이민이었다. 아마 그 때문에 우리들은 봉천을 고향이라고 부를 자격을 가지지 못하는 것이다.[22] (강조는 인용자)

20 이것에 대해서는 다음 논문을 참조. 坂堅太,『安部公房と「日本」植民地/占領経験とナショナリズム』, 和泉書院, 2016, 第2章 主観的被害者か, 客観的加害者か─「変形の記録」における死人形象と戦争責任論.

21 安部公房,「瀋陽十七年」(『旅』, 1954.2),『安部公房全集』4, 1997, p.87.

22 安部公房,「奉天─あの山あの川」(『日本経済新聞』, 1955.1.6),『安部公房全集』4, 新潮社, 1997, p.484

1957년에 발표한 「짐승들은 고향을 향한다けものたちは故郷をめざす」의 주인공 소년은 만주에서 혼자 인양하려 하지만 언제까지나 일본에 다다르질 못한다. 아마 일본에 돌아온 아베도 그런 감각을 가졌던 것이 아닐까. '인양'은 아베 예술의 출발점이었다. 그후 그는 많은 소설을 쓰는 한편 희곡, 연극, 영화 등에서 다채로운 재능을 발휘하여 일본에서 노벨상에 가장 가까운 작가로 여겨졌으나 1993년 병으로 돌연히 타계했다.

경상남도 진주에서 농림학교 교사의 아들로 태어난 코바야시 마사루小林勝(1927~1971)는 가해의식에 극도로 민감한 작가였다. 그는 대구에서 소학교와 중학교를 마치고 1944년 육군사관학교에 입학한 뒤 패전을 맞이하였다. 그 후 공산당의 당원이 된 그는 1952년 한국전쟁 반대투쟁에서 화염병을 던지고 현행범으로 체포되었다. 장편『단층지대斷層地帯』(1958)에서 주인공의 입을 빌려 그 행동의 이유를 '조선에 대한 부채감'이라고 쓰고 있다.

다만 그는 자기 행동을 걸 만한 충분한 이유를 자기 자신 속에 간직하고 있었다. 복원(復員)했을 때부터 계속 마음에 질질 끌어온 일본인으로서의 조선에 대한 부채감이고 그 부채감을 없애기 위해 취해야 할 하나의 작은, 그러나 다분히 위험한 행동이었다.[23]

재판투쟁을 하는 한편 창작을 시작한 고바야시는 병마와 싸우면서 43세로 죽을 때까지 일관되게 식민지 조선을 무대로 한 작품을 썼다. 식민

---

23 『斷層地帯』,『小林勝作品集』2, 白川書院, 1975, p.47.

자임을 부끄럽게 느낀 유년의 기억을 말하는 「포드1927년フォード1927年」 (1956), 존경하던 신임교사가 실은 조선인이었다는 사실을 알고 그를 모욕하여 내쫓는 중학생들을 그린 「일본인 중학교日本人中学校」(1957), 3·1 운동 때 봉기한 조선민중에 대한 공포 때문에 자기도 모르게 엽총을 쏘고 식민자로의 본성을 드러내는 재조일본인 이야기 「조선·메이지52년朝鮮·明治52年」(1971) 등이다.[24] 그가 마지막에 쓴 수필의 제목은 「'그립다'고 말하면 안 된다'懐しい'と言ってはならぬ」(1971)로, 조선에 대한 향수를 자기 자신에게 금한 말이었다.[25]

1972년 일본과 중국의 국교가 회복된다. 그 전 년도에 혼다 카쓰이치本多勝一(1932)의 르포르타주 『중국 여행』이 『아사히신문』에 연재되어 일본인이 중국에서 행한 만행이 알려지면서 전쟁 피해의식에 갇혀 있던 독자들에게 충격을 주었다. 그해 8월에 월간지 『우시오潮』가 "일본인의 침략과 인양 체험"이라는 특집을 실었는데 그 표제가 말해주듯 인양 비극의 원인은 침략이라는 가해의식을 전면에 내세웠다. 이러한 상황은 미국의 베트남전쟁에 협력하는 것은 가해 행위라는 당시 반전운동의 주장과 연동하고 있었다.

이 무렵부터 소년기에 인양을 경험한 작가들의 활약이 눈에 뜨기 시작되어 『문학계』는 1975년 4월호에 "이방인 감각과 문학"이라는 제목으로 평양에서 인양된 이쓰키 히로유키五木寛之(1932~)와 경성에서 인양된

---

24 「포드 1927년」과 「일본인 중학교」는 상기 작품집 1에, 「조선·메이지52년」은 작품집 5에 수록되어 있다. 1927년은 작자가 태어난 해이고 메이지 52년은 3·1운동이 일어난 1919년을 메이지로 환산한 해이다.
25 小林勝, 「「懐しい」と言ってはならぬ」, 『朝鮮文学』 11, 新興書房, 1971, pp.21~25.

히노 케이조日野啓三(1929~2002) 두 작가의 대담을 실었다. 대담에서 이쓰키는 식민지에서 자란 사람이 일본에서 가지게 되는 위화감에 대해 말하며 자기와 같이 식민자의 아이였던 작가 카뮈Albert Camus(1913~1960)는 알제리와 프랑스 양쪽에서 거절당한 감각을 가졌을 것이라고 하면서 그의 작품 「이방인」을 '인양문학'이라고 불렀다. 이쓰키의 나오키상 수상작 「창백한 말을 보라蒼ざめた馬を見よ」(1967)는 어떤 저널리스트가 냉전의 음모에 말려들어 자기도 모르는 사이에 서방 조직에 이용당하는 이야기인데 이 소설에는 스토리와 전혀 관계없이 플래시백처럼 직자의 평양에서의 경험이 삽입된다. 이 무렵 그는 "체험을 직접 쓰지 않아도 우리가 쓰는 것 어딘가에 그 후유증이 그림자처럼 숨어 있다. (…중략…) 인양을 소재로 한 작품을 하나도 쓰지 않아도 모든 작품에 그 체험이 내재한다"고 했다.[26] '그 체험'을 그가 회상 형식으로 문장화할 수 있었던 것은 2002년의 일이고 그의 나이 70세였다.[27] 그도 역시 '인양'을 창작의 원점으로 삼은 작가였다.

월간지 『제군諸君』은 1979년 7월호에 "일본의 '카뮈'들－'인양 체험에서 작가는 태어났다"는 제목으로 이쓰키와 히노를 비롯해 소년기에 인양을 체험한 16명의 표현자들에게 인터뷰한 기사를 게재했다.[28] 이것을 기

---

26 五木寛之, 「長い旅への始まり－外地引揚者の発想」, 『毎日新聞』, 1969.1.22.

27 「五十七年目の夏に」, 『運命の足音』, 幻冬舎, 2002.

28 인터뷰를 받은 사람은 이쓰키와 히노 이외에 작가인 고토 메이세이(後藤明生, 1932~1999), 사와치 히사에(澤地久枝, 1930~), 미키 타카시(三木卓, 1935~), 오오야부 하루히코(大藪春彦, 1935~1996), 이쿠지마 지로(生島治郎, 1933~2003), 시인인 아마자와 타이지로(天沢退二郎, 1936~), 판화가인 이케다 마스오(池田満寿夫, 1934~1997), 평론가인 오자키 호쓰키(尾崎秀樹, 1928~1999), 영화감독인 야마다 요지(山田洋二, 1931~), 후지타 토시야(藤田敏八, 1932~1997), 극작가인 벳차쿠 미노루(別役実, 1937~), 야마자키 마사카즈(山崎正和, 1934~), 만화가인 아카쓰카 후지오(赤塚不

획한 사람은 경성에서 태어난 평론가 혼다 야스하루本田靖春(1933~2004)
인데 그는 이렇게 쓰고 있다.

일본인이면서도 일본인이 아니다. 그런 느낌은 일본에서 자란 일본인들
은 이해할 수 없을 것이다. 나는 나 자신을 밖에 놓고 '일본인'을 보고 있다
는 걸 문득문득 느낀다. 그 눈은 외국인의 눈은 아니지만 나는 내가 이 나
라 사람들과 상당히 다르다는 인식을 떨쳐버릴 수가 없다.[29]

'인양파 작가라고 불리는 사람들'의 글에는 '공통의 냄새'가 난다고
혼다는 말한다.[30] 인터뷰에서 드러난 그들의 공통점은 '집단에 대한 적
응부전' 의식과 '타관 사람' 의식 그리고 태어난 고향을 상실했다는 감각
과 동시에 가해자인 자기에게는 고향을 그리워할 권리가 없다고 생각하
는 점들이었다.

1980년대에 접어들면서 중국이나 한국을 비롯한 아시아 여러 나라가
경제 발전을 배경으로 발언권이 강해져 일본인이 피해자의식에 빠져 있
는 것을 허용하지 않게 되었다. 소설도 그 풍조를 반영한다.

길림의 만철 사택에 살고 있던 사와치 히사에澤地久枝(1930~)는 열네
살 때 패전을 맞이하였다. 왜 신풍이 불지 않는가 하고 생각할 정도로 군
국소녀였던 그녀는 그 뒤 강간의 공포에 떨어야 했다. 그 때 그녀는 천황
이 전쟁의 책임을 지고 벌을 받게 될 거라고 생각했다고 한다. 만몽개척

二夫, 1935~2008), 영문학자인 오다지마 유우시(小田島雄志, 1930)이다.
29 『諸君』, 1979.7, p.199.
30 위의 책, p.200.

단 소년들의 비참한 모습을 보았을 때는 그들에게 청소년의용군에 가라고 권한 '개척의 아버지' 가토 간지加藤完治(1884~1967)가 책임을 지고 자결할 거라고 생각했지만 천황도 가토도 책임을 지지 않았다.[31] 논픽션 작가가 된 사와치는 1982년『또 하나의 만주』로 일본인들이 '토비'나 '공산비'로 부르던 게릴라 양청우楊靖宇를 포커스함으로서 당시 만주에 살던 일본인들에게는 보이지 않았던 반만항일투쟁을 명시화했다. '후기'에서 그녀는 "패전 1년 후에 일본으로 돌아와 조국의 생활에 계속 위화감을 가진 자기자신"에 내해 사부심을 느낀다면서 반만항일투쟁과 전사들의 존재를 그리는 것으로 만주에 대한 향수를 확인했다고 썼다.[32]

이미 중견작가였던 미야오 토미코宮尾登美子(1926~2014)가 자신의 인양 경험을 소설화한 장편『주하朱夏』[33]를 발표한 것은 1985년의 일이다. 1945년 4월 젖먹이를 안은 18세의 엄마 아야코가 고치현高知県의 농촌마을을 떠나 만몽개척단의 학교 교사 아내로 만주 음마하飮馬河에 갔을 때부터 다음해 9월 고향에 돌아올 때까지 1년 반에 걸친 경험을 쓴『주하』는 미야오 자신의 성장소설이기도 하다. 방자하고 사치스럽고 세상 물정에 어두웠던 아야코가 패전 후의 가혹한 체험 속에서 많은 것에 눈을 떠 간다. 개척단 근처의 마을 사람들에게 습격당할지도 모른다는 불안 속에서 아야코는 신경역에서 본 광경을 생각낸다. 경관에 구타당한 만주인이 코피를 흘리면서 일본어로 "우리가 쌀을 먹으면 왜 벌을 받아야 돼!" 하고 외치고 있던 광경이다. 쌀은 일본인에게만 배급되었고 만

---

31 위의 책, p.164쪽. 가토 간지는 자결하지 않고 그 후 교육가로 복귀했다.
32 澤地久枝,『もうひとつの満洲』, 文春文庫, 1986. 초판은 文藝春秋社刊, 1982.
33 『朱夏』. 集英社, 1985.

주인에게는 수수, 백계 러시아인에게는 밀가루로 정해져 있었는데 그때 아야코는 그것이 당연하다고 생각했었던 것이다. 만주에 온 뒤의 자기 행동을 차례차례 떠올리면서 아야코는 자기가 이 땅에서 억압자였다는 사실을 깨닫게 된다.[34]

　1990년대 냉전체제가 끝나고 글로벌시대가 도래한다. 사람들의 접촉이 직접적으로 또한 인터넷 등의 보급과 함께 간접적으로 잦아지면서 일본사람들은 자기들이 가지는 과거의 기억과 이웃 여러 나라들의 기억이 다르다는 사실에 직면했다. 전후 미국 중심의 냉전체제 속에서 근린제국들이 국내 사정에 쫓겨서 일본의 책임을 추궁하지 않은 사이 일본인들은 과거를 망각해 왔다. 그 가운데 인양 체험을 창작의 원점으로 삼는 작가들은 일본의 '이방인'이 되어 위화감을 계속 가져 왔다. 그러나 1990년대에는 그들은 나름대로 '인양'의 작품화를 마치고 퇴장을 시작하고 있었다. 세기가 바뀌고 그들 세대의 완전한 퇴장과 함께 '인양문학'은 마지막 시기를 맞이하고 있다.

4. 연구 대상으로서의 '인양문학'

　체험기와 소설 창작은 인양세대의 소멸과 함께 끝나가고 있지만 인양에 대한 연구는 그렇지 않다. 사회과학 분야에서는 냉전체제가 무너져 자료가 해금되거나 인양 연구가 '반공'으로 간주되지 않게 되는 등 연구

34　宮尾登美子.『朱夏』. 新潮文庫, 2000, p.261.

환경이 좋아져서 오히려 연구가 활성화하고 있다. 요컨대 인양사업이 신속하게 이루어진 것이 중국의 국공내전과 미소냉전이라는 국제정치와 밀접한 관계가 있었음을 밝힌 연구,[35] '가해자'이면서도 '피해자'였던 식민자/인양 체험자가 피해자로서 기억되어 공적인 기억체계에 편입된 과정을 밝힌 연구,[36] 그리고 인양자와 잔류자 즉 재일 조선인이 전후 일본사회에 포섭/배제된 양상을 밝히면서 중국에서 귀국한 사람들과 재일 조선인을 지원하는 운동이 다문화공생으로 전개되어 가는 양상을 고찰한 사회학에서의 접근[37]등 새로운 시섬을 가진 연구가 활발하게 이루어지고 있다.

문학에서는 최근 박유하의 『인양문학론서설』[38]이 화제가 되고 사카 켄타의 아베 고보 연구,[39] 하라 유스케의 코바야시 마사루 연구,[40] 이즈미 쓰카사의 니시카와 미쓰루 연구[41]등 젊은 연구자들이 활약하고 있다. 현재 인양문학은 일본문학의 지류에 머무르고 있지만 앞으로는 다른 학문 영역과 연계하면서 그 중요성이 더욱 높아질 것이라고 생각한다. 특히 필요한 것은 인접한 지역의 이동문학과의 비교일 것이다. 대일본제

---

35 加藤陽子, 「敗者の帰還－中国からの復員・引揚問題の展開」, 『国際政治』 No.109, 1995;加藤聖文, 「日本帝国の崩壊と残留日本人引揚問題」, 増田弘 編著, 『大日本帝国の崩壊と引揚・復員』, 慶應義塾大学出版会, 2012.

36 浅野豊美, 「折りたたまれた帝国－戦後日本における「引揚」の記憶と戦後的価値」, 『記憶としてのパールハーバー』, ミネルヴァ書房, 2004.

37 蘭信三, 「戦後日本をめぐるポストコロニアルなひとの移動と「多文化共生」」, 『移民研究と多文化共生』, お茶の水書房, 2011.

38 『引揚げ文学論序説』, 人文書院, 2016.

39 『安部公房と「日本」－植民地/占領経験とナショナリズム』, 和泉書院, 2016.

40 『禁じられた郷愁－小林勝の戦後文学と朝鮮』, 新幹社, 2019.

41 「引揚げ後の植民地文学－1940年代後半の西川満を中心に」, 『藝文研究』vol.94, 慶應義塾大学藝文学会, 2008, pp.63~81.

국이 붕괴된 뒤 같은 공간에서 같은 시간에 일어난 것이 다른 시점과 다른 언어로 소설화되어 있다. 요컨대 한국에서는 염상섭, 안회남, 허준 등의 '귀향소설'이 있다. 그것들과의 비교 연구는 중요한 작업이다.

어린 시절에 패전과 '인양'을 경험한 소년/소녀들은 전후 일본에 대해 아웃사이더 감각을 가지게 되었다. 한편 한국과 대만에서 어릴 때 황민화 교육을 받고 일본어를 혈육화시킨 세대는 해방 후에 한국어와 중국어로의 '귀환'을 강제당했다. 공간이 아니라 언어의 이동을 했던 것이다. 그들도 아마 아웃사이더 감각으로 고통을 받았을 것이다. 이런 것들을 종합적으로 대조하여 분석함으로서 제국의 붕괴가 일으킨 것이 무엇이었던가, 그 뒤 어떻게 전개되고 어떠한 형태로 현재까지 영향을 주고 있는가를 밝히는 것이 중요하다고 생각한다.

김석범 소설에 재현된 '4·3'사건의 기억과 공간 인식

초기 작품을 중심으로

장수용 (張秀蓉)

1. 김석범 초기 작품에 대한 문제제기

이 글은 재일한인 1세대[1] 대표적인 작가로 평가받는 김석범金石範(1925~)의 '4·3소설'에 해당하는 초기 단편소설을 중심으로 '4·3'의 기억이 어떻게 형상화하였는지, 그리고 그 의미를 살펴볼 것이다.

제주 '4·3사건'은 해방 후 혼란한 정국 속에서 제주도민이 1948년 5월 10일에 실시될 남한만의 단독정부 수립을 위한 선거에 반대하며 1948년 4월 3일에 무장 봉기한 사건이다. 이 사건으로 인한 관민 충돌로 정부 주도의 유혈진압으로 많은 인명 피해[2]가 발생하였다. 당시 '4·3사건'[3]은 민감한 정치적인 사건이었기 때문에 침묵과 금기되어 왔다. 이

---

1   유숙자에 의하면 일본에서 태어났거나, 1세대의 문학적 특징을 형상화하는 작가들을 일컫는다. 유숙자, 『在日한국인 문학연구』, 월인, 2000, 28쪽.
2   김민환, 「동아시아의 평화기념공원 형성과정 비교연구—오키나와, 타이페이, 제주의 사례를 중심으로」, 서울대 박사논문, 2012, 43~63쪽.

후 1980년대 민주화운동과 더불어 사회문화적인 전환에 대한 인식이 확산되면서 과거에 외면되었던 '4·3'을 문학적으로 담아낼 수 있었다.

김석범은 재일한인 작가로서의 삶 속에서 '4·3'의 충격적 현실에 처함으로써 그의 작품에 재현된 특징을 살펴보면 7살 때 '4·3'을 직접 목독한 현기영과 차별화되는 특징으로 작품 내에 뿌리 깊은 부모의 고향 제주도에 대한 주체의식을 형상화하였다. 그는 작품 속 인물의 '타자'의 시각에서 출발하여 이방인 또는 경계인의 의식을 내포하며 '4·3'의 참상에 대한 재일한인의 시각을 형상화하였다.

김석범의 초기 '4·3소설'에 해당하는 「간수 박 서방」에는 미천한 신분이지만 그날의 삶에 만족하며 작은 권력에 빌붙어 살아가는 인물을 형상화하였다. 그리고 「까마귀의 죽음」에서는 스파이로서 이념적 갈등을 겪게 되나 현실의 모순된 상황을 자각하고 조국 건설에 저항하는 인물을 그려내었다. 또한 김석범은 '4·3'의 현실을 구체적인 공간인 '제주도'를 상징적으로 공간화하여 '4·3'을 형상화하였다.

그러나 그간 제주도를 형상화할 때 어떤 층위에서 이 공간을 인식하고 상상했는지에 대한 연구는 미진하다. 필자는 '디아스포라'가 김석범의 '4·3' 소설에 미친 영향을 확인하고 작품 속에서 공간 인식을 분석해냄으로써 재일한인의 '4·3'의 그 다름의 양상과 의의를 살펴보고자 한다.

---

3   이하 '4·3'으로 표기한다.

2. 작품의 창작 배경 및 현실의 문학적 재현

1) 김석범의 창작 배경

　재일한인 작가 김석범은 1925년 오사카에서 태어났지만, 유년시절 어머니를 따라 제주도와 일본 사이를 몇 번 왕래하면서 제주도에 대하여 고향으로 인식하게 되면서 재일한국인의 정체성을 형성하게 된다. 그것은 일본에서 자란 소년 김석범의 마음에 통일 조국 독립에 대한 강렬한 의지를 품게 되고, 그로 하여금 작은 민족주의자가 되는 계기가 되었다.[4]

　김석범은 1949년 봄 제주도에서 밀항하여 온 사람들로부터 제주 '4·3'에 대한 충격적인 소식을 듣게 되면서 '4·3'을 소재로한 작품을 창작하게 된다. 그는 처녀작 「1949년 무렵의 일지에서」(1951)을 발표한 이후 약 6년 동안 공백기를 거쳐 1957년 8월에 「간수 박 서방」, 12월에 「까마귀의 죽음」을 『문예수도』에 발표하면서 본격적인 작품활동을 시작하게 되는데, 이 두 작품은 현기영의 「순이 삼촌」(1978)보다 21년이나 앞서 '4·3'을 최초로 문학적으로 형상화한 작품이다. 이는 그가 재일의 위치에서 상대적으로 지배권력의 억압으로부터 자유로웠기 때문이기도 하다. 이후 그는 일관적으로 '4·3'의 비극적 상황을 소재로 하여 문학적으로 담아냈다.

　그의 창작의 원동력이 되고 있는 고향 제주에 대한 인식을 다음과 같이 밝힌 바 있다.

4　金石範, 『故國行』, 岩波書店, 1990, pp.178~179.

나는 어릴적부터 고향과는 떨어져 살아온 말하자면 고향 상실자로 자랐
다. 그것이 나에 있어서는 고향에 대한 견인력을 강하게 했다고 할 수 있
다. 조선에서의 생활은 2, 3년이었으나 그것이 청소년기였기 때문에 나의
심신 전체에 남긴 그 체험은 나의 일생을 결정할 힘을 발휘했다 해도 과언
이 아니다. 해방 40년, 나는 제주도의 땅을 밟고 있지 않지만 (바로 고향
상실지라고 해야 하나), 나는 "제 주도"에 의지해 살아왔다고 말할 수 있
다. 그리고 제주도는 나에게 있어서 조선이고, 조국을 의미했다. 빼앗긴 조
국, 빼앗긴 고향, 자신의 인생을 되돌아보면 (나는 어느새 작가라는 것이
되어 있었지만), 나의 일은 결국은 상상력에 의해 빼앗긴 고향, 빼앗긴 조
국의 탈환인 것이다. 그 것은 인간의 탈환, 자신을 포함한 인간 해방인 것
이다.[5]

김석범은 문학적 상상력에 의지해서 소설의 허구성을 가미해 역사적
'4·3'의 현실을 그의 작품에 재현하였다. 특히 고향인 제주도에서 살고
있는 민중의 비극적 삶과 참혹한 실상을 그려내었다.

2) 제주4·3 사건

해방 이후 제주도는 내부의 혼란과 외세의 억압 등 복잡하고 다양한
원인으로 인해 해방의 기쁨과 기대는 실망감으로 변해 간다. 먼저 해방
초기 내부적인 혼란의 원인을 살펴보면 일본군의 무장해제 및 일본 송
환, 외지 제주인의 귀환으로 인해 급격한 인구 변동, 미군정의 미곡정책

---

5   金石範,「鴉の死」,『鴉の死』, 講談社文庫, 1985, p.317, 작품후기.

의 실책 등으로 제주도민들의 불만과 불신, 1946년 8월 1일 제주도제濟州道制의 실시 등을 들 수 있다. 특히 1947년 3·1절 발포 사건을 계기로 미군정과 제주도민의 지지를 받던 남로당 제주도당과 좌파들 두 집단은 첨예한 대립관계로 접어들게 된다. 결국 남로당 제주도당 신진 세력들은 1948년 4월 3일 새벽 2시 350명의 무장대가 12개 지서와 우익단체들을 공격하면서 무장봉기를 전개한다.

　사건 전개 과정에서 결정적으로 5월 1일 우익청년에 의한 오라리 연미마을의 방화사건이 무장대에게 전가되면서 미군정이 강경책을 채택하기로 결정한다. 또한, 5월 10일 총선거에서 제주도가 유일하게 불참함으로써, 이는 이승만 정권의 정통성에 대한 도전으로 인식되며 11월 17일 제주도에 계엄령이 선포되며, 1948년 11월 중순부터 1949년 3월까지 약 4개월간 '초토화' 진압작전이 전개되면서 4·3 사건 전개 과정에서 가장 참혹한 살상이 벌어진다. 특히 해안선으로부터 5km 이상 들어간 중산간 마을 주민들이 가장 많은 피해를 입는다. 예를 들어 마을에 방화를 하거나, '도피자 가족'들에 대해 대살代殺, 집단학살, 체포, 집단수용소에 가둔 후 공개 처형 등 폭력을 자행하였다. 이로 인해 엄청난 인명 피해를 낳았을 뿐만 아니라 특히 희생자 중 10세 이하 어린이(5.8%)와 61세 이상 노인(6.1%)이, 그리고 여성이 21.3%로 전체 희생자의 40% 이상을 차지한다. 이로써 1947년 3월 1일 발포사건과 1948년 4·3 무장봉기로 촉발되었던 제주4·3 사건은 1954년 9월 21일 약 7년 7개월 만에 막을 내리게 된다.[6]

6　이 부분은 장수용, 「역사적 트라우마에 대한 문학적 재현—郭松棻의 「月印」과 현기영의 「순이 삼촌」을 중심으로」, 제9회 세계한국학국제학술대회 발표집, 한국학중앙연구원,

이러한 배경 속에 한국문학계에서는 침묵을 강요받으며 '4·3'은 이후 몇몇 작품에서만 다뤄졌다. 예를 들면 황순원의 「비바리」(1956), 전현규의 「4·3아兒」(1964) 등이다. 이 사건을 최초로 다룬 소설은 김석범의 「까마위의 죽음」(1957)이었다. 김석범은 재일 작가로서 또한 고향 제주에서 일어난 '4·3'의 참혹한 실상을 당시 자신이 당면한 현실로 인식하면서 이를 그의 작품에 재현했다. 그가 역사적 사건을 그의 작품에 어떻게 형상화하였는지 다음 절에서 살펴보고자 한다.

3. 제주 '4·3'의 문학적 형상화

김석범 초기소설의 '4·3' 특징을 살펴보면, 「간수 박 서방」에서는 '4·3'의 구체적인 모습은 주로 무고한 제주도민들이 당시 국가권력에 의하여 희생당하거나 학살되는 모습을 그리고 있다. 이에 반해, 「까마귀의 죽음」에서는 학살의 모습뿐만 아니라 미군정 통역과 남로당의 스파이역을 동시에 맡고 있는 주인공 정기준을 통해 부당한 권력의 억압과 횡포에 대항하는 민중의 주체적인 투쟁장면도 보여주고 있다.

1) 공간적 경험의 형상화─간수 박 서방

제1세대 재일한인 작가는 해방 후 혼란한 정국의 현실을 형상화하기 위해 자신이 살고 밟고 있는 일본이 아닌 돌아갈 수 없는 공간 제주도를

2018, 3~4쪽을 수정 보완한 후 재인용한 것이다.

상상으로 그려내는 특징을 보여준다.[7] 김석범의 초기소설 「간수 박 서방」에서도 '4・3'의 현실을 그리면서 제주도에 대한 공간 인식을 작품에서 구체적으로 제시하였다. 김석범은 「간수 박 서방」에서 주인공 간수 박 서방의 일상을 통해 '제주도'를 상징적으로 공간화하여 '4・3'의 어둠과 절망적인 살육의 현장을 형상화하였다. 또한 도피자 가족의 빨치산활동으로 억압받고 희생당하는 여성의 비참한 현실을 그려냈다.

「간수 박 서방」의 박 서방은 해방 전 종노릇으로 전전하다가 해방이 되자 제주도로 이주하게 되면서 경찰서의 간수가 되어 정권의 앞잡이 역할을 충실히 수행하는 인물이다. 그는 그날그날의 삶에 만족하며 조그마한 권력에 빌붙어 살아가는 인물일 뿐이다. 그러나 잔악한 살육의 현장에서 지배층의 억압에 일방적으로 살해되는 민중들의 모습을 목격하게 되면서 박 서방은 경찰관을 증오하게 되며 점차 자신의 직업에 대해서도 회의를 느끼게 된다. 작품 후반에 죄수 속에 섞여 사형장으로 끌려가는 흠모하던 명순을 쫓아가다 경찰 자격을 박탈당하고 처형된다.

「간수 박 서방」에서 초반의 내용을 살펴보면 박 서방은 곰보 얼굴에 해방 전 황해도에서 종노릇을 하다가 이웃마을의 이 씨라는 양반 댁에서 53원 정도에 팔려온 노비이다. 해방 후 마흔 살이 가깝지만 노총각인 그는 주인 영감 마님이 주선한 혼처에 마음을 상한 나머지 노잣돈을 받아들고 표연히 서울로 나온다. 서울에 정착한 지 얼마되지 않아서 지게꾼 일을 얻게 되는데 그렇게 이삼 년이 지났지만 박 서방은 암살과 소매치

---

7   金石範, 「わが虛構を支えるもの」, 『口あるものは語れ』, 筑摩書房, 1975, p.151.

기 도시로 변해버린 서울을 다시 떠나 여자만 산다는 상상 속의 섬, 제주도로 향하며, 그렇게 박 서방은 제주도에 정착하게 된다.

해방 후 정국의 혼란이 박 서방을 이방인으로 만들어 후방으로 이동시키면서, 제주도는 노총각인 그가 결혼할 가능성과 기대를 품은 공간으로 변한다. 더구나 간수로 경찰서에 취직을 하며 제주도에 머무는 데 필요한 경제력을 지니고 있으며, 제주도의 여자와 결혼할 것을 기대하며 삶의 활력을 얻게 된다. 이방인에게 있어 해방 후 제주도는 독신으로 외로웠던 자신에게 가족을 얻을 수 있는 가능성의 공간이 된 것이다.

그러나 경찰서의 간수라는 직책을 통해 그가 관찰하게 된 제주도는 폭도를 색출하고 각종 전투가 진행되며 국가의 공권력의 의지가 강조되는 공간이었다. 간수 박 서방은 억압적 경찰서 주임 배권태로 상징하는 국가기구의 임무를 수행함으로써 자신의 존재를 확인한다. 그러나 그의 임무는 "일체의 죄수"를 조사하고 보고하는 것인데, 이로 인해 무고한 민중은 체포되고, 취조받고, 투옥되고, 사형에 처하게 된다.

김석범은 작품 중반부에서부터 집단학살의 근원지인 수용소를 상세히 그려내었다. 예를 들면 경찰서의 취조실의 잡다한 고문기구 , 3평도 채 못되는 감방, 밤마다 들려오는 비명소리 등 '4·3'의 폭력의 현장을 재현하는데 간수 박 서방의 일상의 행적을 통해 이를 상세히 묘사하였다. 간수 박 서방은 이날도 혼란한 정국 속에 임시 지휘관으로 임명되며 공권력을 행사하는 서북출신으로, 제주도 토벌의 선봉으로 파견된 국방부 백골부대의 장교가 되어 제주도에 온 경찰서 사찰계 주임이면서 경비 과장이기도 하는 배권태의 명령으로 운동장을 가로질러 별관 사찰계실로 가는데, 작품에 다음과 같이 묘사하였다.

박 간수는 경찰서 본관을 빠져 나가 운동장으로 갔다. 내일로 미루고 싶었지만, 아침에는 호되게 야단만 맞을 게 뻔하다. 운동장에는 시체를 내팽개치고 가마니로 아무렇게나 덮어 놓아서, 주걱처럼 딱딱해진 팔다리가 어둠 속에서 희뿌옇게 드러나 보이고 있었다.[8]

위의 인용문은 간수 박 서방이 아침 일찍 출근하면서 대면해야 하는 일상이다. 매일같이 트럭에 실려와서 운동장에 아무렇게나 내팽겨져 버려진 까마귀의 밥이 되는 시체들, 그 시체들은 날마다 감방에서 하나 둘씩 죽어가는 사람들의 시체였다. 이는 4·3의 참혹한 현장의 모습이다. 다음은 콘크리트 감방의 열악한 환경과 죽음을 앞 둔 사람들의 자리 다툼에 대한 묘사이다.

유치장 철문을 열면 바로 간수실이 있었다. 콘크리트 복도에 이어 여자 감방, 헛간, 그리고 남자 감방인 6호, 5호…… 쭉 늘어서 있었다. 남자 감방은 내부가 들여다보이지 않는 벽으로 막혀 있고, 감방 맞은편은 위에 채광창이 있는 콘크리트 벽으로 되어 있었다. 그는 남자 감방이 싫었다. 작은 감시창의 뚜껑을 손가락으로 살짝 열면 감방 내부가 훤히 보이게 되어 있었다. 수십 명의 몸뚱이가 3평도 채 못 되는 감방에 가득 처넣어져 거대한 덩어리처럼 보인다. 자궁 속의 태아처럼 사지를 웅크리고 있고 그 어깨들 사이로 또 다른 엉덩이가 밀고 들어오지만, 발이 바닥에 닿질 않는다. 감방 동료끼리 자리다툼을 벌이가도 했다. 날마다 감방 하나에서 적어도 두 사람은 죽었다. 시체는

8 김석범, 김석희 역, 『까마귀의 죽음』 개정판, GAK, 2015, 39쪽. 이하 작품 쪽수만 제시함.

| 4부 | 이산과 이동

운동장에 버려졌고, 새벽에 트럭이 와서 그 시체를 싣고 다시 버리러 갔다. 까마귀가 그 뒤를 따라 날아가고, 어부의 그물에 시체가 걸릴 때도 있었다. (41 ~42쪽)

감방은 마치 진흙으로 만든 인형에 인간의 눈동자만 박아 넣은 것 같은 얼굴들, 불안과 공포에 찬 사람들로 가득 메워져 있었다. 당시 제주경찰서 취조실에 체포되어 감금되어 있는 사람들은 조사를 받기 전 모두 범인으로 취급당하였으며 기소되기 전 처형되는 경우도 있었다. 그리고 김석범은 당시 정치적으로 금기시되었던 '4·3'의 이야기를 재일의 위치에서 제주 출신 작가군 현기영, 현길언 등과 차별화되는 '4·3'의 기억들, 예를 들어 '4·3'이 발생한 원인과 제주도민이 모두 '빨갱이'로 낙인찍혀 버린 이유 등을 작품에 구체적으로 재현하였다.

그런 어처구니없는 일도 모두 8·15 해방이 알다시피 미군의 남조선 점령으로 대치된 것에서 비롯된다. 일본 대신 식민지 정책을 시행하여 '적색위협'이라는 간판을 내걸고, 말을 듣지 안는 '놈'은 모조리 감옥에 처넣었다. 그리고 전근대적인 초전제국가가 아니고는 불가능한 공포정치를 시작했기 때문에 남조선은 문자 그대로 암흑지대가 되었다. 자기 나라를 또다시 빼앗기고 인민이 잠자코 있을 리가 없다. 그래서 일어섰다. 한두 번이 아니다. 해방 이듬해인 46년 10월 우리 박 서방이 서울에서 거지나 지게꾼 노릇을 하고 있던 시절이다-에는 대구에서 '쌀을 달라'라는 폭동의 불길이 맨 처음 타올라, 전국에서 총파업이 일어나고 230만 명이 일제히 일어섰다. 인민투쟁은 도처에서 일어났다. 48년 4월에는 남조선만의 '단독선거'-즉 '대한민국'

수립에 반대하고 조선의 통일을 요구하며 제주도에서 일제히 무장봉기가 일어났다. 제주도민이 손으로 만든 무기 따위를 손에 들고, 섬 한가운데에 우뚝 솟아 있는 한라산에 모여, 남조선에서 최초인 빨치산투쟁의 봉화를 올렸던 것이다. 깜짝 놀란 미국과 이승만도 역시 이 투쟁의 철저한 탄압과 말살을 위해 일어섰다. 제주도민은 모두 '빨갱이'가 되어버리고 감옥은 확장되었다. 감옥을 새로 짓기보다는 죽이는 편이 빠를만큼 감옥은 '대만원'이 되어 있었다. (47~48쪽)

또한 당시 혼란한 정국 속에서 제주도에서 남성의 폭력은 일상적이었다. 김석범은 '4 · 3' 당시 국가권력에 의한 여성에 대한 억압적 성폭력에 대해, 여성을 타자화하는 남성의 폭력적인 성욕으로 치환된 상황을 작품에 구체적으로 제시하였다. 이를 폭도의 가족으로 낙인되어 죄수가 된 명순이를 통해 구체적으로 재현하였다. 작품에서 간수 박 서방은 명순이를 성욕의 대상으로 인식하는 것을 보여준다. 뿐만 아니라, 경찰서 취조실의 임시 지휘관으로서의 우월적 위상을 이용해 경비 주임 배권태 역시 명순이의 신체를 요구하는 것이다. 그날밤도 배권태는 간수 박 서방에게 밤 10시 제7호 감방 여죄수 11호, 훗날 자신의 목숨을 잃게 한 명순이를 취조실로 데려오라고 명령하는 것이다.

'이런 바보 같으니!' 간수는 자기가 호통 받은 것처럼 깜짝 놀랐다. '이제 시작이군.' 간수의 마음은 주임에 대한 정체 모를 반발과 부러움이 뒤섞여 몹시 혼란스러웠다. 여자를 발가벗겨놓고 한다는 고문에 몸이 부르르 떨리는 듯한 흥분을 느꼈다. 방 한쪽에 잡다한 고문 도구가 있었다. 밧줄과 곤

봉과 철봉 따위는 있는 게 당연하지만, 인두와 풀무가 설치되어 있는 것은 대장간을 연상시킨다. 그는 채찍을 가져와서 어느새 주임 앞에 내밀고 있었다. 이 순간, 훗날, 그 때문에 자신의 목숨을 잃기까지 했는데도, 그 여자에 대하여 박백선의 마음에 한 가닥 동정심마저 샘솟지 않았던 것은 정말 이상한 일이다. 중략. 간수는 긴 의자에서 그것을 보았다. 거기에는 희뿌옇게 빛나는 명순의 흰발이 있었다. 사실은 때와 진흙으로 더러워져 있었지만……. 아아, 역시 뭔가가 슬슬 시작되는구나…… 부정하는 여자의 얼굴을 물끄러미 바라보고 있던 주임의 눈에 무어라 표현할 수 없는 초조함이 음탕한 빛이 되어 나타나 있다. 아아, 이젠 틀림없다. 배 주임은 간수에게 나가라고 턱짓을 했다.(53~55쪽)

간수 박 서방은 문에 등을 기댄 채 배권태와 명순이 두 사람의 모습을 살펴보며 좀처럼 나가려고 하지 않는다. 그러나 배권태가 다시 힐끗 쏘아보며 한 시간 뒤에 오라고 명령하는 것이다. 얼마 후 명순이의 비명소리가 들려왔다. 사실 밤이 되면 취조실에서 들려오는 비명소리에 익숙한 그이지만 명순이의 비명소리에 무정한 마음으로 대하지 못했다.

갑자기 여자의 비명이 간수의 가슴을 두 조각으로 잡아 찢었다. 밤이면 밤마다 취조실에서 사람의 비명이 멀리까지 들려오는 데에는 익숙해져 있었다. 그러나 이처럼 무정한 마음으로 비명을 듣지 않으면 안 된다는 것은 얼마나 불행한 운명인가. 여자는 헐떡이고 있었다. 계속 구원을 청했다. 누군가를 부르고 있었다. 박백선을 부를 리는 없었지만, "아아, 간수님!" 하고 부르는 소리가 금방이라도 그의 목덜미에 달라붙을 것만 같아서 백선은

이를 악물었다.(56쪽)

위의 인용문에서 알 수 있듯이 김석범은 제주 경찰이 자행한 폭행의 현장, 취조실의 참혹함을 재현할 뿐 아니라 특히 여성에게 있어서 성폭행의 현장임을 부각시키고 있는 것이다. 가족을 상실한 불행한 명순이는 국가기구에 의해 감시받고 남성에 의해 폭행을 당할뿐만 아니라 마침내 사형당한다. 명순이는 사형이라는 명목으로 제거당하며 그의 빈자리에는 새로운 죄수로 채워지는 것이나. 김석범은 명순이를 통해 '4·3' 당시 폭도로 낙인 찍힌 그들의 가족들이 제주도에서 머물 수 있는 곳이 단지 '시체'가 되어 갈 수 있는 곳 밖에 없다는 것을 부각시키며 제주는 이미 참혹한 도덕적 타락의 현장으로 인식된 것을 보여주는 것이다.

또한 「간수 박 서방」 후반부에서는 유격대원의 투쟁의 모습, 괴뢰군의 경찰서 습격의 모습을 통해 무고한 제주도민이 학살되는 S리, K리 운동장 등 학살현장을 상징적으로 그려낸다.

모래먼지를 날리며 트럭이 마을로 들어섰을 때 하늘이 순간 묵직하게 흐려진 것 같았다. 까마귀 떼가 이마에 무거운 그림자를 남기며 날아갔던 것이다. 지서 순경들은 상관에게 격식대로 경례를 붙이기는 했지만 지원대를 환영하는 기색조차 보이지 않았다. 전투는 벌써 끝난 뒤였다. (…중략…) 신작로는 시체와 흩뿌려진 피로 새빨갛게 물들어 있었다. 그 사이에 마을 사람들이 쭈그려 앉아서 통곡하고 있었다. 그러나 그들을 놀리듯이 춤추며 내려오는 까마귀 떼를 향하여 미친 듯이 돌을 던졌다. 매일 밤 강제적으로 마을의 젊은이나 중학생들이 그 익숙지 않은 총을 들고 지서 주변에서 보

초를 섰다. 시체는 대부분이 그 관제민병이라고나 해야 할 중학생들이었다.(65~66쪽)

위의 인용문은 괴뢰군에게 습격을 당한 지서 순경들이 모래먼지를 날리며 트럭이 마을로 들어섰을 때의 장면이다. 전투가 이미 끝난 신작로에는 매일밤 강제적으로 보초를 서야 했던 어린 중학생들의 시체들로만 가득하였다. 특히 김석범은 경찰대가 무고한 제주도민들을 폭도의 가족, 즉 빨갱이로 몰아 그들에게 자행한 폭력을 다음과 같이 재현하였다.

해변으로 내려가는 가파르고 넓은 황톳길에서 이상한 모습의 마을 주민들이 돌아왔다. 모두 손에 창을 들고 살기등등하기 했지만, 묘하게 고개를 숙이고 있었다. 지서는 새벽이 되자 재빨리 이적부를 근거로 마을을 일제수색했다. 이적부에 올라 있는 젊은 남녀가 그집에 없을 경우에는 가차 없이 한라산에 올라간 것으로 단정되고, 그 가족은 괴뢰군 일당, 즉 빨갱이가 되어버렸다. 마을 주민들은 경찰대의 총칼 속을 지나 국민학교 교정으로 줄줄이 모여들었다. 사람들은 이윽고 빨갱이와 그밖의 주민으로 나뉘었다. 수백 명의 발걸음이 스쳐갈 때마다 마른 땅에서 하얀 먼지가 피어올랐다. 경찰들의 호통과 욕설은 도살장 백정들의 야만적인 아우성과 다를 바가 없었다. 중략. 사형 집행은 잔학했다. 군중의 짓눌린 침묵에 구멍이 뚫려 술렁거림이 새어 나오기 시작했다. '양민' 군중이 산중으로 올라간 자들의 가족으로 간주된 군중을 '죽창'으로 찔러 죽이는 것이다. 이웃이 이웃을 찌르고, 친척이 친척을 찔러죽이지 않으면 안 된다. 작은 마을이라서 서로 얼굴을 모르는 이가 없었다.(66~68쪽)

위의 인용문은 1948년 11월 중순부터 1949년 3월까지 약 4개월간의 '초토화' 진압작전 과정에서 '도피자 가족'들에게 자행한 대살代殺, 집단학살 등 폭력의 현장을 구체적으로 보여주며 경찰대가 자행한 잔인한 반인류적 행위를 집중적으로 부각시키고 있는 것이다. 서청은 제주도민과 빨갱이를 선험적으로 결정하여 제주도를 관리하였다. 이때, 김석범은 가해의 주체로 '서청 출신의 순경들'을 지목함으로써 4·3 당시의 만행을 양민의 무고한 희생을 학살의 야만성을 더욱 강조한 것이다. 사람들은 살아남기 위해 '사생결판'을 벌이는 깃이다. 이때 제주노는 폭행을 대변하는 중심공간이며 '4·3'을 인식하는 기준점이다. 김석범에게 있어서 '4·3' 시기의 제주도는 비록 자신의 일상이 진행되는 친밀한 장소가 아니였지만 조국으로 상상으로 체험하는 공간이기 때문이었다. 그래서 김석범이 그려내는 '4·3'의 제주도, 제주도민을 대학살장으로 내몰아 놓은 국가의 폭력, 가족을 상실한 여성을 성욕의 대상으로 취급하는 남성의 욕망, 전통적 도덕에서 정당성을 확보한 가족주의의 폭력 등이 일상적으로 진행된 공간 즉, 각종 처벌이 일상의 차원에서 중첩적으로 전개되었던 공간인 것이다. 정치권력이 개입되고 남용되면서 제주도는 낯선 사람을 감시하고 조사하며 제거하려는 공간이 된 것이다.

2) '작가적' 정체성의 형상화—까마귀의 죽음

유숙자는 재일한인 1세대 문학은 "광복 후의 조국의 상황을 소재로 하여, 민족의 냄새를 작품에 강하게 표출시키는 문학"[9] 이라고 언급하였는

---

9 유숙자, 앞의 책, 28쪽.

데, 특히 재일한인 제1세대의 작품에 특징적으로 '작가의 분신'이라 할 수 있는 인물이 등장한다고 언급하였다. 예를 들면 김달수의 「손영감」과 「부산」 등 작품에서 이러한 특징을 찾아 볼 수 있다. 그들은 자신의 정체성의 혼란을 작품 창작을 통해 극복하고자 작품에 주요인물로 등장시키며 문학적으로 형상화하였다. 김석범의 경우 그는 초기 작품 「까마귀의 죽음」에서 주인공 '정기준'을 등장시켜 통일 조국 건설이라는 욕망을 가지나 '4·3'으로 인해 스파이로서 이념적 갈등을 겪으며 현실의 모순된 상황을 자각하고 저항하는 인물을 그려내었다. 그는 재일한인 작가로서 자신의 경계인적 정체성을 「까마귀의 죽음」에서 '정기준'의 갈등을 통해 자신의 정체성 탐구의 과정을 보여주는 것이다. 구체적으로 어떻게 그려냈는지 다음과 같이 살펴보고자 한다.

　「까마귀의 죽음」에서 주인공 '정기준'은 해방 후 일본에서 고향 제주도로 돌아와 우연히 미군정 법무국의 통역관으로 재직하게 되면서 경찰서 사형집행인의 역할을 수행하게 된다. 뿐만 아니라 빨치산 제1연대의 간부인 친구 장용석의 제의로 조직의 비밀 당원의 임무를 수행하면서 이중스파이가 된다. 정기준은 이념적 갈등으로 매일같이 내면세계와 외부 세계와의 단절로 인해 마치 유리병 속에 닫혀 있는 기계 같은 자신의 존재에 대해 혼란을 느끼며 불안 속에 살아간다. 그러나 뜻밖에 육지로의 전근의 기회를 가지게 되며 심리적 속박으로부터 벗어나고자 고민한다. 그리고 참혹한 학살의 현장에서 무고한 민중들이 희생당하는 것을 목격하면서 자신의 가면을 쓴 채 살아가야 하는 자신의 삶에 대해 회의를 느끼게 된다. 특히 사형집행수용소에 투옥된 오랜 친구 장용석의 누이동생 양순이와 그의 부모의 죽음을 매정하게 외면해야만 했던 현실에 대면

하면서 심한 심리적 갈등에 못이겨 빨치산 스파이로서의 삶을 포기하고
자 한다. 그러나 지배정권의 억압을 다시 대면하면서 당과 조국에 대한
자신의 역할에 대해 새롭게 인식하게 된다. 결국 작품 후반 부분에서 자
신의 양심으로 상징되는 양순의 죽음을 적극적으로 대면하면서 내면의
갈등을 극복하고 모순된 현실에 저항하며 자신의 주체성을 획득하고자
하는 의지를 보여준다.

「까마귀의 죽음」에서 주인공 정기준은 전쟁이 끝나자 해방된 민족으
로서의 환희와 희망을 품고 해방 한 달 후인 9월 중순경 일본에서 조국의
땅 제주도로 돌아온다. 당시 도민을 위해 통역이 필요했기 때문에, 과거
YMCA 영어학교 상급반에서 익힌 중학교 졸업 수준의 영어 실력으로 미
군청의 법무국에 취직해 통역관이 된다. 그리고 어린시절 함께 자란 고
향 친구 장용석과 같이 성내로 옮겨와 취직을 하고, 그의 누이동생 장양
순과 사랑도 나누며, 그렇게 정기준에게 그 무렵은 행복한 시절이었다.

그러나 1947년 '삼일절' 기념대회의 발포 사건을 계기로 정세가 변하
게 되면서 정기준은 통역이 된 것을 후회하기 시작한다. 그것은 미군의
정책과 제주 남도당과의 이해가 일치하지 않으며 도민과 제주 미군정청
이 정면으로 대립하는 형태로 변했기 때문이다. 그래서 대다수 청년을
따라 장용석과 누이동생 양순은 조직에 들어간다. 정기준도 통역을 그
만두고 그들을 따르려고 했다. 그러나 당시 정기준은 이미 장용석을 통
해 조직의 극비 임무를 부여받은 상황이었다. 정기준은 슬픔에 젖은 연
인 양순이의 사랑을 거절하고 조직과 자신의 욕망을 추구하고자 스스로
미군의 충실한 심부름꾼이 되는 길을 선택하게 된다.

정기준이 지난 몇 년 동안 미군정청의 통역관이라는 직책을 통해 집

행한 임무는 미군의 앞잡이, 사형집행관이었다. 그는 업무를 수행하면서 갈등을 느끼게 되는데, 그를 가장 괴롭혀 왔던 것은 적의敵意가 가득찬 민중의 시선이었다. 이를 작품에 다음과 같이 그려내었다.

> 사람들의 시선은 사방에서 정기준에게 집중되고 있었다. 그것은 호기심 많은 구경꾼들의 눈처럼 보이지만, 사실은 그렇지 않았다. 그것은 지난 몇 년동안 제주도 미군정청의 통역 노릇을 해오면서 기준이 줄곧 보아온 시선 -속에 하얀 엄니를 감춘 적의(敵意)의 시선이었다. 그가 가장 괴로워했던 시선-지금은 한 두 사람으로 줄어들었다. 그 수는 적어졌지만 그래도 옛날부터 알고 있는 사람들의 시선이었다. 그리고 그것은 결국 미군의 앞잡이에 대한 이 섬사람들의 시선이 되어 퍼져갔던 것이다.[10]

위의 인용문을 통해 알 수 있듯이, 정기준이 지난 몇 년동안 가장 견딜 수 없었고 고통스러웠던 일들은 오래전부터 알고 지냈던 사람들의 차가운 시선과 자신에 대한 오해이었던 것이다. 정기준은 이러한 고통으로 자신의 정체성에 갈등을 느끼게 되는 것이다. 그리고 작품에서 김석범은 정기준의 사형집행인 역할을 통해 '4·3' 당시 추운 겨울 약 4개월 동안 진행된 '초토화' 진압작전 전개과정에서 '도피자 가족'들에게 자행한 공개처형, 집단수용소 등 폭력의 현장을 구체적으로 재현하였다. 작품에서 '집단생활수용'에 대해 상세히 묘사하였는데, 그곳은 마을에 위치한 국민학교를 개조하여 공개 사형될 사형수들을 수용한 곳이었다. 전

---

10 김석범, 김석희 역, 앞의 책, 89쪽. 이하 작품 쪽수만 제시함.

체 수용자가 8백 명에 가깝고, 3분의 2가 여자로 채워져 있었다. 그 절반이 공개 처형당하게 되는데 닷새 동안 하루에 약 80명의 사람들이 살해당하게 되는 것이다. 공개 처형 명단은 면사무서와 경찰지서, 우체국, 국민학교 교문에 글을 크게 붙여 알리는 것이었다. 이날 정기준은 아침 일찍 무장경관 1개 소대를 동행해 T면에 있는 공개 사형장으로 떠나야 했다. T면에 도착하니 사람들이 줄지어 사형장으로 끌려가는 것을 목격하게 되는데, 작품에서 다음과 같이 그려내었다.

> 일행이 T면에 도착하니 눈이 내리고 있었다. 도로는 총을 든 경찰로 가득 메워져 있었다. 사람들이 줄지어, 주부는 아이를 업고 노인은 손을 이끌려 사형장이 있는 언덕으로 올라갔다. 경찰지서의 바리케이드 위에 설치된 확성기가 사형 집행의 의의를 강조하며 사람들을 언덕으로 몰아 대고 있었다. 사람들의 하얀 옷 위에 계속 내리는 눈이 그대로 사라져, 암울한 배경 속에 비인간적인 아름다움을 가득 채우고 있었다. 기준은 멀리서 그것을 바라보았다. 그리고 그 속에 만약 자기가 있다면 그 부조화가 저 차가운 아름다움을 순식간에 무너뜨려버릴 거라고 멍하니 생각했다. (126쪽)

위의 인용문은 사람들이 줄지어 이끌려 언덕 위 사형장으로 강제 이동하는 내용인데 희생자는 주로 어린이와 노인, 그리고 여성이었다. 이는 '4·3' 당시 '초토화' 진압 과정에서 남녀노소를 가리지 않고 과잉 진압과정에서 특히 수많은 인명 피해를 차지한 어린이와 노인, 그리고 여성들의 희생을 부각시키는 것을 알 수 있다.

한편, 「까마귀의 죽음」에서는 정기준이 미군정 통역과 조직의 비밀 당원이라는 스파이라는 이중적인 신분으로 인해 심각한 심리적 갈등을 겪게 되는 것을 보여주는데, 이는 매번 장용석과 비밀리에 연락을 취하며 미군정청의 정보를 전달할 때 표출한다. 김석범은 이러한 정기준의 심리적인 압박감을 다음과 같이 보여준다.

> 용석은 말하자면 투명한 유리병의 좁은 입 같은 존재였다. 그것을 통해서만 기준은 답답한 유리병 속에서 간신히 대기의 세계와 접촉할 수 있었다. 그러지 않았다면, 그것이 기준의 임무라고는 해도, 마개를 닫은 병의 진공 속에 서식하는 기계에 불과했을 것이다.(115쪽)

위의 인용문은 「까마귀의 죽음」에서 정기준이 미군정청의 앞잡이, 사형집행인 신분뿐만 아니라 비밀 당원의 임무를 수행하면서 심각한 심리적인 두려움과 고통을 경험하게 되는 것를 보여주는 내용이다. 정기준은 조직에 대한 사명감을 안고 비밀 당원으로서의 임무를 충실히 수행하고자 하였다. 그러나 이중스파이의 심리적 압박은 마치 "투명한 유리병 속에 닫혀 진공 속에 서식하는 기계 같은 존재"(115)였다. 정기준은 장용석과 같이 총을 들고 함께 싸우고 싶었으나, 자신의 비밀 당원의 신분을 그누구한테도 솔직히 털어놓을 수 없기 때문에 이중스파이의 정체를 숨겨야 하는 두려움과 압박감으로 인해 외부와 점점 단절되고 소외된다. 이러한 심리적 스트레스와 고통 앞에서 무기력해지고 격하된 상태에 이르면서 불면증, 악몽에 시달리게 되는데,[11] 주디스 허먼에 의하면 불면

---

11 주디스 허먼(Judith Herman)에 의하면, "외상을 경험한 사람이 감당할 수 없는 고통 앞에서 무력감을 느낀 후 스스로 굴복 상태에 놓이며 속박된 환경에서 도망칠 수 없을

증, 악몽, 과민성, 분노 폭발과 같은 외상 증상을 통제하기 위해서 외상을 경험한 사람들은 주로 알코올과 진정제를 사용했다"[12]라고 언급한다.

이날도 정기준은 선술집을 지나 자신을 미행한 허물 영감을 따돌린 뒤 술을 마신 후 비밀 약속 장소에 도착한 것이다.

"기준이, 너 한잔 했구나. 냄새가 나는데."

"걱정하지 마. 딱 한잔 했을 뿐이야. 어쩔 수가 없었어." 그러면서 기준은 웃었다. "자, 이거라도 갖고 가. 도중에 몸이 얼어붙을 것 같으면 조금씩 마셔. 조금 마시면 오히려 기운이 나. 빈 병은 조심해서 처리하고."(104~105쪽)

위의 인용문에서 장용석은 술 냄새가 나는 정기준에게 일종의 친구에 대한 관심과 충고를 나타내는데, 정기준은 단지 허물영감을 따돌릴 목적으로 술을 마셨음을 변명한다. 비밀 당원의 어려움 때문에 오래전부터 심한 불면증을 앓으며 술을 마시게 된 경위에 대해서는 장용석에게조차 솔직하게 털어놓지 못하는 것이다. 현실 속의 정기준은 아무런 해결책을 구안하지 못하기 때문에 점점 알코올 중독에 빠져들면서 무기력하게 살아가게 되는 것이다.

그리고 정기준은 뜻밖에 군정청 사무실에서 전근 통고를 받게 된다. 그것은 자신이 혼란스럽고 격화된 고향의 정세로부터 도망칠 수 있는 기회가 찾아 온 것이다. 뿐만 아니라 정기준이 자신을 에워싸고 있는 제주

때 외상은 반복되면서 발현된다'라고 언급하였다. 주디스 허먼, 최현정 역. 『트라우마 －가정 폭력에서 정치적 테러까지』, 열린책들, 2012, 84~134쪽.

12 위의 책, 87쪽.

민중들의 적개심으로부터 해방될 수 있는 기회였던 것이다. 그러나 그것은 또한 빨치산 장용석의 뜻을 저버리는 일이기도 했다. 정기준은 전근에 대한 해방감을 느끼는 동시에 조직에 대한 충실하지 못하는 자신의 비열한 심정을 깨달으며 심한 갈등을 느끼게 된다.

> 그는 마음 한구석에서 '전근'에 해방감 같은 것을 느끼고 있는 자신을 깨달았다. 그리고 그것이 어떤 비열한 심정을 동반하고 있는 것을 깨달았다. 그 비열한 심정이 죄 없는 노인에게 노골적으로 증오심을 품고, 사람들의 시선에 대하여 노골적으로 동료의식을 느끼려고 하고 있었다. 너는 비겁하게도 네 입장에서 도망치려 하고 있어. 너는 조직에 충실하지 않아. 자신에 대하여, 자신의 가능성에 대하여 충실하지 않아. 그는 몸이 바싹 오그라드는 것을 느꼈다. 그는 마음 속에 있는 불긴한 것을 떨쳐버리듯 머리를 세차게 흔들며 노인에게 저리 가라고 손짓을 했다.(91쪽)

정기준의 갈등은 점점 가중되는데, 김석범은 작품 중반부에 양순이와 그의 부모가 투옥되고, 사형에 처하는 공개 처형현장을 제시하며 정기준이 사형집행인 역을 수행하면서 심각한 갈등을 경험하게 되면서 현실과 철저히 단절되는 모습을 보여준다. 정기준은 김과장의 제의로 함께 수용소를 시찰하게 되는데 뜻밖에 그곳에는 양순이와 그의 부모도 투옥되어 있었던 것이다. 정기준과 일행이 복도 끝에 이르러, 막 문을 나서려는 순간이었다. 갑자기 장용석의 부친이 자신을 향해 외치는 소리를 다음과 같이 보여준다.

"앗, 잠깐, 기다립서!, 기준이 아니가?" 기준은 깜짝 놀라 그 자리에 못 박혔다. 그 목소리는 어디선가 들은 적이 있는 목소리였다.

그가 분명히 기준임을 알아차린 노인은 더듬거리면서 사람들을 헤치고 철망에 매달렸다. 기준은 의심할 여지도 없이 그 노인이 장용석의 부친이라는 걸 알아보았다. 우연이라고는 해도 그것은 불행한 해후였다. 이 삼 년 만나지 못한 사이에 부쩍 늙어버린 친구 아버지의 모습이 기준의 가슴을 더욱 아프게 쥐어짰다. 그것은 꼭 꿈만 같아서, 옆에서 꿈틀거리는 사람들도 커다랗게 확대된 노인의 얼굴에 가려 기준의 눈에는 들어오지 않았다. 다리가 가늘게 떨리고, 관절이 하나 빠져버린 것처럼 다리에서 힘이 빠져나가는 것이 느껴졌다. 중략. 노인은 원숭이처럼 철망에 매달려 애원하고 있었다. 철망이 흔들렸다. 소장은 큰소리로 호통을 치다가, 기준을 바라보며 아는 사람이냐고 물었다. 기준은 고개를 끄덕였다. 아주 옛날 알았던 사람인데, 그런 것에 일일이 신경을 쓰다가는 제주도에 살 수 없다, 지금은 옛날과 다르다고 미소를 지으며 딱 잘라 말했다.(130~131쪽)

위의 인용문에서 정기준이 사형집행수용소에서 뜻밖에 장용석의 아버지를 마주치게 되며 자신에게 구원의 손길을 청하려는 것을 외면하는 모습이다. 정기준이 구원의 손을 조금만 뻗으면 친구 부친을 구할 수 있었던 거리였다. 그러나 정기준은 동료들 앞에서 애써 이를 외면하며 무심한 척 거짓 웃음을 지어보이며 지나쳐 버린다. 그것은 정기준이 비밀 당원의 신분으로 인한 지속적인 압박감과 불안감으로 인해 자신의 "정체성을 심하게 변형시키며 자신에게 일관성과 목적성을 부여하는 가치와 이상 등, 자기와 관련된 모든 심리 구조는 침해되었고 하나씩 무너져 내린"[13] 것을 의미한다고 해석할 수 있다. 정기준은 이중스파이의 모습을 은폐하고 제주도에서 살아남기 위해 가면을 쓴 채 살아가야 하는 모습을 보여주는 것이다.

그리고 정기준은 멀리서 바라본 여자수용소에 혹시나 지난 이년간 보지 못한 양순이가 숨 쉬고 있는 지 내심 기대하며 그 건물을 향해 서서히 다가가는 자신을 발견한다. 그러나 여자수용소 건물에 가까워질수록 자꾸만 멀어져가는 것처럼 갈등을 심하게 느끼게 된다. 오랜만에 만난 양순이에게 자신의 정체를 고백하고 싶은 마음에 갈등을 느끼게 되는 것이다. 이러한 갈등을 겪게 되는 모습을 작품에서 다음과 같이 그려내었다.

기준은 파도처럼 차례로 밀어닥치는 회한 속에 빠져버릴 것만 같았다. 비록 그것이 조직의 규율을 어기는 짓이라 해도, 그렇게 많은 기회에 왜 한마디도 그녀에게 털어놓지 않았던가. 왜 털어놓으면 안 되는가. 게다가 그 회한조차도 지금은 침해당하고 있었다. 그는 그 회한 때문에 자신에게 상처를 입히지는 않았으리라. 당을 위해, 조국을 위해! 이것이 이 순간의 그를 더 한층 불행하게 만들어, 자신을 던져버리지 못했던 것이다. 무서운 양심의 평안을 위하여 그는 자신의 인간성을 죽이고 양순의 양심을 죽였다. 중략. 기준은 장용석을 미워하고 당을 증오했다. 그리고 조국을 증오했다. 그리고 웃음소리를 내는 옆의 두 사람을 당장에라도 찔러죽이고 싶었다.(140쪽)

---

13 위의 책, 165쪽.

위의 인용문에서와 같이 정기준은 자신의 정체를 밝히고 양순이에 대한 사랑을 증명하고 싶은 충동에 갈등하는데 이는 자신의 가면을 버리고 원래의 모습으로 돌아가 살 수 있는 유일한 기회였다. 비록 장용석의 부친 앞에서 자신의 진심을 은폐할 수 있었으나 자신의 양심과 같은 양순이를 대면할 때 자신의 신분에 회의를 느낄 뿐만 아니라 모든 걸 포기하고 양순이에게 진실한 자신의 모습을 보여주고자 한다. 그러나 마음 한구석에서는 조국과 조직에 대한 욕망이 얼음처럼 앉아 새삼 그의 마음을 든든하게 만드는 것을 느끼게 되는 것이다. 정기준은 억압적인 상황에서 양순이와 당과 조국의 선택의 기로에 직면하게 된 것이다. 앞서 「간수 박 서방」에서 간수 박 서방이 흠모했던 명순이를 선택하며 처형당하는 모습을 보여주는 것과는 달리 「간수 박 서방」에서는 정기준이 당과 조국을 위해 양순이를 포기하는 것을 보여준다. 이를 통해 정기준이 내면의 갈등을 극복하고 비밀 당원으로서 자신의 임무에 대해 새롭게 자각하고 고향 제주도야말로 자신의 임무를 수행할 수 있는 곳이라 인식하며 자신의 주체성을 획득하는 모습을 다음과 같이 보여주는 것이다.

> 모든 것이 끝나고 모든 것이 시작되었다. 그는 살지 않으면 않된다고 생각 했다. 그리고 이곳이야말로 내가 의무를 완수하고 내 생명을 묻기에 가장 어울리는 땅이라고 생각했다. 부스럼영감의 슬픈 목소리를 들으면서 그는 이를 악물었다. 나는 울어서는 안 된다고. (165쪽)

이상으로 「까마귀의 죽음」에서 정기준이 미군정 통역을 맡고 있는 스파이라는 이중적인 신분으로 인해 심한 심리적 갈등을 겪게 되며 육지로 전근의 기회를 얻게 되나 끝내 포기하며 각성의 길을 택하는 인물로 형상화한다. 심지어 친구인 장용석의 동생 양순이와 노부모의 처형순간에도 자신의 정체를 위장하며 스파이로서 임무를 충실히 수행하는 모습을 보여준다. 이는 김석범이 작품에 정기준을 등장시켜 정기준으로 하여금 비극적인 '4·3' 현장과 당시 지배권력이 제주도민에 대한 부당한 잔혹행위를 보여주는 것이다. 뿐만 아니라 당과 조국에 대해 갈등을 느끼나 이를 극복하는 모습을 보여주는데, 이는 작가 김석범이 재일한인 작가로서 재일의 위치에서 정체성의 혼란을 겪으나 희망을 가지고 조국 건설을 갈망하는 작가의 현실인식을 보여주는 것이다.

4. 김석범 초기 작품의 의미

이상으로 재일한인 작가 김석범의 초기 두 편의 단편소설을 대상으로 '4·3' 사건이 인물의 행동과 공간을 통해 '4·3'의 참상에 대한 김석범의 인식이 어떻게 형상화하였는지 살펴보았다.

김석범은 1세대 재일작가로서 그의 문학적 특징은 해방 후 조국의 정치현실을 특히 '4·3'에 주목하며 초기소설에서 이를 독자적으로 형상화하였다. 「간수 박 서방」에서 '4·3'의 구체적인 모습은 주로 무고한 제주도민들이 당시 국가권력에 의하여 희생당하는 학살의 모습을 그리고 있다. 특히 간수 박 서방의 일상을 통해 잔악한 살육의 현장에서 지배층의 억압에 일방적으로 살해당하는 민중들의 모습을 공간화하여 보여준 것을 확인할 수 있었다. 한편, 「까마귀의 죽음」에서는 현실로부터 소외된 인물 정기준을 내세워 '4·3'의 비극 뿐만 아니라 인간성의 파괴를 형상화하여 비극적 상황을 재현한 것을 살펴보았다. 작품에서 주인공 정기준을 통해 미군정 통역과 조직의 비밀 당원이라는 스파이라는 이중적인 신분으로 인해 심한 심리적 갈등을 겪게 되나 끝내 조국과 조직에 대한 자신의 책임을 자각하며 주어진 임무를 완수하고자 하는 강한 의지를 표출하며 현실에 저항하는 인물로 형상화하였다. 특히 「간수 박 서방」에서 박 서방이 현실의 억압에 반격을 가하나 끝내 실패한 모습을 보여주는 것과 달리 「까마귀의 죽음」에서는 정기준 역시 사랑하는 여인이 사형당하는 과정을 목격하게 되나 당과 조국에 대한 희망을 안고 갈등을 극복하는 모습을 보여주는 것을 확인할 수 있다. 이는 작가 김석범이 재일한인 작가로서 재일의 위치에서 정체성의 혼란을 겪으나 희망을 가지고 조국건설을 갈망하는 작가의 염원을 작품에 투영한 것을 확인할 수 있다.

김석범은 재일한인 1세대 대표적인 작가로서 그의 초기 작품에서 형상화하고 있는 '4·3'의 시공간의 특수성을 확인할 때 바로 해방 후 혼란스러운 정국과 사회상을 보여줌으로써 자신의 디아스포라Diaspora의 정체성을 확인하는 계기가 되는 것을 확인할 수 있다.